MIRA®

Umwelthinweis:
Dieses Buch wurde auf chlor- und säurefreiem Papier gedruckt.

Sandra Henke

Jenseits aller Tabus

Erotischer Roman

MIRA®

MIRA® TASCHENBUCH
Band 35039
1. Auflage: Oktober 2011

MIRA® TASCHENBÜCHER
erscheinen in der Cora Verlag GmbH & Co. KG,
Valentinskamp 24, 20354 Hamburg
Geschäftsführer: Thomas Beckmann

Konzeption/Reihengestaltung: fredebold&partner gmbh, Köln
Umschlaggestaltung: pecher und soiron, Köln
Redaktion: Bettina Steinhage
Titelabbildung: Mauritius GmbH, Mittenwald
Satz: Buch-Werkstatt GmbH, Bad Aibling
Druck und Bindearbeiten: CPI – Ebner & Spiegel, Ulm
Printed in Germany
Dieses Buch wurde auf FSC®-zertifiziertem Papier gedruckt.
ISBN 978-3-89941-895-8

www.mira-taschenbuch.de

PROLOG

1

Juni, Mexiko

Acapulco de Juárez war sexy, fand Lucille Blunt und ließ ihren Blick über den Strand schweifen, während sie ein weiteres Cocktailglas mit einem Trockentuch polierte. Blinzelnd beobachtete sie eine Latina, die sich auf ein Sommerbett, eine komfortable Loungeliege mit Baldachin, setzte, sich hinter ihrem Rücken abstützte und ihr Gesicht in die Sonne hielt. Unweigerlich musste Lucille an ihr Bett daheim in Boston denken – eine Matratze auf dem Fußboden.

Sie betrachtete die Bartheke als Grenzlinie. Aus einer Laune heraus stellte sie das Glas ins Regal und legte das Tuch weg. Schmunzelnd trat sie an den Durchgang.

Auf dieser Seite des Tresens gibt es nur Arbeit, dachte sie und machte einen Schritt nach vorn zu den Barhockern, und auf dieser beginnt der Spaß.

Zumindest für die Urlauber. Sie selbst kam nur dahinter hervor, um Gläser von den Tischen neben den Wellnessliegen abzuräumen. Die Strandbar, in der Lucille den Sommer über jobbte, befand sich in unmittelbarer Nähe der Luxushotels, die neu im Süden Acapulcos gebaut worden waren. Die Bezeichnung *Acapulco diamante* beschrieb nicht nur das Viertel, sondern auch deren Gäste treffend. Tag und Nacht floss der Champagner in Strömen, und Lucille musste aufpassen, nicht allein vom Zuschauen betrunken zu werden. Es wäre ihr im Traum nicht eingefallen, bei dreißig Grad Alkohol zu trinken. Aber was wusste sie schon von Genuss? Für sie stellte jedes Sandwich, das sie sich von ihrem kargen Lohn leistete, eine Schlemmerei dar.

Neid und Frust regten sich in ihr, doch sie kämpfte die giftigen Gefühle nieder, indem sie sich einredete, dass es okay war. Immerhin lebte sie das Leben, das sie leben wollte. Sie war unabhängig und „erfolgreich“ – wenn auch nicht im Sinne von „vermögend“ wie die Gäste, die für eine Übernachtung in den hiesigen Hotels mehr zahlten, als Lucille monatlich in *Kassandras Kitchen* in Boston verdiente. Aber man konnte es wahrlich als erfolgreich bezeichnen, wenn man sein Studium abschloss, obwohl man genauso viele Stunden als Kellnerin in einer Bar verbracht hatte wie im Hörsaal!

Als sich ein Mann neben die Latina setzte, verzerrten sich deren Botoxlippen zu einem lasziven Lächeln, das Lucille unweigerlich an den Joker aus Batman denken ließ. Die rassige Schönheit würde ihren nächsten Champagner bestimmt nicht selbst bezahlen. Lucille dagegen war auf niemanden angewiesen, niemandem etwas schuldig und kroch niemandem ins Mokkastübchen.

Grinsend lehnte sie sich gegen die Theke. Mokkastube, diesen Begriff hatte ihr Alfie beigebracht. Sie vermisste den bärtigen Riesen, der mit seinen tellergroßen Händen die besten Kuchen in ganz Boston buk. Er war zu ihrer Ersatzfamilie geworden, seitdem sie alle Brücken hinter sich abgerissen hatte. Unwillkürlich zog sie ihren Rocksaum nach unten, da Erinnerungen in ihr Gestalt annahmen wie schwarzer Nebel, der sich zu einer scheußlichen Fratze verdichtete.

„Darf ich Sie etwas fragen?“

Lucille schreckte aus ihren Gedanken hoch und drehte sich rasch zu dem Mann um, der sich gerade auf einem der Barhocker niederließ. Hatte er etwas gesehen? Als er auf ihre Beine zeigte, setzte ihr Herz einen Schlag aus.

„Wieso tragen Sie einen Rock?“, fragte er mit einem auffälligen Vibrato, das seine Stimme einzigartig machte. Er schaute einer Kellnerin nach, die sich mit einem Tablett an Lucille vorbeidrängte und zu den Loungeliegen ging. „Die Hintern der anderen Angestellten dieser Bar stecken in Hotpants."

Was sollte sie darauf antworten? Fieberhaft suchte sie nach einer Ausrede, aber es wollte ihr keine einfallen. Religiöse Gründe? Für dieses Argument war der Rock vermutlich nicht lang genug, er bedeckte nicht einmal ihre Knie. Sie wollte auch nicht als verklemmt gelten, indem sie log, dass die Hosen, die kaum die Pohälften der Servicekräfte bedeckten, ihr zu sexy waren. Der Fremde würde sich bestimmt die verrücktesten Vorstellungen machen, wenn sie die Wahrheit sagte, nämlich dass sie etwas verdecken musste. „Private Gründe."

„Verzeihung, ich wollte Ihnen nicht zu nahe treten." Entschuldigend lächelte der Fremde und studierte die Cocktailkarte.

Das gab Lucille, die hinter den Tresen trat, als würde sie Schutz suchen, die Möglichkeit, ihn zu mustern. Obwohl sie ihn um die fünfzig schätzte, leuchteten seine kurzen Haare schlohweiß, als wären sie durch einen krankhaften Pigmentverlust ausgebleicht. Ein Albino schien er jedenfalls nicht zu sein, denn seine Augen waren von einem trüben Grau und sein Teint so braun, dass er entweder schon seit einem halben Jahr in Acapulco weilte oder sich am Morgen eine frische Bräunungsdusche gegönnt hatte. Durch sein schwarzes Hemd, das in der Meeresbrise flatterte, konnte Lucille ein kleines, festes Bäuchlein und seine Brustwarzen sehen – und wandte sich ab. Sie hatte mehr gesehen, als ihr lieb war.

„Einen Sex on the beach, bitte." Nachdem er die Cocktailkarte weggelegt hatte, haftete sein Blick auf ihr. „Mein Name ist Jack Caruso."

„Lucille." Sie zeigte auf ihr Namensschild und maß

Wodka, Pfirsichlikör, Cranberry- und Orangensaft ab und gab die Flüssigkeit samt einiger Eiswürfel in einen Shaker. Dieser Kerl machte sie nervös. Noch flirtete er auf eine zurückhaltende Art und Weise mit ihr, aber sie kannte diese Sorte Männer – sie waren begütert und überheblich und verspeisten Kellnerinnen zum Frühstück. Aber nicht mit ihr!

Lucille hielt den Shaker mit beiden Händen und schüttelte die Zutaten. Jack Caruso, dieser Name passte so gar nicht zu seinem Erscheinungsbild, er klang nach einem Disney-Film, nach *Robinson Crusoe* oder *Die Schatzinsel*, nach einem Künstlernamen für jemanden, der sich mit der Aura von Abenteuer und Gefahr schmücken wollte.

Sie goss die Flüssigkeit aus dem Shaker hinzu. Dann steckte sie einen dieser neuen Trinkhalme in das Glas, einen sogenannten *Sensory Straw*, der am oberen Ende anstatt einer großen Trinköffnung vier kleinere Löcher hatte, damit sich die Flüssigkeit gleichmäßig im Mund verteilte.

Nur das Beste für die Gäste, dachte Lucille spöttisch und stellte den Sex on the beach vor Jack Caruso auf einen Untersetzer.

„Danke. Ich mag übrigens Ihr Tattoo“, bemerkte er beiläufig, während er versonnen lächelnd mit dem Strohhalm in seinem Cocktail rührte, ohne sie aus den Augen zu lassen.

Instinktiv legte Lucille eine Hand auf ihren Bauch. Wie hatte er es sehen können?

Als hätte er ihre Gedanken erraten, erklärte er: „Es schaut manchmal heraus, je nachdem, wie Sie sich bewegen. Dann klafft diese hübsche himmelblaue Bluse vorn ein bisschen auf – nicht viel, machen Sie sich keine Sorgen –, sondern gerade so weit, dass die Scheren des Skorpions herauslugen. Es ist doch einer, habe ich recht?“

Zögerlich nickte sie, denn sie gab nicht gern Dinge von sich preis. Eine Ahnung beschlich sie. Caruso hatte absichtlich die harten Barhocker den weichen Liegen vorgezogen – er hatte ein Opfer auserkoren und war nun auf der Pirsch.

„Würden Sie es mir zeigen? Ich habe nämlich auch *un escorpión.*“

Lucille wollte seine Tätowierung auf keinen Fall sehen. „Lieber nicht, meine Chefin fände das gar nicht gut.“

Um seinem Blick zu entgehen, schaute sie so angestrengt zum Strand hinüber, als würde Gerard Butler, leicht bekleidet wie ein Spartaner, am Ufer entlangspazieren – halb nackt, durchtrainiert und zu allem bereit.

Ihr fiel eine Gruppe von fünf Kindern auf, die miteinander eine Sandburg bauten. Lucille schätzte sie auf fünf bis acht Jahre. Aber sie hörte kein Lachen oder Schreien. Die Hautevolee wurde niemals laut, nicht einmal die Kinder. Lucille fand es traurig, dass bereits die Kleinen das Korsett der High Society trugen. Sah so eine glückliche Kindheit aus?

Was wusste sie schon davon! Man soll nicht mit Steinen werfen, wenn man im Glashaus sitzt, unkte sie in Gedanken und biss sich auf die Unterlippe, bis es wehtat.

„Darf ich Sie denn wenigstens auf einen Drink einladen?“ Caruso trank einen Schluck und leckte sich über die Unterlippe.

Plötzlich legte ein Mann den Arm um die Schulter des Weißhaarigen. „Aber Jack“, mit zusammengekniffenen Augen sah er auf ihr Namensschild, „Lucille ist doch keine Animierdame, sondern im wahren Leben, abseits des Acapulco diamante … lassen Sie mich raten.“

„Danke, Richard.“ Freundschaftlich knuffte Caruso den Neuankömmling in die Seite. „Durch dich sind meine Chancen gerade auf null geschmolzen. Konnte dein Termin mit unseren Geschäftspartnern nicht etwas länger dauern?“

Obwohl es schon vier Uhr nachmittags war, ging für Lucille erst jetzt die Sonne auf. Was für eine Sahneschnitte!

Das erste Mal war Lucille ernsthaft betrübt darüber, keine von den *Schmocks* zu sein, wie ihre jüdische Kollegin Judith – die nicht etwa aus der Judenhochburg New York County stammte, sondern, zu Lucilles Überraschung, aus dem „Mekka der Country Music“ Nashville – die versnobten Gäste nannte.

Trotz der Hitze trug Richard ein elfenbeinweißes Hemd mit langen Ärmeln. Nur der oberste Knopf stand offen. Im Gegensatz zu Jack Caruso besaß sein Teint eine natürliche Sonnenbräune, die seine Attraktivität unterstrich. Er hatte seine schwarzen Haare zurückgegelt und im Nacken militärisch kurz rasiert. Eine dunkle Strähne fiel ihm ins Gesicht und verlieh ihm etwas Verwegenes. Seine breiten Schultern ließen darauf schließen, dass er Gewichte stemmte.

Aber sein gutes Aussehen war nicht das, was Lucille anzog, sondern es faszinierte sie, wie er sprach, der samtige Ton seiner Stimme, so sexy und warm, die Art, wie er sich elegant und fließend auf den Hocker neben seinen Partner setzte, das anzügliche Leuchten in seinen Augen, diese stumme Art mit ihr zu flirten, nicht so aufdringlich wie Caruso, sondern so dezent und gekonnt, dass Lucille sich seinem Charme unmöglich entziehen konnte.

„Unsere Lucille ist bestimmt eine Globetrotterin.“ Caruso stützte sich mit den Ellbogen auf der Theke ab und schlang seine Finger ineinander. „Eine Backpackerin auf der Suche nach Abenteuern.“

„Nein, nein, du hast keine Ahnung von Frauen, mein Freund. Lucille ist bodenständig. Sie ist auch keine von den jungen Dingern, die hierherkommen, um sich einen reichen Mann zu angeln.“

„Leider nicht.“ Caruso lachte herzlich, trank einige Schlucke seines Cocktails und musste husten.

„Das hier ist nur ein Sommerjob für sie“, führte Richard

seine Vermutungen weiter aus. „Kommen Sie, Lucille, sagen Sie schon, dass ich richtigliege.“

„Ich bin Studentin, äh, war“, korrigierte sie sich rasch. „Ich bin gerade mit dem Studium fertig geworden.“

Verdutzt richtete sich Caruso auf. „Wow, woher wusstest du das?“

Richard zuckte mit den Achseln. „Man sieht, dass sie etwas im Köpfchen hat.“

Unmerklich knirschte Lucille mit den Zähnen und wischte mit einem feuchten Tuch über die Arbeitsfläche, nur um etwas zu tun zu haben. Es freute sie natürlich, dass man sie für intelligent hielt, aber das Attribut „Schönheit“ brachte niemand auf den ersten Blick mit ihr in Verbindung.

Bis auf ihre roten Haare war sie eher von unscheinbarer Natur, und ihr schulterlanger Schopf war nicht einmal so flammend wie der Sonnenuntergang in Acapulco, sondern brachte die Augen der Betrachter ebenso zum Tränen wie die Trikots des Football-Clubs Houston Dynamo. Ihre Brüste füllten nur ein B-Körbchen, sie waren ebenso zu flach wie ihr Hintern. Ihrer zierlichen Figur fehlten die Rundungen an den entscheidenden Stellen, durch die Sommersprossen wirkte ihr kleines Gesicht kindlich, und niemand schätzte sie auf vierundzwanzig. Regelmäßig musste sie ihre ID-Card vorzeigen, wenn sie für *Kassandras Kitchen* Alkohol einkaufte, den Alfie zum Backen oder für seine Kaffeekreationen brauchte.

Richard nahm den Cocktail seines Freundes, hielt den Trinkhalm beiseite und nippte am Glasrand. „Sex on the beach.“

Als Caruso einige Minuten zuvor den Namen des Getränks ausgesprochen hatte, hatte es Lucille fast angewidert, doch aus Richards Mund klang die Bezeichnung sinnlich. Sie spürte, wie Hitze in ihre Wangen stieg, und legte das Tuch verlegen weg, da die Arbeitsplatte nicht sauberer werden konnte.

„Den haben Sie sehr gut gemixt, Lucille." Er stellte das Glas zurück auf den Untersetzer und schmunzelte, weil Caruso die Augen verdrehte und mit den Lippen lautlos das Wort „Süßholzraspler" formte.

„Was haben Sie denn studiert?", fragte Richard und nahm einen Cracker aus einer der Silberschalen, die gefüllt auf der Arbeitsfläche standen und darauf warteten, zu den Tischen gebracht zu werden, sobald ein neuer Gast erschien.

Lucille beeilte sich, eine Schale vor Richard und Caruso zu stellen, weil sie das bisher versäumt hatte. In Richards Gegenwart kam sie sich klein und unbedeutend vor. Es gab nichts, mit dem sie einen Mann wie ihn beeindrucken konnte. „Gartenbau und Landschaftspflege."

„So etwas kann man an der Uni lernen?" Überrascht lehnte er sich zurück. „Einen Baum pflanzen kann doch jeder."

Lucille wusste, dass Gartenbau nur die kleine Schwester der Landschaftsarchitektur war, aber sie kannte ihre Grenzen. Finanziell konnte sie sich ein Aufbaustudium einfach nicht leisten. Sie musste dringend Geld verdienen. Ihr fehlte die Kraft, das Pensum – Lernen und nebenher Kellnern zu gehen – über weitere Jahre aufrechtzuerhalten. Sie hatte sich nicht einmal mit einem Urlaub belohnen können. Um doch aus Boston rauszukommen und in ihren Augen einen der schönsten Strände Mexikos sehen zu können, hatte sie halt einen Sommerjob angenommen.

Richard hatte offenbar gemerkt, dass er in ein Fettnäpfchen getreten war, und glitt von seinem Hocker. Ohne sich um die verdutzten Mienen der anderen Angestellten zu kümmern, kam er zu Lucille hinter den Tresen, legte seine Hand unter ihr Kinn und hob ihr Gesicht an, damit sie ihm in die Augen sah. „Es tut mir leid, wenn ich Sie verletzt habe. Das war nicht meine Absicht."

„Schon gut." Wer konnte schon einem Mann wie ihm böse sein? Bestimmt führte er – so wie es schien, gemeinsam mit Jack Caruso – ein großes Unternehmen mit zig Mitarbeitern und jonglierte mit Zahlen, bei denen Lucille schwindelig werden würde. Verständlicherweise musste es ihm lächerlich vorkommen, dass sie sich freiwillig die Hände schmutzig machte. Er hatte das nicht nötig, für die Drecksarbeit hatte ein Geschäftsmann wie er Personal.

„Haben Sie schon viel von Acapulco de Juárez gesehen?" Richard ließ ihr Kinn los, nicht ohne dabei beiläufig mit dem Handrücken ihre Halsbeuge zu streifen.

Trotz der Hitze erschauerte Lucille wohlig. Während sie die Nähe zu Richard genoss, dachte sie an all die Pläne, die sie vor dem Abflug geschmiedet hatte. Den Hafen, wo Zuckerrohr, Baumwolle, Tabak und Kaffee verschifft wurden und riesige Kreuzfahrtschiffe anlegten, wollte sie sich ebenso anschauen wie La Quebrada, wo Klippenspringer bis zu 35 Meter in die Tiefe in den Pazifik sprangen. Sie hatte vor, ein Auto zu mieten und eine Tour in die Berge und zu den Buchten im Norden und Osten zu machen, oder sogar einen Kurztrip nach der 300 km entfernten Mexiko-Stadt. Doch genauso wie in Boston hielt sie die Arbeit von all den schönen Dingen ab, und es fehlte auch hier am schnöden Mammon. Sie mochte das Gehabe des Jetsets nicht, aber um seinen Wohlstand beneidete sie ihn doch.

Lucille lächelte müde und zuckte mit den Schultern. „Ich bin ja erst dreieinhalb Wochen in Mexiko."

„Sie hat ein Skorpionstattoo auf dem Bauch", warf Caruso ein, inzwischen ein wenig mürrisch, da Lucille auf Richard ansprang, ihn jedoch hatte abblitzen lassen.

„Ist es wie unseres?"

Caruso schnaubte und sagte: „Ich weiß es nicht, sie will

es mir nicht zeigen", bevor er sich drei Cracker auf einmal in den Mund stopfte und lautstark darauf herumkaute.

„Darf ich es sehen?" Ohne ihre Antwort abzuwarten, schob Richard mit einer Hand ihre Bluse langsam immer höher, bis ihr Bauch freilag.

Jeden anderen Mann hätte sie abgewehrt, aber es lag eine solche Sinnlichkeit in dieser Geste, dass sie Richard gewähren ließ.

Seine Fingerspitze glitt über den Skorpion, der unter ihrem Bauchnabel eintätowiert war; dieser hatte die Fangarme mit den Scheren abwehrend gehoben und den Schwanz mit dem Stachel ebenfalls, sodass sein Körper ihren Nabel halb umschlang.

„Nicht wie unserer – er ist nicht mit roter Farbe gefüllt, sondern besteht nur aus schwarzen Umrissen –, aber ein Verwandter. Das verbindet uns irgendwie." Er ließ ihre Bluse los und strich mit dem Zeigefinger immer tiefer über ihren flachen Bauch.

Ein Kellner, der es mit einem missbilligenden Kopfschütteln quittierte, wie dicht Lucille vor einem Gast stand, blieb demonstrativ neben ihnen stehen. Prompt hakte Richard seinen Zeigefinger in das Bündchen von Lucilles Rock und zog sie daran hinter der Theke hervor – auf die Spaßseite –, damit der Angestellte passieren konnte. Ihr Slip blitzte hervor, was Richard mit einem lasziven Lächeln quittierte. Sichtlich zufrieden, dass ihr Brustkorb auf und ab wogte, ließ er von ihr ab.

„Sie gehören hier nicht hin, Lucille", sprach er leise, als wären seine Worte nur für ihre Ohren bestimmt.

Was meinte er damit? Die Strandbar, den Jetset oder Acapulco allgemein?

„Sie sind nicht wie die anderen Frauen in diamante. Sie erinnern mich an mich – kommen von ganz unten, sind aber bereit dazu, hart zu arbeiten, um Ihren Kopf eigenhändig aus dem Sumpf zu ziehen.“ Gefühlvoll strich er ihr eine Strähne hinter das Ohr. „Aber jetzt haben Sie mich. Lassen Sie uns herausfinden, welche Richtung Ihr Leben nimmt, wenn Sie plötzlich alles haben können.“

Lucille verstand kein Wort, war aber beeindruckt und neugierig, da in diesem Fremden weitaus mehr Tiefe zu stecken schien als im Gros der Luxusgäste der Bar. Außerdem fand er sie toll. Dieser attraktive Mann fand sie toll!

Es geschehen noch Wunder, dachte sie innerlich jauchzend und beging ihren ersten Fehler: Nach Feierabend ließ sie sich von Richard verführen.

2

Richard war anders als die jungen Männer, mit denen Lucille in Boston ausging. Nach Feierabend – es war erst später Nachmittag, da Lucille Frühschicht gehabt hatte – nahm er sie einfach bei der Hand und führte sie vom Strand fort. Dezent versuchte sie sich loszumachen, weil einer der Angestellten gerade einen neuen Karton Champagner aus dem Kühlraum hinter der Bar holte und seine Augen immer größer wurden, als er seine Kollegin Händchen haltend mit einem Gast davongehen sah, doch Richards Hand war wie ein Schraubstock.

Charmant lächelnd führte er sie mitten durchs Foyer des Luxushotels, in dem er residierte, während Lucille das Logo der Bar, das die Brusttasche ihrer Bluse zierte, mit ihrer freien Hand verbarg, was reichlich verkrampft wirkte. Das war Lucille im Grunde auch, aber die Tatsache, dass Richard von allen 700.000 Menschen in Acapulco sie begehrte – ausgerechnet die Einzelgängerin mit den Wilma-Feuerstein-Haaren –, ließ ihre Furcht davor, ihren Job zu verlieren, unbedeutend erscheinen.

Richard gab ihre Hand erst in der Suite frei – ein Traum in Cremeweiß, modern und edel eingerichtet –, durch deren getönte Fenster man über den Acapulco diamante blickte. Offensichtlich konnte er es nicht erwarten, mit ihr zu verschmelzen, denn im Schlafzimmer riss er sich förmlich das Hemd vom Leib, warf es in hohem Bogen fort und drängte Lucille gegen die Wand neben der Verbindungstür. Machohaft stützte er sich rechts und links neben ihrem Kopf ab und gab ihr Zeit, seinen Körper zu betrachten. Lucille staunte nicht schlecht, denn er trug ein Achselshirt aus Tattoos.

Unweigerlich musste Lucille an Gangsterrapper und Gefängnisinsassen aus Dokumentarfilmen denken und entschuldigte sich in Gedanken bei Richard für ihre Vorurteile. Noch nie hatte sie einen Menschen mit derart vielen Tätowierungen gesehen! Sie schmückten sein Sixpack und seine breite Brust. Eine Schlange wand sich bis über seine rechte Schulter, zusammen mit dem Stacheldraht auf der linken Schulter erweckte sie den Eindruck, Träger für das Tattoo-Shirt zu sein.

Vorsichtig streckte Lucille ihre Hand aus und berührte Richards Bauch. Ihre Handfläche glitt über die Landschaft seines Körpers, stahlharte Muskeln und Bilder, die sie erschreckten, als Lucille sie näher betrachtete. Fratzen kristallisierten sich heraus, Pistolen, Jagdmesser und Monster, denen Blut aus dem Maul rann, ein Drache mit einem riesigen weit aufgerissenen Maul, eine Spinne, in deren Netz menschliche Körperteile hingen, und dazwischen immer wieder Waffen: Säbel, Pfeile, Äxte, Macheten und Gewehre.

Der Richard, der sich hinter der Fassade des Geschäftsmannes verbarg, schien ein ganz anderer zu sein. Wilder. Obwohl die Tattoos Lucille beunruhigten, empfand sie gleichzeitig eine erregende Faszination. Ihre Neugier wuchs. Würde der Bad Boy genauso hinreißend sein wie der Charmeur, der sie in der Strandbar umgarnt hatte?

Lucille erinnerte sich an Carusos Bemerkung: „Sie hat ein Skorpionstattoo", worauf Richard entgegnet hatte: „Ist es wie unseres?" Während ihre Hände die Wölbungen seiner Muskeln streichelten, suchte sie den Skorpion, aber er musste sich so gut zwischen den anderen Bildern verstecken, dass sie ihn nicht entdeckte.

„Recht martialisch", meinte sie, als ihre Hand über ein Auge fuhr, dessen Pupille wie eine zerbrochene Scheibe aussah und blutige Tränen weinte.

Seine Stimme war ruhig, aber sein Brustkorb hob und senkte sich. Seine Hose wölbte sich im Schritt. „Das sind nur Abbildungen des Lebens."

Mit den Fingerspitzen zeichnete sie das Wort nach, das in kunstvoll geschnörkelten Großbuchstaben über die Unterseite seines rechten Arms tätowiert war. „*Guerrero*, wie der Bundesstaat, in dem Acapulco liegt?" War er ein so großer Fan dieser Stadt an der mexikanischen Pazifikküste?

„Nein." Richards Stimme wurde rau und dunkel. „*Guerrero* wie Kämpfer. Ich bin ein moderner Krieger."

Sie wollte etwas sagen, doch er verschloss ihren Mund mit seinen Fingern und beruhigte sie: „Scht, du brauchst dich nicht vor mir zu fürchten. Wir stehen auf derselben Seite. Ich beschütze dich."

Seine Worte machten Lucille weich und willig. Seitdem sie von ihrer Mutter zu Pflegeeltern gebracht worden war, hatte sie sich allein durchs Leben kämpfen müssen. Damals war sie erst fünf Jahre alt gewesen. Fünf! Der Kampf hatte sie stark gemacht, aber sie war auch müde, ständig Rückgrat beweisen zu müssen, und wollte sich endlich einmal fallen lassen.

Hoffnung keimte auf, dass Richard der Mann war, in dessen Arme sie sich fallen lassen konnte. Der sich um sie kümmerte, wie es nie zuvor jemand getan hatte, nicht einmal ihre Mutter, nicht ihre Zieheltern, die nur Mädchen und Jungen bei sich aufnahmen, um Kindergeld zu bekommen, und auch nicht das Sozialamt, das sich dessen bewusst war und trotzdem immer wieder dorthin vermittelte, obwohl es lediglich Problemfamilien durch neue Problemfamilien ersetzte.

Das alles hatte Lucille vor sechs Jahren hinter sich gelassen. Zumindest redete sie sich das ein, doch jetzt merkte sie, dass die schlimmen Erinnerungen noch immer nicht verstummt waren. Aber bei Richard würde sie endlich Frieden finden, wenn auch nur für eine Nacht.

Verzweifelt, weil die Dämonen der Vergangenheit sie nicht losließen, schob sie seine Hand von ihrem Mund und küsste ihn. Er schmeckte himmlisch und erwiderte ihren Kuss mit einer Leidenschaft, die sie trunken machte. Seine Arme schlangen sich um ihre Taille. Richard drückte sie so fest an seinen Körper, dass sie befürchtete, keine Luft mehr zu bekommen. Oder raubte der Kuss ihr den Atem? Sie konnte es nicht sagen, war kaum fähig zu denken, weil sie noch nie mit einem Mann zusammen gewesen war, der so männlich, so gefestigt, so selbstbewusst und außergewöhnlich war.

Als er sie ein Stück von sich fortschob und ihre Bluse aufknöpfte, ließ Lucille es zu. Den Blick fest auf sie gerichtet, zog er ihr das Oberteil aus, als wäre sie sein Eigentum; der Büstenhalter folgte sogleich, dann betrachtete er ihre kleinen festen Brüste eingehend. Eine Weile stand er einfach nur da und erregte sich an ihrem nackten Oberleib.

Nach einer Weile strich er mit den Fingerknöcheln seitlich über ihren Busen, sodass ihre Nippel noch härter wurden. Dann packte er zu, nicht grob, aber besitzergreifend. Fest massierte er ihre Wölbungen und beobachtete nicht nur, wie das weiche Fleisch zwischen seinen Fingern hervorquoll, sondern auch wie Lucille immer mehr erbebte vor Lust. Sanft drückte er ihren linken Busen zusammen, sodass die Brustspitze ihm entgegenwuchs. Er neigte sich zu ihr herunter und saugte daran.

Seufzend lehnte Lucille ihren Hinterkopf gegen die Wand. Sie hielt sich an Richards breiten Schultern fest und überlegte, wieso alles, was er tat, so viel intensiver war als bei ihren Liebhabern zuvor. Schon jetzt konnte sie es kaum erwarten, seinen harten Schaft in sich zu spüren. Noch leckte er über ihren Nippel; er nahm ihn so tief in seinen Mund auf, dass sie befürchtete, er wolle sie mit Haut und Haaren verschlingen, und saugte ihren halben B-Körbchen-Busen ein. Dasselbe tat er mit ihrer rechten Brust, bis beide Seiten rot, geschwollen und feucht von seinem Speichel waren.

Richards Hände glitten über ihren Rücken, ihren Bauch und ihre Schultern. Er berührte jeden Zentimeter ihres Oberkörpers und knetete ihren Hintern, während er Lucille an sich presste, sodass sie seine Erektion spürte. Als er sich an ihr rieb, hätte sie gern die Beine für ihn geöffnet, damit er näher an ihre Scham kam, doch der Rock hinderte sie daran. Das erkannte auch er, denn er öffnete den Reisverschluss und schob ihn von ihren Hüften, bevor Lucille ihn daran hindern konnte. Ihr blieb kurz die Luft weg, nicht vor Ekstase, sondern vor Angst, er könnte Fragen stellen oder sich von ihr abwenden, wenn er sah, was sie für gewöhnlich akribischer verdeckte als ihre Intimstellen.

„Hast du Geheimnisse vor mir?“ Er versuchte über ihre Schulter zu linsen.

Erst jetzt bemerkte Lucille, dass sie instinktiv die Rückseite ihrer Oberschenkel mit ihren Handflächen bedeckte. Ihr Slip, den Richard hatte ausziehen wollen, war daran hängen geblieben. Mit geröteten Wangen nahm sie ihre Hände weg, und das Höschen fiel zu Boden. Lucille wollte unter keinen Umständen, dass er glaubte, sie wäre nicht ebenso erregt wie er. Sie wäre am Boden zerstört, wenn er sie jetzt fortschicken würde.

Plötzlich hob er sie hoch und trug sie zum Bett. Er stellte sie davor ab, wirbelte sie so schnell herum, dass ihr schwindelig wurde, und drückte sie mit dem Bauch auf das Bett nieder. Bevor sie aufstehen oder sich auf den Rücken drehen konnte, war er auch schon über ihr. Mit einem Griff in ihren Nacken hielt er sie unten, sein Knie spreizte ihre Beine, sodass ihre Spalte aufklaffte. Ihr Herz pochte schmerzhaft, als er ihre Kehrseite musterte. Lucille konnte die Narben nur sehen, wenn sie sich vor einen Ganzkörperspiegel stellte und ihren Oberkörper verdrehte, aber sie wusste auch so, dass sie da waren – wie Notenlinien, waagerecht untereinander, vier auf der rechten und fünf auf der linken Seite.

Ihr stiegen Tränen in die Augen. Sie schämte sich so schrecklich! Ihr Magen verkrampfte sich, da Richard sie nun mit Fragen bombardieren würde, die sie nicht beantworten wollte. Doch er tat etwas, das sie ganz und gar überraschte und das die Tränen trocknen ließ, bevor sie geweint waren: Er neigte sich zu ihren Schenkeln hinab und leckte mit der ganzen Länge seiner Zunge über die Narben.

„Ich wette, du wirst Lucy gerufen." Seine Zungenspitze fuhr eine der Einritzungen nach, und obwohl Lucille diese Geste nicht nur zu schätzen wusste, sondern auch als sinnlich empfand, wähnte sie eine Sekunde lang eine Klinge zu spüren. So erstaunlich, wie es war, durchfuhr sie ein Schmerz, der zwar nicht mehr als ein Echo aus ihrer Erinnerung war, aber den sie tatsächlich erneut zu spüren glaubte.

„Aber ich werde dich Cilly nennen, wie ‚silly', nur mit C, weil es albern und töricht ist, etwas zu verbergen, das deinen Charakter so sehr geprägt hat wie vermutlich nichts anderes in deinem Leben. So ist es doch, nicht wahr?" Richard erwartete keine Antwort, denn er stand auf, setzte sich aufs Bett und winkelte sein rechtes Bein an, sodass sie seinen Fuß von unten sehen konnte.

„Jemand hat dir die Fußsohle verbrannt." Entsetzt wollte Lucille sich aufsetzen, doch er legte ihre Hand auf den Rücken, um ihr zu zeigen, dass sie liegen bleiben sollte.

„Der Geldeintreiber, für den ich mit siebzehn gearbeitet habe, war der Ansicht, ich wäre zu freundlich zu den Menschen, die ihm Geld schuldeten." Abfällig rümpfte er die Nase und ließ seinen Fuß los. „Das war das letzte Mal, dass mir jemand wehgetan hat, ohne dafür zu büßen. Seitdem zahle ich mit barer Münze zurück."

Raubtierhaft kletterte er wieder über sie. Er zog ihre Gesäßhälften auseinander und züngelte von hinten durch ihre Spalte. Während er mit seinen Daumen über ihre Narben rieb, stieß er in ihre feuchte Öffnung hinein, doch er kam nicht tief genug.

Schnalzend stand er auf. Er zog Lucille auf die Füße, drängte sie zum Clubsessel, der vor der Fensterfront mit den getönten Scheiben stand, und stieß sie sanft an, sodass sie auf den Sitz plumpste. Schwer atmend vor Erregung legte er ihre Beine rechts und links auf die Armlehnen und betrachtete ihren Schoß. Allein durch seinen begehrlichen Blick rauschte das Blut noch stärker durch ihre Mitte. Ihre Scham pulsierte förmlich.

Während er sich offenbar daran erregte, sie so geöffnet vor sich sitzen zu sehen, zog er sich hastig nackt aus. Achtlos warf er seine teure Kleidung auf den Boden und rieb einige Male ungeniert über seinen erigierten Penis. Groß und hart stand er von seinen Lenden ab, bereit, sofort in Lucille hineinzustoßen, doch so ungestüm ging Richard nicht vor. Stattdessen kniete er sich vor den Sessel und massierte ihre Beine.

Das Warten machte Lucille wahnsinnig. Sie wollte endlich wieder von ihm dort berührt werden, wo es am schönsten war.

Als er dann mit der Breitseite seiner Zunge über ihre Schamlippen leckte, stöhnte sie auf. Sie hielt sich an ihren Knien fest und genoss jeden Kuss, den Richard auf ihren Schenkeln, ihrem Venushügel und ihrem Schoß platzierte. Seine Zungenspitze drang in die Täler zwischen ihren geschwollenen Lippen. Schamlos glitt er in ihre feuchte Öffnung, und zwar so tief, bis seine Lippen auf ihrem Eingang lagen und er nicht weiter in sie eindringen konnte.

In ihrem Inneren spürte sie seine Zunge, die sich hin und her bewegte.

Richard schlürfte ihren Nektar, richtete sich plötzlich auf und zwang ihr einen Kuss auf, indem er seine Hand in ihren Haaren vergrub und ihren Kopf festhielt. Das erste Mal im Leben schmeckte Lucille sich selbst. Zuerst reagierte sie erschrocken, doch bald siegte die Erregung, die von dieser Obszönität angestachelt wurde. Nachdem er sie losgelassen hatte, leckte sie sogar seinen Mund ab.

Während sie noch an seiner Unterlippe knabberte, schob er seinen Daumen in ihre Mitte hinein. Er streichelte sie fordernd, bevor er auch den Zeigefinger in sie einführte, um sie sachte mit zwei Fingern zu nehmen. Lustvoll stöhnte Lucille und hielt Richards Hals umschlungen. In geschickten Wellenbewegungen, von denen sie gar nicht gewusst hatte, dass ihr Unterleib dazu imstande war, kam sie ihm entgegen.

Als er einen dritten Finger hinzunahm, dehnte er sie leicht. Lucille war schon so erregt, dass sie es sich selbst besorgt hätte, hätte Richard seine Hand hingehalten und sie machen lassen. Aber er war besonnener als sie und hörte auf, bevor sie kam.

Er erhob sich, stellte einen Fuß zwischen ihre Schenkel, damit er weiterhin einen Blick auf ihre hungrige Scham hatte, und führte ihren Kopf zu seinem Schaft. Bereitwillig öffnete sie ihre Lippen, staunte dann aber doch, wie tief er in ihren Rachen eindrang und dass er nicht erwartete, dass sie ihn aktiv befriedigte, sondern in sie hineinstieß.

Behutsam benutzte er ihren Mund, um sich Lust zu verschaffen. Lucille legte die Hände an seine Beine, nur für den Fall, dass er die Beherrschung verlor, aber diese Furcht stellte sich als unbegründet heraus, denn selbst als er heftiger zustieß, ging er nicht so weit, dass sie ihn bremsen musste. Noch überraschender war, wie sehr es ihr gefiel, benutzt zu werden. Richard nahm sich einfach, was er von ihr begehrte. Ein wenig machohaft, dachte Lucille und presste ihre Lippen fester um den heißen Schaft, denn selbst das machte sie an.

Als seine Beine zitterten, trat er zwei Schritte zurück und zog sie aus dem Sessel. Schwungvoll drehte er sie um und drückte sie mit dem Rücken gegen den Pfeiler zwischen zwei Fenstern. Lucille schaute aus dem Fenster, ängstlich, allerdings nicht, weil sie sich im fünften Stockwerk befanden, sondern weil sie die Strandbar erspähte. Konnte man sie von der Bar aus erkennen? Die Scheiben waren zwar getönt, aber die Sonne stand immer noch hoch am Himmel.

War der Sex mit Richard es wirklich wert, gefeuert zu werden?

Richard riss sie erneut herum – wie eine Marionette, die er dirigierte, seitdem sie sich begegnet waren, kam es Lucille in den Sinn – und presste sie mit dem Oberkörper gegen die Fensterscheibe, die bis zum Boden reichte. Wer immer in diesem Moment zufällig hochsah, konnte bestimmt ihre nackten Rundungen sehen. Das war schon beschämend genug. Doch viel schlimmer war die Vorstellung, dass ihre Chefin oder einer der Angestellten sie bemerkte oder jemand die Polizei rief und sie wegen Exhibitionismus verhaftet werden würden.

Richard führte seinen Schaft zwischen ihre Schenkel, ließ seine Lenden vor und zurück schaukeln und stieß zwischen ihre Beine. Seine Stimme war heiser vor Lust: „Mach dir keine Sorgen. Du wirst dorthin sowieso nicht zurückkehren."

Da sein Phallus über ihren geschwollenen Schoß rieb, fiel ihr das Denken inzwischen schwer. Zwischen der Erregung, die ihren Verstand so träge wie Sirup machte, blitzten immer nur kurz Gedanken auf. Er sprach, als wäre seine Entscheidung beschlossene Sache, als wäre sie sein Eigentum. Was hatte er damit gemeint? Zurück zum Fußvolk? Zurück ins Leben? Angst regte sich in ihr, dass sie weitaus mehr als ihren Job verlieren könnte, doch er hielt sie unnachgiebig fest, während er sie nahm, ohne richtig in sie einzudringen, und dann und wann ihren Nacken küsste.

Stöhnend bediente er sich ihres Körpers und reizte sie gleichzeitig. Er schob seine Hände zwischen Fenster und Busen und streichelte ihre Brüste. Sachte zwirbelte er ihre Nippel, das Liebkosen ging in Kneten über, wurde immer fester, immer leidenschaftlicher, je weiter seine Erregung fortschritt. Aus den Küssen wurden Bisse, die zwar nicht wirklich fest waren, aber dennoch wehtaten. Berauscht lehnte Lucille ihren Kopf gegen Richards Schulter.

Nach einer halben Ewigkeit zog er sie vom Fenster weg und bettete sie mit dem Rücken auf den Fußboden. Da dieser trotz Teppich hart war, schaute sie sehnsüchtig zu seiner Schlafstätte hoch.

„Alle treiben es im Bett“, er schob ihre Knie weit auseinander, kniete sich dazwischen und drang kraftvoll in sie ein, „deshalb vögele ich grundsätzlich nicht dort.“

Lucille bäumte sich auf. Am Ende war es ihr egal, wo er sie nahm, Hauptsache, er war endlich in ihr! Auch Richards Erregung war zu weit fortgeschritten, um es langsam angehen zu lassen. Stattdessen stieß er immer wieder zu. Kurz und hart. Mit einer Hand stützte er sich über ihrer Schulter ab, damit seine Stöße sie nicht wegschoben, mit der anderen massierte er ihre Brüste. Sachte kniff er in ihre Brustspitzen und strich jedes Mal danach behutsam darüber.

Als Lucille aufschrie, da er sie recht schmerzhaft gezwickt hatte, hielt er ihr den Mund zu, ohne damit aufzuhören, in sie einzudringen. Lächelnd sah er sie über seine Hand, die ihre Lippen verschloss, hinweg an und stieß härter zu.

Dieser Mann war unglaublich! Hilflos und ausgeliefert lag sie unter ihm, zumindest machte es den Anschein. In Wahrheit hätte sie in diesem Augenblick nirgendwo anders als in diesem Hotelzimmer sein wollen. Dieser gestählte Oberkörper, die Tätowierungen, die ihm das Aussehen eines wilden Stammeskriegers verliehen, und seine hemmungslose Art, sie zu nehmen, brachten sie fast um den Verstand.

Als Lucille kam, schrie sie ihre Lust heraus, schrie sie in seine Handfläche und krallte sich an seinen starken Armen fest, da er sich weiterhin in ihr bewegte, in diesem übersensibilisierten Fleisch zwischen ihren Schenkeln, bis auch er kam.

Noch in derselben Woche beging sie ihren zweiten und dritten Fehler.

Der erste bestand darin, sich Hals über Kopf in Richard zu verlieben. Allein der Gedanke, nach Boston zurückkehren zu müssen, in die Einsamkeit ihrer Wohnung und die Tristesse ihres Alltags, zerriss sie innerlich. Seine Zuneigung war wie Balsam für ihre Seele. Sie fühlte sich ihm so nah, da auch er in einfachen Verhältnissen aufgewachsen war und das geschafft hatte, was Lucille noch erreichen wollte: es zu etwas bringen, aus eigener Kraft.

Doch bisher hatte sie auf ihre Bewerbungen nach dem Studium nur Absagen kassiert und würde weiterhin im Café arbeiten müssen. Kein anspruchsvoller Job, keine Liebe. Sie bewunderte Richard! Und sie fühlte sich wohl bei ihm, beschützt und geliebt.

In den darauffolgenden Tagen trug er sie auf Händen. „Meine Göttin“ nannte er sie. Noch nie hatte irgendjemand solch ein Kosewort für Lucille ausgewählt! Das erste Mal in ihrem Leben fühlte sie sich geschätzt.

Doch die Verliebtheit allein wäre nicht so schlimm gewesen. Lucille wäre darüber hinweggekommen. Allerdings machte sie den gravierendsten aller Fehler, aus einer Laune heraus, aus Verzweiflung, aus Naivität, da sie im Rausch der Lust – Richard schlief mehrmals täglich mit ihr – Sex mit Liebe verwechselte und weil ihr Leben schon immer Haken geschlagen hatte, zum Beispiel, als die Behörden sie mit fünf Jahren von ihrer Mutter wegholten, und später, als sie sich mit achtzehn Jahren von ihren Pflegeeltern losgesagt hatte.

Nun, mit vierundzwanzig, nahm Lucille Blunt eben Richards spontanen Heiratsantrag genauso spontan an, um sich zum dritten Mal in ihrem Leben neu zu erfinden, und mit der Hoffnung, endlich ein Zuhause gefunden zu haben.

3

Einen Monat später hieß sie Lucille Dawson und residierte in einem Penthouse in Washington, D. C. Sie besaß eine Limousine mit Chauffeur, eine schwarze Amex und unbegrenzten Zugriff auf Richards Konto, zumindest auf das offizielle – denn dass er Geld am Fiskus vorbeischleuste, bekam sie mit, als Jack Caruso ihn besuchte und eine Andeutung machte.

Richard war immer wieder aufs Neue erstaunt, dass Lucille seine Großzügigkeit nicht ausschöpfte. Durch die neu gewonnene Freiheit, nicht arbeiten zu müssen, besuchte sie lediglich einige Pilates- und Yogakurse. Sie kaufte sich neue Garderobe, da sie keinerlei Kleidung für die Gesellschaft besaß, in der ihr Ehemann sich bewegte. Maniküre und Friseur standen nach einem Monat wöchentlich auf dem Programm. Jedes Mal ließ sie sich ihre Haare in einer anderen Farbe tönen, um dieses enervierende Schwimmwestenorange nicht mehr im Spiegel erblicken zu müssen.

Lucille wollte die Chance nutzen, sich zu verändern, sich neu zu entdecken – sich das erste Mal in ihrem Leben um sich selbst zu kümmern.

Erst als die Blätter von den Bäumen fielen, merkte sie, wie viel Zeit vergangen war, ohne dass sie sich weiterhin um eine Arbeitsstelle bei einer Firma für Gartenbau und Landschaftsplanung bemüht hatte.

Aus Freiheit wurde Langeweile.

Auch nach den ersten Monaten bestand ihre Ehe nur aus Sex. Da Richard oft geschäftlich unterwegs war, sahen sie sich selten. Wenn er zu Hause war, gingen sie immer auf Partys und landeten danach – nein, nicht im Bett, sondern überall anders – auf dem Teppichboden, dem Küchentisch und der Motorhaube seines Lamborghinis. Erst danach legten sie sich in die Federn, jeder auf seine Seite.

Lucille hatte zu viel Zeit zum Nachdenken. Das war sie nicht gewohnt – es störte sie! –, denn je mehr sie grübelte, desto unwirklicher erschien ihr ihre Ehe. Sie hatte geglaubt, mit Richards Hilfe die Dämonen ihrer Vergangenheit abstreifen zu können. Stattdessen hielt er sie frisch, indem er eine Art Fetisch entwickelte und ihre vermaledeiten Narben in jedes Liebesspiel mit einbezog, als würde er sich daran aufgeilen. Kein einziges Mal fragte er, woher die Narben stammten. Am Anfang nahm Lucille das mit Erleichterung zur Kenntnis. Aber Weihnachten und Silvester gingen vorüber, und nachdem der Schnee schmolz und die ersten Krokusse sprossen, erkannte sie, dass es lediglich Desinteresse seinerseits war.

Im Grunde interessierte ihn nur sein Geschäft. Wenn er mit Jack Caruso sprach, änderten sich seine Haltung und seine Miene, und Lucille zog sich freiwillig zurück, weil sie plötzlich Angst vor Richard bekam. Sie wusste, dass es Unsinn war, aber seine Muskeln schienen sich aufzublähen, sein Blick verdüsterte sich, und er wirkte mit einem Mal wie eine Raubkatze auf der Jagd – konzentriert und dazu bereit, jeden zu zerfleischen, der sich ihm in den Weg stellte. Böse wie seine Tattoos. Doch er behandelte Lucille stets wie ein Gentleman.

Wenn es um seine Firma ging, wagte sie nicht einmal ansatzweise nachzuhaken, auch nicht, wer der Südamerikaner mit dem altmodischen Oberlippenbart war, der Sommer wie Winter eine Sonnenbrille trug und mit dem er ab und zu eine Runde durch D. C. fuhr, um Berufliches zu besprechen. In einer Limousine. Mit getönten Scheiben. Richard hatte ihr nur erzählt, dass sein Job irgendetwas mit der Regierung zu tun hatte. Es klang wichtig, geradezu geheim.

Im Frühjahr lernte sie ihre Sommersprossen perfekt zu überschminken, bis zum Sommer konnte sie so leichtfüßig auf High Heels gehen, als würde sie Sneakers tragen. Richard kam immer seltener nach Hause, aber wenn, dann taxierte er sie, als würde er ihre Fortschritte prüfen. Für Lucille blieb er ein wollüstiger Liebhaber, nicht mehr.

Ihren Chauffeur Vicente sah sie weitaus öfter als ihren Ehemann. Richard bestand darauf, dass Vicente sie überallhin fuhr, aber der Kolumbianer tat mehr als das: Er folgte ihr auf Schritt und Tritt wie ein Schoßhündchen. Ein gefährliches Hündchen, das bewaffnet bis unter die Zähne war, denn er stellte sich als Bodyguard heraus, der sie nicht nur beschützte, sondern auch abschirmte.

Im August wurde Lucille das Gefühl nicht los, von Richard kontrolliert zu werden. Etwas stimmte nicht mit ihm, mit ihrem gemeinsamen Leben – und nicht mir ihr. Als Lucille sich eingestand, dass die Hoffnung auf ein Heim mit viel Liebe, dafür ohne Geldsorgen, sie blind für die Wahrheit gemacht hatte und sie gerade dabei war, aus diesem Luxustraum aufzuwachen, wandelte er sich von einer Sekunde zur anderen in einen Albtraum.

Anfang September stürmte das FBI ihr Penthouse. Die Bundesagenten warfen Richard schonungslos zu Boden, fesselten und verhafteten ihn. Lucille traute ihren Augen kaum und erstarrte. Noch nie hatte jemand eine Waffe auf sie gerichtet, in diesem Augenblick waren es gleich sechs Männer. Sie war zu Tode erschrocken! Zu allem Übel band man auch ihre Handgelenke mit Kabelbinder zusammen.

Sie wusste nicht, wie ihr geschah, war verwirrt und den Tränen nah.

Als man sie abführte, warf sie einen kurzen Blick in den Garderobenspiegel. Sie sah eine fremde Frau mit schwarzen, hüftlangen Haaren, Porzellanteint und 10-cm-Absätzen – und erkannte sich selbst kaum wieder. Dieses künstliche Schneewittchen war sie? Wo war die Lucille aus Boston mit ihrem Markenzeichen, dem roten Schopf, und ihren Zielen? Kein Widererkennungswert und keine Persönlichkeit, nur eine aalglatte Fassade.

Der plötzliche Reichtum – und somit Richard – hatte sie einer Gehirnwäsche unterzogen.

Entsetzt stellte sie fest, dass sie zu dem geworden war, was sie verabscheute: das Weibchen eines reichen Mannes zu sein, das nichts anderes tat, als sich mit seinem Aussehen zu beschäftigen.

Man brachte Lucille ins J. Edgar Hoover Building und verhörte sie im Hauptquartier des Federal Bureau of Investigation wie eine Schwerverbrecherin, dabei war sie nur eine junge Frau, die den Fehler begangen hatte, Richard Dawson zu heiraten – den *Händler des Todes*.

1. KAPITEL

Oktober, Florida

Craig lehnte sich in seinem Bürostuhl zurück und musterte das neue Dienstmädchen unverhohlen skeptisch. Patrick, sein Butler und Hausvorsteher, hatte sie soeben in sein Arbeitszimmer geführt; seine Miene drückte deutliches Bedauern aus.

Nun stand sie neben ihrem neuen Vorgesetzten an der Tür und sagte leise: „Guten Morgen, Mr Bellamy. Ich freue mich, für Sie arbeiten zu dürfen."

„Freuen?" Das würde ihr bald vergehen. Überrascht vom herausfordernden Unterton in seiner eigenen Stimme neigte er sich vor und stützte sich mit den Ellbogen auf der ledernen Schreibtischunterlage ab. „Sie sollten mir danken, das trifft es wohl eher."

Ihre rechte Augenbraue hob sich missbilligend, nur kurz, aber es war Craig nicht entgangen. Seine Mundwinkel zuckten.

Er hatte sich Kirby Lamar anders vorgestellt. Da er wusste, dass sie aus armen Verhältnissen stammte, reich geheiratet hatte und tief gefallen war, hatte er mit einem platinblonden Frauchen mit Schlauchbootlippen und einem Doppel-D-Dekolleté gerechnet. Eben eine dieser Jetset-Barbies, die aussahen, als wären sie geklont – identisch, austauschbar und von einem Gott in Weiß glatt poliert und in Form gebracht wie ein Speckstein. Atmende Love Dolls, die leichtfertig ihre Beine breit machten, um in die High Society einzuheiraten.

Doch Kirby war klein und zierlich mit flachem Bauch und Po und kleinen Brüsten. Selbst ihre Lippen waren schmal. Ihre schulterlangen Haare hatte sie zu einem Zopf gebunden, doch einige mandarinenfarbene Haarsträhnen hatten sich gelöst und hingen ihr ins Gesicht.

Hätte es sich bei ihrer Anstellung nicht um einen Gefallen für McCarthy gehandelt, würde Kirby heute nicht vor ihm stehen, denn Patrick hätte die junge Frau im Leben nicht eingestellt. Amüsiert beobachtete Craig, wie sein Butler ihren Schopf mit gerümpfter Nase beäugte, als würde er gleich nach der Schere auf Craigs Schreibtisch greifen, um ihr einen richtigen Haarschnitt zu verpassen. Patrick hasste Unordnung, und auf Kirbys Kopf herrschte Chaos. Ob ihre Gedanken genauso ungeordnet waren, fragte sich Craig erheitert.

Seine harte Miene schmolz einen Moment, doch als er es bemerkte, zog er rasch wieder die Maske des Bosses auf, der genauso viel Einsatz von seinem Personal erwartete wie von sich selbst. Eigentlich regierte er nicht mit harter Hand, aber er forderte von seinen Angestellten ein hohes Maß an Eigenverantwortung – und von Ms Lamar würde er noch weitaus mehr verlangen.

Sie hatte ihn vom ersten Augenblick an gereizt. „Wie ich sehe, tragen Sie Sandalen, Kirby."

„Sandaletten", korrigierte sie ihn und presste sogleich ihre Lippen aufeinander, als würde sie sich wünschen, den Mund gehalten zu haben.

Patrick holte tief Luft, um sich zu entschuldigen, doch Craig hob die Hand und verhinderte es. Er wollte mit Kirby sprechen. Ihn, Craig, zu berichtigen war frech gewesen, aber es gefiel ihm. „Es ist ausschließlich geschlossenes, festes Schuhwerk erlaubt."

„Das wusste ich nicht." Nervös nestelte sie an ihrer flamingofarbenen Dienstuniform herum, einem kurzärmeligen Kleid, das bis zu den Knien reichte. Die Couleur biss sich himmelschreiend mit ihrem Haarton, aber alle Hausmädchen trugen nun mal die gleiche Kluft. „In Florida ist es so heiß, deshalb dachte ich …“

„Sie werden nicht fürs Denken bezahlt, sondern um Anweisungen auszuführen.“ Craig hielt die Luft an. War er zu weit gegangen? Normalerweise führte er sich nicht wie eins dieser neureichen Arschlöcher auf, aber irgendetwas in seinem Inneren stachelte ihn dazu an, sie aus der Reserve zu locken. Zu gern würde er hinter ihre Fassade gucken. Was für ein Mensch war sie? Wie fühlte sie sich, nun, da sie kein Personal mehr hatte, sondern selbst als Hausmädchen arbeiten musste?

Ihre Finger krallten sich so fest in den Stoff ihrer Kleidung, dass ihre Handgelenke weiß hervortraten. Sie brachte die Worte gepresst heraus, als würde es sie Mühe kosten, die Sätze auszusprechen: „Es tut mir sehr leid, Sir. Solch ein Regelbruch wird nicht wieder vorkommen.“

„Das will ich hoffen“, knurrte er gespielt, schob den Bürostuhl zurück und stand auf. „Ich lege großen Wert auf adrette Kleidung. Nicht auszudenken, wenn ein Gast käme und Ihre beige lackierten Fußnägel erblicken würde.“

Betrübt schaute sie auf ihre weißen Sandaletten, die mit winzigen braunen Pailletten verziert waren und einen 3-cm-Absatz hatten. Die Nägel waren kaum durch die geschickt geflochtenen Riemchen zu sehen, gepflegt und in einer so dezenten Farbe lackiert, dass Craig eigentlich nichts gegen das Schuhwerk einzuwenden hatte, aber die Arbeitssicherheit schrieb nun mal geschlossene Schuhe vor. Außerdem wusste er, dass Kirbys Füße selbst bei dem kleinen Absatz am Abend höllisch schmerzen würden, deshalb wollte er sie vor ihrer eigenen Dummheit bewahren.

Eine teuflische Vorfreude regte sich in ihm, denn er wollte sie noch weiter aus der Reserve locken, nicht etwa, um Kirby zu verletzen, sondern um ihre Reaktion zu testen und, falls sie sich traute, ihm Paroli zu bieten, sich mit ihr zu duellieren. Widerspruch regte sich nur selten in seinem Haus. Dieser Streichholzkopf stellte womöglich eine willkommene Abwechslung dar.

Craig stolzierte um den Schreibtisch herum, blieb vor Kirby stehen und wackelte provozierend mit seinen nackten Zehen.

Als sie bemerkte, dass er keinerlei Fußbekleidung trug, verfinsterte sich ihre Miene, und ein verärgertes Blitzen trat in ihre Augen. Sie führte die Arme hinter ihren Rücken, als müsse sie sich mit Gewalt daran hindern, ihm eine Ohrfeige zu geben. Ihr Mund wurde noch verkniffener. Craig konnte förmlich sehen, wie eine dunkle Zorneswolke über ihr schwebte. Aber Kirby hatte sich im Griff. Die Wolke zog weiter, und die 25-Jährige entspannte sich wieder.

„Wie Sie befehlen, Sir." Allein ihr militärischer Ton, dieses harte Stakkato, deutete auf ihren Unmut hin.

Der Sarkasmus war zu versteckt, als dass Craig ihn ihr hätte ankreiden können. Ihre Selbstkontrolle imponierte ihm. Zähneknirschend gab er zu, dass sie völlig anders war, als er sie sich vorgestellt hatte. Nicht nur äußerlich, auch ihr Verhalten. Er kannte den Typ Frau – hatte er zumindest gedacht –, der sich einen reichen Ehemann geangelt und, aus welchem Grund auch immer, wieder verloren hatte: Wie eine Biene, getrieben vom Hunger nach Überfluss, flog sie weiter zur nächsten Blüte und versuchte dort zu landen. Daher hatte er sich für Kirbys Flirtversuche gewappnet, hatte angenommen, sie würde probieren, ihn mit keckem Augenaufschlag zu bezirzen, um ihn für sich zu gewinnen oder zumindest zu erreichen, nur leichte Tätigkeiten zugeteilt zu bekommen.

Doch Kirby tat nichts dergleichen.

Wie sie vor seinem Schreibtisch stand, die Füße dicht nebeneinander, die Hände hinter dem Rücken verschränkt, sodass sich der Stoff über ihren Brüsten spannte, und den Blick vermeintlich devot gesenkt, tat sie ihm fast ein wenig leid. Ein gefallener Engel.

Weitaus problematischer erschien ihm jedoch die Tatsache, dass ihr Verhalten ihn erregte. Ihre servile Haltung, ihr Lippenbekenntnis, sich seinen Regeln zu fügen, und im Gegensatz dazu ihr wütend funkelnder Blick – in der Kleinen steckte Feuer, da war er sich sicher!

Jedes Mal wenn sie das Wörtchen „Sir" ausgesprochen hatte, hatte sein Schwanz gezuckt, dabei hörte er das Wörtchen tausendmal am Tag. Aber aus ihrem Mund klang es anders, geradezu frivol, zumindest in seinen Ohren.

Was war nur heute los mit ihm? Lag es daran, dass Michelle ihren Besuch angekündigt hatte, um ihm neue Umbauvorschläge für sein Wohnzimmer zu unterbreiten? Er horchte in sich hinein. Nein, bei dem Gedanken an sie blieb alles ruhig in seiner Hose.

„Sie werden vorerst als sogenannter Springer eingesetzt werden, immer dort, wo Not am Mann ist. Das kann auch in der Küche und im Garten sein, aber vorwiegend für die Zimmer, die Wäsche und das Servieren", rettete Patrick die Situation, denn ein angespanntes Schweigen war eingetreten, da Craig seine neue Hausangestellte angestarrt hatte.

Verlegen wandte Craig sich ab und nahm wieder hinter dem Schreibtisch Platz. Was hatte diese Frau nur an sich, dass er bei ihr anders reagierte als bei anderen Neueinstellungen? Sie war weder auffallend schön, noch hatte sie ihn mit Redegewandtheit umgarnt.

Dann fiel es ihm ein. Sie hatte etwas geschafft, das die wenigsten Menschen vollbrachten: Sie hatte ihn überrascht.

Außerdem ahnte er, dass diese Frau mehr ausmachte, als man auf den ersten Blick sah. Sie bestand nicht nur aus einer oberflächlichen Fassade wie all die charakterlosen Bunnys, mit denen sich seine Geschäftspartner schmückten. Auf andere Menschen mochte sie keine Wirkung haben, aber Craig erinnerte sie mit ihren roten Haaren und den saphirblauen Augen an die raue englische Küste mit ihren Kliffs, den Stürmen und der wild tosenden Brandung.

Die Dämonen der Vergangenheit kratzten die Narben an seinem Herzen auf, sodass die Wunden wieder anfingen zu bluten. Wie sahen Kirbys Dämonen aus? Was waren ihre Geheimnisse? Wie lautete die Geschichte ihres Lebens? In ihrem Blick lag eine Traurigkeit, die ihn berührte, die mehr noch als ihre zierliche Statur seinen Beschützerinstinkt weckte.

Sie ist eine Hexe, stellte Craig belustigt fest. Unauffällig zwackte er im Schutz des Tisches sachte seine Hoden, damit der Schmerz sein Glied daran hinderte, endgültig hart zu werden, und schaute ihr hinterher, als sie mit Patrick sein Büro verließ. Innerhalb weniger Minuten hatte sie seine Meinung ins Wanken gebracht.

Bei ihrer Ankunft hatte er sie mit aller Härte Demut lehren wollen, aber jetzt besaß dieser Gedanke plötzlich eine erotische Komponente.

2. KAPITEL

Kleinkarierter Schmock, dachte Lucille verärgert, als sie Craig ihren Rücken zuwandte und Patrick aus dem Raum folgte. Oh ja, er war ein Schmock, und was für einer! Er hatte sie auf dem Kieker, so viel stand fest. Aber sie empfand Stolz, denn obwohl sie vor Wut hätte platzen können, war sie cool geblieben – und hatte ihn alt aussehen lassen. Was hatte er erwartet? Dass sie aus der Haut fahren würde und er sie postwendend entlassen konnte, noch bevor sie ihren Job bei ihm angetreten hatte? Er schien genauso wenig erfreut zu sein, sie in seinem Haus zu haben, wie sie erpicht darauf war, für ihn zu arbeiten.

Aber hatte nicht ein Hauch von Frivolität in seiner Stimme mitgeschwungen? Seine Worte waren hart gewesen, jedoch nicht scharf wie Messerklingen. Noch während sie sich fragte, ob er sie nur hatte necken wollen, schaute sie über die Schulter zurück ins Arbeitszimmer – und bemerkte, dass Craig ihr hinterhersah. Seine Miene war gedankenvoll, aber auch begehrlich. Oder bildete sie sich das nur ein?

Hitze stieg in ihre Wangen. Rasch wandte sie sich ab und wäre beinahe in Patrick reingelaufen. Erschrocken hob sie die Hände, stoppte jedoch glücklicherweise rechtzeitig, bevor sie gegen ihn prallte.

Der Butler räusperte sich missbilligend. Er stand so aufrecht, als würde er ein unsichtbares Buch auf dem Kopf balancieren. Selbst wenn er ging, blieben sein Oberkörper und seine Arme steif wie der gestärkte Kragen seines lilienweißen Hemdes, das er unter seiner Weste trug. Es fehlten nur noch Livree, Krawatte und weiße Handschuhe.

Lucille musste ein belustigtes Glucksen unterdrücken, als er seine Taschenuhr aus der Westentasche holte, einen kurzen Blick auf die Uhrzeit warf und sie dann wieder wegsteckte. Er erinnerte sie an den jungen Alan Rickman, einen britischen Schauspieler, der in seinen Rollen oft etwas genervt wirkte.

Wahrscheinlich wusch und föhnte Patrick seine kurzen schwarzen Haare jeden Morgen vor Arbeitsbeginn, damit jedes Härchen auf seinem Platz lag, und formte seinen Pony zu zwei Wirbeln, die sich über seiner hohen Stirn wölbten wie zwei viktorianische Torbögen. Sein Teint war von nobler Blässe – Lucille bezeichnete sie eher als gespenstisch –, seine Fingernägel waren rund gefeilt, und seine Lippen glänzten, vermutlich von einem Fettstift.

Unter diesem komischen Kauz sollte sie ab sofort arbeiten. Das würde noch lustig werden. Nur mit Mühe konnte sie ein Aufstöhnen unterdrücken.

Lucille glaubte, Craigs Blick noch immer zu spüren. Ihre Kehrseite kribbelte. Wieso nur? Er hatte sich widerlich verhalten. Gut, er sah nicht übel aus, eigentlich war er trotz seines grotesken Kleidungsstils recht attraktiv. Aber welcher Amerikaner trug noch Poloshirts? Sie waren völlig aus der Mode, und Craigs braune Haare benötigten dringend einen Schnitt. Wüsste sie nicht, dass er eine Reederei besaß, hätte sie ihn für einen schrulligen Professor gehalten, vielleicht auch für einen Schriftsteller, die konnten ja mitunter auch recht exzentrisch sein.

Dumm nur, dass gerade die Tatsache, dass er nicht wie all die Kunstfiguren auftrat, die sie auf den Partys von Richards Freunden getroffen hatte, sie neugierig auf ihn machte.

Trotzdem bleibt er ein Schmock, dachte sie trotzig, während sie hinter Patrick die Treppe ins Obergeschoss hochstieg, und widerstand dem Drang zu prüfen, ob Craig an der Tür zum Büro stand und sie weiterhin beobachtete.

„Sie werden jeden Morgen mit einem Boot abgeholt werden, da der Wasserweg in Cape Coral schneller ist, und es wird erwartet, dass Sie pünktlich am Steg stehen. Miles, der Bootsführer, ist angehalten, nicht zu warten." Stur schritt der Butler Stufe für Stufe hinauf und wirkte dabei so würdevoll wie der Präsident der Vereinigten Staaten. „Fehlverhalten ist inakzeptabel und führt zur Kündigung."

Lucille verdrehte die Augen. Offensichtlich war sie nicht in einem Privathaushalt gelandet, sondern beim Militär.

„Die Pausen werden Ihnen zugeteilt, sie sind unbedingt einzuhalten. Es gibt in diesem Haus eine strikte Ordnung, die einen reibungslosen Ablauf garantiert. Den Zeitplan finden Sie am Schwarzen Brett in der Küche. Unkenntnis schützt nicht vor einer Strafe", referierte Patrick enthusiastisch weiter, als wären es nicht Mr Bellamys Regeln, sondern die seinen. Möglicherweise traf das sogar zu.

Langsam erwachte in Lucille die Ahnung, dass der Butler das Personal wie ein Feldwebel anführte und Craig Bellamy ihm die Kontrolle über seinen Haushalt überließ, da er zu beschäftigt mit seiner Schifffahrtsgesellschaft war.

„Rauchen ist auf dem ganzen Grundstück verboten, ebenso wie sich aus dem Kühlschrank zu bedienen und sich mit anderen Angestellten auf einen Plausch in irgendeine Ecke zurückzuziehen. Es ist strengstens untersagt, etwas ohne meine Einwilligung zu tun …"

Eigenes Denken stand wohl auch auf der Verbotsliste. Die Angestellten waren scheinbar eine Privatarmee aus Robotern. Das wurde Lucille nun wirklich zu blöd. Sie biss sich auf die Unterlippe, um nicht laut aufzuschreien, und hatte keine Lust mehr, sich Patricks Anweisungen weiter anzuhören, deshalb ließ sie es zu, dass ihre Gedanken abschweiften und sie nur entfernt wahrnahm, was er ihr im Obergeschoss zeigte.

Sie tat so, als würde sie nicken, und schaute in Wahrheit nach, ob sich Schweißflecken unter ihren Achseln gebildet hatten. Erleichtert atmete sie auf. Ihre Uniform war tadellos. Trotz der Klimaanlage in der Villa schwitzte Lucille. Bei ihrer überstürzten Abreise aus Washington, D. C., hatten schon die ersten Herbststürme begonnen, das bunte Laub von den Bäumen zu wehen. Als sie auf dem Southwest Florida International Airport in Fort Myers gelandet war, hatte sie fast der Schlag getroffen. Obwohl es Oktober war, herrschten im *Sunshine State* noch immer schwüle achtundzwanzig Grad mit einer Luftfeuchtigkeit von siebzig Prozent.

Lucille kam sich vor, wie auf einem anderen Planeten – zumindest wie in einem anderen Land. Cape Coral wurde aufgrund seiner Wasserkanäle, die die Stadt wie Adern durchzogen, auch das Venedig Floridas genannt, aber sobald man einen Fuß in dieses Domizil setzte, befand man sich plötzlich abrupt in England. Craig Bellamy hatte offensichtlich ein Faible für Großbritannien. Er zog sich genauso altmodisch an, wie seine Inneneinrichtung exzentrisch war. Von außen sah sein Haus aus wie alle anderen Luxusvillen in diesem Viertel: groß, blendend weiß, als würde die Fassade jede Woche neu gestrichen werden, und charakterlos. Aber wenn man eintrat, fühlte man sich in ein britisches Adelshaus gebeamt.

Dunkle Ledersessel oder zweisitzige Sofas mit beigebraunem Paisleymuster flankierten die Korridore, ebenso wie edle Porzellanvasen mit filigranen gelben Blüten, vermutlich handbemalt. An den Wänden hingen Fotos in Rahmen aus Walnussholz. Lucille lief nicht nur in den Gängen, sondern auch in den Räumen auf braunem Teppichboden, und wunderte sich, denn in Staaten, in denen es das ganze Jahr über heiß blieb, verzichtete man für gewöhnlich auf alles Plüschige. Schiffsmodelle aus Holz standen auf Nussbaumvertikos, die Art-déco-Lampen an der Decke sahen so teuer aus, als würde jede einzelne mehr als ein Monatsgehalt von Lucille gekostet haben, und selbst die Türgriffe waren nicht einfach nur Klinken, sondern wahre Jugendstilkunst. Dieses Haus wirkte antiquiert, war aber bis ins Detail liebevoll eingerichtet worden.

Beiläufig ließ Lucille ihre Handfläche über die sandfarbene Barocktapete gleiten, um herauszufinden, ob sie die bronzefarbenen Einprägungen spüren würde.

„Vinyl-Satin, 200 Dollar pro Rolle", rügte Patrick sie, worauf sie ihre Hand ertappt zurückzog. „Sie fassen nur Dinge an, die Ihnen aufgetragen wurden, anzufassen, betreten ausschließlich Räume, in denen Sie Arbeiten zu erledigen haben, und halten sich vom Gewächshaus fern."

„Ja, Sir." Hatte Craig Bellamy im Treibhaus etwa seine Leichen vergraben? Da ihre Stimme ein wenig zu patzig geklungen hatte, lenkte sie ab und zeigte rasch auf eins der Fotos. Ein Mann mit vollem Haar und grauen Schläfen stand vor einem Bronzeschild mit der Gravur BOC – Bellamy Ocean Carrier – und hielt den Daumen hoch. Das Werbe-T-Shirt der Reederei, das er trug, konnte die für sein fortgeschrittenes Alter durchtrainierte Figur nicht verbergen. „Das ist der Vater von Mr Bellamy, nicht wahr? Er hat dieselben Augen."

Grün und stechend wie ein Alligator, fügte Lucille in Gedanken hinzu. Wahrscheinlich hatte Craig die Reederei und diese Villa von seinen Eltern übernommen. Das würde erklären, weshalb er nicht wie ein Geschäftsmann aussah – weil er keiner war.

Hüte dich davor, ihn zu unterschätzen, ermahnte sie sich, Krokodile haben scharfe Zähne. Ei, was hast du für ein entsetzlich großes Maul? Dass ich dich besser fressen kann. Der große böse Wolf hatte sich als Rotkäppchens Großmutter getarnt und somit harmlos ausgesehen, aber er hatte immer noch tödliche Krallen und Reißzähne besessen. Mit Maskierungen kannte sich Lucille dank Richard inzwischen bestens aus.

Patrick stellte sich vor das Foto, um ihr den Blick darauf zu nehmen, und musterte sie pikiert. „Fragen über die Familie Bellamy zu stellen ist genauso untersagt, wie in den Privatsachen Ihres Chefs herumzuspionieren und wird …"

„Mit dem sofortigen Rauswurf geahndet", führte sie Patricks Satz zu Ende. Bisher hatte sie nur Verbote gehört. Hatten die Angestellten in diesem Haus eigentlich auch Rechte? Lucille wartete nur darauf, dass er ihr mitteilte, sie würde kein Gehalt bekommen, sondern müsse Geld zahlen, damit sie Mr Bellamy den Hintern nachtragen durfte.

Eine Weile sah der Hausvorsteher sie blasiert an, dann stieß er die Luft aus seinen Lungen aus, als hätte er endgültig seine Meinung über Lucille gefällt. In seinen Augen war sie bestimmt ein hoffnungsloser Fall. Sie hatte nicht einmal das Niveau, um in einem solchen Haushalt zu arbeiten, war sicherlich seine Meinung. Lucille ging davon aus, dass er die erstbeste Gelegenheit nutzen würde, um sie, den faulen Apfel, loszuwerden.

„Wenn Mr Bellamy etwas wünscht, werden Sie zuerst mich darüber in Kenntnis setzen. Das größte Tabu von allen, Kirby, ist allerdings Mr Bellamy selbst." Er machte eine Pause, und obwohl er keinen Ton darüber sagte, wusste sie, dass er darauf anspielte, wie sie auf der Treppe über ihre Schulter zu Craig Bellamy zurückgeblickt hatte und errötet war. „Wenn Sie ihm auf dem Korridor begegnen, werden Sie ihn höflich grüßen. Ansonsten sprechen Sie ihn nicht an, sondern antworten nur, wenn er das Wort an Sie richtet. Beim Servieren erwartet er Zurückhaltung. Ein gutes Dienstmädchen wird vom Hausherrn nicht bemerkt."

Oh Gott, worauf hatte sie sich nur eingelassen? Aber sie hatte keine andere Möglichkeit gehabt. Das FBI hatte sie vor die Wahl gestellt, bis zum Prozess gegen Richard in Schutzhaft zu bleiben oder ins Zeugenschutzprogramm aufgenommen zu werden. Sie hatte sich für Letzteres entschieden, was gleichzeitig bedeutete: ein fremder Staat, ein Job, bei dem sie untertauchen konnte, und ein neuer Name. Kirby Lamar. Als würde es nicht reichen, sich in ihrem Körper fremd zu fühlen. Sie hatte ihre Extensions entfernt, die schwarze Tönung herausgewaschen und all ihre teure Kleidung an eine gemeinnützige Organisation für Obdachlose verschenkt. Jetzt war sie wieder „ganz die Alte". Zurück zu den Wurzeln. War das nun ein Grund zum Feiern oder zum Trauern?

Während sie Patrick folgte, schaute sie im Vorübergehen in einen aufgestuckten Spiegel, der vermutlich sogar mit echtem Gold patiniert worden war. Es blickte ihr die Lucille aus Boston entgegen, das arme Mädchen, das ständig ums Überleben kämpfen musste.

Auf der einen Seite war sie froh, dass die Kostümierung, die sie in Washington veranstaltet hatte, vorbei war. Die Zeit mit Richard war wie ein täglicher Maskenball gewesen. Lucille hatte höchstens eine Ahnung davon bekommen, was hinter seiner Fassade steckte, und allein das hatte ihr eine so große Angst eingejagt, dass sie nie versucht hatte, ihm die Maske herunterzureißen. Sie hatte sich angepasst, hatte eine neue Lucille ausprobiert und sich von ihrem wahren Ich entfernt. Am Ende war sie gescheitert.

Auf der anderen Seite wollte sie nicht mehr die junge Frau sein, die nur arbeitete und lernte und doch nicht vorwärtskam. Sie sehnte sich danach, zu genießen, zu leben und zu lieben. Das Pensum, das sie in Boston gestemmt hatte, würde sie nicht mehr lange durchhalten, sobald sie dahin zurückkehren konnte. Es musste Ruhe in ihr Leben einkehren, aber davon war sie zurzeit weit entfernt.

Geschickt beendete Patrick die Rundführung im Bügelzimmer. Herrschte im Haus auch ein nostalgischer Flair, so waren alle Maschinen hochmodern, das hatte Lucille bereits in der Küche und der Waschküche gemerkt, und es fiel ihr jetzt wieder auf. Sie selbst hatte immer nur ein einfaches Bügeleisen besessen, Richard dagegen hatte ihre Kleidung von einem externen Wäscheservice abholen, reinigen und bügeln lassen, und hier fand sie nun alle möglichen Hilfsmittel vor. Beeindruckt schaute sie sich um und sah eine Heißmangel, drei Dampfbügelstationen und einen Steam Butler, auf den man Hemden nur aufzuziehen und auf einen Knopf drücken musste, schon blies heißer Dampf alle Falten heraus.

Schöne, reiche Welt. Mehr Lust auf diesen Job hatte Lucille durch diesen ganzen teuren Schnickschnack trotzdem nicht.

Eine junge Frau zwängte sich zwischen Lucille und Patrick hindurch und stellte einen Korb mit Wäsche vor eine der Bügelstationen. Als der Butler Lucille dem Personal vorgestellt hatte, war Ava ihr sofort aufgefallen, nicht wegen ihrer rundlichen Hüften und ihres üppigen Busens, sondern weil sie die Einzige gewesen war, die gelächelt hatte.

„Ava wird Ihnen alles zeigen. Bemühen Sie sich wenigstens, Kirby." Hoffnungslosigkeit schwang in Patricks Stimme mit. Seufzend wandte er sich um und schritt so steif aus dem Zimmer wie ein Zinnsoldat.

Lucille trat näher an sie heran. „Arbeitest du nicht eigentlich in der Küche?"

Eifrig nickte Ava. „Ich bin nur hier, um rasch die Trockentücher zu bügeln und dich einzuweisen." Ihre rosigen Wangen färbten sich dunkelrot.

„Trockentücher werden auch gebügelt? Bestimmt auch Mr Bellamys Unterhosen", spottete sie, doch bei dem Gedanken, Craigs Unterwäsche zu berühren, prickelten ihre Handflächen. Was mochte er untendrunter tragen? Feinripp,

Hipsters, sportliche Slips, sexy Strings oder Boxershorts von Ed Hardy, um heimlich seine wilde Seite auszuleben? Dieser Mann interessierte sie mehr, als sie geahnt hatte. Sein unverschämtes Schmunzeln wollte ihr einfach nicht mehr aus dem Kopf gehen.

Als sie plötzlich Schritte im Gang hörte, pochte ihr Herz aufgeregt. Aber es war nicht der Hausherr, der in das Bügelzimmer kam, sondern Cory de Caminha, ein sympathischer Brasilianer, der zurückhaltend, aber nett zu sein schien und mit seinen blonden Locken und den großen braunen Augen eher wie die junge Version eines rassigen Latinos aussah. Für einen Mann war er recht klein, nicht viel größer als Ava, vor der er einen Korb mit Wäsche abstellte. Ihre Blicke trafen sich kurz. Verlegen schaute Cory weg, und Ava bügelte hastig ein Küchentuch, obwohl sie die Dampfbügelstation gerade erst eingeschaltet hatte und das Wasser noch nicht heiß genug war.

„Bist du nicht eigentlich der Gärtner?“, fragte Lucille verwirrt. Machte hier eigentlich irgendjemand den Job, für den er eingestellt worden war?

Schüchtern lächelte er. „Im Garten gibt es nicht genug zu tun, darum helfe ich manchmal im Haus.“

Wie bei allen Grünanlagen in Cape Coral bestand der größte Teil aus Rasenfläche. Das Anwesen von Mr Bellamy wurde von drei Seiten von Wasser flankiert und das Haus von einigen obligatorischen Palmen umschlossen, aber am auffälligsten waren die Sträucher am Ufer. Eigentlich blühten Magnolien nur im Frühling, aber durch die gleichbleibenden Temperaturen in Florida brachten die Stern-, Purpur- und Sumpfmagnolien das ganze Jahr über Blüten hervor, die mit einem Farbenmeer aus weiß-rosa-violetten Tupfen das Gelände einrahmten. Sicherheitsleute, die ihre Gewehre zur Schau trugen – zur Abschreckung, vermutete Lucille –, patrouillierten am Ufer entlang. Der Swimmingpool hinter der Villa war wegen der möglichen Stippvisiten von Alligatoren mit einem Gitter eingezäunt und zudem überdacht; in die Zwischenräume waren als Schutz vor Moskitos Insektennetze gespannt. „Aber das Gewächshaus muss doch viel Arbeit machen."

„Darum kümmert sich Mr Bellamy persönlich."

Chefsache? Wie ungewöhnlich. Lucille hatte während ihrer Zeit in der Hautevolee nur Menschen kennengelernt, die Wert darauf legten, dass ihre Körper und Häuser repräsentabel wirkten. Einen grünen Daumen hatte keiner von ihnen gehabt oder gewollt.

„Eigentlich wäre es nur eine Teilzeitstelle, aber ich darf ganztags kommen, wenn ich überall mit anpacke. Wenn du es dir mit Mr Bellamy nicht verscherzt, hast du hier eine Anstellung fürs Leben." Cory lächelte und verschwand wieder.

Nein danke, schoss es Lucille durch den Kopf. Dieser Job war definitiv nur eine Zwischenlösung, und zwar eine, die man ihr aufgezwungen hatte. Sie bedauerte zutiefst, durch Richard ihre Lebensziele aus den Augen verloren zu haben.

Während sie Wasser in das Dampfbügeleisen goss und darauf wartete, dass es heiß wurde, kam sie ins Grübeln. Gedankenverloren schaute sie aus dem Fenster.

Lucille wollte nichts lieber als endlich die Arbeit machen, für die sie all die Jahre studiert hatte. Ihre Träume waren bescheiden und drehten sich lediglich um einen Ein-Frau-Betrieb. Eines Tages würde sie sich selbstständig machen und sich um die Gärten ihrer eigenen Kunden kümmern. Mehr wollte sie gar nicht.

Doch bis sie ihr Ziel angehen konnte, musste sie diesen Job überstehen. Nach dem Prozess gegen Richard Dawson würde sie bei null anfangen. Der Gedanke schmerzte, er war niederschmetternd, und sie fragte sich, wie oft sie noch die Kraft haben würde, ihren Kopf selbst aus dem Sumpf zu ziehen. Aber sie musste es schaffen! Eine andere Option hatte sie nicht.

Auch wenn es ihr schwerfiel, sie würde die Rolle des Dienstmädchens spielen, versuchen, Patrick nicht an die Gurgel zu gehen und sich von Craig Bellamy nicht reizen zu lassen. Es war wichtig, unauffällig zu bleiben, damit Jack Caruso und die *La picadura del escorpión* ihren Aufenthaltsort nicht herausfanden. Auch ohne die Warnung des FBI wusste Lucille, dass eine Enttarnung ihren Tod bedeutete.

Als sie sich bückte, um ein Hemd aus dem Wäschekorb zu nehmen, tat ihre Skorpiontätowierung so weh, als wäre sie frisch gestochen worden. Die letzte Behandlung lag bereits zwei Wochen zurück. Dank der neuen Entfernungsmethode, bei der eine Flüssigkeit in die Haut gespritzt wurde, die die Tattoofarbe auflöste und ausspülte, war der Skorpion kaum noch zu erkennen. Lediglich eine Ansammlung von mehr oder minder geröteten Flächen rankte um ihren Bauchnabel, aber auch die würden verschwinden. Wunden brauchten Zeit, um zu heilen, die inneren länger als die äußeren.

Lucille bekam eine Gänsehaut. Instinktiv schaute sie über ihre Schulter in den Korridor, doch er war leer. Das erste Mal in ihrem Leben hatte sie wahrhaft Angst und fühlte sich verfolgt. Aber die bundespolizeiliche Ermittlungsbehörde hatte ihre Zuflucht gut ausgewählt, denn das Bellamy-Anwesen war ebenso bewacht wie die Anlage, in der ihr kleines Apartment lag. Leider führte das auch dazu, dass Lucille sich wie eine Gefangene vorkam.

Aber der Tag, an dem sie Patrick den Stinkefinger und Bellamy ihren blanken Po zeigen konnte, würde kommen. Sie musste sich nur in Geduld üben. Bis zur Erlösung würde sie die Zeit nutzen, um zurück zu sich selbst zu finden.

Lucille ertappte sich dabei, wie sie an Craigs Hemd roch, doch es duftete nicht nach ihm, sondern nur nach Waschmittel. Da Ava sie skeptisch beäugte, begann sie mit der Arbeit.

Zweifel und Unsicherheit ließen die Hand, die das Bügeleisen führte, zittern. Hatte sie noch den Mut für einen weiteren Neuanfang? Lonesome Dove, so hatte Alfie sie manchmal genannt. Sie mochte nicht wieder Lucille Blunt, das einsame Täubchen, sein, aber auch keine Barbie, sondern irgendetwas dazwischen, das im Moment noch im Schatten lag. Die Frau, die sie sein wollte, konnte sie noch nicht klar erkennen.

„Bügeln sollte abgeschafft werden", sagte sie zu Ava, die verständnisvoll nickte und ein Trockentuch so behutsam faltete, als wäre es nicht aus Baumwolle, sondern aus Blattgold. In Gedanken fügte Lucille bitter hinzu: genauso wie die Liebe.

Ihr Magen krampfte sich zusammen, als sie an die Zeit nach ihrer Verhaftung dachte und an den Schock, als sie erfuhr, wer ihr Ehemann wirklich war.

3. KAPITEL

Oktober, vor drei Tagen, Washington

Lucille war sicherlich die einzige Person in D. C., die sich über den Regen freute, denn dank ihm konnte Special Agent McCarthy nicht sehen, dass sie weinte. Ihre Tränen waren nur weitere Wassertropfen, die über ihre Wangen liefen.

Bestimmt hätte er sich über ihre Heulerei gefreut, denn er traute ihr nicht über den Weg. Er machte keinen Hehl daraus, dass er der festen Meinung war, sie würde mit Richard Dawson unter einer Decke stecken und ihren Ehemann lediglich ans Messer liefern, um ihre eigene Haut zu retten. Dabei hatte das Federal Bureau of Investigation ihr rein gar nichts nachweisen können. Das störte Tadhg McCarthy jedoch ganz offenbar nicht. Er war alt und brummig und seiner Meinung nach so erfahren, dass er auch ohne Beweise die Saat des Bösen erkannte. Von seinen irischen Vorfahren waren bestimmt auch Frauen als Hexen verbrannt worden, nur weil sie rote Haare hatten.

Unbarmherzig zerrte er Lucille durch den Regen über den Vorplatz des J. Edgar Hoover Buildings zu der schwarzen Limousine, die mit laufendem Motor auf sie wartete. Agent Tysdale, ein groß gewachsener Mann mit Schlupflidern, verstaute ihr Gepäck im Kofferraum und nahm hinter dem Steuer Platz. McCarthy, der sich die aktuelle Ausgabe der Washington Post, die so durchweicht war, dass sie sich an den Seiten bog, über den Kopf hielt, schob Lucille unwirsch auf den Rücksitz, knallte die Wagentür zu und setzte sich fluchend auf den Beifahrersitz.

Agent Tysdale aktivierte die automatische Verriegelung und erklärte über seine Schulter hinweg: „Damit niemand unterwegs die Türen von außen öffnen kann."

„Und Sie nicht fliehen können", fügte McCarthy schroff hinzu und schüttelte seine nassen Haare wie ein Hund sein Fell.

Lucille lehnte sich zurück, damit sie keine Tropfen abbekam, und wischte sich die Feuchtigkeit vom Gesicht. Mithilfe von Atemübungen und aufgrund ihrer Willensstärke schaffte sie es, dass ihre Tränen versiegten. McCarthy würde seine Genugtuung nicht bekommen.

Sie schätzte ihn auf Mitte fünfzig. Er hatte ein Gesicht wie ein Frettchen: spitz zulaufender Mund, scharfe Eckzähne wie Stalaktiten, als hätte er sie gefeilt, um gefährlicher auszusehen, und Augen, die tiefschwarz waren. Sollte es stimmen, dass die Augen die Fenster zur Seele eines Menschen waren, war es nicht gut um sein Inneres bestellt.

„Kirby Lamar, so werden Sie ab sofort heißen." Er warf die nasse Zeitung neben sie auf den Rücksitz.

Erst auf den zweiten Blick bemerkte Lucille, dass eine ID-Card, ein Pass und ein One-Way-Flugticket darauf lagen. „Kann ich mir den Namen nicht aussuchen?"

„Sie sind hier nicht bei „Wünsch dir was", sondern in der Obhut des FBIs. Ihr Mitspracherecht beschränkt sich auf ‚Ja, Sir'." Er lachte und sah zu Tysdale hinüber.

Wenn er erwartet hatte, dass der weitaus jüngere Agent in sein Gelächter einstieg, hatte er sich getäuscht. Tysdale schaltete die Scheibenwischanlage an, fuhr los und konzentrierte sich auf die Straße.

Diese Nacht-und-Nebel-Aktion ging Lucille gehörig gegen den Strich, aber sie musste sich fügen, wenn sie endlich aus der Schutzhaft entlassen werden wollte. Ohne sie vorher zu informieren, war McCarthy um drei Uhr nachts in ihre Zelle gestürmt und hatte ihr eine Stunde zum Packen gegeben. Nun fuhr Lucille durch die Straßen Washingtons zum Reagan National Airport, um nach – sie nahm das

Ticket und las den Namen des Zielortes – Fort Myers in Florida und in ein neues Leben zu fliegen. Ein geliehenes Leben. Nur bis zum Prozess würde sie Kirby Lamar sein und danach wieder eine neue geheime Identität annehmen müssen, diesmal für immer. Um zu überleben. Nie wieder würde sie zu Alfie und ins *Kassandras Kitchen* zurückkehren können.

Lucille meinte, keine Luft mehr zu bekommen, und öffnete die zwei oberen Knöpfe ihrer Jacke. Ihre Augen wurden erneut feucht. Verzweifelt versuchte sie, nicht zu schluchzen, damit McCarthy nichts von ihrer Verzweiflung und Traurigkeit mitbekam. Sie starrte die Regentropfen an, die am Seitenfenster herunterrannen, und stellte sich vor, der Himmel würde für sie weinen, um zu verhindern, dass sie es tat.

Es verwunderte sie, dass sie überhaupt noch Tränenflüssigkeit übrig hatte. Ihre Traumwelt hatte schon während der Ehe mit Richard Risse bekommen, doch sie war endgültig zerbrochen, als die Bundesagenten sie darüber aufklärten, dass er ein Waffenhändler war, der nicht nur die US-Armee belieferte, sondern auch heimlich die *La picadura del escorpión*, ein Drogenkartell, das für viele Massengräber in Venezuela und Kolumbien verantwortlich war. Mit Schaudern erinnerte sich Lucille an die Fotos, die man ihr gezeigt hatte, Bilder von Leichen, die mehr oder minder verwest waren. Sogar Frauen und Kinder waren unter den zahlreichen Toten gewesen. Bei einigen hatten die Rechtsmediziner Spuren von Vergewaltigung und Folter nachgewiesen, bei einigen der jüngeren Leichen Skorpionsgift. Hauptabsatzort der Drogen war die Ostküste der USA, an der Lucille mit Richard gewohnt hatte.

Jetzt kannte sie auch den Grund für Carusos Interesse an ihrem Tattoo: der Stich des Skorpions, wie das Kartell übersetzt hieß. Ausgerechnet über ihre Tätowierung hatte sie Richard kennengelernt. Als Zeichen ihrer Zugehörigkeit zum Kartell hatten sich die beiden Männer selbst Skorpione stechen lassen. Um sich von der Organisation zu distanzieren, aber auch, um den Fehler ihres Lebens irgendwann vergessen zu können, hatte Lucille damit begonnen, ihr Tattoo entfernen zu lassen, nachdem das Bureau ihre Unschuld anerkannt und die Erlaubnis dazu gegeben hatte.

Vor anderthalb Jahren war sie eine Studentin und Kellnerin in Boston gewesen. Nun war sie eine Zeugin im Prozess gegen den *Händler des Todes* und schwebte in Lebensgefahr. Das alles kam Lucille so unwirklich vor.

Richards Kartell-Tätowierung hatte sie nie entdeckt. Erst das FBI hatte ihr das Tattoo auf einem Foto gezeigt. Der Skorpion schlang sich um seinen Ringfinger und wurde zuerst von einem breiten Ring aus Weißgold und später von seinem Ehering verdeckt. Im Nachhinein wurde ihr bewusst, dass er in Wirklichkeit nicht mit ihr, sondern mit dem Drogenkartell liiert war.

Sie dagegen war nur ein Projekt gewesen, ein Experiment, um die wenige Freizeit, die er hatte, interessant zu gestalten. Mal sehen, was wird aus der Kleinen, die ganz unten ist, wenn sie plötzlich alles haben kann. Waren das seine Gedanken gewesen? Mitleid konnte es jedenfalls nicht gewesen sein, denn Mitgefühl war Richard Dawson fremd. Mindestens fünf Morde gingen auf sein persönliches Konto. Wenn er konnte, würde Lucille wohl sein Opfer Nummer sechs werden.

Vielleicht hatte er auch an ihr testen wollen, was aus ihm, dem Jungen aus der Gosse, geworden wäre, wenn er einen Protegé gehabt hätte. Aber er war immer auf sich allein gestellt gewesen und hatte sich hochgekämpft – mit allen Mitteln.

„Aber ich werde dich Cilly nennen; wie ‚silly', nur mit

C, weil es albern und töricht ist, etwas zu verbergen, das deinen Charakter so sehr geprägt hat wie vermutlich nichts anderes in deinem Leben. So ist es doch, nicht wahr?“, hatte er gesagt, als er ihre Narben entdeckt hatte. Wie heuchlerisch! Er selbst hatte sich hinter der Fassade des seriösen Geschäftsmannes versteckt, wie seine martialischen Tattoos unter seinem Hemd.

Caruso hatte einmal zu ihr gemeint, Richard hätte einen Narren an ihr gefressen und dass er ihre Tätowierung als Zeichen des Schicksals betrachtete, als wäre sie seine Seelengefährtin. Doch das war nur die Hoffnung eines armen reichen Mannes, den in Wahrheit die Einsamkeit quälte, vermutete Lucille.

Richard stammte aus New Hampshire und hatte gesagt, das offizielle Motto des Staates, das auf jedem Nummernschild stand, sei seine Devise: „Lebe frei oder stirb“. Das hatte ihr zuerst imponiert. Richard war der Inbegriff von Nonchalance, und Lucille träumte davon, ebenso locker und selbstbestimmt zu sein.

Als das Ermittlungsbüro sie ein letztes Mal in sein Apartment ließ, damit sie einige wenige Sachen zusammenpacken konnte, sah sie, dass mit ihrem Lippenstift auf den Badezimmerspiegel geschrieben stand: „Ich lebe frei, oder du stirbst.“ Es war eine Botschaft an sie, und sie kam von Richard – obwohl er in Untersuchungshaft saß.

Lucille fuhr das Seitenfenster einen Spaltbreit herunter und atmete die feuchte Luft ein, die ins Wageninnere drang. Ein Wolkenband klebte schon seit zwei Tagen über Washington, D. C., und tauchte die Hauptstadt in Nieselregen, der schlimmer war als kurze, heftige Schauer, weil man, ohne es zu merken, nach kurzer Zeit nass bis auf die Haut war.

Sie legte ihre Fingerspitzen an die Fensterscheibe, als wollte sie einen sinnlosen Versuch wagen, die herunterfließenden Tropfen aufzuhalten. Melancholischer Niederschlag, leise und traurig.

„Special Agent Alex Fisher wird Sie auf dem Southwest Florida International Airport abholen und unauffällig ein Auge auf Sie haben. Aber Ihr Kontaktmann bleibe ich! Sie werden nichts tun, ohne mich vorher zu informieren." Mit einem sarkastischen Lächeln in der Stimme fuhr McCarthy fort: „Ich werde Sie regelmäßig besuchen kommen, um unsere netten Gespräche fortzuführen."

Würden die Verhöre jemals aufhören? Lucille wurde das Gefühl nicht los, dass der Agent sie so lang vernehmen würde, bis sie ihm sagte, was er hören wollte. Darauf konnte er lange warten!

Lästig wie eine Zecke, dachte sie, blinzelte ihre Tränen weg und erinnerte sich daran, wie Richard sich auf dem Schießstand von hinten an sie geschmiegt, gemeinsam mit ihr die Glock gehalten und leise in ihr Ohr gesprochen hatte: „Es kommt auf die richtige Atemtechnik an, Baby. Du musst ruhig ein- und wieder ausatmen und dann schießen. Nicht der schnellste Schütze gewinnt ein Duell, sondern derjenige, der am entspanntesten bleibt."

4. KAPITEL

Cape Coral, Anwesen des Schmocks

Lucille wunderte sich, dass Ava sie schon um kurz vor fünf Uhr zum Abendessen holen kam. Den ganzen Tag hatte sie gebügelt. Ihre rechte Schulter tat weh, ebenso ihr Rücken. Während sie die Treppe herunterstieg, reckte sie sich, um ihre Muskulatur zu lockern. „So früh?"

„Mr Bellamy wünscht sein Dinner um halb acht." Entschuldigend zuckte Ava mit den Achseln. „Wir müssen seine Speisen noch zubereiten und servieren, uns bleibt keine andere Möglichkeit, als schon am späten Nachmittag zu essen."

Tatsächlich verspürte Lucille Hunger. Mittags hatte sie kaum etwas herunterbekommen, weil die Situation sie mehr belastete, als sie erwartet hatte. Nie konnte sie sein, wer sie wirklich war. Stets musste sie Rollen spielen, um zu überleben. Mal die einer Kellnerin, mal die einer reichen Ehefrau und jetzt die eines Hausmädchens. Wann durfte sie endlich Lucille-dann-wieder-Blunt sein, die selbstständige Landschaftsgärtnerin?

Lucille trat hinter Ava in den Aufenthaltsraum, der gleich neben der Küche lag. Die meisten Angestellten saßen bereits an der Tafel, aßen und unterhielten sich. Niemand beachtete sie.

Enttäuscht über das offensichtliche Desinteresse, das ihr entgegenschlug, folgte sie Ava in die Küche. Madison und Taylor, ebenfalls Dienstmädchen, musterten sie vom Kopf bis zu den Sandaletten und kicherten. Absichtlich drehten sie Lucille und Ava ihre Rücken zu. Während Madisons braune Haare ihr bis zum Hintern reichten und kunstvoll zu einem dicken Zopf geflochten waren, hatte Taylor, deren Teint fast so schwarz wie ihr Schopf war, vier eingerollte Strähnen aufwendig am Hinterkopf hochgesteckt.

Schon beim Mittagessen war Lucille aufgefallen, dass Ava ausgegrenzt wurde. Man bezog sie nicht in Gespräche ein, setzte sich mit einigem Abstand neben sie und tuschelte. Florida schien der Staat der schönen Menschen zu sein. French Manicure, Wespentaille und operierte Brüste waren Normalität. Trotz der Hitze saß das Make-up des weiblichen Personals perfekt, und selbst die männlichen Angestellten kamen an keinem Spiegel vorbei, ohne sich kurz darin zu betrachten. Als würden sie alle in bonbonfarbenen Hochglanzserien wie „Nip/Tuck“ mitspielen.

Mit hochgezogenen Augenbrauen schaute sich Lucille im Aufenthaltsraum um. Für ihren Geschmack sahen sie alle zu aalglatt aus. Hübsche Marionetten, die Craig Bellamy lenkte.

Lucille und Ava fielen aus diesem Raster. Was mochte ihn dazu bewegt haben, sie einzustellen? Mitleid?

Plötzlich fragte sich Lucille, weshalb das FBI ihr ausgerechnet in seiner Villa einen Job besorgt hatte. Die bundespolizeiliche Ermittlungsbehörde des Justizministeriums mochte sich in ihrem Namen bei ihm beworben haben; eine gefälschte Bewerbung war für sie genauso einfach herzustellen wie Ausweise und Flugtickets. Aber wer stellte schon jemanden ein, ohne ein Bewerbungsgespräch geführt zu haben? Oder suchte gar nicht Bellamy persönlich, sondern Patrick das Personal aus? Das war unmöglich, denn der Butler hätte ihr niemals einen Job angeboten. Wie sie es drehte und wendete, es blieb ein Rätsel, wie es zu ihrer Einstellung gekommen war.

Ich muss auf der Hut bleiben, dachte Lucille und wollte gerade einen Teller nehmen, als der Hausvorsteher sich dazwischenschob. „Sie werden erst essen, nachdem Sie Mr Bellamy den Fünfuhrtee serviert haben.“

Empört flog Madison herum. „Das mache ich doch immer. Ich habe schon alles vorbereitet." Sie trat beiseite und zeigte auf das Tablett, das hinter ihr auf der Arbeitsfläche stand. Es war bestückt mit einer Teekanne, einem Kännchen, zwei Schalen, einem Korb mit Brötchen, zwei Tellern und Messern.

Lucille redete sich ein, dass es ihr egal wäre, wer servierte. Craig Bellamy zu bedienen stand wahrlich nicht weit oben auf ihrer Wunschliste, eigentlich stand dieser Punkt gar nicht darauf. Aber da war ein unbestimmter Drang in ihr, Madisons Aufgabe zu übernehmen. Lucille konnte ihn nicht deuten. Wahrscheinlich wollte sie dieser Schnepfe nur eins auswischen. Ja, das musste es sein. Mit Bellamy konnte das nichts zu tun haben!

„Der Hausherr wünscht es so, also wird es auch so gemacht." Dann wandte sich Patrick an Lucille. „Er will sehen, wie Sie sich im Service machen."

Er seufzte theatralisch, als hegte er wenig Hoffnung, dass dieses Experiment nicht in einem Desaster enden würde, nahm ein Sandwich und verließ die Küche.

Würde er sich nicht bewegen, könnte man ihn aufgrund seiner Blässe für eine Figur aus Madame Tussauds Wachsfigurenkabinett halten, dachte Lucille schmunzelnd. Ihr Grinsen jedoch wurde von Madison missverstanden, denn die Miene der Brünetten wurde regelrecht feindlich.

Mad kniff ihre Lippen zusammen. Einen Moment lang sah sie so aus, als wollte sie sich auf Lucille stürzen, doch Nate, ein groß gewachsener Mann mit gezupften Augenbrauen und gebleichten Zähnen, kam zu ihr, griff ihre Hand und zog sie mit sich. „Entspann dich. Sie wird es sowieso nicht lange bei uns machen."

Ein diabolisches Lächeln erschien auf Madisons Gesicht. Sie ließ sich von Nate einen Teller füllen und in den Nebenraum tragen, gefolgt von Taylor, die sich noch einmal zu Lucille umdrehte und zischte: „Du hast nicht die Klasse, die Mr Bellamy verlangt."

Lucille fühlte einen Stich im Herzen. Eigentlich konnte es ihr egal sein, aber das war es überraschenderweise nicht. Da sie nun mit Ava allein in der Küche stand, wirkten die bissigen Worte in der Stille nach.

Sachte knuffte Ava sie in die Seite. „Mad glaubt, sie sei Mr Bellamys Nummer eins und würde in der Hierarchie gleich hinter Patrick stehen. Sie ist eine Schlange. Ich würde ihr aus dem Weg gehen, soweit das möglich ist."

Das war also Avas Strategie, um mit diesen Zicken klarzukommen. Alles in Lucille rebellierte dagegen, sich nicht nur dem Hausherrn, sondern auch seinem Personal unterzuordnen, aber ihr Verstand sagte ihr, dass es besser wäre, Avas Rat zu befolgen. Sie sollte schließlich in der Masse untertauchen und unauffällig bleiben. Diesen Job schon in der ersten Woche zu verlieren würde dem FBI alles andere als gefallen. Wahrscheinlich würde McCarthy nicht lange fackeln und sie sofort wieder in Schutzhaft nehmen, anstatt ihr eine neue Stelle zu suchen.

Aber sie konnte nicht zurück in diese legale Form der Gefangenschaft! Im Laufe der Untersuchungshaft hatte sie schon erste Anzeichen für einen nahenden Zusammenbruch bemerkt. Folglich musste sie vor Madison kuschen. Ihr Herz krampfte sich zusammen, und ihr Ego bekam einen schmerzenden Kratzer.

„Patrick isst immer in seinem Büro", bemerkte Ava, als sie neben Lucille zur Arbeitsfläche ging, „und achtet sehr auf seine schlanke Linie. Vielleicht wegen seinem heimlichen Liebchen."

Lucille prustete und ließ ihren Blick über die Dinge gleiten, die auf dem Tablett standen. „Ich kann mir beim besten

Willen nicht vorstellen, dass er eins hat."

„Jeder hat ein Geheimnis", sagte Ava leise und zwinkerte.

„Was ist das da?"

„Das ist eine Spezialität aus England: Clotted Cream. Rahm, fast so dick wie Butter, mit dem man die Scones", sie zeigte auf die Brötchen, „bestreicht. Darauf gibt man dann die Marmelade."

Erstaunt hob Lucille ihre Augenbrauen. Normalerweise aßen Reiche nur Sushi oder Salat und Fisch und nahmen Kalorien eher durch Champagner zu sich. Damit hatte sie sich in Washington nicht anfreunden können. Sie brauchte dann und wann einen stinknormalen Burger. „Sehr gehaltvoll für jemanden aus dem Jetset."

„Mr Bellamy lebt zurückgezogen. Er geht nur selten auf Partys." Ava füllte das Kännchen mit Milch auf. Auf einmal kicherte sie, und ihre Wangen färbten sich rosig. „Gleich wirst du Michelle Deidre Dearing kennenlernen."

„Deidre?" Der zweite Teller war für eine Frau? Lucille presste ihre Lippen aufeinander. „Und ich dachte, mein Name sei altmodisch."

Verschwörerisch schaute Ava zu den drei Türen, die auf den Parkplatz, in den Aufenthaltsraum und den Korridor führten, zog blitzschnell ihren Zeigefinger über die Oberfläche der Clotted Cream und leckte ihre Fingerspitze ab. „Sie ist Mr Bellamys Freundin."

„Er hat eine Freundin?" Die Enttäuschung war Lucille deutlich anzuhören. Verlegen ergriff sie das Tablett.

Wieso machte es ihr etwas aus, dass er liiert war? Bei ihrem ersten Aufeinandertreffen hatte er sie nicht gerade herzlich willkommen geheißen. Sie hatte sich ohnehin fest vorgenommen, für die nächsten fünf Jahre Single zu bleiben. Erst wenn sie beruflich Fuß gefasst hatte, wollte sie der Liebe eine neue Chance geben. Außerdem war er ein komischer

Kauz, und ein reicher Mann suchte sich normalerweise eine Partnerin im selben elitären Kreis, es sei denn, es handelte sich um einen Verrückten wie Richard. Sie wurde den Eindruck nicht los, sich mit all diesen Argumenten selbst davon überzeugen zu wollen, kein Interesse an Craig Bellamy zu haben. Wieso stieg dann ihr Puls an?

„Na ja, nicht so richtig. Sie gehen manchmal zusammen aus. Im Moment kommt sie öfters zu Besuch, denn sie ist Innenarchitektin und möchte gern die Villa neu einrichten." Ava öffnete die Tür zum Korridor. „Das schaffst du schon. Lass dich nicht von Mad verunsichern. Viel Glück!"

Das Servieren stellte kein Problem dar, schließlich hatte Lucille jahrelang gekellnert. Eigentlich fürchtete sie sich vielmehr vor Craig Bellamy. Seine scharfe Zunge und sein herausfordernder Blick reizten sie. Aber sie würde entspannt bleiben, den Mund halten und sich nicht aus der Reserve locken lassen. Darin lag die Herausforderung bei dieser Aufgabe, nicht im Auftischen.

Nervös betrat sie den Salon. Bellamy und Ms Dearing, die vor der Tafel standen und einige Skizzen und Musterbücher betrachteten, schauten auf. Craigs Blick brannte auf Lucilles Haut. Ein mildes Lächeln umspielte seine Lippen, oder bildete sie sich das nur ein? „Guten Abend, Ms Dearing. Der Tee, Sir."

„Kommen Sie näher, Kirby." Eifrig schob er am Ende der Tafel einige Skizzen beiseite, damit das Geschirr Platz hatte.

Sie musste sich seitlich – mit dem Rücken zu ihm, das schwere Tablett über einen Stuhl hebend – zwischen ihm und dem Tisch vorbeizwängen, weil er keine Anstalten machte, aus dem Weg zu gehen. Dabei kam sie ihm so nah, dass sie glaubte, seinen Atem in ihrem Nacken zu spüren. Ihr Hintern rieb an etwas Hartem, das hoffentlich nur sein Bein war.

Um nicht noch unsicherer zu werden, vermied sie es, ihn

anzusehen. Sie stellte das Tablett auf die Tafel und deckte zwei Plätze ein. Als sie die Teetasse nahm, klapperte sie auf der Untertasse. Was war nur los mit ihr? Sie hatte nicht einmal bei Richard gezittert.

Michelle beachtete sie nicht weiter, blätterte im Musterbuch und zeigte auf ein Stoffmuster. „Das musst du haben! Die Farbkombination ist total trendy, edel und doch frech. Selbst Brad Pitt und George Clooney haben Couchgarnituren mit diesem Bezug."

„Was interessieren mich Schauspieler? Ich habe einen eigenen Geschmack." Craig zuckte mit den Achseln und schaute sich um. „Und eigentlich gefällt mir meine Einrichtung."

Aus dem Augenwinkel heraus betrachtete Lucille den weiblichen Gast. Das war also die Frau, die Bellamy am nächsten stand. Lucille konnte sie nicht leiden.

Michelle trug eine champagnerfarbene Bluse mit einem knielangen Rock. Das passende Jackett hing über einem der Stühle. Ein dünnes Diamantarmband zierte ihr Handgelenk, und ein Reif, an dem eine weiße Perle hing, schmückte ihren Hals. Ihr weizenblondes Langhaar hatte sie durch einige schwedenblonde Strähnen aufhellen lassen.

Lucille blickte an sich herab. Im Gegensatz zu Michelle sah sie mit ihrem Kürbisschopf und dem flamingofarbenen Uniformkleid wie ein Papagei aus.

Sie selbst war schon zierlich gebaut, aber Michelles Taille konnte ein Mann mit seinen beiden Händen umfassen. War Craig dieser Mann? Schlief er mit ihr?

Als Lucille aufgewühlt die Kanne nahm, schwappte etwas Tee heraus. Craig griff nach einer Serviette und wischte den Fleck so sinnlich weg, dass ihr Körper darauf mit einem Prickeln reagierte. Was war nur los mit ihr? Sie wünschte zwar nicht alle Männer auf dieser Erde in die Hölle, nur weil sie auf Richard reingefallen war, aber in den nächsten Jahren sollte das männliche Geschlecht für sie tabu sein. Besonders in ihrer jetzigen Situation standen Liebe und Sex nicht zur Debatte, denn sie hatte andere Probleme.

„Sieh es dir doch wenigstens einmal an." Energisch tippte Michelle mit ihrem Fingernagel auf das Stoffmuster.

Er richtete sich auf und spähte zum Musterbuch hinüber, ohne auch nur einen Schritt näher heranzugehen. „Viel zu bunt."

Dann hatte Lucille wohl keine Chance bei ihm. Innerlich verpasste sie sich einen Tritt, während sie den schwarzen Tee in die Tassen goss. Wie konnte sie nur so etwas denken? Er war ihr Arbeitgeber. Außerdem kam man Frauen wie Michelle nicht in die Quere; die Lady hatte Haare auf den Zähnen und war bissig wie ein Terrier. Alles an Ms Dearing signalisierte: Ich bin eine Geschäftsfrau, die weiß, was sie will. Bestimmt traf das auch auf ihr Privatleben zu. Bellamy musste sich warm anziehen, wenn er vermeiden wollte, dass sie die Villa nach ihren Wünschen umändern ließ.

„Halt", sagte Craig plötzlich.

Lucille, die das Milchkännchen über die erste Tasse hielt, erstarrte erschrocken in ihrer Bewegung.

„Sie haben keine Ahnung von der englischen Teezeremonie, nicht wahr?" Ohne auf ihre Antwort zu warten, legte er seine Hand auf die ihre.

Seine Haut war angenehm warm und weich. Lucille konnte nicht glauben, dass er sie berührte, zudem vor Michelles Augen. Was dachte er sich nur dabei? Sah er nicht, dass er sie durcheinanderbrachte?

„In England wird ernsthaft darüber debattiert, ob zuerst die Milch oder der Tee in die Tasse gehört. Ich halte es mit der Tradition aus Gardenrye in Newcastle-upon-Tyne. Zuerst den Zucker“, er gab zwei Löffel Zucker in den Schwarztee, kippte das Kännchen, ohne Lucilles Hand loszulassen, und ließ es über der Tasse kreisen, sodass eine Milchspirale im aromatisierten Wasser entstand, „dann die Milch und zum guten Schluss den Tee, aber den haben Sie ja nun schon eingegossen. Haben Sie das verstanden, Kirby?“

Patrick hätte seine helle Freude an Bellamys Zurechtweisung gehabt, Lucille dagegen empfand die Situation als erregend. Noch immer hielt Craig ihre Hand fest und sah ihr bestimmt in die Augen. Seine ganze Aufmerksamkeit gehörte ihr, obwohl seine Freundin im selben Raum war.

„Ja, Sir“, antwortete sie leise und klang ein wenig atemlos dabei. Nach ihrem Empfinden flirrte die Luft zwischen Craig und ihr. Spürte er es auch? Spielte er nur mit ihr, wie am Vormittag? Es lag kein Spott in seinem Gesichtsausdruck; er blieb ernst, schien aber nicht böse mit ihr zu sein. Sie versuchte an seiner Miene abzulesen, was genau in ihm vorging, schaffte es jedoch nicht.

Craig zog sich zurück, und Lucille meinte, seine Berührung noch einige Sekunden lang zu spüren.

Sie wollte gerade Milch in die zweite Tasse schenken, als Michelle laut und scharf sagte: „Nicht für mich! Milch gehört in Kaffee, aber nicht in Tee. Diese Engländer sind ein verrücktes Völkchen.“

Als Lucille das Kännchen auf den Tisch stellte, bemerkte sie die Spur, die Avas Finger auf der Oberfläche der Clotted Cream hinterlassen hatte. Ihr Herz setzte einen Schlag aus. Falls Craig die Furche bemerkte, würde er sie schon am ersten Tag feuern, da er davon ausgehen musste, dass sie den Rahm probiert hatte.

Scheinbar hatte Michelle Lucilles intensiven Blick bemerkt, denn sie sagte: „Ich weigere mich auch, diese seltsame Schlagsahne zu essen, die eine Konsistenz wie Butter hat. Die hat doch mindestens dreißig Prozent Fett."

„Fünfundfünfzig." Genugtuung schwang in seiner Stimme mit.

Michelle dagegen riss schockiert ihre Augen auf und schüttelte dann verständnislos ihren Kopf. „Du mit deinem Nachmittagstee. Wenn es wenigstens ein Royal Tea wäre. Gegen einen Sherry hätte ich nämlich nichts einzuwenden."

Sie schenkte ihm ein verführerisches Lächeln, worauf er zum Sideboard ging und ihr einen Amontillado einschenkte. Als sie das Glas entgegennahm, streiften ihre Fingerspitzen seine Hand. Während sie nippte, schaute sie ihn über den Rand hinweg an.

Lucille kochte vor Wut und ärgerte sich über sich selbst, weil Eifersucht in ihr erwachte, die völlig unnötig und unlogisch war. Aber so war es eben mit Gefühlen: Sie folgten ihren eigenen Gesetzen. Plötzlich knurrte ihr Magen.

Lächelnd drehte sich Craig zu ihr um. „Kirby hält den Fünfuhrtee für eine gute Idee."

Da Lucille Michelles Giftblicke spürte und Special Agent Alex Fisher ihr geraten hatte, jeglichen Ärger zu vermeiden, versuchte sie einzulenken: „Er ist ungewöhnlich. Für Florida. Für die USA."

Craig kam zu ihr, stellte sich dicht vor sie und verschränkte die Arme vor dem Oberkörper. Seine Augen funkelten, jedoch nicht zornig, sondern herausfordernd. „Wollen Sie andeuten, dass ich ein Freak bin?"

Es lag ein Körnchen Wahrheit darin, aber das musste sie unter allen Umständen für sich behalten. „Natürlich nicht."

„Aber?" Er hob eine Augenbraue und schwieg auffordernd.

„Nun ja ..." Craig war ihr viel zu nah. Sie konnte kaum klar denken, geschweige denn eine diplomatische Antwort finden, wenn er sie so durchdringend ansah. „Diese Einrichtung ist ..."

„Antiquiert", fügte Michelle blasiert hinzu und knallte den Deckel des Musterbuches zu.

Verzweifelt suchte Lucille nach einem anderen Begriff als „exzentrisch". Schließlich sagte sie: „Britisch", und triumphierte, da das Adjektiv herrlich wertneutral klang.

Craig nickte, offensichtlich schmunzelnd, weil er ebenfalls fand, dass sie sich geschickt aus der Affäre gezogen hatte. „Meine Mutter Mildred stammte aus dem nordenglischen Küstenstädtchen Gardenrye. Ich habe dieses Haus von meinen Eltern übernommen, ebenso ein paar Gepflogenheiten."

Lucille fühlt sich bestätigt, dass er die Besitztümer und die Reederei überschrieben bekommen hatte. Wahrscheinlich war er vor der Übernahme der Schifffahrtsgesellschaft von Beruf Sohn gewesen, und das Geld seiner Familie hatte es ihm ermöglicht, seine Verschrobenheit zu kultivieren.

Craig zog einen Stuhl vom Tisch weg. „Nehmen Sie Platz, Kirby. Da Sie Hunger haben und Michelle nichts essen möchte, ist es naheliegend, wenn Sie mir Gesellschaft leisten."

Aufbrausend schnappte Michelle nach Luft. „Ich werde lediglich die Clotted Cream nicht anrühren. Mehr habe ich nicht gesagt."

Sie stapfte auf ihren Stöckelschuhen um die Tafel herum, drängte Lucille beiseite und setzte sich. Betont langsam nahm sie ein Scone und biss hinein. Genüsslich kauend schaute sie zu Craig auf und klopfte dann auf die Lehne des Stuhls, der vor seinem Gedeck stand.

Er zögerte, setzte sich aber schließlich. „Sie können gehen und mit den anderen zu Abend essen, Kirby. Wir brauchen Sie nicht mehr."

Natürlich nicht. Er hatte seinen Spaß mit ihr gehabt. Sie war eine willkommene Abwechslung in der Besprechung mit Ms Dearing gewesen, mehr nicht. Jetzt wollte er wieder seine Ruhe haben und die Zweisamkeit mit seiner Freundin genießen.

Über ihre Schulter hinweg sandte Michelle ihr böse Blicke zu, als würde sie ihr die Schuld daran geben, dass sie sich nun mit Kalorien vollstopfen musste.

Lucille biss die Zähne zusammen und verließ den Raum, wobei sie versuchte, würdevoll die Bühne zu verlassen, obwohl sie eigentlich am liebsten gerannt wäre. Sie kam sich vor wie ein Pausenclown. Bellamy hatte nur ein wenig mit ihr spielen wollen. Beim nächsten Mal würde sie nicht auf seine Herausforderungen eingehen und ihn stattdessen kalt abblitzen lassen. Und besonders in Ms Dearings Anwesenheit würde sie sich vorsehen, denn Lucille ahnte, dass Michelles Interesse sich nicht auf eine neue Inneneinrichtung für Bellamy beschränkte. Die Geschäftsfrau stellte bestimmt Besitzansprüche. War es da nicht naheliegend, dass ihre Freundschaft zu Craig nicht rein platonischer Art war?

Tief enttäuscht über diese Erkenntnis kehrte Lucille in die Küche zurück. Dort fand sie ausgerechnet Madison vor, die gerade einen Granatapfel aus dem Kühlschrank von Mr Bellamy nahm und sich nicht im Mindesten ertappt fühlte – als wäre es das Natürlichste der Welt, als hätte sie sogar seine Erlaubnis dazu, denn eigentlich gab es einen separaten für das Personal.

Provozierend roch sie an der Frucht und schlenderte an Lucille vorbei. Beim Vorübergehen zischte sie: „Bilde dir ja nicht ein, du würdest mit deinen Haaren wie Arielle, die Meerjungfrau, aussehen. Mich erinnerst du eher an Carrie, die von dieser furchtbaren Sissy Spacek gespielt wurde und ein Monster war. Craig steht nicht auf ..."

Plötzlich schnellte Lucilles Hand hervor. Sie packte Madisons Arm und hielt sie fest. Zurückhaltung hin oder her, das FBI war ihr in diesem Moment völlig egal. Unauffällig zu leben bedeutete keinesfalls, sich demütigen zu lassen.

„Da du ja so auf Filme stehst …", begann Lucille mit bedrohlich klingender Stimme. „Du scheinst zu vergessen, dass du kein Aristocat bist, sondern nur für eins arbeitest."

Sie riss Mad den Granatapfel aus der Hand und brachte ihn zum Kühlschrank zurück. Ihr ging es nicht um das Obst, sondern darum, klarzustellen, dass sie sich nicht würde fertigmachen lassen.

Während sie die Frucht zurücklegte, fragte sie sich, welche Beziehung Mad zu Mr Bellamy hatte. Rechnete sie sich Chancen bei ihm aus, oder nahm sie die Rolle einer heimlichen Mätresse ein? Immerhin bediente sie sich ganz selbstverständlich an seinen persönlichen Lebensmitteln und nannte ihn bei seinem Vornamen. Bitte nicht. Vielleicht war das alles aber auch nur Schall und Rauch und reine Unverschämtheit eines Dienstmädchens, das seine Nase höher trug als der Hausherr.

Dabei stellte Lucille gar keine Konkurrenz dar. Sie würde nur ihre Zeit in diesem Haushalt absitzen und so bald wie möglich wieder verschwinden. Für Privilegien würde sie sich keinesfalls ausziehen! Oh Gott, hatte Craig wirklich eine Affäre mit Madison?

Als Lucille sich umdrehte, um ihr auf den Zahn zu fühlen, war Mad längst verschwunden.

5. KAPITEL

Die Versuchung gönnte Lucille eine Pause.

Als sie am nächsten Tag ihren Dienst – Patrick hatte sie bis auf Weiteres in die Spätschicht eingeteilt, vermutlich ging er davon aus, sie würde dort weniger auffallen – um drei Uhr nachmittags antrat, arbeitete der Hausherr in der Reederei. Lucille war erleichtert, lief sie somit nicht Gefahr, seinem eigenwilligen Charme zu erliegen.

Unter keinen Umständen wollte sie eine weitere Frau in Bellamys Harem werden.

Unerwartet eindringlich hatte sie in der vergangenen Nacht von ihm geträumt. Er hatte ihr lächelnd ein Scone mit Clotted Cream und Marmelade an den Mund gehalten, sie hatte abgebissen und zugelassen, dass er sie küsste und seine Zunge zwischen ihre Lippen schob, um diesen kulinarischen Genuss mit ihr zu teilen.

„So eine Schweinerei“, murmelte Lucille und gluckste, während sie den Korridor im Untergeschoss entlangschritt, um zu Patricks Büro zu gelangen und ihn zu fragen, welche Aufgabe sie als Nächstes erledigen sollte. Sie konnte noch die Süße der Marmelade schmecken und das Kitzeln von Craigs Zungenspitze an ihren Lippen spüren, dabei war alles nur ein Traum gewesen, aber ein sehr lebendiger.

Hinter ihr wurde eine Tür geöffnet. „Kirby!“

Lucille wandte sich um und sah Carson im Türrahmen der Küche stehen. Sie konnte ihn nicht ernst nehmen, weil er dünn wie eine Grissinistange war. Köche mussten ein Bäuchlein vor sich hertragen. Nur wer es genoss zu essen, kochte auch mit Leidenschaft. Dennoch mochte sie ihn. Er war streng, aber herzlich, seine Schroffheit wohl nur Fassade, denn Lucille hatte zufällig beobachtet, wie Ava sich beim Schneiden der Möhren ein Stück in den Mund geschoben hatte, und Carson hatte lediglich missbilligend seine Augenbrauen gehoben, jedoch geschwiegen.

„Haben Sie Ava gesehen?“

Stumm schüttelte Lucille ihren Kopf.

„Dann suchen Sie sie.“ Die Hände gen Himmel gereckt, wollte er gerade in die Küche zurückkehren, hielt im letzten Moment jedoch inne und lächelte entschuldigend. „Bitte.“

War er unfähig, die magische Grenze seines Reiches zu überschreiten, um Ava selbst zu suchen? Gestern, als Carson zusätzlich zu seiner Kochuniform eine Kochmütze getragen und unbewusst einen Kochlöffel geschwungen hatte, während er seine Nase über einen Topf hielt und den aufsteigenden Duft des Essens inhalierte, war er ihr vorgekommen wie Merlin, der Zauberer, der irgendwelche geheimen Elixiere zusammenmischte.

Lustlos schritt Lucille das Haus ab. Sie schaute sogar im Fitnessstudio und in der kleinen Sporthalle im Keller nach und fragte sich, wozu Bellamy sie hatte einrichten lassen. Er sah eher nach Bücherwurm als nach Sportcrack aus. Während die Zimmer hier unten nahezu unbenutzt wirkten, lagen in seiner Bibliothek Bücher verstreut auf allen möglichen Ablageflächen, sogar auf der Fensterbank. Entweder stammten die Trainingsräume noch von seinen Eltern, oder er hatte sie einrichten lassen, um Frauen wie Michelle Dearing beeindrucken zu können.

In der Halle streifte Lucilles Blick zufällig die Spiegelwand, und sie bemerkte ihre sauertöpfische Miene. „Schlag ihn dir aus dem Kopf, Mädchen“, rügte sie ihr Spiegelbild.

Seufzend schlenderte sie weiter, konnte Ava jedoch nicht finden. Sie trat in den Garten hinaus. Die Luft fühlte sich an, als wäre sie gerade dabei, von ihrem gasförmigen in einen dickflüssigen Zustand überzugehen. Lucilles Beine bewegten sich nur noch träge vorwärts. Allein die Hand zu heben und über ihre Augen zu legen fiel ihr schwer, als würde ihr Arm von einer Sekunde zur anderen einen Zentner wiegen. Es würde noch einige Wochen dauern, bis Lucille sich akklimatisiert hatte.

Schwitzend spähte sie über den Rasen und entdeckte eine Metallklappe. Das musste die Einstiegsluke zum Tornadobunker sein. Sollte sie dort etwa auch nachschauen?

Plötzlich hörte sie ein Geräusch. Es war aus dem kleinen Anbau seitlich der Villa gekommen. Vielleicht hatte der Gärtner Ava gesehen. Energisch schritt Lucille näher.

Um das Anwesen nicht mit einer Hütte zu verschandeln, hatte der Architekt das Gärtnerhäuschen in das Hauptgebäude integriert. Man konnte es allerdings nur von außen durch eine Doppeltür betreten, nicht vom Haus selbst aus, damit der Eigentümer nicht Gefahr lief, dass seine Gäste sich dorthin verirrten und eine der wenigen Ecken der Villa entdeckten, die man bei einer Home Story für ein Hochglanzmagazin verheimlichte.

Eine Reihe mit mousepadgroßen Fenstern umgab den Flachbau wie ein Stirnband. Wie alle Fensterscheiben im Haus waren sie mit einer Sonnenschutzfolie verdunkelt. Lucille musste sich auf die Zehenspitzen stellen und mit den Augen nah herankommen, um hindurchsehen zu können.

Es war tatsächlich Cory, der das Geräusch verursacht hatte, aber der drollige Latino war nicht allein. Ihm gegenüber stand Ava, umgeben von Spaten, Rechen, Schaufeln und einer Armee anderer Gärtnerwerkzeuge, stumme Zeugen eines sündigen Treibens, denn die Küchenhilfe und der Gärtner trugen das Adam-und-Eva-Kostüm.

Überrascht riss Lucille ihre Augen auf. Sie blinzelte, aber die beiden blieben hüllenlos.

Begehrlich betrachtete Cory Avas üppige Rundungen.

Obwohl sich ihr Bauch nur leicht hervorwölbte, hatte sie breite Hüften und einen ausladenden Hintern, der jedoch so knackig wie der von J.Lo war. Ihre Oberschenkel waren fleischig, aber fest, ihre Brüste groß, mit Warzen, so rosig wie ihre Lippen. Ava entpuppte sich als Rubensfrau, die unter ihrer Uniform einen sinnlichen Körper verbarg, den man nicht vermuten würde.

Cory, für einen Mann klein und zierlich gebaut, erregte sich an ihrem Anblick. Sein Glied hatte sich bereits etwas aufgerichtet, die Spitze bog sich jedoch noch weich nach unten. Obwohl die Eichel sich kaum aus der schützenden Hülle geschält hatte, konnte Lucille ein kleines Stück Metall erkennen.

Sie stutzte, kniff die Augen zusammen und drückte ihr Gesicht gegen die Scheibe. Es handelte sich um einen Ring, der vom Ausgang der Harnröhre zur Unterseite der Eichel führte, mit einer Kugel. Ein Intimpiercing! Lucille konnte nicht umhin, sich vorzustellen, wie es sich anfühlen musste, wenn ein gepiercter Phallus in sie eindrang. Der Gegenstand musste die Mitte einer Frau zusätzlich stimulieren.

Eine interessante Vorstellung, dachte Lucille schmunzelnd und zog sich wieder etwas weiter vom Fenster zurück, damit Ava und Cory nicht auf sie aufmerksam wurden.

Ihr schlechtes Gewissen machte sich bemerkbar. Eigentlich hätte sie sich abwenden und gehen müssen. Doch was hätte sie Carson erzählen sollen? Außerdem bannte sie Corys gepimpter Schaft, und nicht nur er, sondern auch die sinnlich aufgeladene Atmosphäre im Anbau. Es bestand ein magisches Band zwischen ihm und Ava, das Lucille selbst von ihrem Platz vor dem Fenster spürte. Die beiden fühlten sich stark zueinander hingezogen. Keinerlei Scheu war zu erkennen, was Lucille vermuten ließ, dass die beiden nicht das erste Mal miteinander intim waren.

Offensichtlich ignorierten doch nicht alle Angestellten Ava.

Angestrengt lauschte Lucille, denn Avas und Corys Stimmen klangen gedämpft.

„Simon sagt: Setz dich auf den Pflanztisch und streichele dich.“ Corys Hand rieb über seinen Unterbauch.

Lucille fragte sich, ob dies eine bewusste oder unbewusste Geste war, denn ohne sein Glied direkt zu berühren schwoll es weiter an. Während sie beobachtete, wie Avas Wangen einen rosigen Glanz bekamen und sie zum Tisch ging, wobei ihre Brüste lasziv wogten, überlegte Lucille, ob die beiden das Kinderspiel „Simon sagt“ spielten. Es machte den Anschein, aber es musste sich um eine Version für Erwachsene handeln, eine nicht jugendfreie, schmutzige Variante.

Fürsorglich legte Cory eine Decke auf den Pflanztisch, bevor sich Ava daraufsetzte, die Hände auf die Knie legte und, den Blick fest auf ihn gerichtet, ihre Beine langsam auseinanderzog.

Lucille traute ihren Augen kaum. Zugegeben, sie kannte Ava erst seit einem Tag, hatte aber ein falsches Bild von ihr bekommen. Sie hatte die Küchengehilfin als brav und auch ein wenig bieder eingeschätzt. Ihre Schamlippenpiercings rechts und links jedoch zeigten, dass Ava auch eine wilde, sehr erotische Seite hatte. Nur weil sie Carsons Anweisungen immer strebsam ausführte und sich Madison unterordnete, bedeutete das nicht, dass sie keinen eigenen Willen besaß.

Die private Ava war eine andere als die Küchenhilfe.

Lucille war beeindruckt. Die Piercings hätte sie ihr nicht zugetraut. Das Durchstechen der Schamlippen musste schmerzhaft gewesen sein. Nach allem, was Lucille durchgemacht hatte, bezeichnete sie sich als hart im Nehmen, aber diese Tortur wollte sie sich erst gar nicht vorstellen.

Zu gern hätte sie gewusst, ob Ava und Cory sich ihre Intimpiercings hatten gemeinsam stechen lassen. Waren sie heimlich ein Paar?

Lucille erinnerte sich an ihr Gespräch mit Ava: „Patrick isst immer in seinem Büro und achtet sehr auf seine schlanke Linie. Vielleicht wegen seinem heimlichen Liebchen."

„Ich kann mir beim besten Willen nicht vorstellen, dass er eins hat."

„Jeder hat ein Geheimnis", hatte Ava leise gesagt und gezwinkert.

Manche haben sogar drei, dachte Lucille, einen Liebhaber und ein Piercing in der rechten und eins in der linken äußeren Schamlippe. Ihre Hand glitt zu ihrem Bauchnabel. Sie rieb die geröteten Stellen täglich mit einer Heilsalbe ein, damit sie schnell abschwollen und verblassten und nichts mehr von dem Skorpiontattoo zu sehen war.

Zaghaft streichelte Ava ihre Beine. Ihre Hände glitten immer wieder von den Waden hinauf bis zu den Innenseiten ihrer Oberschenkel, wodurch ihre Arme automatisch ihre vollen Brüste zusammendrückten.

Ihre Brustspitzen wurden zu harten, kleinen Knospen, die sie schließlich liebkoste. Sie benässte ihre Daumen und verteilte den Speichel auf den Nippeln, benutzte ihn als natürliches Gleitmittel, um ihre Erregung weiter in die Höhe zu treiben.

Behutsam zwirbelte sie ihre Brustwarzen. Sie öffnete ihren Mund ein wenig, wohl weil ihre aufkeimende Lust, aber auch die Sitzposition ihr die Luft raubten. Völlig ungeniert drückte sie ihren linken Busen nach oben, streckte ihre Zunge so weit wie möglich heraus und leckte mit der Spitze über ihren Nippel.

Erstaunlicherweise war es nicht Ava, sondern Cory, der aufstöhnte. Die Hand, die auf seinem Unterbauch kreiste, glitt tiefer, aber bevor sie seinen Schaft erreicht hatte, zog er sie weg.

Sein Blick folgte Avas Fingern, die von ihren Brüsten abließen, die beiden Schamlippenpiercings fassten und ihre großen Lippen vorsichtig auseinanderzogen.

Erregt rang Cory nach Atem. Sein Penis zuckte einige Male, als wollte er auf Ava zeigen und seinem Besitzer mitteilen: Da möchte ich rein, Piercing zu Piercing.

Lachend stieg Ava vom Pflanztisch, nahm ein Paar Gärtnerhandschuhe von einem Regal und warf sie Cory zu: „Simon sagt: Zieh dir die Handschuhe an und reib deinen Schwanz."

„Hundert Prozent Baumwolle", erklärte er, streifte sie über und hielt die Hände hoch, „aber die Innenflächen sind mit genopptem Kunststoff überzogen."

„Verspricht viel Spaß." Ava kicherte.

Cory spuckte in die Hände und legte sie um sein Glied. Mit sanftem Druck ließ er sie abwechselnd immer wieder von der Peniswurzel bis zur Spitze gleiten.

Da Lucille diese Vorgehensweise an etwas erinnerte, legte sie den Kopf schief, sodass Ava auf dem Boden zu liegen schien, obwohl sie stand. Tatsächlich. Es sah aus, als würde er eine Zitze melken, eine große Zitze. Beinahe hätte sie laut gelacht. Sie hielt sich den Mund zu und schaute in alle Richtungen, aber der Garten war immer noch verwaist.

Behutsam schob Cory mit einer Hand seine Vorhaut zurück und hielt sie fest. Er speichelte erneut die Innenfläche seiner freien Hand ein, diesmal reichlicher, ballte eine lockere Faust und führte seinen Schaft zwischen seinem gekrümmten Daumen und seinem Zeigefinger ein. Dabei verzerrte sich seine Miene einen kurzen Moment lang, entspannte sich aber bald wieder, und Cory gab einen wohligen Seufzer von sich.

Während er sanft in seine behandschuhte Faust stieß,

suchte er Blickkontakt zu Ava, die noch vor dem Pflanztisch stand. Sie hatte die Arme unter ihrem Busen verschränkt, presste ihn dadurch nach oben und grinste frivol. Corys Phallus schwoll zu seiner ganzen Größe an. Unaufhörlich wiegten seine Lenden vor und zurück, wodurch seine Eichel über die Gumminoppen des Gärtnerhandschuhs rieb und diese ihn auf köstliche Weise reizten. Zwischendurch speichelte er immer wieder in seine Hand, damit die Bewegung geschmeidig blieb.

Lucille vermutete, dass sein Piercing das Empfinden steigerte. Die Noppen stießen gegen den kleinen Ring, die Schwingungen drangen also bis in die Penisspitze und sogar den Harnröhrenkanal hinein und stimulierten Cory somit nicht nur äußerlich, sondern auch von innen nach außen.

„Ich kann nicht mehr“, brachte er mühsam hervor und öffnete seine Faust. Sein Schwanz besaß eine enorme Standfestigkeit, denn er ragte nicht nur waagerecht von seinen Lenden ab, sondern senkrecht nach oben, als wollte die rote Spitze Ava locken, damit diese ihre Lippen darum schloss.

„Wir sollten eine neue Regel einführen.“ Ava kam zu Cory, zog ihm den Handschuh aus und legte ihn weg. „Man darf erst aufhören, wenn der andere es befiehlt.“

Cory wischte sich eine Schweißperle von der Schläfe, denn der Anbau war nicht an die Klimaanlage angeschlossen. „Mal sehen, ob du das auch noch möchtest, wenn du wieder an der Reihe bist. Simon sagt: Reib deine Möse an dem Stiel, Fofinha“, wies er sie an, nahm einen Besen und legte ihn quer über zwei Werkzeugkisten, die auf dem Boden standen.

Zuerst runzelte Ava die Stirn, dann erhellte sich ihre Miene, und sie nickte. Sie stellte ein Bein rechts und ein Bein links von dem Feger, ließ sich auf ihre Knie nieder, sodass der glatte Plastikstiel zwischen ihren Beinen nah an ihrem

Unterleib war, und wollte gerade ihre Hände um die Stange schließen, als Cory sie kurz an der Schulter berührte. „Halte du hinten fest. Ich übernehme das vordere Ende."

Sehnsüchtig schaute Ava auf die Stelle, an der seine Finger sie gestreift hatten. Sie lehnte sich etwas zurück, packte den Stecken und bemerkte offensichtlich ihre lüsterne Pose, denn ihre Augen funkelten mit einem Mal amüsiert. Lucille sah, dass sich durch die Haltung Avas üppiger Busen Cory geradezu obszön präsentierte. Vermutlich konnte der Latino sogar sehen, wie sich ihre Schamlippen an das grüne Plastik schmiegten.

Wahrscheinlich stellt er sich gerade vor, dass der Stiel sein Schwanz ist, dachte Lucille und beobachtete Cory, der sich auf die Kiste vor Ava setzte und den Besen mit seinem Gewicht fixierte.

Lasziv bot Ava sich Cory dar. Sie schob ihre Hüften vor und zurück, sodass ihre Spalte über den Stecken glitt. Sogleich öffnete sie ihren Mund, sicherlich raubte die wachsende Erregung ihr die Luft. Ungeniert senkte sie ihren Unterleib weiter herab und presste ihn schließlich auf den Feger, um ihre Lust zu steigern.

Lucille malte sich aus, wie durch die Reibung Avas Feuchtigkeit vermehrt floss, sich auf der Stange verteilte und das Vor-und-Zurück-Gleiten noch angenehmer machte. Warm und weich musste sich ihr Schoß anfühlen. Allein bei der Vorstellung kribbelte Lucilles eigene Mitte.

Wann immer Avas empfindsamste Stelle über das glatte Plastik rieb, erschauerte die Küchenhilfe. Trotz der Üppigkeit ihres Körpers fielen ihr die wellenförmigen Bewegungen ihres Körpers, die den Eindruck erweckten, sie würde einen Geliebten reiten, erstaunlich leicht. Sie ließ sich fallen, ging vollkommen auf in der Aufgabe, die Cory ihr gestellt hatte, und hätte sich vermutlich zum Höhepunkt gebracht, wäre der Brasilianer nicht plötzlich aufgestanden.

„Halt, das reicht." Er half ihr auf.

Breitbeinig blieb sie stehen. Gemeinsam musterten sie ungeniert Avas Spalte.

Selbst aus ihrem Versteck heraus konnte Lucille sehen, wie geschwollen und gerötet Avas Schoß war. Ava, im Alltag eher zurückhaltend, entpuppte sich als eine leidenschaftliche Frau, die Lust zu genießen wusste.

Sehnsüchtig seufzte Lucille. Die Verschmelzung mit Richard war stets großartig gewesen, aber im letzten halben Jahr war er immer seltener heimgekehrt, weil die geschäftliche Lage sich zugespitzt hatte, wie er einmal angespannt hatte fallen lassen. Doch im Grunde hatte ihre Ehe nur auf Sex basiert. Emotional waren sie sich nicht nähergekommen, was auch Einfluss auf Lucilles Gefühlsleben gehabt hatte. Die Vorfreude auf Richard war immer mehr geschmolzen und das Liebesspiel zum Automatismus geworden – erregend, aber mechanisch; befriedigend, aber nicht mehr berauschend wie am Anfang.

Wie oft mochten Ava und Cory schon miteinander gespielt haben? Sie wirkten vertraut, sie fühlten sich sicher im Umgang miteinander, und trotzdem testeten sie noch dic Grenzen des anderen aus.

Neckend tippte Ava ihren Liebhaber an die Schulter. „Simon sagt: Setze eine Runde aus."

„Das ist nicht fair", brauste er auf und trat so dicht an sie heran, dass seine Penisspitze ihren Kitzler berührte. „Du willst nur zweimal hintereinander drankommen, aber das zahle ich dir heim. Simon sagt: Mach es dir mit einem Finger anal."

„Was?" Bestürzt riss sie ihre Augen auf. „Du weißt doch, dass ich das nicht mag. Oh, warte. Das machst du mit Absicht."

Verschmitzt grinsend zuckte er mit den Achseln. „Du

kannst dich ja weigern, die Anweisung auszuführen."

„Und eine Strafe riskieren. Bitte nicht, Cory", bettelte sie und kam so nah an ihn heran, dass sein Schaft zwischen ihren Schenkeln eintauchte und gegen ihre Spalte drückte.

Während er sprach, wiegte er seine Lenden und entfachte ihre Erregung erneut. „So lauten nun mal die Regeln: Wer einen Befehl nicht ausführt, darf vom Spielpartner bestraft werden. Also, wie entscheidest du dich? Von mir aus kannst du gerne den Noppenhandschuh benutzen."

„Das ist so gemein." Sie stöhnte und schaute kurz runter auf seinen Phallus, der immer wieder zwischen ihren prallen Lippen verschwand. „Ich bin noch nicht so weit."

Als Cory sich zurückzog, wirkte er keinesfalls enttäuscht, und Lucille ahnte, dass es Taktik von ihm gewesen war, Ava eine Aufgabe zu stellen, die sie unter keinen Umständen ausführen würde. Offensichtlich kannten die beiden schon einige Grenzen des anderen. Wie mochte die Strafe aussehen? Das Prickeln in Lucilles Unterleib breitete sich auf ihren ganzen Körper aus.

Sanft, aber bestimmend griff Cory Avas Oberarm und führte sie zu dem Aufsitztraktor, der mitten im Raum stand, als hätte der Gärtner gerade vorgehabt, den Rasen zu mähen, bevor Ava ihn besuchen kam. Er drückte sie mit dem Bauch auf die Motorhaube und langte nach einigen Stricken, die neben anderen Utensilien auf Haken an der Wand hingen. Bevor er ihre Handgelenke an das linke Vorderrad fesselte, küsste er Ava.

Vielleicht zur Beruhigung, überlegte Lucille, eventuell aber auch, um sich ihr stummes Einverständnis abzuholen. Sie verlagerte ihr Gewicht unruhig von einem Fuß auf den anderen und beobachtete, wie Cory Avas Fußgelenke ebenfalls zusammenband und am rechten Vorderrad des Rasenmähertraktors fixierte.

Kein einziges Mal wehrte sich Ava. Nun war sie ihm hilflos ausgeliefert. Ihr rundliches, aber knackiges Gesäß reckte sich in die Höhe. Sie hob immer wieder ihren Kopf, um zu sehen, was Cory tat, er hielt sich jedoch geschickt hinter ihr.

Eine Weile ließ er sie zappeln. Unsicherheit spiegelte sich in Avas Miene. Sie zerrte spielerisch an ihren Fesseln und prüfte, ob sie seitlich von der Motorhaube fallen konnte, aber dazu hatte er sie zu stramm auf das Gefährt gebunden.

Als Cory das erste Mal mit der flachen Hand auf ihren Po schlug, schrie sie überrascht auf.

„Du solltest leiser sein. Wenn irgendwer deine Schreie hört und dich so vorfindet, ist das nicht nur peinlich für dich“, seine Stimme gewann an Laszivität, „so schamlos, wie du daliegst ...“ Wieder ernster fügte er hinzu: „Sondern man wird uns beide feuern.“

„Dann bind mich eben los.“

„Als ob du das wirklich wollen würdest.“ Kaum hatte er den Satz zu Ende gesprochen, klatschte seine Hand dreimal hintereinander auf dieselbe Stelle.

Erneut gab sie einen spitzen Schrei von sich. „Erschreck mich nicht immer wieder.“

„Dein Hintern ist einfach perfekt, um geschlagen zu werden.“ Gefühlvoll streichelte er sie und gab Ava Zeit, durchzuatmen. „Er ist groß und rötet sich sofort, das macht mich an.“

„Ist er dir nicht zu dick?“, fragte Ava und biss sich auf die Unterlippe.

„Ich liebe deinen Po, Fofinha.“ Träumerisch knetete er die fleischigen Gesäßhälften. „Er ist perfekt.“

Seinen Worten folgten drei Schläge auf jede Seite, die Ava dazu brachten, ihre Kehrseite immer wieder kurz anzuspannen. Nach einer Pause schlug Cory wieder zu, nicht fest, aber ausdauernd. Diesmal wollte er gar nicht aufhören. Sein Glied zuckte im Takt der Hiebe, die Avas Hintern zeichneten. Sie presste ihre Lippen zusammen, um nicht zu schreien. Als sie nach Atem rang und ihren Mund öffnete, kam ein kehliges Stöhnen heraus, das Lucille überraschte und ein Lächeln entlockte.

Unaufhörlich klatschte Corys flache Hand auf Avas Hinterteil. Ihr Po wogte und färbte sich dunkelrot. Es gab Momente, in denen sie sich wehrte, und welche, in denen sie sich in ihr Schicksal fügte und den Kopf wie berauscht hängen ließ. Cory fand in einen Rhythmus, der sich langsam steigerte, was Kraft und Tempo seiner Schläge betraf, bis hin zu drei wirklich schmerzhaften Hieben, bei denen sich Ava verkrampfte. Dann schlug er wieder langsamer und hörte schließlich auf.

Cory atmete genauso heftig wie Ava, die jedoch keineswegs gesättigt auf dem Traktor lag, sondern ihren Unterleib gegen die Motorhaube rieb.

„Wirst du wohl aufhören!“, ermahnte er sie und kitzelte sie unter den Achseln. „Sprich deinen nächsten Befehl aus. Uns läuft die Zeit davon.“

„Willst du mich nicht erst losbinden?“ Über ihre Schulter hinweg sah sie ihn an.

Er beugte sich über sie. „Ist das deine … Simons Anweisung?“

„Oh, du legst mich schon wieder rein.“

Cory stellte sich vor sie und verschränkte die Arme vor dem Körper. „Du hast angefangen, zu mogeln.“

„Also gut“, gab Ava nach, sie hatte nur Augen für seinen wippenden Schwanz. „Simon sagt: Binde mich los, verdammt.“

Postwendend machte er sich daran, ihre Füße von den Fesseln zu befreien, dann schlenderte er wieder um sie herum und wartete frech grinsend, bis sie verstand, was sein Plan war.

Verdutzt blieb Ava liegen. „Du hast nicht vor, auch meine Handfesseln zu lösen, nicht wahr? Dadurch zwingst du mich, einen zweiten Befehl zu vergeuden. Du elen…"

„Pass auf, was du sagst!" Blitzschnell legte er eine Hand unter ihr Kinn, hob ihren Kopf an und legte seinen Zeigefinger auf ihren Mund. „In deiner Lage würde ich fügsamer sein, sonst könnte meine nächste Anweisung etwas schärfer ausfallen. Jetzt bin ich an der Reihe."

Er nahm seinen Finger weg. Besänftigend küsste er sie und richtete sich wieder auf, hielt jedoch ihren Kopf weiter hoch. „Simon sagt: Verwöhn meinen Schwanz oral."

Ava schien nicht ernsthaft verärgert über Corys Trick zu sein, denn sie starrte sein erigiertes Glied gierig an und öffnete bereitwillig ihren Mund. Langsam schob er seine Penisspitze zwischen ihre Lippen, und kaum dass Ava diese auf seinen Schaft presste, stöhnte er auf, als hätte er die ganze Zeit auf diesen Moment gewartet.

Sein Blick glitt über ihre Kehrseite. Er betrachtete die ihm ausgelieferte Ava, wie sie über dem Rasentraktor lag, mit gerötetem Hintern und Brüsten, die unter ihr zusammengedrückt wurden und aussahen wie rosige Airbags. Erregt beobachtete er Ava, die genüsslich an seinem Phallus saugte. Sie leckte über die Eichel und versuchte, ihre Zungenspitze zwischen Piercingring und Vorhautbändchen zu schieben, wobei der Schaft ihr beinahe entglitt, sodass Cory ihn tiefer einführte.

Verliebt schaute Ava zu ihm auf, während sie seinen Penis umzüngelte, und Lucille fragte sich, ob Ava und Cory nicht nur heimlich miteinander schliefen, sondern sogar ein Paar waren. Cory gehörte zwar nicht zu der Clique von Madison, Taylor und Nate, schenkte jedoch im Haus der rundlichen

Küchenhilfe auch nicht mehr Aufmerksamkeit als die anderen Angestellten.

Welches Geheimnis umgab die beiden?

Vorsichtig fing Cory an, in ihren Mund zu stoßen. Inzwischen hielt Ava ihren Kopf selbst hoch und versuchte eine Stellung zu finden, in der er so tief wie möglich in sie eindringen konnte. Bei jedem Stoß glitt Cory ein Stück weiter in sie hinein und stöhnte, wenn er erneut zustieß. Seine Stöße wurden jedoch nicht schneller oder kraftvoller, sondern er blieb sanft und arbeitete sich langsam vor. Als Ava ein einziges Mal würgte, zog er sich sofort aus ihrem Mund zurück.

„Mach weiter." Sie leckte sich den Speichel aus den Mundwinkeln. „Du kannst noch tiefer rein. Ich schaffe das!"

Energisch schüttelte er seinen Kopf und gab ihr einen langen, intensiven Kuss. „Sex soll doch nicht in Leistungssport ausarten."

Er band sie los und half ihr beim Absteigen. Liebevoll nahm er ihre Hand und legte sie auf sein Glied. „Schlag mich."

„Auf deinen Schwanz?" Ava riss ebenso erstaunt ihre Augen auf wie Lucille. „Bist du sicher?"

„Ich brauche das jetzt. Bitte." Seine Hand streichelte ihren Hintern, der inzwischen nur noch blassrosa war. Die Liebkosungen wurden immer kräftiger, bis er schließlich fest zupackte und ihre Gesäßhälften knetete.

Ava öffnete ihre Beine ein Stückweit und lenkte seine Aufmerksamkeit auf ihre geschwollene Mitte. „Sagt Simon das?"

„Vergiss Simon", sprach er mit rauer Stimme und hockte sich plötzlich hin, um mit einigen geschickten Zungenschlägen über ihre Schamlippenpiercings zu lecken.

Lustvoll erzitterte seine Geliebte. Lucille konnte sehen,

dass ein Tropfen ihrer Feuchtigkeit an der Innenseite ihres Oberschenkels hinabrann, und spürte, dass ihr eigenes Höschen feucht war. Während Cory sich erhob und fortfuhr, Avas Kehrseite zu massieren, strich diese liebevoll über seinen Penis, holte aus und schlug zaghaft zu.

„Du sollst ihn nicht tätscheln, sondern schlagen, Fofinha", amüsierte er sich. „Halte dich nicht zurück. Er kann etwas vertragen."

Avas Blick bekam eine diabolische Note. Sie blinzelte, holte aus und ließ ihre Handfläche auf den harten Schaft hinabsausen. Corys Körper spannte sich einige Sekunden an. Als er ausatmete, stöhnte er. Er nahm auf dem Traktorsitz Platz und deutete auf seinen Phallus, der zwischen seinen gespreizten Beinen auf und ab wippte.

Die nächsten beiden Schläge kamen kurz hintereinander. Ava machte es sichtlich zunehmend Spaß, Cory heimzuzahlen, was er ihr zuvor angetan hatte, und es fachte ihre Lust ebenso an wie seine, denn immer mehr Feuchte rann aus ihr heraus und bedeckte ihre Schenkel.

Erneut schlug sie zu, ganze sechs Mal hintereinander, Lucille zählte mit. Immer wenn Corys Glied nach oben wippte, sauste ihre Hand wieder herunter. Es sah aus, als würde sie ein unsichtbares Jo-Jo bewegen.

Avas Blick glitt von Corys Penis zu seinem Gesicht, das nicht, wie Lucille erwartet hatte, von Schmerz verzerrt war, sondern Glückseligkeit widerspiegelte. Am Anfang hatte er noch auf seinen Unterleib geschaut, fasziniert, als hätte er endlich jemanden gefunden, der ihm seinen außergewöhnlichen Wunsch erfüllte, doch inzwischen waren seine Augen geschlossen. Er legte seinen Kopf in den Nacken, sein Mund stand offen, und er stöhnte bei jedem Schlag leise.

Kaum hatte Ava aufgehört, bat er mit vor Verlangen vibrierender Stimme: „Mehr!"

Sie setzte ihre Schläge fort, doch diesmal klatschte ihre Handfläche von unten gegen den Phallus. Corys Halsmuskulatur spannte sich, und sein Stöhnen schwoll an. Avas freie Hand drang in ihren Schritt. Ihren Blick fest auf das wippende Glied geheftet, streichelte sie sich.

Nach einer Weile schlug sie den Schaft abwechselnd von oben und von unten, sie tätschelte seine Hodensäckchen sanft und hörte plötzlich auf, sodass Cory die Augen überrascht öffnete.

Ava lächelte ihn an, und er antwortete ihr mit einem Lächeln, ein stummer Dialog. Sie verstanden sich offenbar, ohne ein einziges Wort zu verlieren, denn Cory fasste ihre Hüften und half ihr, erst den Rasenmähertraktor und dann ihn selbst zu besteigen. Sein Schwanz glitt in ihre Feuchte hinein. Sie saß mit dem Gesicht zu ihm auf seinem Schoß und strich durch seine Lockenpracht. Die Hände auf seine Schultern gestützt, hob sie ihren Unterleib an und setzte sich wieder, sodass sie sein Glied ganz in sich aufnahm.

In diesem Moment bemerkte Cory die Voyeurin. „Lucille!"

Avas Kopf flog herum.

Lucille wurde augenblicklich puterrot. Instinktiv duckte sie sich, dabei war das überflüssig, man hatte sie ohnehin schon entdeckt. Was würden die beiden nun von ihr denken? Ab sofort würde die Zusammenarbeit von Verlegenheit begleitet werden. Auch das noch! Ava war doch ihre einzige Bezugsperson in der Villa, und Cory hatte sie ebenfalls nett empfangen.

Eilig trat sie den Rückzug an. Doch als sie sich dem Swimmingpool näherte, sah sie, dass Carson auf der Terrasse stand und nach Ava Ausschau hielt – und nach ihr, denn sie hatte von ihm den Auftrag bekommen, die Küchenhilfe zu suchen, war jedoch nicht zu ihm zurückgekehrt, um Bericht zu erstatten. Das würde Ärger geben.

„Pst“, machte es hinter ihr.

Lucille wandte sich um. Die nackte Ava stand, halb verdeckt von der Tür, am Eingang zum Gärtnerhäuschen und winkte sie zu sich.

Die hat Nerven, dachte Lucille, aber ihr blieb nichts anderes übrig, als zurückzulaufen, damit der Koch sie nicht entdeckte und zur Rede stellte. Was hätte sie ihm sagen sollen? Lügen war nicht ihre Stärke.

Ava zerrte sie in den Anbau und schloss die Tür hinter sich.

Betreten verlagerte Lucille ihr Gewicht von einem Fuß auf den anderen.

„Böses Mädchen.“ Rügend hielt Ava, die genauso wenig Anstalten machte, sich anzuziehen wie Cory, ihren Zeigefinger hoch, doch ihre Stimme klang neckend. „Wie lange hast du schon draußen vor dem Fenster gestanden?“

„Nicht lange“, log Lucille und wusste gleichzeitig, dass die beiden ihr das nicht abnahmen.

Cory stellte sich vor den Aufsitzrasenmäher und lehnte sich mit dem Hintern dagegen. Sein Grinsen reichte von einem Ohr zum anderen. „Hat dir gefallen, was du gesehen hast?“

Was war das denn für eine Frage? Lucille krauste ihre Stirn. Wo waren die Entschuldigungen, weil die beiden während der Arbeitszeit miteinander schliefen, die Beschwörungen, niemandem etwas zu verraten, und die Empörung? Wo war das Schamgefühl?

Ava wechselte einen Blick mit Cory, den Lucille nicht deuten konnte. Ihr war nicht wohl dabei. Was geschah hier gerade?

„Hättest du vielleicht Lust …“, begann Ava zögerlich.

Lucille hob abwehrend ihre Hände. Die beiden dachten

doch wohl nicht an eine Ménage à trois? „Tut mir leid, aber ich stehe nicht auf … auf … Dreier."

Ava kicherte. „Wir haben mal davon gesprochen, jemanden zuschauen zu lassen, wenn wir es zusammen machen. So wie du es eben getan hast, aber im selben Raum. Das stellen wir uns geil vor."

„Normalerweise treibt man es ja im Schutze der Zweisamkeit", fügte Cory hinzu. „Diesen Schutzpanzer aufzubrechen wäre ein Kick."

Lucilles rosiger Teint wurde noch eine Nuance tiefer, weil sie fälschlicherweise angenommen hatte, die zwei wollten sie in ihr Liebesspiel aktiv mit einbeziehen. Doch sie sollte nur das tun, was sie ohnehin schon die ganze Zeit getan hatte: die beiden beim Sex beobachten. Der Gedanke schien ihr interessant – und erregend, selbst wenn ihr nur die Aufgabe eines stummen Betrachters zukam.

Scheu nickte Lucille. Meistens war sie neuen Erfahrungen gegenüber offen. Das war eine Chance, die sie sich nicht entgehen lassen wollte, weil sie so schnell nicht wiederkommen würde.

Cory holte den Stuhl, der vor der Werkbank stand, und stellte ihn vor die Tür. Aufgeregt nahm Lucille Platz. Sie legte ihre Hände in den Schoß und knetete ihre Finger. Niemals hätte sie mit dieser Wendung, diesem Angebot gerechnet. Anscheinend war Cape Coral doch interessanter, als sie erwartet hatte.

Einen kurzen Moment lang drifteten ihre Gedanken zu Craig Bellamy ab. Sie zwickte sich und konzentrierte sich auf ihre ganz persönliche Theaterbühne.

Cory hob Ava auf die Motorhaube des Rasentraktors, spreizte ihre Schenkel und zog sie zu sich, bis sie auf der Kante saß. Ihr Busen wogte auf und ab. Sie schaute zu Lucille, errötete und vergrub ihre Hände in Corys blonden

Locken, um sein Gesicht zu sich zu ziehen und ihn leidenschaftlich zu küssen. Immer wilder schnäbelten die zwei, sodass Lucille ihre Zungen dann und wann hervorblitzen sah. Hemmungslos leckten sie sich und erregten sich nicht nur an dem endlosen Kuss, sondern auch an der Voyeurin.

Ava löste sich von Cory, legte ihre Hand um seinen Schaft und führte seine Penisspitze zu ihrer feuchten Öffnung. Kraftvoll drang er in sie ein und entlockte ihr ein Stöhnen. Sein Blick traf den von Lucille, als er Ava stieß.

Lucille konnte nicht umhin, sich vorzustellen, an Avas Stelle zu sein. Aber der Latino war nicht der Mann, zu dem sie sich hingezogen fühlte. Außerdem sollte Cory sich auf die Frau konzentrieren, die er zunehmend heftiger nahm. Die Befürchtung, er könnte Ava, die sich an seinen Hüften festhielt und ihn mit einer Wärme anschaute, die selbst Lucilles Herz berührte, nur ausnutzen, erwachte in ihr. Sollte er Ava wehtun, würde Lucille die Karatekniffe, die Richard sie gelehrt hatte, an ihm ausprobieren!

Zu seinem eigenen Glück sah er wieder Ava an. Er ertrank förmlich in ihrem Blick, legte die Hände auf ihr Gesäß, um zu verhindern, dass sie durch seine kräftigen Stöße über die Motorhaube geschoben wurde, und drang so schnell in sie ein, als hätte er keine Geduld mehr, noch länger auf die Erlösung zu warten. Enthemmt stöhnten Ava und Cory. Während sie miteinander dem Höhepunkt entgegenritten, schauten sie immer wieder kurz zu Lucille herüber, vielleicht um zu prüfen, ob sie noch da war, vielleicht um sich an ihrer Anwesenheit zu erregen oder herauszufinden, ob sie sich streichelte.

Lucille dachte tatsächlich daran, hätte aber nie im Leben gewagt, ihre Hand unter ihr Kleid zu schieben. Stattdessen schlang sie die Finger ineinander und drückte sie auf ihren Schoß. Die anschwellende Lust in ihr quälte sie. Ein Paar zu beobachten, wie es keine drei Schritte entfernt kopulierte, ließ sie nicht kalt. Aber sie schämte sich zu sehr, die gleiche Hemmungslosigkeit zu zeigen, zumal ihr nicht der Sinn danach stand, zu masturbieren. Vielmehr weckte die Szenerie ihr Verlangen, einen Mann zu schmecken, zu spüren und in sich aufzunehmen.

Richard schlich sich in ihre Gedanken. Überrascht stellte sie fest, dass sie sich nicht nach ihm sehnte. Selbst heißer Sex nutzte sich ab, wenn die Wärme fehlte, die sie soeben in Avas Augen bemerkt hatte. Er gehörte der Vergangenheit an. Jetzt musste jeder von ihnen sehen, wo er blieb, und sie wollte ihm unter gar keinen Umständen ins Gefängnis folgen.

Lustvoll winselnd wand sich Ava unter Corys Stößen, und Lucille wünschte sich, am eigenen Leib zu spüren, wie sich Intimpiercings auf die Gefühle auswirkten. Durch das Eindringen brachte Cory nicht nur die Ringe in Avas Schamlippen in Schwingung, sondern sein Penispiercing verstärkte auch die Stimulation in ihrem Inneren.

Ihre Unterleiber trafen im Sekundentakt aufeinander. Das feuchte Klatschen erfüllte den Anbau. Kehlige Laute, Seufzen, Wimmern und schließlich, als der Orgasmus über sie hereinbrach, ekstatisches Aufstöhnen hüllten Ava, Cory und auch Lucille in einen akustischen Kokon ein.

Danach herrschte Stille, bis auf Avas erschöpftes Hecheln. Zärtlich zog Cory sie in seine Arme. Er kraulte ihren Rücken, während sie sich mit geschlossenen Augen an ihn schmiegte und nach Atem rang.

Lucille fand, es war Zeit, ihre Loge zu verlassen, da der Kokon geplatzt war und das Nachglühen nur noch die beiden Liebenden umgab. Sie befand sich wieder außen vor, als würde sie noch immer vor dem Fenster stehen.

Einsamkeit keimte in ihr, während sie das Gärtnerhäuschen so leise wie möglich verließ, und sie fragte sich plötzlich, wie Bellamy wohl hüllenlos aussah. Bestimmt war sein Körper so blass wie der von Patrick, denn Craig erweckte den Eindruck, als würde er es bevorzugen, sich mit einem guten Buch auf sein Chesterfield-Sofa zurückzuziehen, als sich der Sonne auszusetzen. Anstatt seine Pflanzen unter freiem Himmel zu pflegen, zog er sich lieber in ein Gewächshaus zurück, dabei war das Klima Floridas vielen Arten zuträglich.

Verrückter Kerl! Exzentrisch und eigensinnig. Und auf eine eigentümliche Weise sogar ziemlich sexy.

Jetzt dachte sie schon wieder an ihn. Kopfschüttelnd spazierte Lucille über den Rasen zur Terrasse und spürte, wie ihre geschwollenen Schamlippen bei jedem Schritt aneinanderrieben.

Dieser Mann ließ sie einfach nicht los.

6. KAPITEL

„Ihr steckt doch unter einer Decke!“ Carsons Stimme klang scharf, aber seine Augen funkelten belustigt. Er schwang seinen Rührbesen wie einen Baseballschläger, bis ihm wohl auffiel, dass diese Geste etwas Bedrohliches besaß, und legte den Quirl räuspernd neben die Schüssel, in der er gerade eine Vanillesoße hatte anrühren wollen.

„Cory hatte Probleme mit dem Rasenmähertraktor.“ Es fiel Lucille schwer, ernst zu bleiben. „Er wollte nicht anspringen. Ava musste Hand anlegen.“

Der Koch schob seinen Kopf vor wie eine Schildkröte und krauste die Stirn. „Wieso solltest du es schaffen, den Traktor in Gang zu bringen, und Cory nicht?“

„Mein Vater führt eine Autowerkstatt in Bonita Springs. Schon als Jugendliche war ich oft dort. Da kamen ständig Männer vorbei, an denen habe ich geübt.“ Avas Mundwinkel zuckten.

„An ihren Wagen, meinst du wohl?“, korrigierte Carson sie unbewusst zweideutig.

Um nicht zu lachen, ballte Lucille ihre Hände zu Fäusten und drückte sie auf ihr Zwerchfell. Sie wagte kaum zu atmen, weil sie befürchtete, laut loszuprusten.

Ava nickte. „Genau. Mein Vater hat mich kleinere Fahrzeuge wie Quads sogar alleine reparieren lassen. Ich bin sehr geschickt mit meinen Händen, das kann Cory bestätigen.“

„Das solltest du lieber in der Küche beweisen“, sagte Carson, nahm den Rührbesen und hielt ihn ihr hin. Dann wandte er sich an Lucille: „Und du, husch, husch. Es gibt auch für dich viel zu tun.“

Gab es nicht. Bis zum Abendessen ließ Patrick sie Teppichböden staubsaugen, auf denen kein einziger Krümel zu sehen war. Sie wischte Phantomstaub von den Regalen und lief gefühlte zehn Kilometer, weil sie in allen Badezimmern und WCs prüfen musste, ob genügend Toilettenpapierrollen vorhanden waren, danach sollte sie sämtliche Blumen im ganzen Haus gießen, die, wie sich herausstellte, jedoch feucht genug waren.

Als Lucille im Aufenthaltsraum zu Abend aß, wurde sie den Gedanken nicht mehr los, in diesem Haushalt völlig überflüssig zu sein. Craig Bellamy brauchte sie nicht. Er hatte genug emsige Bienen, die sich um ihn und seine Villa kümmerten. Weshalb hatte er sie also eingestellt?

Der Hunger ging, das mulmige Gefühl im Magen blieb.

Lucille beugte sich über den Tisch und fragte leise: „Was bedeutet eigentlich Fofinha?"

Ein breites Grinsen erschien auf Avas Gesicht. Sie linste zu den anderen Angestellten, aber diese saßen zu weit weg, um die Unterhaltung mit anhören zu können, solange leise gesprochen wurde. „Das heißt übersetzt „meine Süße" und ist Portugiesisch. In Brasilien spricht man Portugiesisch, wusstest du das?"

Lucille zwinkerte, weil Ava richtig aufgeregt wurde, nun, da sie indirekt über Cory sprach. In diesem Moment stand er vom Tisch auf, ging an ihnen vorüber in die Küche, um seinen Teller wegzubringen, und beachtete Ava nicht einmal. Kein verführerisches Lächeln. Kein unauffällig zugeworfener Luftkuss. Nicht einmal ein kurzer Blick.

Ava schien das nicht zu stören. „Hättest du vielleicht Lust, beim nächsten Mal wieder dabei zu sein? Von Anfang an."

„Ich weiß nicht", murmelte Lucille, der ihre neue Freundin leidtat. Aber vielleicht gab es eine Abmachung zwischen den beiden, ein Übereinkommen, die Liaison absolut geheim zu halten. Manche Arbeitgeber akzeptieren keine Paare unter ihren Bediensteten. War Craig Bellamy so engstirnig?

„Bitte, bitte, bitte, Kirby." Ava legte ihre Hand auf die von Lucille und drückte sie sanft. „Nur zuschauen, versprochen. Du musst nicht mitmachen. Aber uns hat deine Anwesenheit angemacht, ein Wunsch ist Wirklichkeit geworden für uns. Außerdem könnten wir einen Schiedsrichter gebrauchen. Co… er versucht mich immer reinzulegen."

Ein Prickeln ersetzte das ungute Gefühl, das Lucille zuvor gehabt hatte, Vorfreude regte sich in ihr. „Also gut", stimmte sie nun doch zu, wusste aber, dass sie nicht unparteiisch sein würde.

Heiter lief Ava mit ihrem und Lucilles Teller in die Küche, und Lucille fragte sich, ob sie Cory die Neuigkeit mitteilen wollte oder ihrer Tätigkeit als Küchenhilfe an diesem Abend besonders fleißig nachging, um Carson nicht noch mehr zu verstimmen.

Lucille erhob sich vom Tisch und verließ den Aufenthaltsraum. Ausgerechnet Madison und Patrick standen auf dem Korridor und unterhielten sich. Zu ihrer Belustigung stellte sie sich vor, dass die beiden programmierte Chips im Nacken trugen:

Patrick, Eigentum von Craig Bellamy, Status: Nr. 1, Butler und Hausvorsteher.

Madison, Eigentum von Craig Bellamy, Status: Nr. 2, Dienstmädchen/Vermerk: Option auf Aufstieg.

Die Frage, ob damit eine Beförderung oder die Wahl zur Mätresse gemeint war, würde die Anmerkung clever offenlassen. Zerknirscht wollte Lucille gerade an den beiden vorbeigehen, als Patrick in sein Büro eintrat und die Tür hinter sich schloss, während Madison sich ihr in den Weg stellte.

„Es gibt etwas für dich zu tun." Die Brünette hielt ihr Kinn so hoch, als würde sie darauf einen unsichtbaren Bleistift balancieren.

Madison, das Sprachrohr der Macht. Vor Lucilles geistigem Auge tauchte eine Mad mit einem Mund in Form eines Megafons auf. „Ach ja?“

„Du wirst in die Suite von Mr Bellamy gehen und sie für die Nacht vorbereiten.“ Sah man nur flüchtig hin, erweckte Madisons Zopf den Anschein, als würde sich eine dicke braune Schlange von ihrem Nacken über ihre Schulter nach vorn schlängeln.

Der Befehlston passte Lucille gar nicht, aber sie würde sich auch nicht reizen lassen. Gelassenheit war die beste Reaktion auf eine Provokation. „Er ist doch noch gar nicht im Haus und der Abend noch jung.“

„Mr Bellamy wird sehr spät heimkehren, und dann muss alles vorbereitet sein.“ Madison zeigte in Richtung Treppe wie ein Verkehrspolizist.

Lapidar zuckte Lucille mit den Achseln. „Ich habe keinen blassen Schimmer, was von mir erwartet wird.“

Theatralisch seufzte ihr Gegenüber. „Das Übliche eben: Bett aufdecken, Jalousien runterfahren, Badezimmer kontrollieren, aufräumen … Du hast doch schon in anderen Haushalten gearbeitet, oder etwa nicht? Mr Bellamy hat dich wohl kaum ohne Vorkenntnisse eingestellt.“

„Natürlich nicht.“ Rasch wandte sich Lucille ab und stieg die Treppe ins Obergeschoss hoch.

Mr Bellamy hat dich wohl kaum ohne Vorkenntnisse eingestellt. Ihre Gedanken kreisten um diesen Satz, während sie den Gang entlangging. Was hatte ihn dazu veranlasst, sie bei sich aufzunehmen? Vielleicht würde sie einen Hinweis auf den wahren Craig Bellamy in seinem Schlafzimmer finden. Sie hatte nicht vor, seine Schränke zu durchwühlen, aber sie würde sich auf jeden Fall umschauen.

Wer steckte hinter der Fassade des Exzentrikers?

Gern würde sie mehr über ihn erfahren, nicht nur, weil ihr manches seltsam erschien, sondern auch, weil er ihr Interesse geweckt hatte. Noch war sein Charakter nicht greifbar für Lucille, sie hatte kein klares Bild von ihm und konnte ihn nicht einschätzen. Flirtete er mit ihr, oder vertrieb er sich nur die Zeit, indem er versuchte, sie aufs Glatteis zu führen?

Neugierig betrat sie sein privates Reich.

Auch in seiner Suite herrschte ein britisches Ambiente. Lucille trat an das Himmelbett aus Kirschholz und betastete die kunstvollen Schnitzereien der Eckpfosten. Erst bei genauerem Hinsehen erkannte sie, dass ihre Fingerspitzen über kopulierende Paare, masturbierende Frauen, onanierende Männer und Orgien glitten, und nahm ihre Hand weg. Als prüde konnte man Craig Bellamy jedenfalls nicht bezeichnen.

Wärme breitete sich zwischen Lucilles Schenkeln aus.

Sie streichelte über die Bettdecke, stellte sich vor, wie er nachts darunterlag, nackt, wie seine Finger über seinen Bauch tiefer glitten, sein Glied umschlossen und es sanft massierten. Bei wem waren seine Gedanken, wenn er sich selbst Lust verschaffte? Michelle Dearing, die sein Haus nach ihrem Geschmack einrichten und wahrscheinlich sich als Accessoire dazuschenken wollte? Madison, sein emsigstes Hausmädchen, das ihm bestimmt jeden Wunsch von den Augen ablas? Bei ihr, Lucille, die neue Herausforderung, der frische Wind im Haus, der Neuen, die genauso wie er ein wenig sonderbar war?

Sie neigte sich zum Kopfkissen herunter und schnupperte. Tatsächlich glaubte sie, Craig zu riechen, war aber unsicher, ob sie es sich nicht nur einbildete, und hauchte einen Kuss auf das Kissen.

Warum tust du das, fragte sie sich, nachdem sie sich wieder aufgerichtet hatte, du solltest von Männern doch eigentlich vorerst genug haben.

Sie war nicht einmal geschieden. Kopfschüttelnd schlug

sie die Bettdecke zurück und strich sie glatt. Einen Moment lang war sie versucht, Ava und Cory die Schuld für ihre sündigen Gedanken in die Schuhe zu schieben, doch sie hatte sich schon zu Craig hingezogen gefühlt, bevor sie die beiden bei ihrem Schäferstündchen erwischt hatte.

Vom ersten Augenblick an verband sie eine Art Magie, die Lucille seitdem nicht wieder losließ. Dieser Zauber hatte nichts mit Abenteuerlust zu tun, wie es bei Richard der Fall gewesen war, er war nicht einmal sonderlich aufregend, sondern von leiser Natur und hatte sich langsam in ihr Inneres geschlichen und dort festgehakt. Mehr als das, ihr Interesse an Craig wuchs, und das war alles andere als gut. Er besaß weder den Charme eines Gentlemans, noch sah er so umwerfend aus, dass alle Frauen ihm sofort zu Füßen lagen, aber Lucille erkannte das Besondere an ihm. Worin genau das bestand, würde sie noch herausfinden.

Ihr Blick glitt über die zwei Bilderrahmen, die auf dem Nachttisch standen. Auf dem hinteren Foto erkannte Lucille Craigs Vater wieder, allerdings war er auf dieser Aufnahme zehn bis zwanzig Jahre jünger als auf dem Schnappschuss, der im Flur hing. Sein Arm lag um die Hüften einer herben Schönheit mit kurzen blond gefärbten Haaren und einem warmen Lächeln. Dieselbe Frau war auch auf dem zweiten Foto zu sehen, allerdings spazierte sie darauf allein am Strand entlang und wirkte vollkommen entspannt und glücklich. Das musste Craigs Mutter Mildred sein. Trauerflor hing über beide Rahmen.

Seine Eltern sind verstorben, durchfuhr es Lucille.

Ihr war, als würde sich eine Hand um ihr Herz legen und zudrücken. Armer Craig! Doch dann dachte sie an ihren Vater, der die Familie kurz nach Lucilles drittem Geburtstag verlassen hatte, ihre überforderte Mutter, die geldgierigen Pflegeeltern und spürte förmlich, wie eine heiße Welle der Wut das Mitleid wegschwemmte. Unwillkürlich rieb sie über ihren Oberschenkel, über die Stelle knapp unter ihrem Gesäß, obwohl sie die Narben durch den Stoff des Kleides hindurch nicht fühlen konnte.

Lucille spähte in den benachbarten Raum, in dem ein Sekretär, zwei Sessel und ein kleiner Tisch standen, eine Art Mix aus Arbeits- und Lesezimmer, und wollte gerade hineingehen, um die Jalousien herunterzufahren, als die Badezimmertür geöffnet wurde. Erschrocken flog Lucille herum.

Vor ihr stand Craig Bellamy. Er trug nur ein Handtuch – unglücklicherweise hatte er es nicht um seine Taille gewickelt, sondern über seinen Arm gelegt. Nackt blieb er im Türrahmen stehen, riss überrascht seine Augen auf und erstarrte.

Auch Lucille war wie gelähmt. Sie hätte die Beine in die Hand nehmen und so schnell wie möglich das Weite suchen sollen, aber ihre Füße waren schwer wie Blei und wollten sich keinen Zentimeter bewegen. Ihre Augen dagegen arbeiteten umso eifriger. Ihr Blick huschte über Craigs entblößten Körper. Sie saugte jedes Detail in sich auf und bekam nicht genug.

Wie umwerfend er aussah! Sportlich, männlich, sexy. Lucille geriet ins Schwärmen.

Also waren die Sporträume doch nicht nur Show. Aber er stemmte keine Gewichte, wie Richard es getan und dadurch seine Muskeln regelrecht aufgepumpt hatte, sondern er musste viel Ausdauersport treiben. Seine Haut leuchtete auch nicht kalkweiß, wie sie vermutet hatte. Sanfte Muskelhügel wölbten sich auf seinen Armen, sein Brustkorb sah hart und trainiert aus und seine Schenkel waren fest.

Außerdem war er rasiert.

Unter den Achseln.

Auf der Brust.

Und im Schritt.

Sein Glied war beschnitten, allerdings hatten die Ärzte

nur einen kleinen Teil der Vorhaut entfernt. Lediglich seine Penisspitze wurde nicht mehr von ihr bedeckt.

Als ihr Blick an seinem Schaft haften blieb, richtete dieser sich langsam auf. Craig bemerkte es, kniff seine Augen zornig zusammen und hielt das Handtuch vor sein Geschlecht.

Endlich schaffte es Lucille, sich zu bewegen. Mit hochrotem Kopf rannte sie aus der Suite. Erst als sie bereits die Treppenstufen hinabstolperte, fiel ihr auf, dass sie sich nicht einmal entschuldigt hatte. Aber es war ohnehin schon alles zu spät. Den Job konnte sie abschreiben. Bellamy würde sich nur rasch anziehen, sie zu sich zitieren und hochkant rauswerfen. Ihre Augen wurden feucht.

„Mist", schimpfte sie und wäre beinahe mit Madison zusammengeprallt, hätte Nate seine Freundin nicht rechtzeitig beiseitegezogen. „Hast du gelauscht, um das Donnerwetter nicht zu verpassen? Darauf musst du noch einige Minuten warten."

Mads Unschuldsmiene täuschte nicht über ihre Schadenfreude hinweg. „Ich wusste nicht, dass Mr Bellamy schon zurück ist."

„Offensichtlich schon. Woher solltest du sonst wissen, dass ich ihm in seinem Zimmer begegnet bin? Wir haben beide keinen Ton von uns gegeben." Aufbrausend machte Lucille einen Schritt auf Madison zu, doch Nate stellte sich schützend vor sie.

Frivol musterte er sie von oben bis unten. „Feuer auf dem Kopf und Feuer im Blut."

Da Patrick aus seinem Büro kam, um herauszufinden, was vor sich ging, ließ Lucille Mad und ihren Wachhund stehen und verkroch sich auf dem Angestellten-WC, um durchzuatmen und nach den richtigen Worten zu suchen, die Bellamy milde stimmen könnten. Doch egal, was sie sagen würde, sein Zorn würde nicht verfliegen. Dazu war die Situation zu peinlich gewesen.

Mit geschlossenen Augen lehnte sich Lucille gegen die Tür und rief sich das Bild des nackten Craig Bellamy in Erinnerung.

Noch immer war sie beeindruckt! Niemals hätte sie einen gestählten Körper unter seiner aus der Mode gekommenen Kleidung vermutet. Dabei hätte sie es durch die Erfahrung mit Richard, der unter seinem Hemd martialische Tattoos verbarg, um seine Geschäftspartner nicht zu erschrecken und seine wahre Gesinnung zu verheimlichen, besser wissen müssen.

Der erste Eindruck konnte trügen. Nicht aber nackte Tatsachen.

Hüllenlos vor ihr zu stehen und genüsslich von ihr betrachtet zu werden hatte Craig sichtlich erregt. Sie fühlte sich geschmeichelt! Der Preis für dieses Privileg jedoch war hoch. Das Vergnügen würde sie ihre Anstellung kosten und vielleicht sogar ihre Freiheit bis zum Prozess, wenn Special Agent Tadhg McCarthy einen schlechten Tag hatte – und den hatte er so gut wie immer.

Madison hatte sie dafür, dass Lucille ihr die Stirn geboten hatte, härter bestraft, als diese Schnepfe ahnte.

7. KAPITEL

Wie kann man einer Frau mit diesen großen, sexy Betty-Boop-Augen ernsthaft böse sein, fragte sich Craig, blieb im Türrahmen stehen und sog den Anblick von Lucille in sich auf. Sie stand neben Patrick im Büro des Butlers, den Blick gesenkt und die Hände ineinander verschlungen.

Immer wieder sah sie kurz durch ihre langen Wimpern auf und bat stumm um Verzeihung. Aber tat ihr ernsthaft leid, was vorgefallen war? In seiner Suite hatte sie gezögert, hatte einige Sekunden zu lang hingeschaut, als würde sie den Anblick genießen.

Du Narr hättest ja zurück ins Badezimmer gehen können, schimpfte er mit sich selbst, während er versuchte, wütend auszusehen. Er war jedoch vor Schreck nicht einmal in der Lage gewesen, das Handtuch sofort vor seinen Schwanz zu halten. Wie konnte er Lucille dann verurteilen, nicht schnell genug reagiert zu haben?

Es sei denn, sie hatte das alles geplant. Mit bemüht finsterer Miene trat er ein, stellte sich vor sie und blickte ihr eindringlich in die Augen.

Patrick hob seine Arme und sah einen Moment so aus, als wollte er Kirby schütteln, doch dann legte er lediglich seine Handflächen aneinander. „Ich bin untröstlich. Wie konnte das nur passieren?"

„Du kannst doch nichts dafür", sagte Craig. Es war Kirbys Schuld, nicht seine.

„Madison hat mir alles berichtet. Ich konnte zuerst nicht glauben, was ich da hörte." Patrick legte kurz die Hände auf seine Ohren. Seine Wangen bekamen eine dezente Röte, als wäre er es gewesen, der Craig nackt ertappt hatte, ein typisches Anzeichen von Fremdschämen.

Patrick gehörte zur Familie, doch Craig fand, dass er es

zuweilen mit seiner Korrektheit übertrieb. Die Dinge ein wenig lockerer zu sehen täte ihm gut, doch so war der Butler eben. Das Personal unterstand seinem Befehl. Alles, was die Angestellten taten, war für ihn, als hätte er es selbst getan, sie waren sein verlängerter Arm.

Aber Kirby schien niemand zu sein, der sich an die Leine legen ließ. Sie machte den Anschein, als würde sich eine Rebellin in ihr verbergen, die sie allerdings noch zurückhielt. Patrick ahnte das, weshalb er ihr ablehnend gegenüberstand, aber es war genau das, was Craig an ihr reizte.

Entsetzt schüttelte Patrick den Kopf. „Madison und Nate haben alles mitbekommen, was das Ganze noch peinlicher macht, aber ich habe sie beschworen, Stillschweigen zu bewahren."

Wieso biss Kirby die Zähne zusammen, als würden Patricks Worte sie verärgern? Craig konnte Kirby Lamar – oder die Frau, die sich hinter diesem Namen versteckte – beim besten Willen nicht einschätzen. Sie sah nicht aus wie ein Wolf im Schafspelz oder hinterließ gar den Eindruck, ihn auf Biegen und Brechen für sich gewinnen zu wollen, um nach ihrer gescheiterten Ehe mit einem reichen Mann weich zu fallen.

Aber sie benutzte eine falsche Identität. Bewies das nicht, dass ihre Absichten keinesfalls ehrlicher Natur sein konnten?

Vielleicht gehörte dieses ganze Spiel zu ihrer Taktik: Zurückhaltung am Anfang, um unschuldig zu erscheinen, dann durch ein Missgeschick die Beziehung auf eine erotische Ebene heben, und wiederum harmlos auftreten – dezentes Umgarnen, um das Opfer dazu zu bringen, zu glauben, die Annäherung wäre von ihm ausgegangen.

Wenn sie diese Absicht verfolgte, hatte sie sich mit dem Falschen eingelassen. Er war der Sohn seines Vaters und ebenso gefährlich. Man hatte die Bellamy-Männer schon immer unterschätzt, weil sie harmlos wirkten – freundlich, zuweilen auch zerstreut –, doch in ihrem Inneren herrschten Aufgeräumtheit und Disziplin.

Die Schwachstelle der meisten Kämpfer war, dass sie zwar Schmerz zufügen, aber selbst nicht viel ertrugen. Sein Vater jedoch hatte ihn von klein auf dahin gehend trainiert, nicht nur auszuteilen, sondern auch einzustecken – und jederzeit einen hellwachen Verstand zu behalten.

Craig mutmaßte, dass Kirby nicht so scheu und zurückhaltend war, wie sie vorgab zu sein. Die Glut in ihren Augen ließ das Feuer in ihr erahnen. Eigentlich hätte er sich von ihr fernhalten sollen, aber das konnte er nicht.

Er kam näher und drängte sie mit ihren Oberschenkeln gegen die Schreibtischplatte. Verunsichert atmete sie geräuschvoll ein und breitete ihre Arme aus, um ihr Gleichgewicht wiederzufinden und sich nicht mit ihrem Hintern auf die Tischplatte zu setzen.

Sollte sie ruhig ihre Ziele verfolgen, er musste bis zu einem gewissen Grad auf sie eingehen, denn auch er hatte Pläne mit ihr. Aber nicht nur das. Sie interessierte ihn mehr, als gut für ihn war.

Du bist hart geworden, führte er spöttisch seinen inneren Dialog fort. Selbst bei der Erinnerung daran, wie sie seinen Schaft angestarrt hatte, spürte er schon wieder, wie das Blut in seine Lenden strömte. Doch er musste einen klaren Kopf behalten! Auch wenn sie nicht so aussah, Kirby war dennoch brandgefährlich.

Wenn ihr Lächeln nur nicht so bezaubernd wäre! Ihre Haare erinnerten ihn an reife Cantaloupe-Melonen. Ihm lief das Wasser im Mund zusammen. „Was soll ich nur mit Ihnen machen?“

Bevor Kirby antworten konnte, platzte Patrick der Kragen: „Diese Person ist unmöglich.“

„Nein, ist sie nicht“, sagte Craig, bevor er darüber nachgedacht hatte. Während Kirby erstaunt zu ihm aufsah, spürte er, wie Hitze in seine Wangen stieg, und kämpfte gegen die Verlegenheit an.

Eigentlich fand er Kirby Lamar erfrischend. Und erregend. Sie besaß einen mädchenhaften Charme. Er konnte sich nicht vorstellen, dass sie die Rote Königin war, sondern vielmehr Alice, die im Wunderland von einem Abenteuer ins nächste stolperte. Aber er musste auf der Hut bleiben und durfte ihrer feengleichen Anziehungskraft nicht erliegen.

„Es tut mir unendlich leid, Sie in diese peinliche Situation gebracht zu haben.“ Ihre Stimme klang fester, als er erwartet hatte. „Ich wusste nicht, dass Sie schon im Haus waren.“

„Was um alles in der Welt hat Sie dazu bewogen, die Suite bereits am frühen Abend für die Nacht fertig zu machen?“ Seufzend ließ Patrick seine Arme fallen.

„Ich … es war so …“ Kirbys Blick schweifte von Craig zu Patrick und wieder zurück. „Ich dachte, also, Sie kommen spätnachts heim und … und deshalb wäre es egal, wann das Zimmer fertig ist. Hauptsache, die Arbeit ist erledigt.“

„Sie werden nicht fürs Denken bezahlt, sondern dafür, Anweisungen zu befolgen, und ich habe Ihnen nicht …“

„Patrick“, fiel Craig seinem Hausvorsteher ins Wort, da er nun wirklich zu weit ging. „Würdest du bitte einen Moment das Büro verlassen?“ Bei dem Gedanken, allein mit Kirby zu sein, schwoll sein Schwanz endgültig an. Sein Vater hatte ihn durch schmerzhafte Lektionen gelehrt, seinen Körper und seinen Geist zu kontrollieren. Doch sein Penis führte ein Eigenleben, seit er Kirby begegnet war.

Pikiert hob der Butler eine Augenbraue. „Wenn Sie das wünschen, Sir.“ Er zögerte, ging aber schließlich hinaus und schloss leise die Tür hinter sich.

„Was fertig ist, ist fertig“, fügte Kirby hinzu. „Ich wollte nur fleißig sein.“

„Wen decken Sie?“ Um sie nervös zu machen, stellte Craig einen Fuß zwischen ihre Schenkel und trat so dicht an sie heran, dass der Stoff ihres Uniformkleids gegen die Wölbung in seinem Schritt rieb – und schoss damit ein Eigentor, wie sich herausstellte, denn sein Glied zuckte, und er verlor einen Moment lang seine Konzentration.

Kirbys Brüste wogten auf und ab. Ihr Busen war zwar klein und fest, aber der flamingofarbene Stoff des Kleids spannte sich eng um die Wölbungen. „Wie bitte?“

„Sie arbeiten erst seit gestern in meinem Haushalt, da werden Sie wohl kaum schon eigenmächtig handeln.“ Sein Vater hatte ihm beigebracht, auf jede Kleinigkeit zu achten. Krieg musste nicht zwingend mit Waffen geführt werden, Worte waren ebenso mächtig. Wieso war sie wütend geworden, als sein Butler Nate und Mad erwähnt hatte?

„Ich stecke mit niemandem unter einer Decke, Sir.“ Sie stellte sich kurz auf die Zehenspitzen, vielleicht weil sie unruhig war, möglicherweise aber auch, um sich größer zu machen oder zu signalisieren, dass sie keine Angst vor ihm hatte.

Craig verlagerte sein Gewicht auf den Fuß, der zwischen Kirbys Beinen stand, und kam ihr so nah, dass er ihre Sommersprossen hätte zählen können. Bei der Vorstellung, mit seinem Bein gegen ihre Spalte zu stoßen, beschleunigte sich sein Puls, aber so weit wollte er nicht gehen. Nicht heute. „Was haben Sie dann in meiner Suite gesucht?“

„Ich war wohl zu bemüht, alles gut zu machen.“ Ihre Brustspitzen malten sich auf dem Stoff ab.

„Das nehme ich Ihnen nicht ab.“ Er neigte den Kopf vor und war angenehm überrascht, dass sie keineswegs das Gesicht wegdrehte. Stattdessen sah sie ihm zuerst in die Augen und dann auf seine Lippen, und seltsamerweise fühlte es sich an, als würde ihr Blick ihn streicheln. „Was haben Sie in meiner Suite gesucht?“ *Mich*?

Es versetzte ihm einen Stich, dass sie heimlich seine privaten Sachen durchsucht haben und es gar nicht darauf abgesehen haben könnte, ihn unter der Dusche zu überraschen und ihm durch diese prekäre Situation näherzukommen. Hatte sie Geld oder Wertgegenstände zu finden gehofft? Informationen? Oder doch ihn?

Sie klang atemlos. „Ich hatte ehrlich keine unlauteren Absichten. Leider kann ich Ihnen nicht mehr als mein Wort geben. Das ist zu wenig, ich weiß. Sie werden mich feuern, das ist nur verständlich. Aber ich möchte, dass Sie mir glauben. Ich habe Sie ... uns nicht absichtlich in diese Situation gebracht.“

Uns? Craig unterdrückte ein Lächeln. „Wer sagt, dass ich Ihnen kündige?“

Kirby öffnete ihren Mund, um etwas zu erwidern, schwieg jedoch erstaunt.

„Jeder Mensch hat eine zweite Chance verdient, meinen Sie nicht auch?“ Schweren Herzens riss er sich von ihr los und trat zurück. Unter keinen Umständen durfte sie erfahren, dass er sie um nichts in der Welt wegschicken würde! Sie war zu wertvoll für ihn, zu zauberhaft. Eine solche Gelegenheit würde er nie wieder bekommen.

Eifrig nickte sie.

„Sie sollten sich aber keine weitere Verfehlung leisten, sonst muss ich mir etwas für Sie überlegen.“ Eine bittersüße Bestrafung vielleicht, wisperte seine Libido aus den Tiefen seiner Lenden. Seine Hose spannte so sehr, dass es beinahe schmerzte. Unter all den glatt geschmirgelten Erscheinungen, die Craig umgaben, war Kirby die einzige mit Ecken und Kanten, und eben in jener Unvollkommenheit lag ihre Schönheit.

Rote Flecken zeigten sich auf ihrem Hals und Dekolleté und ließen Craig erahnen, dass auch sie unzüchtige Gedanken hegte. Verlegen senkte sie ihren Blick, bemerkte die Wölbung in seiner Hose und riss ihre Augen auf. Sie wurde so rot wie ihre Haare. Ein keckes Lächeln umspielte ihre Lippen, das sie vergeblich versuchte, zu unterdrücken.

Schmunzelnd ging er zur Tür, öffnete sie und schaute auf seine Armbanduhr. „Machen Sie Feierabend für heute. Das Boot holt die Tagesschicht in fünf Minuten ab."

„Aber ich müsste doch bis Mitternacht arbeiten."

„Es muss Ruhe in diesen Haushalt einkehren." Und Ruhe in seine Hose. „Gute Nacht, Kirby."

„Gute Nacht, Mr Bellamy, und … danke." Während sie an ihm vorbeiging und das Büro verließ, hielt sie die Luft an, um auf dem Korridor geräuschvoll auszuatmen. Über die Schulter hinweg sah sie zu ihm zurück. Die Verwirrung stand ihr gut, sie machte Kirby sexy.

Craig vermutete, dass seine Großzügigkeit ihr suspekt erschien, aber darauf musste er es ankommen lassen. Sie befand sich in seiner Gewalt, und er würde sie nicht gehen lassen, bis er herausgefunden hatte, ob sie ihm dienlich sein konnte.

Wenn er nur nicht so angetan von ihr wäre! Er stand sich selbst im Weg, weil er sich zu seinem Opfer hingezogen fühlte, und war unfähig, die Skrupellosigkeit an den Tag zu legen, die er haben musste.

„Wandele deine eigene Schwäche in Stärke", hörte er seinen Vater sagen.

„Das werde ich, Dad", murmelte er und betrachtete Kirbys Kehrseite, während sie den Korridor entlangeilte, um ihre Tasche zu holen und das Boot noch zu erwischen. „Ich tu es für dich."

Wie eine Spinne in ihrem Netz würde Craig auf sein Opfer lauern und im richtigen Moment zuschlagen.

8. KAPITEL

Was für ein Mann, dachte Lucille, verrückt und doch anziehend. Noch immer spürte sie Craig Bellamys Blick, der heiß auf ihrem Rücken brannte. Anstatt auszurasten und sie anzuschreien, war er vollkommen ruhig geblieben. Das hatte sie eingeschüchtert, sie verwirrt und ihr gleichsam imponiert. Er besaß eine innere Stärke, die man ihm nicht zutraute.

Aber warum um Himmels willen hatte er sie nicht rausgeworfen?

Ihrer Meinung nach – und der von Patrick – stellte eine Kündigung die einzig logische Konsequenz für ihr Fehlverhalten dar. Statt sie zu feuern, hatte er mit ihr geflirtet. Mit seinen Augen, seiner Nähe, seinen verführerischen Lippen, die ihr unziemlich nah gekommen waren. Was hatte er sich nur dabei gedacht?

Lächelnd trat sie in den Raum, in dem sich die Spinde für das Personal befanden, und nahm ihre Handtasche aus ihrem Schrank. Ein Sparfuchs war Craig jedenfalls nicht. Wieso auch, er besaß ja genug Geld. Trotzdem fand Lucille es verschwenderisch, dass Patrick in seinem Büro die Vorhänge zugezogen hatte, aber das Deckenlicht brannte.

Ihre Gedanken schweiften zurück zu Bellamy. Hatte er sie lediglich verunsichern wollen, damit sie ihm die Wahrheit sagte? Er war gewitzt und hatte gemerkt, dass etwas an der Geschichte, die sie ihm aufgetischt hatte, nicht stimmte. Aber sie wollte Madison nicht verraten, nicht ihretwillen, sondern weil es nicht Lucilles Charakter entsprach, jemanden zu verpetzen. Als sie bei den Pflegeeltern lebte, hatten die Kinder, die zusammengewürfelt aus den verschiedensten zerrütteten Familien stammten, die Situation nur durchgestanden, weil sie zusammengehalten hatten.

Es fiel ihr sogar schwer, gegen Richard auszusagen. Mochte er auch die *La picadura del escorpión* illegal mit Waffen beliefert haben, so war er doch zu ihr immer gut gewesen. Durch ihn hatte sie einen kurzen Blick auf die Sonnenseite des Lebens werfen dürfen. Es fühlte sich nicht richtig an, ihm zu danken, indem sie dem FBI half, ihn an den Pranger zu stellen – zumal es ihnen nicht nur darum ging, ihn zu verurteilen, sondern sie planten auch ein medienwirksames Exempel an ihm zu statuieren, um sich zu profilieren und ihr angekratztes Image aufzupolieren.

Weiß war nicht immer Lilienweiß und Schwarz nicht immer Pechschwarz. Traf das auch auf Craig Bellamy zu? Am Ende hatte er nicht nur heruntergespielt, dass sie ihn hüllenlos gesehen hatte, sondern auch ihre Lügen akzeptiert.

Wieso? Was versprach er sich davon? Sie fühlte sich nicht wohl bei dem Gedanken, dass sie ihm genauso etwas schuldete wie Richard Dawson. Etwas war faul an der ganzen Sache.

Als Lucille das Haus verließ und durch den Garten zum Bootssteg eilte, beruhigte sie sich mit der Erklärung, dass sie vermutlich zu viel in sein Verhalten hineininterpretierte. Es hatte ihn erregt, von ihr betrachtet zu werden, das war so sicher wie das Amen in der Kirche, und es erfüllte sie mit einem Wohlgefühl, das in ihrem Brustkorb entsprang und wie warmer süßer Ahornsirup in ihren Schoß tropfte. Höchstwahrscheinlich schämte er sich für seine Erektion, sodass er den Vorfall herunterspielte, oder er hatte das Erlebnis so sehr genossen, dass eine Kündigung ihm unangemessen erschien. Vielleicht glaubte er jedoch auch, dass Außenseiter zusammenhalten mussten, denn das waren sie beide, jeder auf seine Weise.

Wie auch immer, sei vorsichtig, riet Lucille sich selbst. Während sie über den Steg ging, spürte sie den Sirup in ihrem Höschen, holte ein Taschentuch aus ihrer Tasche und wischte sich den Schweiß von der Stirn, dabei hätte sie sich am liebsten zwischen den Beinen trocken gelegt. Ob Craig sie in diesem Moment aus dem Schutz der Villa heraus beobachtete?

Sie ließ sich von Miles, dem braun gebrannten sechzigjährigen Bootsführer, in das Motorboot helfen, das die Angestellten jeweils zu ihren Schichten abholte und sie auch wieder nach Hause brachte. Nachdem Miles das Tau gelöst hatte, sprang er trotz seines Bauchumfangs behände in den schwankenden Daycruiser. Er startete sein „Baby", wie er ihn nannte, schenkte seinen vier Passagieren ein Lächeln und fuhr los.

Mit aufgeregt pochendem Herzen schaute Lucille zurück zum Haus, entdeckte Bellamy jedoch zu ihrer Enttäuschung an keinem der Fenster. Lediglich Ava schlenderte mit einer Mülltüte zum Containerverschlag, der ebenso unauffällig in die Villa integriert war wie das Gärtnerhäuschen. Cory, der eine Reihe vor Lucille auf der anderen Seite saß, glaubte, sie würde ihn anschauen, nickte ihr zum Gruß zu und wandte sich, das Handy fest auf sein Ohr gepresst, ab. Eigentlich wollte sie nicht lauschen, doch sie schnappte trotz der Motorengeräusche einige Satzfetzen auf, die sie hellhörig machten.

„... natürlich war es heiß mit dir ..."

Lucille spähte zu Ava, die in den Anbau eintauchte und sogleich wieder ohne Abfalltüte heraustrat. Ava und Cory kamen wohl nicht voneinander los.

„... das ist der Sex mit dir immer", raspelte er mit Schlafzimmerstimme Süßholz.

Doch dann bemerkte Lucille, dass die Küchenhilfe kein Mobiltelefon in der Hand hielt. Lustlos schlurfte Ava über den Rasen und winkte dem Boot zu.

„… Liebling …“, hauchte Cory ins Handy und erwiderte nebenbei Avas Abschiedsgruß.

Lucille saß wie versteinert da. Hatte sie richtig gehört? Niemand beachtete Cory oder das Telefongespräch. Die Motorengeräusche waren laut, vielleicht täuschte sich Lucille auch. Rasch winkte sie, doch Ava hatte ihnen bereits den Rücken zugewandt und kehrte ins Haus zurück.

Cory zupfte an seinen blonden Locken. „Ich liebe dich.“

Hatte er das wirklich gesagt? Zu wem? Lucille horchte angestrengt. Komm schon, nenn einen Namen.

„… wir sehen uns morgen.“ Cory beendete das Gespräch und steckte das Handy in seine Hemdtasche.

Rechtzeitig, bevor er über die Schulter zu Lucille zurücksah, vielleicht um zu prüfen, ob sie etwas mitbekommen hatte, drehte sie ihren Kopf zur anderen Seite und spähte betont interessiert zu den Luxusvillen auf den anderen Halbinseln. In Wahrheit nahm sie gar nicht wahr, was an ihr vorbeizog.

Sie hatte gehofft, dass Ava und Cory ein Paar wären und nicht nur erotische Spiele miteinander teilten, da Ava verliebt in den Gärtner schien. Aber er empfand offenbar nicht dasselbe für sie. Mit wem mochte er telefoniert haben? Es musste jemand sein, der in der Bellamy-Villa arbeitete oder dort verkehrte.

In Gedanken ging sie alle Mitarbeiter durch, dachte an Situationen, in denen sie Cory mit ihnen gesehen hatte, konnte sich aber nicht an etwas erinnern, das den Eindruck erweckt haben könnte, dass er noch mit jemand anderem intim war. Und nicht nur das! Er war verliebt, eventuell sogar liiert. Ava schien lediglich eine nette kleine Abwechslung zu sein. Oder hatte er mehrere Eisen im Feuer und vergnügte sich mit zwei oder noch mehr Liebhaberinnen parallel?

Himmel und Hölle liegen direkt beieinander, dachte Lucille, das wusste sie aus eigener Erfahrung. Sie musste Ava warnen; Cory, ihr Cory, spielte falsch und trampelte auf ihren Gefühlen herum. Der drollige Latino entpuppte sich als heißblütiger Casanova.

Am liebsten hätte sie ihn am Kragen hochgezogen und aus dem Boot geworfen. Sie hatte Männer satt, die ein falsches Spiel spielten!

9. KAPITEL

Lucilles nächste Schicht begann so bescheiden, wie ihre gestrige geendet hatte. Ausgerechnet Michelle Dearing begegnete ihr als Erste, als sie von der Umkleidekabine in den Korridor trat, um Patrick aufzusuchen und ihn nach ihren Aufgaben zu fragen.

Ungeduldig stelzte Michelle in der Eingangshalle auf und ab, einen dicken Ordner unter ihrem Arm geklemmt, und schaute auf die Standuhr, klassisch elegant wie alles in der Villa. Ihr verkniffener Mund ließ auf schlechte Laune schließen, vermutlich weil sie auf Craig Bellamy warten musste. Ihr Rock war einige Zentimeter kürzer an diesem Nachmittag, und die obersten Knöpfe ihrer himmelblauen Bluse standen offen, sodass man die Ansätze ihrer Brüste sehen konnte.

Um zu Patricks Büro zu gelangen, musste Lucille die Halle durchqueren und somit unglücklicherweise an Michelle vorbei. „Guten Morgen, Ms Deidre, Entschuldigung, Dearing." Sie biss sich auf die Zunge, aber das Kind war längst in den Brunnen gefallen.

Breitbeinig stellte sich Michelle ihr in den Weg. „Gehen Sie mit all Ihren Arbeitgebern ins Bett?"

„Wie bitte?" Abrupt blieb Lucille stehen. Jegliche Farbe wich aus ihrem Gesicht.

„Ich weiß genau, was Sie vorhaben, Kirby." Drohend machte Michelle einen Schritt auf sie zu. „Aber es wird nicht funktionieren, dafür werde ich sorgen!"

Offensichtlich wusste sie über den peinlichen Vorfall in Craigs Schlafzimmer Bescheid. Wer hatte ihr erzählt, dass die neue Angestellte den Hausherrn nackt erwischt hatte?

Patrick? Nein, eher nicht, Verschwiegenheit gehörte zur Profession eines Butlers, außerdem betrachtete er Lucilles

Fauxpas als persönliches Vergehen.

Craig selbst? Vielleicht wollte er Michelle eifersüchtig machen. Sollte das seine Intention gewesen sein, war seine Taktik aufgegangen, denn ihr Dekolleté sah nicht nach einem Geschäftstermin aus. Bei näherem Hinsehen erkannte Lucille, dass Michelle ihren Rock am Bund mehrfach umgeschlagen hatte, um ihn zu kürzen.

Bestimmt hatte Madison ihr Schandmaul nicht halten können, denn Michelle hatte Craig an diesem Tag offensichtlich noch gar nicht getroffen. Lucille ballte hinter ihrem Rücken ihre Hände zu Fäusten. Vermutlich hatte Mad nichts Eiligeres zu tun gehabt, als Michelle beim Hereinlassen über die Peinlichkeit am Vortag aufzuklären, worauf diese ihr Outfit spontan aufreizender gestaltet hatte. „Ich habe gar nichts vor."

„Kindchen, ich bin auch eine Frau. Ich weiß, wie die Dinge laufen." Ihr spöttisches Lachen hallte vom Kuppeldach wider. „Mich können Sie nicht mit Ihrem herben Charme und Ihrem unschuldigen Augenaufschlag täuschen."

Lucille öffnete ihren Mund, um sich zu rechtfertigen, doch Michelle hob ihren Zeigefinger, wie eine Lehrerin, die eine Schülerin rügt. „Ah, ah, sparen Sie sich die Ausflüchte und Lügen. Sie haben sich gestern weit aus dem Fenster gelehnt, und aus mir völlig unverständlichen Gründen war Ihnen Fortuna hold und Sie sind nicht herausgefallen. Aber beim nächsten Mal werde ich dabei sein und Sie stoßen."

„Ich hatte das Missgeschick nicht inszeniert!" Wusste Michelle auch, dass Craig hart geworden war? Für Lucille stellte diese Tatsache ein stummes Kompliment und eine Bestätigung dar, dass er sie ebenso attraktiv fand wie sie ihn. Aber mehr durfte nicht zwischen ihnen sein!

Michelle Dearing baute sich vor ihr auf wie eine Geschäftsfrau, die zähe Verhandlungen gewohnt war und nicht eher nachgab, bis sie bekam, was sie wollte. „Kommen Sie mir nicht ins Gehege. Habe ich mich klar ausgedrückt?"

Bevor Lucille antworten konnte, kam Craig in die Halle. Sein Blick glitt von ihr zu Michelle und wieder zurück. Er fragte sich offenbar, was vor sich ging, doch Michelle stürmte auf ihn zu und riss ihn trotz Ordner in ihre Arme.

„Da bist du ja, mein Lieber", sagte sie überschwänglich, während sie ihn rechts und links auf die Wange küsste. Kein Luftkuss, sondern ihre Lippen berührten Craigs Haut, worauf Lucille sie am liebsten an den blonden Haaren vom ihm fortgerissen hätte.

Craig schob sie von sich weg.

Enthusiastisch schlug Michelle das Buch auf, das sie unter dem Arm getragen hatte. „Ich habe das Tapetenmusterbuch für dein Schlafzimmer mitgebracht."

„Gestern ging es noch um das Wohnzimmer. Sollten wir uns nicht erst einmal auf einen Raum beschränken?" Statt der Muster betrachtete er wohl lieber Lucille über Michelles Schulter hinweg. „Eigentlich möchte ich die Renovierung gar nicht."

Unter seinem durchdringenden Blick wurde Lucille heiß. Sie fächelte sich Luft mit der Handfläche zu, aber das brachte keine Erleichterung.

Forsch hakte sich Michelle bei ihm ein, zwinkerte und zerrte ihn förmlich die Treppe hinauf. „Schau es dir erst einmal an. Du wirst begeistert sein." Mit einem Haifischlächeln fügte sie hinzu: „Manche Menschen müssen zu ihrem Glück gezwungen werden."

Zurückschauend warf sie Lucille einen triumphierenden Blick zu. Dann verschwand sie mit Craig im Obergeschoss.

Wut stieg in Lucille auf. Nicht nur weil Michelle in wenigen Minuten mit Craig in seiner Suite alleine sein würde – im Schlafzimmer, aufreizend gekleidet! –, sondern auch weil

Madison Lucille in diese Situation gebracht und somit alle gegen sie aufgebracht, ja regelrecht aufgewiegelt hatte. Noch immer weigerte sie sich, Mad zu verpetzen, da sie das mit ihr selbst regeln wollte. So hatte sie es in der Pflegefamilie gelernt, so würde sie es auch beibehalten.

Ein einziges Mal hatte sie jemanden verraten, als sie neu zu den Pflegeeltern gekommen und beschuldigt worden war, eine Zigarette des Vaters geraucht zu haben. Obwohl sie den wahren Schuldigen, einen älteren Jungen ohne Schneidezähne, benannt hatte, glaubte man ihr nicht und bestrafte sie zusätzlich für die vermeintliche Lüge.

Diese Wunden waren verblasst, andere hingegen waren nie richtig verheilt. In schmerzlicher Erinnerung legte sie ihre rechte Hand auf ihren Bauchnabel, und ihre linke glitt über die Rückseite ihres Oberschenkels, als wollte sie ihr Kleid glätten.

Den Schmerz, den sie beim Anblick von Michelle und Craig empfunden hatte, konnte sie beinahe körperlich spüren. Was war nur los mit ihr?

Sie war nicht einmal bereit dazu, sich jetzt schon auf einen neuen Mann einzulassen, auf Bellamy sowieso nicht, das würde ihr nur Ärger einbringen. Wieso verspürte sie dann den Wunsch, einen von Craigs nostalgischen Essstühlen an der Wand zu zerschmettern oder herauszufinden, was mehr Schaden davontrug, wenn sie aufeinandertrafen, sein kostbares „Royal Doulton"-Porzellan oder das teure Nussbaumparkett in der Bibliothek?

„Ich hab dich schon überall gesucht." Wie aus dem Nichts tauchte Ava auf. Mit großen Schritten kam sie zu Lucille und schaute sich verschwörerisch um. „Patrick hat gesagt, wir beide sollen die gefühlten tausend Gläser in den Vitrinen im Salon polieren. Das wird sowieso jede Woche einmal gemacht. Als ob sie in der kurzen Zeit hinter Glas verstauben könnten.“ Sie senkte ihre Stimme. „Die Arbeit sparen wir uns, fällt eh niemandem auf.“

„Bist du sicher?“

„Wenn ich an der Reihe bin, mache ich das nie. Diese Sisyphosarbeit überlasse ich dem dummen Schaf Madison.“ Ava kicherte und fasste Lucilles Handgelenk. „Ich habe eine Überraschung für dich.“

Skeptisch ließ Lucille sich zur Treppe ziehen. „Ich möchte wissen, was du vorhast."

„Dann wäre es ja keine Überraschung mehr."

Demonstrativ blieb Lucille am Treppenabsatz stehen. Seitdem das FBI ihr Apartment gestürmt und ihr Leben zerstört hatte, war ihr unwohl, wenn sie nicht wusste, was auf sie zukam. „Sag es mir, sonst gehe ich keinen Schritt weiter!"

Ava verdrehte ihre Augen. „Du hast versprochen, Schiedsrichter zu sein, aber wir haben heute keine Lust auf das Simon-sagt-Spiel. Es reicht, wenn du uns zuschaust."

„Ihr wollt heute schon wieder ..." Neid erwachte in Lucille. „Ihr habt doch gestern erst ..."

„Wir lieben uns fast jeden Tag." Verschmitzt lächelte Ava. „Da wir es doch beide wollen, warum sollten wir uns zurückhalten?"

Lieben, dieses Wort hallte in Lucilles Gedanken wider. Ihr fiel Corys Telefonat ein, das er auf dem Boot geführt hatte. Einen Moment lang überlegte sie, ob sie Ava jetzt, wo Erregung und Sehnsucht sie erfüllten, mit der Wahrheit konfrontieren und somit verletzen sollte. Womöglich reagierte Ava sich in einem Eifersuchtsdrama ab oder brach zusammen; Lucille konnte ihre Reaktion und die Konsequenzen nicht einschätzen. Aber ihr Gerechtigkeitssinn siegte. Sie musste ihre neue Freundin vor Schlimmerem schützen. Hoffentlich war Ava nur verschossen und noch nicht ernsthaft verliebt.

Sie nahm Avas Hand zwischen die ihren und rieb sie gefühlvoll. „Ich muss dir etwas beichten, etwas, das dir nicht gefallen wird, doch es geht nicht anders. Vielleicht ist der Moment der falsche, aber ich kann nicht warten. Freunde sind ehrlich zueinander, nicht wahr?“

„Du machst mir Angst, Kirby.“

Bei dem Namen zuckte Lucille innerlich zusammen. Was faselte sie von Freundschaft und Ehrlichkeit? Ava wusste gar nichts über sie, nicht einmal ihren richtigen Vornamen. Ihr schlechtes Gewissen hätte sie beinahe einen Rückzieher machen lassen, doch dann holte sie tief Luft und klärte Ava darüber auf, dass Cory auch mit einer anderen Frau schlief und sogar tiefe Gefühle für sie hegte.

Nachdem Lucille alles erzählt hatte, trat eine bedrückende Stille ein.

Ava schob mit einem Finger ihre Wangentasche in den Mund und knabberte an der Innenseite. Ihr Blick richtete sich nach innen, nach einer Weile klarte er auf, und sie entzog Lucille ihre Hand. Sie schaute in alle Richtungen, prüfend, ob auch niemand sie belauschte. „Ich weiß Bescheid.“

Lucille riss ihre Augen auf. „Du weißt es?“

„Nun ja, wie soll ich das sagen …“ Ava zögerte. „Bitte denk jetzt nicht schlecht von mir … von uns. Ich bin nicht Corys heimliche Geliebte, mit der er fremdgeht.“

Pikiert verschränkte Lucille ihre Arme unter ihren Brüsten. Eben noch hatte sie gedacht, dass Ava die Leidtragende wäre, jetzt schien sie plötzlich diejenige zu sein, die etwas Falsches tat. Etwa aus Liebe zu dem Brasilianer? „Es macht aber den Anschein.“

„Cory ist mit jemandem liiert, aber die Beziehung ist nicht so einfach.“

„Oh, nach dem Motto: Meine Frau versteht mich nicht. Solche Typen kenne ich, die wollen nur …“

„So ist er nicht!“, fiel Ava ihr ins Wort und wirkte so energisch, dass Lucille versucht war, ihr zu glauben. „Wir sind alle drei im Bilde über die Situation. Cory und ich, wir schlafen nicht heimlich miteinander.“

„Und du bist damit zufrieden?“ Das konnte Lucille nicht glauben, dafür investierte Ava zu viel Gefühl.

Ava zuckte mit den Achseln. „Im Moment schon, aber ich bin nicht blauäugig; mir ist bewusst, dass das nicht ewig gut gehen wird. Bei einer Dreiecksgeschichte bleibt immer jemand über kurz oder lang auf der Strecke. Bis dahin habe ich meinen Spaß.“

Sie kämpft um Cory, stellte Lucille fest, mit den Waffen einer Frau. „Wer ist die andere?“ Das Wort Konkurrentin vermied sie, weil es Schmerz barg. Unweigerlich dachte sie an Michelle Dearing, die sich in diesem Augenblick aufreizend gekleidet mit Craig in seinem Schlafzimmer befand, angeblich wegen der Tapeten, doch in Wahrheit plante sie, ihn zu verführen. Eine Frau auf einer Mission. Zornig biss sich Lucille so fest auf ihre Unterlippe, dass es wehtat.

„Das tut nichts zur Sache. In meinem Leben spielt nur Cory eine Rolle.“ Wie zum Gebet legte Ava ihre Handflächen aneinander. „Er ist kein mieser Kerl, der mich ausnutzt, um Sex zu bekommen. Auch er empfindet viel für mich, aber eben auch für …“ Seufzend ließ sie ihre Arme hängen. „Für uns alle drei ist die Situation nicht einfach, aber okay.“

Lucille schüttelte ihren Kopf, weil sie das nicht nachvollziehen konnte. Entweder man liebte oder man liebte nicht. Ihre Sehnsüchte hatten sich immer nur auf eine Person konzentriert.

Allerdings hatte auch sie schon festgestellt, dass manche Dinge komplizierter waren. Das traf wohl auch auf die Liebe zu. Was mochte Craig für Michelle empfinden? Widerstand er gerade ihren Reizen, oder ergriff er die dargebotene Chance beim Schopfe?

Lucilles Eingeweide krampften sich zusammen. Aufgebracht nahm sie Avas Hand und stieg mit ihr in den Keller hinab, wo sich die Fitnessräume befanden. Vielleicht würde sie sogar bei Avas und Corys Liebesspiel mitmachen oder sich zumindest streicheln, während sie die beiden beim Sex beobachtete. Ein Orgasmus täte ihr jetzt gut, denn Wut, Enttäuschung und Kummer wechselten sich in Sekundenschnelle ab. Eifersucht? Auf keinen Fall. Sie kannte Craig ja kaum.

Lucille knirschte mit den Zähnen. Wahrscheinlich würde sie am Ende doch nur Voyeurin gewesen sein, denn Hand an Cory, Ava oder sich selbst zu legen war im Grunde nicht das, was sie begehrte.

Ava führte sie zum Ende des Korridors, der bis auf ein Notlicht dunkel war. „Mr Bellamy ist bestimmt der Einzige in Florida, der eine Sauna besitzt."

„Die hat er auch, wenn er vor die Tür geht", frotzelte Lucille, obwohl sie wusste, dass die Temperatur in einer Sauna zwischen achtzig und hundertdreißig Grad betrug, während es in Florida nur siebenundzwanzig Grad heiß war. Aber für Lucille, die aus Boston stammte und aus dem herbstlichen Washington, D. C., hergeflogen war, fühlte sich die Luft aufgrund der hohen Feuchtigkeit wie siebenunddreißig Grad an.

„Sie ist natürlich nicht in Betrieb, aber hier unten sind wir ungestört", bemerkte die Küchenhilfe.

Die beiden mussten das Fenster mit einem schwarzen Handtuch abgedeckt haben, denn Lucille konnte nicht ins Innere spähen. Erst nachdem Ava die Tür einen Spaltbreit geöffnet und sie hineingeschoben hatte, sah sie nicht nur die Teelichter auf den Sitzbänken rechts und links, die durch ihr warmes Licht eine behagliche Boudoir-Atmosphäre schafften, sondern auch den splitterfasernackten Cory. Schön wie ein brasilianischer Gott, lag er gegenüber der Tür auf der untersten Bank wie hingegossen da.

Er rollte sich auf die Seite, stützte sich auf dem Ellbogen ab und winkelte sein rechtes Bein an, um die Aufmerksamkeit auf seinen gepiercten Schaft zu lenken, der zum Leben erwachte, nun, da seine Spielgefährtinnen gekommen waren.

Plötzlich wünschte sich Lucille nichts Sehnlicheres, als dass sie statt ihm Craig Bellamy vor sich hätte.

11. KAPITEL

„Zieh dich aus", befahl Cory mit einem sinnlichen Timbre in der Stimme.

Weil Lucille mit offenen Augen von Craig geträumt hatte, war sie einen Moment irritiert und dachte, sie wäre gemeint. Ein lustvolles Kribbeln erfasste ihren Körper. Doch Corys Blick war fest auf Ava gerichtet, die ihr Kleid von den Schultern schob, sich ihres Slips und ihres Büstenhalters entledigte und aus den Schuhen stieg. Im diffusen Licht wirkte sie mit ihren üppigen Rundungen schön und verheißungsvoll wie eine Fruchtbarkeitsgöttin. Eine Göttin mit Schamlippenpiercings.

Sie nahm eine Plastikflasche aus der Holzschale, in der sich normalerweise das Wasser für die Aufgüsse befand, die an diesem Tag jedoch trocken war, und schlenderte lasziv zu Cory. Ihre Hände strichen hauchzart über seinen Brustkorb. Sie glitten tiefer, umkreisten seinen rasierten Schamhügel und streichelten über seine Beine.

Erst als Ava einen Strang Öl in ihre Hand gab und mit kräftigen Bewegungen an Corys Arm hinabstrich, erkannte Lucille, dass Massageöl in der Flasche war.

Fasziniert beobachtete sie, wie Cory unter Avas Berührungen dahinschmolz. Sie nahm auf der Bank neben der Tür Platz, zog ihre Beine an und schlang ihre Arme um die Knie.

Ava ließ sich Zeit. Sie massierte seine Schultern und ölte bedächtig seinen Brustkorb ein, ohne jedoch seine Nippel anzufassen. Immer leidenschaftlicher knetete sie seine Brust, zog stetig kleiner werdende Kreise um seine Warzen und neigte sich schließlich vor, um erst die rechte und dann die linke sachte einzusaugen.

Seufzend stützte sich Cory mit beiden Ellbogen hinter seinem Rücken ab und gab sich Ava hin. Während sie mit der Zungenspitze über die harten Knötchen leckte, legte er seinen Kopf in den Nacken. Er schloss seine Augen und öffnete seinen Mund. Sein Brustkorb hob und senkte sich, je energischer Ava seine Nippel stimulierte. Sie spitzte ihre Lippen und streichelte seine Warzen mit ihrem Mund, bis das Kitzeln offenbar unerträglich wurde und Cory sich lachend wand.

Erneut gab Ava Öl in ihre Hände, die sogleich mit großen sanften Bewegungen über Corys gebräunten Brustkorb strichen. Sie rieb mit ihren Daumen über seine Nippel, zwirbelte sie, kniff sogar hinein, was ihren Liebhaber keineswegs erboste, sondern ihn lustvoll aufstöhnen ließ, und streichelte nach einer Weile über seinen Bauch.

Ihre Hände lösten sich von ihm, und er seufzte betrübt, doch keine zwei Sekunden später gab er einen Laut von sich, der zwischen Lust und Qual lag, denn Ava zupfte an seinen Hodensäckchen, ganz sachte, doch das reichte schon, um Corys Schaft endgültig hart werden zu lassen.

Cory verzog gepeinigt das Gesicht, warf Lucille einen kurzen Blick zu und errötete, da sie seiner Tortur beiwohnte.

Zärtlich küsste Ava seinen Phallus. Ohne mit der Folter seiner Hoden aufzuhören, züngelte sie um seinen Piercingring herum, stieß den Edelstahl beiläufig an, was Cory ein kehliges Aufstöhnen entlockte, da die Vibration bis in seine Harnröhre weitergeleitet wurde und ihn zusätzlich von innen heraus stimulierte, und drang sogar mit der Zungenspitze in die Öffnung auf der Eichel ein.

Gierig schloss Ava ihre Lippen um den Peniskopf, während sie Corys Säckchen knetete. Ihre Hände rieben von der Wurzel aus über die Hoden und zogen sie vorsichtig lang. Genüsslich lutschte Ava an der Schaftspitze. Dann warf sie Cory einen lüsternen Blick zu und senkte ihren Mund weiter auf sein Glied herab.

Nachdem sie die Schwanzwurzel abgedrückt hatte, glitten Avas Lippen an dem Phallus auf und ab. Corys Erregung schwoll so stark an, dass seine Oberschenkel zitterten und er sich an der Bank, auf der er lag, festhielt.

Amüsiert beobachtete Lucille die lustvolle Qual, die sich auf seinem Gesicht widerspiegelte. Vermutlich wollte er noch nicht kommen, aber Ava trieb ihr Spiel mit ihm sehr weit. Sinnlich lutschte sie an seinem Glied, als hätte sie den ganzen Tag darauf gewartet – und wahrscheinlich hatte sie das sogar. Abwechselnd schaute sie Cory und Lucille an.

Als ihr Speichel an Corys Penis hinablief, löste sie sich von ihm, gab Öl in ihre Hände und cremte ihn von der Wurzel bis zur Spitze ein. Sie packte von Mal zu Mal fester zu, sodass Cory kaum Zeit zum Durchatmen blieb. Stattdessen wand er sich erneut unter Avas Fingerfertigkeiten und sah sie zwischen den Lustwellen, die seinen Körper erschütterten, immer wieder glückselig an.

Ob Ava einen Kurs in Tantramassage absolviert hatte? Lucille fand, dass Avas fließende, erfahrene Berührungen trotz zunehmender Intensität durch und durch sinnlich waren. Allein wie sie stand: ein Bein neben der Bank, mit dem anderen kniete sie darauf, vermutlich nicht nur, um Corys Körper besser bearbeiten zu können oder bequem zu stehen, sondern auch, damit Cory sich am Anblick ihres Schoßes erregen konnte. Wenn sie sich vorbeugte, schaukelten ihre großen Brüste und boten ein köstliches Bild, besonders die harten Brustwarzen, die appetitlich wie Weintrauben über Cory hingen. Doch er griff nicht zu, sondern überließ seinen Körper vollkommen Ava.

Als er seinen Hintern von der Bank anhob, die Augen zusammenkniff und seinen Mund öffnete, hörte Ava abrupt auf. Sie wusste genauso gut wie Lucille, dass er nur eine Zehntelsekunde von einem Orgasmus entfernt war. Maliziös lächelte sie ihn an, hielt ihm die Massageölflasche entgegen und zwitscherte: „Ich bin dran.“

Er murrte, riss ihr die Flasche aus der Hand und erhob sich träge von der Sitzbank. Breitbeinig lehnte er sich gegen die Wand neben Lucille. Nach Atem ringend schaute er zuerst auf sein glänzendes, steinhartes Glied, dann zu der Voyeurin und drehte sich schnell zu Ava, als hätte er Angst, sich allein durch Lucilles Nähe doch noch vorzeitig zu ergießen.

„Kennst du diesen Spruch, Fofinha?“ Es lag eine subtile, aber erotische Drohung in der Sorgfalt, mit der Cory seine Hände einölte. „Was du nicht willst, das man dir tu, das füge keinem anderen zu.“

Vor Aufregung bekam Ava rote Flecken am Hals. Trotz Gänsehaut legte sie sich auffallend eilig mit dem Rücken flach auf die Bank und sah Cory erwartungsvoll an.

Wie ein Chirurg an seinen zu operierenden Patienten trat er mit erhobenen Händen an sie heran. Er schob ihren rechten Fuß beiseite, sodass ihr Bein herabhing, hob ihren linken an und bettete ihren Unterschenkel auf die Bank über ihr, sodass ihre Mitte vor ihm aufklaffte.

Eine Weile betrachtete er die Landschaft ihres Körpers einfach nur, wodurch Avas Aufregung sichtlich wuchs, denn ihre Wangen röteten sich, ihr Busen wogte auf und ab, und sie hob immer wieder ihren Kopf, um gewahr zu werden, was Cory tat.

„Verschränke deine Arme hinter dem Kopf“, befahl er, und sie befolgte seine Anweisung widerstandslos, geradezu willig.

Er ließ sich mit einem Knie zwischen ihren Schenkeln nieder und beugte sich über Ava, die voll freudiger Erwartung erschauerte. Lächelnd legte er seine Hände seitlich an ihren Busen und presste ihn sachte zusammen, sodass die rosigen Spitzen ihm in den Mund zu wachsen schienen, doch er ließ Ava weiterhin zappeln, indem er sich vorneigte und ihr tief in die Augen schaute.

Mochte Lucille auch an Corys Gefühlen für Ava gezweifelt haben, so zeigte ihr dieses Liebesspiel, dass er sich ebenfalls zu der Küchenhilfe hingezogen fühlte, und zwar nicht nur körperlich. Es lag eine Wärme in seinem Blick, die sogar Lucilles Herz erreichte.

Außerdem schien er kein Interesse zu haben, sie, Lucille, aktiv mit in das Treiben einzubeziehen. Sie fühlte sich keineswegs verletzt, sondern musste sich eingestehen, dass er dadurch einen Pluspunkt bei ihr sammelte. Es ging ihm nicht um Lustbefriedigung im Allgemeinen, sondern er begehrte ausschließlich Ava.

Zärtlich küsste Cory seine Gespielin. Sein Kuss war so behutsam, als befürchtete er, ihr wehzutun oder sie erschrecken zu können. Sanft massierten seine Lippen die ihren, bis seine Zungenspitze sie teilte und für Lucille sichtbar – sie vermutete, absichtlich – in Avas Mundhöhle eindrang, um sie zu kosten. Weit öffnete er seinen Mund, um tief in sie hineinzugleiten. Er schien Ava verschlingen zu wollen, und sie machte keine Anstalten, ihn abzuwehren, sondern gab sich seinem gierigen Kuss hin und keuchte, da sie kaum Luft bekam.

Cory löste sich nur von ihr, um sogleich seine Lippen um ihre linke Brustspitze zu schließen. Ausgehungert saugte er daran, widmete sich dann ihrem rechten Nippel und zog ihn gleichzeitig lang. Erst als Ava sich unter ihm verkrampfte, wohl weil die Lust in Schmerz überging, ließ er von ihr ab.

Mit flinken Zungenschlägen bearbeitete er beide Brustwarzen. Er drückte die Warzenhöfe mit Daumen und Zeigefinger zusammen und saugte und leckte abwechselnd, bis sich die Nippel dunkelrot färbten und Ava vor Erregung immer wieder ihren Unterleib anhob, als wollte sie Cory durch diese Geste bitten, ihrer Spalte die gleiche Aufmerksamkeit zuteilwerden zu lassen.

Kaum hatte er seinen Mund fortgenommen, rieb er mit seinen eingeölten Daumen über die inzwischen hochempfindlichen Nippel. Ava stöhnte freimütig. Ihre Lider waren halb geschlossen, ihr Blick wirkte entrückt. Ihr Stöhnen wurde lauter, als er ihre Brustspitzen zwirbelte. Durch das Massageöl entglitten sie ihm immer wieder, und er musste sie öfter neu fassen, jedes Mal fester, was Ava nur noch mehr erregte.

Schließlich ging Cory dazu über, ihren Busen zuerst einzuölen und dann zu kneten. Mit kräftigen Bewegungen walkte er das Fleisch durch, bis Avas blasse Haut einen rötlichen Ton bekam. Seine kraftvolle Massage schien ihr zu gefallen, denn sie drückte ihren Rücken durch und gab brunftige Laute von sich, die Cory anstachelten, weiterzumachen.

Plötzlich hörte er auf. Lediglich seine Zeigefinger kreisten um die Warzenhöfe. Ava schnappte nach Luft und seufzte, und Lucille war unsicher, ob sie froh oder enttäuscht war, dass die lustvolle Qual vorbei war.

Gefühlvoll strich Cory über die Brustspitzen, so hauchzart, dass die Berührung Ava kitzelte und sie lachen musste. „Du bist die erste Frau, der ich begegnet bin, die den Sex mit jeder Faser ihres Körpers genießen kann."

Aus dem Augenwinkel heraus verfolgte er Lucilles Reaktion, offenbar ein wenig schuldbewusst, aber Lucille lächelte. „Es braucht den richtigen Partner, um sich fallen lassen zu können", sagte sie und dachte dabei an einen spleenigen Mann, den sie sich aus dem Kopf schlagen sollte.

Beiläufig nickte Cory, gab neues Öl in seine Handflächen und schmierte Avas Bauch ein. Sein Finger stieß mehrmals in ihren Bauchnabel; so wie er das tat, war es eine durch und durch obszöne Geste, gab sie Ava doch einen Vorgeschmack davon, was bald in tieferen Körperregionen auf sie zukam.

Er hauchte einen einzelnen Kuss auf ihre empfindsamste Stelle. Feuchtigkeit rann längst aus Avas Öffnung heraus. Selbst Lucille spürte, dass ihre Scham stärker prickelte.

Erneut nahm er die Flasche zur Hand und tröpfelte etwas Öl auf Avas Schamhügel. Die Tropfen rannen über Klitoris und Schamlippen hinab und kosten Ava so sanft, dass sie eine wohlige Gänsehaut bekam.

Es lag ein herausforderndes Grinsen auf Corys Gesicht, als sich seine Fingerspitzen daranmachten, das Öl auf Avas Schoß zu verteilen. Er spreizte zwei Finger ab und rieb parallel über die äußeren Schamlippen, wobei er immer wieder gegen ihre Piercings stieß und ihr dadurch noch mehr einheizte. Selbstsicher griff er die inneren Lippen und massierte sie vom Ansatz zum Rand.

Ava wurde immer unruhiger. Cory strich über den Rand ihrer feuchten Öffnung, bemerkte frivol: „Wie ich sehe, hast du dein eigenes Massageöl mitgebracht“, und drang mit seinem Zeigefinger in sie ein.

Erregt bäumte sich Ava auf. Ihr Blick flehte ihn an, fortzufahren, doch Cory nahm sich Zeit, in ihr zu rühren und ihre wachsende Ungeduld zu beobachten. Erst als sich ihre Miene vor Verdruss verfinsterte, nahm er einen zweiten Finger hinzu und bald darauf einen dritten. Seine freie Hand legte er auf ihren Unterbauch, während er Ava penetrierte, die ihr Gesicht verzog, aber selig aussah.

Bestimmt dehnte Cory sie leicht, vermutete Lucille und verfolgte neidisch und mit wachsender Erregung, wie er seine Finger in Ava hineindrückte, den Daumen seiner freien Hand auf ihren Kitzler legte und darüberrieb.

Ava stöhnte kehlig und schenkte Lucille ein beinahe dankbares Lächeln, als würde ihre neue Freundin maßgeblich zu der Intensität ihrer Wollust beitragen.

Mit geschlossenen Augen tastete sie nach Halt und hielt sich an den Kanten der Sitzbänke eine Reihe über ihr fest. Ihr Körper verkrampfte sich, dann entspannte sie sich einige Sekunden lang, und prompt erfasste sie eine neue Lustwelle. Gnadenlos peitschte Cory ihre Erregung an. Er gönnte Ava nicht einmal einen Moment, um durchzuatmen, obwohl er sah, dass sie verzweifelt nach Luft rang. Bittersüße Rache, die seiner Geliebten die schönsten Wonnen bescherte.

Doch wie zuvor Ava bei ihm gestand Cory ihr auch keinen Orgasmus zu, sondern nahm die Hände von ihr und trat zurück, um zuerst ihren feuerroten Schoß und dann seine Hände zu betrachten, die inzwischen nicht mehr nur von Öl, sondern auch von Avas Feuchte glänzten.

„Fein", brachte Ava mühsam hervor und keuchte nach jedem zweiten Wort, „du hast es mir heimgezahlt. Und nun nimm mich endlich."

„Ich wäre ein Narr, wenn ich den Wunsch einer so schönen Frau ausschlagen würde."

Während Ava ihn verliebt anlächelte, stieg Cory über sie, gab etwas Öl auf ihren Bauch und ihre Brüste und verteilte es dann mithilfe seines Körpers. Er glitt auf ihr vor und zurück, wobei er ihr den ein oder anderen Kuss aufdrückte, und ließ dann seinen Brustkorb über ihren Busen kreisen. Sein Glied rieb an ihrer Spalte und drang schließlich mit einem kräftigen Stoß in sie ein.

Als Cory einige Male in sie hineingestoßen hatte, passierte es. Ava kam. Ihr Stöhnen wurde von den Holzwänden der Sauna geschluckt und klang dumpf. Überrascht hörte Cory auf, sich in ihr zu bewegen, und knirschte mit den Zähnen.

„Entschuldigung", fiepte Ava und wischte sich einige Schweißperlen von der Stirn.

Er schüttelte den Kopf und zog sein Glied aus ihr heraus. „Ich habe es mit meiner Rache wohl zu weit getrieben, Fofinha."

„Du könntest das Öl abwaschen gehen, dann würde ich dich mit meinem Mund befriedigen. Oder möchtest du ...?" Anstatt die Frage auszuformulieren, drehte sie sich leicht auf die Seite und zog mit einer Hand ihre Gesäßhälfte hoch.

Beim Anblick ihrer engen Öffnung erhellte sich sein Blick. Im nächsten Moment sah er unsicher zu Lucille, die ihre Hände hob, sagte: „Macht, was ihr wollt. Auch ich habe schon ...", und augenblicklich errötete.

Zärtlich umkreisten seine Fingerspitzen Avas Anus. „Ich dachte, du magst das nicht."

„Manchmal ändert man eben seine Meinung. Ich bin neugierig darauf geworden und will es wenigstens einmal ausprobiert haben. Außerdem habe ich nur gesagt, ich wäre noch nicht so weit. Nun, jetzt bin ich es." Ava strahlte über das ganze Gesicht. „Sei nur vorsichtig."

„Keine Sorge. Ich werde dich gut vorbereiten." Cory stieg von der Bank, damit Ava sich auf den Bauch drehen konnte. Ihr linkes Bein hing herab, sodass ihre Mitte aufklaffte. Doch ihre Scham war nicht Corys Ziel.

Er goss eine Menge Massageöl auf ihr Steißbein, das sogleich durch ihre Spalte hinablief. Cory beeilte sich, es auf ihrem Ringmuskel zu verteilen. Bereits als er einen Finger in sie hineinschob, atmete Ava schon wieder schwerer; offensichtlich war ihre Lust noch nicht erschöpft.

Lucille verlagerte ihr Gewicht von einer Pobacke auf die andere. Was die beiden vor ihren Augen taten, war wirklich unglaublich! Sie selbst hätte sich das nicht getraut und bevorzugte Zweisamkeit – das Zuschauen dagegen gefiel ihr sehr.

Schritt für Schritt dehnte Cory den Muskel, indem er

erst einen zweiten, bald darauf einen dritten Finger einführte und Ava penetrierte, anfänglich behutsam, dann zunehmend heftiger. Dann und wann goss er Öl nach. Behutsam dehnte er sie auf und bereitete sie auf seinen Schaft vor. Zwischendurch massierte er ihre Schultern, um sie locker zu machen, aber das schien Ava ohnehin zu sein. Verschämt lächelte sie Lucille an, bevor ein weiterer Lustorkan durch sie hindurchfegte, da Cory seine drei Finger bis zum Ansatz in sie hineingepresst hatte. Doch sie versuchte nicht, ihm zu entkommen, sondern drückte gierig ihre Kehrseite gegen seine Hand.

Corys freie Hand glitt durch ihre Spalte nach vorn und spielte mit ihrem Kitzler, während er seine Finger aus ihr entfernte und seine Penisspitze an ihre zweite Öffnung ansetzte und kurz davorstand, Avas Tabu zu brechen.

Langsam und vorsichtig, aber mit Nachdruck, schob er seinen Phallus in die Enge hinein, ohne aufzuhören, ihre Klitoris zu streicheln. Erregt schloss Ava ihre Augen. Die Lust färbte ihre Wangen rosig. Ava stöhnte und keuchte abwechselnd. Ihre Hände krallten sich an der Sitzbank fest, und sie legte die Stirn darauf.

Mein privater Liveporno. Schmunzelnd biss sich Lucille auf die Unterlippe. Das Blut rauschte durch ihren Schoß, der zunehmend verlangend pochte, worauf sie ihre Beine flach auf die Bank legte und ihre Schenkel zusammenpresste. Doch das verstärkte die Hitze in ihrer Mitte nur.

Cory führte sein Glied bis zur Wurzel ein und verharrte einen Moment, wohl damit Ava sich an die Dehnung gewöhnte. Sanft rieb er über ihre Klitoris, die durch den ersten Orgasmus hochempfindlich sein musste und Ava berauscht nach Luft schnappen ließ.

Corys Blick wirkte entrückt, als er Ava nahm. Stück für Stück zog er sich aus ihrer Enge zurück. Bevor sein Schwanz ihr entgleiten konnte, führte er ihn wieder tiefer ein, um sich sogleich erneut so weit aus ihr zu entfernen, dass nur noch seine Penisspitze in ihr verblieb.

Das lustvolle Lächeln auf Avas Gesicht animierte ihn, sich schneller in ihr zu bewegen.

Bei jedem Mal, das er bis auf die Eichel aus ihr herausglitt, stieß er kräftiger in sie hinein. Ihr lauter werdendes Stöhnen feuerte ihn an. Sie legte ihre Hände an ihre Gesäßhälften und zog sie auseinander, um ihm einen besseren Zugang zu gewähren, konnte diese Haltung aber nicht lange bewahren, da seine Stöße sie nach vorn schoben. Daher hielt sie sich wieder an der Bank fest und versuchte ihm entgegenzuwirken.

Geschmeidig ritt Cory sie.

Obwohl die Erregung immer mehr die Kontrolle über ihn übernahm, vergaß er nicht, Ava ebenfalls zu stimulieren. Während er in sie eindrang, stützte er sich neben ihr ab und rieb feurig über ihre Klitoris. Die dreifache Stimulation – anale Penetration, Kitzler und Voyeurin – heizten Avas Wollust offensichtlich so sehr ein, dass sie ein zweites Mal kam.

Als Cory merkte, dass sie unter ihm zuckte, warf er seinen Kopf in den Nacken und lachte. Doch das Lachen blieb ihm im Halse stecken, weil der Höhepunkt ihm die Luft raubte.

Ein Lustkrampf erfasste seinen Körper. Sekundenlang spannte er sich so stark an, dass die Muskelstränge an seinem Hals hervortraten. Mühsam pumpte er noch einige Male in Ava hinein. Dann seufzte er erschöpft und gluckste glückselig wie ein Kind, das sich an der Muttermilch satt getrunken hatte.

Erschöpft stützte er sich auf seinen Ellbogen ab, sodass er Avas Rücken berührte, sie aber nicht mit seinem Gewicht belastete. Noch immer verband sein Glied sie. Beide hatten ihre Augen geschlossen.

Lucille berührte der Anblick der beiden. Sie wirkten wie eins, wie Verliebte, die nicht voneinander lassen wollten. Eine gewisse Schwermut ergriff Besitz von ihr. Sie sehnte sich so sehr nach dieser Innigkeit. Obwohl sie Beziehungen gehabt hatte, fühlte sie sich, als hätte sie ihr ganzes Leben allein verbracht.

Sie rief sich in Erinnerung, dass der Anblick von Ava und Cory täuschte. Sie waren kein Liebespaar, jedoch auch nicht nur Sexpartner. Was war ihr Geheimnis? Beide fühlten sich stark zueinander hingezogen, das spürte Lucille. Aber warum kamen sie nicht richtig zusammen? Wer war Corys Freundin, die ihn an sich band, obwohl er Gefühle für Ava hegte und eine tabulose Lust mit ihr teilte, die ihn beeindruckte, wie er selbst hatte fallen lassen?

Plötzlich wurde die Tür aufgerissen. Alle drei erschraken fast zu Tode.

Craig Bellamy trat in die Sauna. Er schob den Saum seines Achselshirts in die Trainingshose und zog diese hoch. Abrupt blieb er stehen. Sein Blick fiel auf Ava und Cory. Seine Augen weiteten sich erstaunt. Als sich die beiden voneinander lösten und er sah, in welcher Weise sie aneinandergekoppelt gewesen waren, öffnete er verblüfft seinen Mund. Doch er schwieg, denn er bemerkte Lucille, die eine Armeslänge von ihm entfernt saß.

Entsetzt sprang sie auf und lief puterrot an. Das war's dann wohl, dachte sie und schwankte, da ihr schwindelig wurde.

12. KAPITEL

Craig machte einen Schritt auf Lucille zu und legte die Arme um ihre Hüften, um sie zu stützen. Wütend funkelte er Ava und Cory an. „Duschen Sie sich und gehen Sie zurück an Ihre Arbeit. Zu Ihnen komme ich später." Energisch führte er Lucille in die angrenzende Sporthalle.

Erst dort konnte sie sich aus seinem festen Griff befreien. „Mir war nur schwindelig, weil ich zu schnell aufgestanden bin", sagte sie zugegebenermaßen etwas zu patzig, aber unter den gegebenen Umständen hatte es ohnehin keinen Sinn mehr, um Nachsicht zu bitten.

Sie hatte alles verloren – ihren Job, ihre Freiheit für die nächsten Monate und die Möglichkeit, in der Nähe dieses Schmocks zu sein.

„Wohl eher, weil Ihr schlechtes Gewissen so viel wog." Anklagend hob er eine Augenbraue. „Wo immer Nackte in diesem Haus sind, da sind auch Sie. Sie müssen es sehr nötig haben, Ms Kirby Lamar."

„Was bilden Sie sich ein?", brauste sie auf. Natürlich, er musste denken, dass sie in Avas und Corys Liebesspiel mit eingestiegen wäre, hätte er sie nicht gestört. „Ich habe nur zugeschaut." Diese Erklärung machte es auch nicht besser und klang zudem wie eine fadenscheinige Ausrede. Hitze stieg in ihre Wangen.

„Und Sie schauen sehr genau hin, das habe ich schon am eigenen Leib erfahren."

„Apropos anschauen, wie gefielen Ihnen Ms Dearings … Tapetenmuster?", wollte Lucille mit deutlich hörbarer Ironie in ihrer Stimme wissen. Kaum hatte sie diese Frage gestellt, biss sie sich schmerzhaft auf die Unterlippe. Was hatte sie nur geritten? Die Eifersucht war urplötzlich hochgekocht und aus ihrem Mund herausgesprudelt. Es ging sie nichts an, ob Craig mit Michelle intim geworden war. Aber gewusst hätte sie es trotzdem gern.

Überrascht schwieg er einen Moment und sah ihr tief in die Augen, als würde er versuchen, ihre Gedanken zu lesen. Schließlich zuckten seine Mundwinkel. Craig badete eine Weile in ihrer Verlegenheit.

„Mein Interesse an Michelles …“, er räusperte sich, „Musterbuch ist ungefähr so groß wie das Verlangen, Fischeier zu essen. Ihr Interesse ehrt mich.“

Lucilles Herz machte einen Sprung. Mit aller Kraft kämpfte sie gegen das breite Grinsen an, zu dem sich ihr Mund formen wollte. „Interpretieren Sie nicht zu viel in meine Bemerkung hinein.“ Sprachen sie noch von Tapeten?

„Nicht mehr als in den Spott, mit dem Sie Ms Dearings Namen ausgesprochen haben. Ich habe Michelle heimgeschickt, da ich ihre kostbare Zeit nicht verschwenden möchte. Sie ist nämlich eine erfolgreiche Innenarchitektin.“ Während er seine Trainingshose enger band, fügte er ernster hinzu: „Außerdem musste ich dringend trainieren, das macht den Kopf so herrlich frei. Sind Sie nun beruhigt?“

„Wieso sollte es mich kümmern, wenn Sie mit Ms Dearing in Ihrem Schlafzimmer … oder irgendwo anders hin verschwinden“, sie gestikulierte wild, „sich zurückziehen, ich meine, gehen … um Tapetenmuster auszusuchen … oder was auch immer?“

„Weshalb haben Sie dann nach Ms Dearing gefragt?“ Craig dagegen blieb die Ruhe in Person.

Fieberhaft suche Lucille nach einer Ausrede und fand keine. Wozu sich die Mühe machen, zu lügen? Sie sah Craig ohnehin an, dass er ihre Eifersucht erahnte.

„Ich habe Geräusche in der Sauna gehört. Es ist doch erstaunlich, was hinter meinem Rücken passiert. In Zukunft muss ich wohl härter durchgreifen.“ Den letzten Satz sprach er eine Nuance tiefer aus, sodass er sich in Lucilles Ohren schlüpfrig anhörte.

Ihr Zug war längst abgefahren. Nun kam die Zeit, selbstlos zu sein, wie damals in der Pflegefamilie, als sie sich für die anderen Kinder eingesetzt hatte, weil ihre Schwestern und Brüder – nicht die Pflegeeltern – alles an Familie waren, was sie hatte. Sollte sie in dieser Farce ruhig das Opfer sein. Sie würde Agent McCarthys abfälliges Lachen schon verkraften und die Monate in Schutzhaft überstehen. Irgendwie. Ihr Leben war schon immer verkorkst gewesen, wenigstens Avas und Corys sollte nicht verpfuscht werden.

Lucille schlang die Finger ineinander, hob ihre Hände und legte ihr Kinn darauf ab. „Ich weiß, dass ich keine Nachsicht von Ihnen erwarten kann, Mr Bellamy."

„Sie hatten Ihre Bewährungsprobe." Er verschränkte die Hände vor dem Oberkörper, wirkte jedoch keineswegs hart, sondern abwartend.

„Aber bitte kündigen Sie Ava und Cory nicht. Sie sind gute Mitarbeiter und arbeiten fleißig und gerne für Sie."

„Das habe ich eben gesehen."

„Es war falsch, sich während der Arbeitszeit zu vergnügen, aber das Verlangen hat die beiden übermannt. Sie konnten ihre Finger nicht voneinander lassen, weil sie sich stark zueinander hingezogen fühlen. Das wird nicht wieder vorkommen, bestimmt nicht. Ich nehme all Ihren Groll auf mich, nur feuern Sie die zwei nicht."

„Verlangen, hm?" Mit dem ausgestreckten Zeigefinger tippte er gegen seine Unterlippe. „Und was hatten Sie in der Sauna zu suchen?"

Ihr wurde heiß. Sie sah auf ihre Schuhspitzen, stellte sich immer wieder kurz auf die Zehen und ließ ihre Schultern hängen.

„Sie können ja nicht nur kratzbürstig, sondern auch richtiggehend devot sein." Anzüglich glitt sein Blick an ihr auf und ab.

Warnend blinzelte Lucille ihn an, denn sie war kein Frauchen, das sich einem Mann zu Füßen warf. Doch es lag eine erotische Spannung in der Luft, der sie sich nicht zu entziehen vermochte, ob sie das wahrhaben wollte oder nicht. „Devot, Mr Bellamy, geht wohl ein wenig zu weit. Ich bitte Sie lediglich, Ava und Cory die Möglichkeit zu geben, Ihnen zu beweisen, dass sie es wert sind, eine zweite Chance zu bekommen."

„Sie setzen sich wirklich engagiert für sie ein, das muss ich zugeben. Nun gut." Nachdenklich ging er vor ihr auf und ab. „Wenn Sie wirklich für die beiden kämpfen wollen, müssen Sie auch bereit sein, einiges dafür zu tun."

Lucille runzelte die Stirn. Was sollte das denn heißen? Ein ungutes Gefühl regte sich in ihr.

Abrupt blieb er vor ihr stehen. „Da Sie eine frivole Ader haben …"

„Frivol?" Ihre Stimme klang beinahe schrill.

„Sie scheinen ein offenherziger Mensch zu sein, was Sexualität betrifft", sagte er und schien sich prächtig über ihre Entrüstung zu amüsieren, „daher werde ich Ava, Cory und auch Ihnen nicht kündigen, wenn Sie, Kirby, dazu bereit sind, mir gewisse Liebesdienste zu erweisen."

Lucille glaubte sich verhört zu haben. Ein Teil von ihr stand kurz davor, ihm für diese Unverschämtheit die Augen auszukratzen, ein anderer reagierte mit Erregung. Ihre Knie wurden weich bei der Aussicht, Craig näherzukommen. Ihr Puls beschleunigte sich. Dennoch konnte sie nicht zustimmen. Solch einen Vorschlag unterbreitete man keiner Angestellten. Angesäuert ging sie zur Tür. „Das ist Nötigung!"

„Eine starke Frau wie Sie fällt immer auf die Füße. Sie würden schnell einen neuen Job finden, da bin ich mir sehr sicher. Ich übe keinen Druck auf Sie aus. Sehen Sie es als Option, die ich Ihnen biete. Und ich finde sie äußerst großzügig."

Sie schnaubte, nahm jedoch ihre Hand vom Türknauf. Er hatte recht, sie musste nicht darauf eingehen. Niemand drängte sie dazu – außer diese Sehnsucht in ihrem Inneren. Es ging nicht um Craig Bellamy, sondern sie sehnte sich nach Wollust, nach erotischen Ausschweifungen und Hemmungslosigkeiten, die sie ihre Probleme vergessen lassen würden. Dieses Verlangen hatte nichts mit Bellamy zu tun, nein, nein, auf keinen Fall mit ihm!

„Ich zahle überdurchschnittlich gut, es fallen selten Überstunden an, und ich würde mich als angenehmen Arbeitgeber bezeichnen, daher überlegen Sie gut, wie Sie sich entscheiden." Gelassen schlenderte er auf sie zu. „Doch schon in der Bibel steht: Zahn um Zahn, Auge um Auge. Wenn Sie weiterhin für mich arbeiten möchten, müssen Sie Abbitte leisten, und Lust kann man nur mit Lust wiedergutmachen."

„Ich habe nur zugeschaut, nicht mitgemacht." Ihre Stimme klang dünn. Sie schluckte schwer, ihr Hals war trocken und ihre Füße schwer wie Blei.

Craig stützte sich mit den Händen neben ihrem Kopf an der Tür ab. Er sprach jedes Wort so verführerisch aus, dass Lucille wie gebannt an seinen Lippen hing und unbewusst die Luft anhielt. „Wenn ich mich jetzt vor Sie hinknien, Ihr Kleid hochschieben und an Ihrem Höschen schnuppern würde, würde nicht etwa der Duft Ihrer Sinneslust mir in die Nase steigen?"

Er neigte den Kopf und flüsterte in ihr Ohr: „Und wenn ich meinen Finger in Ihren Slip schieben würde, würde er nach dem Entfernen nicht von Ihrer Feuchtigkeit glänzen?"

Langsam richtete sich Craig wieder auf, worauf Lucille so geräuschvoll ausatmete, dass es beinahe wie ein Seufzer klang.

„Nur zugeschaut“, wisperte sie und kam sich lächerlich vor.

„Wahrscheinlich lenkt Ihre unerfüllte Begierde Sie von der Arbeit ab, weil Sie immer nur Voyeurin sind und nie selbst aktiv werden. Darin liegt das Problem.“ Schwungvoll stieß er sich von der Tür ab. „Wenn ich Sie erst von Ihren Trieben kuriert habe, werden Sie sich wieder auf Ihre Aufgaben konzentrieren können, und vielleicht haben Sie ja doch noch eine Zukunft im Hause Bellamy.“

Lucille war völlig perplex. Er war tatsächlich bereit, sie weiterhin zu beschäftigen. Das ging doch nicht mit rechten Dingen zu. Jeder andere Arbeitgeber hätte sie im hohen Bogen rausgeworfen. Aber dieses Eingeständnis machte er keineswegs uneigennützig, das durfte sie nicht vergessen.

Was meinte er genau mit „Liebesdienste“? Viele Szenarien liefen innerhalb von Sekunden vor ihrem geistigen Auge ab. Einige gefielen ihr nicht – er würde sie doch nicht verleihen oder vor seinen reichen Freunden nehmen, oder? –, aber die meisten versetzten sie in erwartungsvolle Erregung.

Das war verrückt! Sie sollte stinksauer auf ihn sein, stattdessen verlor sie sich augenblicklich in erotischen Tagträumen.

„Ich möchte Sie nicht überrumpeln.“ Mit ernster Miene fasste er sie an den Schultern, ließ sie jedoch sofort wieder los. „Es gibt andere Jobs dort draußen. Niemand zwingt Sie, auf mein Angebot einzugehen. Ich gebe Ihnen vierundzwanzig Stunden Zeit, um darüber nachzudenken. Entscheiden Sie sich bis morgen Abend.“

Während er die Tür für sie öffnete, sah er verunsichert aus, als befürchtete er, sie könnte ablehnen.

Doch als Lucille den Korridor in Richtung Treppe entlangschritt und hinter sich die Tür zur Sporthalle zufallen hörte, ballte sie ihre Hand zur Siegerfaust.

Lucille schüttelte den Kopf über sich selbst. Wieso um Himmels willen freute sie sich über dieses unmoralische Angebot? Sie hätte empört sein müssen, hätte toben, Craig Bellamy eine langen und schließlich kündigen sollen.

Stattdessen tänzelte sie fast durch den Korridor des Kellers und freute sich wie ein Kind auf den Morgen des fünfundzwanzigsten Dezembers, um endlich das Geschenk auspacken zu dürfen, das schon die ganze Nacht unter dem Weihnachtsbaum lag und das sie bis dahin nur heimlich hatte anschauen dürfen. Was sich unter der Verpackung befand, wusste Lucille zwar schon – und ihr lief das Wasser im Mund zusammen bei der Erinnerung an Craigs gestählten Körper –, aber nicht, wie er sich anfühlte, wie er roch und schmeckte und welche Art von Liebhaber er war. Wild und leidenschaftlich oder zärtlich und verschmust? Gab er sich dominant, oder erregte es ihn, sich einer Frau hinzugeben?

„Du steckst tief in einem Schlamassel, das unüberschaubare Konsequenzen haben wird", murmelte Lucille. „Wieder einmal."

Wider besseren Wissens hatte sie sich längst entschieden. Sie brauchte keine vierundzwanzig Stunden Bedenkzeit. Aber sie wollte Bellamy noch etwas zappeln lassen, damit er nicht merkte, wie sehr sie sich zu ihm hingezogen fühlte. Noch behielt sie die Kontrolle über die Situation – sobald sie zustimmte, gab sie jedoch ihre Einwilligung, Craigs Regeln zu folgen. Ein Hauch von lustvoller Furcht mischte sich unter die Vorfreude.

Sieh nicht mehr als ein Spiel darin, ermahnte sich Lucille stumm, während sie die Treppe ins Erdgeschoss hochstieg, es ist nur ein lustvoller Zeitvertreib, wie Avas und Corys Treffen. Aber auch Ava investierte Gefühle und, obwohl

Cory jemand anderem „Ich liebe dich“ ins Ohr geflüstert hatte, hatte Lucille in der Sauna gespürt, dass seine Gefühle, was Ava betraf, über Wollust hinausgingen. Es schien so, als würde er gegen die aufkeimende Liebe ankämpfen, weil er eigentlich zu einer anderen Frau gehörte, einer Frau, die über das sexuelle Verhältnis zwischen ihm und der Küchenhilfe Bescheid wusste.

Abrupt blieb Lucille in der Empfangshalle stehen. Solch ein Dreiecksverhältnis würde Lucille niemals akzeptieren. Aber was lief zwischen Michelle Dearing und Craig?

Aufgelöst kam Ava auf sie zugestürmt, ihre Freundin war den Tränen nah. Lucille nahm sie in die Arme und beruhigte sie: „Wir alle drei werden unsere Jobs behalten.“

„Wie hast du das geschafft?“, fragte Ava und löste sich von ihr.

„Ich habe Mr Bellamy umgestimmt.“ Mit einem simplen Ja. Aufmunternd lächelte Lucille sie an und strich ihr über das Haar.

Den ganzen Tag über konnte sie an nichts anderes denken als an Craig Bellamy.

Wer hätte gedacht, dass ausgerechnet sie Begehren in ihm auslöste, wo ihr Busen doch genauso flach wie ihr Hintern war, ihr Schopf als Signalboje benutzt werden konnte und ihre Sommersprossen aufgrund der Hitze Floridas sogar auf ihren Oberarmen sprossen! War das nicht viel zu abwegig, um wahr zu sein?

Zweifel nagten an ihr. Was führte Bellamy im Schilde? Was fand er an ihr? Richard und sie hatte immerhin verbunden, dass sie beide in armen Verhältnissen aufgewachsen waren und sie beide den Biss hatten, etwas aus ihrem Leben zu machen.

Doch bei Craig erkannte sie keine Gemeinsamkeit, zumindest nicht auf den ersten Blick. Vielleicht bestand darin der Reiz? Möglicherweise hatte ihn überzeugt, dass sie Scones mit Clotted Cream und Marmelade gegessen hätte, anstatt sich über den Fettgehalt zu mokieren wie Michelle.

Im Grunde war er eine einfache Seele, dachte Lucille, wie sie selbst auch. Was sie bisher über ihn gehört hatte, ließ sie darauf schließen, dass er nicht viel brauchte, um glücklich zu sein. Keine hochmoderne repräsentable Einrichtung, keinen Kaviar, keine Einladungen zu High-Society-Partys, um zu sehen und gesehen zu werden. Stattdessen wohnte er im Haus seiner Eltern, hatte es offenbar nicht verändert und ging selten aus.

Dennoch blieb dieser unbestimmte Druck in der Magengrube. Sie war schon einmal zu gutgläubig gewesen. Den Fehler würde sie kein zweites Mal begehen.

Als sie am Abend in der Bibliothek Staub wischte, fiel ihr Blick auf die Familienfotos, die auf dem Kamin standen. Dieser sah tatsächlich benutzt aus. Lucille traute Bellamy zu, dass er die Klimaanlage herunterfahren ließ, um sich in den Chesterfield-Ohrensessel vor den prasselnden Kamin zu setzen und von der Heimat seiner Mutter – und vermutlich von Mildred Bellamy selbst – zu träumen. Craig machte verrückte Dinge, zum Beispiel seinem neuen Dienstmädchen ein erotisches Abkommen vorzuschlagen, wieso nicht auch das?

Zu allem Übel machte diese Verschrobenheit ihn nur noch interessanter für sie.

Obwohl es das Abstauben erforderlich gemacht hätte, hatte Lucille das Oberlicht nicht angeschaltet, sondern lediglich die Lampen auf dem Kamin, dem Beistelltisch und dem Sideboard. Die Bibliothek wurde in ein warmes, behagliches Licht getaucht, während draußen die Sonne bereits fast vollständig hinter dem Horizont verschwunden war.

Neugierig nahm Lucille eine Fotografie nach der anderen

in die Hand, wischte beiläufig die Rahmen ab und betrachtete jede einzelne eingehend.

Das Hochzeitsbild seiner Mutter und seines Vaters, das so stark retuschiert war, dass es künstlich wirkte.

Mildred, die Baby Craig auf dem Arm hielt. Ted – Ava hatte ihr den Namen von Craigs Vater verraten – umarmte seine Frau von hinten und hielt Craig seinen Zeigefinger hin, den der Kleine mit seiner ganzen Hand umschlang.

Craig mit ungefähr fünf Jahren, der zwischen seinen Eltern über irgendeinen Strand spazierte und beide an der Hand gefasst hatte.

Craig, inzwischen so groß wie sein Dad, gehüllt in einen schwarzen Talar; er pustete die Quaste seines Baretts weg und hielt gleichzeitig halbherzig sein Highschool-Diplom hoch. Ted Bellamy hatte die Hand auf seine Schulter gelegt und blickte stolzer in die Kamera als sein Sohn.

Ted in Badehose am Swimmingpool. Obwohl er inzwischen graue Schläfen und ein Bäuchlein hatte, wirkte er immer noch sportlich. Nur sein Strahlen war verschwunden. Er lächelte zwar in die Fotokamera, aber sein Lächeln wirkte müde. Lucille blinzelte. War das da eine Narbe auf seiner Hüfte? Kreisrund, wie von einer Schussverletzung. Oder nur die vernarbte Eintrittswunde, durch die ein Endoskop während einer Operation eingeführt wurde.

Im nächsten Rahmen befand sich keine Aufnahme, sondern ein Zeitungsausschnitt. Round Texel, die größte Katamaran-Regatta der Welt: „Die Bellamys kommen als Letzte ins Ziel“, titelte der Artikel. Das Schwarz-Weiß-Foto daneben zeigte Craig, längst erwachsen, und seinen Vater auf einem Segelkatamaran im Hafen, einer nasser und abgekämpfter als der andere, trotzdem prosteten sie sich mit Kindercola zu. Im Hintergrund waren dunkle Wolken zu sehen.

Lucille vermisste Mildred auf den letzten drei Fotografien

und ließ ihren Blick über die Bilderrahmen gleiten. Craigs Mutter musste recht früh verstorben sein – und plötzlich, denn es gab keine Schnappschüsse, die eine Krankheit belegten; es sei denn, Craig hatte sie weggeräumt, um sich nur an die guten Zeiten zu erinnern.

Erschrocken zuckte sie zusammen, als auf einmal ein Arm um sie herumgriff und ihr den Rahmen mit dem Zeitungsausschnitt aus der Hand nahm. Craig stand dicht hinter ihr. Sie war so in Gedanken gewesen, dass sie ihn nicht hatte kommen hören, zudem dämpfte der Teppich die Schritte.

„Sie sind sehr neugierig, Kirby." Seiner Stimme hörte sie an, dass er nicht böse mit ihr war. Er betrachtete das Schwarz-Weiß-Foto eingehend.

„Hat Ihre Mutter Sie nicht im Zielhafen empfangen?", fragte sie betont unschuldig.

„Damals weilte sie schon nicht mehr unter uns."

„Sie sind noch nicht über ihren Tod hinweg, habe ich recht?"

Er stellte den Rahmen zurück auf den Kamin. „Jeder Verlust ist schmerzhaft."

Das konnte Lucille nicht bestätigen. Als ihr Vater kurz nach ihrem dritten Geburtstag ging, um mit seiner neuen Familie zusammenzuleben, tat es zwar noch weh, und im Gegensatz zu ihrer Mutter heulte sich Klein Lucille die Augen aus, bis sie keine Tränen mehr übrig hatte. Er ließ nie wieder etwas von sich hören. Doch als das Sozialamt sie mit fünf Jahren von ihrer Mutter wegholte, spürte Lucille nichts. Auch nicht, nachdem sie mit achtzehn ihrer Pflegefamilie den Rücken kehrte.

Aus dem Augenwinkel schaute sie auf das Bild mit dem kleinen Craig, der mit seinen Eltern über den Strand spazierte und von einem Ohr zum anderen grinste. Er musste damals ungefähr im selben Alter gewesen sein wie sie, als sie nach ihrem Dad auch ihre Mom verlor. Und gleichzeitig ein Martyrium aufhörte und das nächste anfing. Die Narben an ihren Oberschenkeln schmerzten mit einem Mal so stark, als wären sie frisch.

Leise wollte sie wissen: „Darf ich fragen, wie Ihre Mutter verstarb?"

„Dürfen Sie nicht."

Überrascht, dass er zuerst offen geantwortet hatte und plötzlich dichtmachte, sah sie ihn über die Schulter hinweg an. Mit zusammengekniffenem Mund starrte er das Foto an, auf dem sein Vater am Swimmingpool stand und die Daumen unter seine Badehose geschoben hatte. Hatte Ted Bellamy etwas mit dem Tod von Mildred zu tun gehabt? War sie krank geworden, und er war nicht für sie da gewesen? Hatte er sie gar in den Selbstmord getrieben?

Lucille ermahnte sich, nicht gleich an ein Familiendrama zu denken, nur weil ihre Eltern so verkorkst gewesen waren. Auch wenn Craig und sein Vater auf den Fotos wie ein perfektes Team wirkten, schien etwas zwischen ihnen zu stehen, etwas, das mit Mildred Bellamy zu tun hatte. Womöglich war es vor Teds Tod nicht zu einer Aussprache gekommen.

Craig riss seinen Blick von den Aufnahmen los, stellte sich neben Lucille und lehnte sich gegen den Kamin. Eindringlich schaute er sie an. „Haben Sie sich schon entschieden?"

Absichtlich krauste sie ihre Stirn und tat so, als wüsste sie nicht, wovon er sprach, nur um ihn noch ein wenig zu necken.

„Bezüglich der delikaten Angelegenheit." Er verzog keine Miene, seine Augen jedoch funkelten frivol.

Seine Ausdrucksweise war manchmal wirklich süß, fand sie, so antiquiert. Sie wandte sich zu ihm um und nickte.

„Ich hätte vorher allerdings noch eine Frage."

„Es handelt sich wohl eher um eine Bedingung, habe ich recht?", hakte er nach, und sie nickte. „Dazu sind Sie wohl kaum in der richtigen Position."

„Dann muss ich leider gehen", sagte sie bestimmt, bewegte sich jedoch nicht von der Stelle. Es war wie bei einem Schachspiel. Sie machten Zug um Zug. Nun war er an der Reihe und stürzte sich keineswegs auf den Kern ihrer Aussage – das „Gehen" –, sondern stattdessen auf ein Wörtchen, das sie leichtfertig ausgesprochen hatte.

„Leider?", echote er, und seine Mundwinkel zuckten. „Wenn das so ist, höre ich mir Ihre Frage selbstverständlich gerne an."

Hitze stieg in ihre Wangen. Lucille räusperte sich. „Sind Sie noch mit anderen Frauen intim?"

Seine Mundwinkel zuckten. „Das geht Sie wohl kaum etwas an."

„Ich bin kein leichtes Mädchen, Mr Bellamy, und ich will auch nicht Teil eines Harems sein ..."

„Sondern Sie wollen mich für sich alleine haben", fiel er ihr ins Wort und lächelte unverschämt attraktiv.

Abwehrend hob sie ihre Hände. Er sollte ja nicht denken, dass sie nur auf eine Chance gewartet hatte, um ihn ins Bett zu bekommen. „Verstehen Sie das nicht falsch."

„Ich verstehe es so, wie Sie es meinen." Craig winkte ab, musterte sie anzüglich von oben bis unten und fuhr in geschäftlichem Ton fort: „Machen Sie sich keine Sorgen. Ich schlafe mit niemand anderem, sondern würde ganz Ihnen gehören."

„Und Ms Dearing?", brachte Lucille es auf den Punkt und hielt die Luft an. Es ging doch nur um das Abstecken von Grenzen, um das Aufstellen ihrer Spielregeln, auf keinen Fall um Eifersucht.

Verblüfft hob er seine Augenbrauen. „Ich war nie intim mit ihr und plane auch nicht, das zu ändern."

„Madison?"

„Madison?" Er stieß sich vom Kamin ab. „Wie kommen Sie denn auf diese absurde Idee?"

„Weil … weil Interesse besteht." Herrje, hörte sich das dumm an!

„Als Nächstes fragen Sie mich noch, ob ich etwas mit Patrick hätte. Nein, Kirby, mein ganzes erotisches Potenzial würde sich auf", mit den Fingerspitzen strich er ihren Arm herab, „Sie konzentrieren."

Sie schluckte. Das klang wie eine Drohung – eine äußerst wollüstige, die ihr heißkalte Schauer über den Rücken jagte. „Das größte Tabu von allen, Kirby, ist allerdings Mr Bellamy selbst", hatte Patrick bei ihrem ersten Rundgang durch die Villa klargestellt. Ausgerechnet dieses Tabu würde sie nun brechen. Würde sie dafür endgültig in der Hölle schmoren?

„Dann stimme ich Ihrem Vorschlag zu." Rasch fügte sie hinzu: „Ich mache es für Ava und Cory. Nur für sie!"

„Natürlich", meinte Craig amüsiert. „Besiegeln wir den Pakt doch mit einem Kuss."

„Einem Kuss?" Unruhig verlagerte Lucille ihr Gewicht von einem Fuß auf den anderen. Ihre Lippen prickelten erwartungsvoll.

„Dann kann ich gleich Ihre Bereitschaft testen. Worte sind nur Schall und Rauch." Den Blick auf ihren Mund geheftet, neigte sich Craig vor und küsste sie.

Instinktiv schloss Lucille ihre Augen. Das machte ja den Eindruck, als wäre sie mit Leidenschaft bei der Sache. Dabei ging es um die Besiegelung eines unverschämten Abkommens, und nur darum! Eine Vereinbarung mit einem Schmock. Der jedoch verdammt gut küssen konnte, stellte sie schon nach kurzer Zeit fest.

Craig drängte sie mit dem Rücken gegen den Kamin, stützte sich rechts und links von ihr ab und massierte ihre Lippen so sanft, so zärtlich mit seinen, dass sie nicht einmal die Kraft besaß, ihre Augen zu öffnen, um weniger verzückt zu wirken. Sie schmolz förmlich unter seinem Kuss dahin und drückte Craig selbst dann nicht weg, als er einen Atemzug lang von ihr abließ, um seinen Mund schließlich erneut auf ihren herabzusenken.

Genau genommen war das schon der zweite Kuss. Aber Lucille wollte an diesem Tag nicht kleinlich sein. Sie öffnete sogar ihren Mund ein bisschen, doch anstatt ihrer Einladung zu folgen und seine Zungenspitze zwischen ihre Lippen zu schieben, ließ er von ihr ab.

Gerade rechtzeitig, denn plötzlich wurde die Tür aufgestoßen, und Nate kam in die Bibliothek. Als er sah, wie nah sich Craig und Lucille waren, blieb er abrupt stehen.

„Ihr Gast ist gekommen und wartet auf der Terrasse auf Sie, Sir.“ Nates gebleichte Zähne leuchteten weiß wie Schnee, und genauso kalt war sein Lächeln.

Craig stieß sich vom Kamin ab. „Ich komme. Wir sehen uns morgen, Kirby.“ Er leckte sich über die Unterlippe und verließ die Bibliothek.

„So ist das also.“ Leise schloss Nate die Tür.

Lucille spannte sich an. Unauffällig sah sie sich nach einem Gegenstand um, der spitz und hart war, gut in der Hand lag und ausreichend Schaden anrichten konnte.

Betont lässig schlenderte er auf sie zu. Er taxierte sie, betrachtete ihren Busen für Lucilles Geschmack ein wenig zu lang und streckte seine Hand aus, um mit seinen Fingerknöcheln an ihrem Hals hinabzustreichen.

Bevor er ihr Dekolleté erreichte, schlug sie seinen Arm weg. Sie versuchte an ihm vorbeizugehen und den Raum zu verlassen, da die Luft mit einem Mal stickig war, doch er stellte sich ihr in den Weg. Der Druck in ihrer Magengrube nahm zu. „Was soll das?"

„Ich habe längst bemerkt, dass du sehr", er schaute an die Zimmerdecke, als würde dort der Begriff geschrieben stehen, nach dem er suchte, „zugänglich bist."

Reiß dich zusammen, ermahnte sich Lucille, bleib cool. Sie wusste, dass sie keine Schwäche zeigen durfte. Wer eine Opferhaltung einnahm, würde auch als Opfer enden, hatte ihre Kindheit und Jugend sie gelehrt. „Ich warne dich. Unterschätze mich nicht", warnte sie ihn, bemüht, ihre Stimme fest klingen zu lassen.

„Madison und Taylor machen diesen Fehler – ich nicht." Er wickelte eine ihrer roten Haarsträhnen um seinen Finger. „Du siehst so unschuldig aus, aber das tut der Wolf im Schafspelz auch. Du bist keine Schönheit, hast aber keine Skrupel, deine Weiblichkeit einzusetzen, das gefällt mir."

„Pass auf, was du sagst!" Innerlich brodelte es in ihr, aber sie hatte sich noch nicht entschieden, ob sie ihn im Notfall mit der Kaminschaufel oder einer Buchstütze niederstrecken wollte. Obwohl die Situation ihr zunehmend Angst einflößte, würde sie keinesfalls zu betteln und zu weinen anfangen, sondern sich aus Leibeskräften wehren.

„Du hast Bellamy längst an der Angel, richtig?" Anerkennend nickte er, ohne auf ihre Antwort zu warten. „Wenn du verhindern willst, dass die ganze Belegschaft davon erfährt, wirst du mir deine Qualitäten ebenfalls beweisen müssen."

„Einen Dreck werde ich." Was bildete dieser Fatzke sich ein? Er war nicht in der Position, ihr ein unmoralisches Angebot zu unterbreiten, denn ihm fehlte etwas Entscheidendes, das Craig besaß: nicht Reichtum oder Macht, sondern ihr Interesse. Craig Bellamy hatte ihr Verlangen geweckt, Nate dagegen mit seiner Überheblichkeit widerte sie an.

Er baute sich in seiner ganzen Größe vor ihr auf und drängte sie in die Ecke zwischen Kamin und Wand. „Du wirst mir aus der Hand fressen."

„Eher wird die Hölle zufrieren", spie sie ihm entgegen. Adrenalin pumpte durch ihre Adern. Inzwischen war sie zu weit weg, um das Kaminbesteck oder eins der Bücherregale zu erreichen. Nicht einmal an das Hardcover, das auf dem lederüberzogenen Beistelltisch stand, kam sie heran.

„Du bist ja eine richtige kleine Wildkatze, Kirby, und magst es also ein bisschen grob. Das kannst du haben."

Lucille wusste, dass der Zeitpunkt, zu dem sie Nate hätte überreden können, einfach den Raum zu verlassen und so zu tun, als wäre nichts geschehen, längst verstrichen war. Sie kannte diesen Ausdruck in seinen Augen – gierig, gefährlich und erregt. Jegliches Flehen würde ihn nur weiter anstacheln.

Wer braucht schon Waffen, dachte sie, und erinnerte sich an das, was Richard sie gelehrt hatte. Tief atmete sie durch und machte sich bereit.

Nate hatte wohl damit gerechnet, dass sie weiter zurückweichen und endgültig in der Falle sitzen würde. Stattdessen machte sie plötzlich einen Schritt auf ihn zu. Überrascht blieb er stehen und hob seine gezupften Augenbrauen. Sein Erstaunen wich einem schmierigen Lächeln, vermutlich ging er davon aus, dass Lucille einlenkte, sich vor ihm niederlassen und den Reisverschluss seiner Hose öffnen würde. Doch das hatte sie keinesfalls vor.

Dann ging alles sehr schnell. Bevor die Angst vor Gegenwehr zu groß wurde, zog sie ihr Knie an und rammte es ihm in den Magen. Keuchend fiel er hin und hielt sich jammernd den Bauch. *Nur weil der Gegner am Boden liegt, ist er noch nicht kampfunfähig*, hatte Richard ihr klargemacht, daher faltete Lucille ihre Hände zusammen und schlug Nate mit der doppelten Faust in den Nacken, just bevor er mit zorniger Miene nach ihr zu greifen versuchte.

Rasch stieg sie über Nate hinweg und rannte aus der Bibliothek. Erst als sie in den Salon huschte, nach Atem rang und lauschte, ob Nate ihr folgte, spürte sie, dass sie zitterte.

Er hatte recht, sie war eine Kämpferin, ihr blieb gar nichts anderes übrig. Aber hatte sie nicht zu übertrieben reagiert? Würde er zu Patrick laufen und sie an den Pranger liefern oder alle anderen Angestellten gegen sie aufhetzen? Vielleicht sogar eine knappe Bemerkung in der Gegenwart von Michelle Dearing fallen lassen? Was auch immer geschah, sie hatte ein Ass im Ärmel: Craig war auf ihrer Seite, schließlich war er derjenige, der Liebesdienste von ihr forderte. Aber möglicherweise reizte ihn nur die Heimlichkeit, und er würde sie so schnell wie möglich loswerden wollen, sollte die peinliche Affäre mit seinem Dienstmädchen publik werden.

Seufzend wischte sich Lucille übers Gesicht. Wo immer sie hinging, sie zog Ärger magisch an. Würde das jemals aufhören? Sie wollte nicht glauben, dass Craig sich im Zweifelsfall gegen sie stellen würde. Dafür waren sein Blick zu heißblütig gewesen und sein Kuss zu zärtlich. Er begehrt mich, genauso wie ich ihn, redete sie sich aufmunternd zu.

Stimmen waren von draußen zu hören. Neugierig ging Lucille zum Fenster und schaute hinaus. Jetzt erst begrüßte Craig am Swimmingpool seinen Gast, irgendetwas musste ihn aufgehalten haben. Es war keine Frau. Erleichtert entspannte sie sich.

Er schloss den etwas korpulenten Mann mit den braunen Haaren in den Arm, und dieser klopfte ihm auf den Rücken. Sie mussten sich schon länger kennen und vertraut sein. Craig bot ihm an, in einem der Korbsessel, die in einer Ecke des Käfigs, wie Lucille das Gitter mit dem Insektennetz nannte, Platz zu nehmen. Eifrig nickend wandte er sich zum Haus um und ließ sich in den erstbesten Sessel fallen. Da erkannte Lucille ihn.

Sie schrak zurück und presste ihren Rücken gegen die Wand. Ihr Herz schlug ihr bis in den Kopf.

Nein, nein, sie musste sich verguckt haben. Die Furcht spielte ihr einen Streich. Mit jedem Schritt, den sie zurück zum Fenster schlich, beschleunigte sich ihr Puls mehr.

Vorsichtig linste sie erneut hinaus.

Jack Caruso, er war es wirklich. Sein Teint war fast so braun wie seine gefärbten Haare. Und Craig hatte ihn willkommen geheißen wie einen Freund!

14. KAPITEL

Wie Freunde saßen sie auf den Treppenstufen vor dem Wohnhaus, in dem das FBI ein kleines Apartment für Lucille angemietet hatte. Die Anlage Manatee befand sich auf einer der größeren Inseln von Cape Coral. Eine zwei Meter hohe Mauer umgab das Grundstück, und das Pförtnerhäuschen, das von einer stilisierten Rundschwanzseekuh geziert wurde, war vierundzwanzig Stunden besetzt. Zudem hatte jeder Bewohner einen speziellen Ausweis, den er vorzeigen musste, wenn er das Grundstück betrat.

Special Agent Alex Fisher sah auf seine Uhr und ließ dann seinen Blick über die Wiese schweifen, die sich vor den fünf Wohneinheiten erstreckte. „Man merkt, es ist Freitagnacht."

Eine junge Latina spielte auf ihrer Gitarre einen alten Sommerhit von Alexandra Burke, während ihre Freunde, die im Halbkreis um sie herumsaßen, ihre Köpfe und Oberkörper wiegten und lächelten, als sie leise anfing zu singen. Drei Paare warfen gerade zum zweiten Mal ihren Grill an – einen Zinkeimer, auf dem ein Eisenrost lag – und ignorierten ein junges Pärchen, das im Hauseingang hinter ihnen herumknutschte.

„Normalerweise kann man hier draußen um halb zwei Uhr morgens eine Stecknadel zu Boden fallen hören, aber heute sind alle in Feierlaune." Lucille dagegen musste am Wochenende arbeiten, was ihr Magenschmerzen bereitete. Nicht das Stimmengewirr hielt sie wach, sondern die Erinnerung daran, wie Craig Caruso in die Arme geschlossen hatte. Und wie er ihn später in den Schutzbunker geführt hatte, den alle im Haus nur den „Tornadokeller" nannten.

„Ich werde nicht zurück zur Arbeit gehen", sagte sie zögerlich und presste das Buch, das Alex ihr mitgebracht hatte, an ihre Brust. Ihr Magen krampfte sich zusammen. Ihre Vernunft verbot ihr, Craig jemals wiederzusehen, doch ihr Herz sprach eine andere Sprache – es sehnte sich nach ihm! Lucille stand so kurz davor, Craig zu spüren, zu schmecken und zu kosten. Doch plötzlich schien er das Feuer zu sein, das sie endgültig zu verbrennen vermochte.

Alex Fisher drehte sich zu ihr. „Das wäre unklug. Bellamy könnte Verdacht schöpfen."

„Oder mich ans Messer liefern." Sie legte das Buch ab, nahm die kleine Wasserflasche, die neben ihr stand, und schüttelte sie prüfend, aber die verbliebene Pfütze würde nicht helfen, den Kloß in ihrem Hals hinunterzuspülen.

„Ich glaube nicht einmal, dass er über dich und Caruso Bescheid weiß, sonst hätte er ihn nicht zu sich eingeladen. Die Gefahr, dass ihr euch über den Weg lauft, wäre zu groß."

„Vielleicht hast du recht." Hoffentlich! Sie wollte nicht wahrhaben, dass Craig etwas mit Richard Dawson, Jack Caruso oder der *La picadura del escorpión* zu tun hatte. Aber was sollte sie nach der herzlichen Begrüßung der beiden anderes glauben?

Alex nahm ihre Hand und drückte sie freundschaftlich. „Du bist in Sicherheit."

Lucille mochte ihn. Als er sie am Southwest Florida International Airport abgeholt hatte, fragte er sie als Erstes, ob sie etwas dagegen hätte, wenn sie sich bei den Vornamen nannten. Er hatte nicht etwa den Highway genommen, um schnellstmöglich von Fort Myers nach Cape Coral zu kommen, sondern war gemächlich an der Küste des Caloosahatchee-Flusses vorbeigefahren, um Lucille die Schönheit des Sunshine States zu zeigen.

Dabei hatte er ihr geschickt den Druck, den McCarthy aufgebaut hatte, genommen, indem er keine Silbe über Richard Dawson verlor, sondern ihr stattdessen erzählte, dass er seine Freizeit auf dem Surfboard verbrachte, was erklärte, weshalb er braun gebrannt war und die Spitzen seiner mittelblonden Haare hellblond schimmerten. Er sah seinen Job nicht so verbissen wie viele seiner Kollegen und wusste das Leben zu genießen. Vielleicht würde Lucille sogar eines Tages mit ihm ausgehen – als Freunde –, aber gefragt hatte er bisher nicht.

„Eventuell hat Caruso Bellamy ein Geschäft für BOC", damit meinte er die Reederei Bellamy Ocean Carrier, „vorgeschlagen, um sich dadurch Zugang zur Villa zu verschaffen und herauszufinden, ob du dich dort aufhältst." Alex ließ ihre Hand los und lehnte sich wieder mit dem Rücken gegen die Wand neben der Wohnungstür. „Das Bellamy-Anwesen gleicht einer Festung. Man kommt dort nicht so einfach hinein, deshalb hat McCarthy es auch ausgewählt."

„Jack hat mich nicht gesehen", sagte Lucille und rückte etwas näher an Alex heran, um eine ältere Dame durchzulassen, die ihnen eine gute Nacht wünschte und dann in dem Haus verschwand, in der auch Lucilles Apartment lag. Sofort ließ Lucille wieder etwas mehr Abstand zwischen ihnen, doch Alex hatte ohnehin keinen Annäherungsversuch darin gesehen, sondern beobachtete eindringlich den Pförtner, der einen Fernseher in der Größe eines Smartphones einschaltete.

Konnte es tatsächlich sein, dass Craig Geschäfte mit einem schmierigen Kerl wie Caruso machte? Bestimmt führte er nicht jeden seiner Freunde oder Partner ausgerechnet in den Tornadokeller. Was hatten die beiden dort gemacht? Bis zum Feierabend hatte Lucille auf eine Chance gehofft, einen Blick in den Schutzraum werfen zu können, doch Craig und Jack hatten später die ganze Zeit auf der Terrasse gesessen.

Je mehr sie darüber nachdachte, desto größer wurde der Knoten in ihrem Magen. So abwegig war eine Geschäftsbeziehung zwischen den beiden nicht. Jack Caruso besaß eine Fluggesellschaft. Das FBI vermutete, dass er Richards Waffenlieferungen auf dem Luftweg nach Südamerika geschmuggelt hatte, konnte ihm aber noch nichts nachweisen. Deckte Craig mit seiner Reederei den Schifffahrtsweg ab? Hatte Caruso ihn aufgesucht, um sicherzugehen, dass die Geschäfte weiterliefen, selbst jetzt, da Richard im Gefängnis saß? Hatte Caruso Dawson beerbt und führte den illegalen Waffenhandel weiter?

Lucille rieb mit den Handflächen über ihr Gesicht. Leider lag dieser Gedanke im Bereich des Möglichen.

Aber wenn Bellamy involviert wäre, hätte die Ermittlungsbehörde des Justizministeriums sie doch nicht zu ihm geschickt. Oder doch? Womöglich missbrauchten sie Lucille als Köder. Vielleicht steckte sogar McCarthy mit Dawson unter einer Decke. Richard hatte Geld, viel Geld. Er kaufte sich was und wen er wollte. Sie linste zu Alex Fisher und öffnete ihren Mund, um ihren Verdacht auszusprechen, behielt ihn am Ende jedoch für sich. Eine Krähe hackt der anderen kein Auge aus, Alex würde ihr vermutlich keinen Glauben schenken.

„Wenn Craig etwas mit der Sache zu tun hat, wieso ...", sie musste sich räuspern, da ihre Stimme versagte, „wieso hat er mich dann nicht längst ausgeschaltet?"

„Es könnte sein, dass er erst herausfinden will, was du über die *La picadura del escorpión* weißt und welche Informationen du somit dem FBI gegeben hast."

Und um das in Erfahrung zu bringen, arbeitete Craig mit allen Mitteln. Sie stöhnte, als hätte sie Schmerzen. „Aber dann wäre es doch ein Fehler, Caruso in sein Haus einzuladen, weil er Gefahr liefe, dass ich vor Schreck abhaue."

„Und wenn er genau das will?"

Sie legte eine Hand auf das Sachbuch *Forensik für Anfän-*

ger, ein Geschenk von Alex, weil sie sich in der Schutzhaft für das Thema zu interessieren begonnen hatte. „Was meinst du?"

„Könnte doch sein, dass er genau auf diesen Moment lauert. Vielleicht will er dich aus der Reserve locken, damit du einen Fehler begehst. Du könntest entweder verrückt vor Angst werden, sodass du ausflippst und alles aus dir heraussprudelt", Alex zuckte mit den Achseln, „oder weglaufen, weil du denkst, das Bureau könnte dich nicht beschützen. Das wäre dann der Moment, wo er unauffällig zugreift, ohne seinen Leumund als unbescholtener Reeder zu zerstören."

„Dasselbe könnte aber auch auf Caruso zutreffen. Was ist, wenn Craig keine Ahnung von alldem hat?" Weshalb verteidigte sie ihn überhaupt? Es sah gar nicht gut für ihn aus, sie zweifelte doch selbst an seiner Aufrichtigkeit.

„Craig?" Ohne den Blick von ihr zu nehmen, winkelte Alex sein Bein an und stützte sich mit dem Ellbogen auf seinem Oberschenkel ab.

Lucille errötete. „Craig Bellamy. Ich habe seinen Namen nur abgekürzt."

„Das mache ich auch, aber ich nenne ihn *Bellamy*."

Stille trat ein, in der nur die Latina mit der Gitarre zu hören war. „*Yeah, the bad boys are always catching my eye*", sang sie leise. Ihr Freund neigte sich zu ihr und küsste sie auf die Wange, was die Sängerin kurz aus dem Takt brachte. Es war eine schöne laue Sommernacht, das Wochenende hatte begonnen, eine Zeit für Liebende. Ganz sicher war nur diese vermaledeite Atmosphäre daran schuld, dass sie das warme Gefühl direkt unter dem Herzen nicht loswurde.

„Also gehe ich morgen nicht zur Arbeit", verkündete sie demonstrativ, damit Alex nicht dachte, sie würde sich zu Craig hingezogen fühlen. In Wahrheit tat sie genau das. Was die ganze Situation nur vertrackter machte.

Er nickte ernst. „Wir würden die *La picadura del escorpión* und ihre Geschäftspartner nur aufscheuchen. Aber wir müssen sie in dem Glauben lassen, dass wir keine Ahnung haben, was sie treiben."

„Ich bin tatsächlich euer Köder, nicht wahr?" Sie drückte die Wasserflasche so fest, dass sich das Plastik nach innen wölbte.

Behutsam nahm Alex sie ihr ab. „Du kennst McCarthy. Bei dem geringsten Anzeichen, dass seiner Zeugin etwas zustoßen könnte, würde er dich sofort zurück nach D. C. holen."

Und sie wussten beide, was das bedeutete. Die Mauern des Edgar J. Hoover Buildings waren viel höher als die der Wohnanlage Manatee und die Bewachung schärfer als die der Bellamy-Villa. Außerdem befürchtete Lucille immer noch, dass McCarthy eine Winzigkeit dazu veranlassen könnte, aus ihrer Schutzhaft erneut eine Untersuchungshaft zu machen. Sie war nur knapp einer Anklage entkommen. Ihr Status konnte jederzeit wieder geändert werden.

„Ich möchte nicht zurück nach Washington." Sie wollte nur noch nach vorn schauen, weil sie Angst hatte, sonst jegliche Hoffnung zu verlieren, irgendwann doch noch glücklich zu werden.

„Dann geh deiner Arbeit nach. Spiel deine Rolle, die der Kirby Lamar. Ich kümmere mich um den Rest", sagte er und tätschelte aufmunternd ihr Knie.

Zögerlich nickte Lucille. Bei Alex war sie in guten Händen. Er würde sie im Auge behalten und Informationen über die Beziehung zwischen Caruso und Bellamy einholen.

Trotz aller Vernunft ertappte sie sich dabei, wie sie erleichtert aufatmete. Sie würde Craig wiedersehen. Noch mehr als das. Sie würde intim mit ihm werden.

Das Verlangen nach ihm flammte erneut auf. Es war unklug, sie spielte mit dem Feuer, aber die Aussicht auf den morgigen Tag ließ einen Sturm der Erregung durch ihren Körper branden. Das war leichtsinnig. Gefährlich! Doch Craig zog sie an, und Alex riet ihr, die Farce weiter mitzuspielen. Daher würde sie ihren Dienst um drei Uhr nachmittags antreten.

Aber nicht nur Alex würde Nachforschungen anstellen, sondern auch sie. Lucille hatte keine Lust, als Spielball zwischen dem FBI und der *La picadura del escorpión* zu enden. Daher musste sie selbst aktiv werden. Sie wusste nicht, wie seine Kollegen dazu standen – offiziell waren sie die Guten, doch wie sah das hinter den Kulissen aus? –, aber sie war sich sicher, dass McCarthy sie opfern würde, um das Drogenkartell zu zerschlagen.

Wie auch immer die Wahrheit aussah, Jack Caruso war keinesfalls rein zufällig in der Bellamy-Villa vorbeigekommen. Lucille hoffte nur, dass Craig unschuldig war und nichts von Carusos illegalen Machenschaften wusste.

„Im Zweifel für den Angeklagten, heißt es doch“, murmelte sie und fand, dass Richard recht hatte – manchmal war sie töricht, besonders was Männer betraf.

15. KAPITEL

Als Lucille am nächsten Tag ihre Schicht begann, war die Villa bei ihrer Ankunft verwaist. Gut für ihren Plan, sich ein wenig genauer umzuschauen. Patrick hatte ihr an ihrem ersten Arbeitstag alle Räume gezeigt, bis auf zwei – das Gewächshaus und den Schutzkeller. Das Treibhaus war strikte Chefsache. Traf das auch auf den Tornadobunker zu?

Erst in der Küche begegnete sie einer weiteren Angestellten, die das Pech hatte, am Wochenende arbeiten zu müssen. Taylors Gesicht wurde noch sauertöpfischer, als sie Lucille eintreten sah. Ihre Mundwinkel zogen sich weiter nach unten. Der goldene Lippenstift auf ihren vollen braunen Lippen glitzerte wie Goldstaub.

„Bereitest du das Abendessen vor?" Lucille blieb vor dem Arbeitsblock, der in der Mitte der Küche stand, stehen, beobachtete, wie Taylor das Messer immer wieder in eine Zwiebel stieß, als wollte sie diese meucheln, und fragte sich, wie lange die farbige Schönheit brauchte, um so perfekt auszusehen. Sie selbst war zu faul, um solch einen Aufwand zu betreiben, und benutzte nur Wimperntusche und Rouge. Lediglich während der Ehe mit Richard hatte sie einiges an Make-up und Stylings ausprobiert, war sich am Ende aber zu künstlich vorgekommen und zu ihrem natürlichen Look zurückgekehrt. In diesem Moment jedoch kam sie sich unzulänglich vor und band wenigstens ihren Zopf neu, denn in der Fensterscheibe hinter Taylor sah sie ihr Spiegelbild; einige Haarsträhnen hatten sich gelöst, und sie sah aus wie ein zerrupftes Huhn.

Taylors pechschwarze Haare dagegen schmiegten sich in sanften Wellen an ihren Kopf wie die Frisur einer Hollywood-Diva aus den Sechzigerjahren. „Carson hat frei."

Betont beiläufig fragte Lucille: „Sind wir beide heute neben dem Wachpersonal die Einzigen, die die Stellung halten?"

„Patrick ist natürlich da", antwortete Taylor, ohne aufzuschauen. Sie wischte sich eine Träne ab, die ihre Wange hinablief. Ihre Wimperntusche und ihr Kajal zerliefen nicht, nicht einmal ihr bronzefarbenes Rouge verwischte. Ihr ebenes Gesicht wirkte wie in Stein gemeißelt. „Er ist immer da."

Das passte Lucille gar nicht. Patrick steckte seine Nase in alles, er hatte seine Augen überall. „Gönnt er sich nie einen freien Tag?"

Abschätzig musterte Taylor sie von oben bis unten. „Er wohnt hier."

„Wie bitte?" Wollte Taylor sie auf den Arm nehmen?

„Bellamy hat seinen Meditationsraum für ihn geopfert und in eine Suite umbauen lassen. Patrick haust im Keller ohne Fenster, wie ein Freak." Sie wischte sich die Hände an der Kochjacke ab, nahm eine Schüssel und ließ beim Verlassen der Küche fallen: „Daher wundert es mich, dass ihr beiden euch nicht versteht." Hinter ihr fiel die Tür zu.

„Schnepfe", zischte Lucille und schloss ihre Hand fest um den Gegenstand in ihrer Tasche.

Sie ging zum Fenster und schaute hinaus auf den Rasen. Dass sich Patrick im Haus aufhielt, machte ihr Vorhaben nicht gerade einfacher. Immerhin würde Taylor um sechs Uhr Feierabend machen, dann wäre Lucille die einzige Hausangestellte, die Craig an diesem Samstagabend zur Verfügung stand.

Bei der Vorstellung prickelte es sanft zwischen ihren Schenkeln. Was plante er mit ihr? Welchen Liebesdienst würde er von ihr verlangen?

Allein waren sie dennoch nicht. Der Hausvorsteher schien zum Inventar zu gehören. Bestand Craig darauf, seinen Butler immer in seiner Nähe zu haben? Wieso bewohnte

Patrick nicht eins der Zimmer im Obergeschoss?

Dieser Haushalt ist wirklich seltsam, dachte sie und überlegte, ob sie zuerst das Treibhaus oder den Schutzbunker untersuchen sollte. Das Gewächshaus mit den kunstvoll geschwungenen Säulen an seinen acht Ecken, die ein gläsernes Kuppeldach trugen, erinnerte an den Lustpavillon eines europäischen Herrenhauses. Durch die Glaswände konnte man Tische mit Pflanzen sehen, als würde sich der Garten im Inneren fortsetzen. Ein wunderschönes Gebäude!

Weshalb hatte Craig die eiserne Regel aufgestellt, dass niemand das Oktogon betreten durfte außer ihm? Was versteckte er dort? Das Verbot weckte ihre Neugier umso mehr.

Doch er hatte mit Caruso am Abend zuvor nicht gemeinsam das Treibhaus, sondern den Bunker aufgesucht. Deshalb beschloss sie, sich zuerst dort umzusehen.

Leise öffnete sie die Tür, die von der Küche in den Garten hinausführte. Sie spähte in alle Richtungen. Da niemand zu sehen war, schlüpfte sie hinaus und schloss die Tür nahezu lautlos hinter sich.

Lucille schlenderte ein Stück vom Haus weg, drehte sich um, als würde sie einem vorbeifliegenden Vogel hinterherschauen, und ließ ihren Blick über die Rückfront der Villa gleiten. Alles war ruhig, niemand stand an einem der Fenster. Sie musste sich beeilen und im Tornadokeller verschwunden sein, bevor Taylor in die Küche zurückkehrte.

Trotz des zunehmenden Aufruhrs in ihrem Inneren ging sie gemächlich über den Rasen, prüfte ein zweites Mal die Fenster und zog schließlich mit beiden Händen die Metallluke im Rasen hoch, um blitzschnell in den Schutzbunker hinabzusteigen.

Rasch zog sie die Luke hinter sich zu, Dunkelheit umgab sie.

Lucille holte die Taschenlampe, die sie mitgebracht hatte,

hervor und schaltete sie ein. Sie stand auf der untersten Stufe einer betonierten Treppe. Hier unten war es mucksmäuschenstill. Das einzige Geräusch war das Rauschen in ihren Ohren. Ihr Herz pochte aufgeregt, weshalb sie tief durchatmete, um sich zu beruhigen.

Neugierig sah sie sich um. Der Bunker war größer, als sie erwartet hatte. Es gab einen kleinen Gang, von dem drei Räume abzweigten. Lucille leuchtete in das Zimmer am Ende. Im Lichtkegel der Lampe machte sie scharlachrote Sitzkissen aus, die auf einer betonierten Bank lagen. Das musste der Aufenthaltsraum sein.

Langsam ging sie voran.

Offensichtlich war der Bunker nicht nur darauf ausgerichtet, für die im Vergleich recht kurze Zeit eines Tornados Schutz zu bieten, sondern auch für längere Aufenthalte, beispielsweise bei einem Atomangriff. Das Zimmerchen zu ihrer Rechten entpuppte sich als WC, das zu ihrer Linken als Vorratskammer. Bestens bestückt, wie Lucille feststellte, als sie die Schränke einen nach dem anderen öffnete – neben Lebensmitteln auch mit Pistolen, Gewehren, Handgranaten und sogar einer modernen Armbrust.

Entsetzt erstarrte Lucille. Waffen waren für sie ein rotes Tuch, nicht erst, seitdem sie erfahren hatte, dass sie mit dem *Händler des Todes* liiert gewesen war, denn Waffen töteten Menschen. Craig besaß gleich ein ganzes Arsenal davon. Nicht in seinem Haus, wo seine Angestellten es mitbekamen, sondern versteckt in diesem Keller, den selten jemand betrat.

Vielleicht besaß er sie nur zum Schutz vor Plünderern. Sollte ein Tornado sein Haus beschädigen, würden Einbrecher wie Fliegen über seine Villa herfallen und alles stehlen, was nicht niet- und nagelfest war und was der Wirbelsturm übrig gelassen hatte, das hatten die Hurrikane Andrew und Katrina gezeigt.

Aber Handgranaten? Diese kaufte man nur aus einem einzigen Grund: um zu zerstören.

Außerdem war Craigs Rüst- beziehungsweise Waffenkammer so umfangreich, dass er eine kleine Privatarmee damit bestücken könnte.

Plötzlich flackerte das Deckenlicht auf und tauchte schließlich den Bunker in grelles Licht. Lucille erschrak fast zu Tode. Sie flog herum, eilte in den Gang zurück und hielt ihre Taschenlampe vor sich wie ein Laserschwert.

Auf der untersten Treppenstufe stand Craig mit skeptischer Miene und einer Hand hinter seinem Rücken. „Bei was habe ich dich diesmal erwischt, Kirby?"

Lucille war wie versteinert. Wieso hatte sie ihn nicht kommen hören? Vielleicht hatte der Anblick der Waffen sie zu sehr gebannt. Oder er hatte sich angeschlichen.

Was verbarg er hinter seinem Körper?

Und weshalb hatte er die Luke hinter sich geschlossen?

16. KAPITEL

Craig bemerkte Angst in Kirbys Augen. Das versetzte ihm einen Stich. Unter den verabredeten Umständen sollte sie bei seinem Anblick erregt sein, verteufelt! Sollte er ihr sagen, dass er Ava und Cory niemals aufgrund des Vorfalls in der Sauna gekündigt hätte, weil die beiden loyale Mitarbeiter waren? Außerdem war Lust ein starker Magnet, das spürte er zurzeit am eigenen Leib.

Craig verwarf den Gedanken sogleich wieder. Nein, das Machtgefälle würde schwinden, aber genau das gefiel ihm, es gehörte zum Spiel dazu, und er hatte so eine Ahnung, dass es auch Lucilles Fantasie beflügelte. Außerdem durfte er nichts tun, um seine Position zu schwächen, nun, da er einen Schritt auf sein eigentliches Ziel zu machte.

„Ich wollte mir nur mal einen Schutzbunker anschauen." Ihr Lächeln wirkte verkrampft. „Ich bin noch nie in einem gewesen."

Skeptisch hob er seine Augenbrauen. „Und, wie gefällt er dir?"

„Mr Bellamy ..."

„Craig", korrigierte er sie. „Wenn wir unter uns sind, bitte ich dich, mich mit Vornamen anzusprechen."

Dass Kirby zu seinem Personal zählte und er dies ausnutzte, belastete ihn. Es war falsch und entsprach nicht seinem Charakter. Aber um mehr zu erfahren, musste er so skrupellos werden wie sein Vater. Nein, so durfte er nicht über ihn denken. Ted hatte nur seinen verdammten Job gemacht. Aber entschuldigte die Hingabe für seine Arbeit das ein oder andere Opfer? Für Ted Bellamy heiligte der Zweck die Mittel. Craig dagegen sah das ganz anders. Niemals wollte er in die Fußstapfen seiner Vaters steigen, doch der Druck des FBIs nahm zu.

„Craig", begann sie erneut, und seinen Namen aus ihrem Mund zu hören erregte ihn. „Es tut mir leid. Ich hätte fragen sollen, bevor ich hier heruntergestiegen bin."

Er trat auf Kirby zu. Hatte sie gerade zurückweichen wollen? Unsicher, ob er sich nur getäuscht oder sie tatsächlich gezuckt hatte, blinzelte er.

Sie blieb stehen, sah ihn jedoch mit einem solch argwöhnischen Blick an, dass sich seine Eingeweide zusammenkrampften. „Weshalb sind die Waffen hier?"

Am liebsten hätte er sie in seine Arme gerissen und ihr versichert, dass er ihr nichts tun würde, aber da war er sich selbst nicht sicher. Er hatte in den letzten Jahren viel ertragen müssen. Wenn sie ihm Dinge erzählen würde, die sein Herz endgültig entzweibrachen, wusste er nicht, wie er reagieren würde.

„Die gehörten meinem Vater. Nach seinem Tod habe ich sie als Andenken behalten, wollte sie aber keinesfalls im Haus aufbewahren." Das stimmte nur zum Teil, denn er hatte die Schusswaffen auch verwahrt, falls er sich dazu entschied, die Seiten zu wechseln. Er legte eine Hand an ihre Wange. „Bereust du es, auf mein unmoralisches Angebot eingegangen zu sein?"

Sie zögerte nur eine Sekunde zu lang, aber Craig, geschult durch seinen Vater, bemerkte es dennoch. „Nein, es verunsichert mich nur, nicht zu wissen, was auf mich zukommt."

„Besteht darin nicht der Reiz?" Hitze breitete sich zwischen seinen Beinen aus, denn Kirbys Wangen röteten sich verlegen, da er ins Schwarze getroffen hatte. Er reichte ihr die Schachtel, ein schwarzer Karton mit einer eingestanzten rosa schimmernden Libelle darauf.

„Auf Geschenke lege ich keinen Wert!", stellte sie energisch klar.

„Ich weiß, dass du nicht so bist." Beeindruckt von ihrer

Vehemenz, streichelte er zärtlich ihre Wange. Seine Fingerspitzen strichen über ihre Ohrmuschel, und Craig nahm erfreut die Gänsehaut an ihrem Hals wahr. „Öffne die Schachtel. Ich versuche nicht, dich mit Perlen und Diamanten zu kaufen."

„Natürlich nicht", sagte sie in diesem kecken Ton, den er an ihr liebte; einen Hauch zu kess für ein Dienstmädchen, aber niemals frech. „Das hast du gar nicht nötig. Du hast mich ja schon in der Hand."

Manchmal jedoch war ihre Zunge ein wenig zu spitz. Ihr Kommentar traf ihn mitten ins Herz. Er wünschte sich wirklich, dass sie sich unter anderen Umständen kennengelernt hätten, aber das ließ sich nicht ändern. Sie waren, wer sie waren.

Einen Augenblick befürchtete Craig, sie könnte sich weigern, die Kleinigkeit anzunehmen, doch schließlich steckte sie die Taschenlampe in die Tasche ihres Kleides und nahm den Karton an. Unbewusst knabberte sie an ihrer Unterlippe, als sie den Deckel abhob. Mit gerunzelter Stirn betrachtete sie eine Weile den Gegenstand, der auf einem rosafarbenen Kissen lag. Schließlich fasste sie ihn zwischen Daumen und Zeigefinger und hielt ihn hoch. Die schwarzen Schnüre, die daran hingen, wirkten wie die Fäden einer Marionette.

Ratlos zuckte Kirby mit den Achseln. „Eine perlmuttfarbene Plastiklibelle?"

Er musste ein Auflachen unterdrücken. Machte er sie so nervös, dass sie im ersten Moment nicht erkannte, was sie in der Hand hielt? Sein Schwanz regte sich, als er sagte: „Ein Auflegevibrator, eingearbeitet in ein Höschen."

„Oh", machte sie und lief hochrot an. „Den kann ich doch nicht anziehen, wo meine Schicht gerade erst begonnen hat."

„Du hast recht, das wäre höchst unanständig. Deshalb

werde ich das übernehmen." Sanft fügte er hinzu: „Wenn ich darf."

Diese Frau hatte definitiv etwas an sich, das ihn magisch anzog. Sie konnte auf der einen Seite köstlich aufmüpfig sein, und er war sich sicher, dass sie privat ihren eigenen Kopf hatte. Auf der anderen Seite wurde sie leicht verlegen und wirkte so zart wie eine Märchenfigur. Eine Elfe, die mit beiden Beinen im Leben stand.

Kirby riss ihre Augen auf, da sie sich offensichtlich der Tragweite seines Vorschlags bewusst wurde. Sie schnappte nach Luft, schaute sich im Bunker um, als würde sie etwas suchen – einen Fluchtweg oder die passenden Worte, um ihn zusammenzufalten –, und schluckte schließlich schwer. „Sofort? Hier unten?"

„Der Schutzkeller ist ein guter Ort dafür. Keiner der Angestellten betritt ihn, es sei denn, ich habe die Anweisung dazu gegeben." Er lächelte ironisch.

Sie kniff ihre Augen zusammen und rollte ihre Schultern nach vorn, sodass sie wie eine Tigerin wirkte, die zum Sprung ansetzte.

Es fehlt nur noch, dass sie anfängt zu knurren, dachte er amüsiert und nahm ihr die Schachtel und den Vibrator aus der Hand. Lässig lehnte er sich gegen die Wand. „Deinen Slip leg bitte in den Karton. Es reicht, wenn du das Kleid hochhältst. Ich lege ihn dir an."

Glücklicherweise entspannte sich Kirby wieder. Trotzig warf sie ihr Höschen in die Schachtel und wickelte den Saum ihres Uniformkleids so langsam hoch, dass er ungeduldig wurde und den Karton einfach zu Boden fallen ließ, wobei er den Vibrator natürlich weiterhin in der Hand hielt.

Kaum dass Kirbys Spalte zum Vorschein kam, wurde sein Schwanz vollends hart.

Seine Hose wölbte sich deutlich, nahm er beschämt wahr,

konnte es aber nun mal nicht ändern. Sollte sie ruhig sehen und sich daran erregen, wie er auf sie reagierte. Zarter Flaum bedeckte ihren Venushügel, als hätte jemand eine Handvoll Rubinstaub darübergestreut.

„Wunderschön“, hörte er sich selbst wie ein verliebter Gockel säuseln.

„Die Libelle?“

Sie wusste genau, was er meinte, aber sie forderte, dass er es aussprach, und er tat ihr den Gefallen. „Du.“

„Du meinst, mein Geschlecht“, argwöhnte sie spitz.

„Alles an dir.“ Hatte er das wirklich gesagt?

Das ging nun wirklich zu weit. Er musste dringend den Schutzbunker verlassen und sich abkühlen, nicht nur seinen Schwanz, sondern auch seinen Kopf. Allerdings würden einige Runden im Swimmingpool nicht reichen und auch eine kalte Dusche nicht, da musste er schon in Eiswürfeln baden.

Craig ließ sich auf ein Knie nieder und hielt die Schnüre des Vibratorhöschens auseinander, damit Kirby hineinsteigen konnte. Dort, wo sie sich an ihm festhielt, um das Gleichgewicht zu halten, brannte seine Haut, obwohl sein Poloshirt eine direkte Berührung verhinderte. Sein Mund wurde trocken, da ihr Schoß unmittelbar vor seinen Augen war.

Tief atmete er ihren Intimduft ein.

Die Qual in seinen Lenden nahm zu. Es grenzte an Masochismus, Kirbys Unterleib entblößt zu sehen und sie nicht besitzen zu können. Aber die Zeit würde kommen. Noch wäre es zu früh. Erst gestern hatten sie sich geküsst. Er durfte sie nicht drängen, sonst lief er Gefahr, sie zu verlieren.

Du musst gewissenloser sein, forderte ihn eine Stimme in ihm auf, doch das brachte er nicht fertig. Er schaute zu Kirby auf. Welch eine natürliche Schönheit! Und sie würde ihm gehören, wenn er es nur richtig anstellte. Dann wären beide zufrieden, der Mann und der Jäger in ihm.

Ohne ihre Scham zu berühren, richtete er die Libelle so aus, dass sich der Kopf über Kirbys empfindsamster Stelle und der Körper auf ihren inneren Schamlippen befand. Der lange Schwanz verschwand zwischen ihren Schenkeln. Craig nahm Kirbys Hand und drückte sie gegen die Libelle, damit der Vibrator nicht verrutschte.

Es kostete ihn unglaublich viel Kraft, aufzustehen, anstatt seine Lippen auf ihre Spalte hinabzusenken und herauszufinden, ob sie so fruchtig schmeckte, wie sie aussah. Der Geschmack von Granatapfelsaft lag ihm auf der Zunge. Stattdessen schob er ihr Kleid noch höher, um das Band, das das Vorder- und das Hinterteil des ungewöhnlichen Slips verband, rechts und links einzuhaken und festzuziehen.

Dabei bemerkte er die Wundflächen, die ihren Bauchnabel einrahmten. Einige waren verheilt, andere noch gerötet. Waren das Verbrennungen? Er wollte Kirby nicht in eine peinliche Situation bringen – höchstens in der Art, die erregend war, und zwar für sie beide –, deshalb schwieg er, doch sie musste seinen Blick bemerkt haben, denn sie wurde unruhig.

„Ich schaffe den Rest allein, Craig."

„Ich führe zu Ende, was ich begonnen habe." Unbeirrt zog er den Gurt an einer Seite fest und ging um sie herum, um sich der anderen Seite zu widmen, als ihm die Narben auf der Rückseite ihrer Oberschenkel auffielen. Bestürzt hielt er inne. Auf beiden Seiten befanden sich untereinander zehn Zentimeter lange Narben, vier rechts und fünf links, alle vollkommen verheilt und dennoch nicht weniger entsetzlich anzuschauen. Fassungslos starrte er ihre Beine an.

Plötzlich wandte sich Kirby um und presste ihre Kehrseite gegen die Wand. „Wenn du das Ganze abbrechen möchtest, mach es sofort."

„Wieso sollte ich?" Craig stockte. Dann begriff er. Er

brüllte fast, als wollte er sichergehen, dass sie ihn auch hundertprozentig verstand. „Ich fühle mich nicht abgestoßen, das darfst du auf keinen Fall denken, sondern ich bin stinkwütend."

„Auf mich? Weil ich dich nicht gewarnt habe?", fragte sie kraftlos. Sie lehnte sich gegen die Mauer, als bräuchte sie Halt.

Er nahm ihr Gesicht in beide Hände und strich mit einem Daumen über ihre Unterlippe. „Auf denjenigen, der dir das angetan hat." Seine Stimme klang butterweich. Wie musste sie gelitten haben! Und sie hatte noch Kontakt zu ihm, denn die Brandwunden waren frisch. Stammten sie von brennenden Zigaretten? „Wer war es?"

„Wie bitte?"

„Wer misshandelt dich?", fragte er eindringlicher, wohlwissend, dass er die Mittel besaß, um ihre Tortur zu beenden.

„Niemand."

„Lüg mich nicht an. Wenn ich eins nicht mag, dann sind es Lügen." Er redete sich in Rage und schlug aufgebracht gegen die Wand, das machte die Situation allerdings nicht besser. „Sag es mir, bitte, ich will dir doch nur helfen."

„Ich … ich bin schon … in Therapie. Borderline", stieß sie hervor, und rote Flecken tauchten auf ihrem Dekolleté auf, „ich weiß nicht, ob du schon mal von der Krankheit gehört hast."

Zögerlich nickte er. „Ritzen sich die Patienten nicht vorwiegend die Haut an den Armen auf?"

„Ich habe mir eine Körperstelle ausgesucht, die niemand sieht, um meine Krankheit geheim zu halten. Sonst hätte ich doch niemals einen Job gefunden." Jetzt wirkte sie beinahe enthusiastisch, als wäre sie stolz darauf, eine Ausrede gefunden zu haben.

Sie flunkerte, das war offensichtlich. Auch ohne sich mit

dem Krankheitsbild auszukennen, wusste er, dass niemand sich selbst derart gleichmäßig waagerechte Narben unterhalb des Pos zufügen konnte, akkurat untereinander, wie ein Barcode, nicht einmal mithilfe eines Spiegels.

„Wie weitsichtig für jemanden mit einer Persönlichkeitsstörung." Ironie troff aus jeder Silbe. „Ich glaube dir kein Wort, kann dich allerdings auch nicht zwingen, mir die Wahrheit zu offenbaren. Aber du sollst wissen, dass ich für dich da bin, solltest du deine Meinung ändern."

Erstaunen spiegelte sich in ihrem Gesicht. Sie zurrte den Hüftgurt des Vibratorhöschens an der anderen Seite fest, sodass es auch ohne ihre Hilfe saß. Craig erkannte die Geste als Zeichen, dass sie fortzufahren beabsichtigte. Das wollte er auch. Unbedingt! Nicht wegen seines Plans, sondern weil er sie in dieser schrecklichen Situation nicht alleinlassen wollte. Er würde für sie da sein, sich um sie kümmern.

Du bist ein Narr! Am liebsten hätte Craig seine Stirn gegen die Mauer geschlagen, damit die verbitterte und aggressive Stimme in seinem Inneren endlich verstummte. Unglücklicherweise hatte sie recht.

Er konnte Lucille Dawson nicht beschützen und gleichzeitig Informationen aus ihr herauskitzeln.

17. KAPITEL

Auf keinen Fall steckt Craig mit Jack Caruso unter einer Decke, dachte Lucille, als sie die Treppe hochstieg. Für einen Moment war sie blind wie ein Maulwurf, weil die Nachmittagssonne, die schon recht tief stand, sie blendete. Sie schirmte mit der Hand ihre Augen ab und trat aus dem Schutzbunker auf den Rasen, der leicht unter ihren Schuhen nachgab.

Wenn Craig tatsächlich etwas im Schilde führen würde, hätte er die Chance nutzen und im Tornadokeller mit ihr machen können, was er wollte. Niemand hätte etwas gesehen oder gehört. Stattdessen hatte er ihr seine Hilfe angeboten. Sie nahm ihm seine Betroffenheit ab. Er hatte ehrlich bestürzt ausgesehen.

Lucille hatte die Narben vergessen, zuerst aus Angst, dass Craig über sie herfallen könnte, und dann, dass er es nicht tun würde. Dieser Mann kostete sie Nerven! Natürlich hatte er ihr das mit der Borderline-Krankheit nicht abgenommen, die Ausrede war aber auch zu dumm gewesen. Sie kannten sich jedoch kaum, und Lucille hatte anfänglich an Craigs Aufrichtigkeit gezweifelt, da hätte sie ihm kaum von der Hölle ihrer Kindheit erzählen können. Es war der falsche Zeitpunkt und der falsche Ort. Aber der richtige Mann?

Unbeholfen stakste sie über den Rasen. Die Libelle rieb über ihren Schoß und erregte sie, obwohl der Vibrator nicht einmal eingeschaltet war. Zudem reizte ein Band ihre Hinterpforte, denn das Höschen war konzipiert wie ein Stringtanga, und ein Haltegurt verschwand zwischen ihren Gesäßhälften.

Über ihre Schulter hinweg schaute sie zurück. Craig stand auf der obersten Stufe der Treppe, einen Fuß auf dem

Rasen, und stützte sich mit einer Hand auf seinem Oberschenkel ab, in der anderen hielt er die Schachtel, in der noch ihr Höschen lag; er hatte es nicht wieder hergeben wollen. In diesem Moment wirkte er wie ein Eroberer, wie ein Kapitän auf seinem Schiff. Lucille konnte sich durchaus vorstellen, ihm eines Tages die Geschichte zu erzählen, wie ihre Mutter sie fürs Leben zeichnete, aber noch standen sie sich nicht nah genug.

Plötzlich summte es leise, die Libelle erwachte zum Leben, und Lucille gab einen spitzen Schrei von sich. Craig hatte den Vibrator eingeschaltet, dieser stimulierte ihre Spalte auf sanfte Weise, als wäre er Craigs verlängerte Hand. Lucille presste ihre Lippen zusammen und warf ihm einen wütenden Blick zu.

Lässig schlenderte er an ihr vorbei zur Villa und zuckte mit den Schultern. „Das ist erst die niedrigste Stufe", bemerkte er amüsiert und tauchte im Haus unter.

Der Vibrator verstummte.

Das konnte nicht sein Ernst sein! Würde er sie stimulieren, wo immer sie ging und stand, was immer sie tat und egal, wer sich in ihrer Nähe aufhielt? Sie hatte erwartet, dass er sie zu sich rufen würde, sobald Taylor Feierabend machte, um dann das neue Spielzeug auszuprobieren, und dass die Zeit davor nur dazu diente, ihre Erwartungen zu schüren und ihr Kopfkino anzuregen, doch Craig hatte offensichtlich andere Pläne. Oder hatte er sie eben nur geneckt? Wollte er ihr Angst machen und ihr sagen, er könnte, wenn er wollte, aber sie am Ende in Ruhe arbeiten lassen?

Craig beseelte ihre Gedankenwelt bei allem, was sie tat. Patrick hatte ihr eine Liste mit Arbeiten geschrieben, die es zu verrichten gab, und Lucille machte sich sofort daran, Punkt für Punkt abzustreichen, denn wenn Craig sein Spiel mit ihr erst richtig begann, würde sie keine Zeit mehr haben und danach vermutlich glücklich ermattet sein.

Sie zweifelte keine Sekunde daran, dass der Abend mit ihm aufregend werden würde. Während sie den Teppichboden im Korridor saugte, fragte sie sich, wieso sie ihm Vorschusslorbeeren zugestand. Da war dieses Gefühl in der Magengegend. Lucille schaute auf die Standuhr. Aus der Küche duftete es köstlich, bald gab es Abendessen. Es musste Hunger sein, ja, ganz bestimmt. Aber warum knurrte ihr Magen dann nicht?

Im Glas der Uhr erblickte Lucille ihr Spiegelbild. Das selige Lächeln auf ihrem Gesicht schien wie eingemeißelt.

Ein intensives Kribbeln in ihrem Höschen ließ sie auffahren. Das Geräusch des Staubsaugers dämpfte ihren Aufschrei. Erschrocken flog sie herum, eine Hand auf ihren Schritt gepresst und nach Luft schnappend, denn das Prickeln nahm zu.

Die Libelle war erneut zum Leben erwacht.

Lässig lehnte Craig zwei Türen weiter gegen ein Sideboard und beobachtete sie. Sein Blick ging ihr durch und durch. Es erschien ihr, als würde seine Hand über ihre Spalte streicheln, sanft, dann zunehmend fester, doch in Wahrheit strich sein Daumen nur über die Fernbedienung und nicht über ihre empfindsamste Stelle.

Lucilles Schoß schwoll an. Das Blut rauschte durch ihre Mitte. Craig hatte die Libelle perfekt ausgerichtet, sodass die Vibration bis tief in Lucilles Klitoris und Schamlippen drang.

Empört schnappte sie nach Luft, weil Craig sie in eine peinliche Situation brachte. Jederzeit konnten Taylor, Patrick oder einer der Wachleute in den Korridor treten. Garantiert würde Lucille ihre Erregung kaum verbergen können. Ausgerechnet dieses Szenario fachte ihre Lust weiter an. Es machte sie wütend, und gleichzeitig erregte es sie, dass

Craig sie in der Hand hatte. Sie war ihm ausgeliefert, solange sie den Umschnallvibrator trug. Aber sie konnte ihn sich nicht vom Körper reißen oder ihre Finger darunterschieben, da sie an einer exponierten Stelle stand.

Obwohl Craig die Stärke der Vibration nicht höher einstellte, wuchs ihre Erregung mit jeder Sekunde. Sie krampfte eine Hand um den Griff des Staubsaugers zusammen und krallte ihre andere in den Stoff ihres Kleides. Angespannt vor süßer Erregung verharrte sie im Korridor, unfähig, sich Craig auch nur einen Schritt zu nähern, um ihm die Fernbedienung zu entreißen. Sie spürte, wie ihre Lust emporklomm. Immer weiter. Stufe für Stufe dem Gipfel entgegen.

Er würde sie doch nicht zum Orgasmus bringen. Nicht hier.

Flüche lagen ihr auf der Zunge, doch sie öffnete ihren Mund nur, um zu stöhnen. Je offensichtlicher ihre Erregung wurde, desto breiter wurde Craigs Lächeln. Er musterte sie von Kopf bis Fuß und entnahm der Schachtel ihren Slip. Ohne Lucille aus den Augen zu lassen, hob er ihr Höschen an seine Nase und roch daran.

Sein Blick war so sinnlich, dass Lucilles bittersüße Qual dadurch noch stärker wurde. Sie begehrte diesen Mann so sehr!

Plötzlich schwieg die Libelle. Zurück blieb nur das Pochen ihrer Scham. Lucille stellte den Staubsauger aus, und als sie aufschaute, war Craig bereits verschwunden. Schwer atmend lehnte sie sich mit dem Rücken gegen die Wand und schloss kurz ihre Augen. Sie versuchte sich zu entspannen und ihren Körper wieder unter Kontrolle zu bekommen. Noch während sie so dastand und nach Luft rang, rann ein Tropfen ihrer Feuchtigkeit ihren Oberschenkel hinab. Wenn das jemand sah, was würde man von ihr denken?

Rasch ging sie zur Toilette, um sich trockenzulegen. Dabei schob sie ihr Kleid so weit nach oben, dass sie die geröteten Stellen um ihren Bauchnabel sah. Noch war ihr Tattoo nicht vollkommen entfernt, aber immerhin bestand es nur noch aus geröteten Stellen. Hätte sie Craig davon erzählen sollen? Offensichtlich hatte er nicht erkannt, dass er eine ehemalige Tätowierung vor sich hatte, und machte sich nun die wildesten Gedanken.

Doch wozu hätte das geführt? Den Skorpion wollte sie auf keinen Fall erwähnen, weil der Prozess von Richard und somit auch das Kartell durch die Medien geisterten und die Presse auch erwähnte, dass seine Frau untergetaucht wäre. Glücklicherweise existierten keine Fotos, die Lucille an der Seite ihres Nochehemanns zeigten, und die Medien hatten ihren Namen bisher nicht herausgefunden. Sie hätte Craig eine Lügengeschichte auftischen müssen, die er ohnehin nicht mehr geglaubt hätte, nachdem er die Narben auf ihren Beinen entdeckt hatte. Also hatte sie geschwiegen.

Doch diese Geheimniskrämerei fühlte sich schlecht an. Sie mochte Craig mehr, als es gut für sie war, denn eines Tages würden sich ihre Wege trennen müssen.

Das Prickeln zwischen ihren Schenkeln wurde milder, doch die Hitze in ihrem Geschlecht blieb. Lucille wusch sich ihre Hände und spritzte sich kaltes Wasser ins Gesicht.

„Wird das den ganzen Abend so weitergehen?“, fragte sie ihr Spiegelbild und stützte sich erschöpft am Waschbecken ab. „Das halte ich nicht lange aus.“

Während sie weiter ihren Aufgaben nachging, schaute sie sich ständig nach Craig um, nicht aus Furcht, sondern aus Vorfreude, aber er ließ sie in Ruhe – bis auf einmal; da ging der Vibrator an, ohne dass sie Craig irgendwo ausmachen konnte. Allerdings war der Spuk vorbei, ehe er richtig begonnen hatte. So ein Schuft, dachte sie und kicherte.

Erst beim Abendessen entspannte sie sich. Die Musik im

Radio, das auf der Anrichte stand, lullte sie ein. Taylor, Patrick und Kenneth, einer der beiden Securitys, unterhielten sich über ein Festival in Cape Coral, über das der Radiomoderator berichtet hatte. Lucille jedoch hörte nur mit einem Ohr hin, denn sie würde ohnehin nicht hingehen. Das FBI hatte ihr befohlen, öffentliche Orte zu meiden. Wozu sollte sie auch ausgehen, wo doch ihr neuer Job ihr solch eine Freude bereitete?

Als Craig allerdings im Türrahmen des Speiseraums auftauchte, wurde Lucille mulmig. Sie spürte, wie jegliche Farbe aus ihrem Gesicht wich.

Taylor flog so heftig von ihrem Platz auf, dass sie beinahe ihren Stuhl umgeworfen hätte. „Möchten Sie jetzt schon dinieren, Mr Bellamy?"

„Ich wollte Kenneth nur fragen, ob sich die neuen Überwachungskameras bewähren." Craig blieb vor der Tafel stehen. Seine Hände steckte er in die Hosentaschen und warf Lucille einen vielsagenden Blick zu.

Unruhig verlagerte diese ihr Gewicht von einer Gesäßhälfte auf die andere. Sie schaute prüfend auf seine Hosentaschen, konnte aber nicht erkennen, in welcher sich die Fernbedienung befand.

Kenneth legte seine Gabel auf den Tisch und wischte sich mit einer Serviette über den Mund. Sein Kollege hielt die Stellung vor den Überwachungsmonitoren in der Pförtnerloge, während er aß. „Durch die höhere Auflösung sind die Bilder gestochen scharf. Auch die vier weiteren Kameras haben sich als gute Anschaffung erwiesen, es gibt so gut wie keine toten Winkel mehr. Niemand kommt ungesehen rein."

„Oder raus", fügte Craig hinzu.

Lucille horchte auf. Was wollte er damit sagen? „Klingt nach Fort Knox", rutschte ihr heraus. Sogleich biss sie sich auf die Unterlippe, aber gesagt war gesagt. Wieso rüstete er ausgerechnet jetzt auf, wo sie ihre Stelle bei ihm angetreten hatte? War das reiner Zufall?

Empört über diesen Kommentar stieß Taylor die Luft aus ihren Lungen aus und nahm wieder Platz.

Patrick räusperte sich missbilligend, doch Craig kam seiner Rüge zuvor: „Auch Sie möchten sich bestimmt sicher bei mir fühlen, nicht wahr, Ms Lamar? Es ist schon vorgekommen, dass Villen am helllichten Tag von Gangs überfallen wurden."

Der *La picadura del escorpión* traue ich das auch zu, kam Lucille in den Sinn, denn die Ermittlungsbehörde hatte erwähnt, das Drogenkartell wäre zu allem fähig. Eifrig nickte sie und erinnerte sich an die Waffen im Schutzkeller. Rüstete Craig gerade auf, weil er Feinde hatte? Fühlte er sich bedroht? Oder plante er selbst einen Angriff? Seine Gelassenheit sprach dagegen.

Es kribbelte sanft in ihrem Schoß. Zuerst glaubte sie, es läge an Craig, der sie unverschämt verführerisch betrachtete, doch schnell erkannte sie, was der wahre Grund dafür war. Die Libelle vibrierte sachte. Nicht hier. Nicht jetzt. Kannte dieser Mann denn keine Grenzen? Hitze stieg in ihre Wangen. Lucille senkte ihren Blick und presste ihre Beine zusammen, aber das verstärkte die Vibration nur. Es fühlte sich an, als würden Hunderte Fingerspitzen zart über ihren Schoß streicheln.

Zuerst verfluchte sie Craig, weil er sie in diese unerträgliche Situation brachte, doch dann stellte sie fest, dass die Angst, entdeckt zu werden, durchaus ihren Reiz besaß. Es machte sie tatsächlich an, ihre wachsende Erregung nicht zeigen zu dürfen, stellte sie fest. Kein Schaudern, kein Seufzen, auf gar keinen Fall Stöhnen oder einen Schlafzimmerblick bekommen, redete sie in Gedanken auf sich ein. Allerdings wurde es immer schwerer, ihre Lust zu verheimlichen.

Mit geröteten Wangen sah sie zu Patrick, Taylor und Kenneth, aber der harte Gitarrensound von Metallica, der vom Radio her erschallte, übertönte das leise Summen des Umschnallvibrators. Allerdings fiel Taylor ihre Verlegenheit auf, das erkannte Lucille an der abfälligen Art, wie sie zuerst Lucille und dann Craig musterte, als würde sie ihre Vermutung und die von Madison bestätigt sehen, dass sie, die Neue, ein Auge auf den Chef geworfen hatte.

Lucille schob ihren halb geleerten Teller weg und tat so, als würde sie sich den Bauch halten, dabei drückte sie unauffällig mit den Händen auf ihren Venushügel, in der Hoffnung, die Libelle würde verrutschen und wenigstens nicht länger ihre empfindsamste Stelle reizen. Tat sie natürlich nicht.

Unerwartet neigte sich Craig zu ihr herunter und strich mit dem Fingerknöchel über die Gänsehaut auf ihrem Unterarm. „Soll ich die Klimaanlage für Sie niedriger drehen? Sie frieren ja."

„Ich werde einfach mal kurz nach draußen gehen." Lucille nutzte die Chance, Craigs Folter zu entkommen. Darauf bedacht, nicht breitbeinig zu gehen oder panisch davonzulaufen, bevor der Orgasmus sie überrollte, brachte sie ihr Geschirr in die Küche und entfloh durch den Seitenausgang in den Garten.

Dort verlor Craig seine Macht und somit die Kontrolle über ihre Lust, die Mauern waren zu dick. Der Vibrator verstummte zwar, aber nicht das sehnsüchtige Pochen in ihrer Mitte. Einen kurzen Moment dachte Lucille ernsthaft darüber nach, sich selbst Erleichterung zu verschaffen, verwarf den Gedanken jedoch sogleich wieder. Sosehr sie das außergewöhnliche Spiel auch quälte, auf eine gewisse Weise genoss sie es. Immer wieder wurde ihre Lust angepeitscht, und sie hoffte, dass Craig Erbarmen mit ihr hatte und ihr einen Höhepunkt schenken würde, sobald Taylor Feierabend machte und Patrick sich in sein Kellerapartment zurückzog.

Doch Erbarmen schien in Craig Bellamys Welt nicht vorzukommen.

Selbst nachdem Taylor das Boot von Miles bestiegen hatte und von Patrick, Kenneth und seinem Kollegen nichts zu sehen war, hatte Craig kein Mitleid mit ihr. Immer wieder tauchte er urplötzlich auf und stimulierte sie, bis sie sich kaum mehr auf den Beinen halten konnte. Zufrieden verschwand er jedes Mal und ließ Lucille mit ihrer Lust allein.

Als es zu dämmern anfing, hielt sie es nicht mehr aus. Sie wollte den Umschnallvibrator nur noch loswerden. Nachdem sie zum zigsten Mal an diesem Nachmittag und Abend ihre Schenkel abgetrocknet hatte, machte sie sich auf den Weg zu Craig. Gleichsam geladen und erschöpft suchte sie ihn im Speisesaal, da er um halb acht eigentlich sein Dinner einnahm, doch dort fand sie ihn nicht, ebenso wenig wie im Salon.

Als sie schon befürchtete, er könnte ausgegangen sein, ohne ihr Bescheid zu geben und sie zu erlösen, fand sie ihn in der Küche. Er saß am Arbeitsblock, der in der Mitte der Küche stand, und stellte gerade den Auflauf, den Taylor zubereitet hatte, unangetastet auf die Arbeitsplatte hinter ihm. Um sich zu erklären, rümpfte er nur die Nase und bestrich beschwingt ein Toast mit Erdnusscreme und Marmelade.

Lucille konnte sich ein Lächeln nicht verkneifen, dabei hatte sie ihm eigentlich gehörig die Meinung sagen wollen. Doch da saß er vor ihr, dieser unverschämt gut aussehende Mann, und aß ein Brot mit Peanut Butter, nicht etwa im Speisesaal, sondern in der Küche, als gehörte er zum Personal. Andere reiche Männer ließen sich sogar ihre Brote von den Angestellten schmieren; mit Kaviar, nicht mit etwas so Gewöhnlichem wie Erdnusscreme.

„Gibt es ein Problem?“ Genüsslich biss er in seinen Toast.

„Ich kann so nicht arbeiten. Morgen wird Patrick wissen wollen, was ich alles geschafft habe, aber ich komme nicht voran, weil“, sie räusperte sich, „ich ständig abgelenkt werde.“

„Wer macht denn so was?“, fragte er unschuldig und schlang sein Röstbrot mit wenigen Bissen herunter, als wäre es das Köstlichste, das er jemals gegessen hatte.

„Bitte, Craig.“ Absichtlich nannte sie seinen Vornamen, und es zeigte Wirkung, denn seine Gesichtszüge wurden milder. „Darf ich den Vibrator jetzt abnehmen?“

„Hm …“ Er leckte seinen Zeigefinger und seinen Daumen ab und schraubte die Verschlüsse des Erdnussbutter- und des Marmeladenglases zu. „Unter Umständen könnte ich mich dazu durchringen, die Libelle schon zu diesem frühen Zeitpunkt wieder an mich zu nehmen.“

„Früher Zeitpunkt?“ *Teufel, elender!* Hatte er eine Ahnung, was in ihrem Schoß los war? Das Blut pulsierte hindurch wie Lava. Lucilles Beine zitterten. Sie schwitzte, am meisten aus ihrer feuchten Öffnung. Aber am schlimmsten fand sie die Erkenntnis, dass sie nicht einfach nur kommen wollte. Sie wünschte sich, durch Craig den Gipfel der Lust zu besteigen. Durch seine Hände, seinen Mund und seinen Schaft. „Herrgott noch mal.“

Amüsiert schaute er sie an. „Ist es so schlimm?“

Diese Frage war keineswegs so harmlos, wie sie klang, denn er meinte: Habe ich dich so sehr erregt? Bist du so berauscht vor Lust, dass du schon um Erleichterung bettelst? Bist du bereit, alles zu tun, damit ich die Libelle entferne?

Verschnupft antwortete sie: „Ich kann mich noch sehr gut im Zaum halten.“

„Du weißt, ich könnte das überprüfen.“ Er griff in seine

Hosentasche, holte die Fernbedienung heraus und legte sie provokativ neben seinen Teller.

Ohne groß zu überlegen, schoss Lucille nach vorn und griff danach, aber Craig war schneller. Geschwind zuckte sein Arm vor. Im nächsten Moment verschwand die Fernbedienung auch schon wieder in seiner Hosentasche, und die Libelle vibrierte.

Eine von vielen Lustwellen an diesem Abend brandete durch Lucilles Unterleib. Ihre über Stunden gereizte Klitoris reagierte äußerst empfindsam; hätte sie sprechen können, hätte sie aufgekreischt. Lucille schlang die Arme um ihren Körper, als würde ein Krampf sie schütteln. Aufgebracht blinzelte sie Craig an und wünschte sich gleichzeitig nichts sehnlicher, als dass er das Spiel endlich zu Ende bringen und die Libelle durch sein Geschlecht ersetzen würde. „Ich könnte das Höschen auch einfach ausziehen."

„Damit wäre unsere Abmachung hinfällig." Er räumte sein Geschirr in die Spülmaschine und blieb vor Lucille stehen. „Aber ich will einlenken und werde den Umschnallvibrator abnehmen, wenn du dich mir hüllenlos präsentierst. Ich möchte sehen, was mir gehört."

„So weit würde ich nicht gehen", zischte sie und fragte sich, weshalb ihr Herz trotz seiner Unverschämtheit einen Takt schneller schlug.

„Ich möchte sehen, welche Liebesdienste mir dein Körper erweisen könnte."

Lucille presste ihre Lippen aufeinander. Sie hatte nicht viel zu bieten und litt in diesem Augenblick mehr darunter denn je. „Der große Reeder hat sich in diesem Fall verspekuliert. Ich habe weder einen wohlgeformten Hintern noch einen üppigen Busen."

„Du hast Angst, ich könnte enttäuscht sein." Eine Feststellung, keine Frage. Zärtlich strich Craig ihr eine Haarsträhne hinters Ohr und stellte den Vibrator aus. „Das brauchst du nicht. Ich möchte mich an deiner Nacktheit, deiner Verschämtheit und deiner Hingabe berauschen. Außerdem macht mich das Machtgefälle an, das deutlich werden wird, weil ich angezogen bleiben werde. Ein lustvolles Machtgefälle, das absolut gar nichts damit zu tun hat, dass ich dein Boss bin! Sondern der Mann, dem du dich unterwirfst und der dir für dein Vertrauen dankt, in dem er dir eine Lust bereiten wird, wie du sie noch nie erlebt hast."

„Oh", machte Lucille und errötete heftig. Damit hatte sie nicht gerechnet, ganz und gar nicht. Seine Ehrlichkeit erstaunte sie, und das, was er gesagt hatte – als wäre es das Selbstverständlichste der Welt, über sexuelle Unterwerfung zu sprechen –, erregte sie mehr, als die Libelle es jemals könnte.

Etwas rührte sich tief in ihr drin. Richard hatte sie zwar nicht unterworfen, sie aber dennoch oft einfach genommen. Nicht gegen ihren Willen, das keinesfalls! Aber er hatte instinktiv gewusst, welche Stellungen ihr gefielen, welche Berührungen sie in den Wahnsinn trieben und dass seine Dominanz sie mehr anmachte, als wenn er gefragt hätte: *Schatz, tut das gut, magst du das, mache ich es richtig so?*

Aber Craig war anders als Richard. Er ließ sich mehr Zeit, kostete das Spiel mit ihr aus. Der Sex mit ihrem Nochehemann hatte sie befriedigt, aber rückblickend betrachtet und im Vergleich zu Craig war er regelrecht über sie hergefallen. Richard war wie Hardrock, bereits die ersten Takte eines Musikstücks klangen hart und wild. Craig dagegen schien eher ein Virtuose zu sein. Er begann langsam und leise, aber sie ahnte, dass auch der Sex mit ihm mit einem Paukenschlag enden würde.

Dieses Zelebrieren der Lust war eine neue Erfahrung

für sie. Es weckte ihre Neugier – auf diese Art von Sex, auf Craig Bellamy.

In diesem Moment wusste sie, dass sie Craig zugestehen würde, ihr Dirigent zu sein. Sie würde sich von ihm leiten lassen, ihm zu Willen sein und es mit jeder Pore ihres Körpers genießen. Nicht wegen Ava und Cory, sondern aus purem Verlangen.

Sein unmoralisches Angebot war der einzige Lichtblick in dieser düsteren Lebensphase und Craig das Beste, was ihr hatte passieren können.

18. KAPITEL

Lucille zog ihr Kleid aus und legte es auf die Anrichte. Ihr Büstenhalter folgte. Nackt stand sie vor Craig und trug nur noch den Umschnallvibrator und ihre Schuhe. Ihre Brustspitzen erigierten, ihr Nacken kribbelte, und ihr Magen rumorte aufgeregt.

Erneut lief Feuchtigkeit ihre Oberschenkel hinab, dabei hatte sie sich erst kurz vorher abgetrocknet.

Craig kommentierte das Zeichen ihrer Lust mit einem schlüpfrigen Lächeln und trat dicht an sie heran. Zärtlich streichelte er die Außenseiten ihrer Beine. Ihr Puls beschleunigte sich. Sein intensiver Blick jagte ihr wohlige Schauer über den Rücken. Doch er fasste weder ihre Mitte noch ihre Brüste an, sondern ließ seine Fingerspitzen über ihren Bauch kreisen.

Als er die geröteten Stellen, die um ihren Bauchnabel rankten, berührte, spiegelte sich zuerst Mitgefühl auf seinem Gesicht, dann zogen sich seine Augenbrauen wütend zusammen. Doch er forderte sie kein weiteres Mal auf, ihm ihre Geschichte zu erzählen. Lucille vermutete, dass er die Magie zwischen ihnen nicht zerstören wollte.

Wie ein Maler einen Pinsel führte er seinen Handrücken zwischen ihrem Busen auf und ab und liebkoste sie in der Falte unter ihren Brüsten, was ein köstliches Kitzeln hervorrief, das Lucille erstaunte, hatte sie doch gar nicht gewusst, wie wundervoll eine Berührung sich an dieser unscheinbaren Stelle anfühlte.

Craigs Blick haftete an ihren Lippen, während seine Finger über das Band des Umschnallvibrators, das das Höschen auf ihren Hüften hielt, glitten, und es lag eine solche Sinnlichkeit in dieser Berührung, dass Lucilles Spalte prickelte, als wäre die Libelle eingeschaltet; ebenso fühlten sich ihre

Lippen an, die sich wie von selbst etwas öffneten. Stumm baten sie, von Craig geküsst zu werden, doch er schürte Lucilles Sehnsucht, indem er ihr den Gefallen verwehrte und stattdessen das Band lockerte.

Er ging vor ihr in die Hocke und zog ihr den Slip aus. Als er sich plötzlich vorneigte, hielt Lucille kurz die Luft an. Mit geschlossenen Augen rieb er seine Nase an dem roten Flaum auf ihrem Schamhügel, nur wenige Millimeter entfernt von ihrem Kitzler, der bereits geschwollen war von der stundenlangen bittersüßen Tortur, aber immer noch nicht genug hatte, sondern verlangend pochte.

Lucille sog den Anblick von Craig tief in sich auf. Wie er zu ihren Füßen hockte, wie er sich an ihrem Venushügel rieb und schließlich zu ihr hochschaute. „Sollte ich nicht dir dienen?“, fragte sie atemlos.

„Du sollst dich mir unterwerfen, und das bedeutet auch, die Lust, die ich dir bereite, zu ertragen.“ Seine Augen funkelten vor Erregung. Er erhob sich und legte das Höschen weg. „Du überlässt mir die Kontrolle über deinen Körper, deine Gefühle, aber auch deinen Willen. Wenn ich es möchte, wirst du leiden. Wenn mir danach ist, werde ich dir aber auch sexuelle Freuden schenken. Das liegt allein in meiner Hand. Und heute möchte ich deinen Körper erst einmal kennenlernen. Leg dich mit dem Rücken auf den Arbeitsblock.“

Das war Lucille recht, denn ihre Beine zitterten vor Aufregung. Sie wollte die Erdnusscreme und die Marmelade auf die Arbeitsfläche an der Wand stellen, doch Craig hielt sie davon ab und schob die beiden Gläser lediglich zur Seite, sodass Lucille sich danebenlegen konnte. Ihr Brustkorb wogte auf und ab. Freudig nervös wartete sie darauf, was er mit ihr vorhatte.

Behutsam öffnete Craig ihre Beine und platzierte Peanut Butter und Konfitüre dazwischen. „Halte sie gespreizt. Sollte eins der Gläser runterfallen und zu Bruch gehen, werde ich dich bestrafen müssen.“

„Bestrafen?“, echote sie entsetzt und hob ihren Oberkörper. „Du meinst doch nicht etwa schlagen, oder?“

Unnachgiebig drückte Craig sie an den Schultern zurück auf den Block. „Eine Strafe muss nicht zwingend mit Schmerz zu tun haben. Es gibt andere Methoden. Ich könnte dich zum Beispiel fesseln, dir den Umschnallvibrator wieder anlegen und dich die ganze Nacht in einem Dauerzustand der Erregung halten.“

„Und mich an den Rand des Wahnsinns treiben“, führte Lucille den schrecklichen Gedanken zu Ende. Auf den zweiten Blick konnte er gar nicht so furchtbar sein, denn tief in ihren Eingeweiden vibrierte eine dunkle Art von Lust, der dieses Szenario durchaus gefiel. Himmel und Hölle zugleich.

„Sei schön artig.“

Aufgebracht kniff sie ihre Augen zusammen. „Das klingt, als wäre ich ein Tier, das du beabsichtigst zu dressieren.“

„Keine Dressur, Kirby, sondern eine Erziehungsmaßnahme.“

Kirby, dieser Name hätte ihre Lust beinahe zum Erliegen gebracht, hätte Craig sie nicht von ihren Hüften bis zu den Fußrücken gestreichelt. Er hasste Lügen, hatte er gesagt. Zu blöd, dass ihre ganze Identität eine einzige Lüge war.

Er ließ diesen unleidlichen Gedanken verblassen, indem er über die Innenseiten ihrer Schenkel strich und dabei ihrer geschwollenen, feuchten Scham nahe kam und sie dennoch nicht anfasste. Nicht einmal mit dem kleinen Finger, nicht einmal hauchzart.

„Ich kann mit dir machen, was ich will“, säuselte er frivol.

Doch Lucille hegte vielmehr die Befürchtung, dass er nichts mir ihr machen würde, denn bisher hatte er ihre Intimstellen nicht einmal berührt.

Stattdessen liebkoste er jede andere Stelle ihres Körpers. Verführerisch strich er über ihre Halsbeuge, nah an ihren Achseln vorbei, an ihren Seiten nach unten durch die Täler, wo sich Oberschenkel und Schoß trafen, beidhändig an ihren Beinen hinab und sogar unter ihren Fußsohlen entlang, bis sie das Kitzeln nicht mehr aushielt und ihre Füße wegzog. Dabei stieß sie an die Gläser.

Augenblicklich erstarrte Lucille, hob ihren Kopf und sah beruhigt, dass sich Butter und Marmelade noch weit entfernt vom Abgrund befanden. Erleichtert atmete sie aus und legte sich wieder flach hin.

Ihre Haut prickelte wie elektrisiert, sogar hinter ihren Ohrmuscheln und zwischen ihren Zehen. Am intensivsten jedoch kribbelte es in ihren Brustspitzen, weil Craig diese sträflich vernachlässigte. Ihren Schoß hatte er mithilfe der Libelle stimuliert und ihre Haut durch seine ausgiebigen Zärtlichkeiten empfindsam für weitere Liebkosungen gemacht. Ihre Nippel jedoch waren bisher nur von ihrem Büstenhalter gereizt worden.

Offensichtlich hatte er den sehnsüchtigen Blick gesehen, mit dem sie ihre Warzen bedacht hatte, denn er nahm das Peanut-Butter-Glas, schraubte es auf und strich mit seinem Zeigefinger über die nussige Creme. Er ließ sich Zeit, ihre linke Brustwarze damit einzureiben, bis das Rot darunter nicht mehr zu sehen war und Lucille kaum noch ruhig liegen bleiben konnte.

Craig schenkte Lucille ein aufreizendes Lächeln, und schon neigte er sich zu der Brustspitze hinab und leckte genüsslich die Erdnusscreme ab.

Lust wallte in Lucille auf. Sie stöhnte, drückte ihren Rücken durch und krallte ihre Hände um die Kanten des Arbeitsblocks. Craigs Zunge kitzelte ungemein. Immer wieder glitt sie über die empfindsame Spitze und entlockte Lucille obszöne Seufzer.

Erst nachdem Craig von ihr abgelassen hatte und Stille eintrat, wurde Lucille bewusst, wie laut sie geseufzt hatte. Nervös blickte sie zur Tür. „Was ist, wenn jemand hereinkommt?“

„Er wird postwendend wieder gehen, da bin ich mir sicher“, antwortete er belustigt und gab etwas Marmelade auf ihren rechten Nippel. Gierig schloss er seine Lippen darum und saugte sanft.

Es war Lucille unmöglich, ein Stöhnen zu unterdrücken. Diesmal wehrte sie Craig ab, weil sie vor ihrem geistigen Auge Patrick mit entsetzt aufgerissenen Augen in der Küche stehen sah. Doch Craig fasste ihre Handgelenke und drückte sie auf die Arbeitsfläche, ohne ihre Brustwarze freizugeben.

Nun saugte er stärker, und Lucille ahnte, dass dies eine Art Strafe und Machtdemonstration darstellte. Wenn so seine Bestrafung aussah, wollte sie sie gerne hinnehmen. Ihre Erregung schwoll an, Lucille wölbte ihren Rücken und war erstaunt, dass nicht nur ihr Nippel vor Lust pochte, sondern auch ihr Schoß.

Mit seinen Lippen knetete Craig zuerst ausgiebig ihren Warzenhof und sodann den Rest ihres Busens. Zwischendurch leckte er immer wieder mit der ganzen Länge seiner Zunge über ihre erigierte Spitze.

Leidenschaftlich liebkoste er ihre Brust, drückte sie am Brustansatz zusammen, sodass der Nippel in seinen Mund wuchs, und ließ Lucille sachte seine Zähne spüren. Keuchend versuchte sie sich loszumachen, war jedoch chancenlos gegen Craig.

Dass er ihre Wollust kontrollierte, machte sie unglaublich an. Er zwang sie, seine Stimulation zu ertragen, egal ob diese zärtlich war oder ein kleines bisschen wehtat, wenn er beispielsweise an ihrer Warze zu fest saugte oder sie mit seinen Zähnen neckte.

Allein mit seinen Lippen und seiner Zunge vollbrachte er wahre Wunder.

Lucille seufzte, als er von ihr abließ, keineswegs vor Erleichterung, sondern vor Enttäuschung. Durch halb geschlossene Lider sah sie zu ihm auf und verliebte sich in sein Lächeln, das dezent seine Mundwinkel umspielte. Nur in sein Lächeln, dachte sie, das wird schon nicht verboten sein.

Ein weiteres Mal tauchte er mit dem Zeigefinger in beide Gläser und strich zuerst Erdnussbutter auf Lucilles untere Lippe und danach Marmelade auf ihre obere.

Als er sich über sie neigte, keuchte Lucille. Dieser Mann war unglaublich! In seinem Blick spiegelte sich ihr eigenes Verlangen. Sein Kuss war nicht nur einfach ein Kuss, sondern er leckte die Nusscreme und die Konfitüre ab, schob seine Zunge in sie hinein und saugte sanft.

Ein wahrhaftiger Kussakrobat, schoss es Lucille durch den Kopf, worauf sie ihren Mund weiter öffnete, damit er tiefer in sie eindringen und sie erforschen konnte. Sein Kuss war der süßeste, den Lucille jemals bekommen hatte. Er schmeckte nach diesem köstlichen Gemisch aus Konfitüre und Peanut Butter und nach Craig, nach Begierde, vielleicht sogar nach mehr.

Das Blut rauschte in Lucilles Schläfen, ihrem Brustkorb und ihrer Mitte.

Just als sie ihre Hände an seinen Oberkörper legte, richtete er sich auf. Während er über seine Mundwinkel leckte, stellte er sich zwischen Lucilles Beine und betrachtete ausgiebig ihre Scham. Es prickelte heftig, und Lucille wollte ihn schon bitten, sie endlich zu nehmen, denn sie war mehr als bereit für ihn, als er über ihre Unterschenkel strich. Er packte ihre Fußgelenke und zog Lucille so weit nach vorn, bis ihre Unterschenkel hinabhingen. Ohne ein Wort der Erklärung winkelte er ihre Beine an und stellte ihre Füße auf den Arbeitsblock. Zufrieden brummend schob er ihre Knie weit auseinander.

Weit geöffnet bot sich ihre Spalte ihm dar, nichts blieb ihm verborgen. Verlegen hob Lucille ihren Kopf, stützte sich auf ihren Ellbogen ab und erregte sich an dem Bild, wie Craig ihren Schoß musterte – die hochroten geschwollenen Schamlippen, die Feuchte, die aus ihr heraustropfte, und ihre Klitoris, die die Lust aus ihrem Mantel geschält hatte.

Auch diesmal gab er Erdnusscreme auf eine Lippe und Marmelade auf die andere, die äußeren. Mit glänzenden Augen ging er in die Hocke und leckte beides ab. Lucille warf ihren Kopf in den Nacken und genoss diese Hemmungslosigkeit in vollen Zügen. Abwechselnd stimulierte er sie rechts und links.

Da Lucille immer unruhiger wurde, drückte er ihre Beine auseinander. Er saugte ihre inneren Schamlippen ein. Ein elektrisierendes Kitzeln durchzuckte ihr Geschlecht, als sie seine Zungenspitze an ihrer feuchten Öffnung spürte. Er umkreiste ihren Eingang und glitt nach einer Weile in sie hinein. Craig schaffte es sogar, sich trotz ihrer Feuchtigkeit kurz an ihrer Pforte festzusaugen, was ihr einen köstlichen Schauer durch den Leib jagte. Äußerst zärtlich küsste er die Narben an der Rückseite ihrer Oberschenkel einzeln. Ihren Kitzler jedoch hauchte er lediglich an. Mehr nicht. Kein Streicheln. Kein Lecken. Nur heißer Atem.

Sehnsüchtig wimmerte Lucille.

Lachend erhob sich Craig, kam um den Block herum und stellte sich neben ihren Kopf. „Willst du mich?“

Was für eine Frage? War das nicht offensichtlich? Sie legte sich wieder flach hin. „Ja.“

„Möchtest du, dass ich dich nehme?“ Zärtlich massierte er ihren Busen.

„Ja, verdammt.“ Ihre Stimme klang schon wieder atemlos. Jede Berührung von Craig war so intensiv.

„Dann musst du mich erst vorbereiten.“ Er legte seine freie Hand auf seinen Schritt. „Überleg es dir gut.“

Sie brauchte nicht darüber nachzudenken. Bei der Erinnerung an seinen Schaft lief ihr bereits das Wasser im Mund zusammen. Eifrig nickte sie. Als er jedoch seine Hosenknöpfe öffnete und sein Glied erigiert heraussprang, blinzelte sie Craig von unten herauf an, weil er geflunkert hatte. Sein Penis brauchte ihre Zuwendung keineswegs, sondern war schon jetzt ein stolzer Phallus. Da die Vorhaut teilbeschnitten war, zeigte er sich bereits halb entblößt. Aber bitte, Craig hatte ihr über Stunden seine Aufmerksamkeit gewidmet und sie durch und durch heißgemacht, außerdem war sie derart neugierig darauf, wie er schmeckte, dass sie bestimmt nicht zickig reagieren würde.

Doch bevor sie ihre Lippen um das Glied schließen konnte, hielt er sie davon ab, indem er sie an der Schulter berührte. „Du musst mich erst darum bitten.“

„Wie bitte?“ Sie glaubte sich verhört zu haben. Fassungslos ließ sie sich von ihm zurück auf die Arbeitsfläche drücken.

Craig neigte sich so tief über sie, dass sein Gesicht nah über ihrem schwebte. „Flehe mich an, meinen Schwanz lecken zu dürfen.“

„*Du* wolltest doch, dass ich dich auf das große Finale vorbereite.“ Die Worte kamen recht patzig heraus, aber ihr Körper kribbelte vor Aufregung, weil er etwas von ihr verlangte, das noch kein Mann zuvor von ihr gefordert hatte.

„Bettele mich an, in deinen Mund zu stoßen.“ Seine Stimme vibrierte vor Erregung. Er sprach leise, betörend und siegessicher.

Empört schnappte sie nach Luft, aber nur mit Mühe konnte sie ihre Hand davon abhalten, zwischen ihre Beine zu gleiten und sich dort zu streicheln, während Craig weitersprach: „Das ist ein großes Privileg. Nicht vielen Frauen ist es zuteilgeworden, denn ich bin äußerst wählerisch."

Das Geständnis stimmte sie milde. Dennoch schluckte sie so heftig, dass es wehtat. „Craig, bitte, das fällt mir wirklich schwer. Ich hasse es zu betteln."

„Niemand macht das gern, genau deshalb verlange ich dieses Opfer von dir." Gefühlvoll küsste er ihre Nasenspitze. „Überwinde dich und zeig mir, wie sehr du von mir genommen werden willst."

Ein Orkan fegte durch sie hindurch, der sie durcheinanderbrachte, jedoch überraschenderweise auch ihre Lust anpeitschte. Mit jedem Wort wuchs ihre Lust weiter an, als sie sagte: „Na gut, ich versuche es." Ihre Stimme klang belegt, sie musste sich räuspern und spürte, wie ein Tropfen ihrer Feuchtigkeit zwischen ihren Pohälften hinabrann. „Bitte lass mich dich verwöhnen."

„Nicht sehr überzeugend. Noch einmal, das kannst du besser", wies er sie an und zwirbelte ihre Brustspitze sanft.

„Ich flehe dich an, ich beschwöre dich, lass mich dich endlich lecken und küssen. Habe ich nicht alles getan, was du wolltest? Habe ich mich dir nicht unterworfen, so wie du es gewünscht hast? Bitte, Craig, bitte gib mir die Möglichkeit, dir die Lust, die du mir bereitest, zurückzugeben. Ich werde dir gute Dienste erweisen. Mein Mund ist genauso geschickt wie deiner. Du willst, dass ich bettele? Also gut, ich tue es, und es fällt mir nicht leicht, mich dir zu Füßen zu werfen, aber ich will dich schmecken, ich will es wirklich, und dann bin ich bereit, von dir genommen zu werden, nur falls du das wünschst, natürlich. Aber ich werde dich so gut oral befriedigen, dass du danach über mich herfallen wirst, ich verspreche es. Bitte benutze meinen Mund, er gehört dir.“ Lucille rang nach Atem. Hatte sie das wirklich alles ausgesprochen? Sie schämte sich, besonders weil sein Gesicht so dicht an ihrem war und er ihre Verlegenheit überdeutlich sah. Trotzdem meinte sie, was sie gesagt hatte. „Ich werde dich erregen wie keine Frau zuvor.“

„Das tust du längst.“ Gefühlvoll küsste er sie. Nachdem er sich aufgerichtet hatte, hob er ihren Kopf an und schob, immer noch seitlich neben ihr stehend, seine Penisspitze in ihren Mund.

Behutsam schloss sie ihre Lippen um den harten Schaft und züngelte über die Eichel. Craig zuckte. Er stützte sich stöhnend auf der Arbeitsfläche ab und schloss seine Augen, während sie ihn sanft leckte.

Einige Male beugte sie sich vor, damit sein Phallus tief in ihren Mund glitt, und zog sich wieder zurück. Sie gönnte ihm eine Pause, indem sie nichts weiter tat, als ihre Lippen fest auf seinen Stamm zu pressen. Dann simulierte sie erneut den Verschmelzungsakt und saugte jedes Mal, wenn sie sein Glied Stück für Stück wieder freigab, um den Druck zu erhöhen.

Es dauerte nicht lange, und Craigs Lenden wiegten vor und zurück, sodass Lucille ihm ihren Mund nur darzubieten brauchte und er das Übrige tat. Äußerst vorsichtig stieß er zwischen ihre Lippen, seufzte, und wenn er sich ihr wieder entzog, stöhnte er gequält. Lucille vermutete, dass er bereits sehr erregt war oder es schwer für ihn war, sich derart langsam in ihr zu bewegen. Dennoch fuhr er bedächtig fort, ihren Mund zu benutzen und heizte ihre Lust damit ebenso an.

Sie empfand diesen Akt nicht als Demütigung, sondern als Liebesdienst und Hingabe. Craig hatte sich stundenlang auf sie konzentriert, ohne dass er auf seine Kosten gekommen war, und hatte es verdient, nun im Mittelpunkt zu stehen.

Tatsächlich genoss sie es, ihn mit flinken Zungenschlägen an den Rand der Ekstase zu bringen, sich rechtzeitig zurückzuziehen und seinen Schaft lediglich mit hauchzarten Küssen zu bedecken, um erneut an seinem Phallus zu saugen, bis Craig Hören und Sehen verging. Seine Beine zitterten, er japste nach Luft und stöhnte, stöhnte, stöhnte – sodass Lucille aufhörte.

Irritiert sah er mit entrücktem Blick auf sie herunter. „Was ist?"

„Wenn wir noch länger warten, muss ich wieder heißgemacht werden, dann du und wieder ich ... Dieses Spiel können wir unendlich lange fortsetzen, ohne jemals ans Ziel zu kommen."

„Klingt gut." Diabolisch schmunzelnd stellte sich Craig zwischen ihre gespreizten Schenkel.

Lucille schwante Übles. So wundervoll, wie das Vorspiel bisher gewesen war – sie wollte nicht noch einmal von ihm oral verwöhnt werden, sondern endlich den Teil mit dem Paukenschlag am Ende einleiten.

Anstatt seinen Mund auf ihre Spalte zu pressen, hielt Craig ihre Hüften fest und drang bis zur Peniswurzel in sie ein.

Mit einem „Aaah" fuhr sie auf, um sich sofort wieder selig grinsend hinzulegen. Im ersten Moment wollte sie Craig beschimpfen, weil er sie reingelegt hatte, doch sie entschied, die Worte runterzuschlucken, um ihn nicht davon abzuhalten, fortzufahren. Sie war ihm ohnehin nicht böse. Im Gegenteil, sie liebte den Teufelskerl in ihm!

Sachte bewegte er sich in Lucille. Er öffnete ihre Knie noch weiter und hielt sie gespreizt, als wollte er beweisen, dass sie und ihre Lust ihm gehörten und ihm unterworfen waren, da sie seinen Stößen schutzlos ausgeliefert war.

Lucille gefiel diese Mischung aus verschrobenem Individualist am Tag und Macho bei Nacht. Niemand ahnte vermutlich, dass in Craig, dem Exzentriker, ein dominanter Liebhaber steckte. Aber er hatte sie eingeweiht. Sie!

Seine Lenden zuckten immer heftiger nach vorn. Sein Penis drang tief in sie ein und kitzelte die Lust hervor, die nicht länger unbefriedigt bleiben würde. Lucille traute Craig zu, sich aus ihr zu entfernen, bevor sie zum Höhenflug ansetzte, doch ihre Sorge, erneut einen Orgasmus verwehrt zu bekommen, schmolz mit jedem Stoß und jeder Stufe, die sie auf der Treppe zum Gipfel höherstieg. Seine eigene Geilheit war zu stark, ahnte sie, diesmal würde er gar nicht aufhören können, ob er wollte oder nicht.

Als er plötzlich doch innehielt, riss sie bang ihre Augen auf.

Er hielt ihr seine Hand hin. „Ich kann dein Gesicht nicht sehen, das stört mich."

Wenn es nur das brauchte, um weiterzumachen, wollte sie ihm diesen Wunsch gern zugestehen. Aufgeregt ergriff sie seine Hand und ließ sich hochziehen, sodass sie vor ihm saß. Noch immer steckte sein Phallus in ihr.

Neugierig senkte sie ihren Blick und betrachtete ihre verschmolzenen Geschlechter. Es sah wunderschön aus, wie sein steinharter Schaft in ihrer feuchten Öffnung verschwand, umrahmt von ihren geschwollenen Schamlippen und glänzend von ihrer Feuchte. So natürlich, so selbstverständlich, als wäre sie für Craig Bellamy gemacht worden.

Er hob ihr Kinn und küsste sie leidenschaftlich.

Noch bevor er sich von ihr gelöst hatte, bewegte er sich schon wieder in ihr. Gefühlvoll glitt er nun in sie hinein und schlang seine Arme um ihre Hüften. Während er ihr in die Augen sah, stieß er zunehmend kräftiger zu, jedoch nicht ungestüm, sondern vielmehr besitzergreifend, als wollte er ihr beweisen, dass sie ihm gehörte und er ihre Lust lenkte.

Lucille dagegen stöhnte längst wieder. Anfänglich erwiderte sie seinen Blick, aber je erregter sie wurde, desto peinlicher war es für sie, dass er sie beobachtete. So nah. Er sah jede Regung in ihrem Gesicht, bekam mit, wie er sie in Richtung Orgasmus stieß und sie immer mehr die Kontrolle verlor.

Mit heißen Wangen musterte sie ihre Geschlechter. Unaufhörlich pumpte sein Glied in ihre Mitte hinein. Es drückte ihre Feuchte heraus und goss mit jedem Stoß Öl ins Feuer ihrer Wollust.

Als ihre Erregung übermächtig wurde und ihr Blick langsam verschwamm, hob Craig ein zweites Mal ihr Gesicht an. Er musterte ihre Lippen, die ein wenig geöffnet waren, da die Ekstase ihr die Luft raubte, betrachtete ihre halb geschlossenen Augen und drang energischer in sie ein.

Oh mein Gott, dachte Lucille berauscht, sie konnte den Trommelwirbel bereits hören. Noch war er leise, wie aus weiter Ferne, doch er nahm rasch zu. Der Puls ihrer Sinneslust.

Stoß um Stoß brachte er sie dem Gipfel näher. Heftig und schnell drang er in sie ein. Geradezu gierig pumpte sein Penis in ihre Mitte. Während Craig Lucille weiterhin beobachtete, stieß er so kraftvoll zu, dass er seine Hände auf ihren Hintern legen musste, um sie nicht fortzuschieben.

Lucille schaffte es tatsächlich, ihn einige Sekunden lang anzusehen, und es peitschte ihre Erregung derart an, dass er der erste Mann in ihrem Leben sein würde, der sie beim Höhepunkt aus der Nähe beobachtete, dass sie augenblicklich kam.

Alles in ihrem Unterleib zog sich zusammen. Ihr Körper erbebte, sie zitterte, dann zuckte sie ekstatisch und versuchte, Craig weiterhin anzusehen, doch der Rausch war zu heftig, und bald schon nahm sie nichts mehr wahr außer der alles verzehrenden Lust, die er ihr verschaffte und die sie kaum für möglich gehalten hatte. Die stundenlange Stimulation hatte sich bezahlt gemacht, nicht nur für sie, denn Craig kam ebenfalls stürmisch.

Noch während Lustkrämpfe ihn schüttelten, riss er sie stöhnend in seine Arme und drückte sie an sich.

Lucilles Atem beruhigte sich langsam. Auch ohne einen Spiegel wusste sie, dass sie selig lächelte, nicht wegen dem außergewöhnlichen Sex oder dem bombastischen Orgasmus, sondern weil sie sich das erste Mal in ihrem Leben bei einem Mann geborgen fühlte. Lag das an den zarten Küssen, die Craig auf ihr Haar hauchte? Daran, dass er liebevoll ihren Nacken streichelte? Oder an seiner Umarmung, die so fest war, als wollte er sie nie wieder loslassen?

Glücklich lehnte sie den Kopf an seine Schulter und kuschelte sich an ihn.

19. KAPITEL

„Keine verliebten Blicke", ermahnte sich Lucille leise, während sie vom Bootsanleger zum Personaleingang ging. Ein letztes Mal wandte sie sich zu Miles um, der ihr zuwinkte und sein Boot losmachte. „Wirf ihm keine zweideutigen Blicke zu!"

Natürlich meinte sie nicht Miles, sondern Craig, der mit Patrick zusammen am Salonfenster stand. Doch er bemerkte sie nicht einmal, da der Butler aufgeregt auf ihn einredete, bevor beide verschwanden. Was war jetzt schon wieder passiert? Hatte der Hausvorsteher eine Teppichfranse entdeckt, die sich erdreistete, nicht parallel zu den anderen zu liegen?

Enttäuscht schnalzte Lucille. Sie hätte schon gern herausgefunden, wie Craig auf sie reagierte. Würde er sie ignorieren, weil er bekommen hatte, was er wollte? Oder hatte er, genauso wie sie, die ganze Nacht nicht schlafen können, weil sie ständig daran hatte denken müssen, was zwischen ihnen geschehen war?

Das außergewöhnliche Vorspiel, Stunden voller sexueller Anspannung, am Ende der fulminante Höhepunkt.

Doch was sich in ihre Erinnerung eingebrannt hatte, war die liebevolle Umarmung während des Nachglühens und wie er sich nach einer Ewigkeit leidvoll seufzend von ihr gelöst, sie zärtlich angesehen und gesagt hatte, dass sie frühzeitig Feierabend machen könne.

Ihre Lippen prickelten noch immer – selbst einen Tag später – von seinem Abschiedskuss.

Kopfschüttelnd betrat sie die Villa. Wie konnte es sein, dass sie noch immer nicht sexuell gesättigt, sondern erneut erregt war, obwohl das frivole Spiel am gestrigen Tag sie durch und durch befriedigt hatte und sie sich danach sehnte, Craig nah zu sein?

Sie betrat den Umkleideraum und war froh, niemanden anzutreffen. Langsam schlenderte sie an den grauen Spinden, die rechts an der Wand standen, vorbei, wie ein Offizier, der eine Reihe mit Soldaten abschritt. Manche Angestellte zogen sich in der Villa komplett um, manche bewahrten lediglich Schuhe zum Wechseln darin auf. Nur die Spinde von Madison und Taylor quollen über vor Make-up, Lippenstiften, Haarspray und sonstigen Schönheitsartikeln.

Lucilles eigener Spind war leer. Als wäre sie auf der Durchreise. Im Grunde traf das sogar zu.

Der Gedanke versetzte ihr einen Stich. Sie hatte in Ava eine Freundin gefunden, und zwischen ihr und Craig bahnte sich etwas an, oder zumindest investierte sie von ihrer Seite aus Gefühle, die möglicherweise unklug waren, sich aber nun mal nicht auf Knopfdruck abstellen ließen. In Wahrheit hinterging sie alle. Eines Tages würde sie von heute auf morgen verschwinden, weil das FBI sie nach Washington, D. C., zurückholte. Ohne ein Wort des Abschieds, ohne eine Erklärung würde sie untertauchen müssen, alle vor den Kopf stoßen und verletzen. Vor allen Dingen sich selbst.

Abrupt blieb Lucille stehen. Wieso stand ihr Spind einen Spaltbreit offen?

Vorsichtig öffnete sie die Tür, die Scharniere quietschten, doch der Spind war so leer wie eh und je. Sie versuchte sich zu erinnern, ob sie vergessen hatte, abzuschließen. Möglich wäre das schon gewesen, hatte die wohlige Mattigkeit nach der Verschmelzung mit Craig doch ihre Glieder und Gedanken gelähmt. Aber sie erinnerte sich genau, denn das Schloss hatte gehakt, und sie hatte mehrfach versuchen müssen, den Schlüssel zu drehen, bis es schließlich geklappt hatte.

Plötzlich wurde die Zimmertür aufgerissen. Erschrocken flog Lucille herum.

Ava musste gerannt sein, denn sie keuchte und hielt sich

den Bauch. „Du sollst zu Mr Bellamy kommen."

„Was ist passiert?", fragte Lucille. Konnte er es nicht abwarten, sie wiederzusehen?

„Sofort. Er ist in seinem Büro." Ava rang nach Atem. „Patrick ist bei ihm."

Das bedeutete nichts Gutes. Jegliches Wohlgefühl erstarb. Lucille erinnerte sich daran, dass der Butler aufgeregt mit Craig gesprochen hatte, als sie das Bellamy-Anwesen betreten hatte. Hatte das etwas mit ihr zu tun gehabt? „Was ist denn los? Nun sag schon!"

Ava zuckte mit den Achseln und hielt ihr die Tür auf. „Du solltest dich beeilen. Es herrscht ziemlich dicke Luft."

Weil eine Ahnung in Lucille erwachte, nahm sie sich nicht einmal mehr die Zeit, ihre Handtasche in den Spind zu stellen. Vermutlich stand er offen, da sie gar keinen mehr hatte, und Craig würde gleich die Kündigung aussprechen. Den Grund jedoch konnte sie sich nicht vorstellen.

Während sie den Raum verließ, an Ava vorbeiging, die beide Hände mit gedrückten Daumen hochhielt, und den Korridor entlangschritt, bemühte sie sich, Haltung zu bewahren. Innerlich brodelte es in Lucille, ihre Gefühle fuhren Achterbahn, und sie dachte krampfhaft darüber nach, was geschehen sein könnte. Nichts Gutes, das war klar. Patrick bedeutete immer Ärger.

Sie musste an Nate vorbei, der sich in arroganter Lässigkeit gegen die Wand lehnte und seine Arme verschränkte. Am liebsten hätte sie ihm ihre Handtasche über den Kopf gezogen und das fiese Grinsen aus dem Gesicht geschlagen. Stattdessen hob sie ihr Kinn etwas höher und setzte eine kühle Miene auf.

Madison, die mit einem Staubwedel die Ecken im Wohnzimmer abstaubte, zeigte sich an der Tür, und lächelte abfällig. Sie warf Nate einen selbstzufriedenen Blick zu, und Lucille fragte sich, ob die beiden wussten, was vor sich ging.

Vor dem Büro atmete Lucille tief durch. Dann hob sie die Hand, um zu klopfen, doch bevor ihre Fingerknöchel die Tür berührten, wurde diese von innen aufgerissen.

„Das sind Sie ja endlich, Kirby.“ Hektische Flecken zierten Patricks Hals. Er wischte sich mit einem Stofftaschentuch über seine glänzende Stirn, die durch den Schweißfilm noch wächserner aussah. „Kommen Sie rein, nun kommen Sie doch schon.“

So aufgelöst hatte Lucille den Hausvorsteher noch nie erlebt. Normalerweise zeichnete sich der Butler durch ein hohes Maß an Selbstkontrolle und Contenance aus. Unsicher trat sie ein. Craig stand mit dem Rücken zu ihr und schaute aus dem Fenster.

Als Patrick die Tür hinter ihr schloss, fühlte sich Lucille wie ein Tier in einem Käfig. Ihr war unwohl, sie legte ihre Handtasche auf einen der beiden Stühle vor dem Schreibtisch, nahm jedoch nicht Platz, sondern schlang die Arme um ihren Körper. Unruhig verlagerte sie ihr Gewicht von einem Fuß auf den anderen.

Erst als sich Patrick neben den Tisch stellte und Lucille seinem Blick folgte, bemerkte sie den Schmuck, der ausgebreitet auf einer weißen Stoffserviette lag. Vor lauter Aufregung hatte sie ihn übersehen. Überrascht hob sie ihre Augenbrauen, sogleich erwachte eine Befürchtung in ihr, und sie schaute den Butler mit wachsendem Entsetzen an, brachte jedoch keinen Ton heraus. Ihr Mund war trocken wie Knäckebrot.

„Ms Kirby Lamar ist da, Sir“, kündigte Patrick sie an, als ob Craig ihre Anwesenheit nicht mitbekommen hätte.

Endlich wandte sich Craig zu ihr um, doch seine Bewegung wirkte so schwerfällig, als würde er eine zentnerschwere Last auf seinen Schultern tragen. Eine Weile musterte er sie schweigend.

Das Warten steigerte ihre Nervosität. Es war wie die Ruhe vor dem Sturm, die Stille vor dem Donnerwetter.

Aber Craig schrie sie nicht an, sondern sprach ruhig zu ihr, was Lucille als viel bedrohlicher empfand. „Wie kommt der Schmuck meiner Mutter Mildred in Ihren Personalschrank, Kirby? Haben Sie dafür eine Erklärung?“

Lucille fehlten die Worte. Stumm schüttelte sie den Kopf.

„Es gibt nur eine Möglichkeit, eine einzige.“ Hektisch tupfte sich Patrick den Schweißfilm von der Oberlippe. „Diebstahl!“

„Nein, nein ...“, flüsterte Lucille kraftlos. Sie verstand die Welt nicht mehr. „Ich habe nichts gestohlen.“

„Wenn das so ist, wie kann es aber sein, dass die Kostbarkeiten in Ihrem ...“, Patrick wiederholte das letzte Wort, um es somit zu betonen, „*Ihrem* Spind lagen?“

Für Lucille gab es nur eine einzige Möglichkeit. „Jemand muss die Wertstücke dort reingelegt haben.“

„Ein Geist“, machte sich Patrick über sie lustig und wedelte mit dem Taschentuch herum. „Hier muss es neuerdings spuken. Wir sollten einen Exorzisten engagieren.“

„Mit Sarkasmus ist niemandem gedient“, tadelte Craig ihn. „Die Angelegenheit ist zu ernst. Alles, was mir von meiner Mutter geblieben ist, bedeutet mir viel, sehr viel. Ich zahle überdurchschnittlich gut und behandele meine Angestellten fair. Dieser Diebstahl enttäuscht mich bitter, er ist ein Vertrauensbruch, der schmerzt und unverzeihlich ist, egal wie dramatisch Ihre Begründung klingen mag.“

Lucille schnappte nach Luft. „Aber ich habe nichts entwendet, ganz bestimmt nicht!“

„Die Fakten sprechen gegen Sie“, wandte Patrick ein und stopfte das Taschentuch in seine Hosentasche.

Verdammt, er hatte recht! Hilflos ließ sie ihre Arme

hängen. Wie sollte sie ihre Unschuld beweisen? Die einzige Möglichkeit wäre, den echten Dieb zu stellen. Jemand musste ihr den Schmuck untergeschoben haben, um sie aus dem Weg zu räumen. Leider war die Liste der Leute, die sie loswerden wollten, lang. Madison sah ihre Felle wegschwimmen, weil Craig bevorzugte, Lucille um sich zu haben. Nate mochte Rache für ihre Zurückweisung üben. Selbst Patrick kam infrage. Seine Empörung konnte gespielt sein, er hatte Lucille von Anfang an nicht im Haus haben wollen. Taylor hatte womöglich ihre Finger im Spiel, und Michelle konnte Lucille als Verdächtige ebenfalls nicht ausschließen, da sie unmissverständlich klargemacht hatte, dass sie ihr bei Craig nicht in die Quere kommen sollte.

„Wer hat meinen Spind geöffnet?“ Zorn wallte in ihr auf. Sie hasste Ungerechtigkeit. Wer immer ihr das eingebrockt hatte, stand kurz davor, zu gewinnen. Das durfte sie nicht zulassen!

Der Butler schnaubte: „Sie sind wohl kaum in der Position, um Fragen zu stellen.“

„Patrick war es“, antwortete Craig dennoch. „Und er hat meine vollste Unterstützung.“

Aufgebracht wandte sich Lucille an ihren Vorgesetzten. „Wieso haben Sie meinen Schrank kontrolliert?“ Jemand musste ihm einen Hinweis gegeben haben, und derjenige war der Erste, dem sie auf den Zahn fühlen würde.

„Das mache ich jedes Wochenende. Reine Routine.“ Pikiert rümpfte er die Nase, als hätte man ihm einen alten stinkenden Socken hingehalten. „Ich möchte nicht, dass die Angestellten dort ihre schmutzige Wäsche lagern oder Obst vergammeln lassen. Ist alles schon vorgekommen.“

Folglich gab es niemanden, der sich besonders verdächtig gemacht hatte. Lucille knirschte mit den Zähnen. Es musste ihr jemand den Schmuck untergeschoben haben, der schon lange für Craig arbeitete und von Patricks Überprüfung wusste – und das war so gut wie jeder. Die Bezahlung stimmte, wie Craig schon gesagt hatte, außerdem gab es mehr Urlaubstage als üblich, und, was besonders ins Gewicht fiel, er sorgte dafür, dass das ganze Personal krankenversichert war.

Craigs Miene blieb verschlossen. „Wieso, Kirby?"

Die Enttäuschung in seiner Stimme tat ihr weh. „Ich bin unschuldig. Noch kann ich es nicht beweisen, aber es ist die Wahrheit. Wann soll ich die Wertsachen denn gestohlen haben?"

„Das ist doch klar." Verständnislos rollte Patrick mit den Augen. „Gestern Abend, als Sie mit Mr Bellamy allein in der Villa waren."

„Da hatte ich ganz andere Dinge zu tun." Sie errötete, dennoch schaute sie Craig direkt an. Nur Lügner senkten in heiklen Situationen ihren Blick. „Ich weiß nicht einmal, wo der Tresor in diesem Haus ist oder wer den Schlüssel dazu hat."

„Es gibt keinen Schlüssel, sondern man öffnet ihn mit einem Code." Craig warf Patrick einen vieldeutigen Blick zu. „Wenn sie nicht einmal das weiß, kann sie nicht die Diebin sein."

„Vielleicht ist das Taktik." Der Butler tippte sich mit dem Zeigefinger gegen das Kinn und musterte sie von oben bis unten. „Ich glaube sowieso, dass Kirby weitaus weniger naiv ist, als sie vorgibt zu sein, und es faustdick hinter den Ohren hat."

Lucille versteifte sich. Hatte er etwas über ihre Vergangenheit herausgefunden, oder interpretierte sie zu viel in seine Aussage hinein?

„Immerhin wusste sie, dass die Schmuckstücke im Tresor aufbewahrt werden", gab Patrick zu bedenken.

„Wo sonst?“ Machte ihre Patzigkeit sie verdächtig? „Das war eine Vermutung.“

„Die Sache mit Mr Bellamys Schlafzimmer war schon ein starkes Stück“, umschrieb er dezent den Vorfall, als Lucille Craig nackt erwischt hatte, „aber diesmal sind Sie zu weit gegangen.“ Händereibend wandte er sich an seinen Boss. „Soll ich jetzt die Polizei rufen, Sir?“

Craig überlegte eine Weile. Gedankenversunken massierte er seine Schläfen und sah zwar Lucille an, sein Blick jedoch war nach innen gerichtet. Er wirkte ernsthaft verletzt.

Weshalb zögerte er das Unvermeidliche hinaus? Er musste sie feuern, egal ob er nur einen Zeitvertreib in ihr sah oder echte Sympathie empfand. Lucilles Augen wurden feucht. Die Polizei würde kommen, sie verhaften und, sobald sie vom Zeugenschutzprogramm erfuhren, sie ans FBI übergeben. Schon am übernächsten Tag würde sie wieder in einer Zelle im J. Edgar Hoover Building sitzen.

Zum Schutz, dachte sie spöttisch, dass ich nicht lache.

Allerdings bereitete der Grund, weshalb sie dorthin zurückkehren würde, ihr Magenschmerzen. Zweifelsohne würde Tadhg McCarthy den vermeintlichen Diebstahl nutzen, um zu beweisen, dass sie doch kriminelle Energie besaß und mit Richard Dawson unter einer Decke steckte.

„Gehen Sie heim und bleiben Sie dort, bis ich Sie kontaktiere.“ Craigs Anweisung klang eiskalt, dennoch weckte sie Lucilles Hoffnung.

„Aber …“ Patrick war so konsterniert, dass ihm die Worte fehlten.

„Ich erteile Ihnen Hausarrest in den eigenen vier Wänden, und Sie sind gut beraten, dem Folge zu leisten.“ Mit einer ausladenden Geste unterstrich Craig seinen Befehl. „Ich werde Ihnen meine endgültige Entscheidung mitteilen. Jetzt werden Sie erst einmal mein Haus verlassen und in Ihrem

Apartment bleiben, bis Sie von mir hören. Habe ich mich klar ausgedrückt?“

„Ja, Sir.“ Lucille konnte kaum sprechen, ihre Kehle war wie zugeschnürt. Bevor Patrick seine Krallen ausfahren und sich auf sie stürzen konnte, eilte sie aus dem Büro.

Sie machte sich nicht die Mühe, den Personalausgang zu benutzen, sondern ging durch die Terrassentür in den Garten, wohlwissend, dass die Angestellten sie beobachteten.

Während sie über den Rasen schritt, fragte sie sich immer wieder nach dem Grund für Craigs Zögern. Jeder andere Arbeitgeber hätte sie sofort den Cops übergeben, doch er hatte sie nicht einmal gefeuert. Zumindest noch nicht. Hatte Craig sich ebenfalls in sie verguckt, ein kleines bisschen wenigstens? Oder wollte er seinen Betthasen nicht verlieren?

Auf dem Steg blieb sie stehen und schirmte ihre Augen mit der Hand ab. In der Ferne konnte sie bereits Miles ausmachen, der mit seinem Boot den Kanal entlangschipperte. Patrick musste ihn angerufen und Bescheid gegeben haben, dass ein Passagier zur außerplanmäßigen Beförderung bereitstand. Selbst aus der Distanz fiel auf, wie braun gebrannt sein Teint war. Aber seit wann hatte er schlohweiße Haare?

Plötzlich sah Lucille nicht länger Miles in dem Boot sitzen, das auf sie zukam, sondern Jack Caruso.

Vor Schreck pochte ihr Herz so heftig in ihrem Brustkorb, dass es schmerzte. Sie drückte ihre Hand auf die Stelle, an der es am heftigsten wehtat, machte einen Schritt zurück und wäre beinahe vom Steg gefallen. Gerade rechtzeitig ruderte sie mit den Armen, neigte sich nach vorn und verlagerte somit ihr Gewicht. Mit einem Puls von annähernd hundertachtzig machte sie einen Schritt vorwärts und stützte sich auf den Knien ab.

Sie rang nach Luft, zwang sich jedoch, noch einmal den Kanal entlangzuschauen, anstatt panisch wegzulaufen. Das

Boot war inzwischen näher gekommen. Fröhlich winkte Miles ihr zu, er trug lediglich eine weiße Baseballkappe der Tampa Yankees.

In ihrer Erinnerung sah Lucille, wie Craig Caruso auf der Terrasse wie einen Freund begrüßt hatte, unweigerlich tauchten die Waffen im Schutzbunker vor ihrem geistigen Auge auf, und ihre Furcht wuchs erneut. Die Angst rückte seine Großzügigkeit in ein anderes Licht.

Konnte Craig sie nicht rauswerfen, weil er noch nicht die Informationen von ihr erhalten hatte, die sein Freund Jack Caruso forderte?

20. KAPITEL

Hatte Craig nur mit ihr geschlafen, um sie weichzukochen? Um ihr Vertrauen zu erschleichen, damit sie ausplauderte, was sie über den Waffenhandel und das Drogenkartell mitbekommen hatte?

Hat er mich deshalb nicht postwendend gefeuert und wegen Diebstahls angezeigt, fragte sich Lucille, als sie über den Bootssteg zum Eingang der Wohnanlage ging. Sie rang sich ein Lächeln ab und begrüßte Philipp, der im Pförtnerhäuschen saß, die Füße auf dem Tisch liegen hatte und mit dem Stuhl kippelte. Nun, da er sie sah, lächelte er, legte das Magazin für Wakeboarder weg und erhob sich träge. Bevor der Wachmann sie jedoch in ein Gespräch verwickeln konnte, was er gern tat, da er nach eigenen Angaben den langweiligsten Job der Welt hatte, erhöhte sie das Tempo ihrer Schritte. Im nächsten Moment war sie an ihm vorüber. Lucille hörte ihn ihren Namen rufen, reagierte jedoch nicht.

Vermutlich war es besser, wenn sie sich von Craig Bellamy fernhielt, denn egal, ob er in den Waffenhandel involviert war oder nicht, die Gefahr, Caruso über den Weg zu laufen, war zu groß. Der Vorfall mit dem Schmuck musste ein Wink des Schicksals sein.

„Nein, so darfst du nicht denken", sprach sie zu sich selbst und ballte ihre Faust so fest um ihren Wohnungsschlüssel, dass es schmerzte. Der inszenierte Diebstahl war eine schreiende Ungerechtigkeit! Sie durfte sich das nicht gefallen lassen. Hatte sie nicht ihr Leben lang gekämpft? „Ich darf jetzt nicht aufgeben!"

Lucille betrat den Apartmentkomplex, in der ihr kleines Refugium lag, und stieg die Stufen hoch. Noch nie war es ihr so schwergefallen, die zwei Treppen zu erklimmen, die ins oberste Geschoss des Hauses führten. Sie schwitzte, hätte heulen und gleichzeitig toben können. Die Achterbahn ihrer Gefühle kostete sie viel Kraft. Mühsam schloss sie ihre Wohnungstür auf, trat ein und blieb in der kleinen Diele stehen. Sie fuhr sich übers Gesicht. Es war stickig in ihrem Domizil.

Als sie sich umwandte, um die Klimaanlage, deren Bedienfeld neben dem Eingang an der Wand hing, einzuschalten, erschrak sie fast zu Tode.

Ein Fremder stand in der Küche und starrte sie an.

Der Südamerikaner hatte eine Hand auf sein anthrazitfarbenes Jackett gelegt, als wollte er jeden Moment eine Pistole aus einem verborgenen Schulterholster ziehen. Lucille kannte diese Geste, sie hatte sie oft genug bei McCarthy gesehen. Hatte Philipp nicht einfach nur mit ihr plaudern, sondern sie auf den Besucher hinweisen wollen?

Der Latino stand wie festgewachsen zwischen Esstisch und Küchenzeile. Sein Blick hatte etwas Bohrendes, das Lucille beunruhigte. Schweigend taxierte er sie, als würde er abschätzen, ob sie eine Bedrohung für ihn darstellte oder nicht, dann sah er zur Wohnungstür, die immer noch offen stand.

Dadurch erwachte Lucille aus ihrer Betäubung. Sie musste fliehen. Sofort!

Nun beweg dich schon, schrie sie sich selbst in Gedanken an, denn ihre Füße fühlten sich noch immer vor Schreck schwer wie Blei an. Sie ballte ihre Hände zu Fäusten und stach sich mit ihren Fingernägeln in die Handballen. Der Schmerz raste wie ein elektrischer Impuls durch ihren Körper. Endlich schaffte sie es, sich zum Ausgang zu drehen.

Doch bevor sie aus dem Apartment flüchten konnte, richtete der Fremde das Wort an sie: „Bleiben Sie bitte, Mrs Dawson."

Er kannte ihren wahren Namen! Sie zögerte, runzelte ihre Stirn und bemerkte, dass auch er aus seiner Starre erwacht war. Er wirkte verschlagen. Lag das an seiner angespannten Haltung? Oder an seinen kleinen dunklen Augen, die man eher im Gesicht eines Keilers vermutet hätte? Aber McCarthy sah auch aus wie ein Frettchen und gehörte zu den Guten. Oder so ähnlich, dachte sie zerknirscht.

Lächelnd schob er seine Hände in die Hosentaschen. „Entschuldigen Sie den Überfall. Alex Fisher schickt mich, um nach dem Rechten zu sehen. Auch Bundesagenten haben mal einen Tag frei."

Er kam auf sie zu und streckte ihr seine rechte Hand entgegen, doch Lucille wich zurück, worauf der Mann stehen blieb. Noch immer trennten sie drei Schritte.

Sein Lächeln erstarb, er senkte seine Hand. „Verzeihen Sie meine Manieren. Ich habe mich nicht einmal vorgestellt. Special Agent Alvaro Castillo."

„Ich möchte Ihren FBI-Ausweis sehen", forderte Lucille mit belegter Stimme.

Klack! Klack! Klack! Eine Frau stolzierte in High Heels über den Flur. Sollte Lucille um Hilfe schreien? *Klack! Klack!* Aber was, wenn tatsächlich die bundespolizeiliche Ermittlungsbehörde des Justizministeriums diesen Fremden geschickt hatte? *Klack!* Immerhin kam er ihr irgendwie bekannt vor. Im Treppenhaus blieb es ruhig, Lucille hatte ihre Chance verpasst.

Während Castillo seine Hand langsam unter sein Jackett schob, als wollte er verhindern, dass sie glaubte, er würde eine Waffe ziehen, versteifte sich Lucille. Alarmiert verfolgte sie jede seiner Bewegungen und atmetet beruhigt aus, als er tatsächlich nur eine kleine schwarze Lederhülle hervorholte.

Castillo machte einen weiteren Schritt auf sie zu, klappte das Mäppchen auf und hielt seinen Ausweis hoch. Seine Kleidung roch nach Zigarettenrauch oder etwas Stärkerem.

Soweit Lucille das beurteilen konnte, sah die ID-Card echt aus. Die drei Buchstaben des FBIs standen in großen blauen Lettern darauf, darüber der Schriftzug „Department of Investigation“, und rechts davon zeigte ein Foto das Konterfei von Castillo. Allerdings konnte man das alles fälschen, selbst den Stempel des Bundesamts für Ermittlung auf der linken Seite. Für den Moment musste Lucille dem Mann Glauben schenken, aber ihre Zweifel blieben. Wieso hatte Alex ihr nicht Bescheid gesagt?

Während er das Mäppchen wieder einsteckte, betrachtete sie ihn genauer. Er trug sein Haar kurz geschnitten wie alle Agenten, sein Anzug saß tadellos. Nichts an ihm war suspekt, bis auf die Tatsache, dass er unangekündigt in ihrem Apartment gestanden hatte. Wie war er hereingekommen? Hatte Philipp ihm aufgeschlossen, nachdem Castillo sich als Special Agent ausgewiesen hatte? Oder besaß das Bureau einen Zweitschlüssel für ihre Wohnung, um sie besser überwachen zu können?

„Hat McCarthy Sie geschickt, um meine Sachen zu durchwühlen?“ Aufgebracht stemmte sie ihre Hände in die Hüften. Das Federal Bureau of Investigation hatte nicht gewusst, dass Lucille mitten am Tag zu Hause sein würde, und musste davon ausgegangen sein, ihr Apartment leer vorzufinden. „Bin ich nun eine Verdächtige oder eine Zeugin? Ihr solltet euch langsam mal entscheiden.“

„Scht.“ Er legte den Zeigefinger an seine Lippen. „Sie sollten zuerst die Tür schließen, bevor wir weiterreden.“

Er hatte ja recht, nur machte allein der Gedanke ihr Angst, dass ihr Fluchtweg versperrt sein würde. „Sind wir uns schon einmal begegnet?“

„In Washington, D. C., aber das ist schon eine Weile her. Ich befand mich in Ihrem Penthouse in der Manson Avenue, als Sie verhaftet wurden. Bei dem Trubel damals ist es kein Wunder, dass Sie sich nicht an mich erinnern.“ Sein Lächeln wirkte bemüht.

Lucille kam sich reichlich dumm vor. Seine Erklärung war wie aus der Pistole geschossen gekommen, daher konnte er sich diese Information wohl kaum ausgedacht habe. Es sei denn, er war ein guter Lügner.

„Haben Sie sich im Hause Bellamy eingewöhnt?", fragte Castillo, als wollte er ihr beweisen, dass er noch mehr über sie wusste als ihre wahre Identität.

Sie krampfte ihre Hand um den Gürtel, der ihr Uniformkleid an der Taille zusammenraffte, und nickte.

Verschwörerisch senkte er seine Stimme. „Ich hoffe, Sie haben sich unauffällig verhalten."

„Selbstverständlich." Ihr Magen zog sich zusammen. Dies wäre ein guter Moment gewesen, um den Diebstahl, den man ihr in die Schuhe geschoben hatte, zu erwähnen, doch sie schwieg.

„Niemand weiß, wer Sie wirklich sind?", hakte er nach und drehte den goldenen Siegelring an seinem Ringfinger.

Ihre Handtasche drohte von ihrer Schulter zu gleiten, rechtzeitig schob Lucille den Trageriemen höher. „Natürlich nicht."

„Das ist gut, sehr gut." Etwas veränderte sich an seiner Haltung.

Im ersten Augenblick konnte Lucille nicht deuten, was es war. Sie tippte auf Erleichterung. Entspannter als zuvor stand er vor ihr. Doch als er ihren Platz einnahm und sie in die Diele ihrer Wohnung drängte, ahnte sie, dass sein Besuch einen bestimmten Grund hatte, und dieser war nicht, herauszufinden, ob das Zeugenschutzprogramm gut anlief. Hatte McCarthy ihn geschickt, um sie in die Mangel zu nehmen, ohne dass Alex davon wusste?

Breitbeinig stellte sich Alvaro Castillo vor den Ausgang, grinste zufrieden und rieb über seine Oberlippe. Dabei spreizte er Daumen und Zeigefinger seltsam ab und führte seine Hand von der Nase bis hinab zum Mund.

Lucille kannte diese Geste von ihrem ehemaligen Arbeitgeber Alfie. Eine Weile hatte er einen Bart getragen und ständig über seinen Schnäuzer gerieben, um ihn zu glätten. Selbst nachdem er ihn abrasiert hatte, hatte er diese Marotte beibehalten. Die Macht der Gewohnheit. Hatte Castillo womöglich vor Kurzem noch einen Schnauzbart gehabt?

Er schloss die Wohnungstür – ganz langsam, als wollte er Lucille keine Angst einjagen, und erreichte damit genau das Gegenteil. Mit jedem Zentimeter, den der Spalt kleiner wurde, stieg das Gefühl der Bedrohung in Lucille. Sie kämpfte dagegen an, schließlich machte es den Anschein, dass Castillo tatsächlich ein Special Agent war. Wieso sah er sie dann so eindringlich an? Weshalb verschwand er nicht wieder, nun, da er erfahren hatte, dass alles in bester Ordnung war?

Als er erneut über seine Oberlippe strich, stieß er mit dem Arm gegen die Sonnenbrille, die aus der Brusttasche seines Jacketts lugte. Um sich von ihrer Angst abzulenken und herauszufinden, ob sie sich nicht doch an ihn erinnerte, stellte sie sich Castillo mit Schnauzbart und Sonnenbrille vor. So langsam, wie die Tür zuglitt, formte sich ein Bild vor Lucilles geistigem Auge.

Plötzlich wusste sie, woher sie den Mann kannte! Damals, als sie noch in D. C. gewohnt hatte, hatte sie ein paarmal gesehen, wie er zu Richard in die Limousine gestiegen war.

„Wer ist der Südamerikaner mit dem altmodischen Oberlippenbart?“, hatte sie Richard gefragt, als sie mit dem Lift zu ihrem Penthouse hochfuhren.

„Ich mache Geschäfte mit ihm.“

„Im Auto?“ Verständnislos hatte sie ihn angeschaut. „Wieso trefft ihr euch nicht in deinem Büro?“

Er hatte mit den Achseln gezuckt, den Notstoppknopf

im Fahrstuhl gedrückt und, nachdem der Aufzug abrupt angehalten hatte, begonnen, sie trotz Überwachungskamera zu vernaschen. „Ich mag es unkonventionell."

Dem hatte sie zugestimmt. Er war ein Geschäftsmann mit Tätowierungen wie ein Knastbruder und hatte eine Kellnerin geheiratet anstatt eine Frau, die ebenso reich war wie er.

Inzwischen wusste sie, wie weitreichend seine unkonventionellen Geschäftsmethoden gingen. Ein Großteil davon war illegal, manche sogar tödlich. Konnte Alvaro Castillo ein Auftragskiller sein, den Richard auf sie angesetzt hatte, um Dinge auf die Art zu regeln, wie es bei einem *Händler des Todes* nahelag?

Der Schreck fuhr ihr in die Glieder. Die Tür stand kurz davor, ins Schloss zu fallen. Lucille wollte schreien, doch die Furcht schnürte ihre Kehle zu. Plötzlich war sie sich sicher, dass er eine Schusswaffe bei sich trug und nicht davor zurückschrecken würde, sie zu benutzen – gegen Lucille und jeden, der ihr zu Hilfe eilte.

Sie fühlte sich ohnmächtig, alleingelassen, wehrlos. Die Wohnungstür stand nur noch eine Handbreit offen. Jegliche Hoffnung schwand. Sie war verloren!

Unerwartet stieß ein Schuh durch den Spalt. Jemand drückte die Tür von außen so gewaltsam auf, dass Castillo beiseitetreten musste.

„Craig", rief Lucille. Ihre Stimme vibrierte vor Panik. „Ich meine, Mr Bellamy."

Er baute sich mit grimmiger Miene im Türrahmen auf, wie ein Boxer, der aus seiner Umkleidekabine kam, um sich einem Kampf zu stellen – konzentriert und zu allem bereit. Doch er griff Castillo nicht an und Castillo ihn ebenfalls nicht. Sie schauten einander lediglich mit zusammengekniffenen Augen an.

Plötzlich war Lucille nicht mehr sicher, ob Craig zu ihrer Rettung oder ihrem Untergang gekommen war. Ein hässlicher Gedanke formte sich in ihrem Hinterkopf.

Vielleicht gehörte der Südamerikaner weder zum FBI noch zu Richards Leuten, sondern war Craigs Verbindungsmann zu Dawson und der *La picadura del escorpión*. Als angesehener Reeder würde er natürlich das Risiko vermeiden, mit ihnen gesehen zu werden.

Niemand hatte gewusst, dass sie sich zu diesem Zeitpunkt in ihrem Apartment aufhalten würde – niemand außer Craig.

21. KAPITEL

Als Craig sie anschaute, blieb sein Blick hart, aber seine Stimme klang samtig. „Ist alles okay mit Ihnen, Kirby?"

Lucilles Nackenhärchen stellten sich auf. Verstohlen warf sie Alvaro Castillo einen Blick zu. Sie konnte ihrer Panik und Angst endlich Luft lassen und schreien, dass der Latino zu ihren Feinden gehörte, aber damit hätte sie ihre gesamte verkorkste Vergangenheit vor Craig ausbreiten müssen. Außerdem schien Castillo gefährlich! Sie hatte zwar keine Waffe gesehen, aber er trug eine versteckt – eine oder mehrere –, darauf hätte Lucille ihr Leben verwettet. Wenn sie ihn jetzt verriet, würde er sie unweigerlich angreifen, wie ein Tiger, der in eine Ecke gedrängt wurde. Das brachte nicht nur sie selbst, sondern auch Craig in Gefahr.

Plötzlich fasste Alvaro Castillo in seine Jackettasche.

Craig setzte zum Sprung an. Doch bevor er sich auf den Südamerikaner stürzen konnte, zog dieser einen Ausweis hervor, der in einer Plastikfolie steckte. Mithilfe eines Klips befestigte er ihn an seinem Revers.

„Alvaro Castillo", stellte er sich vor und lächelte. „Ich arbeite für die Verwaltung der Wohnanlage Manatee und hatte bisher noch keine Zeit gefunden, unsere neue Mieterin zu begrüßen."

Hatte er für jede Gelegenheit eine geeignete ID-Card dabei? Lucille versuchte das Zittern ihres Körpers unter Kontrolle zu bekommen, damit Craig es nicht bemerkte. Offensichtlich hatte Castillo sich dazu entschieden, den Weg des geringsten Widerstandes zu gehen, vielleicht um Aufsehen zu vermeiden oder weil er spürte, dass Craig kein leichter Gegner war und ihn zu Boden geworfen hätte, bevor er seine Waffe hätte ziehen können.

Kritisch beäugte Craig den Ausweis.

Schließlich ließ er den Latino passieren. Dieser verabschiedete sich mit einem stummen Nicken und eilte davon.

„Ich bin gleich zurück“, versprach Craig. „Schließ dich bitte ein.“

Da sie sich nicht rührte, nahm er ihr den Schlüssel aus der Hand, wobei seine Finger zärtlich ihren Handrücken streiften, schloss die Apartmenttür hinter sich und verriegelte sie von außen.

Endlich konnte sie sich wieder bewegen. Lucille wischte sich mit den Handflächen durchs Gesicht. Sie hatte das Gefühl, knapp einem Unglück entkommen zu sein. Castillo gehörte nicht zu Craig, so viel stand fest.

In diesem Augenblick wurde Craig Bellamy von einer Bedrohung zu ihrem Retter. Lucille hätte heulen können vor Erleichterung.

Obwohl sie in Sicherheit schien, war ihr Fluchttrieb noch aktiv. Sie musste unbedingt wissen, ob Castillo zur Ermittlungsbehörde gehörte oder nicht.

Da Craig jeden Moment zurückkehren konnte, ging sie rasch ins Badezimmer, schloss sich ein und holte ihr Handy aus ihrer Handtasche. Zuerst wählte sie die Telefonnummer von Alex Fisher, beendete den Anruf aber noch vor dem ersten Klingeln. Sie musste mit jemandem sprechen, der die Befugnis hatte, Entscheidungen zu treffen.

Sie nahm auf dem WC-Sitz Platz und stieß geräuschvoll die Luft aus ihren Lungen. Schweren Herzens rief sie die Person an, die sie geschworen hatte, niemals zu kontaktieren, selbst wenn die Erde gefror.

„Was wollen Sie, Mrs Dawson? Tun Ihre Füße von der Arbeit weh?“

Mürrisch, wie immer, dachte Lucille. „Es ist etwas passiert, Special Agent McCarthy. Ein Fremder stand eben in meiner Wohnung und zeigte einen FBI-Ausweis vor, aber …“

„Der Name", unterbrach er sie ungeduldig.

„Alvaro Castillo. Hat er zumindest behauptet."

„Gibt es bei uns nicht."

„Sind Sie sicher?" Kaum hatte sie die Frage leichtfertig ausgesprochen, wusste sie, dass es ein Fehler gewesen war, da er sie als Kritik auffassen würde.

„Hören Sie, Mrs Dawson."

Sie nutzte die Sekunden, die McCarthy benötigte, um theatralisch einzuatmen, und brachte eine Bitte vor, die ihr schon lange auf der Zunge brannte: „Können Sie nicht Blunt zu mir sagen?"

„Noch sind Sie mit Richard Dawson verheiratet", sagte er kleinkariert, und Lucille glaubte eine Anklage herauszuhören, als wäre sie noch immer schuldig, solange die Verbindung zu Richard bestand. Aber selbst nach der Scheidung blieb er für immer ein Teil ihres Lebens, ein dunkler Fleck in ihrer Vergangenheit, einer von vielen, der schwärzeste. „Ich habe die Agenten, Ihre Kontaktpersonen zum Bureau und somit zu mir, eigenhändig ausgesucht."

„Ein falscher Name, vielleicht."

„Ganz bestimmt sogar, aber nicht von einem meiner Männer, da ich die Decknamen aller kenne. Ich mache meinen Job gut, verdammt gut, Mrs Dawson", stellte er klar, und Lucille war sich sicher, dass er ihren Namen wiederholte, um sie zu ärgern.

„Die *La picadura del escorpión* muss Castillo geschickt haben, um gewaltsam zu erfahren, was ich dem FBI erzählt habe, und mich dann zu töten." Vielleicht war auch Richard persönlich der Auftraggeber. Lucille zitterte erneut. Nicht auszudenken, was geschehen würde, wenn Castillo Craig überwältigte und zurückkehrte! „Sie müssen mich hier rausholen!"

„Ich muss gar nichts. Sie sind im Zeugenschutz, nicht bei

Wünsch-dir-was."

Sein abfälliger Ton machte sie wütend. „Mein Leben steht auf dem Spiel, Herrgott noch mal. Wie soll ich gegen Richard aussagen, wenn ich tot bin?"

„Wir haben die Situation im Griff."

„Offensichtlich nicht."

„Werden Sie nicht unverschämt, Mrs Dawson!"

„Alex Fisher..."

„Ist ganz in Ihrer Nähe, genauso wie weitere unsichtbare Bundesagenten. Wir haben zu jeder Zeit ein Auge auf Sie. Sie können uns nicht herumkommandieren wie Ihr Personal damals."

Das habe ich nie getan, lag ihr auf der Zunge, doch sie schluckte die Worte herunter. Tadhg McCarthy hielt sie offenbar für eine reiche Zicke, die sich hochgeschlafen hatte und dabei – in seinen Augen sicherlich verdienterweise – auf die Schnauze gefallen war.

Sie stand kurz davor, ihm an den Kopf zu werfen, dass Craig Bellamy und nicht Alex Fisher oder ein anderer seiner wertvollen Special Agents sie gerettet hatte, wollte jedoch nicht erklären, was Craig in ihrer Wohnung tat. McCarthy war die letzte Person auf diesem Erdball, die erfahren durfte, dass sie des Diebstahls bezichtigt wurde.

Er seufzte, als ginge es um eine Lappalie. „Wir kümmern uns um Calvaro Astillo. Alles ist unter Kontrolle."

Fassungslos schaute Lucille auf das Display. Er hatte aufgelegt!

„Alvaro Castillo", korrigierte sie ihn, obwohl er es nicht mehr hören konnte. Es lag auf der Hand, dass er nicht einmal den Namen des Verdächtigen notiert hatte. Eine Beschreibung des Mannes hatte er auch nicht gefordert. McCarthy nahm sie offenbar nicht ernst. Wahrscheinlich ging er sogar davon aus, sie hätte sich die Sache nur ausgedacht, weil ihr der Job als Dienstmädchen nicht passte.

Das FBI ließ sie im Stich. Sie war auf sich allein gestellt, wie schon ihr ganzes Leben lang.

Als die Wohnungstür aufgeschlossen wurde, versteifte sich Lucille.

„Kirby?“ Es war Craig! In seiner Stimme schwang Besorgnis mit.

Erleichtert sprang sie vom WC-Sitz auf. Möglicherweise war sie doch nicht so allein, wie sie dachte.

Lucille konnte nicht anders. Aus einem Impuls heraus rannte sie aus dem Badezimmer und warf sich ihm im wahrsten Sinne des Wortes an den Hals. Bemüht, nicht zu schluchzen, drückte sie ihr Gesicht in seine Halsbeuge und schlang ihre Arme um ihn, als wollte sie ihn nie wieder loslassen.

Sanft strich er über ihr Haar. „Ganz ruhig. Er ist fort. Der Verwalter hatte ihn jedenfalls nicht geschickt. Ich habe eben mit ihm telefoniert. Hast du eine Ahnung, wer der Mann war?“

Sie schüttelte nur den Kopf. Ihre Vermutung konnte sie unmöglich äußern, ohne ihm das Dilemma ihrer Ehe zu offenbaren.

„Ich hatte gehofft, er würde mit dem Auto wegfahren und ich könnte dadurch an ein Kennzeichen kommen, aber er ist in ein Boot gestiegen.“ Dann schnalzte Craig. „Der Pförtner kannte ihn nicht, aber der Ausweis hatte ihm gereicht, um den Fremden in die Wohnanlage zu lassen.“

„Danke“, sagte sie atemlos. Craig war gerade noch rechtzeitig erschienen. Ihr Ritter in glänzender Rüstung – oder vielmehr im Poloshirt. Seine Umarmung schenkte ihr Kraft. Es fühlte sich so gut an, von ihm gehalten zu werden. Wie hatte sie nur an ihm zweifeln können?

„Es scheint fast so, als wollte die ganze Welt dir Böses.“

Argwöhnisch sah ihn an. „Wie meinst du das?"

Craig wurde ernst. „Ich bin hier, um mit dir über den Diebstahl zu reden."

„Wieso sollte ich den Schmuck deiner Mutter stehlen, wenn ...", sie zögerte und sprach ihre Gedanken dann frei aus: „Wenn ich am selben Abend mit dem Boss geschlafen habe und mir deshalb Hoffnung darauf machen könnte, ihn für mich zu gewinnen und somit weitaus mehr als ein paar Ketten und Ohrringe zu ergattern?"

„Du machst dir also Hoffnung, die Frau an meiner Seite zu werden?" Interessiert hob er eine Augenbraue.

„Allgemein gesprochen." Sie spürte förmlich, wie die Hitze ihren Hals hochkroch und ihre Wangen rosa färbte. „Hypothetisch, natürlich."

„Natürlich." Seine Mundwinkel wölbten sich leicht nach oben. „Aber wer will dir den Diebstahl in die Schuhe schieben? Und zu welchem Zweck?"

„Vielleicht jemand, der befürchtet, ich könnte tatsächlich versuchen, dich zu erobern." Verlegen wollte sie sich von ihm losmachen, doch er hielt sie fest.

„Ich glaube dir." Er unterstrich seine Aussage mit einem Nicken. „Das alles erscheint mir nicht koscher. Selbst wenn du es weiterhin bestreitest – wahrscheinlich aus Loyalität zu den anderen Angestellten –, aber ich nehme dir nicht ab, dass du aus Eigeninitiative in mein Schlafzimmer gekommen bist, bevor du mich nackt erwischt hast. Dafür warst du zu neu im Team. Außerdem halte ich dich nicht für so abgebrüht. Jetzt der Diebstahl zu einer Zeit, die, da stimme ich mit dir überein, unlogisch ist."

Lucilles Herz machte einen Sprung. „Was wirst du tun?"

„Das, was der große Unbekannte mit allen Mitteln zu verhindern versucht." Er berührte ihre Schläfe, als würde er ihr eine Haarsträhne aus dem Gesicht streichen, aber es hatte sich gar keine aus ihrem Zopf gelöst. „Dich zu meiner Freundin machen."

Erstaunt riss Lucille ihre Augen auf. Sie hatte mit allem gerechnet. Nur nicht damit! Weshalb sollte es Craig kümmern, was aus ihr wurde? Sie war nur sein Dienstmädchen, mehr nicht. Oder doch?

„Mit diesem Schachzug locken wir ihn aus der Reserve. Eines Tages werden wir ihn entlarven." Er legte seine Hand an ihre Wange. „Ich gehe davon aus, dass er unsere vermeintliche Liebesbeziehung zu sabotieren versuchen wird. Aber wir sind jetzt auf der Hut. Irgendwann wird er sich verraten."

„Oder sie", gab Lucille zu bedenken. Craig meinte es mit seinem Plan ernst, sie konnte es kaum fassen. Plötzlich freute sie sich wie eine Schneekönigin, dass McCarthy sie am Telefon hatte abblitzen lassen. „Und bis dahin?" Was hatte Craig von diesem Eingeständnis?

„Wirst du mir die Liebesdienste erweisen, zu denen du dich verpflichtet hast." Ein frivoles Lächeln umspielte seine Lippen. „Bist du bereit, das Spiel mitzuspielen?"

Und ob! Lucille brauchte nicht zu antworten. Breiter hätte sie nicht grinsen können.

22. KAPITEL

Dieser Plan ist irrwitzig, dachte Lucille, als sie in Craigs Schlafzimmer trat, diesmal als – angebliche – Freundin, nicht als Hausmädchen. Wieder eine Nacht-und-Nebel-Aktion, wieder eine Kehrtwende, die dazu führte, dass sie ihr Leben neu ausrichten musste. Sie hatte nichts mehr unter Kontrolle, rein gar nichts. Doch mit dem Blick auf den Kapitän, auf Craig, gerichtet, erwachte die Hoffnung, endlich das richtige Schiff bestiegen zu haben.

Durch das Fenster beobachtete sie, wie die Sonne hinter dem Horizont versank. Es herrschte eine himmlische Ruhe im Haus, da Lucille die Angestellte war, die Spätdienst gehabt hätte. Die Atmosphäre war so idyllisch und friedlich, wie Lucille es schon lange nicht mehr erlebt hatte.

„Die kannst du morgen ausräumen. Ich muss erst Platz schaffen." Craig stellte ihre Koffer vor seinem Kleiderschrank ab. „Jetzt werde ich erst einmal Patrick über die Situation in Kenntnis setzen."

„Weih ihn bitte nicht in unseren Plan ein", bat Lucille, denn sie konnte nicht ausschließen, dass er den Schmuck in ihren Spind gelegt hatte. Als langjähriger Mitarbeiter und Führungskraft hatte die Familie Bellamy ihn bestimmt ins Vertrauen gezogen, was den Code für den Safe betraf.

„Ich vertraue ihm. Aber wenn du möchtest, dass ich nicht einmal ihn aufkläre, musst du etwas für mich tun." Anzüglich glitt sein Blick über ihren Körper, während er zu ihr kam, sich vorneigte und in ihr Ohr flüsterte: „Wenn ich zurückkomme, möchte ich, dass du mich erwartest. Nackt und mit verbundenen Augen. Meinst du, du könntest dich dazu überwinden, Cantaloupe?"

Ein sinnliches Prickeln rieselte über ihren Körper. Cantaloupe, welch ein hübscher Kosename! In ihren Augen ähnelte ihre Haarfarbe eher Karotten, aber sie ließ ihn gern in dem Glauben, ihr Schopf besäße dieses appetitanregende Orangerot von Zuckermelonen.

„Das wirst du herausfinden müssen." Keck stellte sie sich auf die Zehenspitzen, als wollte sie ihm demonstrieren, dass sie ihm nicht länger unterstellt, sondern ebenbürtig war. Natürlich entsprach das nicht der Wahrheit. Sie gehörte immer noch zum Personal, auch wenn sie ab sofort den gegenteiligen Eindruck erwecken würde. Aber die Illusion verführte Lucille, selbst daran zu glauben. Wenigstens für den Moment wollte sie ihr Glück auskosten.

Craig nahm die Herausforderung an, denn er holte eine Schlafmaske aus der Nachtkonsole und legte sie aufs Bett. Er schenkte Lucille einen letzten intensiven Blick, der ihr durch und durch ging, und verließ das Schlafzimmer.

Lucille hatte nichts Eiligeres zu tun, als zu duschen und sich zu rasieren. Während sie einige Tropfen Parfum auflegte, betrachtete sie sich von allen Seiten im Badezimmerspiegel. Vielleicht war das Rot ihrer Haare gar nicht so ordinär. Im warmen Licht des Bads hatte es sogar etwas Sonniges, es leuchtete förmlich. Oder war sie es, die strahlte?

Bei jedem Schritt, den sie auf das Bett zumachte, in dem sie mit Craig zusammen schlafen würde, prickelte es in ihrem Schoß. Die Maske hob sich schwarz von der cremefarbenen Bettwäsche hervor.

Was hatte er vor? Hatte er überhaupt einen Plan, oder würde er ihren Körper spontan bespielen? Allein bei der Vorstellung brandete eine Flut Sinnlichkeit durch sie hindurch.

Sie erschauerte wohlig, kicherte wie ein verliebter Teenager und ergriff die Schlafmaske. Ihr Kopfkino lief auf Hochtouren und zauberte doch nur Fragen hervor. Würde er wieder bekleidet bleiben oder sich diesmal ebenfalls ausziehen? Wann würde er sie von ihrer Blindheit befreien – bereits nach dem Betreten des Schlafzimmers oder erst nach dem Liebesspiel?

Nachdem sie die Maske angelegt hatte und nichts mehr sehen konnte, tauchten frivole Bilder vor ihrem geistigen Auge auf. Sie sah sich aus seiner Sicht nackt vor ihm stehen, bereit, ihm weitaus mehr als ihren Körper zu schenken, nämlich ihr Vertrauen, zitternd vor Lust, feucht, gleichsam scheu und begierig, endlich von ihm berührt zu werden und …

Das leise Knarren der Zimmertür ließ Lucille aus ihren Fantasien hochschrecken.

Sie hörte Schritte, die der Teppich dämpfte. Jemand kam auf sie zu, schlich um sie herum wie ein Tiger um seine Beute und brachte Lucille dazu, kurz den Atem anzuhalten. Stocksteif stand sie dort und hoffte, dass die Person, die ihren Nacken anhauchte, Craig war.

Er umkreiste sie so oft und ausdauernd, dass ihr schwummrig wurde. Sie spürte heißen Atem an ihren Brustspitzen, glaubte, ein Streicheln zwischen ihren Schulterblättern wahrzunehmen, doch der leichte Schwindel brachte sie durcheinander. Ihre Unruhe wuchs.

„Craig?“ Wieso schwieg er?

Nervös verlagerte sie ihr Gewicht. Sie schnaubte empört, knabberte an ihrer Unterlippe und wusste nicht, was sie mit ihren Händen machen sollte. Unentwegt waren ihre Finger in Bewegung. Lucille ballte ihre Hände zu Fäusten, um sich nicht die Maske von den Augen zu reißen. Nicht auszudenken, wenn Nate sie in dieser Situation erwischen würde! Er würde sie zweihundertprozentig ausnutzen.

Ihre Stimme klang brüchig. „Craig? Bitte sag etwas.“

Sie kam sich lächerlich vor. Nate hatte Feierabend, er befand sich gar nicht in der Villa. Was machte sie sich Kopfschmerzen über diesen Lackaffen, der seine Augenbrauen zu dünnen Strichen zupfte? Aber er verstand sich gut mit den Wachmännern. Eigentlich waren diese angewiesen, die Angestellten nur zu den Dienstzeiten auf das Anwesen zu lassen, doch mit den richtigen Verbindungen stellte das ein geringes Problem dar.

„Bitte", flüsterte sie atemlos, da Alvaro Castillo plötzlich vor ihrem inneren Auge erschien. Männer wie er konnten sich in jedes Gebäude einschleichen, wie er bereits bewiesen hatte. Dass er mit Craig unter einer Decke steckte, schloss sie inzwischen aus, denn wenn das der Fall gewesen wäre, hätten die beiden sie in ihrem Apartment in die Mangel genommen. Stattdessen hatte Craig sie nicht nur vor Castillo beschützt, sondern sie sogar in sein Bett geholt. Die Waffen im Schutzbunker waren ihr noch immer ebenso suspekt wie der Besuch von Jack Caruso, doch die Wahrheit musste nicht unweigerlich etwas mit dem Drogenkartell zu tun haben. Im Zweifel für den Angeklagten. Caruso, Mist, warum hatte sie ausgerechnet an ihn gedacht? War er mit ihr in einem Zimmer?

„Ich kann das nicht." Keuchend hob Lucille ihre Hand, um die Schlafmaske abzunehmen, als jemand ihr Handgelenk umschloss und sie davon abhielt.

„Mach dir keine Sorgen. Ich bewache, was mir gehört."

„Craig!" Er war es also doch. Ihre Augen wurden feucht vor Erleichterung. Närrin!

Wieso hatte sie an all diese schrecklichen Männer gedacht, anstatt ihm zu vertrauen. „Schuft!"

Er lachte sinnlich, trat dicht an sie heran und flüsterte in ihr Ohr: „Wen hast du erwartet? Das ist mein Anwesen, meine Villa, mein Schlafzimmer – und du bist meine Frau. Ich herrsche über dich …"

„Herrsche?", echote sie trotzig und spürte, dass ihre

Stärke zurückkehrte. Sie versuchte ihm ihr Handgelenk zu entziehen, aber er hielt es fest, drehte ihren Arm sogar behutsam auf ihren Rücken und drückte ihren Körper an den seinen. Die Wölbung in seiner Hose ließ sie erröten, doch das störte sie nicht.

„... und ich wache über dich. Du bist in Sicherheit, kannst dich vollkommen fallen lassen und dich mir hingeben. Du befindest dich in meiner Welt. Hier kann dir nichts geschehen." Schlüpfrig fügte er hinzu: „Nichts, was ich nicht will."

Was hatte das zu bedeuten? Eine Woge der Erregung wallte in ihr auf, so gewaltig, dass sie schwankte. In diesem Moment fürchtete sie sich keineswegs vor ihm – vergiss die Waffen, er ist dein Retter! –, sondern sie hatte Angst, die Lust, die er versprach, nicht ertragen zu können.

Rasch schlang Craig einen Arm um ihre Hüften. „Ist alles in Ordnung? War das Erlebnis in deiner Wohnung zu viel? Ich möchte dich nicht überfordern."

Das war ein günstiger Augenblick, um das Spiel abzubrechen, bevor es begonnen hatte, aber das hätte sie ebenso wenig ertragen. Sie begehrte Craig zu sehr! Deshalb schüttelte sie den Kopf. „Mach nur langsam."

Sanft hob er ihr Kinn an und küsste sie. Zuerst spitzte er nur seine Lippen und streichelte ihren Mund damit. Er zog mit seiner Zungenspitze ihre Konturen nach, zupfte an ihrer Unterlippe, dann endlich presste er seinen Mund auf den ihren. Unglaublich zärtlich massierte er ihre Lippen. Er drang mit seiner Zunge in sie ein und schob sich unter die ihre, um sie zu animieren, mit ihm zu züngeln. Lucille kam der Aufforderung nur allzu gern nach. Dadurch, dass sie nichts sehen konnte, schmeckte sie Craig intensiver. So lecker! Dass ein einfacher Kuss so intim sein konnte, überraschte sie.

Er gab ihr Handgelenk frei, und sie umarmte ihn, schmiegte sich eng an ihn und rieb mit dem Oberschenkel über seinen Schritt. Erfreut spürte sie, wie sein Schaft härter wurde. Da er immer noch vollkommen angezogen war, löste sie sich von ihm. Ihre Fingerspitzen glitten an seinem Gürtel nach vorn.

Doch bevor sie die Schnalle öffnen konnte, schob er ihre Hände fort. „Ich bestimme, du folgst. Damit du das verinnerlichst, habe ich ein Geschenk für dich."

Einige Sekunden lang spannte Lucille ihre Gesäßhälften an. Das letzte Präsent hatte ihr zwar eine höllische Lust verschafft, aber davor hatte eine lange bittersüße Tortur gelegen.

Sie hörte, wie etwas, das er unter dem Bett hervorzog, über den Teppichboden schabte. Scharniere knarrten. Ein Koffer? Eine Truhe?

Wortlos legte Craig ihr ein Halsband an. Da Lucille nichts sehen konnte, betastete sie es. Es war aus Leder gefertigt, in das vorn ein kleiner, aber stabiler Metallring eingearbeitet war, der abstand und sich bewegen ließ.

„Zum Einhaken", erklärte Craig, führte zur Demonstration seinen Finger durch den Ring und krümmte ihn, um Lucilles Gesicht einige Zentimeter zu sich heranzuziehen. „Hab keine Angst. Das ist nur ein Zeichen meiner Herrschaft über dich."

Dieser Mann war unglaublich! Lucilles Lippen waren immer noch feucht von seinem Kuss. Sie hatte einen Herrn gefunden, der sie nicht knechtete, sondern liebte und als Gegenleistung lediglich Vertrauen und Hingabe forderte.

„Wer immer dir das angetan hat, soll in der Hölle schmoren", brachte er gepresst hervor und legte seine Hand auf ihren Po. Sogleich glitt sie tiefer und berührte die Narben an ihrem Oberschenkel so behutsam, als wären sie frisch. „Ich würde dir so etwas nie antun. Ich könnte es nicht einmal, selbst wenn ich wollte."

Selbst wenn ich wollte, hallte es in Lucilles Kopf wider. Welch eine seltsame Wortwahl!

Er bückte sich und entnahm der Truhe – Lucille hatte beschlossen, sich eine aus kunstvoll verziertem Holz auszumalen, keine einfache Kiste – etwas, bevor er wieder den Ring an Lucilles Halsband fasste und leicht daran zog, um sie an seine Macht zu erinnern, was sie noch feuchter zwischen den Schenkeln werden ließ.

Was Craig mit ihr tat, kam Zauberei sehr nah. Er brauchte Lucille nicht einmal anfassen, um sie zu erregen. Das Spiel, das er um sie sponn, ließ die restliche Welt einfach verschwinden. Alles andere wurde unwichtig. Das Einzige, was zählte, war er, der König des kleinen Lustuniversums. Er stellte die Regeln auf, er belohnte und bestrafte und regierte seine Untertanen, die nur aus einer einzigen Person bestanden: Lucille.

Sex mit Craig Bellamy war magisch.

Etwas streifte ihren Oberarm. Es war keineswegs unangenehm, sondern kitzelte. Es musste eine Feder sein. Lucille fand ihre Vermutung bestätigt, als Craig sie erneut damit streichelte. Er führte die Feder zwischen ihren Brüsten entlang und zauberte eine Gänsehaut auf ihr Dekolleté. Ihre Nippel zogen sich zusammen. Lucille erschauerte wohlig. Mit der Federspitze umkreiste er ihre Warzenhöfe, zeichnete Linien auf ihren Busen und verirrte sich immer öfter in das Tal ihrer Achseln.

Das Kitzeln war so heftig, dass Lucille zurückweichen wollte, doch Craig hielt sie am Lederhalsband fest und fuhr mit der Feder über ihre Seite, wobei er seine Hand wie ein Maler auf und ab schwang und auch ab und zu ihre Achselhöhlen streifte.

Lachend schlug Lucille seine Hand weg.

„Ist das deine Art von Unterwerfung?“ Seine Stimme

vibrierte dunkel und gefährlich, aber ebenso erotisch. „Wie ich es schon in der Küche geahnt habe, muss meine Lustdienerin erst noch erzogen werden."

Er ließ von ihr ab und kramte in der Truhe. Lucille hob den Kopf, um unter der Maske durchzulinsen, fand aber keinen Spalt und wagte nicht, mit den Händen nachzuhelfen. „Was hast du vor?"

„Dich Gehorsam lehren." Kaum hatte er das ausgesprochen, führte er ihre Hände so schnell hinter ihren Rücken und fesselte sie mit Handschellen aneinander, dass Lucille nicht einmal Zeit hatte, sich zu wehren.

23. KAPITEL

„Hey!“ Vergeblich zerrte sie an ihren Fesseln.

Mithilfe seiner Füße schob er die ihren auseinander. „Wiederholen wir also die Übung. Diesmal mit gespreizten Beinen. Solltest du sie schließen, werde ich deine Fußgelenke an die Bettpfosten ketten.“

Schon während er ihr Halsband erneut packte, damit sie ihm nicht entfloh, führte er die Feder von ihrem Knie hinauf bis zu ihrer Hüfte. Lucilles Spalte prickelte sehnsüchtig, als die Feder ihren Schamhügel streichelte, so hauchzart, dass sie eine Gänsehaut bekam.

Doch anstatt ihr Geschlecht zu liebkosen, neckte Craig wieder ihre Achseln.

Lucille kicherte automatisch. Sie versuchte auszuweichen, ihn mit ihrem Ellbogen zu treffen und sogar, ihn zu treten, doch er wich ihren Attacken geschickt aus und hörte nicht auf, sie mit der Federspitze unter ihren Achseln zu kitzeln.

„Du ziehst die Tortur nur in die Länge“, machte er ihr klar. „Halte still und ertrage hingebungsvoll, was ich dir schenke, und ich werde gnädig sein.“

Es war die Hölle! Diese Erkenntnis erlangte sie, nachdem ihr vor Lachen Tränen in die Augen stiegen. Sie kicherte und lachte, gackerte und schluchzte. Erste Tropfen lösten sich aus ihren Augenwinkeln, just in dem Moment, in dem Craig von ihr abließ.

Er gab ihr Zeit, sich zu beruhigen und zu Atem zu kommen. Gefühlvoll küsste er ihre Schultern. Seine gespitzten Lippen streiften ihre Ohrmuschel, sie zupften an den Härchen in ihrem Nacken und platzierten zum Schluss, als sie erleichtert seufzte, einen Kuss auf ihrer Nasenspitze.

„Ein und dasselbe Instrument kann Lust oder Qual bereiten“, flüsterte er mit einem rauen Timbre in der Stimme, das Lucille faszinierte, weil er wie ein Löwe klang, der gleichzeitig schnurrte und knurrte.

Noch immer hielt er sie an dem Metallring des Halsbandes fest. Sie spürte seinen warmen Atem an ihrer Wange. Craig streichelte mit der Feder über die Innenseiten ihrer Oberschenkel, etwas stärker als zuvor, sodass das Kitzelgefühl nicht ganz so intensiv war und sie stillhielt.

Diesmal erzeugte die Feder ein Prickeln, das anschwoll, je näher er ihrer Mitte kam. Ihr Geschlecht pochte sehnsüchtig, doch Craig ließ sich Zeit, zog immer enger werdende Kreise um ihren Venushügel, fuhr durch die Täler zwischen Schenkel und Schoß und umarmte Lucille schließlich, um ihren Hintern zu liebkosen.

Craigs Wölbung schmiegte sich an sie, als er eine Pohälfte etwas beiseitezog und mit der Feder durch die Furche strich. Ihr Öffnung zog sich zusammen, um gleich darauf zu kribbeln. Lucille lehnte sich gegen Craig und genoss das erregende Gefühl. Richard hatte sie gelehrt, wie lustvoll der Tabubruch war, auch die Hinterpforte in das Liebesspiel mit einzubeziehen. Aber sie begehrte ihn nicht mehr, sondern Craig – eindeutig Craig! –, der zwar ebenfalls beim Sex die dominante Rolle einnahm, der sie jedoch viel sanfter, sinnlicher und einfühlsamer unterwarf, fantasievoll wie ein Künstler.

Craig hatte die Feder offenbar gedreht, denn er führte nun den Steg in sie ein. „Wurdest du schon einmal auf diese Weise genommen?“

Natürlich wusste Lucille, was er damit meinte. Er sprach nicht von einem Federkiel, sondern einem Phallus. Anstatt zu antworten, biss sie zärtlich in seinen Hals und rieb sich an seiner Wölbung. Ihr Ringmuskel zog sich um den Eindringling zusammen. Der Kiel war so filigran, dass er nicht wehtat, jedoch ein höchst unanständiges Prickeln erzeugte – sanft, aber keineswegs beängstigend.

Nachdem Craig den Eindringling entfernt hatte, stellte er ihren rechten Fuß auf das Bett, sodass sich ihr Schoß ihm vollkommen öffnete. Ein weiteres Mal ließ er die Feder über ihre Schenkel schweben.

Er legte eine Hand an Lucilles Hüften, und diese simple Geste wirkte auf sie so wundervoll besitzergreifend, dass nicht nur Hitze in ihrer Mitte aufglomm, sondern auch in ihrem Brustkorb. Auf der einen Seite erregte es sie, mit gefesselten Händen vor ihm zu stehen und ihm ausgeliefert zu sein. Auf der anderen Seite wünschte sie sich so sehr, ihn ebenfalls berühren zu können, zu dürfen, aber noch erlaubte er es ihr, seiner Dienerin, nicht.

Craig Bellamy war ein außergewöhnlicher Boss, bei Tag und auch bei Nacht.

Als die Feder über ihre Schamlippen glitt, kehrte das Kitzeln zurück, es mischte sich jedoch auch eine Prise Lust darunter. Lucille konnte die Gefühle kaum auseinanderhalten, sie verschmolzen, wurden eins, waren sogar gleichsam kaum zu ertragen und wundervoll. Sie kicherte, stöhnte, lächelte und erschauerte.

Die Feder reizte ihren Schoß auf ganz ungewöhnliche Art und Weise. Als Lucille es zu sehr kitzelte, versuchte sie instinktiv ihr Bein vom Bett zu nehmen, doch Craig stellte sich davor und zwang sie, die prickelnd kribbelnde Lust hinzunehmen. Zusätzlich machte es sie an, von Craig unterworfen zu werden – er blieb immer sanft, selbst wenn er durchgriff.

Unnachgiebig strich er mit der Feder über ihr Geschlecht; mal benutzte er nur die Spitze, dann wieder die ganze Länge oder kratzte sie behutsam mit dem Kiel. Inzwischen vibrierte ihre Mitte, weil das Blut heiß hindurchpulsierte und ihre Schamlippen anschwellen ließ.

Ohne von ihrem Schoß abzulassen, neigte sich Craig vor und schloss seinen Mund um Lucilles linke Brustspitze. Lucille keuchte, als er ihren Nippel mit seiner Zunge bearbeitete. Doch er hörte viel zu früh auf, dafür saugte er immer fester, bis ein leichter Schmerz sie unruhig werden ließ. Daraufhin wurden Craigs Saugen zwar nicht stärker, aber er gab ihre Brustwarze auch nicht frei, sondern hielt sie angesaugt, während er mit der Feder unentwegt ihre Spalte liebkoste.

Kitzel, Erregung und Lustschmerz vereinten sich zu einem unbeschreiblichen Gefühl, das Lucille berauschte. Seufzend legte sie ihren Kopf in den Nacken. Die Binde hätte sie gar nicht mehr gebraucht, da ihre Augen ohnehin geschlossen waren. Ihr Becken kreiste von selbst, nicht um der Feder zu entkommen, sondern um intensiver von ihr gestreichelt zu werden.

Doch diesen Gefallen tat Craig ihr nicht, sondern er ließ von ihr ab, nicht abrupt, sondern er zog sich langsam zurück, indem er die Feder in geschwungenen Linien über ihren Venushügel strich, als wäre er ein Zeichner, der mit einem Stift seinen Namen unter ein Aktgemälde schrieb. Gleichzeitig hörte er zwar auf zu saugen, leckte jedoch noch einige Male lasziv über ihren prickelnden Nippel, bevor er Hand und Feder von ihr nahm.

Atemlos und lächelnd stand Lucille vor ihm, mit erhitzten Wangen, erigierten Brustspitzen und einem Geschlecht, das vor Freude so sehr weinte, dass seine Tränen der Lust ihre Schenkel hinabrannen. Aber sie schämte sich nicht. Vielleicht lag es an der Schlafmaske, die sie zu einem Wesen machte, das nur aus Gefühl bestand, möglicherweise auch an Craig, der so natürlich mit ihrem Körper interagierte, als wären sie füreinander geschaffen worden.

Lucille spürte Craigs Finger an ihrer Wange und schmiegte sich an seine Handfläche. Frenetisch küsste er sie – begierig, heißblütig und wild.

Nachdem er den Kuss beendet hatte, drehte er sie mit dem Gesicht zum Bett, legte seine Hand in ihren Nacken und drückte sie wortlos auf die Knie.

Lucille fragte sich, weshalb es sie so sehr erregte, sich seinem Willen zu fügen, wieso es sie anmachte, dass er über sie verfügte, als wäre sie sein Eigentum, fand jedoch keine Antwort außer der, dass sie wie Nut und Feder waren – er dominant und sie devot, was er ihr erst jetzt bewusst machte. Sie passten zusammen, teilten dieselbe Leidenschaft. Daran war nichts Falsches, nichts Verdorbenes. Lucille konnte sich gedankenlos fallen lassen und genießen und spürte, wie sie unter seinem harten Griff, der ihren Oberkörper auf das Bett niederdrückte, dahinschmolz.

„Ich werde jetzt die Handschellen entfernen", sagte er leise, und seine Hand glitt von ihrem Nacken tiefer über ihren Rücken bis hin zu dem Punkt knapp über ihrem Steiß, an dem sich ihre Unterarme kreuzten, „weil ich möchte, dass du mir freiwillig dienst. Nichts liegt mir ferner, als dich zu zwingen, wobei ich Gewalt und Nötigung meine, nicht das Quäntchen Druck, das eine Liebesdienerin manchmal braucht, um folgsam zu sein."

Ein heißkalter Schauer jagte ihr eine Gänsehaut über den Leib, ein Zeichen ihrer Erregung, das Craig ganz sicher zu deuten wusste. Denn er unterwarf in dieser Nacht nicht zum ersten Mal eine Frau, ahnte Lucille, dafür wusste er zu genau, was er sagte und was er tun musste, damit sie vor Erregung erzitterte.

Eifersucht, so bitter wie Magensäure, wallte in ihr auf. Dabei hatte Craig ihr versichert, mit niemandem außer ihr intim zu sein, und sie glaubte ihm. Kurioserweise war sie sogar auf seine Exgeliebten eifersüchtig. Herrgott, was hatte dieser Mann nur mit ihr gemacht?

Nachdem er die Handschellen weggelegt hatte, massierte er kurz ihre Handgelenke. Er spreizte ihre Knie weiter und hockte sich dazwischen. Eine Weile geschah nichts, wahrscheinlich betrachtete er die Feuerstelle in ihrer Leibesmitte.

Lucille konnte sich genau vorstellen, was er in diesem Moment sah. Wie Flammenzungen mussten ihre inneren und äußeren Schamlippen zwischen ihren elfenbeinfarbenen Beinen anmuten. Anstatt Rauch stieg Intimduft von ihnen auf. Lucilles Schenkel glänzten sicherlich von ihrer Feuchtigkeit. So wie Lucille vor Craig kniete, präsentierte sie sich schamlos und verletzlich.

Ihr Unterleib krampfte sich bei dem Gedanken, Craig könnte in diesem Moment alles, wirklich alles, mit ihr anstellen, lustvoll zusammen.

Plötzlich drängte etwas gegen ihre feuchte Öffnung. Craig presste leicht, im nächsten Augenblick tauchte es schon in ihre Feuchte ab. Lucille horchte in sich hinein und konzentrierte sich auf ihren Schoß. Es war eine Kugel gewesen. Sie spürte sogar eine dünne Kordel. Schon begehrte eine weitere Kugel Einlass in ihr Intimstes. Craig musste erneut sachte pressen, hatte Lucille aber bereits so stark erregt, dass auch die zweite Kugel daraufhin in sie hineinglitt. Das Einführen tat nicht weh. Ganz im Gegenteil sogar, der Druck entfachte Lucilles Lust noch mehr, ebenso das Gefühl, Stück für Stück ausgefüllt zu werden, denn es folgte ein drittes Bällchen.

Das Öffnen eines Reißverschlusses war zu hören, keine Sekunde später schmiegte sich Craigs harter Schaft an Lucilles Scham. Craig hielt sie an den Hüften fest, rieb sein Glied an ihrer geschwollenen Spalte und erweckte gleichzeitig die Liebeskugeln zum Leben. Die Bällchen versteckten kleine Kugeln in ihrem Inneren, die zu rotieren anfingen, woraufhin ein Vibrieren zu spüren war, das Lucilles Geschlecht von innen heraus stimulierte, während Craig ihre Lust von außen anheizte.

Überwältigt krallte Lucille ihre Finger in die Bettdecke. Sie stöhnte verzückt und bäumte sich auf, doch Craig legte seine Hand zwischen ihre Schulterblätter, worauf sie sich seufzend wieder hinlegte.

Die zweifache Reizung brachte sie an den Rand des Höhepunktes. Kurz bevor sie kam, hörte Craig jedoch auf. Er entfernte seinen Phallus, aber nicht die Liebeskugeln.

Als etwas Kühles auf ihren Ringmuskel tropfte, schrie Lucille vor Schreck auf. Verlegen gluckste sie, denn nun, da Craig sie an der Stelle massierte, erkannte sie, dass es sich um Gleitgel handelte, und entspannte sich, zumindest äußerlich. Würde er sie jetzt anal nehmen? War sie schon bereit dazu? Sie befürchtete, ihn zu enttäuschen, in dem sie sich verkrampfte und dadurch sein Vorhaben scheiterte.

Einige Male führte er einen Finger, der vor Gel troff, in ihre enge Öffnung ein, damit sie sich an das Eindringen gewöhnen konnte, und ölte sie gut ein. Doch anstatt noch ein oder zwei Finger hinzuzunehmen und ihren Muskel weiter zu dehnen, ließ Craig erst einmal von ihr ab. Er entnahm etwas der Holzkiste und drückte es in ihre Enge hinein – eine kleine Kugel, die beim Einführen nicht wehgetan hatte, aber groß genug gewesen war, um ihren Muskel zu dehnen und dadurch ein lustvolles Kribbeln hervorzurufen.

Craig presste ein weiteres Kügelchen hinein und noch eins. Keine Schnur verband sie wie die Kugeln, die immer noch Lucilles Mitte füllten, sondern ein breiter Steg, der wohl ebenso aus Jelly bestand wie die Bällchen selbst, denn die Analkette war weich und flexibel. Sie öffnete Lucilles Enge etwas weiter, wenn Craig eine Erhebung hineinpresste, und etwas weniger, wenn er den Verbindungssteg tiefer in sie einführte.

Dann und wann zog er die Kette wieder ein Stück heraus, schob sie erneut hinein und entlockte Lucille einen Seufzer nach dem anderen. Es tat so gut, an dieser tabuisierten Stelle berührt zu werden. Ihre Angst schmolz immer mehr, denn die Penetration war so sanft, dass die Dehnung pure Lust hervorrief und Lucille sich erst gar nicht verspannte.

Erregt nahm sie zuerst kaum wahr, dass der Durchmesser der Kugeln zunahm und diese ihren Muskel immer weiter öffneten.

Unbewusst rieb sie sich an der Bettdecke. Sie genoss das Vibrieren der rotierenden Liebeskugeln, während Craig sein Spiel mit der Analkette fortsetzte und Lucille ihre empfindsamste Stelle über den weichen Bettbezug kreisen ließ. Der Stoff kitzelte zudem ihre Brustspitzen.

Lucille kam sich liederlich vor, wie sie sich so schamlos der Wollust hingab. Wenn sie allein gewesen wäre, hätte sie sich nicht geschämt. Doch sie tat all dies vor Craig und errötete bis in die Zehenspitzen, dennoch konnte sie nicht aufhören, sich im Takt ihrer Begierde schlangengleich zu bewegen, um ihre Lust mithilfe des Bettes zusätzlich anzuheizen.

Es war Craig, der das perfekte Zusammenspiel beendete. Ein letztes Mal führte er die Analkette ganz in sie ein. Verführerisch langsam zog er die letzte, größte Kugel wieder heraus, damit sie die enge Öffnung verschloss.

Als er Lucille nicht mehr berührte, nicht einmal mehr an der Hüfte, seufzte sie enttäuscht.

Sinnlich lachend entfernte er die Liebeskugeln – gemächlich, Stück für Stück. Und Lucille fragte sich, woher dieser Mann die Kontrolle über sich nahm. Andere Männer hätten das Toy herausgerissen und wären längst in ihre Feuchte hineingestoßen. Doch Lucille erkannte Craigs Gier lediglich an seinem Atem, der flatterte wie ein Schmetterling, dessen Flügel aufgeregt an eine Fensterscheibe schlugen, weil er in die Freiheit wollte.

Selbst als der Weg für Craig frei war, drang er nicht ungestüm, sondern bedächtig in sie ein, als wollte er den Moment auskosten. Kaum steckte er ganz in ihr, fasste er ihren Po seitlich und bewegte sich langsam in ihr. Seine Lenden schaukelten vor und zurück, holten immer mehr Schwung, um zunehmend kraftvoller in sie hineinzugleiten.

Lucille streckte ihm ihren Hintern entgegen, damit er tiefer eindringen konnte, während sie sich stöhnend unter seinen Stößen wand. Sie stemmte sich ab, um Craig entgegenzuwirken, aber inzwischen stieß er so heftig zu, dass er sie zurück aufs Bett drückte.

Schließlich gab Lucille sich ihm – Craig, dem Dirigent ihrer Erregung – vollkommen hin.

Sie glühte, besonders zwischen den Schenkeln. Ihre Knie fingen an wehzutun, doch sie ignorierte den Schmerz, denn die Lust, die Craig ihr verschaffte, war viel größer, wichtiger und einnehmender.

Schmatzend glitt er aus ihr heraus, um leidenschaftlich wieder in ihre Feuchte zu stoßen und in einen schnellen Rhythmus zu fallen, hart und schnell wie ein Stakkato. Die Lust rauschte in Lucilles Ohren. Wie ein Orchester, das immer lauter spielte, je näher es dem Höhepunkt des Musikstücks kam, dröhnte es zunehmend in ihrem Kopf – ihr Puls, der raste, ihre Lust, die darauf pochte, endlich Erlösung zu erfahren.

Lucille war noch nie so hart und tief genommen worden. Es gefiel ihr, stand es doch in Kontrast zu der Sanftheit und Gemächlichkeit, die Craig bisher hatte walten lassen. Eben noch hatte er sich wie ein Verführer verhalten, wenn auch einer, der Gehorsam forderte, nun war er ein Rodeoreiter, der zeigte, dass er fest im Sattel saß.

Lucille streckte ihre Arme nach hinten, um ihre Pohälften auseinanderzuziehen, damit Craig eventuell noch tiefer eindringen konnte, falls das überhaupt möglich war. Doch er ergriff ihre Handgelenke und drückte sie auf ihrem Rücken zusammen, ohne sie langsamer zu reiten.

Während er sie mit einer Hand festhielt, zog er die Analkette aus ihrer engen Öffnung. Kugel für Kugel dehnte ihren Muskel und glitt heraus.

Das war zu viel für Lucille. Der Orgasmus schwappte augenblicklich über sie hinweg, begrub sie unter sich und schaltete ihr Denken aus. Sie fühlte nur noch die Impulse des Höhepunkts, der sich in ihr entlud. Pure geballte Energie! Ekstatisch zuckte sie, hörte, wie sie animalische Laute von sich gab, und konnte nichts dagegen tun.

Sie versuchte ihre Hände loszureißen, um sich wieder an der Bettdecke festzuhalten, aber Craig demonstrierte ihr seine Überlegenheit und gab ihre Handgelenke nicht frei. Also musste sie den turbulenten Höhenflug, der sie durchschüttelte wie eine Cessna, die in einen Orkan geraten war, über sich ergehen lassen.

Sie wusste nicht, wie lange sie so enthemmt zitternd und peinlich brunftig stöhnend unter ihm gelegen hatte, als auch Craig kam. Er stöhnte tuckernd, ähnelnd einem Truck, dem der Sprit ausgegangen war, grollte und stieß mühsam noch einige Male in sie hinein, um dann über ihr zusammenzubrechen.

Craig stützte sich auf seinen Unterarmen seitlich von ihr ab, schmiegte sich an ihren Rücken und keuchte so laut in ihr Ohr, dass Lucille lächeln musste. Für ihn war der Orgasmus offensichtlich ebenso anstrengend, aber auch genauso durchdringend wie für sie gewesen. Das machte sie glücklich, es war das Tüpfelchen auf dem i, die Krönung ihrer Lust.

Vorsichtig zog Craig seinen abschwellenden Schaft aus ihr heraus. Er nahm ihr die Maske ab und hob Lucille auf seine Arme, sodass sie einen kurzen Blick auf die Holzkiste werfen konnte. Es war tatsächlich eine Truhe, eine wahre Schatztruhe, die allerdings keine Goldmünzen enthielt, sondern allerlei Sexspielzeug.

Behutsam bettete Craig Lucille in die Mitte der Schlafstätte, schlüpfte aus seiner Kleidung und legte sich mit dem Gesicht zu ihr. Er schob seinen Arm unter ihren Kopf, und Lucille kraulte seinen Bauch, bedeckte jedoch unauffällig die geröteten Flächen um ihren Nabel mit ihrer anderen Hand.

Lucille und Craig verschränkten ihre Beine und verloren sich in der Betrachtung des anderen. Ihre Körper bildeten einen Kreis – der eine fing an, wo der andere aufhörte –, ihre Leiber verschmolzen miteinander, und es fühlte sich verdammt gut für Lucille an.

„Jetzt, da wir ein Liebespaar sind …“, begann Craig und streifte mit dem Handrücken ihre linke Brustspitze, die daraufhin kribbelte.

Ein Liebespaar? Meinte er das ernst, oder spielte er lediglich auf ihre Scharade an? Lucille versuchte seine Gedanken an seiner Miene abzulesen, blieb aber erfolglos.

„Meinst du nicht auch“, fuhr er fort und strich seitlich über ihren Oberschenkel, „es wäre an der Zeit, mir zu erzählen, woher deine Narben stammen?“

24. KAPITEL

„Ich weiß nicht“, war alles, was Lucille über die Lippen brachte, und meinte in Wirklichkeit: Ich weiß nicht, ob ich das will.

„Es macht mich traurig, dass du mir noch immer nicht genug vertraust, um dich mir anzuvertrauen.“ Sein Blick flackerte unsicher. „Ich kann dir helfen.“

Die Tortur lag lange zurück. Lucille wollte sie für immer vergessen, aber man ließ sie nicht. „Das brauchst du nicht.“

„Aber ich will es!“, sagte er energisch. „Du benötigst dringend Unterstützung, und ich habe keinen blassen Schimmer, weshalb du meine ablehnst. Kannst du mir wenigstens das erklären?“

Lucille fühlte sich auf einmal unwohl in ihrer Haut. Sie hasste die Narben auf der Rückseite ihrer Unterschenkel, weil sie immer wieder thematisiert wurden, wenn Lucille mit einem Mann intim war. Unglaublich, aber wahr, sie hatte noch nie ein Schwimmbad betreten, niemals Hotpants oder einen Minirock getragen. Hinzu kamen die geröteten Stellen um ihren Bauchnabel, die von der Tattoo-Entfernung stammten und Zeit brauchten, um abzuheilen.

Zögerlich sagte sie: „Weil die Narben der Vergangenheit angehören.“

„Dann ist dein Peiniger nicht mehr Teil deines Lebens?“ Bevor sie antworten konnte, fasste er ihren Oberarm und spie die folgenden Worte förmlich aus: „Ich bringe ihn trotzdem hinter Gitter, ich schwöre es!“

In diesem Moment wusste Lucille, er würde nicht aufgeben zu bohren, bis sie ihm die Wahrheit berichtet hatte. „In Ordnung, ich werde dir erzählen, wie es dazu kam, aber du wirst deine Genugtuung ebenso wenig bekommen wie ich. Manchmal ist das Leben einfach grausam, und man muss sein Schicksal annehmen, anstatt damit zu hadern, um nicht zugrunde zu gehen."

Das erste Mal, seitdem sie Craig Bellamy kannte, war er sprachlos. Ihre Worte bestürzten ihn so sehr, dass er zwar seinen Mund öffnete, aber nur um nach Atem zu ringen.

Lucille zog die Bettdecke bis zur Taille hoch und verschränkte die Arme vor ihrer Brust. Vor ihrem geistigen Auge tauchten Bilder auf, an die sie sich eigentlich gar nicht erinnern wollte.

Das abbruchreife Haus an der Straßenecke, in dem trotzdem noch drei Familien hausten. Müll, den die Nachbarn achtlos auf den Spielplatz kippten. Kinder spielten dort ohnehin nicht, wegen der Heroinspritzen und der Jugendbanden. Der leblose Hund im Abwasserkanal. Tote waren keine Seltenheit in Mattapan. Trostlosigkeit, Resignation und Furcht. Kein Grün, nur Beton. Regen, der die Straßen von Boston grau färbte. Regen, der gegen die Fensterscheibe klopfte. Jessica Blunt, die in ihrem Schaukelstuhl saß, beobachtete, wie die Tropfen am Glas hinabrannen, und diesen seltsamen Ausdruck bekam, der Lucille dazu veranlasste, stocksteif auf der Couch zu sitzen, als wäre sie eins der zahlreichen Püppchen ihrer Mutter. Viel größer war sie damals auch nicht gewesen.

„Touristen, die nach Beantown kommen", so nannte man ihre Heimatstadt, „schauen sich das Museum der schönen Künste an, gehen zu einem Spiel der Boston Celtics oder besuchen den Harborwalk, auf den der Bürgermeister so verdammt stolz ist, weil er einen Weg gefunden hat, aus dem alten Hafengelände noch Kapital zu schlagen." Während Lucille sprach, vermied sie es, Craig anzusehen. Stattdessen betrachtete sie seinen Schaft, der so friedlich dalag; die Penisspitze, die aufgrund der Teilbeschneidung selbst im schlaffen Zustand herauslugte. „Nach Mattapan verirrt sich niemand.

Das Viertel ist zu gefährlich. Dort wuchs ich auf.“

Craig legte eine Hand auf ihren Arm. „Kein schöner Ort.“

„Für dich klingt das sicher wie ein Klischee.“ Vielleicht dachte er sogar insgeheim, sie würde übertreiben. „Wie einer dieser Filme aus der New Yorker Bronx, aber die Realität in Mattapan sieht wirklich so aus.“

„Auch ich habe schon Dreck gefressen, Kirby.“

Ach ja? Jetzt sah sie ihn doch an. Das konnte sie sich nicht vorstellen. Er, der Sprössling einer reichen Familie, war mit dem goldenen Löffel im Mund geboren und wohlbehütet in diesem oder einem anderen bewachten Anwesen groß geworden. Was konnte ihm schon widerfahren sein? Ein eingewachsener Zehennagel? Doch dann fiel ihr Blick auf die Fotos, die hinter ihm auf der Nachtkonsole standen. Nur der obere Rand der Bilderrahmen ragte über Craig hinaus. Mildred und Ted Bellamy schienen jung gestorben zu sein. Welches Drama mochte sich dahinter verstecken?

„Aber das ist jetzt nicht der Moment, um meine Geschichte zu hören, sondern deine.“ Zärtlich schlang er seine Finger in ihre. „Ein anderes Mal.“

„Versprochen?“ Da er zur Bestätigung ihre Hand drückte, fuhr Lucille fort, bevor sie den Mut dazu verlor. Ihr Herz pochte unangenehm stark in ihrem Brustkorb. „Wir wohnten damals in einem Hochhaus. Unsere Nachbarn waren fast nur Farbige, ansonsten lebten dort einige wenige Hispanos und nur eine weitere weiße Familie. Mir war das egal. Ich hätte mit allen Kinder gespielt, egal welcher Hautfarbe. Mit jeder Faser sehnte ich mich nach einem Spielkameraden, denn meine Mutter ging nirgendwo mit mir hin. Zu riskant. Sie selbst verließ die Wohnung nur, um den Scheck vom Sozialamt zu holen oder wenn sie einkaufen musste, immer sauber gekleidet und adrett frisiert.“ Lucille musste kämpfen, damit ihre Stimme nicht zitterte. „Einmal hörte ich, wie eine farbige Nachbarin sie die Königin aus Eis nannte. Damals dachte ich, sie spielte auf Moms hellen Teint an, aber inzwischen weiß ich es besser. Sie meinte ihre kühle Fassade. Mom zeigte ihre Angst nicht, wenn sie durch das Treppenhaus ging, schaute die Nachbarn aber weder an, noch grüßte sie sie."

„Das kam nicht gut an", vermutete Craig und ließ seine Fingerspitzen über ihren Handrücken kreisen.

„Alle glaubten, meine Mom würde sich für etwas Besseres halten, doch in Wahrheit versteckte sie nur ihre Furcht hinter einer neutralen Maske. Moms Gesichtsausdruck sah selbst daheim immer gleich aus, egal ob sie sich glücklich oder unglücklich fühlte, als wäre sie aus Stein. Aber in ihr drin tobte das Chaos. Da sie ihre Emotionen nie zeigte, steckten sie in ihr fest, wirbelten in ihrem Kopf durcheinander und verwirrten sie."

Craig rutschte dicht an sie heran und schlang seinen Arm um ihre Hüften. Leise sagte er: „Irgendwann ist sie ausgetickt."

So kann man es auch nennen, dachte Lucille und lächelte müde. „Mom fand ein Ventil für ihre Gefühle."

„Klingt unheilvoll", bemerkte er und zog die Decke über ihre Schultern.

Lucille steckte einen Finger unter das Lederband und zog es vom Hals weg, weil es ihr auf einmal zu eng erschien, worauf Craig es ihr sofort abnahm. Während er es auf die Konsole hinter sich legte, atmete Lucille tief durch. Ihr Brustkorb krampfte sich zusammen, als sie hinzufügte: „Mich."

Als er sich wieder zu ihr umdrehte, war jegliche Farbe aus seinem Gesicht gewichen. Eng drückte er sie an sich. Er streichelte ihren Nacken, und Lucille mutmaßte, dass er das mehr zu seiner als zu ihrer Beruhigung tat. Im Grunde wollte er nicht mit ihrer schmerzhaften Vergangenheit konfrontiert werden, weil es ihm wehtat, zu hören, dass jemand sie verletzt hatte, zumindest leitete Lucille das von seinem hilflosen Blick und seiner zunehmenden Unruhe ab. Aber um ihr helfen zu können oder zumindest zu verstehen, musste er ihrer Erzählung bis zum Ende lauschen. Sie empfand kein Mitleid, immerhin hatte er darauf gedrängt. Ein Teil von ihr jedoch freute sich über sein ernsthaftes Interesse an ihr.

Selbst mit krauser Stirn sah Craig bezaubernd aus. „Hat sie …“, begann er, sprach den Satz jedoch nicht aus.

„Auf andere wirkte Mom eigenbrötlerisch, aber normal. Ihre Zurückhaltung deutete man als Arroganz, aus ihren fehlenden sozialen Kontakten leitete man ab, dass sie eine Einzelgängerin war. Einige nahmen sie in Schutz und sagten, sie hätte lediglich ihren Kopf in den Wolken, sei eine Träumerin und würde in ihrer eigenen Welt leben. Andere wiederum glaubten, sie sei zur Zurückhaltung erzogen worden und könnte nun nicht mehr aus ihrer Haut.“ Lucille spulte ihren Bericht beinahe nüchtern ab, aber sie spürte bereits, wie Tränen in ihre Augen steigen wollten. Mühsam kämpfte sie dagegen an. „Sie hatten recht, mit allem.“

„Was meinst du damit? Ich verstehe das nicht.“ Craigs Stimme klang einfühlsam, nach aufrichtiger Anteilnahme, das machte es für Lucille noch schwerer. Ihr wäre es lieber gewesen, er hätte sachlich mit ihr gesprochen.

„Meine Mom hatte Probleme, ihre Gefühle auszudrücken und sich über Dinge zu freuen.“ Lucille ertappte sich dabei, wie sie eine Hand an ihren Hals legte, um das Lederband zu weiten, doch dann erinnerte sie sich, dass Craig es ihr längst abgenommen hatte. Trotzdem fühlte sich ihr Hals wie zugeschnürt an, sie bekam kaum Luft. „Meine Mutter litt an einer seltenen Mischung aus schizoider Persönlichkeitsstörung und Paraphilie.“

Craig räusperte sich, ihm musste es ähnlich gehen. „Paraphilie, ist das nicht …?“

„Wird es jetzt zur Gewohnheit, dass du Sätze nicht aussprichst?“, fragte sie neckend, konnte ihre Mundwinkel jedoch nicht einmal dazu bringen, sich ein klein wenig nach oben zu wölben.

„Du hast recht, normalerweise geht es bei dieser Krankheit um abnorme sexuelle Fantasien“, fuhr sie fort. Inzwischen drückte er ihre Hand so fest zusammen, dass es anfing wehzutun, sie schwieg jedoch, denn der Schmerz lenkte sie von den Stichen in ihrem Brustkorb ab. „Aber das trifft es in meinem Fall nicht genau. Es ging nicht um Missbrauch. Niemals! Die Psychiater stritten sich damals bei der Gerichtsverhandlung, ob meine Mutter wirklich daran litt oder dieses Krankheitsbild nicht auf sie zutrifft.“

„Wie erklärten sie dann ihre Diagnose?“

„Bei der Krankheit geht es um zwanghafte sexuelle Verhaltensweisen, und die Ärzte glaubten, allein die Tatsache, dass die Narben nah an meinem Geschlecht sind, könnte diesen Aspekt in ihrem Fall bestätigen.“ Nun zitterte ihre Stimme doch. „Meiner Meinung nach trafen die anderen Erklärungen eher zu. Menschen, die unter Paraphilie leiden, fügen Personen gegen deren Willen Schmerzen zu oder demütigen sie, um ihre Opfer leiden zu sehen, oft sind das Kinder.“

Craig wagte kaum zu atmen.

„Aber Mom war nicht pervers“, fügte Lucille rasch hinzu, nicht um ihre Mutter zu schützen, sondern damit sich Craig nicht noch mehr aufregte. Da er ihr fast die Hand brach, entzog Lucille sie ihm.

Er hatte inzwischen Schatten unter den Augen, als hätte er eine Woche lang nicht geschlafen. „Das geht mir an die Nieren.“

„Man darf die schizoide Persönlichkeitsstörung nicht

vergessen. Sie konnte ihre Gefühle nicht zeigen, ihr Opfer schon.“ Ihr Opfer, das war Lucille gewesen, Jessica Blunts dreijährige Tochter. „Es hat meine Mutter fertiggemacht, als mein Vater uns verließ, weil er eine Frau fand, die ihm ihre Liebe deutlicher zeigte als Mom, aber sie war unfähig zu weinen. Damals nahm sie das erste Mal die Klinge aus dem Rasierer, den er zurückgelassen hatte, zerrte mich auf ihren Schoß, schob mein Kleid hoch und schnitt mich an einer Stelle, die man nicht auf den ersten Blick sah. Und ich weinte für sie. Ich war entsetzt, verzweifelt und tobte, genauso wie sie es gerne getan hätte, weil ihr Mann sie alleingelassen hatte, aber sie war zu solchen Gefühlsausbrüchen nicht fähig.“

Craig schwieg fassungslos. Sekundenlang herrschte eine bedrückende Stille im Schlafzimmer.

„Nachdem das Sozialamt unsere Bezüge kürzte, folgte der zweite Schnitt, und ich jammerte für Mom. Ich verkörperte die Verzweiflung, die sie ergriff, weil wir kaum über die Runden kamen. Als das Jugendamt nach mir schaute, weil irgendeiner der Nachbarn Alarm geschlagen hatte – vielleicht weil ich so oft herzzerreißend schrie –, holte sie nach dem Besuch als Erstes die Klinge aus dem Bad. Und ich zeigte ihr die Angst, die sie empfand, weil sie befürchtete, man könnte mich ihr wegnehmen.“ Lucille verlor den Kampf, ihre Augen wurden feucht, und sie schämte sich für ihre Schwäche, obwohl sie wusste, dass sie das nicht brauchte. „An meinem vierten Lebensjahr kannte ich die ganze Bandbreite negativer Gefühle. Selten schenkte Mom mir einen Lutscher oder Schokolade und brachte mich zum Strahlen, weil sie aufgrund ihrer Krankheit selbst selten Freude empfand.“ Die ersten Tränen rannen über ihre Wangen. „Mom war wie eine Insel und ich ihr Steg zum Festland.“

„Das ist grausam.“ Craig flüsterte beinahe. „Es tut mir so

leid, dass ich dich gedrängt habe, alles zu berichten. Ich hätte nicht darauf bestehen dürfen."

„Ab sofort werden wir meinen Barcode des Grauens nicht mehr erwähnen, ja?", fragte sie schluchzend und rollte sich wie ein Fötus zusammen. Sie dachte, sie wäre über die Geschehnisse hinweg – ihre Kindheit lag lange zurück –, doch das stimmte nicht. Vermutlich würde sie die Tortur nie vergessen können. Die schlimmen Erlebnisse würden immer ein Teil von ihr sein, selbst nach dem Tod ihrer Mutter, die vor sechs Jahren in einer psychiatrischen Einrichtung den Freitod wählte, da sie ohne Verbindung zum Festland nicht leben wollte.

Craig schlang seine Arme ganz fest um ihren Körper, drückte sie an sich und hauchte einen Kuss auf ihr Haar. „Versprochen."

Während sie leise weinte, kraulte er beruhigend ihren Rücken.

Lucilles Hand glitt zu ihrem Bauch. Wie gut, dass er nach all den entsetzlichen Details zu schockiert war, um nach den geröteten Stellen zu fragen, die um ihren Nabel rankten. Das war eine andere, nicht minder unschöne Geschichte, die auch etwas mit ihm zu tun zu haben schien. Nur was?

25. KAPITEL

Es war das erste Mal, dass Lucille mit offenen Haaren durch die Bellamy-Villa ging, das erste Mal in eigener Kleidung, das erste Mal als Freundin von Craig.

Vermeintliche Freundin, korrigierte sie sich. Spielten sie wirklich nur ein Liebespaar, um die Person aus der Reserve zu locken, die ihr Übles wollte? Nach der gestrigen Nacht konnte sie sich das nur schwer vorstellen. Lucille dachte dabei nicht nur daran, wie vertrauensvoll sie sich ihm unterworfen hatte und wie behutsam er mit ihrer Hingabe umgegangen war, sondern vor allen Dingen an ihre Beichte nach dem Sex und wie tröstend er sie bis zum Morgen festgehalten hatte.

Die Grenzen von Illusion und Realität schienen zu verschwimmen. Mit seiner bloßen Anwesenheit hatte Craig die Dämonen der Vergangenheit schneller als üblich vertrieben, und, das erstaunte Lucille, sie war tatsächlich in einen tiefern, erholsamen Schlaf gefallen.

Sie machte sich einen Spaß daraus, würdevoll die Treppe ins Erdgeschoss herabzuschreiten. Ihr Crinclerock und ihre Carmenbluse waren leider weniger würdevoll. In diesem Moment bereute sie es, all ihre teure Kleidung einer wohltätigen Organisation gespendet zu haben. Einige wenige Stücke hätte sie jetzt gut gebrauchen können. Sie kam sich fehl am Platz vor, wie ein Fremdkörper.

Als Lucille in den Speisesaal kam, fand sie nicht nur Craig vor, der an der fürs Frühstück eingedeckten Tafel saß, sondern ausgerechnet auch Madison. Mad, die gerade einen Korb mit Bagels und Croissants auf den Tisch stellte, erstarrte in ihrer Bewegung. Sie lief hochrot an, nicht aus Verlegenheit, vermutete Lucille, sondern aus Wut.

Demonstrativ neigte sich Lucille zu Craig hinab und

hauchte ihm einen Kuss auf den Mund. „Nochmals guten Morgen, Darling."

Aus dem Augenwinkel sah sie, wie Mad alles aus dem Gesicht fiel. Welch eine Genugtuung! Äußerst zufrieden setzte sich Lucille. Kaffee zu bestellen war jedoch eine andere Sache. Sie hatte keinesfalls vor, die Angestellten herumzukommandieren, nicht einmal Madison, Taylor oder Nate.

Bevor Lucille jedoch das Wort an sie richten konnte, rauschte Madison aus dem Raum. Verdutzt schaute sie ihr hinterher. Kurz danach ertönten Stimmen auf dem Korridor. Obwohl Mad mit Patrick leise diskutierte, war doch anhand der Heftigkeit abzuleiten, dass sie sich weigerte, Lucille zu bedienen.

„Sie wird sich schon an die neue Situation gewöhnen", ließ Craig beiläufig fallen, während er einen Bagel nahm. „Wir haben die Jagd begonnen, um den Fuchs zu stellen, und müssen damit rechnen, auch anderes Wild aufzuschrecken. Möchtest du ein Croissant, Liebes?"

Er hielt ihr den Korb hin, und sie entnahm ihm ein Hörnchen. Es war noch warm. Ihr lief das Wasser im Mund zusammen.

Patrick kam mit einem kleinen Tablett herein, auf dem ein Kännchen stand. Eine dicke Schicht aus Gesichtscreme glänzte auf seinem blassen Teint, und Lucille dachte unweigerlich an den Film „Interview mit einem Vampir". Der Butler erschien durch seine zurückhaltende Art geheimnisvoll und schön wie Brad Pitt. Sie erschrak selbst über diesen Gedanken, aber tatsächlich sah er an diesem Morgen das erste Mal gut aus. Seine Haltung war entspannt, er wirkte durch seine noble Blässe beinahe ätherisch.

Der Duft frisch gemahlener Kaffeebohnen zauberte ein Lächeln auf ihr Gesicht.

„Einen wunderschönen guten Morgen, Ms Lamar", begrüßte Patrick sie mit einer Höflichkeit, die Lucille überraschte. Er hob das Tablett einige Zentimeter an, um ihr Augenmerk auf die Kanne zu lenken. „Gehe ich recht in der Vermutung, dass Sie Kaffee möchten?“

„Wie aufmerksam von Ihnen. Vielen Dank.“ Es war ihr unangenehm, von ihm bedient zu werden. Gestern war er noch ihr Vorgesetzter gewesen, der zudem kein gutes Haar an ihr gelassen hatte. Aber heute ließ er sich seine Ressentiments nicht anmerken.

„Kann ich sonst noch etwas für Sie tun, Ms Lamar?“ Da Lucille den Kopf schüttelte, wandte er sich an Craig. „Für Sie, Sir?“

„Danke, Patrick“, sagte Craig und trank einen Schluck Tee.

Leise zog sich der Butler zurück.

„Wie kann sich jemand von einem Tag auf den anderen derart wandeln?“ In ihren Augen verhielt sich Patrick wie ein Fähnchen im Wind. Ihr erschien das suspekt. Oder sah sie überall nur noch weiße Mäuse?

Craig krauste die Stirn, während er seinen Bagle mit Salatblättern und Putenwurst belegte.

„Patrick kann mich doch eigentlich gar nicht leiden und hat nie mit seiner Meinung hinter dem Berg gehalten“, erklärte Lucille und goss sich Kaffee ein. „Heute verhält er sich, als wäre ich die Dame des Hauses.“

„Das bist du ja auch.“ Mit kindlicher Vorfreude betrachtete Craig sein Brötchen. „Er hat in London eine der besten Butler-Ausbildungen genossen und kam zu uns, als ich um die elf Jahre gewesen sein muss. Glaub mir, damals war er zwar schon genauso steif wie jetzt, aber weitaus weniger verbissen und verkniffen. Ich befürchte, der Arme hat nicht mehr gelacht, seitdem …“ Rasch biss er in seinen Bagle.

„Seitdem, was?“ Anstatt zu antworten, reichte er ihr die

Milch. Sie lehnte ab und hing ihren eigenen Gedanken nach.

Gerade von Patrick hätte sie Unverständnis erwartet, weil er sie seine Ablehnung vom ersten Moment an hatte spüren lassen. Trieb ihn wirklich nur seine Ausbildung dazu, sich ihr gegenüber fair zu verhalten? Oder hatte er den Schmuck in ihren Spind gelegt – wenn einer den Code des Safes kannte, dann er, denn Craig vertraute ihm offenbar – und versuchte seine wahren Absichten durch Höflichkeit zu verschleiern? Die Zeit würde es zeigen.

Nach dem Frühstück fuhr Craig in die Reederei.

Lucille trank in Ruhe ihren Kaffee und erhob sich. Gähnend reckte sie ihre Arme, als Ava plötzlich in den Saal gehuscht kam. Wie ein gehetztes Tier blickte sie über ihre Schulter zurück und trat näher.

Sie musterte Lucilles Kleidung und strich dabei immer wieder über ihre fleckige Kochschürze. „Es stimmt also, was Patrick uns bei Schichtbeginn heute früh erzählt hat. Ich konnte es nicht glauben. Du und Mr Bellamy."

Um die Situation herunterzuspielen, zuckte Lucille lapidar mit den Achseln. Sie wollte nicht, dass sich eine Kluft zwischen ihr und Ava auftat, schließlich war die Küchenhilfe ihre einzige Freundin – nicht nur in Florida, sondern überhaupt.

„Ich meine, Sie und Mr Bellamy", korrigierte sich Ava und schaute kurz zu Boden.

„Wag ja nicht, mich zu siezen." Lucille kam um den Tisch herum und knuffte sie sanft. „Es hat sich etwas zwischen Craig und mir geändert, aber nicht zwischen uns."

„Dann darf ich dich ehrlich etwas fragen, Kirby?"

„Natürlich", antwortete Lucille und fühlte einen Anflug von Schwindel. Mit der Ehrlichkeit war es so eine Sache.

Ava ergriff ihren Oberarm und blickte sie eindringlich an. „Liebst du ihn wirklich?"

Seltsamerweise hatte Lucille mit allem anderen gerechnet, nur nicht mit dieser Frage, vermutlich, weil sie zu verstrickt war in die Lüge um ihre Identität. Sie riss erstaunt ihre Augen auf und überlegte.

Es gäbe tausend Gründe, weshalb sie mit Craig zusammen sein könnte. Weil sie sich in seinem bewachten Anwesen vor der *La picadura del escorpión* am sichersten wähnte. Weil Craig und sie ein Deal verband, der sicherstellte, dass Ava und Cory ihre Jobs behielten. Um denjenigen zu schnappen, der versucht hatte, ihr den Diebstahl in die Schuhe zu schieben. Oder einfach nur, um Madison, der Schnepfe, eins auszuwischen.

Alles triftige Argumente, aber in Wahrheit nur Ausreden. Den Kern jedoch traf keins davon. Lucille ließ sich zu nichts zwingen. Hundertprozentige Sicherheit würde sie im FBI-Gewahrsam finden. Sie glaubte nicht, dass Craig so herzlos war, Ava und Cory zu kündigen, selbst wenn sich Lucille nicht auf den Handel eingelassen hätte. Und wer auch immer ihr den Schmuck untergeschoben hatte, konnte ihr gestohlen bleiben, denn sie hatte weitaus größere – tödlichere – Sorgen.

Lucille spürte, wie Hitze in ihre Wangen stieg, als sie nickte.

„Dann ist es ja gut." Breit grinsend nickte Ava. „Ich freue mich so für euch!"

Euphorisch riss die Hausangestellte Lucille in ihre Arme und herzte sie. Dann verschwand sie wieder in die Küche und ließ Lucille mit der Wahrheit allein.

Die Wärme in ihrem Brustkorb, die sich in den letzten Tagen nur hin und wieder gemeldet hatte, blieb an diesem Vormittag konstant, wie eine Flamme, die endlich genügend Sauerstoff bekam. Selig lächelnd streifte Lucille durch die Villa, warf einen genauen Blick in die einzelnen Zimmer und suchte nach einer Verbindung zwischen Craig und Jack

Caruso, hoffend, dass die Verbindung zwischen den beiden harmloser Natur war.

In seinem Büro entdeckte sie einen eingerahmten Zeitungsartikel, den sie bisher übersehen hatte. Er berichtete von einer Jubiläumsfeier des Unternehmens Bellamy Ocean Carrier. Zu Lucilles großem Erstaunen wurde darin Craig Bellamy als Gründer und Besitzer genannt. Mit Mitte zwanzig hatte er eine marode Schifffahrtsgesellschaft aufgekauft, viel Geld und Energie hineingesteckt und zu einer der führenden Reedereien Floridas aufgebaut.

Lucille musste ihre Meinung über ihn als Geschäftsmann revidieren. Es mochte wohl sein, dass er BOC mit dem Geld seiner Eltern gekauft hatte, aber er hatte der Firma völlig allein neues Leben eingehaucht und sie an die Spitze gebracht, denn in dem Bericht wurde erwähnt, dass seine Familie bisher keinerlei Ambitionen in dieser Richtung gehabt hatte.

Als Lucille das Büro verließ und die Tür hinter sich schloss, bemerkte sie Madison.

Mad schlenderte gerade aus dem Personalspeiseraum, spielte verführerisch mit ihrem Pferdeschwanz und drehte sich kokett lachend zu jemandem um. Wer das war, konnte Lucille nicht sehen, wunderte sich jedoch, weil Nate an diesem Tag frei hatte und Mad eindeutig flirtete. Madison zog einen Flunsch, hielt ihren Pferdeschwanz wie einen Schnauzer an ihre Oberlippe und sah ihr Gegenüber von unten herauf mit großen Augen an.

Lucille traf fast der Schlag, als Cory dicht an sie herantrat und über ihre Wange rieb. Ausgerechnet er! Mad fuhr ihm durch die blonden Locken, worauf er seine Hand an ihre Hüfte legte und sie in die Küche führte.

„Was soll man davon halten?", murmelte Lucille tief enttäuscht.

Waren Madison und Nate gar kein Paar? Niemand hatte

es je behauptet; Lucille war einfach davon ausgegangen, weil die beiden ständig zusammenhockten.

„Cory ist mit jemandem liiert, aber die Beziehung ist nicht so einfach", hatte Ava gesagt. War es möglich, dass Madison Corys Freundin war und er sich aufgrund der Liebe zu ihr nicht für Ava entscheiden konnte? Oder hatte Ava gelogen, als sie meinte: „Wir sind alle drei im Bilde über die Situation. Cory und ich, wir schlafen nicht heimlich miteinander", und Mad wusste gar nichts von ihrer Konkurrentin? Niemals hätte diese Zicke eine Frau neben sich geduldet.

Entgeistert schüttelte Lucille ihren Kopf. Sie musste Ava helfen, Cory für sich zu gewinnen. Dringend!

Plötzlich kam Michelle Deidre Dearing wie eine Furie durch den Korridor auf sie zugerauscht. Hatte sie jemand aus dem Haus angerufen und alarmiert? Lucille wappnete sich.

Abrupt blieb Michelle vor ihr stehen. Sie hielt einen Ordner mit Teppichmustern wie ein Schutzschild vor sich. „Wo ist Mr Bellamy?"

Bisher hatte Lucille gedacht, dass reiche Frauen immer gut riechen würden. Aber Michelle stank unangenehm nach Schweiß. Vielleicht hatte die Petze, wer auch immer das gewesen sein mochte, sie beim Morgensport gestört, und Michelle hatte sich nicht einmal die Zeit genommen, zu duschen, weil sie schnellstmöglich Craig den Kopf waschen wollte. Vielleicht handelte es sich auch um Angstschweiß.

Trocken entgegnete Lucille: „Craig ist nicht im Haus."

„Craig?", spie Michelle aus, als könnte sie es nicht fassen, dass Lucille ihn beim Vornamen nannte. „Das weiß ich längst, Kindchen. Madison hat mich reingelassen und mich darauf hingewiesen. Das macht gar nichts, dann kann ich wenigstens in Ruhe ein paar Worte mit Ihnen wechseln."

„Wollen Sie mir einen guten Rat erteilen, Ms Dearing?“, fragte Lucille ironisch und zeigte auf den Ordner. „Wir brauchen Ihre Dienste nicht mehr. Die Villa ist perfekt, wie sie ist. Die Einrichtung hat Charme, genauso wie Mr Bellamy. Seinen Charakter ändern zu wollen war ein Fehler.“

Michelle lief puterrot an vor Zorn. Sie kniff ihre Augen zusammen und hielt den Teppichmusterordner mit beiden Händen vor dem Körper fest, sodass Lucille schon befürchtete, sie würde versuchen, sie mit dem Ordner zu schlagen. Mit einer tiefen, unangenehm ruhigen Stimme drohte sie: „Jeder hat eine Leiche im Keller, Kindchen. Ich werde Ihre finden, ausgraben und Sie eiskalt ans Messer liefern.“

Schwungvoll wandte sich Michelle um und stolzierte von dannen, wie eine Geschäftsfrau, die gewohnt war zu kämpfen und erst aufgab, wenn ihr Gegner am Boden lag – und dann noch einmal nachtrat.

Ein Frösteln ließ Lucille erschauern.

26. KAPITEL

Gähnend stand Craig in der Bibliothek und schaute aus dem Fenster auf den wunderschönen Sonnenuntergang, der den Himmel in ein Orangerot färbte, das ihn an Lucilles Haarfarbe erinnerte.

„An was sonst!“ Erst schnaubte, dann lächelte er. Immer nur Lucille. Er konnte kaum an etwas anderes denken.

Seine Knochen fühlten sich wie mit Beton ausgegossen an, weil er die ganze Nacht kein Auge zugetan hatte. Zum einen hatte die Geschichte aus Lucilles Kindheit ihn bis ins Mark erschüttert, zum anderen wollte er sofort für sie da sein, wäre sie aus einem Albtraum erwacht.

Am meisten jedoch hatte ihn das Grübeln wach gehalten. Bis in die Morgenstunden hatte er sich mit der Frage gequält, ob er ihr beichten sollte, dass er wusste, wer sie war, nicht Kirby Lamar, sondern Lucille Dawson.

Zuerst hatte er nicht den Mut gefunden.

Schließlich bemerkt, dass sie eingeschlafen war.

Und sich am Ende feige dagegen entschieden.

Sie hatte recht behalten, er hatte seine Genugtuung nicht bekommen, indem er ihren Peiniger seiner gerechten Strafe zuführte. Niemals wäre er auf die Idee gekommen, dass ihre Mutter etwas damit zu tun gehabt haben könnte. Für ihn hatte es auf der Hand gelegen, dass Richard Dawson, dieses Monster, der Übeltäter war.

Craigs Vergeltungsabsichten wurden im übertragenen Sinne die Toilette runtergespült. Langsam befürchtete er, dass das auch auf seine anderen Rachepläne zutraf.

Er hatte mehr als eine Chance gehabt, Lucille gewaltsam auf den Zahn zu fühlen – doch er hatte sich nicht dazu überwinden können. Später hatte er sich für eine sanfte Methode entschieden. Lust war eine Waffe, die viele unterschätzten.

Noch schärfer und gefährlicher war die Liebe.

Wusste Lucille eigentlich, dass sie ihn schmachtend ansah? Vermutlich dachte sie, sie würde ihre Gefühle gut verstecken. Sie war eine starke Frau, keine Frage, aber auch leidenschaftlich.

Unglücklicherweise brachte er es nicht fertig, ihre Zuneigung auszunutzen und ihr die Informationen zu entlocken, die er brauchte.

„Woran das wohl liegen mag“, spottete Craig, denn er wusste es genau und fragte sich, wann der Sonnenuntergang das letzte Mal so schön gewesen war.

Er war kein schlechter Mensch, aber er kam sich dennoch schlecht vor. Es war falsch, Lucille nicht aufzuklären, dass er ihre wahre Identität kannte, doch er konnte es einfach nicht, weil diese Offenheit das zarte Band zwischen ihnen zerstören würde. Das wollte er verhindern. Auf jeden Fall! Um seinetwillen.

Vergiss deine Vendetta nicht, sprach der Zorn aus ihm, der wie ein giftiger Stachel in seinen Eingeweiden saß.

Craig zog die Vorhänge zu und wandte sich ab. Das würde er nicht, dafür spielte sie eine zu große Rolle, aber seine Vernunft bevorzugte inzwischen den Begriff „Gewissheit“. Er wollte endlich Klarheit haben über das, was geschehen war, über diese furchtbaren Ereignisse, und der Schatten, der seit dem brutalen Tod seiner Mutter über der einen Hälfte seines Herzens lag, sollte nicht auch noch die andere Hälfte verdunkeln.

Ob Craig am Ende Vergeltung üben würde, hielt er sich offen. Vorsorglich hatte er die Waffen seines Vaters behalten. Er neigte nicht zu Gewalt, aber Ted Bellamy hatte ihn dank seines harten Trainings in Kampfsport und Waffenkunde dazu befähigt, grausam sein zu können, wenn er musste.

Seit dem schicksalhaften Tag hatte Craig geglaubt, nie

wieder glücklich werden zu können. Doch ausgerechnet Lucille Dawson hatte mit ihrem Strahlen den Schatten ein Stück beiseitegeschoben, sodass ein Teil seines Herzens wieder freilag.

Trotzdem schien es klüger, mit einer Aussprache zu warten.

Jetzt würde er sie erst einmal verwöhnen, um sich dafür zu entschuldigen, dass er sie genötigt hatte, ihn über die Herkunft der Narben aufzuklären. Wenn er an ihre Kindheit und ihre Ehe mit Dawson dachte, kam er zu dem Schluss, dass sie anscheinend noch nicht viel Gutes im Leben erfahren hatte, dabei verdiente sie es.

„Zu Ihren Diensten, Sir." Splitterfasernackt schritt Lucille in die Bibliothek, kniete sich vor Craig auf den Teppichboden und schaute erwartungsvoll zu ihm auf.

Diese Frau brachte ihn um den Verstand!

Nachdem er das Personal vorzeitig heimgeschickt und Patrick gebeten hatte, in seinem Kellerapartment zu bleiben, was den Butler und alten Freund der Familie zu einem geradezu frivolen Lächeln veranlasst hatte, hatte er Lucille befohlen, sich zu entkleiden.

Erstaunt betrachtete sie seinen nackten Körper und hob ihre Augenbrauen, da sein Schaft bereits anfing, hart zu werden. War das ein Wunder bei dem appetitlichen Anblick?

Lucille legte ihre Hände an seine Oberschenkel und streichelte auf und ab. Unsicher sah sie zu ihm auf, als wollte sie prüfen, ob es in Ordnung ging, die Initiative zu ergreifen. Tat es nicht. Sie hätte gehorsam auf seine Anweisung warten sollen, wie es sich für eine devote Lustdienerin gehörte.

Aber wie um alles in der Welt hätte er sie davon abhalten können, sich vorzuneigen und seinen Schwanz zu küssen, wo es doch genau seinem Wunsch entsprach?

Geradezu liebevoll rieb sie ihre Wange an seinem Glied. Mit gespitzten Lippen kreiste sie zuerst über seine Penisspitze, um dann seine Vorhaut weiter zurückzuschieben und geschickt mit ihrem samtweichen Mund über den Schaft darunter zu streichen.

Als sie das erste Mal über seinen Schwanz leckte, keuchte Craig. Sein Penis zuckte, was Lucille wohl als Aufforderung auffasste, denn sie schloss ihre Lippen um seine Eichel. Während sie behutsam saugte, wölbten sich ihre Wangen immer wieder kurz nach innen.

Craig hielt sich an der Fensterbank hinter ihm fest und beobachtete Lucille. Seine Cantaloupe! Allein der Anblick raubte ihm den Atem, aber auch ihren Mund und ihre Zunge zu spüren, deren Spitze sich nun zärtlich in die kleine Öffnung auf der Eichel bohrte, ließ seine Knie zittern. Ihre Mundhöhle war so feucht, so weich wie ihre Mitte.

Reiß dich zusammen, du Held, ermahnte er sich und konnte das Kitzeln an seiner Penisspitze kaum ertragen, gleichzeitig war es unglaublich lustvoll. Wenn Lucille erst merkte, dass sie ihn manipulieren konnte, war er verloren.

Als sie erneut zu ihm aufblickte, stöhnte er trotz seiner Vorsätze, cool zu bleiben, laut.

Mit ihren Betty-Boop-Augen, ihren Lippen, die seinen Schwanz fest umschlossen, wie sie vor ihm kniete, nackt, schutzlos und hingebungsvoll, erschien sie ihm wie die perfekte Frau für ihn. Sie hatte sogar ihr flammendes Haar locker im Nacken zusammengebunden, sodass es ihm nicht die Sicht auf ihre Rundungen nahm.

Am liebsten hätte sich Craig in Lucilles Mund ergossen, war jedoch unsicher, ob sie dieses Tabu gemeinsam mit ihm brechen wollte. Außerdem hatte ihr Liebesspiel gerade erst begonnen und sie noch nicht einmal gesehen, was er vorbereitet hatte. Daher schob er sie rasch weg, als sie seinen

Schaft tief in ihren Mund aufnahm, auch weil die Gefahr zu groß war, voreilig zu kommen, was ihm äußerst peinlich gewesen wäre.

Eigentlich hatte er sich unter Kontrolle, doch wenn es um seine Cantaloupe ging, fragte er sich manchmal, wer wen in der Hand hatte.

Er zog sie auf die Füße und führte sie auf die Terrasse, wobei er alle Lichter im Haus löschte.

Von der Sonne war nur noch ein schwaches Glühen am Horizont zu sehen, das einem Echo gleichkam; sie war längst untergegangen, schickte jedoch einen letzten Gruß, der in einigen Minuten ebenfalls verschwunden sein würde.

Als Lichtquelle dienten vier Windlichter aus rot-weiß meliertem Glas, in denen versenkt Teelichter standen und ein diffuses Licht spendeten. Craig hatte sie genau an den Ecken des Swimmingpools platziert und ein fünftes auf das Sprungbrett gestellt. Einzig der Gesang einiger Zikaden erfüllte die lauwarme Luft.

„Paradiesisch". Lucille drückte lächelnd seine Hand.

Ihre Augen strahlten, aber sein Vater hatte ihn gelehrt, auf jedes Detail zu achten, sodass ihm das Flackern in ihrem Blick nicht entging. „Was ist los?"

„Ich kann nicht schwimmen", gab sie zögerlich zu und ließ ihren Blick über die ruhige Wasseroberfläche gleiten. „Ich habe noch nie ein Schwimmbad besucht, wegen … wegen der Narben."

Sanft drehte er ihr Gesicht in seine Richtung und streifte ihre Wange mit seinen Lippen. Er zeigte auf den Poolbereich gegenüber dem Sprungbrett. „Dort kannst du stehen. Hab keine Angst. Ich bin bei dir."

„Ich fürchte mich nicht vor Wasser, nur davor, unterzugehen."

Meine kleine Kämpferin, dachte Craig und gab dem

Drang nach, sie erneut zu küssen, diesmal auf den Mund. Danach sprang er übermütig in den Pool. Die Wellen, die dabei entstanden, spülten den schwarzen Schwimmreifen gegen die Bande.

Craig hielt sich an ihm fest und legte sich mit dem Rücken flach auf die Wasseroberfläche, sodass sein halb erigierter Schaft herausschaute. „Der ist für dich."

„Mit Freude werde ich mich um ihn kümmern." Ungeniert starrte Lucille seinen Schwanz an.

Sein bestes Stück zuckte. „Eigentlich meinte ich den Reifen, setz dich darauf."

„Ich dachte, ich kann stehen." Sie winkelte ihren Arm an und verdeckte die geröteten Flächen um ihren Bauchnabel mit der Hand, ob unbewusst oder bewusst, konnte Craig nicht sagen.

„Widerworte werden ab sofort bestraft, Kirby." Sein Glied wurde wieder härter bei der Vorstellung, sie mit dem Bauch auf seinen Schoß zu ziehen und ihr den kleinen süßen Po zu versohlen, nicht etwa, um ihr wehzutun, sondern um ihr zu beweisen, dass er Macht über sie besaß.

Empört öffnete Lucille zwar ihren Mund, wandte sich jedoch rasch verlegen um, was ihm zeigte, dass sie nicht abgeneigt war, seine Strafe zu kosten.

Genüsslich betrachtete Craig Lucilles Kehrseite, während sie die Steigleiter herunterstieg. Die Narben auf ihren Oberschenkeln hatten nichts von ihrem Schrecken verloren, nun, da er die Wahrheit über ihre Entstehung kannte. Aber er hatte versprochen, sie nicht noch einmal zum Thema zu machen, daran würde er sich halten.

Allerdings fragte er sich, wie die Verletzung, die ihren Nabel einrahmte, ins Bild passte. Lucille hatte sie mit keinem Ton erwähnt. Die Stellen sahen frisch aus, die Narben waren nicht verheilt wie die auf ihren Beinen.

Seine Neugier regte sich. Mit einem Mal fühlte er sich aufgewühlt. Offensichtlich hatte Lucille ihm nicht alles gestanden. Aber er würde sie nicht darauf ansprechen. Noch nicht. Nicht jetzt. Aber definitiv zu einem späteren Zeitpunkt!

Er schwamm zu ihr und schob den Schwimmreifen so, dass sie sich daraufsetzen konnte. Nachdem sie die Leiter losgelassen hatte, streckte sie ihre Arme seitlich aus, um die Balance zu finden.

Vorsichtig zog Craig den Reifen vom Rand weg. „Jetzt gehörst du mir. Du bist mir hilflos ausgeliefert."

Trotz der Wärme bekam Lucille eine Gänsehaut, aber aufgrund ihres frivolen Blickes deutete er den Schauder als Zeichen ihrer Erregung. Es machte sie genauso an wie ihn, wenn er mit ihr sprach wie ein Herr mit seiner Lustsklavin. Doch er begehrte kein willenloses Püppchen, sondern sehnte sich nach einer Dienerin, die ihren eigenen Kopf behielt und sich ihm freiwillig aus purer Hingabe unterwarf.

Ihre Brustspitzen erigierten. Ihm lief das Wasser im Mund zusammen, doch ihre Nippel mussten warten.

Craig hielt die Luft an und tauchte unter den Schwimmreifen. Als er die Wasseroberfläche durchstieß, befand sein Kopf sich genau in der Mitte des Reifens. Über ihm thronte Lucille. Wie ein reifer Apfel hing ihr Hintern über ihm.

„Nicht bewegen, sonst fällst du runter", ermahnte er sie und hauchte einen Kuss auf ihre rechte Gesäßhälfte.

Kerzenschein drang an den Seiten zu Craig, da Lucilles Hinterteil das Auge des Reifens nicht ausfüllte. Lucille hielt sich rechts und links fest und spannte ihre Pomuskeln kurz an, im nächsten Moment ließ sie sie wieder locker.

Die Vorfreude, sie so unruhig vor Lust zu machen, dass sie sich kaum auf dem Schwimmreifen würde halten können, machte ihn an. Das Blut strömte in seine Lenden. Sein Schwanz war jetzt schon so empfindlich, dass Craig jede Bewegung des Wassers spürte.

Ausgiebig küsste er ihre Kehrseite und kam dabei ihrem Schoß immer näher. Als er seine Zunge in ihre Spalte schob, zuckte Lucille zusammen. Er hörte, wie sie aufstöhnte. Sie schmeckte köstlich, süßlich, beinahe wie Zuckermelone. Oder spielte seine Wahrnehmung ihm einen Streich, weil er diese Frau so sehr begehrte, dass er seine Pläne mit ihr vergaß und sie stattdessen in sein Bett holte und es außerdem zuließ, dass sie ein Stück seines Herzens eroberte?

Es war ihm egal. Ihre Möse war sogar appetitlicher als seine heiß geliebten Scones mit Clotted Cream und Marmelade. Langsam züngelte er durch ihre Mitte, dann stieß er in ihre heiße Feuchte hinein und leckte sie aus. Seine Nase steckte zwischen ihren Pobacken, so tief vergrub er seine Zunge in ihr. Ihr Duft berauschte ihn und regte ihn an, immer wieder schnell in sie einzudringen. Lucille stöhnte und bewegte ihren Unterleib, als wollte sie Craig zeigen, wie sehr ihr seine Zungenschläge gefielen und dass sie endlich von seinem Schaft genommen werden wollte; vielleicht glaubte er dies auch nur, weil er es selbst kaum erwarten konnte. Aber so weit waren sie noch lange nicht.

Das Geheimnis eines Höhenflugs, der einen nicht nur bis zu den Wolken abheben ließ, sondern bis ins Universum katapultierte, lag in einem ausgiebigen Vorspiel.

Craig zog seine Zunge aus ihr heraus und schloss einen Moment seine Augen, um sich vollkommen auf den Geschmack ihrer Feuchtigkeit in seinem Mund zu konzentrieren. Süß – ihre Feuchte besaß doch eine süße Note.

Nachdem er seine Augen wieder geöffnet hatte, zog er ihre Gesäßhälften auseinander. Er ließ sie seinen heißen Atem spüren und streichelte auf diese indirekte Weise ihre

Spalte. Erneut bekam Lucille eine wohlige Gänsehaut. Sie öffnete sogar ihre Schenkel weiter. War das ein dezenter Hinweis auf ihre Klitoris?

Manchmal war Craig ein Teufelchen, das gab er gern zu. Er tat mit Genugtuung das Gegenteil von dem, was von ihm erwartet wurde. Daher schenkte er Lucilles Kitzler keine Beachtung, sondern platzierte einen Kuss auf ihre enge Öffnung.

Sofort spannte sie ihren Hintern an. Das nutzte ihr allerdings nichts, da Craig ihre Pobacken weiterhin gespreizt hielt. Als er mit gespitzten Lippen über ihren Ringmuskel rieb, seufzte sie, dann konnte er sie sogar laut atmen hören, sie musste nach Luft ringen. Mit der Zungenspitze stieß er in die enge Öffnung, dehnte sie nur wenige Millimeter und zog sich wieder zurück. Lucille keuchte und stützte sich hinter ihrem Rücken ab. Er stellte sich vor, dass sie ihren Kopf in den Nacken legte, konnte jedoch nicht sehen, ob es tatsächlich so war.

Vorsorglich hatte Craig noch mehr als diesen Schwimmreifen zurechtgelegt. Er tauchte unter dem Reifen hindurch und zog Lucille zurück in den niedrigen Poolbereich, da sie abgedriftet waren.

Er liebte Spielzeug, ob Sextoys oder normale Gegenstände, die er einsetzte, um seine Liebhaberinnen zu erregen. Seltsamerweise kam es ihm so vor, als hätte es vor Lucille niemanden gegeben. Das war natürlich Unsinn; er konnte sich an Namen, Gesichter und erotische Momente erinnern. Aber diese Erinnerungen waren nicht mehr mit Gefühlen behaftet.

Obwohl er Lucille erst seit Kurzem kannte, hatte sie ihn derart beeindruckt, dass alles andere verblasste.

Er half ihr beim Absteigen und hielt ihre Hände fest, selbst als sie bereits stand. Sie wirkte erleichtert, da sie festen

Boden unter den Füßen hatte, allerdings reichte ihr aufgrund ihrer geringen Größe das Wasser trotzdem noch bis zu den Schultern.

Lucille drängte ihn gegen die Bande. „Ich werde dir beweisen, dass ich keine Angst vor dem Wasser habe."

Bevor er sagen konnte, dass sie das nicht brauchte, hielt sie sich die Nase zu, schloss ihre Augen und tauchte unter.

27. KAPITEL

Durch die Wasserbewegung konnte er ihre Berührung wahrnehmen, bevor er sie tatsächlich spürte. Noch während sie unter der Oberfläche ihre Augen aufriss, als könnte sie selbst kaum glauben, was sie tat, legte sie ihre Finger um seine Peniswurzel und übte leichten Druck aus.

Craig schüttelte seinen Kopf. Sie hielt sich an seinem Geschlecht fest, um unter Wasser zu bleiben, und erregte ihn gleichzeitig, indem sie das Blut staute.

Sein Schaft schwoll weiter an. Der diffuse Kerzenschein, aber auch die Wellenbewegungen ließen ihn Lucille nur verschwommen erkennen. Auf ihn wirkte sie wie Arielle, die Meerjungfrau. Beim Untertauchen hatte sich ihr Haarband gelöst. Wunderschön trieben ihre orangeroten Haare wie Lava, die aus einer Quelle unter Wasser austrat, dahin. Ihre Hände waren so klein, und dennoch schmiegten sie sich perfekt um seine Schwanzwurzel.

Lucille kniete sich auf den Boden des Swimmingpools und nahm seinen Phallus in ihren Mund auf, ohne ihre Nase loszulassen. Im ersten Moment machte sich Craig Sorgen um seine Nixe, doch die ansteigende Lust machte es ihm unmöglich, Lucille unter den Achseln zu fassen und nach oben zu ziehen, damit sie durchatmete.

Stattdessen lehnte er sich verzückt gegen die Bande und genoss das zarte Saugen von Lucilles Mund. Ihre Lippen pressten sich auf seine Penisspitze, während ihre Zunge seine Eichel umschmeichelte.

Als sie seinen Schaft in ihre Mundhöhle gleiten ließ, hielt Craig sekundenlang die Luft an, um sie kraftvoll auszustoßen, da Lucille sich sofort wieder zurückzog. Allerdings nur, um ihn ein zweites Mal so weit wie möglich aufzunehmen. Craig befürchtete, sie wolle sein gutes Stück verschlingen, aber es fühlte sich so gut, so verdammt gut an, dass er sich an der Bande festhalten musste, um nicht den Stand zu verlieren.

Für einen Nichtschwimmer blieb Lucille schon viel zu lange unter Wasser, doch sie machte es ihm unmöglich, sie hochzuholen, indem ihre Hand von seiner Peniswurzel zu seinen Hoden glitt, ihn dort massierte und seinen Körper zum Beben brachte. Nun saugte sie wieder an seinem Schwanz, obwohl er noch immer tief in ihrem Mund versenkt war. Dann und wann spürte er ihre Zähne. Jedes Mal durchzuckte ihn ein leichter Schmerz, aber dieser fachte das Feuer in ihm nur weiter an.

Und das alles unter Wasser, als wäre es ihr Element, dabei war es ihr in Wirklichkeit fremd. Craig erkannte, dass Lucille es für ihn tat. Sie wollte ihm etwas Besonderes schenken, und das gelang ihr, denn noch nie zuvor hatte jemand ihn auf diese Weise oral verwöhnt.

Ein Teil von ihm war enttäuscht, ein anderer, weitaus größerer erleichtert, als sie sich aufrichtete und die Oberfläche durchstieß. Noch während sie ihren Kopf schüttelte und sich die Tropfen vom Gesicht strich, griff er ihre Hüften und hielt sie fest, nur für den Fall, dass ihr schwindelig wurde. Lucille jedoch lachte ihn kess und sichtlich stolz an, sodass Craig nicht anders konnte, als sie in seine Arme zu ziehen und seinen Mund dankbar und verlangend auf den ihren zu pressen.

Er küsste Lucille viel zu oft, stellte er fest und schob trotzdem seine Zungenspitze zwischen ihre Lippen. Küsse waren viel vertraulicher als Sex. Menschen, die sich liebten, küssten sich.

Der Geschmack von Lucille mischte sich mit einer dezenten Chlornote, die Craig gern vermieden hätte. Das nächste Mal würde er sie im Meer lieben, nicht im Atlantischen Ozean an der Ostküste Floridas oder im Golf von

Mexiko an der West- und Südküste, sondern weiter weg, an einem exotischeren Strand, in Acapulco zum Beispiel oder an der Copacabana.

Noch während ihre Zungen einander umkreisten, tastete Craig hinter sich. Irgendwo dort musste der Waschhandschuh liegen, den er am Vormittag extra besorgt hatte. Mit gewölbter Hose war er durch das Kaufhaus geeilt und hatte sich in der Reederei erst einmal Erleichterung verschaffen müssen, um sich überhaupt auf seine Arbeit konzentrieren zu können. Das war ihm seit seiner Pubertät nicht mehr passiert.

Schließlich fand er den Handschuh, glitt mit seiner Rechten hinein und tauchte ihn unter, damit er sich voll Wasser saugte. Sogleich liebkoste er damit Lucilles Rücken.

Überrascht beendete sie den Kuss und versuchte sich umzudrehen, um zu sehen, was sie berührte, doch Craig hielt sie davon ab. Er hatte ihr eben eine lange Leine zugestanden, aber noch immer bestimmte er den Ablauf ihres Liebesspiels.

„Nur ein Waschhandschuh", erklärte er mit trügerisch ruhiger Stimme, doch es handelte sich keineswegs um einen gewöhnlichen Waschlappen, sondern einen Fäustling mit einer soften und eine rauen Seite.

Er schlang seinen Arm um ihre Taille, damit sie ihm nicht entwischen konnte, und massierte ihren linken Busen. Genießerisch verdrehte Lucille ihre Augen. Sie streckte ihren Rücken durch und drückte sich gegen den weichen, nassen Stoff, worauf Craig auch ihre rechte Brust mit der gnädigen Seite streichelte. Unvermittelt wechselte er wieder zu ihrer Linken, doch diesmal drehte er seine Hand, sodass die angeraute Seite über die zarte Haut rieb, wenn auch nicht schmerzhaft.

Erschrocken gab Lucille einen Schrei von sich, und Craig

hoffte, dass keiner der Wachen glaubte, einer Lady in Not helfen zu müssen, und angelaufen kommen würde. Zum Glück zeigte sich niemand.

„Peeling“, gab er trocken von sich und stimulierte ihre Brustspitze mit den rauen Fasern.

Lucille versuchte seine Hand wegzuschieben.

Blitzschnell fasste er ihr Handgelenk und drehte es behutsam auf ihren Rücken. „Ich bin dein Herr und Meister, hast du das vergessen?“

„Tu mir nicht weh.“ Ihr Blick flackerte.

„Vertrau mir.“ Was glaubte sie? Dass in ihm ein Barbar steckte? Es versetzte ihm einen Stich, aber er bemerkte den lustvollen Glanz in ihren Augen und deutete das Zittern ihres Körpers als Erregung. Offensichtlich machte es sie durchaus an, wenn er ein kleines bisschen Druck auf sie ausübte und sie dazu brachte, Dinge zu tun, die ihr im ersten Moment Angst machten. Bald würde sie sich nicht mehr fürchten, sondern vor Lust zerfließen.

Mit ihrer freien Hand hielt sie sich an seiner Schulter fest.

Craig knetete ihre Brüste und wechselte öfter die softe und die raue Seite des Waschhandschuhs. Durch die Wasserbewegung stieß sein Phallus immer wieder gegen ihre Beine. Das machte ihn verrückt! Lucille machte ihn verrückt, mit ihrer Scheu neuen sexuellen Erfahrungen gegenüber, die alsbald in Neugier umschlug, auch diesmal.

Inzwischen wand sie sich ekstatisch unter seinen Liebkosungen, die in der einen Sekunde zärtlich und in der nächsten bittersüß waren.

Craig dachte an ihre Möse, in die er seine Zunge versenkt hatte, und konnte es kaum erwarten, dass sein Schaft endlich diese Aufgabe übernahm. Indem er das Vorspiel ausdehnte, quälte er nicht nur Lucille, sondern auch sich selbst. Seine prallen Hoden schmerzten beinahe. Härter konnte sein

Schwanz nicht mehr werden.

Er verschärfte seine Folter, indem er mit dem Handschuh zwischen Lucilles Schenkel glitt und sie dort sachte streichelte. Wie gern hätte er seine bloße Hand dort zwischen ihren Falten vergraben! Doch in diesem Moment stand ihre Lust im Vordergrund, nicht die seine.

Abwechselnd rieb er sanft und fest über ihre Schamlippen, drang in die Täler dazwischen und berührte ihre empfindsamste Stelle immer nur kurz, um sie zu necken und ihre Erregung weiter anzufachen.

Lucille seufzte entrückt, wenn er die softe Seite des Waschhandschuhs benutzte, und stöhnte, wenn er ihren Schoß mit der rauen stimulierte. Zunehmend unruhiger krallte sie ihre Finger in seine Schulter, doch er ertrug den Schmerz, ohne sie darauf aufmerksam zu machen, weil es ein Zeichen ihrer Leidenschaft war.

Es faszinierte ihn, das Spiel ihrer Mimik von Nahem zu beobachten. Wie sie verzückt ihren Mund leicht öffnete und die Augen wonnetrunken schloss, sie wieder aufriss und im Rausch jeden Muskel ihres Körpers anspannte. Lust und Qual spiegelten sich in ihrem Gesicht. Es erregte Craig, wenn Lucille ihn ansah, und es machte ihn richtiggehend geil, wenn sie ihren Blick kurz darauf verlegen senkte. Eine Frau, so wunderschön wie hingebungsvoll – eben außergewöhnlich. Seine Frau, die ihr Becken vor und zurück schaukelte und es gleichermaßen genoss, von ihm erregt und auf sanfte Weise gequält zu werden.

Die Begierde schnürte Craig fast die Luft ab.

Er spreizte seinen behandschuhten Daumen ab und schob ihn in Lucilles feuchte Öffnung hinein. Erstaunt hielt sie inne und blickte an sich herab, doch ebenso wie Craig konnte sie nur vage wahrnehmen, was unter der Wasseroberfläche geschah.

Langsam zog er seinen Finger wieder heraus, nur um ihn sofort wieder in ihr zu versenken, wohlwissend, dass nur die Innenfläche des Handschuhs angeraut war und der Däumling ausschließlich aus softem Material bestand.

Craig nahm Lucille mit seinem Daumen und fiel in einen bedächtigen Rhythmus. Sein Geschlecht rebellierte, indem es lustvoll zuckte und ihn wissen ließ, dass es mehr als bereit war, seinen Finger zu ersetzen.

„Oh mein Gott", stieß sie aus und verdrehte ihre Augen.

Er gab ihren Arm frei, worauf sie sich mit beiden Händen an ihm festhielt und ihren Oberkörper leicht nach hinten lehnte. Überraschend schlang sie die Beine um seine Taille und bewegte sich auf seinem Daumen auf und ab, sodass er ihn nur noch hinhalten musste.

Verdammt! Wenn Lucille so weitermachte, würde er sich ins Poolwasser ergießen.

Hastig entfernte Craig seinen Finger aus ihr und stieß seinen Schwanz in sie hinein. Lucille bäumte sich auf, sie gab ein schlüpfriges „Ah" von sich, das er nur entfernt wahrnahm, da sein Körper sich auf seine Mitte konzentrierte. Er legte seine Hände an Lucilles Po, um ihr mehr Halt zu geben, und drang in sie ein. Immer wieder. Langsam, viel zu langsam, da der Wasserwiderstand ihn bremste, aber das machte das Erlebnis nur umso erregender. Sein Glied pochte, er spürte die Wellen an seinen empfindlichen Hoden und Lucilles Öffnung, die sich um ihn zusammenzog, als wollte sie ihn melken. Von hinten drang er mit der behandschuhten Hand in ihre Spalte ein und reizte sie dort zusätzlich.

Unerwartet übernahm Lucille das Ruder. Offensichtlich machte die beidseitige Stimulation sie derart an, dass sie anfing, ihn feurig zu reiten. Ihre Methode stellte sich als viel effektiver heraus. Sie hob ihren Körper ein Stück an und senkte sich sofort wieder auf seinen Schaft herab, was kraftvoller war, als wenn er seine Lenden unter Wasser bewegte. Immer zügelloser nahm sie ihn. Zu wild, denn Craig spürte schon, wie sich die ersten Tropfen aus seiner Penisspitze lösten, aber auch, dass Lucille noch nicht am Ziel war.

„Nicht so schnell", brachte er unter Stöhnen hervor.

An ihrem Blick erkannte er, dass sie den Grund für seine Bitte erahnte. Doch sie lächelte ihn an und vögelte ihn weiter, als würde die Welt am nächsten Morgen untergehen.

Verdammt, er hätte ihr befehlen müssen, langsamer zu machen, aber er war beim besten Willen nicht mehr fähig dazu. Er hatte kaum sprechen können. In ihre Mitte zu stoßen war so berauschend, dass er die Kontrolle über das Spiel an Lucille abgetreten hatte. Das bewies, wie gefährlich sie ihm werden konnte. Sie waren ebenbürtig, wenn auch nicht in diesem Augenblick, denn er fühlte sich zu schwach, um sie von seinem Schoß zu heben.

Wie von Sinnen nahm sie ihn, ein schönes Biest, das man von der Leine gelassen hatte. Sein Fehler! Nun bezahlte er dafür mit einem gigantischen Orgasmus, der viel zu früh kam und von einem schlechten Gewissen begleitet wurde.

Während Craig sich in Lucille ergoss, gab er seltsame Laute von sich – ein Stöhnen, vermischt mit Grollen und einem genuschelten, verzweifelten „Nein". Weil er sich gegen den Höhepunkt gewehrt hatte, brach dieser nun umso heftiger über ihn herein. Noch immer senkte sich Lucille auf sein Glied herab, bis Craig es nicht mehr aushielt und sie fest an sich drückte, seinen erschlaffenden Penis immer noch in ihr.

„Scheiße", fluchte er und lehnte seinen Kopf an ihre Schulter. „Es tut mir leid."

„Du konntest nichts dafür."

Für seinen Geschmack klang ihre Stimme einen Hauch zu heroisch. Sie hatte über ihn triumphiert und dafür in Kauf genommen, dass ihre eigene Lust auf der Strecke blieb.

Dafür hätte er sie die Bekanntschaft mit dem Flogger machen lassen sollen, aber seine Gewissensbisse überwogen.

Während er noch immer nach Atem rang, strich sie über sein Haar, und diese simple Geste fühlte sich so gut für ihn an. Leise sagte sie: „Es ist meine Schuld. Ich konnte nicht. Wahrscheinlich liegt es am Wasser. Ich spüre die Reibung nicht stark genug."

Craig machte sich dennoch Vorwürfe. Wegen Lucille, aber auch weil seine Ehre als Dominus einen Kratzer bekommen hatte. Hätte er das Finale dominiert, hätte er sichergestellt, dass sie zuerst kam, und zwar gewaltig. Er würde diesen Fehler nicht noch einmal begehen. Dafür bedeutet Lucille ihm zu viel!

„Ich mache es wieder gut." Craig legte den Handschuh weg und stieg aus dem Swimmingpool.

Obwohl Lucille stehen konnte, hielt sie sich an der Bande fest. „Es gibt nichts gutzumachen."

„Ich werde dich verwöhnen." Das war ein Befehl, keine Frage. Craig zog sie aus dem Pool. Sie ist solch ein Fliegengewicht, stellte er fest, aber eine starke Persönlichkeit.

Mit beiden Händen strich sie ihre Haare zurück und presste das Wasser heraus, das in Rinnsalen ihren Rücken und ihr Dekolleté herablief. „Hast du doch schon."

„Keinen Widerspruch, sonst setze ich auch die Lustfolter fort", drohte er und folgte mit den Augen einigen Wassertropfen, die über ihre Brüste, ihren Bauch und ihren Venushügel rannen und sich zwischen ihren Beinen verloren, dorthin, wo er gleich sein Gesicht versenken würde.

Er führte Lucille zum Sprungbrett und wies sie an, sich mit dem Rücken daraufzulegen, was sie ohne weiteren Widerstand tat. Die Kerze am Ende des Brettes stand genau über ihrem Kopf und tauchte Lucilles Körper in ein warmes Rot, das ihre Haare himbeerfarben schimmern ließ.

Beseelt von Vorfreude schob Craig ihre Beine so weit auseinander, dass ihre Unterschenkel seitlich herabhingen. Den Blick auf ihren Schoß gerichtet, kniete er sich dazwischen und streichelte ihren Bauch, der sich bereits wieder aufgeregt hob und senkte. Er würde Lucille über dem Wasser schwebend zum Schreien bringen. Und schon am Morgen würde sie ihn anbetteln, das Erlebnis zu wiederholen.

Seine Hand glitt höher. Sachte berührte er die Stellen um ihren Nabel, die zwar noch leicht gerötet waren, aber abzuschwellen schienen, mit der anderen kreiste er um ihre Klitoris.

Er ärgerte sich, da seine Gedanken plötzlich von ihrem Bauchnabel und nicht von ihrer Spalte gefangen genommen wurden, nicht etwa, weil ihr Schoß ihn nicht mehr interessierte, da Craig bereits befriedigt war. Wenn das der Fall gewesen wäre, hätte er Lucilles Wunsch nachkommen und das Spiel abbrechen können. Vielmehr wallte der bekannte Zorn in ihm wieder auf, weil jemand seiner Cantaloupe Gewalt angetan hatte.

Behutsam zog er das Häutchen, das den Kitzler umgab, weg und hauchte die harte rote Perle an, die zum Vorschein kam, sodass Lucille erschauerte. Ihr Atem beschleunigte sich. Sie schloss ihre Augen.

Sein Blick wurde magisch von den Wunden angezogen. Nun, da sie abschwollen, sahen sie weniger wie Brandblasen aus, sondern schienen irgendwie zusammenzugehören. Wie kam er nur darauf? Er blinzelte. Tatsächlich! Die Stellen verschwommen nicht mehr ineinander, sondern endeten dort, wo der nächste Fleck aufhörte.

Fang endlich an, sie gehört vollkommen dir, sprach Craig zu sich selbst und leckte sogleich mit der ganzen Länge seiner Zunge über Lucilles freigelegte Klitoris. Ihr Stöhnen klang wie die schönste Musik in seinen Ohren. In seinem

Unterleib glomm schon wieder Hitze auf.

Er versuchte sich auf Lucille zu konzentrieren, führte zwei Finger in ihre samtige Mitte ein und drang immer wieder sanft in sie ein. Als sie sich unter ihm wand, nahm er einen dritten hinzu und dehnte ihre feuchte warme Öffnung leicht auf.

Während Lucille den Rücken wölbte und sich am Sprungbrett festkrallte, kroch Craig unauffällig höher. Mit seinen Lippen berührte er ihren Kitzler, leckte über ihren Venushügel und küsste ihren Unterbauch.

Ohne mit der Penetration aufzuhören, betrachtete er die Wunden von Nahem. War das da Farbe unter der Haut? Er streichelte Lucille überall, an den Armen, den Brüsten und am Bauch. Bevor er jedoch ihren Nabel umkreiste, benässte er unauffällig seine Finger, um herauszufinden, ob die Farbe wegzuwischen ging. Tat sie nicht.

Craig führte seine drei Finger tief in Lucille ein, drückte den Daumen seiner anderen Hand auf die Stelle über ihrer Klitoris und bewegte ihn sinnlich hin und her. Bebend streckte Lucille ihre Arme nach oben, wodurch sie beinahe die Kerze vom Sprungbrett geworfen hätte, und präsentierte Craig unbewusst ihren Bauchnabel.

Farbe unter der Haut, wie bei einer Tätowierung, grübelte er, presste seinen Daumen auf ihren Kitzler und beobachtete zufrieden, wie Lucille seufzte und beiläufig über ihre erigierten Nippel strich. Ob ihr bewusst war, was sie da tat?

Es war nicht nett, die Gedanken schweifen zu lassen, während er den Finger wegnahm, die Lippen um Lucilles Kitzler schloss und saugte, aber sein Denkmotor lief auf Hochtouren. Etwas regte sich in ihm. Ein Bild formte sich in seinem Hinterkopf, aber noch konnte er es nicht deutlich erkennen. Es erwachte jedoch ein ungutes Gefühl in seiner Magengrube, das ihn beunruhigte.

Lucille stöhnte so laut, dass die Nachbarn auf den umliegenden Halbinseln es hören mussten, aber Craig störte das nicht, sondern es erregte ihn sogar. Ob er sie noch einmal vögeln sollte? Nein, er hatte seinen Spaß gehabt. Dieser Showdown gehörte ihr allein.

Berauscht spannte sie ihre Unterschenkel an und ließ sie wieder hängen, warf ihren Kopf von einer Seite auf die andere und biss auf ihre Handkante. Ihr Körper bebte. Dann und wann erzitterte Lucille, sie rang nach Atem und verkrampfte sich wieder.

Unentwegt pumpte Craig mit seinen drei Fingern in sie hinein. Ihr Lustsaft benetzte sogar schon das Brett, auf dem Lucille lag. Endlich roch sie wieder nach sich selbst und nicht mehr nach Chlor. Ihr Odeur schmeckte zwar immer noch süßlich, aber es hatte sich auch eine bittere Note daruntergemischt, ähnlich wie Physalis, da sie kurz vor dem Höhepunkt stand.

Unvermittelt tauchte ein Gedanke in seinem Kopf auf, und er blinkte wie eine Neonreklame, sodass Craig ihn nicht ignorieren konnte. Ein Tattoo! Bei den Wunden um Lucilles Nabel musste es sich um eine entfernte Tätowierung handeln. Ein Tier vielleicht, das seinen Schwanz um den Nabel schlang. Oder seinen Schwanz auch nur gehoben hatte. Wie Skorpione es taten.

Unter ihm bäumte sich Lucille auf. Ein Lustkrampf erfasste sie, und sie kam zuckend. Zuerst glaubte Craig, dass sie aufgeschrien hatte, doch dann wurde ihm bewusst, dass der Schrei nur in seinem Inneren ertönte. Noch immer saugte er an Lucilles Kitzler, obwohl sie ihm auf die Schultern schlug, weil sie die Lust kaum ertrug und wollte, dass er von ihr abließ. Aber er spürte ihre Schläge kaum, denn der Schock über das, was er herausgefunden hatte, saß zu tief.

Lucille gehörte nicht nur zu Richard Dawson, sondern

auch zur *La picadura del escorpión*!

Entweder hatte sie sich das Tattoo entfernen lassen, um ihre Zugehörigkeit zu verheimlichen – und dem FBI hätte Craig die Dummheit, den Hinweis zu übersehen, wahrhaft zugetraut –, oder um sich von dem Drogenkartell zu lösen. Hatte sie sich wirklich losgesagt? Oder wollte sie ihre Hände nur in Unschuld waschen, um einer Verurteilung zu entgehen?

Eine Kopfnuss holte ihn ins Hier und Jetzt zurück. Endlich gab er Lucilles Klitoris frei und zog seine Finger aus ihr heraus. Wie ein begossener Pudel saß er auf dem Sprungbrett und betrachtete seine klebrige Hand. Er hatte sich eine „Poison Ivy“ ins Haus geholt, eine rothaarige Terroristin, die sich hinter einer falschen Identität versteckte, wie im gleichnamigen Comic.

„Idiot! Ich dachte schon, du hörst nie mehr auf“, zischte Lucille völlig außer Atem, lachte dann jedoch und wischte sich die Tränen von den Wangen. „Was für ein Höllenritt!“

Craigs Herz zerbrach in tausend Stücke. Er war gerade dabei gewesen, sich in Lucille zu verlieben, und nun stellte sich heraus, dass sie zu seinen Erzfeinden gehörte.

28. KAPITEL

Lucille fühlte sich wie eine Verbrecherin, die haarscharf dem Auge des Gesetzes entwischt war. Sie hatte fest damit gerechnet, dass das Federal Bureau of Investigation in der Bellamy-Villa auftauchen und sie zur Rede stellen würde, aber weder Alex Fisher noch ein anderer Special Agent hatte sich bisher blicken lassen.

Beseelt von einem Gefühl der Freiheit, nach dem sie sich seit der Untersuchungshaft mit jeder Faser ihres Körpers gesehnt hatte, ließ sie sich von Kenneth, dem Wachmann, nach Ende seiner Frühschicht mit nach Downtown nehmen.

Nun stand sie auf dem Santa Barbara Boulevard, der Hauptstraße, die die Stadt in Ost und West teilte, und fühlte sich herrlich allein, obwohl zahlreiche Menschen an den Geschäften vorbeiflanierten. Doch diese beachteten sie nicht, und außer Ken, der heimgefahren war, wusste niemand, wo sie sich befand.

Das erste Mal, seit sie sich in Florida aufhielt, hielt sie ihr Gesicht in die Sonne und genoss ihren Aufenthalt. An diesem Tag waren die Temperaturen nicht höher als angenehme 24 Grad gestiegen. Sie trug ein T-Shirt, einen Rock und die Sandaletten, über die Craig an ihrem ersten Arbeitstag geschimpft hatte.

Gedankenverloren schaute sie in das Schaufenster der Boutique, doch anstatt die Designerkleidung, die die lebensgroßen Puppen zur Schau trugen, sah sie Craig vor ihrem inneren Auge. Wie gern hätte sie ihn jetzt bei sich gehabt! Hand in Hand wären sie den Boulevard entlangspaziert. Das hätte Lucilles Ausflug in die Innenstadt perfekt gemacht. Aber leider musste er arbeiten, sodass sie ihn nicht einmal hatte fragen können, ob er Lust gehabt hätte, sie zu begleiten. Wäre er auf ihren verwegenen Vorschlag eingegangen?

Wir sind kein echtes Liebespaar, rief sich Lucille ins Bewusstsein.

Sie spielten allen nur etwas vor, um herauszufinden, wer von den Angestellten heimlich versuchte, Craig einen Grund zu liefern, sie in hohem Bogen zu feuern. Ihr kleines Schauspiel bezog sich nur auf die Villa. Für ihren Plan war es nicht notwendig, Händchen haltend durch Cape Coral zu flanieren. Wahrscheinlich wäre Craig ohnehin nicht mitgekommen, weil er nicht wollte, dass seine Affäre mit einem Dienstmädchen bekannt wurde.

Er führte genauso wenig eine Liebesbeziehung mit ihr, wie sie ein echtes Hausmädchen war. Es war alles nur gespielt, alles falsch!

Lucille wollte sich gerade abwenden, weil sie den Anblick ihres traurigen Gesichts in der Schaufensterscheibe nicht länger ertrug, als sie eine Spiegelung wahrnahm, die ihre Aufmerksamkeit schlagartig auf sich zog.

Rasch wandte sie sich um und sah gerade noch, wie ein weißes Bentley-Cabrio vom Santa Barbara Boulevard in die zehnte Straße einbog. Ein blonder Lockenkopf saß auf dem Beifahrersitz. „Cory?“

Lucille nahm ihre Beine in die Hände und rannte zur Straßenecke. Die Frau auf der Fahrerseite blickte ihn immer wieder kurz an, als würde sie ihm etwas erzählen. Ihre langen blonden Haare wehten im Fahrtwind. Doch Lucille konnte nur die Locken des Beifahrers erkennen, nicht aber sein Gesicht, da die Rückenlehne ihn halb verdeckte. Auch die geringe Größe passte auf Cory. Doch warum sollte er in dieser Luxuskarosse sitzen?

Neugierig hastete Lucille die zehnte Straße entlang, die sich weitaus leerer als der Boulevard entpuppte, da hier keine Geschäfte, sondern ausschließlich Firmen ansässig waren.

Das Cabrio fuhr in die Einfahrt des Cape Coral Executive Golf Course, hielt jedoch auf dem Bürgersteig, ungeachtet eines älteren Mannes, der schimpfend um das Hindernis herumgehen musste, was Lucille dazu veranlasste, stehen zu bleiben, weil sie befürchtete, gesehen zu werden.

Eine kleine Nebenstraße führte auf die Zehnte, und da Lucille genau auf der Ecke stand, hielt ein Wagen vor ihr, um sie durchzulassen. Verlegen lächelte sie und winkte ihn weiter. Keinesfalls durfte sie näher an den Golf Course herangehen, denn es gab keine Möglichkeit, sich zu verstecken. Während auf dem Boulevard die Menschen so dicht gingen, dass man leicht in der Masse untertauchen konnte, waren auf der zehnten Straße nur eine Handvoll Passanten unterwegs.

Der Beifahrer des Cabrios stieg aus, warf die Beifahrertür zu und stützte sich auf dem heruntergelassenen Fenster ab, leicht vorgeneigt und grinsend redete er mit der Blondine.

„Verdammt, es ist Cory!“ Wütend krallte Lucille ihre Finger in die Leinentasche, die von ihrer Schulter hing. Sie spürte deutlich den Gegenstand, den sie Craig entwendet hatte. Stand der Latino nicht zu seiner Beziehung mit Ava, weil er sich eine reiche Frau geangelt hatte? Oder verdingte er sich als Toyboy?

Die Fahrerin verabschiedete sich, indem sie die Hand hob, und wandte sich nach vorn, um auf den Parkplatz des Golfplatzes zu fahren. Das Profil der Frau kam Lucille äußerst bekannt vor. Sie blinzelte. Unfassbar, es war Michelle Dearing!

Plötzlich quietschten Reifen. Im Augenwinkel sah Lucille einen schwarzen Geländewagen auf sich zuschießen. Auf dem Gehweg!

Panisch machte sie einen Satz nach vorn. Sie trat genau auf die Kante des Bürgersteigs und knickte um. Hektisch mit den Armen rudernd versuchte sie ihr Gleichgewicht wiederzufinden und zugleich ihre Tasche festzuhalten. Man würde Lucille sofort verhaften lassen, wenn ihr Schatz, ihre Lebensversicherung, herausfiele.

Eine Frau schrie.

Abrupt hielt ein Chevrolet vor Lucille, weil sie drohte, ihm vor die Stoßstange zu fallen. Stattdessen prallte sie im Fallen seitlich auf die Motorhaube. Während der Geländewagen dicht hinter ihr vorbeischoss, rutschte sie langsam zu Boden und blieb völlig aufgelöst in dem Spalt, der zwischen den Reifen des Chevys und dem Bürgersteig verblieb, liegen.

Der Fahrer des Chevrolets stieg aus und lief um sein Auto herum. Besorgt kniete er sich neben sie. Weitere Passanten kamen herbei.

Jemand sagte: „Lasst mich durch, ich kenne sie", und hob behutsam Lucilles Kopf, sodass sie ihn ansehen musste.

„Ist alles okay mit dir, Kirby?", fragte Cory mit vor Schrecken aufgerissen Augen. Er streichelte ihr beruhigend über den Kopf. „Soll ich einen Krankenwagen rufen?"

„Mir fehlt nichts", hörte sie sich selbst sagen und wusste nicht, wie die Worte aus ihrem Mund gekommen waren. Aufgrund des Schocks nahm sie ihre Stimme verzögert wahr, aber das Rauschen des Blutes in ihren Ohren schwoll langsam ab.

Cory und einige andere Frauen und Männer halfen ihr, aufzustehen. Vorsichtig bewegte Lucille ihre Arme und Beine. Bis auf Schürfwunden an den Knien und Handballen hatte sie keine Wunden davongetragen.

„Ich kümmere mich um sie." Energisch legte Cory seinen Arm um ihre Taille und führte sie zu einer kniehohen Mauer, auf die er sie hinunterdrückte.

Auf den Raser schimpfend stieg der Fahrer zurück in seinen Chevrolet und setzte seinen Weg fort, genauso wie die Passanten.

„Du bist aschfahl. Willst du dich wirklich nicht im Hospital durchchecken lassen? Ich besorg dir ein Taxi und begleite dich." Er holte sein Handy aus der Hosentasche. „Oder ich rufe die Cops."

Auf keinen Fall wollte Lucille auffallen. Eigentlich sollte sie sich von der City fernhalten. Sie schüttelte den Kopf. „Was nutzt eine Anzeige gegen unbekannt? Nichts."

„Dieser Idiot!" Cory ballte seine Hand zur Faust. „Was hat sich der Typ im Geländewagen nur dabei gedacht?"

Gespielt lässig zuckte sie mit den Achseln. „Ihm kroch der Chevy wohl zu langsam. Deshalb hat er ihn überholt, indem er den Weg abkürzte, über die Ecke fuhr und somit auch über den Bürgersteig."

„Aber er musste dich doch gesehen haben."

Definitiv! Über die Bedeutung dieser Erkenntnis wollte Lucille am liebsten gar nicht nachdenken. Das Zittern ihres Körpers hörte erst auf, als sie die Leinentasche auf ihren Schoß legte und sie so fest zusammenpresste, dass sie den Gegenstand darin deutlich spürte.

Male nicht den Teufel an die Wand, sprach sie in Gedanken zu sich selbst. Es waren noch zwei, drei andere Fußgänger auf diesem Gehwegabschnitt unterwegs gewesen und hinter das Mäuerchen in Sicherheit gesprungen. Wahrscheinlich dachte sie nur an das Schlimmste, weil ein schlechtes Gewissen sie quälte, aufgrund der Missachtung der FBI-Anweisung, sich nicht in öffentlichen Bereichen zu bewegen.

„Was hast du mit Ms Dearing zu schaffen?" Lucille verspürte das tiefe Bedürfnis, das Gespräch auf ein anderes Thema zu lenken, denn Angst kroch ihren Rücken hoch. Schnell fügte sie hinzu: „Ich habe euch zufällig im Cabrio gesehen."

„Mr Bellamy hat mich mal an sie ausgeliehen", bei dem letzten Wort malte er Anführungsstriche in die Luft, „als ihr Gärtner sie von heute auf morgen sitzen ließ."

Lucille konnte sich lebhaft vorstellen, weshalb der Angestellte das Weite gesucht hatte. Bestimmt war sie eine nervige Arbeitgeberin, der man nichts recht machen konnte, dieser hochnäsigen Schnepfe.

„Seitdem geben sich die Gärtner bei ihr die Klinke in die Hand, keiner bleibt lange."

Auch das war nachvollziehbar für Lucille. Verständnisvoll lächelte sie. „Weiß Mr Bellamy darüber Bescheid?"

„Nur über das erste Mal." Verlegen knetete er seine Unterlippe. „Bitte erzähl ihm nicht, dass ich Ms Dearing weiterhin aushelfe. Ich bin heute früher von der Arbeit weggegangen, um mich um ihre Orchideenzucht zu kümmern, und hatte Mr Bellamy gesagt, ich hätte einen Arzttermin."

Also hatte er gelogen. Tat er das öfter? Auch was seine Treffen mit Michelle Dearing betraf? Oder gab es gar keine mysteriöse Geliebte, und er hatte das Ava gegenüber nur behauptet, um sie auf Abstand zu halten?

„Das habe ich wirklich, aber erst heute Nachmittag, nicht schon mittags, wie ich vorgegeben habe. Vorher wollte ich eben kurz bei Ms Dearing vorbei. Mr Bellamy zahlt gut, aber ich spare auf ein eigenes kleines gebrauchtes Motorboot und kann jeden Dollar gut gebrauchen." Er spähte zum Cape Coral Executive Golf Course, doch die Blondine war nicht zu sehen. „Sie hat mich nach Downtown mitgenommen, damit ich den Arzttermin noch schaffe."

Lucille überlegte, ob sie sich ein Herz fassen und fragen sollte, wie er zu Ava stand. Doch bevor sie die richtigen Worte gefunden hatte, sprang Cory auf.

„Also, wenn du wirklich nicht zum Police Department oder zum Spital willst …" Demonstrativ warf er einen Blick auf seine Armbanduhr. „Ich muss in zehn Minuten bei Dr. Shelling sein. Mir ist eine Plombe rausgefallen."

Zum Beweis zog er seine Lippe nach oben und legte den

Kopf in den Nacken, damit Lucille das Loch in seinem Backenzahn sah. Sie fragte, wo sie einen Taxistand fände, denn sie wollte nur noch zurück zu Craig. Trotz seines Kontakts zu Jack Caruso fühlte sie sich bei ihm sicher. Cory erklärte ihr den Weg und rannte zum Boulevard.

Lucille blieb zurück und ärgerte sich, dass sie die Chance verpasst hatte, Cory in die Mangel zu nehmen. Aber was hätte sie sagen sollen? Hast du ein Verhältnis mit Michelle Dearing und stehst deshalb nicht zu Ava, konnte man wohl kaum als einfühlsames Herantasten bezeichnen.

Auf einmal flackerte eine neue Idee in ihrem Kopf auf. Vielleicht machte gar nicht Cory ein Geheimnis aus der Affäre, bis Michelle ihn endlich als offiziellen Partner akzeptierte und er in die Upperclass aufstieg, sondern Michelle selbst. Lucille konnte sich durchaus vorstellen, dass die kühle Blonde nur so lange mit Cory spielte, bis sie Craig endlich erobert hatte. Ihre Chancen bei Craig wären natürlich dahin, wenn er erfuhr, dass sie sich einen Loverboy hielt, daher wollte sie ihr Verhältnis unter allen Umständen geheim halten.

„Alles nur graue Theorie“, murmelte sie vor sich hin. Der Beinahe Unfall – war es nicht etwas Schlimmeres? – hatte sie verwirrt, sodass sie weitaus weniger aus Cory herausgekitzelt hatte, als sie erhofft hatte.

Unzufrieden erhob sie sich von der niedrigen Mauer und schritt die Nebenstraße entlang. Laut Corys Aussage brauchte sie nur durch die Gasse am Ende auf die Parallelstraße zu gehen, dort befand sich ein Taxistand.

Je weiter sie sich von der Zehnten entfernte, desto weniger Passanten und Autos waren unterwegs. Lucille fühlte sich zunehmend unwohl. Immer wieder schaute sie die Straße entlang in beide Richtungen, weil sie befürchtete, der Geländewagen könnte zurückkehren.

„Es war nur irgendein Rowdy“, murmelte sie und schaute den jungen Mann, der ihr entgegenkam, genau an, um zu prüfen, ob er sich in irgendeiner Weise suspekt verhielt. Tat er nicht. Er runzelte lediglich die Stirn, als er an ihr vorüberging, weil sie ihn anstarrte, als wäre er ein Wesen aus dem All.

Während sie ihm hinterherschaute und Grimassen schnitt, legte sich plötzlich eine Hand auf ihren Mund. Ein Arm schlang sich um ihre Hüften. Gewaltsam wurde sie in eine Einfahrt gerissen. Koniferen säumten den Weg zur Garage wie Wächter, auf der anderen Seite stand die mit Bitumen bestrichene Garagenwand des Nachbarn, sodass der Weg kaum einsehbar war.

Lucilles Leinentasche rutschte ihr von der Schulter, doch sie hielt sie im letzten Moment fest. Verzweifelt kämpfte sie gegen den Mann an. Sie schlug mit der Tasche nach ihm und schrie, aber seine Hand dämpfte ihre Schreie.

Sie nahm bereits die Panik wahr, die von ihr Besitz ergreifen wollte, doch so weit durfte sie es nicht kommen lassen. Daher bemühte sie sich, ruhiger zu atmen und die Kontrolle über sich nicht zu verlieren. Für den Moment wehrte sie sich nicht mehr und glaubte zu spüren, dass ihre unnatürliche Ruhe den Mann hinter ihr aus dem Konzept brachte.

Überrascht hielt auch er inne, wobei er ihren Mund freigab. Im nächsten Moment blitzte ein Jagdmesser in seiner Hand auf. Die hässliche breite Klinge glänzte in der Sonne.

Lucilles Schrei blieb ihr im Halse stecken. Sie versuchte den Reißverschluss ihrer Tasche aufzuziehen, aber er hakte. *Verdammt, verdammt, verdammt!*

Richard tauchte vor ihrem geistigen Auge auf, wie er ihr einige Kniffe verriet, keine professionellen „Martial Arts“-Schläge und Tritte –, wohl aber einfache und effektive Selbstverteidigungsmaßnahmen.

Ihr Herz pochte so stark in ihrem Brustkorb, dass es wehtat, aber sie nutzte diesen Schmerz und wandelte ihn in Stärke um, denn wenn sie nicht endlich ernsthaft kämpfte, würde sie schrecklicheres Leid erdulden müssen – oder Schlimmeres. Genau wie Richard gesagt hatte, dass nicht der schnellste Schütze ein Duell gewann, sondern derjenige, der am besonnensten blieb, hatte er auch gemeint, dass bei einem Kampf Mann gegen Mann derjenige siegte, der am mutigsten und kompromisslosesten vorging.

Lucille nutzte das Überraschungsmoment. Blitzschnell packte sie die Hand des Angreifers, in dem er das Messer hielt, und rammte ihm so fest es ging ihren Ellbogen in die Rippen. Der Mann stöhnte gequält auf. Sein Körper wurde schlaff, aber er fing sich schnell wieder.

Keuchend sprang Lucille nach vorn, doch er packte ihre Haare. Brutal riss er sie zurück. Sie taumelte rückwärts und fiel über sein ausgestrecktes Bein. Ihr Rücken knallte auf den harten Beton der Garageneinfahrt. Geräuschvoll stieß Lucille die Luft aus ihren Lungen aus.

Einige Sekunden lang war ihr Blick getrübt. Als sie wieder klar sehen konnte, stand der Mann breitbeinig zwei Schritte vor ihr, das Jagdmesser erhoben. Eine schwarze Sturmmaske verbarg bis auf seine Augenpartie sein Gesicht.

Lucille bekam eine Gänsehaut. Wie von Sinnen riss sie am Reißverschluss ihrer Tasche. Er öffnete sich nicht, löste sich aber aus den Nähten. Der Riss scherte Lucille nicht, vielmehr zerrte sie an dem Leinenstoff, sodass das Loch noch größer wurde, und langte hinein. Ihr Körper bebte, sie zitterte wie verrückt. Als sie jedoch die Handfeuerwaffe zu fassen bekam, senkte sich eine wohltuende Ruhe auf sie herab, die es ihr ermöglichte, die SIG einigermaßen ruhig auf den Vermummten zu richten.

Doch er lachte sie aus, machte einen Schritt auf sie zu

und schwenkte das Messer drohend.

Einatmen, ausatmen, befahl sich Lucille und betätigte den Spannabzug.

Das Lachen des Mannes verstummte. Er zögerte, kam dann jedoch so nah an sie heran, dass ihre Füße sich beinahe berührten.

Noch immer lag Lucille auf dem Boden. Sie stellte sich vor, wie Richard die Situation geregelt hätte. Vermutlich wäre der Angreifer längst tot. Nein, so wie er wollte sie auf keinen Fall werden. Was würde Craig tun? Den Fremden keinesfalls erschießen, sondern verletzen und der Polizei übergeben.

Eiskalt richtete Lucille die Pistole auf den Schritt des Mannes. Craig hätte wahrscheinlich auf sein Bein geschossen, aber Lucille wollte sich Respekt verschaffen und hoffte, erst gar nicht schießen zu müssen.

Angsterfüllt weiteten sich die Augen des Vermummten. Er drehte sich postwendend herum, zog sich beim Weglaufen die Maske vom Kopf und sprang in einen schwarzen Geländewagen, der Lucille nur allzu bekannt vorkam. Und nicht nur das Fahrzeug.

Da das Auto mit quietschenden Reifen davonfuhr, konnte sie nur einen kurzen Blick auf das Profil des Angreifers werfen. Es war der Mann, der sich als Alvaro Castillo bei ihr vorgestellt hatte.

Nun zitterte Lucille wieder so heftig, dass sie befürchtete, versehentlich den Auslöser zu drücken, deshalb steckte sie die 9-Millimeter, die über eine automatische Zündstiftsicherung verfügte, zurück in die Tasche.

Jetzt hatte sie den Beweis. *Sie wissen, wo ich bin, und wollen mich zum Schweigen bringen.*

29. KAPITEL

Craig hätte Lucille wegschicken sollen.

Zuerst hatte er gedacht, sie in seinen Plan einzubauen, inzwischen sah er ein, dass sie sein Vorhaben eher gefährdete. Er konnte ihr nicht einmal die Schuld dafür geben, die lag ganz allein bei ihm selbst. Denn er hatte sie viel zu nah an sich herangelassen und zu spät bemerkt, dass sie nicht nur eine Verbrecherbraut war, sondern ein Mitglied der *La picadura del escorpión*.

Zu dumm, dass er längst sein Herz an sie verloren hatte.

Aber das ließ sich ändern. Es würde schmerzhaft werden, wie ein Dorn, den man aus dem Fleisch zog, aber am Ende war man froh, ihn losgeworden zu sein. Doch schon bei der Vorstellung krampfte sich sein Herz zusammen.

Craig hätte Lucille wegschicken sollen, stattdessen reichte er ihr fürsorglich ein Badetuch.

Dankbar lächelnd stieg sie aus der Dusche. Er bemerkte ihre aufgeschürften Knie und Handballen, als hätte jemand sie brutal zu Boden geworfen, und sein Beschützerinstinkt meldete sich so stark, dass er machtlos gegen ihn war.

„Was ist passiert?" Er hielt das Frotteetuch fest, damit sie ihn anguckte. Mit einem Kopfnicken deutete er auf ihre Knie.

„Bin beim Shoppen in der City hingefallen."

Flackerte ihr Blick? Craig ließ das Tuch los. „Einfach so?" Oder hatte jemand nachgeholfen?

„Als ich die Straßenseite wechselte, bin ich umgeknickt. Ich Schussel bin auf die Kante des Bürgersteigs getreten, und schon lag ich da." Lucille zuckte mit den Achseln und rubbelte ihr Haar kopfüber trocken.

Geschickt, so konnte Craig ihr Gesicht nicht mehr sehen. Fühlte sie sich schuldig, weil sie ihn belog, oder interpretierte er ihr Verhalten falsch? „Was hast du in Downtown gemacht?“

„Ich bin über den Santa Barbara Boulevard spaziert.“ Energisch bearbeitete sie ihren Schopf. „Seit meinem Umzug nach Cape Coral hatte sich mir noch keine Gelegenheit geboten, meine neue Heimat anzuschauen.“

„Du warst das erste Mal in der Innenstadt?“ Das konnte er kaum glauben. Wieso hatte sie sich in Manatee verkrochen? Eine lebenslustige junge Frau würde doch als Erstes, wenn sie in eine neue Stadt zog, die Shoppingmöglichkeiten ausfindig machen und das Nachtleben auskosten. Verkroch sie sich, weil jemand sie verfolgte, jemand aus ihrem alten Freundeskreis, der verantwortlich für die frischen Schürfwunden war?

Schnell richtete sich Lucille auf und warf ihre Haare zurück. Entschuldigend lächelte sie ihn an und trocknete sich ab, was Craig nicht kaltließ. Gern hätte er an Stelle des Badetuchs über ihre Brüste gerieben. Zugegeben, sie füllten gerade mal seine Handflächen, aber sie passten perfekt zu Lucilles zierlichem Körperbau und wirkten so natürlich, kess und anziehend, dass es in seinen Lenden zog. Lucille besaß den Charme einer Lolita – nicht aufgesetzt, sondern unbeabsichtigt –, dem er sich nicht entziehen konnte, sosehr er auch an den Dorn in seinem Fleisch dachte. Keine Frau, mit der er je intim gewesen war, hatte so sinnlich, so erfrischend auf ihn gewirkt.

Nun wischte sie auch noch mit dem Frotteetuch durch ihre Spalte. Sein Schwanz zuckte, und Craig musste alle Kraft aufbringen, um nicht über Lucille herzufallen.

Anstatt seinem Verlangen nachzugeben, fasste er Lucilles Oberarme und zwang sie, ihn anzuschauen. „Wer war das?“

„Wie bitte?“, fragte sie und hielt inne.

Craig ergriff ihr Handgelenk und drehte es behutsam so,

dass der lädierte Ballen für Lucille zu sehen war. „Wer hat dir heute wehgetan?“

„Niemand. Ich bin gefallen, das ist die Wahrheit.“ Diesmal blieb ihr Blick fest.

Einen Moment lang glaubte er ihr, aber dann fragte er sich, welche junge Frau jemals ohne einen triftigen Grund hinfiel. Sie war weder alt noch schwach oder tölpelhaft.

Um nicht aggressiv aufzutreten, ließ er sie los. Lucille schnaubte, legte das Badetuch auf den Handtuchwärmer und ging an Craig vorbei ins Schlafzimmer. Ihr Apfelhintern lenkte ihn kurz ab. Noch immer schmerzte es ihn, die Narben auf ihren Oberschenkeln, die sie schon fast ihr ganzes Leben mit sich herumtrug, zu sehen.

Er folgte ihr und lehnte sich gegen den Türrahmen. „Ich wünschte wirklich, du wärst aufrichtig zu mir.“

„Bist du es denn zu mir?“

Überrascht hob er seine Augenbrauen. Ahnte sie etwas? „Worauf spielst du an?“

Wenn nun der Zeitpunkt gekommen war, in dem nichts mehr daran vorbeiführte, die Karten auf den Tisch zu legen, dann sollte es so sein. Das bedeutete aber auch, dass sie ab sofort getrennte Wege gehen mussten, denn er würde ihr unter keinen Umständen wehtun, um an Informationen zu gelangen, weil er es schlichtweg nicht fertigbrachte, egal ob sie niederträchtige oder aufrichtige Absichten hegte.

Alles in seinem Inneren wehrte sich gegen ein klärendes Gespräch, da sie danach nicht mehr zusammen sein konnten.

Ein anderer Teil von ihm allerdings, den die beiden Schicksalsschläge in seinem Leben noch nicht verdorben hatten – der unschuldige Junge, den er sich bewahrt hatte, der Lügen für etwas Schlimmeres als Diebstahl hielt und sich über eine Prachtlibelle in seinem Garten mehr freute als über die steigende Gewinnkurve von Bellamy Ocean Carrier – sehnte eine erlösende Aussprache herbei. Dieser Narr glaubte sogar, die Scharade könnte immer noch ein gutes Ende finden.

Lucille nahm den Bilderrahmen mit dem Foto seiner Mutter und hielt es ihm hin.

„Woran ist sie gestorben?“

Mit dieser Frage hatte er nun wirklich nicht gerechnet. Völlig perplex fragte er: „Warum willst du das wissen?“

„Du weichst mir immer aus, wenn ich etwas über dich erfahren möchte“, sagte sie und holte tief Luft, „verlangst aber im Gegenzug, dass ich dich über jeden Schritt, den ich mache, auf dem Laufenden halte.“

Damit hatte sie recht. Sein Ziel war es, so viel wie möglich von ihr zu erfahren und so wenig wie eben machbar von sich preiszugeben. Doch nun waren sie an einem Punkt angekommen, an dem Lucille nicht mehr mitspielte, ohne einen Köder von ihm vorgeworfen zu bekommen. Beiläufig streifte sein Blick die verblasste Tätowierung auf ihrem Bauch. Er sprach ungern über den Tod seiner Mutter, weil die Erinnerung alte Wunden aufriss, aber vielleicht machte es Lucille klar, mit welchen Monstern sie sich eingelassen hatte.

Ein jämmerlicher Versuch, sie zum Guten zu bekehren, tönte die nervige Stimme aus seinem Inneren. Eine Zeit lang hatte sie geschwiegen, und er hatte gehofft, sie wäre endgültig verstummt, denn der Hass, der in ihm schwelte, brannte ihn allmählich aus. Pech gehabt, sie hetzte ihn weiterhin auf, aber immerhin verlor sie an Kraft.

Craig atmete tief durch, ging zu Lucille und nahm ihr den Bilderrahmen aus der Hand. Eine Weile betrachtete er das Bild seiner Mutter Mildred. Hätte sie geahnt, dass sie in den USA ein grausamer Tod ereilen würde, wäre sie ihrem Mann sicherlich nicht von England nach Amerika gefolgt.

Liebevoll strich er mit den Fingerspitzen über das Foto.

„Wir waren eine Bilderbuchfamilie. Meine Mutter liebte meinen Vater so sehr, dass sie ihre Familie im britischen Gardenrye zurückließ, und mein Dad vergötterte sie. Für ihn war sie seine persönliche Grace Kelly. Er sagte immer", Craig fiel es unheimlich schwer, die Worte über die Lippen zu bekommen, „sie hat die Würde und den Stil, um ins britische Königshaus einzuheiraten, aber sie hat mich zum Ehemann genommen."

„Wunderschön. Klingt wie die Familie, die ich nie hatte." Lucille verschränkte ihre Arme unter ihrem Busen. „Entschuldigung, rede bitte weiter."

„Mom war eine Heilige." Er lächelte müde. „Die Krise kam, als mein Vater begann, in seinem Beruf seine Berufung zu sehen. Sein Job erforderte es, dass er viel reiste. Irgendwann sahen wir ihn kaum noch. Meine Mutter hatte mich, aber sie vermisste ihren Geliebten – die Gespräche, die Zärtlichkeiten. Außerdem sorgte sie sich um ihn."

„Weshalb?" Lucille zog ihr Nachthemd an. Wenn es nach Craig gegangen wäre, hätte sie jede Nacht nackt in seinen Armen geschlafen.

„Die Straßen sind gefährlich." Das stimmte natürlich, aber das Risiko in Ted Bellamys Berufsstand lag von Natur aus hoch, doch das vermied er tunlichst zu erwähnen. Craig setzte sich auf das Bett, weil seine Beine mit einem Mal puddingweich waren. „Sie sollte recht behalten. Er hätte zu Hause bei seiner Familie bleiben sollen, aber ich will ihm keinen Vorwurf machen. Mein Dad hat nur versucht, das Richtige zu tun. Außerdem wollte er, wie so viele Männer, seiner Familie etwas bieten können."

„Eines Tages wirst du eine eigene Familie haben." Lucilles Stimme klang sanft und leise, so einfühlsam, wie nur eine Frau klingen konnte.

Er sah sie an, während sie sich neben ihn setzte, und wünschte sich, ihr unter anderen Umständen begegnet zu sein. Möglicherweise hätte sie die Mutter seiner Kinder sein können. Doch wieder einmal spielte das Schicksal ihm einen bösen Streich, indem er sich ausgerechnet in eine Frau verliebt hatte, die er nicht haben konnte, da sie auf verschiedenen Seiten standen.

Lucille legte eine Hand auf seinen Rücken, als wollte sie ihn stützen, damit er fortfahren konnte. „Du wirst dieses Haus mit neuem Leben füllen."

Dasselbe hatte sein Dad zu ihm gesagt, nachdem feststand, dass Mildred Bellamy nie wieder heimkehren würde. Craig musste sich räuspern, um weitersprechen zu können. „Warst du jemals in Palm Coast, einem traumhaft schönen Städtchen an der Ostküste von Florida?"

Sie schüttelte den Kopf, und er schwärmte weiter: „Es liegt genau zwischen Jacksonville und Daytona Beach. Ich war Anfang zwanzig. Schon früh am Morgen hätte man die Luft mit einem Messer in Scheiben schneiden können, also entschieden wir drei uns spontan, nach Palm Coast zu fahren, weil die Brise vom Atlantischen Ozean dort sehr stark ist. Wir parkten am Beverly Beach und spazierten am Strand entlang in Richtung City. Es war der achte August, ein Mittwoch, ich erinnere mich genau."

„Hatte dein Vater Urlaub?"

„Dad hatte keine geregelten Arbeitszeiten. Im Grunde war er immer im Dienst, aber an besagtem Tag tat er etwas, das er sonst nie tat." Erstaunlich, wie harmlos mancher Horror begann! „Er stellte sein Handy aus, obwohl er wusste, er würde Ärger mit seinem Chef bekommen. Es schien ihm egal."

Sachte streichelte sie über seine Wirbelsäule. „Er hat euch gezeigt, wie wichtig ihr ihm seid."

„Dann hätte er kündigen müssen, aber er liebte seinen

Job zu sehr. Wahre Hingabe, sozusagen." Er beeilte sich, weiterzuerzählen, damit Lucille nicht nachhakte. „Am Pier von Palm Coast gibt es dieses hübsche Café mit der bonbonfarbenen Einrichtung. Im Eingang steht eine riesige künstliche Torte, die aussieht, als wäre sie aus Baiser und nicht aus bemalter Pappe. Mom liebte diesen Kitsch."

„Und konnte nicht daran vorbeigehen, ohne ein Stück Kuchen zu essen." Verständnisvoll lächelte Lucille.

„Wir saßen zwei Stunden am Fenster, schlugen uns den Bauch voll und vertrödelten die Zeit. Endlich hatten wir mal Zeit für uns, um zu reden, zu albern und eine richtige, normale Familie zu sein. Dass wir doch nicht so normal waren, merkten wir bald." Seine Augen wurden feucht, aber immerhin bebte er nicht mehr bei der Erinnerung an den Schicksalstag. Eine stoische Ruhe überkam ihn. Er fühlte sich wie in einem Vakuum, gefangen zwischen damals und heute. Es geschah von selbst, wie ein Schutzschild, das einen erneuten Zusammenbruch verhinderte.

Lucille hielt sich am Bund seiner Jeans fest und rückte schweigend näher an ihn heran. Sie gab ihm Zeit, bis er bereit war, weiter über die Geschehnisse zu berichten, das rechnete er ihr hoch an.

„Mom musste die Toilette aufsuchen, also warteten Dad und ich am Strand auf sie. Übermütig zogen wir unsere Schuhe aus und wateten durch das Wasser. So gut hatten wir uns schon lange nicht mehr gefühlt. Alles war einfach perfekt." Vor seinem geistigen Auge tauchte sein Vater auf, der ungeduldig auf seine Armbanduhr tippte, als befürchtete er, sie sei stehen geblieben. „Doch meine Mutter kam nicht. Wir gaben ihr mehr Zeit, beobachteten die Möwen und genossen die Brise. Als wir erneut auf die Uhr schauten, waren zu unserer Überraschung fünfzehn Minuten vergangen, und noch immer kein Zeichen von Mom."

„War sie auf dem Klo ohnmächtig geworden?“, fragte Lucille und lehnte ihren Kopf an Craigs Schulter.

„Das befürchteten wir auch, daher liefen wir so schnell wir konnten zurück ins Café. Noch während ich die Kellnerin bat, das Damen-WC zu überprüfen, war mein Vater längst reingegangen und untersuchte jede einzelne Kabine. Wir fanden keine Spur von ihr.“

Mit gekrauster Stirn richtete sich Lucille auf. „Wie bitte? Das kann nicht sein. Jemand muss sie doch gesehen haben.“

„Sie war wie vom Erdboden verschluckt. Die Kellnerin hatte beobachtet, wie meine Mom das WC betreten hatte, wusste aber nicht, ob sie herausgekommen war.“ Der Anblick der leeren Damentoilette hatte sich auf bizarre Weise in sein Hirn gebrannt.

„Tatsächlich führte der Weg vom Restaurant zu den Toiletten weiter zur Hintertür, aber an dieser befand sich kein Hinweis auf einen Ausgang. Außerdem gab es keinen Grund, weshalb Mom abgehauen sein konnte. Noch in derselben Nacht, um genau drei Uhr dreißig, meldeten sich die Entführer.“

Neben ihm hielt Lucille die Luft an. Jegliche Farbe wich aus ihrem Gesicht. Ihr Mund öffnete sich, aber sie sagte nichts.

„Sie forderten Geld von meinem Vater, sehr viel Geld, mehr als er besaß“, log Craig und fühlte sich mies, aber er durfte nicht erwähnen, dass die Entführer verlangten, er solle seinem Arbeitgeber falsche Informationen liefern, damit dieser sie in Ruhe ließ. Ein simpler Deal: lügen und sich zurückziehen. Unglücklicherweise ging das gegen die Prinzipien von Ted Bellamy. Verzweifelt bat er seine Firma, wie er sie Freunden gegenüber dezent nannte, um Hilfe. Die Organisation tat alles in ihrer Macht Stehende und bewies lediglich, dass sie nur ein Käfig voller Narren war.

Lucille drückte seine Hand und holte ihn damit aus seinen Gedanken. „Wie ging es weiter?"

Er flüsterte beinahe: „‚Wir haben Mildred Bellamy in einen Verschlag unter der Erde gesperrt', teilten uns die Entführer mit, ‚irgendwo in den Sümpfen. Ihr solltet besser schnell auf unsere Forderung eingehen. Nach achtundvierzig Stunden werden wir die Luftzufuhr kappen.'"

„Dann hattet ihr einen Anhaltspunkt." Hoffnungsvoll schaute sie ihn an, dabei wusste sie doch, dass die Geschichte kein gutes Ende genommen hatte.

„Sümpfe gibt es in Florida wie Sand am Meer, und die Zeit, die zwischen der Entführung und dem Anruf lag, war lang genug, als dass die Kidnapper meine Mom überallhin hätten verschleppen können."

Lucille legte ihre Handflächen aneinander und tippte damit gegen ihren Mund. Dann nahm sie sie wieder runter. „Ihr habt doch sicher die Polizei eingeschaltet."

Er nickte und nährte damit sein schlechtes Gewissen, denn eigentlich hatte sich sein Vater mit seinen Arbeitskollegen auf die Suche begeben, während Craig zu Hause neben dem Telefon gewartet hatte. Sein Vater und er, sie hatten sich die Emotionen geteilt, um nicht an der Situation zu zerbrechen, aber auch weil sie völlig andere Charaktere gewesen waren. Ted Bellamy hatte wie ein wütender Bullterrier jeden verdammten Sumpf in Florida durchkämmt, aber keine einzige Träne vergossen. Craig dagegen war in seiner Verzweiflung fast ertrunken.

Nachdem sein Vater vor Kurzem unter dramatischen Umständen verstorben war, hatte Craig gedacht, er würde langsam so werden wie sein Dad, ein harter Hund, der leidenschaftlich hasste und ohne mit der Wimper zu zucken Vergeltung üben konnte.

Aber Lucille hatte ihm gezeigt, dass die Dinge nicht immer eindeutig waren. Der Wunsch nach Rache war kindisch gewesen. Er wollte nicht böse werden, um Gutes zu erreichen. Der Zweck heiligte eben nicht die Mittel. Und Lucilles aschfahler Teint – selbst ihre Lippen waren blutleer – bewies ihm, dass sie keine gefühlskalte Gangsterbraut war.

Craig zog Lucille in seine Arme und genoss es, dass sie sich an ihn schmiegte.

„Moms Verschlag stellte sich als Holzkiste heraus, man hatte sie am Rande des Sumpfgebietes im Big Cypress National Preserve eingegraben." Lucille versteifte sich. „Der Schlamm hatte an einer Seite die Bretter eingedrückt."

Craig brachte es nicht mehr fertig, den Namen seiner Mutter auszusprechen, und sagte einfach nur „sie". „Die ganze Zeit hatte sie aufrecht stehen müssen." Er selbst war nicht vor Ort gewesen, hatte sich aber die Tatortfotos angesehen, um glauben zu können, dass seine Mutter wirklich dort gestorben war. Die Bilder verfolgten ihn bis heute.

„Man hat sie mithilfe einer Wärmebildkamera entdeckt, drei Tage nach ihrem Verschwinden. Ihr Körper zeigte noch schwache Vitalwerte, aber sie gelangte nie wieder zu Bewusstsein. Schlamm hatte die Belüftungsschlitze verstopft." Craigs Meinung nach war das kein Versehen gewesen, kein Zeichen von Dilettantismus. Die Entführer hatten in seinen Augen gar nicht versucht, Ted dazu zu bringen, seine Ermittlungen gegen sie einzustellen, sondern der grausame Tod von Mildred Bellamy gehörte von Anfang an zu ihrem Plan – eine deutliche Warnung an seinen Arbeitgeber. „Sie starb in den Armen meines Vaters."

Man hatte seine Mom lebendig begraben und zurückgelassen, um qualvoll zu sterben. Darüber würde Craig nie ganz hinwegkommen.

Den Schmerz in seinem Brustkorb ertrug er schweigend. Seit der Entführung war er sein ständiger Begleiter. Mal kreischte er laut auf, mal summte er gleichmäßig, aber er verstummte nie. Craig hatte sich an ihn gewöhnt.

Zu seiner Überraschung weinte Lucille. Ihre Unterlippe zitterte. Lautlos rannen die Tränen über ihre Wangen. „Wisst ihr, wer die Entführer waren?“

Einer von Dads vielen Kunden, dachte er zynisch. „Man hat sie nie gefasst.“ Craigs Glaube an die Gerechtigkeit hatte darunter gelitten, während sein Vater seit dem Schicksalsschlag umso verbissener dafür gekämpft hatte.

„Das tut mir so leid.“ Sie schluchzte.

Mit dem Daumen wischte er ihre Tränen fort, doch sofort benässten neue Tropfen ihr Gesicht. „Es gibt viel Böses dort draußen. Manche Menschen gehen über Leichen. Man muss sich von ihnen fernhalten. Das gilt auch für dich, ganz besonders für dich, weil ich dich nicht auch noch verlieren möchte.“

Lucille umschlang ihn mit beiden Armen und drückte ihr Gesicht in seine Halsbeuge. Bald war sein T-Shirt von ihren Tränen nass. Zärtlich kraulte er ihr Haar. Er würde sie bekehren und beschützen und nie wieder loslassen. Eng drückte er sie an sich.

Craig behielt es lieber für sich, dass sein Vater als Special Agent des Federal Bureau of Investigations gearbeitet hatte. Er hielt ohnehin nicht viel von der bundespolizeilichen Ermittlungsbehörde des Justizministeriums. Durch sie hatte er seine Mutter und vermutlich auch seinen Vater verloren.

Als das FBI ihn fragte, ob er Lucille Dawson bei sich aufnehmen würde – ein weiterer lahmer Versuch, ihn zuerst nur in eine laufende Ermittlung und dann in die gesamte Organisation reinzuziehen –, hatte er nur zugestimmt, um herauszufinden, ob sie etwas über den Tod seines Vaters wusste.

Nun hatte er sich ausgerechnet in sie verliebt. Dumm gelaufen! Aber es fühlte sich himmlisch gut an, sie zu halten.

30. KAPITEL

Während Lucille das Mobiltelefon an ihr Ohr hielt und Alex Fishers Entschuldigungen lauschte, begutachtete sie ihre Knie und ihre Handballen. Die Schürfwunden verblassten bereits, aber Lucille hatte noch nicht überwunden, dass man zwei Anschläge kurz hintereinander auf sie verübt hatte. Ganz bestimmt würde sie das Bellamy-Anwesen nicht noch einmal allein verlassen.

„Es ist meine Schuld", sagte Alex in einem Satz und relativierte seine Aussage bereits im nächsten. „Eigentlich ist es ein organisatorisches Problem. Agent McCarthy weiß darüber Bescheid."

„Und warum ändert er nichts?", fragte sie und lehnte ihre Stirn gegen die Fensterscheibe der Terrassentür.

„Wir sind unterbesetzt. Du hattest die Anweisung, dich ausschließlich in Manatee und bei Bellamy aufzuhalten …"

„Also bin ich selbst schuld?", fiel sie ihm ins Wort. Genervt zupfte sie an ihrer Bikinihose. Sie hatte sich im Pool abkühlen wollen, als Alex anrief.

„Wir haben nicht genug Leute, um dich vierundzwanzig Stunden an sieben Tagen die Woche beobachten zu lassen. Ich bedauere das, Lucille, aber ich habe noch andere Fälle zu betreuen und müsste eigentlich an allen Stellen gleichzeitig sein."

„Bedeutet das, McCarthy hat mich im Sunshine State abgeladen und jetzt muss ich gucken, wie ich klarkomme?" Wenn das stimmte, sollte sie wohl besser ein paar Sachen einpacken und abtauchen. Das wäre sicherer, als in der sogenannten Obhut des FBIs zu bleiben. Wenn Craig nicht wäre, hätte sie diese Option ernsthaft in Erwägung gezogen. „Dass ich nicht lache."

„Es tut mir aufrichtig leid. Was immer zwischen dir und

Bellamy vorgeht, hätte niemals passieren dürfen, aber immerhin bietet sein Anwesen dir Schutz. Trotzdem werde ich meine Kontrollanrufe bei dir erhöhen. Wie das mit Besuchen aussieht, muss ich erst mit McCarthy klären."

„Mit ihm steht und fällt alles, nicht wahr?" Sie wunderte sich wirklich über diesen Agenten mit dem Gesicht eines Frettchens. Als er sie zum Reagan National Airport gefahren hatte, hatte er angekündigt, sie in Florida zu besuchen und in die Mangel zu nehmen, und jetzt ließ er sich nicht blicken und schickte Alex ebenfalls selten bei ihr vorbei. Waren seine Drohungen nur heiße Luft gewesen? Hatte der FBI-Direktor ihm einen Riegel vorgeschoben und klargemacht, dass Lucille nicht mehr zu den Verdächtigen, sondern zu den Zeugen zählte? Oder spielte Tadhg McCarthy ein falsches Spiel?

Richard besaß so viel Geld und Macht, dass er sogar einen eingefleischten Agenten wie McCarthy kaufen konnte oder durch eine Maßnahme, die der Entführung Mildred Bellamys ähnelte, zwang, eine seiner zahlreichen Marionetten zu werden.

Alex sagte etwas, aber Lucille hörte nicht zu, denn sie fragte sich, ob McCarthy das Zeugenschutzprogramm sabotierte. Es war durchaus denkbar, dass er Alex Aufgaben zuteilte, die ihn von ihr weglockten. Hatte er sie gar nicht schützen wollen, indem er sie aus Washington weggebracht und ihr eine neue Identität gegeben hatte, sondern sie in Wahrheit an Jack Caruso ausgeliefert?

„Ich komme klar", behauptete sie, denn ihre Theorie konnte sie keinesfalls mit Alex besprechen – eine Krähe hackte der anderen kein Auge aus –, und beendete das sinnlose Telefonat. Craig passte schon auf sie auf. Sie hörte ihn in seinem Büro nebenan laut reden, er musste ebenfalls telefonieren. Vergeblich hatte sie versucht, ihn zu überreden, mit ihr schwimmen zu üben, doch er musste an diesem Nachmittag arbeiten. Daher hatte sie beschlossen, im niedrigen Teil des Pools ein paar Übungen zu machen, bevor Alex anrief.

Sie legte das Handy weg, schob die Terrassentür zur Seite und trat in die feuchte Wärme hinaus. Rasch schloss sie die Tür wieder und stellte sich an den Beckenrand. Nun, da sie ins Wasser sah und die Tiefe nicht einschätzen konnte, behagte es ihr nicht sonderlich, ohne den Halt von Craig ins Wasser zu steigen.

Im Augenwinkel bemerkte sie etwas Helles. Neugierig wandte sie sich um. Die weiße Fassade des Oktogons reflektierte die Sonne. Das Gewächshaus war das Schönste, das Lucille jemals gesehen hatte, etwas wahrhaft Besonderes mit den geschwungenen Säulen an seinen acht Ecken, die das gläserne Flachdach trugen.

„Craigs privates Leichenhaus", unkte sie.

Patricks Anweisungen klangen ihr noch im Ohr: „Sie fassen nur Dinge an, die Ihnen aufgetragen wurden, anzufassen, betreten ausschließlich Räume, in denen Sie Arbeiten zu erledigen haben, und halten sich vom Gewächshaus fern."

Warum, das fragte sie sich noch heute. Hatte Craig seine Waffen im Tornadobunker versteckt und seine Leichen im Treibhaus vergraben?

Sie hatte geglaubt, Cory würde nicht nur den Garten und die Pflanzen in der Villa, sondern auch die im Oktogon pflegen, doch er hatte abgewehrt: „Darum kümmert sich Mr Bellamy persönlich."

Obwohl Lucille Craig inzwischen besser kannte und wusste, dass er in manchen Dingen anders tickte als das Gros der Reichen, erschien ihr diese Tatsache immer noch suspekt. Sie stellte sich auf ihre Zehenspitzen, kippte zurück auf ihre Fußballen und hob ihre Zehen an, ohne das historisch anmutende Häuschen aus den Augen zu lassen. Das wiederholte sie einige Male, bevor sie ihre Neugier nicht länger zügeln konnte.

Verschwörerisch schaute sie in alle Richtungen, und da die Luft rein war, spazierte sie betont unauffällig zum Gewächshaus. Zu ihrer Überraschung stand die Eingangstür weit offen. War diese Gelassenheit Teil seines Plans, keinen Verdacht zu erregen? Oder war Lucille zu sehr in ihre eigene Gangstergeschichte verstrickt und konnte deshalb ihren unbegründeten Argwohn nicht mehr ausschalten?

Sie huschte ins Innere. Mit klopfendem Herzen stand sie in dem kleinen achteckigen Raum und fühlte sich – heimisch.

Der komprimierte Geruch von Torf und Gewächsen hatte sie während der Praktika in ihrem Studium begleitet. Sie liebte ihn! Liebte die Töpfchen mit den Keimlingen, die Herausforderung, die perfekten Bedingungen für eine Staude herzustellen, das Glücksgefühl, wenn sie erste Knospen entdeckte. Einige Kommilitonen gaben ihre Zöglinge ungern her, weil sie so viel Zeit und Energie in sie investiert hatten. Lucille dagegen hatte immer gern etwas von sich geschenkt. Denn wenn sie eine Pflanze einem Käufer überreichte, schien es ihr, als würde ein Stück ihrer Leidenschaft für die Natur auf ihn übergehen.

„Aber hier sind ja nur Karnivoren." Lucille schritt um den achteckigen Tisch in der Mitte herum und betrachtete, was daraufstand. Ein weiterer Tisch verlief am Rand entlang, auf ihm standen ebenfalls ausschließlich fleischfressende Pflanzen.

„Fragst du dich, was das über mich aussagt?"

Erschrocken flog sie herum. Craig stand in der Tür. Er kreuzte die Arme vor dem Oberkörper und schaute sie mit diesem durchdringenden, nicht zu ergründenden Blick an, der gleichsam etwas Drohendes und Lüsternes ausstrahlte. Ein heißkalter Schauer lief ihr den Rücken hinab.

Ihr fiel auf, dass seine rechte Hosentasche ausgebeult war. Was mochte er darin tragen? „Ein Psychologe hätte seine wahre Freude daran, diese Frage zu erläutern, aber ich bin nur ein einfaches Dienstmädchen."

„Ach ja?" Er hob seine Augenbrauen.

Ein unwohles Gefühl breitete sich in ihrem Magen aus, aber sie hatte keine Lust mehr, sich kleinzumachen und so zu tun, als könnte sie nichts anderes fertigbringen, als zu bedienen und fremde Wäsche zu waschen. Ihr ganzes Leben hatte sie darum gekämpft, etwas zu schaffen, sich zu bilden und den Klauen Mattapans zu entkommen. Es hieß, wenn man in diesem Viertel aufwuchs, würde man auch dort sterben, da die wenigsten Bewohner der Armut entkamen. Aber Lucille hatte das Wunder vollbracht, an einem College angenommen zu werden, und sie war, verdammt noch mal, stolz darauf!

„Es gibt fünf Fallentypen." Aufgekratzt zeigte sie auf eine Pflanze, deren Blüten Veilchen ähnelten. „*Byblis filifolia* gehört zur Gattung der Regenbogenpflanzen und sondert Tautropfen ab, an denen die Beutetiere kleben bleiben." Sie ging zum nächsten Tisch. „Die bekannteste Vertreterin der Klappfallenfänger ist *Dionea muscipula*."

Craig nickte. „Venusfliegenfalle."

„Sie reagiert auf äußere Reize. Klettert ein Insekt auf einen der Fangarme, kann sie ihre Blätter innerhalb von hundert Millisekunden zusammenklappen. Selten bewegen sich Pflanzen derart schnell."

Er schlenderte näher und stellte sich gegenüber von Lucille an die andere Seite des achteckigen Tisches im Zentrum des Raumes. „Beeindruckend."

Meinte er die Karnivoren oder ihren Vortrag? Sie zeigte

auf die trichterförmigen Pflanzen auf dem oktogonalen Tisch. „Hier finden wir verschiedene Arten von Fleischfressern, die nach dem Fallgrubenprinzip fangen. Insekten, Spinnen und sonstige Kleintiere fallen in die zu Hohlräumen geformten Blätter und können an den glatten Wänden nicht wieder herauskriechen. Deine Kobralilien sind wirklich unglaublich schön."

„Und gefährlich." Ein bedrohliches Grollen untermalte seine Stimme, aber seine Augen funkelten lüstern.

Lucilles Brustspitzen wurden hart, was ihr Bikinioberteil keineswegs verbarg. „Nicht für alle Tiere."

„Nur die, die in ihr Beuteschema passen."

Sprachen sie noch von Karnivoren? „Diese heißen *Genlisea*. Sie fangen ihre Opfer mit Reusenfallen und Lockstoffen. Dann verschließen sie den Eingang, sodass das Beutetier nur in eine Richtung gehen kann."

„Direkt in den Magen des Fleischfressers. Nicht nur die Tierwelt ist zuweilen grausam, auch die Pflanzenwelt." Lüstern musterte Craig ihren Bikini. „Wusstest du, dass der Botaniker, der die Gattung entdeckte, sie nach der französischen Hofdame und Schriftstellerin Comtesse de Genlis benannte, die unter anderem an die hundert frivole Romane verfasste?"

Letzteres war ihm offensichtlich wichtig zu erwähnen. Es ging ihm nicht darum, mit Wissen zu glänzen, ahnte sie, sondern eine anzügliche Anspielung zu machen. Die hatte er geschickt einfließen lassen. Doch Lucille verdarb ihm den Spaß, indem sie nicht darauf einging. „Eine Gattung fehlt allerdings in deinem Sammelsurium des Grauens: die *Utricularia*. Sie hat an den Ausläufern mikroskopisch kleine Fangblasen und saugt ihre Beute und Wasser mithilfe von Unterdruck ein."

„Das Schlauchgewächs kommt nur im Wasser oder unter der Erde vor, daher habe ich mich noch nicht rangetraut. Aber da du so gut Bescheid weißt, kannst du mir vielleicht helfen, sie zu kultivieren", schlug er vor und breitete seine Arme aus.

Sie fühlte sich gebauchpinselt. Ja, es würde ihr eine große Freude bereiten, ihre Leidenschaft für die Pflanzenwelt mit Craig zu teilen. Aber ging das nicht zu weit? War das nicht weitaus intimer als Sex? Sie wusste ja noch nicht einmal, wie lange sie bei ihm bleiben würde.

„Ich bin beeindruckt", fuhr er fort. „Woher weißt du das alles?" Er räumte eine Handschaufel, eine Kratze und einige ineinandergestapelte Blumentöpfe von dem Pflanztisch gleich rechts neben dem Eingang.

Was hatte er vor? „Angelesen."

„Das glaube ich dir nicht." In Seelenruhe nahm er ein paar Gärtnerhandschuhe und fegte damit die Pflanzenreste und Torfkrümel weg. „Es wäre ein zu großer Zufall, wenn ich mich ausgerechnet auf die Pflanzengattung festgelegt hätte, über die du ein Sachbuch gelesen hast."

Sie zuckte mit den Achseln. „Ich kannte mal jemanden, der hatte Schlangen, einen Leguan und eben auch fleischfressende Pflanzen", improvisierte sie. „Er gab mir ein Buch über Karnivoren."

„Und du hast dir all die Details gemerkt?" Ungläubig murrend legte er die Handschuhe beiseite. „Klingt eher, als hättest du gelernt."

„Und wenn es so wäre?" Lucille wunderte sich über ihre Patzigkeit, fühlte sich jedoch außerstande, sie abzustellen. Sie wollte ihm zeigen, dass sie auch etwas auf dem Kasten hatte.

Er lehnte sich mit seinem Hintern gegen den Pflanztisch und schaute sie herausfordernd an. „Dann wäre ich interessiert, mehr zu erfahren."

„Warum? Weil du mir nicht traust?“

„Oh, ich denke nicht, dass du mein Gewächshaus verwüsten wirst, sobald ich dir den Rücken zukehre“, frotzelte Craig. Langsam kam er um den Tisch zu ihr herum. „Nein, ich brenne darauf, mehr über dich in Erfahrung zu bringen. Deinen Körper kenne ich schon recht gut, was nicht bedeuten soll, dass ich von weiteren Untersuchungen absehe.“

Deutlich spürte sie ein Kribbeln im Schritt, doch sie wich Craig aus, da er wirkte, als wäre er auf der Pirsch, den Blick starr auf sie gerichtet und langsam auf sie zuschleichend.

„Aber ich weiß nicht, was dich beschäftigt, was dich interessiert, dich begeistert, abgesehen davon, dich mir auf exquisite Weite hinzugeben.“ Schmunzelnd wechselte er die Richtung, damit Lucille ihm nicht durch den Ausgang entwischte. „Was macht dich aus, wer bist du, woher kommst du, und wo willst du hin? All diese Dinge.“

Seine Worte hatten ein Feuer in ihr entzündetet, das in ihr loderte. Trotzdem wagte sie nicht, stehen zu bleiben. Noch zwei Schritte, dann hätte sie den Tisch erneut umkreist und würde dem Gewächshaus entkommen können. Wollte sie das überhaupt? Das erotische Flirren zwischen Craig und ihr ließ sie feucht werden.

„Ich habe einige Semester Gartenbau und Landschaftspflege studiert“, gab sie zu. Hatte sie damit schon zu viel über sich verraten?

„Nicht wahr?“ Erstaunt blieb er kurz stehen und setzte sogleich seine Hatz nach ihr fort. „Das ist großartig! Hast du einen Abschluss?“

Sie hatte absichtlich tief gestapelt, doch nun musste sie zugeben: „Habe ich, aber keine Anstellung.“

„Darum arbeitest du also als Dienstmädchen?“

Verlegen nickte sie. Sie hatte es so satt zu lügen! Aber es war ja nur eine klitzekleine Unwahrheit, denn sie hatte tatsächlich in Boston keine Stelle gefunden und hätte weiter als Kellnerin jobben müssen, um sich über Wasser zu halten, bis eine ihrer Bewerbungen fruchtete – nun eben als Hausangestellte.

Ein weiteres Mal drehte er um und drängte sie von der Tür fort. „Also bist du nach Florida gekommen, um eine Anstellung in einer renommierten Gärtnerei zu finden?“

„Das wäre schön, aber ich suche nicht“, stellte sie klar, damit er nicht glaubte, sie würde ihren Job bei ihm nicht ernst nehmen, was sogar den Tatsachen entsprach, wenn sie genauer darüber nachdachte. „Wenn ... also, wenn ich ehrlich bin, träume ich von einer eigenen Firma. Nichts Großes, nur ich und mein Können. Ich würde mich gerne um Anwesen wie deines kümmern.“

„Du bist ambitioniert, das gefällt mir. Wie wäre es, wenn du mit meinen Karnivoren anfängst?“

„Wie meinst du das?“ Langsam bekam sie einen Drehwurm.

Plötzlich machte Craig einen Satz nach vorn, als wollte er das Tempo seiner Jagd anziehen, und hielt sich lachend den Bauch, weil Lucille erschreckt zurückwich und gegen einen der Tische an der Wand stieß.

„Sehr komisch.“ Spielerisch bewarf sie ihn mit einer Handvoll Torf.

Er duckte sich nicht einmal, sondern schnippte sich gelassen die Klumpen von der Schulter und spazierte weiter auf Lucille zu. „Ich würde dich mit der Pflege meiner geliebten fleischfressenden Pflanzen betreuen. Bisher habe ich das niemanden machen lassen, nicht einmal Cory. Er ist ein toller Gärtner, aber doch eher ein Mann fürs Grobe. Du bist die Erste, der ich das zutrauen würde. Interessiert?“

„Es wäre mir eine Freude!“ Ausgelassen jauchzte Lucille.

Sein Gesichtsausdruck erinnerte an einen Wolf, als er sich

vor den Eingang stellte und ihr den einzigen Fluchtweg abschnitt. „Bleibst du nun freiwillig stehen, um deine Sühne von mir zu empfangen, oder muss ich mich über den oktogonalen Tisch stürzen, um dich zu schnappen? Es wäre schade um die Kobralilien, meinst du nicht auch?"

„Eine Strafe?" Ihr Herz schlug schneller. Das Kribbeln in ihrem Schoß schwoll zu einem heißen Pochen an, sodass sie ihr Gewicht unruhig von einem Fuß auf den anderen verlagerte.

„Das Thema Bestrafung haben wir schon einmal diskutiert, erinnerst du dich? Keiner darf das Gewächshaus betreten außer mir. Patrick hat dich bestimmt darüber aufgeklärt." Sie öffnete ihren Mund, doch bevor sie widersprechen konnte, hob Craig seinen Zeigefinger: „Wag ja nicht, zu behaupten, Patrick hätte das vergessen. Er vergisst nie etwas. Eine Lüge würde die Buße nur hässlicher ausfallen lassen."

„Niemand darf mich bestrafen!" Wieso prickelte ihre Haut dann, als wäre sie statisch aufgeladen?

„Ich schon." Seine Ausstrahlung strotzte vor Selbstsicherheit. „In der Welt der Erotik bin ich dein Herr, dein Lehrer, der Herrscher über deinen Körper."

Und mein Dirigent, fügte sie in Gedanken hinzu und löste erregt den Verschluss ihres Bikinioberteils. Sie wusste, er bekam sie viel zu leicht rum, aber sie konnte sich seiner dominanten Ausstrahlung einfach nicht entziehen.

Als ihr Höschen fiel, erschauerte sie vor Lust.

31. KAPITEL

Wieder einmal war Lucille hüllenlos, während Craig noch seine Kleidung trug. Bisher hatte diese Tatsache ihre Lust immer angefacht. Diesmal sah das etwas anders aus. Sie konnte zwar vor Erregung kaum ruhig stehen bleiben, wünschte sich jedoch, seinen durchtrainierten Körper liebkosen und Craig somit milde stimmen zu können.

Ihre Finger waren in ständiger Bewegung. Lucille fühlte sich seinem Willen völlig ausgeliefert. Es war zu spät, um ihr Vergehen ungeschehen zu machen, und die einzige Wiedergutmachung, die Craig akzeptierte, bestand darin, sich seiner Bestrafung zu fügen.

Die Aussicht auf diese neue Erfahrung machte Lucille durchaus an, doch die Angst vor dem Unbekannten war größer.

„Du befürchtest, meine Strafe könnte rücksichtslos ausfallen." Craig stellte sich dicht vor sie und legte seine Handfläche an ihre Wange. „Aber ein Dominus, der ein Meister auf dem Gebiet der Unterwerfung ist, und das bin ich, ist niemals unbarmherzig, Cantaloupe. Meine Bestrafungen sind manchmal hart, aber stets gerecht und überschreiten, hör gut zu, niemals das Maß des Erträglichen."

Scheu nickte sie und ließ sich von ihm zum Eingang führen. Während er den Pflanztisch von der Wand wegzog, trippelte sie nervös auf der Stelle, als würde sie auf heißen Kohlen stehen.

Craig streifte sein T-Shirt ab und breitete es auf dem Tisch aus. Wie durchtrainiert er aussah! Lucille betrachtete seine Muskeln schwärmerisch; sie waren nicht aufdringlich, sondern fügten sich harmonisch in die Landschaft seines Körpers ein und befanden sich genau an den richtigen Stellen. Obwohl sie ihn nun schon öfter nackt gesehen hatte, konnte sie sich nicht an ihm sattsehen.

Craig bemerkte ihren verlangenden Blick und zog sie schmunzelnd zu sich. Dann tat er etwas, mit dem Lucille nicht gerechnet hatte.

Er vergrub seine Hand in ihren Haaren und küsste sie. Sein Kuss war keineswegs hart und besitzergreifend, um ihr zu zeigen, dass er Macht über sie hatte, sondern zärtlich, geradezu liebevoll, als wollte er klarstellen, dass die folgende Bestrafung Teil eines erotischen Spiels und er nicht ernsthaft böse auf sie war.

Bereitwillig öffnete Lucille ihren Mund. Ein Schauer rieselte durch sie hindurch, als Craig seine Zunge zwischen ihre Lippen schob und die ihre umkreiste. Er schmeckte köstlich, besser als alles, was Lucille bisher zu sich genommen hatte. Seine freie Hand strich an ihrer Wirbelsäule hinab, kraulte sie über ihrem Steiß und packte ihre Gesäßhälfte, um sie sinnlich zu massieren. Zunehmend küsste er sie leidenschaftlicher und knetete ihren Hintern fester. Lucille presste sich an ihn, um die Wölbung in seinem Schritt intensiver zu spüren.

Von ihr aus hätte dieser Kuss niemals enden brauchen, doch Craig verstärkte den Griff in ihren Haaren und zog behutsam ihren Kopf ein Stück weg.

Er drückte sie auf den Tisch, sodass sie auf der Kante der kurzen Seite saß, und bedeutete ihr, sich hinzulegen. Ihre Lippen waren noch feucht von seinem Kuss, ihr Schoß nass vor Lust. Lucille fürchtete sich vor der Buße, die sie nun zu leisten hatte, aber zu ihrer Überraschung erregte sie diese Angst. Sie vertraute Craig, er würde nicht zu hart mit ihr ins Gericht gehen, wahrscheinlich würde er sogar, einem Virtuosen gleich, ihre Erregung mit der Strafe weiter anfachen.

Während sie sich auf den Rücken legte, die Beine anwinkelte und die Füße auf die Kante stellte, weil es zu unbequem war, die Beine hängen zu lassen, öffnete Craig die einzige Schublade des Tisches, holte eine Rolle Pflanzendraht heraus, und schloss sie wieder.

Ohne Lucille zu erklären, was er vorhatte, schob er ihre Arme eng an ihre Seiten. Er hob ihren linken Unterarm an, wickelte den mit Kunststoff überzogenen Draht einige Male um das Handgelenk und legte ihren Arm wieder ab. Dasselbe tat er mit ihrer rechten Hand, nachdem er den grünen Draht von der Rolle abgewickelt und straff über ihren Bauch gelegt hatte. Konzentriert führte er den Pflanzendraht unter dem Tisch hindurch und umwickelte ihn samt Lucille, von ihren Hüftknochen bis unter ihren Busen, bis die Rolle leer war.

Lucille konnte ihre Mitte nicht mehr bewegen und hob mühsam ihren Kopf. Craig hatte mit dem Draht ihre Arme gefesselt und ihren Bauch an den Pflanztisch gebunden. Hätte die Schlupfwespe, die ziellos unter der Decke umherflog, weil sie wohl den Ausgang nicht fand, sie als Rastplatz benutzen wollen, hätte Lucille sie nicht davon abhalten können. Craig hatte den Draht zwar nicht gespannt, sodass er in ihr Fleisch einschnitt, aber er kniff, sobald sie sich gegen die Fesselung wehrte.

Hauchzart strich er mit seinen Fingerknöcheln über ihre erigierten Brustspitzen.

„Bleib einfach ruhig liegen und nimm den Schmerz gehorsam hin."

„Schmerz?", echote sie und schaute Craig, der das Gewächshaus verließ, mit aufgerissenen Augen hinterher. „Wo gehst du hin? Was ist, wenn Cory mich hier so liegen sieht?"

Dass der Gärtner sie in dieser misslichen und peinlichen Lage ertappen konnte, war nicht unwahrscheinlich. Aber bei Lucilles Glück mochte ausgerechnet Madison hier draußen etwas zu tun haben und rasch ihr Handy aus dem Spind holen, um ein Foto von ihr zu schießen, das sie nicht nur allen Angestellten und Michelle Dearing zeigen, sondern auch im Internet veröffentlichen würde. Oh ja, das traute sie Mad zu! Schlimmer wäre es jedoch, sollte Nate sie erwischen und sich für ihre Demütigung rächen.

Glücklicherweise kehrte Craig schon zurück, die purpurne Blüte einer Magnolia liliiflora steckte hinter seinem Ohr. Bevor Lucille erleichtert ausatmen konnte, sah sie die dünnen Seile in seiner Hand; und ihre Erleichterung schmolz dahin.

Wie ein Handwerker, der jeden Griff im Schlaf beherrschte, band er jeweils das Ende der Seile um ihre Fußgelenke. Einen Moment dachte Lucille daran, ihn zu treten, damit er aufhörte, sie wie ein Paket zu verschnüren. Doch ihr Verstand siegte. In ihrer Lage war es wohl kaum sinnvoll, Craig gegen sich aufzubringen, also ließ sie es bleiben.

Er schob einige Karnivoren beiseite und stieg auf den oktogonalen Tisch. Erst als Craig zwei Blumentöpfe von Haken an der Decke nahm, bemerkte Lucille den Balken unter dem gläsernen Kuppeldach. Daran befestigt waren die Befeuchtungsanlage und Haken mit fünf, nun drei, Blumentöpfen mit Nepenthaceae – Karnivoren, deren wundervolle große Kannen über den Rand der Gefäße hingen. Die Schlupfwespe kam ihnen gefährlich nahe.

Als hätte er das schon tausendmal gemacht, hob Craig Lucilles linkes Bein an, streckte es im leichten Winkel nach oben und band das Seil, das um ihr Fußgelenk lag, an den Haken. Dasselbe tat er mit ihrem Rechten. Prüfend versuchte Lucille ihre Beine anzuwinkeln, doch sosehr sie sich auch bemühte, die Befestigungen gaben nicht nach.

Craig sprang herunter und betrachtete seine Arbeit. Zufriedenheit spiegelte sich in seinem Gesicht, während er seine Handflächen aneinanderrieb.

Wehrlos lag Lucille vor Craig, mit auf dem Tisch gefesselten Oberkörper und gespreizten, an der Decke festgebundenen Beinen. Wieso hatte sie noch mal darauf verzichtet, sich zu wehren? In diesem Moment zweifelte sie an ihrem Verstand. Doch ihre Spalte, dieses unersättliche Luder, pochte wollüstig.

„Der Draht schneidet mir ins Fleisch", log sie und bemühte sich, kläglich zu klingen.

„Nur wenn du dich bewegst." Er nahm die purpurfarbene Magnolienblüte, die hinter seinem Ohr steckte, und strich damit über Lucilles Schamlippen.

Ihre Mitte prickelte sanft, ein Gefühl, das im Widerspruch zu der Fesselung und der angedrohten Strafe stand. Doch noch mehr erregte Lucille Craigs Blick, mit dem er sie bedachte. Während er weiterhin ihren Schoß mit der Blüte streichelte, sah er sie zwischen ihren Schenkeln hindurch an, so erhaben, so siegessicher und selbstbewusst, dass es ihr den Atem verschlug.

Er wirkte keineswegs grausam, als könnte er es kaum erwarten, sich an dem Schmerz zu erfreuen, den er ihr zufügen würde. Vielmehr schien es ihn zu erfreuen, sie vollkommen in seiner Hand zu haben. Für Lucille machte es den Anschein, als würde er die Situation tief in sich aufnehmen, um sie vollkommen zu genießen. Er betrachtete den zigmal um ihren Bauch geschlungenen Pflanzendraht, und ein zufriedenes Lächeln umspielte seine Lippen.

Es wurde sogar noch breiter, denn er musterte ausgiebig ihre Scham und sagte mit einem leicht spöttischen Unterton, der Lucille wohlig erschauern ließ: „Du bist jetzt schon unglaublich feucht. Eine Abkühlung täte dir nicht schlecht, denn bald wird dein Hintern in Flammen stehen."

Was meinte er damit? Lucille hob ihren Kopf, um zu sehen, wo er hinging. Zu ihrer Erleichterung ließ er sie kein zweites Mal allein, sondern stellte sich in den Eingang, hob die Verkleidung eines kleinen grauen Kastens über dem Lichtschalter und drückte auf einen Knopf.

Augenblicklich sprang die Sprinkleranlage an. Sprühregen benässte die Karnivoren – und Lucille. Er war weniger dazu gedacht, die Pflanzen zu gießen, als die Luft feucht zu halten, wusste Lucille von ihrem Studium, deshalb bedeckte nach kurzer Zeit nur ein Schleier aus feinen Tropfen ihre entblößten Rundungen.

Nachdem Craig die Anlage wieder abgeschaltet hatte, stellte er sich seitlich neben Lucille. „Deine Haut glänzt, als hätte jemand Diamantstaub daraufgestreut."

Zärtlich strich er über ihre Brüste und wischte die Nässe von ihrem Hals. Es lag eine solche Sinnlichkeit in allem, was Craig tat, dass Lucille zu ihm aufschaute wie eine Süchtige. Mit der Magnolienblüte streichelte er ihre harten Brustspitzen, kreiste damit um ihre Warzenhöfe und zog ihre Lippen nach.

Seine Worte jedoch trafen sie wie ein Peitschenhieb: „Ich werde dich jetzt schlagen, und es wird schmerzhaft sein. Eine Strafe muss doch wehtun. Das siehst du ein, nicht wahr? Sonst wäre es ja keine Sühne."

„Ich will das nicht", beeilte sie sich zu sagen, doch ein Teil von ihr konnte diese neue Erfahrung kaum erwarten. Der ängstliche Teil in ihr allerdings ärgerte sich über Craig, denn er schürte mit seiner Ankündigung absichtlich ihre Furcht.

„Doch, du willst es", widersprach Craig zu ihrer Überraschung, als hätte er ihrem inneren zwiespältigen Dialog gelauscht. „Sonst wärst du nicht so nass."

Er legte die Blüte zwischen Lucilles Brüste und öffnete die Dornenschnalle seines Gürtels. Langsam zog er den Leibriemen aus den Laschen. Dabei sah er Lucille in die Augen. Ihr eigener Blick flog immer wieder zwischen seinem Gesicht und dem Leder hin und her.

Seine Hose wölbte sich im Schritt. Dieses außergewöhnliche Spiel machte ihn genauso an wie sie. Aber was mochte er in seiner Hosentasche tragen? Auch diese war ausgebeult.

Gleich würde er sie mit dem Gürtel schlagen. Oh mein Gott! Ihr Puls schlug immer schneller, ihr Brustkorb hob und senkte sich, und ihre Gefühle fuhren Achterbahn. Erregung und Angst wechselten sich im Sekundentakt ab, eine Mischung, die es in sich hatte, denn Lucille stand kurz davor, Craig anzubetteln, sie sofort zu nehmen. Er konnte sie haben. Jetzt sofort!

Dumme Gans, das kann er sowieso, wann immer er möchte, dachte sie und zerrte an ihrer Fesselung, obwohl Craig nichts weiter tat, als den Riemen um seine rechte Hand zu wickeln und stramm zu ziehen. Das Leder knarzte, er musste noch recht neu sein.

Beruhige dich, wiederholte Lucille in Gedanken wie ein Mantra. Was hatte Craig gesagt? „Meine Bestrafungen sind manchmal hart, aber stets gerecht und überschreiten niemals das Maß des Erträglichen." Sollte sie das etwa mutig stimmen? Oder bewirkte es nicht eher das Gegenteil? Sie wollte es hart, aber nicht, was die Schläge betraf, sondern Craigs Stöße. Er würde sie jedoch nicht mit seinen Hieben zum Weinen bringen, so weit würde er nicht gehen, da war sie sich sicher.

Bedächtig schritt er zu ihrer Kehrseite. Als er mit dem Gürtelende über ihre heißen Schamlippen strich, schwoll ihre Lust weiter an. Das Leder, das ihr bald Schmerzen zufügen würde, liebkoste ihre empfindsamste Stelle so sachte, dass Lucille ihr Becken immer wieder anhob, soweit ihr das möglich war, um die Zärtlichkeiten intensiver zu spüren, doch den Gefallen tat Craig ihr nicht.

Wie gern hätte sie ihre Hände über seinen nackten Brustkorb gleiten lassen! In diesem Moment hatte er nichts mehr von einem chaotischen Exzentriker, sondern war ganz der Dominus. Craig Bellamy hatte sich als der attraktivste Mann entpuppt, den Lucille jemals getroffen hatte. Er trug seine Sexualität nicht vor sich her und versprühte sie verschwenderisch wie Richard, sondern er schenkte sie ausschließlich seiner Geliebten – ihr!

Süffisant grinsend stellte er sich schräg hinter sie und ließ das Ende des Gürtels baumeln. Er stachelte ihre Furcht an, indem er das Leder wog, ihren Po dann und wann anschaute und Schlagbewegungen andeutete.

Am liebsten hätte Lucille ihm den Gürtel aus der Hand gerissen! Noch lieber hätte sie Craig zu Boden geworfen, sich ohne zu zögern auf sein Glied gesetzt und ihn geritten. Doch er hatte sie dazu verdammt, stillzuhalten und hinzunehmen, was er ihr bescherte, ob nun Lust oder Qual, das unterlag allein seiner Willkür.

Warum schlug er nicht endlich zu? Sie zitterte leicht, mehr vor Aufregung als vor Angst, und wünschte sich, dass Craig endlich das Unvermeidliche tat. Weitere Sekunden verstrichen. Lucille wurde immer nervöser. Sie zog an den Seilen, die ihre Fußgelenke mit den Wandhaken verbanden, und versuchte mit den Fingern das lose Ende des Drahtes zu erreichen, um diesen abzuwickeln.

Aus dem Augenwinkel heraus sah Lucille, dass Craig ausholte. Sie hielt die Luft an und verkrampfte sich. Alles lief wie in Zeitlupe ab. Als das Leder auf ihr Hinterteil traf, bekam sie keinen Ton heraus. Sie hatte erwartet, instinktiv aufzuschreien, stattdessen stieß sie lediglich die Luft aus ihren Lungen aus und stellte fest, dass es gar nicht so wehgetan hatte.

„Das war nur zum Üben", bemerkte er lapidar. „Bleib locker, dann schmerzt es auch nicht stark."

Hat es gar nicht, lag Lucille auf der Zunge, doch bevor sie auch nur den Mund geöffnet hatte, folgte der zweite Hieb. Er war kräftiger als der erste und hinterließ ein Brennen auf ihren Hinterbacken. Unwillkürlich wollte Lucille über die heißen Stellen streicheln und wurde doch nur wieder an die Umschnürung erinnert.

Es folgten zwei Schläge kurz hintereinander, einer auf ihr Gesäß und der andere auf ihren Oberschenkel. Überrascht keuchte Lucille. Das Pochen zwischen ihren Beinen war mittlerweile unerträglich. Was machte Craig nur mit ihr? Er zeigte ihr eine völlig neue Welt der Lust, und sie stellte erstaunt fest, wie heftig ihr Körper darauf reagierte.

Noch während ihre Kehrseite wie Feuer brannte, nahm Craig die purpurne Magnolienblüte und strich damit über Lucilles Scham. Er umkreiste ihren Kitzler, rieb über ihre Nippel und steckte sie zwischen Lucilles Lippen.

„Schön festhalten", wies er sie an und schloss die Tür des Gewächshauses.

Lucille seufzte, denn die Wärme auf ihrem Po mischte sich mit der Hitze in ihrer Spalte und berauschte sie. Wie Craig sie ansah, wie er mit ihr sprach, was er mit ihr tat – das war so anders, so geil!

Er kehrte an seine Position zurück, holte weit aus und schlug dreimal hintereinander auf ihre Oberschenkel. Keuchend drückte Lucille ihren Mund auf die Blüte und wartete darauf, dass der Schmerz abebbte, aber er brauchte länger als zuvor. Craigs Schläge wurden immer fester, aber niemals brutal. Zwischendurch strich er mit dem Ende des Gürtels durch ihre Spalte. Er entlockte ihr Aufschreie und lustvolles Stöhnen. Sie kam sich wie ein Instrument vor, dem er die Töne entlockte, die er hören wollte.

Obwohl sie sich immer wieder gegen die Fesseln wehrte, fachte es ihre Erregung an, wehrlos zu sein. Craig hatte sie ja nicht gewaltsam unterworfen, sondern sie hatte sich freiwillig auf den mit seinem T-Shirt bedeckten Tisch gelegt. Und sie bereute es nicht! Schmerz und Lust wechselten sich ab und verschmolzen. Lucille wurde zu Wachs in Craigs Händen.

Ihr Po brannte höllisch, aber es tat dennoch auch gut. Die Hiebe waren inzwischen schmerzhaft, jedoch genau dosiert, sodass sie wie Öl in das Feuer von Lucilles Leidenschaft flossen.

Und als Craig das Gürtelende auf ihren Kitzler drückte und mit dem Leder darüberrieb, explodierte Lucilles Erregung. Sie schrie, diesmal vor Geilheit, nicht vor bittersüßer Qual. Die Blüte rutschte in ihren Mund, rechtzeitig schob Lucille sie mit ihrer Zunge heraus und hielt sie mit ihren Lippen fest, während sie sich zuckend und stöhnend auf dem Tisch wand oder es zumindest versuchte, doch die Seile und der Draht schränkten selbst das ein. Ihre Lust konnte sich nicht entladen, sie war in Lucille gefangen und deshalb umso heftiger. Der Höhepunkt wollte gar nicht abklingen, was auch daran lag, dass Craig, dieses Teufelchen, nicht aufhörte, ihre Klitoris zu stimulieren.

Als Lucille gierig Luft in ihre Lungen sog, saugte sie versehentlich die Blüte ein. Sofort ließ Craig von ihr ab und riss ihr die Magnolie aus dem Mund, bevor Lucille husten oder gar würgen musste. Sie keuchte, schaute ihn dankbar an und konnte sich kaum mehr beruhigen. Noch immer rang sie nach Atem. Ihre Oberschenkel und ihr Gesäß prickelten gewaltig, taten aber nicht mehr weh. Es war lediglich ein sanftes Ziehen zu spüren, das Echo des Schmerzes.

Craig hatte recht behalten. Seine Schläge waren wohldosiert gewesen. Er hatte Lucille nicht heftiger geschlagen, als sie ertrug, genau genommen gerade so stark, dass es sie erregte. Die Angst hatte sich gelohnt, fand Lucille. Der Orgasmus war großartig gewesen!

„Freu dich nicht zu früh." In Craigs Augen trat dieses gefährliche Funkeln, das Lucilles Alarmglocken schrillen ließ. „Das war noch nicht alles."

„Nicht die ganze Strafe?" Sie krauste die Stirn. Ihr wurde mulmig.

„Du hast die Bestrafung viel zu sehr genossen." Er kraulte sein Kinn und tat, als würde er nachdenken. „Eigentlich kam sie einer Belohnung sehr nah."

„Du hast mich geschlagen!", empörte sie sich. Ihr Nacken tat schon weh, weil sie den Kopf ständig anhob, um zu sehen, was Craig tat.

„Und du bist gekommen, das kannst du wohl kaum leugnen. Aber ich sagte dir schon damals, als wir Sex in der Küche hatten, dass es Schlimmeres als Schmerz gibt. Etwas Wunderschönes kann grausam sein, wenn man zu viel davon genießt."

Lucille verstand kein Wort.

„Nehmen wir das Kochen." Er zog den Gürtel an und wirkte für einen Moment wie ein Koch, der seine Schürze anlegte. „Muskatnuss ist ein köstliches Gewürz. Aber in hohen Dosen ist es für den Menschen giftig. Sagte ich nicht am Anfang deiner Erziehung, dass eine Strafe nicht unbedingt gleichzusetzen ist mit Schmerz?"

Lucille versuchte sich seine Worte in Erinnerung zu rufen. „Es gibt andere Methoden. Ich könnte dich zum Beispiel fesseln und dich in einem Dauerzustand der Erregung halten." Das hatte er in etwa gesagt.

Als er das, was er schon die ganze Zeit in seiner Hosentasche trug, herauszog, schluckte Lucille schwer. Es war ein purpurner Vibrator, um dessen Griff weiße Ornamente rankten. „Du willst mich stundenlang erregen, aber nicht kommen lassen?"

„Im Gegenteil, ich werde dir viele, viele Orgasmen schenken. Ist das nicht großzügig von mir?" Seine Mundwinkel zuckten.

„Danke, aber der eben war toll." Sie bemühte sich, ihre Beine wenigstens ein Stückchen zu schließen, doch die Seile gaben keinen Deut nach. „Er reicht mir."

„Welch ein Pech, dass du kein Mitspracherecht hast! Ich bestimme über dich und will dich immer wieder vor Lust schreien hören." Er hielt das Gerät so würdevoll hoch, als wäre es sein kostbarster Besitz. „Das ist der modernste Massagestab, den es zurzeit auf dem Markt gibt, und auch der stärkste. Er wurde extra für Frauen mit Orgasmusproblemen entworfen."

„Habe ich aber gar nicht, wie ich dir eben bewiesen habe."

„Nachdem ich dich drei-, viermal zum Fliegen gebracht habe, wird es dir schwerfallen, zum Höhenflug abzuheben." Demonstrativ schaltete er den Vibrator ein.

Das Summen war extrem laut, als wäre er voll aufgedreht, aber Lucille konnte sehen, dass er auf Stufe eins stand. Es gab zwar nur zwei Stufen, aber das stimmte sie nicht zuversichtlicher. „Viermal? Ist das nicht ein wenig übertrieben? Keine Frau kann so viele Orgasmen haben."

„Vielleicht auch fünf- oder sechsmal." Craig strich über den großen Kopf des Geräts, nahm seine Hand abrupt weg und formte ein *Wow!* mit den Lippen. „Mit diesem Wunderwerk – ich nenne es Waffe – werden wir beide das hinkriegen."

Ihr Hals fühlte sich an wie Schmirgelpapier, ihre Zunge klebte am Gaumen. „Der von eben zählt mit, richtig?"

Craig antwortete ihr nicht, sondern schmunzelte nur vieldeutig und ging wieder hinter ihrem Gesäß in Position. Als er den Vibrator an die Innenseite ihres linken Oberschenkels hielt, zuckte Lucille, erschrocken über die Intensität.

„‚Markerschütternde Vibrationen‘ stand auf der Verpackung.“ Gemächlich führte er den Massagestab hoch bis zu ihrem Knie. „Wenn du mich fragst, hält das Gerät, was es verspricht.“

Ihre Haut kribbelte außerordentlich. Lucille entspannte sich, da das Hilfsmittel nicht zurück zu ihrem Schoß kehrte, sondern von Craig höher hinauf bis zu ihrer Ferse geschoben wurde. Doch das war ein Trugschluss, denn er strich mit dem vibrierenden Kopf über ihre Fußsohle. Lucille zappelte in ihren Fesseln, als stünde sie unter Strom. Das Kitzeln war so durchdringend, dass sie beinahe aufgeschrien hätte. Im letzten Moment riss sie sich zusammen, schließlich wollte sie nicht, dass das Personal im Haus auf sie aufmerksam wurde.

Craig lachte amüsiert und kam um den Tisch herum an ihre Seite. Mit weit aufgerissenen Augen starrte sie den purpurnen Vibrator an, der sich ihrem Busen näherte.

„Nein“, wimmerte sie, doch da streifte der Stab schon ihre Brustspitze.

Lucille konnte ein Stöhnen nicht unterdrücken, es klang gequält. „Das ist zu stark!“

Unbeeindruckt von ihrem Jammern strich Craig über ihren Warzenhof. Kurz hielt er das purpurne Ungeheuer an ihren Nippel, nahm es sogleich wieder fort, nur um es zwei Sekunden später wieder seitlich an die Brustwarze zu drücken. Das Kribbeln ging Lucille durch und durch. Obwohl er nur ihre Spitze berührte, stimulierte er ihre ganze Brust. Nie zuvor hatte Lucille eine so ausgeprägte Vibration gespürt, sie war sogar kräftiger als die höchste Stufe ihres eigenen Geräts.

Craig strich mit dem Kopf über ihren anderen Nippel, diesmal von oben, und Lucille keuchte. Ihr Oberkörper bäumte sich von selbst auf, ungeachtet des Drahtes, der sich dadurch um ihren Bauch spannte; es tat nicht einmal weh, trat in den Hintergrund. Der Reiz war tausendmal stärker! Wieder und wieder senkte Craig den Stab auf ihre Brustspitze. Als würde Elektrizität durch Lucille hindurchfließen, war sie unfähig, ruhig liegen zu bleiben und die Stimulation zu ertragen.

Erst nachdem Craig von ihr abließ, vermochte sie wieder klar denken. Beim besten Willen konnte sie sich nicht vorstellen, dieses Teufelswerkzeug an ihrer Klitoris zu spüren. Doch Craig rollte den Vibrator unbarmherzig zwischen ihren Brüsten hinab über ihren Bauch bis zu ihrem Venushügel. Das Beben des Geräts strahlte in ihren Unterleib aus und brachte Lucille jetzt schon dazu, sich seufzend zu winden.

Während Craig ihre Brüste sanft massierte, führte er den Stab über ihre Schamlippen. Er glitt hinauf und wieder herab, kreiste um ihre Klitoris und verharrte einige Zeit auf ihrer feuchten Öffnung. Es wummerte in ihrem Inneren. Die Schwingungen drangen in sie ein, füllten sie aus und penetrierten sie im übertragenen Sinne.

Lucilles Blick trübte sich vor Erregung. Ihre Beine zitterten. Das Blut rauschte durch ihren Schoß, ihr Geschlecht pulsierte heiß und schwoll so stark an, wie Lucille es noch nie erlebt hatte.

Als Craig den Vibrator an ihren Kitzler hielt, wollte Lucille aufschreien, doch jeglicher Laut blieb ihr im Halse stecken, so schnell baute sich der Orgasmus auf. Ihre Klitoris, noch empfindlich vom ersten Höhepunkt, der ihr schon fulminant erschienen war, doch im Vergleich zum zweiten auf einmal blass wirkte, kreischte auf. Sie spannte sich in einem Lustkrampf an und entlud sich bereits im nächsten Moment so heftig, dass ein Schwall Feuchtigkeit aus ihr herausschoss.

Doch Lucille hatte keine Zeit, sich zu schämen, denn sie

erbebte unten den Vibrationen des Höllenstabs. Sie ballte die Hände zu Fäusten, kniff ihre Augen zu und zappelte auf dem Tisch wie ein Fisch auf dem Trockenen. Denken war unmöglich. Ihr Körper reagierte wie von selbst auf die heftige Reizung. Lucille fühlte sich, als hätte sie Fieber. Das Feuer der Ekstase drohte sie zu verbrennen, und dieses Brennen war viel heißer als das, was der Gürtel auf ihrem Hintern hervorgerufen hatte.

Vergiss nicht zu atmen, hörte Lucille jemanden sagen und wusste nicht, ob die Stimme aus ihrem Inneren kam oder Craig zu ihr gesprochen hatte. Hastig sog sie Luft in ihre Lungen und japste. Erst jetzt nahm sie wahr, dass der Vibrator aufgehört hatte, ihre Spalte mit mehr Lust zu foltern, als sie glaubte ertragen zu können. Doch Craig hatte Lucille gezwungen, die Stimulation hinzunehmen, und ihr dadurch den größten Orgasmus ihres Lebens geschenkt.

Sollte sie ihm nun danken oder ihm eine scheuern, sobald er sie losgebunden hatte?

Zu ihrem Erstaunen befreite er sie nicht von ihren Fesseln. Sie brachte ihre Fragen stammelnd hervor, weil sie sich immer noch nicht gefasst hatte. „Du hast das mit den vier oder mehr Höhenpunkten doch nicht etwa ernst gemeint? Du wolltest mir nur Angst einjagen, ja?“

„Ich mache keine leeren Versprechungen und stehe immer zu meinem Wort. Außerdem“, sagte er, während er in Seelenruhe seine Hose aufknöpfte, „wäre es wohl ein neues Vergehen, das eine weitere Strafe nach sich ziehen würde, wenn du dich mir verweigerst. Das siehst du genauso, oder?“

Verärgert presste sie ihre Lippen aufeinander. Als ob sie sich ihm verweigern könnte, wo sie angebunden vor ihm lag! Lediglich der Anblick seines erigierten Schafts, den er aus seinem Hosenschlitz holte, stimmte sie milde. Der Schwanz sah knüppelhart aus. Es musste Craig viel Selbstbeherrschung gekostet haben, sein bestes Stück nicht zum Einsatz kommen zu lassen. Lucille hatte ihn genauso erregt wie er sie. Aber während er sie mit zwei gigantischen Orgasmen gequält hatte, folterte er sich offenbar mit Enthaltsamkeit. Diese Erkenntnis erwärmte ihr Herz.

Sie wollte nichts lieber, als ihn in sich zu spüren. Allerdings haderte sie, ob sie die Reibung aushalten könnte. Hatte sie eine Wahl?

Nein, die hatte sie nicht, denn Craig drang mit einem kraftvollen Stoß in sie ein. Ihr Schoß hieß ihn heiß und feucht willkommen. Während er den Vibrator abwechselnd an ihre linke und an ihre rechte Brustspitze hielt, nahm er Lucille. Rasch zog er sich aus ihr zurück, stieß wieder in sie ein, entfernte sich erneut hastig und trieb seinen Schwanz zum zweiten Mal in sie hinein, als könnte er es nicht länger abwarten, was vermutlich der Wahrheit entsprach.

Mit jedem Stoß wurde er schneller. Er pumpte seinen Phallus in ihre feuchte Mitte und beobachtete dabei ihr Gesicht. Lucille vermutete, dass er sich an ihrem Mienenspiel erregte, denn die erneute Reizung ihrer Klitoris lag irgendwo zwischen unangenehm und geil, tat kurzzeitig weh und fühlte sich im nächsten Moment so wundervoll an, dass Lucille es für möglich hielt, ein drittes Mal zu kommen. Dementsprechend verzerrte sich ihre Mimik, mal vor Qual, mal vor hoffnungsvoller Glückseligkeit.

Wie ein offenes Buch lag sie vor Craig. Es machte Lucille verlegen, dass sie beinahe in der Lust, die er ihr bereitete, ertrank, und gleichzeitig empfand sie eine unbändige Freude, weil sie dieses Erlebnis mit ihm teilte. Niemandem sonst hätte sie solch eine Macht über sich verliehen. Sie war ihm nicht hörig, sondern sie bot ihm ihren Körper dar, weil er so gut damit umzugehen wusste.

Er erkannte auch, dass sie nicht ohne Weiteres zum dritten Mal abheben würde. Scheinbar wollte er aber nicht ohne sie kommen. Er hätte sie einfach reiten können, bis er sich in sie ergoss, Lucille wäre ihm nicht böse gewesen, schließlich hatte er bisher nur an sie und nicht an sich selbst gedacht. Doch diese Achtlosigkeit passte nicht zu Craigs Charakter. Er strich mit dem Vibrator über ihren Venushügel, ohne mit der Penetration aufzuhören, und hielt ihn dann von oben an ihre Klitoris, sodass er jedes Mal daranstieß, wenn er in sie eindrang.

Überraschend schnell baute sich der Höhepunkt in Lucille auf. Sie wurde förmlich in den Himmel der Ekstase geschossen. Alles in ihrem Unterleib zog sich zusammen und melkte Craig. Schon brach der Orgasmus erneut über sie herein. Wie aus weiter Ferne hörte sie Craig einen Laut von sich geben, sodass sie wusste, auch er überquerte soeben die Ziellinie.

Der Vibrator fiel ihm aus der Hand auf den Boden und summte dort einsam weiter. Lucilles Lider waren schwer wie Blei; sie konnte ihre Augen nicht öffnen, um zu schauen, was Craig tat. Sie spürte lediglich seine Hände an ihren Seiten und seinen Atem auf ihrem Bauch. Vermutlich stand er über sie gebeugt, ebenso schachmatt wie sie, und versuchte neue Kraft zu schöpfen, um sie loszubinden.

Er würde sie ins Haus tragen müssen. Ob er sich dessen bewusst war? Unter keinen Umständen würde sie laufen können! Für die kommenden vierundzwanzig Stunden würde sie ihre Beine nicht mehr schließen.

Lucille war völlig fertig! Ihre Gedanken wurden immer träger, und sie musste dagegen ankämpfen, nicht auf der Stelle einzuschlafen.

32. KAPITEL

Das Lachen eines Mannes riss Lucille aus einem Traum. Es klang irgendwie merkwürdig, und sie glaubte im ersten Moment, Craig würde leise fernsehen, doch es gab gar keine Fernsehgeräte im Schlafzimmer.

Müde öffnete sie ihre Augen. Dunkelheit umgab sie. Es drang nur etwas Licht vom Treppenhaus durch den Korridor und ließ sie erkennen, dass die Tür einen Spaltbreit offen stand. Jemand hatte den Raum betreten und sie beim Schlafen beobachtet. Der Gedanke behagte ihr ganz und gar nicht!

Ihr Puls schlug schneller. Sie richtete sich auf und bemerkte, dass das Licht in der Einfahrt, das die ganz Nacht brannte, nicht ins Zimmer drang.

Hoffentlich ist es Craig gewesen, der die Vorhänge geschlossen hat, dachte sie und lauschte den Stimmen zweier Männer. Sie klangen leise, als ständen sie weit entfernt, sodass Lucille nicht verstehen konnte, was sie miteinander sprachen. Craig musste sich mit einem Gast im Foyer aufhalten, denn das *„Hasta luego"* des Mannes hallte durch das Treppenhaus, kurz bevor die Eingangstür polternd ins Schloss fiel.

Wer auch immer der Fremde war, er nahm jedenfalls keine Rücksicht auf andere Hausbewohner, denn ein Blick auf die Digitaluhr auf der Nachtkonsole an Craigs Seite verriet ihr, dass die Geisterstunde schon zehn Minuten zurücklag.

„Ich habe den halben Tag verschlafen!" Lucille konnte es kaum glauben.

Noch immer fühlte sie sich matt. Sie reckte sich und spürte den Muskelkater, der am Morgen bestimmt noch viel schlimmer sein würde und sich auf ihre Leibesmitte konzentrierte. Mit gespreizten Beinen saß sie im Bett. Ihre Klitoris reagierte noch immer so hochempfindlich, dass Lucille zusammenzuckte, als das Satinlaken über ihrem Unterkörper durch die Bewegungen darüberstrich.

Woher kannte sie nur die Stimme des Besuchers? So tief! Aber im Klang lag noch eine andere Auffälligkeit, die Lucille zuerst nicht benennen konnte, doch dann fiel es ihr ein.

Schlagartig war sie hellwach! Sie kannte nur einen einzigen Mann mit einem derart außergewöhnlichen Vibrato.

Rasch sprang sie aus dem Bett. Sie musste ihre Lippen zusammenpressen, um keinen Laut von sich zu geben, weil ihre Gesäßmuskeln wehtaten. Auf leisen Sohlen ging sie zum Fenster und schob den Vorhang ein Stück beiseite, nur so viel, dass sie gerade eben den beleuchteten Vorhof sah, ohne selbst Aufmerksamkeit zu erregen.

Erleichtert stellte sie fest, dass der Mann, der neben seinem Auto mit dem Rücken zu ihr stand und ein Mobiltelefon an sein Ohr hielt, braune und keine weißen Haare hatte.

Unerwartet drehte er sich um und ließ seinen Blick über die Villa schweifen. Lucille schreckte zurück und nahm die Hand vom Vorhang. Schmerzhaft pochte ihr Herz in ihrem Brustkorb.

Jack Caruso, tatsächlich!

Jetzt erinnerte sie sich wieder, dass er seine Haare gefärbt hatte, vermutlich, um ein Widererkennungsmerkmal zu kaschieren. Er war auch weniger gebräunt als früher. Seine einzigartige Stimme jedoch konnte er nicht so leicht verbergen.

Lucille drückte sich an die Wand neben dem Fenster. Bestürzt bemerkte sie, dass der Vorhang noch immer leicht schwang, da sie ihn so abrupt losgelassen hatte, und hoffte, dass man diese sachte Bewegung nicht vom Vorhof aus erspähen konnte. Vorsichtig hielt sie ihn fest.

Warum hatte Caruso Craig schon wieder besucht? Und

wieso hatte Craig sie auch diesmal nicht an ihn ausgeliefert? Bewies das nicht, dass er nicht in den illegalen Waffenhandel involviert war?

Er kann unmöglich etwas mit der *La picadura del escorpión* zu tun haben, dachte Lucille, schon allein, weil mir das mein Herz brechen würde.

Der Motor eines Wagens schnurrte. Nervös knabberte sie an ihrer Unterlippe, während sie den Vorhang erneut beiseiteschob und aus dem Fenster linste. Caruso fuhr die Zufahrt entlang. Lucille entspannte sich erst, nachdem er das Anwesen verlassen hatte und sich das elektrische Tor hinter ihm schloss.

Zwei Wachen patrouillierten, die Gewehre einsatzbereit in den Händen haltend, an der Mauer entlang, und Lucille bemerkte zwei weitere am Ufer. Das machte allein schon fünf Securitys, die Lucille in diesem Moment sehen konnte, so viele wie noch nie. Vielleicht befanden sich noch mehr auf der Rückseite des Hauses. Sie erinnerte sich daran, dass Kenneth zusätzlich installierte, noch modernere Überwachungskameras erwähnt hatte.

Craig hatte, was den Schutz des Anwesens betraf, wahrlich aufgestockt. Es schien fast so, als würde er sich gegen eine Invasion rüsten.

„Dann darf er aber einer Ratte wie Caruso nicht die Tür öffnen“, zischte Lucille. Hatte Craig überhaupt eine Ahnung, mit wem er sich da traf?

Das Licht auf dem Korridor flackerte auf. Leise schlich Lucille ins Bett, legte sich auf die Seite, ein Bein angewinkelt, um ihren Schoß zu entlasten, und zog die Satindecke bis zum Kinn hoch. Mit geschlossenen Augen lauschte sie den Schritten, die immer näher kamen. Als die Zimmertür leise geschlossen wurde, linste sie kurz und sah, dass Craig das Zimmer durchquerte.

Sie entspannte sich, trotzdem blieb ein Rest Unsicherheit, weil er den falschen Umgang pflegte. Es gärte in ihr.

Craig schaltete die Beleuchtung im angrenzenden Badezimmer ein. Doch anstatt sich auszuziehen, zog er die Tür so weit zu, dass nur ein Spalt blieb, durch den etwas Licht in den Schlafraum fiel.

Als er an ihre Seite des Bettes trat, wagte Lucille kaum zu atmen. Was hatte er vor? Hatte Caruso Druck gemacht? Forderte er endlich ein Opfer von Craig, das seine Zugehörigkeit zu den *Händlern des Todes* bewies?

Dass ihre Angst ihr einen Streich spielte, bemerkte sie, als sie ihre Augen gerade weit genug öffnete, um zu sehen, wie er das Foto seines Vaters in die Hand nahm. Er löste den Trauerflor vom Bilderrahmen und ballte seine Faust darum.

Die Stille, die eintrat, belastete Lucille. Sie hielt sie nicht länger aus, drehte sich auf den Rücken und blickte zu Craig auf. Ein tiefer Schmerz spiegelte sich in seinem Gesicht, der sie erschütterte.

„Manche Wunden heilen nie", sagte sie aus eigener Erfahrung so sanft wie möglich.

„Mein Dad ist erst vier Monate tot." Die Narben waren also noch frisch. „Es tut weh, in der Vergangenheit über ihn zu sprechen, wenn seine Freunde zu Besuch kommen."

Etwas zu leichtfertig fragte sie: „Der Mann, der eben gegangen ist?"

Überrascht hob Craig seine Augenbrauen.

Um die Situation herunterzuspielen, bemühte sie sich um ein unverfängliches Lächeln. „Er verhielt sich nicht gerade leise."

„Jack ist ein Raubein. Tut mir leid, wenn wir dich geweckt haben."

„Du brauchst dich nicht für ihn zu entschuldigen", stellte sie klar, erschüttert, zu hören, dass Caruso mit Ted Bellamy befreundet gewesen war. Um zu erfahren, ob er einen Decknamen benutzte, hakte sie nach: „Wie lautet sein Nachname?“

Misstrauisch krauste er seine Stirn. „Hernandez. Kennst du ihn etwa?“

Lucille spürte eine Spannung zwischen ihnen und schüttelte rasch den Kopf. Was zum Henker hatte Caruso mit Ted Bellamy zu schaffen? Sie konnte sich keinen Reim darauf machen. Nicht ganz uneigennützig schlug sie vor: „Vielleicht sollte er nicht mehr kommen. Er reißt deine inneren Verletzungen immer wieder auf.“

„Sie werden sowieso bluten, bis ...“ Er sprach nicht weiter.

Beinahe zornig betrachtete er das Foto in seiner Hand, aber Lucille ahnte, dass sich seine Wut nicht auf seinen Vater bezog. Welches Schicksal hatte Ted ereilt? Sie setzte sich aufrecht hin und klopfte auf die Bettkante. „Setz dich. Bitte erzähl mir von ihm.“

„Von Dad?“ Einige Sekunden lang musterte er sie zweifelnd. Doch dann nahm er neben ihr Platz. Tonlos begann er von unverfänglichen Gewohnheiten zu erzählen: „Mein Dad sagte manchmal, er würde für ein Glas Scotch töten, aber das war natürlich Unsinn. Wenn ein alter Song von Black Sabbath oder Led Zeppelin im Autoradio lief, drehte er es auf und grölte laut mit, obwohl er wusste, dass er keinen einzigen Ton traf. Er war ein Gentleman der alten Schule, hielt jeder Frau die Tür auf und sparte nicht mit Komplimenten.“

„Ich hätte ihn sicher gemocht.“

„Er war überall beliebt. Aufgrund seiner Frohnatur glaubten einige Bekannte, er sei ein Lebemann, jemand, der auf der Überholspur lebt, aber diese Menschen kannten ihn nicht. Sie dachten, er hätte eine Geliebte in jedem Hafen, da er beruflich oft verreisen musste und mit den Frauen flirtete, doch das tat er gar nicht, sondern er mochte es einfach, anderen Menschen ein Lächeln aufs Gesicht zu zaubern. Er blieb meiner Mutter treu, dafür würde ich meine Hand ins Feuer legen." Er holte tief Luft. „Auch nach ihrem Tod."

Er stockte, und Lucille berührte seinen Arm. Mildred Bellamys grausame Ermordung musste für Craig und seinen Vater kaum zu ertragen gewesen sein.

„Zu Hause verhielt er sich ganz anders", fuhr er in nüchternem Tonfall fort. „Da zeigte er sein wahres Gesicht, und das war liebevoll, warmherzig und häuslich. Hatte meine Mom spontan Lust auf einen Milchshake von *Stacey's,* fuhr er sofort los und besorgte ihr einen Becher. Er guckte zigmal *Doktor Schiwago* mit ihr, dabei stand er mehr auf *Der Flug des Phönix* und *Zwei glorreiche Halunken*."

Scheinbar hatten alle Bellamy-Männer zwei Gesichter, unkte Lucille in Gedanken. Craig wirkte auf den ersten Blick chaotisch, etwas „durch den Wind", doch in Wirklichkeit war er diszipliniert.

Craig musterte Lucille. In seinen Augen bemerkte sie denselben Schmerz wie zuvor, aber diesmal mischte sich Hass darunter. „Mit den Jahren glaubte er immer mehr, dass wir seine Oase in einer Wüste des Bösen waren. Er hatte zu viel gesehen."

Lucille fragte sich, was er damit meinte, denn es klang, als hätte Ted noch mehr Unheil als den brutalen Mord an seiner Frau erlebt, wagte jedoch nicht, Craig zu unterbrechen.

„Ich habe oft zu ihm gemeint, er solle sein Leben von Grund auf ändern, wusste aber, dass sein Pflichtgefühl zu groß war, um diesen Schritt zu wagen." Er öffnete seine Faust, ließ den Trauerflor hängen und betrachtete ihn, doch an seinem Blick erkannte Lucille, dass er in Gedanken weit weg war. „Hab ihm geraten, wenigstens kürzerzutreten. Als er vor vier Monaten meinte, er würde in Caracas Urlaub machen, habe ich ihm nicht geglaubt. Wenn ich ehrlich bin, tue ich das immer noch nicht, obwohl mir sein Arbeitgeber versichert hat, dass er keinen Auftrag hatte."

Mit einem mulmigen Gefühl lehnte sich Lucille gegen die Wand am Kopfende. Ihre Alarmglocken schrillten so laut, dass ihr übel wurde, obwohl sie seit Stunden nichts gegessen hatte – denn das Kartell *La picadura del escorpión* hatte Venezuela fest im Griff.

„Er lud mich ein, ihn zu begleiten. Damals verfluchte ich Bellamy Ocean Carrier. Im Juli konnte ich meine Reederei auf keinen Fall alleinlassen, weil wir das Limit unserer Kapazitäten erreicht hatten und die Lage heikel war. Ein Ausfall, ob nun Schiff oder Kapitän, und wir hätten einige Verträge nicht mehr erfüllen können. So etwas ruiniert den Ruf einer Schifffahrtsgesellschaft schnell. Eine Missplanung dieser Art wiedergutzumachen braucht Jahre."

Selbstverständlich konnte Lucille seine Entscheidung nachvollziehen. Dennoch klangen seine Erklärungen, als würde er nach einer Entschuldigung suchen, nicht etwa um sich ins rechte Licht zu rücken, sondern weil er zweifelte, dass er damals die richtige Entscheidung getroffen hatte. Er schien sich Vorwürfe zu machen. „Was um Himmels willen ist in Caracas passiert?"

„Nach dem, was geschehen ist, sollte ich wohl dankbar sein, dass BOC mich von der Reise abhielt, aber manchmal fällt mir das schwer. Vielleicht hätte ich etwas gemerkt, eventuell hätte ich es verhindern können." Nun klang er nicht mehr so nüchtern wie zuvor. Je mehr er erzählte, desto weiter brachen seine Wunden auf und schwächten ihn.

Lucille schmiegte sich an seinen Rücken, um ihm die Kraft zu schenken, fortzufahren.

„Im Hafen von La Guaira ging Dad an Bord der Jacht eines Freundes. Nach dem Betanken muss sich wohl Benzindampf in der Maschinenraumbilge gesammelt haben. Als die Crew den Motor startete, explodierte die Bilge, und das Schiff fing Feuer."

Entsetzt schlang sie ihre Arme um ihn und hielt ihn ganz fest. Eine Weile schwiegen sie. Als Craig weitersprach, konnte Lucille nicht sagen, ob nur wenige Sekunden oder sogar Minuten vergangen waren.

„Ich habe die Überreste meines Vaters nach Florida geholt. Da kam BOC auf einmal ohne mich zurecht." Er schnaubte verächtlich.

„Du hättest nichts ändern können."

„Wahrscheinlich nicht", gab er zerknirscht zu und stellte das Foto zurück auf die Konsole. Den Flor spannte er so fest zwischen seinen Händen, dass Lucille glaubte, das Band würde jeden Moment zerreißen. „Es war ein nicht vorherzusehender ... Unfall."

Hörte sie wirklich Zweifel heraus? Eine böse Vorahnung erwachte in ihr.

Vielleicht hatte Ted Bellamy recht gehabt. So wie Craig es darstellte, hatte sein Dad sich trotz seiner Befürchtungen immer wieder in die Wüste hinausgewagt, bis diese ihn umgebracht hatte. Hatte das Böse einen Namen? Hieß es Dawson, Caruso oder *La picadura del escorpión*?

Auch wenn sie sich auf brüchiges Eis begab, musste sie mehr erfahren und herausfinden, ob ihre Befürchtung stimmte. „Wer war der Freund, dem das Boot gehörte?"

„Jack." Craig atmete tief ein und hängte den Flor zurück über die rechte Ecke des Bilderrahmens. „Ich habe ihn das erste Mal getroffen, als er mich nach dem Unglück aufsuchte, um sich für den tödlichen Fehler seines Kapitäns, der seiner Meinung nach die Schuld trug, zu entschuldigen."

Sie horchte auf. „Du kanntest ihn vorher gar nicht?"

„Ich bin ihm nie begegnet." Kurz ließ er den Kopf hängen, richtete sich wieder auf und fuhr sich durch die Haare. „In letzter Zeit schneite er gleich zweimal kurz hintereinander bei mir herein, wahrscheinlich treibt ihn sein schlechtes Gewissen immer wieder hierhin."

Oder er sucht nach mir, schoss es ihr durch den Kopf. Craig schien wirklich nicht zu ahnen, wen er in sein Haus gelassen hatte. Wusste Ted es? Scheinbar nicht, sonst wäre er auf der Hut gewesen, und Caruso hätte keinen Decknamen benutzt. Männer wie Jack Caruso kannten keine Freundschaften. Möglicherweise verband die beiden auch nur eine berufliche Beziehung, denn sonst wäre Craig ihm doch vor dem Tod seines Vaters über den Weg gelaufen.

„Wurde der Leichnam deines Dads von einem Rechtsmediziner untersucht?" Sie biss sich auf die Unterlippe. Eigentlich durfte sie sich nicht einmischen, um keinen Verdacht aufkommen zu lassen, dass sie Caruso kannte, doch sie musste Craig durch die Blume warnen.

„Wie kommst du darauf?", fragte er und wandte sich von den Fotos ab und ihr zu. „Es war offiziell ein Unfall. Die Crew hätte die Bilge lüften müssen."

Sie zog die Schublade der Nachtkonsole heraus und zeigte auf das Buch, das Alex Fisher ihr geschenkt hatte. „Forensik für Anfänger" stand in großen roten Lettern auf einem schwarzen Cover. Unter dem Titel waren ein Fingerabdruck, Reifenspuren und Blutspritzer zu sehen. Mit unschuldigem Augenaufschlag tastete sie sich behutsam weiter vor: „Ich interessiere mich zurzeit für das Thema."

Sein Blick wurde intensiver. „Wieso ausgerechnet dafür?"

„Fernsehserien." Eigentlich hatten die Ermittlungen gegen ihre eigene Person ihr Interesse geweckt. Mit gespielter Naivität hakte sie nach: „Wird nicht jede Leiche forensisch untersucht?"

„Nur wenn der Verdacht eines Verbrechens besteht." Er

neigte sich über Lucille, stützte sich rechts und links neben ihr ab und blickte ihr tief in die Augen.

Er war auf der richtigen Fährte, hoffte Lucille. Verbrechen gehörten zu Carusos Geschäft. Natürlich konnte sie sich nicht sicher sein, dass Ted Bellamy tatsächlich ermordet worden war. Aber wenn, dann hatte Craig ein Recht darauf, die Wahrheit zu erfahren.

„Auf dem College hatten wir eine Austauschstudentin aus Kolumbien, und sie behauptete, dass neunzig Prozent der Toten in Südamerika auf das Konto irgendwelcher kriminellen Banden gehen, nur zehn Prozent sterben an einer natürlichen Ursache. Aber die meisten Bluttaten würden nicht aufgedeckt werden, weil viele Polizisten und Richter von den Banden korrumpiert werden." Sie zuckte mit den Achseln. „Ob das stimmt, weiß ich natürlich nicht. Ich dachte nur …"

„Du solltest es erwähnen", führte er ihren Satz zu Ende. Eine stoische Ruhe ergriff Besitz von ihm, die ein wenig Angst einflößend auf Lucille wirkte. „Das kriminaltechnische Labor hat die Überreste meines Vaters tatsächlich untersucht und keine Anzeichen auf Fremdeinwirkung gefunden."

Hatte das FBI, das in solchen Fällen automatisch eingeschaltet wurde, auch Zweifel daran gehabt, dass Ted Bellamy bei einem Unfall ums Leben gekommen war, oder gehörte das zur Routine? Lucille musste Alex danach fragen.

„Auch toxikologisch?" Ihr Hals fühlte sich eng an. Sie wagte sich viel zu weit vor. Craig schöpfte jetzt schon Verdacht, das spürte sie. Aber irgendwie musste sie es schaffen, ihn auf das Drogenkartell hinzuweisen, ohne die Karten offenzulegen.

Seine Kiefer mahlten. „Nein. Die Explosion war die Todesursache. Es gab keinen Grund, nach Giften zu suchen."

„Sicher?“ Nervös nestelte sie an der Bettdecke.

Er blinzelte. „Ich habe den Bericht der Gerichtsmedizin gelesen, ein Toxikologe wurde nicht bemüht.“

„Hm“, machte sie nur und tat, als würde sie grübeln, dabei wollte sie ihn dazu bringen, über die Hinweise, die sie ihm gegeben hatte, nachzudenken und selbst eins und eins zusammenzuzählen. Das Kartell hieß nicht umsonst übersetzt *Der Stich des Skorpions*. Es verschleierte manche Tötungen nicht nur durch eine Überdosis Drogen, sondern auch durch Unfälle. Aber immer – immer! – hinterließ es seine Signatur. Vermutlich war sie der Rechtsmedizin entgangen. Es sei denn, die Vendetta ging auf Carusos Privatkonto.

„Und du kanntest Hernandez wirklich nicht?“, fragte sie ein zweites Mal.

„Nein, das sagte ich doch.“ Craig legte seinen Kopf schief.

„Ist schon komisch. Dein Dad und ihn verband eine so enge Freundschaft, dass Hernandez ihm seine Jacht samt Crew zur Verfügung stellte, und du hast diesen Mann noch nie zuvor im Leben gesehen.“ Sie reckte sich theatralisch. Gähnend schlängelte sie sich unter die Satindecke. „Lass uns schlafen. Du hast mich im Gewächshaus ganz schön geschafft.“

„Ich weiß nicht, ob ich jetzt noch ein Auge zumachen kann.“ Er setzte sich wieder schräg zu ihr und massierte gedankenversunken seine Hände.

„Vergiss, was ich gesagt habe“, schloss sie die Unterhaltung ab und wusste, dass sie damit genau das Gegenteil erreichte.

Sie hatte die Saat des Zweifels in ihm gesät und brauchte nur zu warten, bis sie aufging.

33. KAPITEL

Craig fröstelte, dabei hatten die Meteorologen für diesen Tag sechsundzwanzig Grad vorausgesagt, und die Sonne stand schon hoch am Himmel, obwohl es erst elf Uhr vormittags war. Wahrscheinlich liegt es an der Umgebung, dachte er und beobachtete den kleinen Raupenbagger, der über den Friedhof auf das Grab seines Vaters zufuhr.

Er hatte den Quatsch, den er Lucille vor einer Woche aufgetischt hatte, selbst nicht geglaubt. „Ein Unfall. Bullshit!" Nie hatte er an die Theorie eines Unglücks geglaubt, doch die Ermittlungsbehörde hatte keine Hinweise auf Tod durch Fremdeinwirkung gefunden und den Fall zu den Akten gelegt.

Ein Special Agent weniger. Na und? Was machte das schon, dachten die Verantwortlichen vermutlich. Die FBI-Akademie auf der Marinebasis in Quantico brachte trotz der harten Ausbildung genügend Nachwuchskräfte hervor, weil die Agenten schon nach zwanzig Jahren Anspruch auf eine volle Pension bekamen und mit fünfundfünfzig Jahren diese bereits genießen konnten.

„Kanonenfutter für den Staat", zischte Craig zynisch. Nicht mit ihm!

In Washington, D. C., hatte man gehört, dass Ted Bellamy sein Wissen und seinen Erfahrungsschatz an seinen Sohn weitergegeben hatte. Wie oft das Federal Bureau of Investigation bei Craig angeklopft und ihn eingeladen hatte, sich für eine Ausbildung zu bewerben, konnte er nicht mehr zählen. Da Ted zu den besten Agenten gehört hatte, hoffte man, dasselbe verbissene Engagement in seinem Sohn zu finden.

Die Bitte, Lucille Dawson Unterschlupf zu gewähren, war nur eine weitere hinterhältige Methode gewesen, Craig zu überzeugen und durch diesen Umweg in den Staatsdienst zu locken. Bevor er es merkte, wäre er heiß auf weitere Verbrecherjagden. Doch das würde nicht funktionieren! Sein Dad hatte ihn auch in Taktik unterrichtet.

Plötzlich hörte Craig jemanden hinter sich husten. Eine Wagentür wurde zugeknallt. Er schaute über die Schulter. Tadhg McCarthy kam vom Parkplatz auf ihn zu. Während der Special Agent sich mit einem Stofftaschentuch die Nase putzte, stapfte er zwischen den Gräbern hindurch, anstatt den offiziellen Gehweg zu benutzen. Das schwarze Leder des Aktenkoffers, den er bei sich trug, sah verdammt teuer aus.

Innerlich wappnete sich Craig für eine verbale Auseinandersetzung, blieb jedoch äußerlich gelassen. Ihm war klar gewesen, dass die bundespolizeiliche Ermittlungsbehörde des Justizministeriums versuchen würde, ihn von der Exhumierung seines Vaters abzuhalten, weil die Verantwortlichen glaubten, jeder Bundesagent würde in den Besitz des Staates übergehen und das auf ewig bleiben, selbst nach dem Tod. Craig hatte nicht um Erlaubnis gebeten, selbstverständlich hatte das FBI trotzdem davon erfahren.

Dass McCarthy allerdings persönlich aus D. C. nach Cape Coral geflogen war, weckte Craigs Misstrauen. Hatten die Behörde etwas zu verbergen? Er würde es herausfinden, koste es, was es wolle!

Breitbeinig stelle sich McCarthy vor den Bagger, bevor dieser seine Schaufel in die Erde stoßen konnte. Dass er dabei auf dem Grab von Ted Bellamy stand, scherte ihn offensichtlich einen feuchten Dreck.

„Gehen Sie da runter!“, sagte Craig scharf. Am liebsten hätte er den führenden Agenten heruntergeprügelt.

Der Special Agent folgte seiner Anweisung und setzte ein selbstgefälliges Grinsen auf, als würde er Craig großzügigerweise diesen Gefallen gewähren. „Warum so empfindlich?

Sie wollen das Grab doch eh ausheben lassen."

Das war etwas ganz und gar anderes, aber es war müßig, das zu erklären. Craig hatte selten jemanden mit einer solch unsympathischen Ausstrahlung kennengelernt. Wann immer er McCarthy begegnete, musste er auf dessen Mund starren. Ständig fuhr der Agent mit der Zungenspitze über seine Eckzähne, die so spitz wie bei einem Vampir zuliefen. Sein Blick hatte etwas Taxierendes, Stechendes. In seiner Gegenwart fühlte sich selbst ein Unschuldiger schuldig. Aber der Bundesagent konnte ihm nichts anhaben, denn Craig hatte sich abgesichert. Selbstbewusst und auf alles vorbereitet entnahm er der Mappe, die er unter der Achsel trug, ein Dokument und reichte es ihm.

„Scheiß Klimaanlagen." Ein letztes Mal wischte McCarthy unter seiner Nase her und steckte das Taschentuch ein. Die richterliche Erlaubnis zur Exhumierung beachtete er nicht. „Liegt mir bereits als Kopie vor. Sie kennen die richtigen Leute, Mr Bellamy. Aber Sie hätten die Genehmigung nie ohne die Absprache mit dem FBI erhalten dürfen. Ihretwegen werden Köpfe rollen."

Er meinte Richter Caviness, einen Freund seines Vaters, der sein Einverständnis gegeben hatte, Ted Bellamys Leiche erneut von einem unabhängigen, von Craig bezahlten Rechtsmediziner untersuchen zu lassen. McCarthys Drohung zeigte bei Craig keine Wirkung. Caviness hatte die Ermittlungsbehörde immerhin in Kenntnis gesetzt, wenn auch so spät wie möglich, und daher nicht mehr als eine Abmahnung zu befürchten. „Blasen Sie sich nicht auf."

„Sie gehen zu weit, Bellamy!" Polternd stellte der Agent seinen Aktenkoffer ab.

„Nur weil das Bureau mich dazu zwingt. Hätten Sie Ihre Arbeit richtig gemacht, müsste ich diese heilige Ruhestätte nicht entweihen."

Ungeniert zog McCarthy seine Nase hoch. „Wir arbeiten immer korrekt."

„Wenn das der Fall ist, warum wurde die Lei…", umständlich steckte Craig das Dokument weg, „mein Vater nicht von einem Toxikologen untersucht?"

Der Friedhofswärter führte zwei Mitarbeiter des von Craig beauftragten Labors zu ihm. Die beiden Männer würden den Leichnam samt Sarg mitnehmen, da beim Umbetten der Leiche in eine Transportkiste Spuren kontaminiert werden konnten, falls das FBI das nicht schon getan hatte. Sie hoben die Hand zum Gruß, um Craigs Gespräch mit McCarthy nicht zu unterbrechen, worauf Craig dem Baggerfahrer ein Zeichen gab, anzufangen.

Unwirsch stapfte der Special Agent zum Fahrer, zerrte ihn aus der Kabine und zeigte ihm seinen Dienstausweis. Nachdem er einige Worte mit ihm gewechselt hatte, kehrte er zu Craig zurück. „Sie können das nicht durchziehen, Bellamy!"

„Nichts kann mich aufhalten", stellte Craig klar und bereitete sich darauf vor, McCarthy abzuwehren, sollte der Special Agent ihn verhaften wollen. „Nicht Sie, nicht die Ermittlungsbehörde, nicht einmal der Präsident persönlich."

„Sind Sie denn verrückt geworden?", bellte der Bundesagent so laut, dass Friedhofsbesucher, die gerade Blumen auf ein Grab zwei Reihen entfernt legten, erschrocken herübersahen. „Lassen Sie Ihren Vater in Frieden ruhen."

„Das kann er erst, wenn die ganze Wahrheit ans Tageslicht gekommen ist."

„Um was geht es Ihnen eigentlich? Wollen Sie das Bureau bloßstellen, ist es das?" Zänkisch blinzelte McCarthy ihn an.

„Ich will ein umfassendes rechtsmedizinisches Gutachten! Ihres weist Lücken auf", sagte Craig trocken und wusste, dass er sein Gegenüber sowohl durch seine Anschuldigung als auch durch seine Beherrschtheit noch mehr auf die Palme brachte.

„Tut es nicht." McCarthy stellte sich aufrecht hin und stemmte seine Hände in die Hüften. „Wir kennen unseren Job, und wir erledigen ihn immer perfekt."

„Und wieso wurde versäumt, ein toxikologisches Gutachten zu erstellen?"

McCarthy murrte. „Wurde es gar nicht."

„Wie bitte?" Mit dieser Aussage erwischte er Craig kalt. Hatte er richtig gehört? Er traute seinen Ohren nicht. Für einen Moment verschlug es ihm glatt die Sprache.

„Sie gehören nicht unserer Organisation an, Bellamy, und haben damit kein Recht, in laufende Ermittlungen einbezogen zu werden."

„Und wie nennen Sie dann die Unterbringung von Mrs Dawson unter meinem Dach?"

„Einen Fehler", spie McCarthy so heftig aus, dass Speicheltropfen umherflogen. „Ich werde sie noch heute abholen lassen."

„Kommt gar nicht infrage!", protestierte Craig etwas zu heftig, aber es war schon zu spät.

Argwöhnisch musterte McCarthy ihn. „Affären mit Personen, die sich im Zeugenschutzprogramm befinden, sind untersagt."

„Was mich nicht betrifft", sagte Craig, und ein ironisches Lächeln umspielte seine Mundwinkel, „da ich ja kein Bundesagent bin und nichts mit irgendwelchen Ermittlungen zu schaffen habe, wie Sie eben klarstellten."

McCarthy fletschte seine Zähne. Er holte einen Ordner aus seinem Aktenkoffer und überreichte ihn Craig. „Das ist das umfassende Gutachten. Behalten Sie es für sich, oder Sie bekommen Ärger von oberster Stelle."

Craig hielt den Ordner so vorsichtig in den Händen, als

wäre er der Heilige Gral. Aufgeregt blätterte Craig die Unterlagen durch. Sein Puls schlug mit jeder Seite, die er umblätterte, schneller. An dem Bericht des Toxikologen blieb er schließlich hängen.

Mehrmals las er, dass das Gift des *Centruroides noxius* in den Überresten seines Vaters gefunden wurde. So klein der in Mexiko weit verbreitete Skorpion war – nämlich gerade mal fünf Zentimeter lang –, so tödlich war sein Gift. Aufgrund der starken Verbrennungen der Leiche hatte die Gerichtsmedizin keine natürliche oder unnatürliche Einstichstelle finden können. Da die Konzentration des nachgewiesenen Giftes jedoch sehr hoch war, ging der Rechtsmediziner davon aus, dass jemand es ihm injiziert hatte, und schlussfolgerte, dass Ted Bellamy schon vor der Explosion und dem Brand tot gewesen war. Eine Tatsache, die Craig nur bedingt erleichterte.

„Dawson hat meinen Dad erst vergiftet und dann in die Luft gesprengt?" Nie zuvor hatte er seine Vermutung, dass Richard Dawson seinen Vater ermordet hatte, laut ausgesprochen. Er erklärte: „Ich weiß, dass er gegen den Waffenhändler ermittelte."

„Ted lieferte uns schlussendlich die Beweise, die zur Verhaftung von Dawson führten. Leider hat er das nicht mehr mitbekommen." Zu Craigs Überraschung wirkte McCarthy tatsächlich betroffen.

„Aber Dawson hat ihn vorher erwischt."

„Er hätte ihn kaltblütig erschossen, dieser Scheißkerl macht sich nicht solche Umstände. Die *La picadura del escorpión* hat Ted auf dem Gewissen, aber wir mussten diese Information zurückhalten, weil wir noch an dem Drogenkartell dran sind."

Lucille stahl sich in Craigs Gedanken. Es machte fast den Anschein, als hätte sie die Wahrheit über den Tod seines

Vaters gekannt. Weshalb hatte sie ihn auf das Skorpionsgift hingewiesen? Weil sie etwas für ihn empfand? Das wollte er zumindest glauben. Sie hatte ihn auch an Hernandez zweifeln lassen.

Craig holte ein DIN-A4-großes Foto aus seiner Mappe, das den vermeintlichen Freund seines Vaters in Großaufnahme zeigte. Er hatte ein Standfoto aus einer der Überwachungskameras ausgedruckt und hielt es nun McCarthy hin. „Wer ist das?“

Das Gesicht des Special Agents verfinsterte sich. „Halten Sie sich aus den Ermittlungen raus. Die Sache ist zu heiß.“

Wut stieg in Craig auf. Scheinbar hatte das FBI nicht nur weitere Informationen zurückgehalten, sondern er sich ein faules Ei ins Nest geholt. Seine Selbstbeherrschung bröckelte. Er verbarg seinen Zorn nicht länger und trat näher an den Agenten heran. „Wer zur Hölle ist das?“

„Jack Caruso“, antwortete McCarthy zögerlich. „Der Partner von Richard Dawson. Wir vermuten, dass er nun, da Dawson in Haft ist, die Geschäfte übernommen hat. Woher haben Sie das Foto?“

Craig war wie vor den Kopf geschlagen. Hernandez entpuppte sich ebenfalls als ein *Händler des Todes.* Wahrscheinlich hatte sein Dad auch gegen ihn ermittelt. Und dieses Schwein hatte sich Zugang zur Villa verschafft. Warum, fragte sich Craig. Ein Mann wie er hatte wohl kaum Interesse daran, sich an Craigs Leid zu ergötzen. Er musste etwas suchen, etwas, das so wichtig war, dass er das Risiko einging, bei seinen Besuchen vom Bureau gesehen zu werden.

„Beschatten Sie Mrs Dawson nicht?“ Eigentlich ging es Craig eher um die Frage, weshalb das FBI von Carusos Besuchen nichts mitbekommen hatte. Wäre das der Fall gewesen, hätten die Agents Craig in die Mangel genommen.

McCarthy schnaubte: „Alex Fisher, einer unserer Jungagenten, kümmert sich um sie. Ansonsten hat sie doch bei Ihnen einen komfortablen Unterschlupf gefunden."

„Sparen Sie sich Ihre Anspielungen." Craig steckte den gerichtsmedizinischen Befund ein, bevor McCarthy auf die Idee kam, ihm das Dokument wieder abzunehmen, ließ ihn einfach stehen und ging zum Friedhofswärter und den beiden Labormitarbeitern, um ihnen mitzuteilen, dass die Exhumierung nicht stattfand. Er hatte bereits alles erfahren, was er wissen wollte – das und noch mehr.

Craig hatte nichts Eiligeres zu tun, als in die Reederei zu fahren und im Internet nach Informationen über Jack Caruso zu suchen. Es stellte sich heraus, dass Caruso eine erträgliche Fluglinie besaß und gern feierte. Mehr war nicht über ihn in Erfahrung zu bringen. Craig fand keinen Hinweis auf eine Verbindung zu Richard Dawson oder die *La picadura del escorpión*.

„Wahrscheinlich wechselt er seine Decknamen wie andere ihre Unterhosen", murmelte Craig und vermutete, dass Dawson und Caruso alles daransetzten, nicht gemeinsam offiziell aufzutreten, was es der Ermittlungsbehörde erschwerte, ihn ebenfalls zu überführen.

Plötzlich stach ihm etwas auf einem Foto ins Auge. Caruso stand, einen Cocktail erhoben, in einer Strandbar, umringt von Bikinischönheiten. Eine der Frauen, die sich an ihn schmiegte, hatte ihren Daumen in den Bund seiner Badeshorts eingehakt, dadurch waren sie ein Stück nach unten gerutscht und hatten einen roten Fleck freigelegt.

Neugierig lud Craig das Foto herunter, öffnete es mit einem Bildbearbeitungsprogramm und zoomte auf die Leibesmitte Carusos. Es verblüffte ihn nicht so sehr, dass der Fleck sich als Skorpion herausstellte, vielmehr machte ihn die Stelle, an der die Tätowierung war, stutzig. Der Skorpion schien rechts neben dem Bauchnabel nach unten zu krabbeln. Sein Schwanz war nach links gebogen und fasste den Nabel Carusos ein.

Auch Lucille hatte ein Skorpionstattoo besessen. Obwohl sie begonnen hatte, es entfernen zu lassen, ließen die Farbrückstände in tieferen Hautschichten immer noch auf die Form schließen. Auch ihr Skorpion schmiegte sich an ihren Bauchnabel. Hatte das etwas zu bedeuten?

Craig lehnte sich in seinem Bürostuhl zurück. Mit einem Mal fühlte er sich fiebrig, denn er fragte sich, ob Jack Caruso ihn unter dem Vorwand, ein Freund seines Vaters gewesen zu sein, besucht hatte, um seiner Geliebten nahe zu kommen. Hatte sich Caruso heimlich mit Lucille getroffen, als er behauptet hatte, das WC aufzusuchen?

Stöhnend schloss Craig die Augen, legte seinen Hinterkopf auf die Rückenlehne und dachte über die Möglichkeit nach, ob Lucille sich mit Caruso zusammengetan und ihren Ehemann ans Messer geliefert hatte, damit die beiden die Geschäfte weiterführen konnten, sobald das FBI die Ermittlungen abschloss.

War Lucille Dawson das Gift in seinem Herzen, fragte sich Craig.

„Das kann ich nicht tun." Abwehrend hob Ava ihre Hände. „Das ist gegen die Regeln."

„Wo stehen die geschrieben?" Lucille kam sich in dem Holzstuhl mit der hohen, kunstvoll verzierten Rückenlehne, der sie an einen Thron erinnerte, und dem dicken Sitzkissen wie die Königin von Saba vor. Selbst die Armlehnen waren gepolstert.

„Nirgendwo, aber ..."

„Siehst du, also mach schon", forderte sie ihre Freundin auf, die in ihrer Kochuniform auf der anderen Seite der Tafel im Speisesaal stand und nach vorn wankte, als wollte sie nachgeben, im letzten Moment jedoch zurückzuckte.

Ava schüttelte ängstlich den Kopf, aber ihre Augen funkelten gierig. „Wenn Patrick das sieht, reißt er mir den Kopf ab!"

„Wird er nicht, da ich dir die Erlaubnis erteilt habe. Ich verlange es sogar ausdrücklich von dir." Um ihre Worte zu unterstreichen, schlug Lucille sanft mit der Faust auf die Tafel und unterdrückte nur mit Mühe ein Glucksen, da sie sich nicht einmal selbst die Rolle der strengen Hausherrin abnahm.

Ava seufzte und trat einen Schritt näher heran.

„Apropos Patrick, weißt du, was komisch ist?" Grübelnd tippte Lucille mit ihrem Zeigefinger gegen ihre Unterlippe. „Er lebt im Sunshine State, ist aber weiß wie ein Gespenst. Er ist bestimmt das einzige Bleichgesicht in ganz Florida. Wie schafft man es, kalkweiß zu bleiben, obwohl die Sonne an durchschnittlich dreihundertfünfzig Tagen im Jahr vom Himmel scheint?"

Ava antwortete nicht. Ihr Blick klebte an dem, was zum Greifen nah auf dem Tisch stand. „Vielleicht nur mal kosten, einen winzigen Bissen, wie der einer Maus, das fällt doch kaum auf."

„Ganz essen!", befahl Lucille, schaute gespielt ernst und schob ihr den Teller mit dem Scone zu, den sie extra für ihre Freundin dick bestrichen hatte.

Ava konnte nicht länger widerstehen, nahm das Brötchen und biss genüsslich hinein. Während sie kaute, strahlte sie über das ganze Gesicht. Danach leckte sie die Heidelbeermarmelade und die Clotted Cream aus ihren Mundwinkeln. „Köstlich. Kein Wunder, dass Mr Bellamy darauf abfährt."

„Wo bleibt er überhaupt?" Die Wanduhr zeigte bereits zehn nach fünf an. Unpünktlichkeit passte nicht zu Craig.

„Er ist noch in seinem Arbeitszimmer", sagte Ava, die schon wieder abgebissen hatte, mit vollem Mund und entschuldigte sich sogleich dafür. „Ich kann nicht anders. Ich muss diese köstliche englische Kalorienbombe herunterschlingen, selbst wenn ich dafür gefeuert werde. Die Gelüste sind stärker als meine Selbstbeherrschung."

„Wirst du nicht. Du befolgst nur meine Anweisung." Es lag Lucille bereits auf der Zunge, sie auf Corys Beziehung zu Ms Dearing anzusprechen, als just Craig in den Raum spazierte. Innerlich fluchte sie. Sie hatte sich das so schön zurechtgelegt: Ava mit etwas Süßem ablenken und ihr nebenbei unauffällig auf den Zahn fühlen. Jetzt hatte sie die Chance verpasst und musste auf eine neue warten, um herauszufinden, ob Cory eine Affäre mit dieser Schnepfe hatte und sich deshalb nicht fest an Ava band.

Vor Schreck, dass sie erwischt worden war, hätte sich Ava beinahe am nächsten Bissen verschluckt.

Doch Craig beachtete sie nicht einmal, nahm am Kopfende der Tafel Platz und betrachtete den braunen Umschlag in seiner Hand. „Lassen Sie uns bitte allein, Ava. Und leiten Sie an alle weiter, dass wir nicht gestört werden wollen."

Lucille musterte ihn schweigend. Was war geschehen?

Mit vollen Wangentaschen eilte Ava aus dem Essraum und nahm den Teller mit dem Scone mit.

Kaum hatte sie das Zimmer verlassen, zog Craig eine Fotografie aus dem Umschlag und legte sie vor Lucille auf den Tisch. Schweigend beobachtete er ihre Reaktion.

Lucille, die gerade ihre Teetasse genommen hatte, setzte sie wieder ab, ohne einen Schluck zu trinken. Entsetzt schaute sie auf die DIN-A4-große Aufnahme, die sie und einen anderen Mann zeigte. Wie um Himmels willen sollte sie erklären, wer McCarthy war? Und warum sah es so aus, als würde sie sich vorneigen, um ihn zu küssen?

„Lässt du mich heimlich überwachen?“, schoss es wütend aus ihr heraus.

Craig lehnte sich zurück und verschränkte seine Arme vor der Brust. „Der Schnappschuss kam heute mit der Post. Ich habe erst am späten Nachmittag geschafft, sie durchzusehen.“

„Du hast es zugeschickt bekommen? Von wem?“

„Anonym.“ Er drehte den braunen Umschlag, den er immer noch in der Hand hielt, um ihn ihr von allen Seiten zu zeigen. Es stand lediglich sein Name darauf. „Keine Briefmarke, keine Adresse, kein Absender.“

Was hatte das schon wieder zu bedeuten? Sie rutschte vor bis auf die Kante des Stuhls. „Er wurde offenbar direkt in den Briefkasten eingeworfen. Das kann nur jemand aus dem Haus getan haben.“

Für Lucille lag das auf der Hand, doch Craig schüttelte den Kopf. „Ich habe ein Postfach in Cape Coral. Briefe und Päckchen werden im Gegensatz zu Paketen nicht direkt ins Haus, sondern an diese externe Adresse geliefert. Jemand von der Security holt sie täglich ab.“

„Das heißt gar nichts. Einer der Wachmänner könnte das

Foto geschossen und in die Postkiste gelegt haben, oder es war eine Art Freundschaftsdienst für einen der Angestellten." Vor ihrem geistigen Auge tauchten die Gesichter von Madison, Taylor und Nate auf. An Patrick als den heimlichen Fotografen glaubte sie nicht, da er sich ihr gegenüber ausgesprochen professionell verhielt. Ihr Verhältnis hatte sich glücklicherweise entspannt. Michelle dagegen hatte sich seit Lucilles Einzug kein zweites Mal blicken lassen, aber Lucille wusste, dass sie Craig öfter in der Reederei aufsuchte.

Craig legte den Umschlag auf seinen Teller. „Wer ist der Mann?"

Nervös rutschte sie auf dem Sitz wieder zurück und trank einen Schluck Schwarztee, um Zeit zu gewinnen. Der frische und fruchtige Geschmack des Darjeelings breitete sich in ihrem Mund aus. Sie konnte wohl kaum die Wahrheit sagen. Wenn Craig erfuhr, dass sie sich mit einem FBI-Agenten getroffen hatte, würde das einen Rattenschwanz von weiteren Fragen nach sich ziehen, die sie nicht beantworten durfte und wollte.

Eigentlich hatte sie sich vorgenommen, nie wieder allein das Bellamy-Anwesen zu verlassen, nachdem zwei Anschläge auf sie verübt worden waren. Doch Tadhg McCarthy, der kurzfristig in Cape Coral zu tun hatte, hatte sie angerufen und in seiner charmanten Art dazu genötigt, sich am frühen Nachmittag heimlich mit ihm zu treffen. Lucille hatte versucht, das Treffen wenigstens auf vormittags zu verschieben, weil Craig um elf Uhr einen Termin gehabt hatte und ihr Ausflug nicht aufgefallen wäre. Aber McCarthy hatte ihr Uhrzeit und Treffpunkt mitgeteilt und das Telefonat ohne Verabschiedung beendet. Entgegen seiner Pläne hatte Craig dann jedoch ohnehin in der Reederei und nicht wie geplant zu Hause gearbeitet, somit war ihr Verschwinden nicht aufgefallen. Bis jetzt.

Ungeduldig neigte sich Craig zu ihr herüber und stützte sich mit den Ellbogen auf dem Tisch ab. „Nun?"

„Ein Polizist." Sie nahm ein Scone und schnitt es auf, nur um etwas zu tun zu haben und Craig nicht ansehen zu müssen.

„Ich sehe keine Uniform."

Betont langsam klappte sie die zwei Brötchenhälften auseinander und schaute sich um, als würde sie überlegen, mit was sie es bestreichen oder belegen wollte, dabei gab es nur Clotted Cream und Marmelade, und das eine ohne das andere zu essen kam einer kulinarischen Sünde gleich. „In Zivil."

„Er sitzt mit dir in einem Café", bemerkte er spitz. „Ein Freund von dir?"

„Gott bewahre, nein!" Abwehrend hob sie ihre Hände. „Dieser Kerl hat das Charisma eines Backsteins."

Ein Lächeln huschte über Craigs Gesicht, doch es verschwand so schnell, wie es aufgeblitzt war. „Weshalb habt ihr euch getroffen?"

Ihr wurde heiß. Sie wusste, wie sehr er Lügen verabscheute, und sie selbst hatte diese ewigen Ausflüchte mehr als satt. Aber McCarthy hatte ihr bei dem Treffen vor drei Stunden verboten, Craig über ihre wahre Identität aufzuklären, als sie darum gebeten hatte. „Nicht böse sein, ja?"

Irritiert runzelte Craig die Stirn.

Sie gab etwas von der Buttercreme auf ihr Scone. „Ich habe es absichtlich nicht erzählt."

„Wovon redest du?" Sein Blick wurde intensiver.

„Das war falsch", suchte sie nach den passenden Worten, während sie die Creme verteilte, „aber manchmal trifft man falsche Entscheidungen, weil man in dem *einen* Moment denkt, sie seien die richtigen."

„Ich verstehe kein Wort."

„Versprich mir, dass du nicht sauer auf mich sein wirst", bat sie und zog die Marmelade näher zu sich heran.

Bevor sie fortfahren konnte, sich ihrem Brötchen zu widmen, hielt Craig ihren Unterarm fest. „Dazu muss ich erst einmal wissen, worum es geht."

„Bitte, Craig. Ich möchte keinen Streit." Sie befreite sich aus seinem Griff und legte das Messer auf ihren Teller. „Es ist alles in Ordnung, wie du siehst."

„Kirby!"

Sie zog den Kopf zwischen die Schultern. Tief atmete sie durch und berichtete Craig, dass sie vor einiger Zeit in der Nähe des Santa Barbara Boulevards beinahe überfahren worden war.

„Hast du dich im Krankenhaus untersuchen lassen?" Er betrachtete sie, als könnte er durch ihre Kleidung hindurch nach Verletzungen suchen. „Die Schürfwunden, jetzt erinnere mich wieder. Daher stammten sie also?"

Da er skeptisch klang, sagte sie: „Cory war zufällig dort. Frag ihn, wenn du mir nicht glaubst."

Er nahm ihr Gesicht in beide Hände. „Hast du dich medizinisch durchchecken lassen? Sind irgendwelche Spätfolgen aufgetreten?"

„Mir geht es gut, wirklich." Sanft streifte sie seine Hände ab. „Ich habe den Vorfall nicht erwähnt, um dich nicht zu beunruhigen. Es ist nichts passiert."

Mit dem Zeigefinger tippte er auf das Foto. „Der Polizist untersucht den Fall?"

„Er hatte noch Fragen", flunkerte sie, „meinte aber gleichzeitig, dass das Cape Coral Police Department viel zu tun hat und es keine Ermittlung geben wird, sondern die Angaben lediglich in die Datenbank eingespeist werden, um zu prüfen, ob es ähnliche Vorfälle in der Gegend gab."

Craigs Kiefer mahlten, während er sie auf diese wölfische

Art ansah, die sie nervös machte. „Obwohl nicht ermittelt wird, hat sich der Cop trotzdem noch einmal mit dir getroffen?"

„Es waren noch einige Details unklar." Sie spürte, wie Hitze in ihre Wangen stieg.

„Hätte er das nicht übers Telefon klären können?", fragte Craig und fügte mit einem sarkastischen Unterton hinzu: „Wo doch das PD so viel zu tun hat."

Er glaubte ihr nicht. Na prima.

„Wieso hat er dich nicht aufs Revier zitiert?", setzte Craig hinzu.

„Er wollte sich den Unfallort anschauen, weil ein anderer Kollege das Geschehen notiert hatte." Innerlich verfluchte sie McCarthy.

„Und warum hast du ihn geküsst?"

Lucille war wie vor den Kopf gestoßen. Die Fotografie musste aufgenommen worden sein, als sie sich zum Agenten hinübergeneigt hatte, um ihm leise, aber energisch mitzuteilen, dass sie Jack Caruso seit ihrer Verhaftung nicht mehr begegnet war, denn McCarthy hatte das Gespräch immer wieder auf ihn gelenkt. Anders als bei Craig war es ihr leichtgefallen, McCarthy zu belügen, weil sie befürchtete, er könnte sie erst gar nicht mehr zu Craig zurückkehren lassen, sondern sie sofort mit nach D. C. nehmen, sollte er erfahren, dass Caruso Craig zweimal aufgesucht hatte.

„Es wirkt auf der Aufnahme doch nur so. Das muss an der Perspektive liegen. Himmelherrgott, Craig, der Kerl sieht aus wie ein Frettchen und …"

„Hat das Charisma eines Backsteins", vollendete er ihren Satz.

Zuckten seine Mundwinkel erneut? Sie nahm seine Hände und küsste jeden Finger einzeln. „Bestimmt hat derjenige, der mir den Diebstahl eures Familienschmucks in die Schuhe schieben wollte, das Foto geschossen, um endgültig einen Keil zwischen uns zu treiben.“ Das mochte jemand vom Personal gewesen sein oder aber Caruso. Lucille konnte nicht einmal McCarthy ausschließen, der sie vielleicht aus rechtlichen Gründen nicht zurück in Schutzhaft nehmen durfte und nun inoffizielle Wege beschritt. Der Agent schien mit allen Wassern gewaschen.

„Aber das wird er nicht schaffen.“ Craig neigte sich vor.

Zärtlich küsste sie ihn. „Nein, das wird er nicht“, wisperte sie, nachdem sie sich von ihm gelöst hatte. Doch was sie in seinen Augen las, erschreckte sie. Noch schlimmer, es machte sie traurig, denn sie sah Zweifel.

Craig stellte die Teetasse auf seinen Teller und goss sich ein. Augenscheinlich hatte er keinen Hunger. Wenn Craig Bellamy auf seine heißgeliebten Scones verzichtete, war ihm etwas auf den Magen geschlagen. Höchstwahrscheinlich glaubte er ihr wirklich nicht. Oder bedrückte ihn etwas anderes? Seitdem er von der Arbeit heimgekehrt war, wirkte er in sich gekehrt. Etwas beschäftigte ihn.

Lucille gab etwas Heidelbeermarmelade auf ihr Brötchen und biss ein kleines Stück ab. Während sie halbherzig kaute, schaute sie unweigerlich auf den Schnappschuss neben ihrem Teller. Sie dachte an das Buch, das Alex Fisher ihr geschenkt hatte. Wäre sie eine Forensikerin, hätte sie das Bild auf Spuren des Absenders untersucht, doch ihr fehlten eine entsprechende Ausbildung und ein Labor. Ihre Gedanken schweiften zum letzten Kapitel, „Forensik für den Hausgebrauch“.

Plötzlich kam ihr eine Idee. Auch wenn sie am Ende Alex um Hilfe bitten musste, so konnte sie zumindest vorher schon abklären, ob es überhaupt Fingerabdrücke auf der Aufnahme sicherzustellen gab. Ihr kriminalistischer Spürsinn war geweckt!

Nach der Teatime nahm Lucille das Foto und einige

Utensilien mit ins Schlafzimmer, breitete sie auf dem Bett aus und startete ein Experiment. Aufgeregt füllte sie Sekundenkleber in den Verschluss einer Wasserflasche und drückte ihn Zentimeter für Zentimeter auf das Bild. Vor dem Fenster war es schon stockdunkel, als sie endlich fertig wurde, doch zu ihrer Freude hatte sie tatsächlich zahlreiche Fingerabdrücke gefunden. Die austretenden Gase des Klebers hatten mit den Fettrückständen der Haut reagiert und eine feste weiße Substanz sichtbar gemacht.

Hektisch wählte sie Alex' Handynummer. Kaum dass er sich gemeldet hatte, sprudelte es aus ihr heraus, dass sie ein Experiment gewagt habe, es gut gelaufen sei und sie nun seine Unterstützung brauche. „Sollen wir uns morgen treffen, damit ich dir die Aufnahme geben kann?"

„Hast du denn Vergleichsproben?", fragte er leicht gereizt.

So kannte sie ihn gar nicht. Bisher war er immer die Geduld in Person gewesen. Hatte sie ihn nach Feierabend erwischt? „Was meinst du?"

„Abdrücke von Verdächtigen."

„Kannst du die Fingerabdrücke nicht in die FBI-Datenbank eingeben?" Sie schob ihr Arbeitsmaterial beiseite, setzte sich neben die Fotografie und betrachtete stolz ihr Werk, das nach der Bearbeitung etwas von moderner Kunst hatte.

„Das würde ich zusätzlich machen. Aber wenn der Absender ein Angestellter ist, wird er wohl kaum im VICAP zu finden sein. Mr Bellamy wird doch sicherlich niemanden einstellen, der vorbestraft ist."

Verdammt, er hatte recht! „Wenn ich dir einige Gegenproben besorge, würdest du mir dann den Gefallen tun und alles überprüfen?"

„Selbstverständlich." Alex ächzte, als hätte er gelegen

und würde sich nun aufsetzen. „Hat jemand den Schnappschuss angefasst?"

Ob sie ihn geweckt hatte? „Nur Craig." Sie selbst hatte eine Serviette benutzt, um das Bild ins Obergeschoss zu tragen.

„Dann brauche ich auch eine Probe von ihm, um ihn als Verdächtigen auszuschließen, es sei denn, er hat das Foto selbst geschossen. Sollten nur seine Abdrücke darauf sein, würde das ihn belasten."

Daran hatte Lucille noch gar nicht gedacht. Vielleicht war Craig ihr heimlich nach Downtown gefolgt und hatte sie beim Treffen mit McCarthy beobachtet. Nein, nein, er hätte den Schneid besessen, sie noch im Café zur Rede zu stellen. „Oder der Absender hat Handschuhe getragen, dann werden auch nur Craigs Fingerabdrücke zu finden sein."

„Die Möglichkeit besteht auch. Jedenfalls brauche ich Vergleichsproben."

„Die bringe ich dir mit, wenn ich dir das Foto aushändige", sicherte Lucille ihm zu und fragte sich, nachdem sie aufgelegt hatte, ob sie noch bei Sinnen war. Wie sollte sie an Fingerabdrücke von Craig, Madison, Taylor, Nate, Patrick und Michelle Dearing kommen? Ganz zu schweigen von Jack Caruso. Bei ihm hatte sie zumindest die konkrete Hoffnung, dass er sich in der Datenbank der Ermittlungsbehörde des Justizministeriums befand. Aber die anderen sechs wohl eher nicht.

„Da gibt es nur eins", sagte Lucille zu sich selbst – sie musste Gegenstände einsammeln, die ihre Verdächtigen berührt hatten.

Auf dem Weg in die Küche kam sie an Patricks Arbeitszimmer vorbei. Licht drang unter der Tür durch. Telefonierte er? Noch bevor sie an dem Raum vorbei war, hörte sie eine zweite Stimme und erkannte Cory. Warum befand sich der Gärtner noch nicht auf dem Heimweg? Nachts konnte er schlecht im Garten arbeiten. Vermutlich hatte er eine Sonderaufgabe von Patrick bekommen.

In der Küche nahm Lucille eine Rolle mit Gefrierbeuteln zum Einwickeln der Gegenstände an sich. Die Beutel dienten als Schutz, und sie konnten leicht beschriftet werden. Bei Craig, Mad, Taylor und Nate würde Lucille es schon irgendwie schaffen, an Trinkgläser zu kommen. Michelle dagegen stellte ein Problem dar, weil sie die Villa nicht mehr aufsuchte. Ebenso problematisch schien es, an die Fingerabdrücke von Patrick zu kommen, da er nicht mit dem restlichen Personal zusammen aß und selten das Haus verließ. Es bestand immer die Gefahr, von ihm erwischt zu werden, sollte sie versuchen, in seinem Büro oder seiner Wohnung nach einem Gegenstand zu suchen, von dem man brauchbare Abdrücke nehmen und der verschwinden konnte, ohne dass Patrick Verdacht schöpfte.

Aber im Moment ist er abgelenkt, dachte sie und presste die Tüten fester zusammen. Sie musste die Gunst der Stunde nutzen!

Obwohl Lucille durch den Korridor rannte, bemühte sie sich, so federleicht wie möglich aufzutreten. Der Teppich half ihr dabei. Sie versicherte sich, dass Patrick noch mit Cory im Büro sprach, und sprintete die Treppe hinunter.

Vor Patricks Kellerwohnung blieb sie stehen. Ihr Herz klopfte wild. Aufgeregt drückte sie die Türklinke herunter. Glücklicherweise stellte sich die Tür als unverschlossen heraus, was Lucille vermuten ließ, dass Patrick nur kurz in sein Büro gegangen war, um Cory nach Hause zu schicken.

Das bedeutete, sie musste sich beeilen.

Rasch trat sie ein und stand mitten im Wohnbereich, von dem aus ein kleines Bad und der Schlafraum abgingen. Sie schaltete die Spiegellampe im Bad ein, damit sie das Wohnzimmer indirekt beleuchtete, aber das Licht nicht bis in den Gang drang, und schloss die Eingangstür hinter sich. Neugierig sah sie sich um.

Patrick bevorzugte offenbar klare Strukturen und die Farbkombination Rot-Schwarz. Damit hatte Lucille nicht gerechnet. Rot war die Farbe der Liebe und Leidenschaft, und beides brachte sie nicht mit dem Butler in Zusammenhang, der genauso steif wie seine gestärkten Hemdkragen war.

Leider hatte Patrick sein Geschirr schon in die Küche im Obergeschoss geräumt. Auf einem Beistelltisch aus Glas fand sie eine Flasche mit stillem Mineralwasser, aber die beiden Trinkgläser standen unbenutzt mit der Öffnung nach unten.

Sie erschrak, als eine Männerstimme im Treppenhaus ertönte. Rasch löschte sie das Licht im Badezimmer und wollte die Wohnung verlassen, aber da war es schon zu spät. Sie flüchtete in eine Ecke, die halb von einem Sekretär und halb von einem Benjamini verdeckt wurde.

„Gleich werden wir herausfinden, ob du den Befehl deines Herrn und Meisters artig befolgt hast“, hörte sie einen Mann direkt vor der Wohnungstür sagen.

Zuerst erkannte sie ihn nicht, weil das lustvolle Timbre seiner Stimme nicht zu seinem ansonsten reservierten Auftreten passte. Doch als er in das Apartment eintrat und die Lampe neben der Couch anschaltete, sodass der Hauptraum in ein warmes Licht getaucht wurde, stellte sich heraus, dass es tatsächlich Patrick gewesen war.

Kaum hatte Cory die Wohnungstür hinter sich zugezogen, legte Patrick den Arm um die Hüften des blonden Latinos, zog ihn an sich und küsste ihn.

Schleunigst legte Lucille die Hand auf ihren Mund, um nicht vor Überraschung einen Laut von sich zu geben.

35. KAPITEL

Als Patrick den Kuss beendete, hatte er das erste Mal, seit Lucille ihn kannte, leicht gerötete Wangen. Das bisschen Farbe stand ihm gut, ebenso das Lächeln, das seine Lippen umspielte. Sein Gesicht wirkte nicht mehr so starr wie eine Wachsmaske, sondern viel weicher.

Cory, einen Kopf kleiner als der Butler, schaute zu ihm auf, wie ein Schüler, der seinen Lehrer anhimmelte. Seine Hose zeigte eine deutliche Wölbung.

Selbst Lucille, die keine drei Schritte entfernt in der Ecke kauerte, spürte das Knistern zwischen den beiden. Lüsternheit erfüllte das Apartment. Patrick und Cory begehrten einander offensichtlich mit Haut und Haaren, denn sie wirkten für Lucille, als würden sie sich jeden Moment aufeinanderstürzen und in hemmungsloser Wollust verschmelzen.

Tatsächlich machte Cory einen Schritt auf Patrick zu, doch dieser hob seine Hand und stoppte ihn. Folgsam blieb der Brasilianer stehen.

Lucille rief sich die Worte des Hausvorstehers ins Gedächtnis: „Gleich werden wir herausfinden, ob du den Befehl deines Herrn und Meisters artig befolgt hast.“ War das nicht nur irgendein Spruch gewesen, um den Gärtner anzumachen, sondern beschrieb es ihre sexuelle Beziehung? Bei den Treffen von Ava und Cory, bei denen Lucille anwesend gewesen war, hatten die beiden die Rolle des Dominierenden abwechselnd gespielt. Doch Patrick machte nicht den Eindruck, als würde er sich das Zepter aus der Hand nehmen lassen.

Während Lucille sich angestrengt bemühte, bewegungslos zu verharren, weil man ihre Knochen knacken oder den Stoff ihrer Bluse rascheln hören könnte, fragte sie sich, wie viele Affären Cory hatte. Erst Ava, nun Patrick, er flirtete mit Madison und arbeitete heimlich für Michelle Dearing, wobei Lucille sich fragte, worin diese Arbeit in Wirklichkeit bestand.

Tat sie ihm unrecht, indem sie ihm den Stempel „Gigolo" aufdrückte? Immerhin hatte sie keine Beweise dafür, dass er mit Mad und Michelle intimen Kontakt pflegte. Er hatte sich Ava gegenüber immer liebevoll verhalten, und Lucille meinte, mehr als Zuneigung zu der Küchenhilfe erkannt zu haben. Aber wie passte Patrick ins Bild?

Cory war definitiv der attraktivere der beiden Männer, aber überrascht stellte Lucille fest, dass auch Patrick mit einem Mal eine anziehende Ausstrahlung besaß. Seine Erhabenheit, die im Alltag manchmal kühl, abweisend und herablassend wirkte, erschien in dieser sexuell aufgeladenen Situation fesselnd. Sein arroganter Blick wurde von dem Verlangen, das darin lag, gemildert. Die Art, wie er Cory in diesem Moment von oben herab ansah, konnte man durchaus als sexy bezeichnen, weil sein Mund ein Stückchen offen stand und sein Gesicht glühte. Seine stolze Haltung verbarg nicht, dass er es kaum erwarten konnte, den Latino zu lieben.

Patrick verschränkte die Arme vor dem Oberkörper. „Zieh dich schon endlich aus!"

„Ich habe nur auf deine Anweisung gewartet", erwiderte Cory kess, zog sein T-Shirt aus und warf es schwungvoll auf die Couch.

„Das war auch besser für dich, sonst hätte ich später die Nippelklemmen mit den Zähnchen benutzt", wies Patrick Cory zurecht und schaute dabei auf dessen Schritt, „und zwar nicht an deinen Brustwarzen."

Entsetzt riss Cory seine Augen auf und legte eine Hand schützend zwischen seine Beine.

Lucille sah genauer hin. Er musste einen Riesenständer

haben, den seine Hand kaum umfassen konnte. Dass es sich etwas anders verhielt, erfuhr sie, nachdem er die Hose über seine Hüften nach unten geschoben und seine Arme hinter den Rücken genommen hatte. Zuerst wusste Lucille nicht, was sie vor sich hatte. Als sie erkannte, was sich um Corys rasiertes Geschlecht schmiegte, riss sie ihren Mund erstaunt auf, ohne jedoch einen Ton von sich zu geben.

Cory de Caminha trug einen Keuschheitsgürtel!

Das Gefängnis aus durchsichtigem Silikon schloss den Schaft ein und wurde von einem Ring gehalten, der sich um die Peniswurzel und die Hoden schlang. Das halb erigierte Glied drückte gegen das Behältnis, und Lucille konnte sich vorstellen, welch ein bittersüßes Gefühl es für den Brasilianer sein musste, dass sich sein Schwanz nicht vollkommen aufzurichten vermochte. Er konnte seiner Lust nicht nachgeben. Bestimmt erregte ihn diese Machtlosigkeit nur noch mehr. Diese Erfahrung hatte Lucille zumindest selbst gemacht, als Craig sie mithilfe des Vibratorhöschens immer wieder in Richtung Höhepunkt getrieben, aber nie hatte kommen lassen.

Wusste Patrick von Cory und Ava? War der Keuschheitsgürtel ein Zeichen seiner Eifersucht oder nur ein Toy in einem Spiel um Dominanz und Unterwerfung?

Auch Patrick entkleidete sich. Anstatt Feinrippunterwäsche, die Lucille erwartet hatte zu sehen, kamen Latexhotpants und ein Netzshirt zum Vorschein.

Ihr fielen beinahe die Augen aus dem Kopf!

So viel Extravaganz hatte sie dem Butler gar nicht zugetraut. Privat schien er ein vollkommen anderer Mensch zu sein als beruflich. Sex war etwas, das sie bisher nicht mit dem kühlen Mann in Verbindung gebracht hatte. Aber da Cory ihn zwar verlangend, aber keineswegs überrascht betrachtete, stand ihm Patrick wohl nicht das erste Mal in diesem aufreizenden Outfit gegenüber.

Inmitten dieses Wohntraums aus Schwarz und Rot befand sich nun das Abbild des jungen Alan Rickman in Reizwäsche.

Lucille fiel auf, dass ihr Mund offen stand. Geräuschvoll klappte sie ihn zu, doch der Anblick des jeweils anderen hielt die beiden Männer zu gefangen, um Lucille zu bemerken.

Patrick trat zu Cory und begann ihn am ganzen Körper zu streicheln. Dass der Brasilianer die Liebkosungen nicht nur genoss, sondern sie seine Tortur gleichzeitig verstärkten, erkannte Lucille daran, dass er dann und wann seine Miene verzog und gequält stöhnte. Sein Glied zuckte mehrmals, als würde es gegen den Silikonkäfig rebellieren, wobei ein dumpfes *Klonk!* zu hören war, wann immer das Intimpiercing dagegenschlug.

Erst jetzt bemerkte Lucille das kleine Schloss an der Keuschheitsschelle. Es war unschwer zu erahnen, dass Patrick den Schlüssel besaß und Cory sein Glied aus eigenem Antrieb nicht befreien konnte. Ob der Hausvorsteher den Gärtner während der Arbeitszeit immer wieder gereizt hatte, um sich – und selbstverständlich auch Cory – an der lustvollen Pein zu erregen, als Vorbereitung auf den gemeinsamen Abend?

Und sie hatte geglaubt, Patrick würde einsam in seiner Kellerwohnung hausen wie ein Hausgespenst und nichts anderes als seinen Job im Leben haben.

So kann man sich täuschen, dachte sie und freute sich für den Butler. Sie hatten einen schlechten Start gehabt, aber inzwischen war ihr Verhältnis entspannt. Vielleicht hatte er sich ebenso falsche Vorstellung von ihrem Charakter gemacht wie sie sich von seinem.

Patrick stellte sich hinter Cory, führte seine Arme unter den Achseln des Latinos hindurch und ließ seine Hände über dessen Brustkorb gleiten. Seine Finger fanden Corys Nippel und zwirbelten sie sachte, während Patrick zärtlich seinen Nacken küsste.

Beinahe hätte Lucille geseufzt, so wunderschön und sinnlich sahen die zwei zusammen aus – der eine schlank und von nobler Blässe, der andere etwas muskulöser und von der Gartenarbeit gebräunt. Corys blonde Locken standen wirr ab, Patricks kurze Haare lagen so akkurat, als wären sie aus Obsidian gemeißelt. Die Männer waren so unterschiedlich und dennoch in Lust vereint.

Patrick hauchte Kuss auf Kuss auf Corys Schulter, gleichzeitig strich er immer tiefer über seinen Bauch. Seine Fingerspitzen berührten den Ring, der den Keuschheitsgürtel an seinem Platz hielt. Neckend schnippten sie gegen das Schloss. Wollte Patrick den Brasilianer daran erinnern, dass er seinem Willen unterworfen war? Als er Corys Hoden packte, die außerhalb des Käfigs hingen, spannte sich der Latino an, wehrte ihn jedoch nicht ab, sondern lehnte den Hinterkopf gegen seinen Dominus und griff nach hinten, um Patricks Lenden an seine Kehrseite zu ziehen.

Laszisv massierte Patrick die Hodensäcke und vergrößerte damit die Folter seines devoten Spielpartners, denn Corys Schwanz presste sich regelrecht gegen sein Silikongefängnis, als hätte er vor, es zu sprengen.

Ohne seine Hände von ihm zu nehmen, ging Patrick um ihn herum und drückte ihn auf die Knie. Er schob seine Hotpants ein Stückchen herunter, vergrub seine Hand in den blonden Locken und zog Corys Kopf zu seinem enthaarten Schaft.

Lucille biss die Zähne zusammen, weil der Brasilianer nun fast auf einer Höhe mit ihr war, keine zwei Armeslängen weit weg. Er brauchte nur das Gesicht nach links zu drehen, und ihre Blicke würden sich treffen.

Aber Corys Aufmerksamkeit wurde viel zu sehr von dem Glied direkt vor seinen Augen gefangen genommen. Gierig schloss er seine Lippen um den Penis. Während er saugte, wölbten sich seine Wangentaschen nach innen. Patrick zog sanft an Corys Schopf, sodass der Latino zu ihm aufschaute. Für einen kurzen Moment hörte der Brasilianer mit seinen oralen Bemühungen auf, dann lächelte er, wodurch sein Grübchen stärker hervortrat, und ließ den harten Schaft aus seinem Mund gleiten, nur um ihn sofort wieder tief in sich aufzunehmen. Die ganze Zeit schaute er Patrick dabei an. Cory hielt sich an seinen Oberschenkeln fest und wirkte wie ein Gläubiger, der zu seinem Gott aufsah.

Patrick atmete immer schwerer. Sichtlich genoss er den Anblick von Cory, der seinen Phallus nun mit schnellen Zungenschlägen bearbeitete, und kniff beiläufig in seine eigenen Brustwarzen. Irgendwann begann er seine Hüften zu schaukeln. Mit beiden Händen hielt er Corys Kopf fest und benutzte dessen Mund.

Klonk! Klonk! Beinahe hätte Lucille aufgelacht, weil Corys Penispiercing erneut gegen seine Gefängniswände stieß. Zusammen mit dem Schmatzen, das dadurch entstand, dass der Phallus über Corys speichelfeuchte Wangeninnentaschen und seine Zunge rieb, untermalte es den Oralverkehr mit einem lustvollen Ryhthmus.

Zuerst war Patrick langsam in Corys Mund eingedrungen, doch sein Teint wurde bald rosiger und seine Stöße kräftiger. Er keuchte, während der Brasilianer schnaufte, sein Griff wurde jedoch nicht lockerer. Cory schnappte nach Luft und presste seine Lippen sofort wieder auf den Schwanz, was Patrick ein Schmunzeln entlockte. Noch einige wenige Male stieß er in seinen Liebesdiener hinein, dann entfernte er sich aus ihm und streichelte mit den Fingerknöcheln über Corys

Kiefer, als wollte er stumm seine Dankbarkeit ausdrücken.

Cory, der über seine geschwollenen Lippen leckte, blinzelte überrascht, als Patrick ihn an den Haaren hinter sich herzog. Auf allen vieren folgte der Latino ihm. Majestätisch ließ Patrick sich auf der Couch nieder, spreizte seine Beine und deutete Cory an, sich dazwischenzuknien.

Glücklicherweise stand das Sofa so, dass Lucille weiterhin mitverfolgen konnte, was zwischen den beiden geschah. Nichts hätte sie mehr verärgert, als wenn Patrick mit dem Rücken zu ihr gesessen und sie allein den lustvollen Lauten hätte lauschen müssen, ohne etwas sehen zu können. Das wäre ja wie ein Kino, in dem die Sitze zum Projektor und nicht zur Leinwand ausgerichtet wären, dachte sie und neigte sich neugierig vor.

Cory strahlte über das ganze Gesicht, da sein Liebhaber in die oberste Schublade des Couchtischs griff und ihr einen Schlüssel entnahm. Zuerst stahl Patrick seinem Lustsklaven einen Kuss, bevor er sich zu dessen Schwanz hinabbeugte und ihn von dem Keuschheitsgürtel befreite.

„Ah", machte Cory und wollte seine Hände um sein Geschlecht legen, doch eine Ohrfeige von Patrick hielt ihn davon ab. Eigentlich hatten nur die Fingerspitzen des Dominus seine Wange gestreift, aber die Geste verfehlte ihr Wirkung nicht, denn Cory senkte schuldig den Blick und ließ seine Arme hängen.

Immer noch fasziniert von seinem Intimpiercing starrte Lucille auf den mit einer Kugel verzierten Ring, der vom Ausgang der Harnröhre zur Unterseite der Eichel führte. Für jemanden, der sich solch ein Piercing hatte stechen lassen, kam eine halbherzige Watsche sicherlich einem Streicheln gleich.

„Hab ich dir erlaubt, dich anzufassen?" Selbst Lucille zuckte aufgrund der Schärfe von Patricks Stimme zusammen.

„Nein." Betroffen schüttelte Cory seinen Kopf, aber sein Schaft wurde noch härter. „Es tut mir leid."

„Eigentlich sollte ich dir das gar nicht erlauben, aber ich bin mal wieder zu nachsichtig mit dir." Patrick deutete ihm mit einer unwirschen Geste an, aufzustehen.

Mal wieder? Bewies das nicht, dass die beiden tatsächlich schon einmal intim geworden waren? Lucille verlagerte ihr Gewicht, weil ihr linkes Bein einzuschlafen drohte, und wäre beinahe an den Benjamini gestoßen. Ihr Herz setzte einen Takt aus. Nicht auszudenken, wie peinlich die Situation wäre, würden die Männer sie in diesem Moment erwischen.

Nachdem Cory sich erhoben hatte, spuckte Patrick auf seine Handflächen, verrieb den Speichel und formte mit beiden eine Röhre. „Ich erteile dir die Erlaubnis, da hineinzustoßen. Aber wehe, du kommst! In diesem Fall bekämen deine Hoden die Krokodilklemmen doch noch zu spüren."

„Ich kann mich beherrschen, das kann ich wirklich."

„Wenn es so wäre, würdest du dein Sperma nicht wahllos verspritzen. Nun mach schon!"

Cory ging nicht auf diesen Seitenhieb ein, stattdessen stützte er sich rechts und links von Patrick auf der Rückenlehne des Sofas ab und schob seinen Schaft langsam in die Öffnung hinein. Während er sich zurückzog und wieder eindrang, gingen Lucille Patricks Worte nicht aus dem Kopf. Hatte er Ava, Madison und Michelle Dearing gemeint? Wusste er längst, was Lucille lediglich vermutete, aber nicht wahrhaben wollte, nämlich dass Cory ein Casanova und Ava nur eine von seinen Haremsdamen war?

Lucille biss auf die Knöchel ihrer Hand, denn am liebsten wäre sie aus ihrem Versteck gesprungen und hätte den Gärtner auf der Stelle zur Rede gestellt.

Immer gieriger zuckten seine Lenden vor. Er keuchte jedes Mal, wenn er seinen Phallus versenkte. Seine Beine zitterten längst, nicht aus wachsender Lust, so glaubte Lucille zumindest, sondern vor Anstrengung, da er seine Erregung zurückhielt.

Die Szene wirkte durch und durch obszön auf die heimliche Beobachterin. Da stand ein junger Kerl vor seinem Vorgesetzten und stieß in eine Röhre, die dieser mit seinen Händen bildete.

Lucille spürte förmlich die Macht, die Patrick über Cory ausübte. Der attraktive Brasilianer hatte es nicht nötig, sich jemandem zu unterwerfen, um zum Schuss zu kommen, doch er tat es freiwillig, er ließ sich auf außergewöhnliche Spiele ein, und es machte ihn so heiß, dass er inzwischen jammerte, da sich wohl ein Orgasmus aufbaute.

„Weiter!", forderte Patrick ihn auf.

Mühsam stieß Cory erneut zu. Seine Gesäßhälften spannten sich an.

Ob er krampfhaft seine Samenflüssigkeit zurückhielt? Lucille wusste es nicht, aber sie litt mit ihm und ließ sich von der bittersüßen Lust infizieren. Ihr Schoß prickelte, und als sie erneut die Haltung änderte, waren ihre Brustspitzen so empfindlich, dass sie wahrnahm, wie der Stoff ihrer Bluse darüberrieb.

Ein weiteres Mal drang Cory in Patricks Faust ein. Winselnd verzog er sein Gesicht. Er kniff die Augen zusammen, und der nächste Stoß folgte, worauf er seine Augen aufriss und den Atem anhielt.

„So nicht!" Patrick zog an Corys Hoden, worauf der Latino ein „Autsch" von sich gab und gleichzeitig die Luft aus seinen Lungen stieß. Japsend beugte er sich über Patrick. Seine Haut glänzte schweißfeucht. Er sah auf seinen Schwanz, der durch den abrupten Schmerz etwas von seiner Standfestigkeit eingebüßt hatte.

„Ungehorsam zieht eine Bestrafung nach sich." Patrick schlüpfte unter Corys linkem Arm hindurch.

Das kam Lucille allzu bekannt vor. Bei dem Gedanken an Craig schwoll das Kribbeln zwischen ihren Beinen an.

Als Patrick sich von der Couch erhob, befürchtete sie einen Moment lang, dass er sie erspäht hatte, und lehnte sich aus einem Impuls heraus gegen die Wand, aber er führte das Spiel fort. Er verschwand kurz im Schlafzimmer und kehrte mit einer roten Kassette zurück, die er auf den Sofatisch stellte. Als er den Deckel hochklappte, bemerkte Lucille die schwarzen Lettern darauf. Das Wort stand aus ihrer Perspektive zwar auf dem Kopf, aber da es nur aus vier Buchstaben bestand, konnte sie es trotzdem lesen.

Cory, formte sie lautlos mit ihren Lippen. Patrick schien die Kassette extra mit dem Namen seines Geliebten verziert zu haben. Erst auf den zweiten Blick erkannte sie, dass die Schriftzeichen aus Leder gefertigt und mithilfe von Nieten auf dem Metalldeckel befestigt worden waren. Nun hatte sie Beweise genug dafür, dass die beiden Männer schon lange miteinander schliefen. Im beruflichen Alltag merkte man es ihnen nicht an, aber dann fiel Lucille ein, wie gut Cory seine Affäre mit Ava verbarg, und Patrick war ohnehin der Inbegriff von Disziplin.

Patrick drückte seinen Gespielen auf das Sofa, sodass dieser breitbeinig vor ihm kniete. Ängstlich schaute der Latino, was sein Herr und Meister hinter seinem Rücken machte, doch vorerst tat Patrick nichts anderes, als sein Glied zwischen Corys Pohälften zu drücken und sich an dem festen Hintern zu reiben. Nach einer Weile ließ er von ihm ab, und da stand sein Glied schon wieder steil von seinen Lenden ab.

Schmunzelnd nahm er einen Lederbeutel aus der Kassette. Lucille erkannte zuerst nicht, was es damit auf sich hatte, bis Patrick Corys Hoden darin einpackte. Eng zog er den Klettverschluss am oberen Ende zusammen und ließ den Beutel los. Dieser zog die Hodensäcke nach unten.

Es müssen Gewichte in das Leder eingenäht sein, begriff Lucille und erinnerte sich auf einmal daran, dass ihr ein sogenannter Ballbag oder Ballstretcher vor einiger Zeit in einer Werbe-E-Mail angeboten worden war. Trotz der Last – oder gerade deshalb – lächelte Cory selig.

Als Nächstes zauberte Patrick einen schlanken Dildo mit einer abgewinkelten Spitze hervor. Patrick gab einen Strang Gleitgel auf den schwarzen Kunstpenis und verteilte es akribisch. Durch die Wartezeit und den Lederbeutel, der seine Hoden beschwerte, wurde Cory immer unruhiger.

Er keuchte, als Patrick auch seine Hinterpforte mit dem Gel einsalbte. Der Dominus legte eine Hand auf die linke Gesäßhälfte und führte den Dildo behutsam ein Stückchen hinein. Sanft penetrierte er ihn einige Male. Erst nach einer Weile bohrte er ihn ganz hinein. Als er nun die Penetration fortsetzte, stöhnte Cory obszön. Der Brasilianer ließ seinen Hintern kreisen und hielt erst wieder still, nachdem Patrick einmal kräftig auf seine Pohälfte schlug.

„Oh mein Gott", brachte der Latino hervor und seufzte frivol. Sein Blick wirkte entrückt. Völlig berauscht schloss er schließlich seine Augen und rang nach Atem.

Lucille ging ein Licht auf. Die abgeknickte Spitze des Dildos musste dazu dienen, die Prostata zu reizen.

Sachte massierte Patrick Corys Hoden durch den Ballbag, hob diesen an und nahm seine Hand abrupt weg, sodass der Ballstretcher mit seinen Gewichten herabfiel. Cory gab einen Laut von sich, dem Lucille weder Lust noch Schmerz zuordnen konnte, sodass sie zu dem Schluss kam, dass er vermutlich beides in einem war.

Plötzlich zog Patrick den Kunstpenis heraus und drang

stattdessen mit seiner eigenen Eichel in Corys enge Öffnung ein.

„Ah“, machte der Brasilianer. Es ging ein Ruck durch seinen Körper, was Patrick mit einem glücklichen Lächeln quittierte.

Langsam schob Patrick sich tiefer in ihn hinein. Er fasste die Hüften seines Liebhabers mit beiden Händen, als wollte er verhindern, dass er ihm entwischte, doch der Latino streckte ihm ohnehin bereitwillig, gerade zu gierig, sein Hinterteil entgegen.

Vorsichtig nahm Patrick ihn anal. Immer wieder entfernte er sich aus ihm und drang mit jedem Mal tiefer in ihn ein. Schließlich blieb er einige Sekunden bis zur Peniswurzel in ihm. Sein ganzer Körper war angespannt. Er schien seine eigene Lust zurückgehalten und bis auf die orale Befriedigung eher Corys Lust angestachelt zu haben. Doch den Brasilianer zu dominieren musste ihn so heißgemacht haben, dass seine eigene Erregung bereits weit fortgeschritten war. Auf eigene Erfahrungen konnte sie selbstverständlich nicht zurückgreifen, aber sie vermochte sich gut vorzustellen, dass diese enge Öffnung einen Mann förmlich melkte.

Stöhnend fuhr Patrick fort, Cory zu penetrieren. Seine Stöße wurden kräftiger. Er heftete den Blick auf seinen Phallus, der immer härter in die Tabuzone seines Lustdieners eindrang, ihn dehnte und reizte. Jedes Mal wenn er in Cory hineinstieß, brandete eine Welle der Lust durch den Latino, die seinen Körper erschütterte – schlangengleich drückte er sein Gesäß heraus, wölbte dann seinen Rücken und streckte seine Arme aus.

Als Cory kam, erbebte er. Doch er brach durch den Höhepunkt nicht zusammen, sondern hielt, obwohl er sichtlich erschauerte, artig weiter seinen Hintern hin, damit Patrick ihn benutzen konnte. Es brauchte nur zwei Stöße, dann zitterte Patrick, als stände er unter Strom. Er gab einen erlösenden Schrei von sich.

Behutsam zog er sein Glied aus Cory heraus, wobei sich sein Gesicht verzerrte. Wahrscheinlich kostete es ihn große Mühe, weil sein Schaft empfindlich und die Öffnung eng war. Lucille hatte nie an Penisneid gelitten und war glücklich, eine Frau zu sein, doch in diesem Moment kam ihr der Gedanke, wie schade es doch war, gewisse Erfahrungen niemals selbst machen zu können.

Patrick ließ sich auf die Couch fallen. Die Erschöpfung sah man ihm deutlich an. „Das kann deine kleine Ava dir nicht bieten, was?"

Überrascht, in dieser gelösten Stimmung plötzlich den Namen ihrer Freundin zu hören, horchte Lucille auf. Etwas musste den Butler so sehr beschäftigen, dass er selbst jetzt, unmittelbar nach dem Orgasmus, daran dachte.

„Du hast keinen Grund, eifersüchtig zu sein", sagte Cory noch immer atemlos und drehte sich um, sodass er neben Patrick saß. Er fuhr sich durch die Haare und machte einen leicht genervten Eindruck, als hätten sie diese Unterhaltung schon öfter geführt. „Ihr beiden seid keine Konkurrenz, sondern ihr ergänzt euch."

„Das perfekte Sexleben für dich." Spöttisch rümpfte Patrick seine Nase, aber sein Blick glich dem eines verletzten Tieres.

Lucille knabberte an der Innenseite ihrer Wangentasche. War er verliebt in Cory? Ging ihre Beziehung über erotische Treffen hinaus?

„Auf meine Weise bin ich dir treu." Mit einem Hundeblick, den der Latino wirklich draufhatte, wie Lucille zugeben musste, sah er Patrick an. „Ich würde niemals mit einem anderen Mann schlafen und bin auch nur mit Ava intim. Ich habe sie echt gern, weißt du?"

Beinahe hätte Lucille erleichtert aufgeatmet, weil Cory doch kein Casanova zu sein schien und sich zu ihrer Freundin wirklich hingezogen fühlte. Gerade noch rechtzeitig hielt sie sich selbst davon ab, denn nun, da die Erregung die beiden Männer nicht länger berauschte, konnte jedes noch so leise Geräusch sie verraten.

„Schon gut." Patrick hob seinen Po an, zog seine Latexhotpants hoch und rückte seinen Schwanz zurecht. „Du hast recht, ich bin eifersüchtig, aber nicht auf den Sex, den du mit ihr hast, sondern auf alles andere, was du mit ihr teilst."

Was meinte er? Ratlos runzelte Lucille ihre Stirn.

„Wir waren nur ein einziges Mal im Kino und sind danach einen Burito essen gegangen." Cory kuschelte sich an ihn. „Bisher habe ich Avas Einladungen abgelehnt, weil ich weiß, dass es dir wehtut, wenn ich mit ihr ausgehe."

„Nicht wegen ihr. Sie ist ein liebes Mädchen, und wenn sie dich befriedigt, gönne ich dir die Freuden der heterosexuellen Lust, ich bin da offen. Es ist nur ..." Patrick legte seinen Arm um ihn und hauchte einen Kuss auf seine Locken. „Ich würde dich auch liebend gern ausführen, aber ich kann dir nichts bieten."

„War das eben nichts?" Mit glänzenden Augen blickte Cory zu ihm auf.

„Nicht mehr als Sex."

„Ich liebe dich", sagte Cory mit so viel Gefühl, dass Lucille eine wohlige Gänsehaut bekam.

„Ich dich auch, so sehr." Zärtlich küsste Patrick ihn, und dieses Mal lag kein sexuelles Verlangen, sondern reine Liebe in diesem Kuss, sodass Lucille ganz warm ums Herz wurde.

Aber wovon zum Teufel hatten die Männer gesprochen? Schämten sie sich beide oder einer von ihnen für ihre Homosexualität? Patrick verdiente als Butler und Hausvorsteher bei Craig bestimmt eine Stange Geld. Aber eventuell hatte er Schulden und konnte Cory deshalb nicht zum Essen einladen. Hatte Ava denn den Kinobesuch bezahlt? Hatte sie Cory aushalten müssen, damit er den Abend mit ihr verbrachte?

Unbewusst schüttelte Lucille den Kopf. Ava war zwar verrückt nach Cory, würde ihn sich jedoch bestimmt nicht „kaufen“. Außerdem glaubte Lucille ihm, dass er Ava sehr mochte und Patrick sogar liebte. Er war nicht so abgebrüht, wie sie gedacht hatte.

Allerdings fehlte ihr noch immer ein entscheidendes Puzzleteil, um die Dreiecksbeziehung zu durchschauen.

Lucille bekam erst nach zwei vollen Stunden die Möglichkeit, ungesehen aus ihrem Versteck zu kriechen, als Patrick Cory ins Erdgeschoss brachte. Ihre Beine waren eingeschlafen, ihr Rücken schmerzte, und sie konnte nicht aufhören, über das, was sie gesehen und gehört hatte, zu grübeln.

36. KAPITEL

Es war das erste Mal, dass Alex Fisher sie in den Arm nahm. Bald wurde es Lucille zu heiß, denn sie standen in der Mittagssonne auf einem kleinen Pier am Redfish Cove, der nur zehn Minuten von der Bellamy-Villa entfernt lag. Aufgrund von Alex' Körperwärme fühlten sich die fünfundzwanzig Grad, die auf der Leuchtanzeige am Bayshore Coffeeshop aufblinkten, wie dreißig an.

Lucille befreite sich aus seiner Umarmung, worauf er, ganz Gentleman, einen Stuhl von dem Bistrotisch, an dem er bei ihrer Ankunft gesessen hatte, abrückte, damit sie sich setzen konnte.

Er selbst nahm auf der anderen Seite Platz und schlug seine Beine übereinander. „Ich muss mich wohl entschuldigen."

„Wofür?"

Die Kellnerin, eine Schwarzhaarige, deren rosafarbene Bluse sich über ihren üppigen Brüsten spannte, kam, und Lucille bestellte einen Cappuccino, fettfrei, denn durch die gehaltvollen Scones – eine Zwischenmahlzeit – und den weiteren drei Mahlzeiten am Tag hatte sie schon vier Pfund zugenommen.

Inzwischen konnte sie Michelles Ablehnung gegenüber dem kalorienreichen Fünfuhrtee nachvollziehen. Auf Dauer hielt das keine Figur aus.

„Für mich noch einen *Acapulco Gold.*" Unauffällig schaute er der Kellnerin hinterher, als sie zurück ins Café ging, und Lucille hätte schwören können, dass er der Frau auf den Hintern starrte.

Der Name Acapulco rief schlechte Erinnerungen in ihr wach, dort hatte das Übel seinen Lauf genommen. „Du genehmigst dir einen Cocktail um halb zwölf mittags?"

„Es ist nur eine Kaffeevariante mit Rum, Tequila und einem Schuss Kokusnussaromasirup." Sein Blick schweifte über die Boote, die in dem kleinen Jachthafen lagen.

Lucille kannte das Mixgetränk noch von ihrem Barjob in Mexiko. Offenbar wurde nur der Ananas- und Grapefruitsaft durch Kaffee ausgetauscht. Die hochprozentigen Komponenten waren identisch.

Aber Alex war doch im Dienst? Oder traf er sich in seiner Freizeit mit ihr? Wie auch immer, Lucille vertrat die Meinung, dass ein FBI-Agent jederzeit einen klaren Kopf bewahren sollte.

„Es ist nur wenig Alkohol drin", versuchte Alex sie zu beruhigen, als hätte er ihre Gedanken erraten, und kehrte zurück zu seiner begonnenen Entschuldigung. „Sorry, dass ich bei unserem vorletzten Telefonat so kurz angebunden gewesen war."

Beim letzten Mal hatte sie ihn lediglich angerufen, um Uhrzeit und Treffpunkt für die Übergabe der Vergleichsproben abzusprechen, und er hatte wieder so freundlich und geduldig wie immer geklungen. „Schon gut."

„Ich war den ganzen Tag surfen. Als ich abends nach Hause kam, bin ich auf der Couch eingenickt. Du hast mich auf dem falschen Fuß erwischt." Er zuckte mit den Achseln. „Es tut mir leid."

Also hatte sie ihn tatsächlich geweckt. Obwohl sie von seiner Freizeitbeschäftigung wusste, neckte sie ihn: „Special Agents haben noch Zeit für Hobbys?"

„Nur die Cleveren." Er zwinkerte und fuhr sich durch seine Haare, deren Spitzen die Sonne ausgebleicht hatte.

Lucille reichte ihm die Plastiktüte mit den Beweismitteln.

Es hatte sie drei Tage gekostet, alle Vergleichsproben zu beschaffen, denn sie hatte sich dazu entschieden, Gegenstände mit Fingerabdrücken von ausnahmslos allen Angestellten, selbst von Ava, Cory und Patrick, einzusammeln, um sie als Verdächtige auszuschließen, zumindest redete sie sich das ein. In Wahrheit befürchtete sie, dass jemand, von dem sie es niemals erwartet hätte, versuchte, sie aus der Villa Bellamy zu vertreiben.

Vorsichtig hatte sie Craig auf Michelle Dearing angesprochen, weil Lucille keine Möglichkeit sah, an ihre Abdrücke zu kommen, außer sich mit ihr zu treffen oder – rein zufällig natürlich – ebenfalls in der Reederei hereinzuschneien, wenn sich die Blondine angekündigt hatte. Aber die Innenarchitektin ließ sich wohl seit Längerem schon nicht mehr bei Craig blicken. Wie ihm zu Ohren gekommen war, traf sie sich seit Kurzem mit Dmitri Abrikossow, einem russischen Privatier, und es machte den Anschein, als hätte sie sich einem leichter zu erobernden Territorium zugewandt.

Aber das konnte genauso gut ein Ablenkungsmanöver von ihr sein. Sollte keiner der Proben aus der Villa mit den Fingerabdrücken auf der Fotografie übereinstimmen, würde das neben Caruso auch Michelle in den Fokus rücken. Lucille wollte niemanden ausschließen, sondern die Beweise für sich sprechen lassen.

Nachdem die Bedienung die Kaffees gebracht hatte, nippte Lucille nur daran, denn ihr schlug die Aufregung auf den Magen. Als dann auch noch Tadhg McCarthy plötzlich vom Landesteg des Bootstaxis energisch auf sie zukam und breitbeinig neben dem Bistrotisch stehen blieb, war ihr die Lust auf den Cappuccino endgültig vergangen. Koffein und Adrenalin vertrugen sich nicht.

Selbst Alex wirkte überrascht. „Was machen Sie denn hier?"

Als Erstes fiel Lucille auf, dass die beiden sich siezten,

als Zweites, dass Alex keine Ahnung gehabt hatte, dass sein Vorgesetzter auftauchen würde, und drittens der vorwurfsvolle Unterton. Gab es überhaupt jemanden, der McCarthy leiden konnte?

„Ich übernehme. Sie können gehen, Special Agent Fisher." Mit einer ausladenden Geste bedeutete McCarthy seinem Kollegen, das Feld zu räumen.

Lucille blickte auf die Tragetasche, die Alex auf einen freien Stuhl gelegt hatte. Wenn McCarthy erfuhr, was sich darin befand, würde er toben und sofort alles in den Müll werfen. Er würde entweder ihre Beschuldigungen als Hirngespinste abtun – immerhin hatte er ihr schon einmal seine Hilfe verweigert, als sie ihn gebeten hatte, das Zeugenschutzprogramm abzubrechen, nachdem Alvaro Castillo in ihrem Apartment gestanden hatte – oder das Untersuchen von fremden Fingerabdrücken, von dem weder die Verdächtigen wussten, noch die Analyse zu einer Ermittlung gehörte, als illegal bezeichnen.

Das Bureau gewährt keine persönlichen Gefallen, hörte sie ihn förmlich sagen. Alex Fisher dagegen schon, denn er bemerkte ihren Blick, nahm die Kunststofftüte an sich und zeigte darauf. „Die Souvenirs habe ich in meiner Mittagspause gekauft, Sir."

Skeptisch schaute McCarthy auf seine Armbanduhr. „Dann haben Sie aber ziemlich früh Pause gemacht."

„Und werde bis abends durcharbeiten." Alex salutierte vor ihm wie ein Gefreiter vor seinem Feldwebel, doch es lag ein subtiler Spott in seiner Miene. Ohne die Tasse ein einziges Mal abzusetzen, trank Alex seinen alkoholischen Kaffee aus, nickte Lucille zum Abschied zu und schritt davon.

Danke, danke, danke, rief Lucille ihm in Gedanken hinterher. Der Blondschopf war ein Goldstück! Soweit sie das beurteilen konnte, brachten Männer wie er frischen Wind in die verstaubte bundespolizeiliche Ermittlungsbehörde des Justizministeriums. Sie zählte ihn zur jungen Generation der Bundesagenten, die ihren Dienst zwar ernst nahmen, aber durchaus Ausnahmen machten und Spaß im Leben hatten, während McCarthy verbissen, verbohrt und griesgrämig war.

Trotz ihrer starken Abneigung versuchte Lucille Verständnis für ihn aufzubringen. Wahrscheinlich hatte er schon viele schockierende Verbrechen gesehen und den ein oder anderen Kriminellen laufen lassen müssen. So engagiert, wie er auftrat, musste ihm das mit den Jahren immer mehr zugesetzt haben, vermutete sie. Das machte es jedoch nicht einfacher, mit ihm und seiner permanent schlechten Laune zurechtzukommen.

Mürrisch nahm er auf dem Stuhl, auf dem Alex noch vor Kurzem gesessen hatte, Platz.

Lucille beeilte sich, Alex' Kaffeetasse zu sich zu ziehen, damit McCarthy den Alkoholgeruch nicht wahrnahm.

In seiner Stimme lag etwas Bedrohliches, als er fragte: „Decken Sie Jack Caruso, Miss Dawson?"

„Wie bitte?" Augenblicklich versteifte sie sich.

„Wir suchen ihn schon lange. Er ist untergetaucht. Mir wurde ein Foto, das in Florida aufgenommen wurde, von ihm gezeigt. Inzwischen habe ich herausgefunden, dass es sich um ein Standbild aus der Überwachungskamera am Eingang des Bellamy-Anwesens handelt." Tadhg McCarthy trommelte auf dem Tisch.

Wollte er sie nervös machen? Oder sollte diese Geste zeigen, dass sein Geduldsfaden zu reißen drohte? Sie fragte sich, ob er einen Special Agent in der Villa eingeschleust hatte, um sie zu beobachten. Wie sollte er sonst an die Fotografie gekommen sein?

„Caruso war in der Bellamy-Villa“, sagte er scharf und neigte sich über den Tisch zu ihr. „Ganz in Ihrer Nähe. Welch ein Zufall!“

Da sie sich nicht zu den Vorwürfen zwischen den Zeilen äußerte, hörte er auf zu trommeln und schlug stattdessen mit der Faust auf den Tisch, sodass der Milchschaum auf ihrem Cappuccino überschwappte und am Tassenrand herunterlief. „Hat er Sie dort besucht? Hat er sich unter einem Vorwand Zugang zum Anwesen verschafft, um sich heimlich mit Ihnen zu treffen? Planen Sie, gemeinsam mit Caruso die Geschäfte Ihres Mannes weiterzuführen?“

Lucille stand kurz davor, aus der Haut zu fahren. Aber sie befürchtete, dass eine heftige Reaktion wie ein Schuldbekenntnis aussehen könnte. Um Zeit zu gewinnen und sich eine Antwort zurechtzulegen, scheuchte sie eine Wespe weg, die sich gerade auf dem Rand ihrer Tasse niederlassen wollte, neigte sich nach vorn und trank einen Schluck Kaffee.

Plötzlich berührte etwas ihr Haar. Instinktiv griff sie sich an den Hinterkopf, da sie befürchtete, einer dieser großen schwarzen Käfer, die in Florida aufgrund des feuchten Klimas leider allzu prächtig gediehen, könnte auf ihr gelandet sein und sich in ihrem Schopf verfangen haben, doch da war nichts. Etwas musste über sie hinweggeflogen sein und sie dabei gestreift haben. Als sie sich umdrehte, bemerkte sie ein kleines Loch in der Rückenlehne ihres Stuhls und die erschreckten Gesichter des Paares am Nachbartisch.

Im nächsten Moment brach die Hölle los. McCarthy riss Lucille zu Boden und zog die Schusswaffe aus seinem Schulterholster.

Der Mann am Nebentisch schrie: „Ein Heckenschütze“, und riss seine Frau hoch. Er zerrte sie so panisch hinter sich her, dass sie auf ihren hohen Schuhen immer wieder stolperte. Zwischen den Stühlen kauernd beobachtete Lucille fassungslos, wie alle Coffeeshop-Besucher aufsprangen und davonliefen, einige kreischten. Die Kellnerin ließ einfach ihr Tablett voller Teller und Tassen fallen und eilte zurück ins Café. Ein Jugendlicher sprang sogar über die Kaimauer in das Wasser des Jachthafens.

Ein zweiter Schuss fiel; er streifte Lucilles Oberarm und riss ihre Bluse auf. Blut tränkte den weißen Stoff, aber seltsamerweise spürte sie keinen Schmerz. Als wäre es nicht ihr Arm, schaute sie auf die Schusswunde. Im ersten Moment fühlte sie sich wie eine unbeteiligte Beobachterin, doch dann wurde ihr mit einem Mal die ganze Tragweite dessen, was gerade geschah, bewusst, und sie begann heftig zu zittern.

Jemand schoss auf sie! Lucille konnte den Schützen nicht sehen, aber die Schüsse kamen aus der Richtung, in die Alex Fisher gegangen war.

McCarthy warf den Bistrotisch, an dem sie gesessen hatten, um und rollte ihn wie ein Schutzschild vor Lucille. Für ihn selbst war dahinter kein Platz. Er gab einige Schüsse ab, um sie zu decken. „Machen Sie sich ganz klein."

Gerade als er sich streckte, um einen zweiten Tisch umzuwerfen, traf ihn ein Schuss. Das Loch in seiner Stirn war nicht größer als einer der Knöpfe an Lucilles Bluse, Blut sickerte heraus und lief über sein rechtes Auge. Leblos brach er neben Lucille zusammen. Sie zerrte ihn zu sich und prüfte, ob noch ein Puls zu spüren war – zu schwach. Tränen rannen über ihr Gesicht. Sie fröstelte und bekam kaum noch Luft, denn ihre Kehle war wie zugeschnürt.

McCarthy starb in ihren Armen.

Der unsympathische Special Agent, für den sie immer eine Verdächtige geblieben war, hatte sein Leben für sie gegeben. Sie schüttelte unentwegt ihren Kopf. Ihr Oberkörper wiegte vor und zurück.

Nur entfernt nahm sie wahr, dass eine Salve von Schüssen in den Tisch, hinter dem sie hockte, einschlug, denn sie weinte hemmungslos um einen Mann, den sie nie hatte leiden können, den sie sogar insgeheim beschuldigt hatte, von Richard Dawson gekauft worden zu sein.

Nun schämte sich Lucille dafür und vergaß für einen Moment, dass sie sich in Lebensgefahr befand.

37. KAPITEL

Es zerriss Craig innerlich, Lucille inmitten des Kugelhagels zu sehen, zudem weinend. Der Tisch würde dem Beschuss nicht mehr lange standhalten. Bald würde eine Kugel zuerst ein Loch in die Platte und dann in Lucilles Körper reißen. Der Schütze brauchte nur seine Position zu verändern. Er musste sich zwischen dem Bayshore Coffeeshop und dem *C&C – Caviar & Champagne*, einem angrenzenden Delikatessenladen inklusive Restaurant, verstecken und brauchte nur einen Durchgang weiter, zwischen Feinkostladen und Eisdiele, zu huschen, um einen perfekten Schusswinkel zu bekommen.

Vor Craigs geistigem Auge tauchte Lucilles Leiche neben der von Special Agent McCarthy auf.

Genug gezaudert! Er sprang von *Speedy*, wie er das kleinste seiner Motorboote nannte, das in Sichtweite zum Café am Eingang des Jachthafens ankerte, und sprintete, ungeachtet der Gefahr, in die er sich begab, geduckt über den Pier in eine Gasse.

Sein schlechtes Gewissen, das ihn quälte, weil er Lucille heimlich gefolgt war, um herauszufinden, ob sie sich mit Jack Caruso oder einem Kontaktmann der *La picadura del escorpión* traf, verpuffte von einem Augenblick auf den anderen. Nun war er froh über sein Misstrauen ihr gegenüber, froh, dass er Miles, der Lucille mit seinem Boot auf den Kanalstraßen zum Treffen mit dem FBI-Mann gebracht hatte, mit *Speedy* hinterhergefahren war.

Craig hatte keine Ausbildung in Quantico absolviert und besaß keine praktischen Erfahrungen im Kampf, aber sein Vater hatte ihn wie einen Agenten unterrichtet, und sein Training war knallhart und kompromisslos gewesen. Außerdem trug er, seitdem sich Hernandez als Dawsons Geschäftspartner Caruso entpuppt hatte, seine SIG immer unauffällig in einem Fußknöchelholster bei sich.

Er zog die Schusswaffe heraus und verbarg sie unter seiner Achselhöhle, um die Passanten nicht zu erschrecken. So schnell wie er konnte rannte er hinter den Gebäuden entlang. Als er am Hintereingang des Cafés ankam, wurde er langsamer. Sein Puls allerdings beschleunigte sich. Auf leisen Sohlen näherte er sich dem Durchgang, in dem der Schütze stehen musste. Die Schüsse, die noch immer zu hören waren, trafen direkt in Craigs Seele. Ein Teil von ihm war völlig fertig, aber der weitaus größere behielt die Beherrschung und konzentrierte sich auf seine Aufgabe: Lucille zu retten. Das Risiko bestand, selbst verletzt oder getötet zu werden, aber das interessierte Craig nicht. Es gab Schlimmeres, nämlich Lucille zu verlieren und dabei untätig zugesehen zu haben.

Zorn stieg in ihm auf. Er konnte Craig gefährlich werden, weil er an seiner Selbstkontrolle rüttelte, aber nur wer sich nicht von Gefühlen leiten ließ, behielt die Oberhand.

Plötzlich war es still. Hatte der schießwütige Feigling Lucille erwischt? Oder lud er lediglich seine Waffe nach?

Die SIG im Anschlag, linste Craig in die Gasse zwischen dem Coffeeshop und dem C&C – und schaute in eine Mündung. Sie schwebte nicht unmittelbar vor seiner Nase, sondern zehn Meter von ihm entfernt, aber der Schütze war so schlau, beide Richtungen zu sichern. Ohne zu zögern schoss er auf Craig. Dieser schrak zurück, fluchend, weil er gehofft hatte, den Mann zu überraschen. Mehr als seine blonden Haare hatte er aufgrund der Kürze der Zeit nicht sehen können.

Erneut ertönten Schüsse, der Hall war diesmal lauter. Noch bevor Craig ahnte, dass auf ihn gefeuert wurde, schlugen einige Kugeln in den Asphalt und die Autos ein, die hinter den Geschäften und Restaurants auf einem Parkplatz standen.

Im selben Moment vernahm Craig Schritte, die auf ihn zukamen. Offenbar hatte er den Kerl wenigstens schon mal von Lucille weggelockt. Allerdings war er nun hinter ihm her.

Wie gut, dass die Kevlarwesten im Schutzbunker liegen und verstauben, dachte Craig zähneknirschend und schaute sich um.

Adrenalin pumpte durch seine Adern, als er in das Bayshore Café schlich und sich hinter einen Mauervorsprung hockte, der den Coffeeshop in zwei Bereiche trennte. Mit der SIG zielte er auf den Eingang. Sollte der Blondschopf eintreten, würde er ihm sofort die Waffe aus der Hand schießen und sich auf ihn stürzen, denn er brauchte ihn lebend.

Doch Blondie bog nach rechts ab. Offensichtlich ging er einer Konfrontation aus dem Weg. Er hatte es wohl nur auf Lucille abgesehen, alle anderen schienen ihm egal zu sein.

Pfeilschnell raste Craig aus dem Café und hatte den Mann schon im Visier, um ihm von hinten in die Wade zu schießen, als eine gewichtige Dame aus dem *Caviar & Champagne* trat, Craig mit der Handfeuerwaffe erblickte und schrie.

Der Sniper suchte Schutz hinter einem Van und schoss. Geistesgegenwärtig stürzte sich Craig auf die Frau und riss sie zu Boden, wodurch etwas in ihrer Papiertüte zu Bruch ging und eine braune Flüssigkeit auslief, die nach Pilzen roch. Mit seinem Körper schützte er sie und erwiderte das Feuer. Glücklicherweise lagen sie halb verdeckt hinter einer riesigen Vase aus Ton und einem Aufsteller, der ihnen wenigstens einen Hauch von Schutz bot. Die Frau unter ihm war weiß wie die Außenwand des *C & C*.

Fluchend stieß er mit dem Fuß die Tür des Feinkostladens auf. Die kühle Luft der Klimaanlage waberte aus dem klimatisierten Geschäft heraus und legte sich auf seinen Unterschenkel wie eine eiskalte Hand. „Kriechen Sie da rein und bleiben Sie dort!“

Während die Dame schwerfällig zurück in das Delikatessengeschäft robbte und die durchtränkte Papiertüte mit sich zog, sah Craig aus dem Augenwinkel, wie der blonde Mann zwischen dem *C & C* und der Eisdiele zum Pier lief.

„Scheiße!“ Der Kerl wollte zurück zu Lucille. Wahrscheinlich war sein Auftrag noch nicht erledigt. Das ließ Craig hoffen.

Behände stand er auf und sprintete hinter dem Mann her. Dieser stand am Ende der Gasse und zielte bereits, doch im letzten Moment bemerkte er seinen Verfolger und raste weiter. Er hastete den Pier entlang, bog ohne zu zögern in den Hafen ab und sprang vom Landesteg auf einen Cruiser. Mit einem Schuss kappte er die Leine, mit der das Motorboot an der Mole festgebunden war, startete den Motor und lenkte es in Richtung Hafenausgang.

Frech grinste er Craig an, während er am Pier entlangfuhr, um über die Wasserstraße zu flüchten. Seine Handfeuerwaffe hielt er immer noch in der Hand.

„Caruso!“, stieß Craig überrascht aus und blieb stehen. Jack Caruso hatte seine braunen Haare blond gefärbt, deshalb hatte er ihn nicht sofort erkannt. Außerdem war sein Teint blasser als bei ihrem letzten Treffen, und er hatte einige Kilos verloren. Es schien fast so, als machte er eine Metamorphose durch. Plante er unterzutauchen?

Vorher wollte er scheinbar noch eine Zeugin aus dem Weg räumen, denn als er an dem Pierabschnitt vorbeifuhr, auf dem Lucille noch immer mit dem toten McCarthy zwischen den Stühlen und Tischen des Coffeeshops hockte, richtete er seine Waffe auf sie.

„Nein!“, brüllte Craig verzweifelt, denn er war zu weit

weg, um auf Caruso zu schießen. Wie von Sinnen lief er auf dem Pier entlang, aber Caruso kam mit seinem Cruiser schneller voran als er zu Fuß.

Plötzlich knallte ein Schuss.

Zuerst glaubte Craig, alles sei verloren, doch dann fiel ihm zu seinem Erstaunen auf, dass Lucille mit beiden Händen eine SIG auf Caruso richtete. Sie zitterte sehr, konnte ihre Arme kaum ruhig halten und hatte Caruso verfehlt. Aber immerhin hatte er seine Waffe gesenkt und war wie zu Eis erstarrt. Mit offenem Mund stand er auf seinem Boot, vergaß sogar, Gas zu geben, und starrte Lucille an, die tief durchatmete und sich sichtlich bemühte, ruhiger zu werden, und nun erneut zielte.

Ohne seine Geschwindigkeit zu drosseln, schwang sich Craig auf einen Stuhl, stieg auf einen Tisch und schließlich auf die Kaimauer, die den Bayshore Coffeeshop von der Hafenausfahrt trennte. Während er absprang, den Blick fest auf den Cruiser geheftet, betete er, nicht im Wasser zu landen und sich somit zum Deppen zu machen und alles zu vermasseln.

Als sein rechter Fuß das Boot berührte, stieß er einen Kampfschrei aus und warf sich, wohlwissend, dass die Geschwindigkeit sein Gewicht verdoppelte, auf Jack Caruso, der ihn zu spät bemerkte, da Lucille und ihre SIG seine Aufmerksamkeit forderten. Caruso knallte der Länge nach hin. Stöhnend hielt er sich den Rücken und schaute verdattert zu seinem Angreifer hoch.

Craig verpasste ihm mit einer Genugtuung, von der niemand erfahren durfte, mit der flachen Hand einen schnellen, festen Schlag auf die Stirn, wodurch Carusos Hinterkopf hart auf den Schiffsboden aufschlug und er das Bewusstsein verlor. „Das war dafür, dass du mir meine Frau nehmen wolltest!“

38. KAPITEL

„Das war nicht meine erste Leiche." Mit geschlossenen Augen lag Lucille in der Badewanne, den Hinterkopf hatte sie auf den Badewannenrand gelegt. Das Bild des kreidebleichen Special Agent Tadhg McCarthy wollte nicht verblassen, obwohl sein Tod nun schon mehr als neun Stunden zurücklag und sie sich längst wieder in der Bellamy-Villa befand. Das Loch in seiner Stirn, sein leerer Blick, seine kühle Haut – all das hatte sich auf ewig in ihr Gehirn eingebrannt. Und sie selbst hatte nur einen leichten Streifschuss erlitten.

„War es nicht?" Craig, der ihr gegenüber in der Wanne saß, spreizte seine Beine und schob sie unter ihren hindurch, sodass seine Füße rechts und links für ihr Gesäß als eine Art Puffer zum Rand fungierten.

„In Boston habe ich mal einen Obdachlosen gefunden. Er hatte nachts bei Minus achtzehn Grad vor dem Eingang des Cafés *Kassandras Kitchen*, in dem ich damals als Kellnerin jobbte, geschlafen und war erfroren." Sie wunderte sich selbst über ihre tonlose Stimme, denn innerlich war sie immer noch aufgewühlt. „Aber das heute war etwas anderes. Den Stadtstreicher kannte ich nicht, McCarthy schon."

Stille trat ein, die Lucille immer unangenehmer wurde, je länger sie andauerte.

Außerdem befürchtete Lucille, Craig könnte nachhaken, wieso sie Kontakt zu einem Bundesagenten hatte. Um abzulenken und die Situation aufzulockern, sagte sie: „Der Schlag, mit dem du den Schützen ausgeknockt hast, wirkte sehr gekonnt."

„Den hast du mitgekriegt?" Craig räusperte sich. „Der Cruiser trieb ja weiter, ich dachte, wir wären längst am Coffeeshop vorbei gewesen. Du hast es bei der Vernehmung nicht erwähnt."

„Woher willst du das wissen? Sie haben uns doch getrennt befragt."

„Weil sie mich sonst wegen unnötiger Gewalt in die Mangel genommen hätten."

Lucille öffnete ihre Augen, setzte sich aufrecht hin und schob etwas Badeschaum, der einem Eisberg ähnelte, in Craigs Richtung. „Es war nur gerecht. Außerdem hätte der Kerl dich garantiert weiter attackiert."

An das Verhör wollte sie lieber nicht mehr erinnert werden. Zuerst hatte die Wasserschutzpolizei sie befragt, dann die Cops vom Cape Coral Police Department und schließlich das Federal Bureau of Investigation. Selbstvorwürfe quälten den armen Alex Fisher, weil er Lucille allein gelassen hatte, als es darauf angekommen war, aber McCarthy hatte ihn schließlich weggeschickt. Was hätte er machen sollen? Ihn traf keine Schuld.

„Glücklicherweise hast du kein zweites Mal geschossen." Einige Sekunden lang tauchte Craig kurz unter. Als er die Wasseroberfläche durchbrach, stieß er prustend die Luft aus seinen Lungen aus und wischte sich den Schaum von den Haaren.

„Ziemlich dumm von mir, dir in die Schusslinie zu laufen."

„Es war die richtige Entscheidung." Sie hatte ja kaum die Hände ruhig halten können. Bestimmt hätte Caruso eher sie getroffen als sie ihn. „Ich verdanke dir mein Leben."

Craigs breites Lächeln flackerte und wurde immer kleiner, wie eine Flamme, die nicht genug Sauerstoff bekam. Zögerlich gestand er: „Ich muss dir etwas beichten."

Plötzlich wurde Lucille kalt, und sie rutschte so tief, dass das heiße Wasser ihr bis unters Kinn reichte. Der Duft von

Mandeln, Nelken und Zimt stieg ihr in die Nase. Ihr fielen all die Ungereimtheiten in Bezug auf Craig ein – die Waffen im Tornadobunker, der unwahrscheinliche Zufall, dass sowohl Ted als auch Mildred Bellamy ein tragischer Tod ereilt hatte, den Martial-Arts-Schlag, mit dem er Caruso ins Land der Bewusstlosigkeit geschickt hatte, und die SIG, die er bei sich getragen hatte und die höchstwahrscheinlich aus dem Arsenal im Bunker stammte, das er angeblich nur als Andenken an seinen Vater aufbewahrte.

Wer ohne Schuld ist, werfe den ersten Stein, kam Lucille in den Sinn. Zu viele Geheimnisse standen zwischen ihnen, auch von ihrer Seite aus.

„Nach all der Zeit, die wir miteinander verbracht haben, fällt es mir nicht leicht." Die Worte tropften träge aus seinem Mund, sie kamen ihm offenbar schwer über die Lippen. „Ich hätte früher mit dir darüber sprechen müssen, aber auch für mich waren … sind einige Dinge unklar."

Ihr Herz schlug schneller. „Wovon redest du?"

„Ich habe viel erlebt, zu viel, das hat mich geprägt. Mit den Jahren habe ich mich immer mehr zurückgezogen, bin verschlossen geworden." Er erzeugte sanfte Wellen, indem er seinen Arm an der Wasseroberfläche bewegte wie eine Seeschlange, die durchs Meer glitt. Leises Plätschern hallte von den gekachelten Wänden des Bads wider. „Aber jetzt ist es Zeit, mich zu öffnen, um nicht zu verlieren, was mir am Herzen liegt."

Meinte er sie damit? Lucille hoffte es, sie wünschte es sich so sehr. Aber sie befürchtete auch, durch die Wahrheit verletzt zu werden. Was, wenn sie ihm nicht verzeihen konnte oder er ihr? Sie biss sich auf die Unterlippe.

Er hörte mit den schlangenartigen Bewegungen auf. „Vor seinem Tod arbeitete mein Dad für das FBI."

Ungläubig krauste Lucille ihre Stirn. „Er war ein Special

Agent?“ Und sie hatte geglaubt, er wäre ein Krimineller gewesen. Sie hatte Craigs Andeutungen völlig falsch verstanden!

„Seit ich ein Junge war, trainierte er mich in Nahkampf und im Umgang mit Waffen. Als die Ermittlungsbehörde das mitbekam und ich volljährig wurde, versuchten sie mich zu überreden, mich für die Aufnahmeprüfung in Quantico anzumelden. Aber wie hätte ich das jetzt noch gekonnt, nachdem sie Schuld am Tod meiner Eltern tragen?“

„Das verstehe ich nicht.“ Seine Mutter war doch Erpressern zum Opfer gefallen, und Lucille hegte den Verdacht, dass Caruso Ted Bellamy auf dem Gewissen hatte.

Seine Stimme klang brüchig, als er fortfuhr: „Den Männern, die meine Mom entführt hatten, ging es nicht um Geld, sondern sie wollten meinen Vater auf diese Weise zwingen, die Ermittlungen gegen sie zu manipulieren und aufzugeben. Aber er war ein Mann des Gesetzes. Statt auf den Deal einzugehen, versuchte er Mom mit anderen Bundesagenten zusammen zu finden, doch die Zeit spielte gegen ihn.“

Lucille hatte einen Knoten im Magen und streichelte unter Wasser seinen Unterschenkel. Vermutlich hatte Ted geahnt, dass die Erpresser sowieso planten, seine Frau umzubringen. „Wer waren die Kidnapper?“

„Nicht die *La picadura del escorpión*, falls du das vermutest.“ Er lächelte müde.

„Woher weißt du von ihnen?“ Abrupt setzte sie sich auf, zog die Beine an und schlang ihre Arme um ihre Knie. Hatte das Bureau inzwischen doch etwas über die Verbindung zwischen Richard Dawson und dem Drogenkartell an die Medien durchsickern lassen? Oder hatten ehemalige Kollegen von Ted Bellamy seinem Sohn vertrauliche Informationen zugespielt?

„Es handelte sich um eine andere Organisation“, fuhr er

fort, ohne auf ihre Frage einzugehen. „Das ist nicht wichtig, eigentlich sogar beliebig, denn eine ist genauso skrupellos wie die andere."

Sie spannte sich an. Jetzt oder nie, dachte sie, ahnend, dass Craig ohnehin mehr wusste, als er bisher zugegeben hatte. „Jetzt ist wohl der Punkt gekommen, an dem ich dir etwas gestehen muss. Mein Name ist nicht Kirby Lamar, sondern …" Sie stockte. Sobald er ihre wahre Identität kannte, mochte alles vorbei sein, von einer Sekunde auf die andere, auf ewig.

Zu ihrer Überraschung vervollständigte Craig ihren Satz: „Sondern Lucille Dawson, geborene Blunt."

„Was?", brauste sie auf.

„Ich wusste es von Anfang an."

Aufgebracht schlug sie auf die Wasseroberfläche, sodass es nur so spritzte. „Und du hast mich die ganze Zeit in dem Glauben gelassen, ich würde dich hintergehen?"

Plötzlich packte er ihr Handgelenk und zog sie in seine Arme. Durch die Bewegung schwappte Wasser über den Rand. „Hattest du ein schlechtes Gewissen?"

„Ja, verdammt!"

„Das brauchst du nicht. Das Zeugenschutzprogramm verpflichtet alle Beteiligten, zu schweigen."

Eine Luftblase, die sich an der Wasseroberfläche gebildet hatte, schwamm an ihnen vorbei. Schmollend stach Lucille mit dem Zeigefinger hinein, sodass sie platzte.

„Gibt es etwas, das du nicht weißt?"

Zärtlich strich er über das Tattoo, das schemenhaft ihren Bauchnabel umrankte.

„Du wirst im Prozess gegen die *Händler des Todes*, Dawson und Caruso, aussagen. Aber wie stehst du zum Kartell?"

„Du hast meine Tätowierung erkannt", stellte sie erschrocken fest und deckte sie instinktiv mit ihrem Ellbogen ab. „Den Skorpion habe ich mir stechen lassen, als ich achtzehn geworden bin, als Zeichen meiner Rebellion. Damals zog ich bei meinen Pflegeeltern aus, weil sie mich und die anderen Kinder schlecht behandelten. Ich wollte einfach etwas Wildes, Verrücktes tun und meine Freiheit feiern. Niemals hätte ich gedacht, dass dieses blöde Tattoo mir Jahre später solch einen Ärger bereiten würde."

Sanft schob er ihren Arm weg von ihrem Bauch, als wollte er sagen: keine Geheimnisse mehr! „Ich glaube dir."

Aber Lucille hörte heraus, dass er nicht hundertprozentig überzeugt war. „Der Shop, bei dem ich mir den Skorpion habe stechen lassen, hat ein Foto von mir geschossen und als Werbung auf seine Website gestellt. Als Gegenleistung habe ich das Stechen billiger bekommen. Bestimmt ist die Fotografie noch zu sehen, denn der Laden hat seine Homepage seit Ewigkeiten nicht mehr erneuert. Inzwischen ist die Homepage kein gutes Aushängeschild mehr."

Sie wollte sich aus seiner Umarmung befreien, um aus der Wanne zu steigen und den Laptop zu holen, doch Craig hielt sie fest. „Später."

„Hat dich das FBI eingeweiht, wer ich bin, oder hast du es zufällig erfahren?" Da sie auf der rechten Pobacke ihm seitlich zugewandt zwischen seinen Beinen saß, spürte sie deutlich sein Glied an ihrer Hüfte.

„Sie hatten mich offen gefragt, ob ich bereit dazu wäre, dich bei mir aufzunehmen. Die einzige Bedingung war, so zu tun, als wüsste ich nicht, wer du bist." Erst schnaubte er, dann rümpfte er die Nase. „Ein weiterer subtiler Versuch, mich anzuwerben. Wenn ich erst in einen Fall verwickelt wäre, würde ich Blut lecken und mich doch noch für eine Ausbildung in Quantico entscheiden, dachten sie wohl. Aber ich bin nicht wie mein Dad! Ich habe keine Lust, die Liebe meines Lebens und schließlich mich selbst für mein Vaterland zu opfern. Die Agenten sind nur Kanonenfutter im Kampf gegen das Verbrechen. Sie kämpfen gegen Windmühlen."

„Aber wenn sich niemand dazu bereit erklärt, ein Risiko einzugehen, wird die Kriminalität Oberhand gewinnen." Aufmunternd legte sie eine Hand auf seinen Brustkorb. „Und du bist gut, sonst wärst du nicht vom Pier auf ein fahrendes Motorboot gesprungen."

„Genau in deine und Carusos Schusslinie." Grinsend schnalzte er. „Oh ja, ich bin ein Meister meines Fachs."

„Du hast Mut und bist perfekt ausgebildet, das Bureau glaubt an dich, sie brauchen dich."

„Das sind zu viele Vorschusslorbeeren. Ich bin kein guter Mensch. Wo wir schon dabei sind, ehrlich zueinander zu sein …" Er ließ seinen Blick durch das Badezimmer schweifen, als gäbe es dort etwas Interessantes zu sehen. „Ich habe dir nur als Dienstmädchen bei mir Unterschlupf gewährt, weil mein Dad kurz vor seiner Ermordung auf deinen Ehemann angesetzt gewesen war."

Diese Neuigkeit versetzte ihr einen Stich. Sie konnte ihm keine Vorwürfe machen, dennoch tat es weh zu erfahren, dass alles nur Kalkül gewesen war. Traf das auch auf ihre Beziehung zu? „Exehemann", entgegnete sie trocken, obwohl die Scheidung noch lief. Aber sie bereute es, sich überhaupt jemals mit Richard Dawson eingelassen zu haben.

„Aus irgendeinem Grund habe ich gespürt, dass der Tod meines Vaters kein Unfall gewesen war, aber ich konnte es nicht beweisen und bekam von der Ermittlungsbehörde keine Unterstützung. Manchmal fragte ich mich, ob ich seinen Tod einfach nur nicht wahrhaben wollte. Jemand, der so oft der Gefahr direkt ins Auge blickte, konnte unmöglich bei einem Unfall ums Leben kommen." Gefühlvoll strich er ihr eine rote Haarsträhne aus dem Gesicht. „Dann kamst du und hast mir den versteckten Hinweis auf das Skorpionsgift gegeben."

Nun errötete sie. Wohl eher war es ein Wink mit dem Zaunpfahl gewesen.

„Man hat es tatsächlich bei der Autopsie gefunden, das Ergebnis wurde mir allerdings vorenthalten. Wahrscheinlich hat Caruso meinen Dad auf die Jacht gelockt, und die *La picadura del escorpión* hat ihn ermordet."

Zaghaft nickte Lucille. „Früher ging ich auch davon aus, dass Richard und Jack dem Drogenkartell nur Waffen liefern würden, aber die beiden stecken viel tiefer mit drin. Sie haben versteckte Skorpionstätowierungen und gehören somit zum Kartell. Aber ich nicht, Craig, das musst du mir glauben. Ich bin in den ganzen Schlamassel reingerutscht und weiß nicht, wie ich da jemals wieder rauskommen soll. Das alles scheint kein Ende zu nehmen."

„Du bist tapferer, als du denkst." Er untermalte seine Worte mit einem warmen Lächeln. „Außerdem hast du jetzt mich. Für das FBI will ich nicht arbeiten, aber wenn du einen persönlichen Bodyguard brauchst, werde ich meine Reederei verkaufen und mich vollkommen dir widmen."

„Untersteh dich! BOC ist dein Lebenswerk, dein Baby."

Unter ihr zuckte sein Schaft. „Aber du bist meine Liebe."

Ihr Herz ging auf wie die honiggelbe Blüte der *Tulipa sylvestris*, der wilden Tulpe, bei den ersten Sonnenstrahlen am Morgen. „Und du meine."

Er zog sie zu sich heran und küsste sie so voller Gefühl, dass sie dahinschmolz.

Nachdem er den Kuss gelöst hatte, sagte er mit samtig weicher Stimme: „Ich bin so unendlich froh, dich heute nicht verloren zu haben, dass ich dich verwöhnen möchte. Fühlst du dich schon bereit dazu? Wenn du nicht in der Stimmung bist, habe ich Verständnis dafür."

Sie öffnete ihren Mund, doch bevor sie etwas sagen konnte, legte er seinen Finger an ihre Lippen und fügte hinzu: „Bedenke bei deiner Entscheidung, dass meine Entspannungsmethoden alle bösen Gedanken vertreiben werden und du danach gut einschlafen können wirst, ohne Angst vor Albträumen haben zu müssen."

„Soll das bedeuten, du bist das perfekte Schlafmittel?", fragte sie schmunzelnd.

Spielerisch biss Craig ihr in den Hals. Seine Stimme vibrierte vor Lust, als er sagte: „Ich bin sozusagen alle Sextoys, die du dir vorstellen kannst, in einem und werde dir jeden Wunsch erfüllen."

„Jeden?" Provokant hob sie eine Augenbraue.

„Ja." Ein gefährliches Feuer funkelte in seinen Augen, und sein Penis wurde etwas härter. „Aber man soll immer vorsichtig sein, was man sich wünscht, Cantaloupe."

„Okay, mein Toyboy, dann fordere ich heute Nacht Folgendes von dir." Allein vor Vorfreude glühte sie zwischen ihren Schenkeln. „Ich möchte, dass du dich mir unterwirfst."

„Wie bitte?"

„Ich möchte, dass du mir beweist, dass du mir, nach allem, was du von mir weißt, trotzdem vertraust. Worte sind nett, aber du musst ihnen Taten folgen lassen, damit ich sie dir abnehme." Ihre Fingerknöchel glitten von seiner Schulter hinunter bis zu seiner rechten von Wasser bedeckten Brustwarze und rieben zärtlich darüber. „Lass dich von mir dominieren und gib dich mir mit Haut und Haaren hin. Nun, bist du dazu bereit?"

Damit hatte Craig offensichtlich nicht gerechnet. Die Verblüffung stand ihm ins Gesicht geschrieben. Er brauchte eine Weile, bevor er nickte.

„Ich glaube, dass alles, was du mir erzählt hast, der Wahrheit entspricht, dass du nichts mit Dawsons schmutzigen

Geschäften zu tun hast und genauso sehr mit mir zusammen sein willst wie ich mir dir." Mit ernster Miene kreuzte Craig seine Handgelenke, wohl um ihr anzudeuten, dass sie ihm Handschellen anlegen durfte. „Ich gehöre dir."

Um seine Bereitschaft zu prüfen, sich ihrem Willen zu fügen, kniff sie in seinen Nippel, sodass er aufschrie.

Craig wehrte sie nicht ab, sondern ließ seine Arme einfach sinken und stöhnte lustvoll. Sein Schwanz schwoll weiter an, Lucille spürte ihn deutlich an ihrer Hüfte. Mit einem diabolischen Lächeln stemmte sie ihr Gewicht stärker dagegen und nahm zufrieden wahr, wie Craig die Luft anhielt, seine Wangen blähte und schließlich den Atem geräuschvoll ausstieß.

„Du bist doch eine Hexe. Deine roten Haare hätten mich warnen müssen“, sagte er mit rauer Stimme.

Lucille war nicht sadistisch veranlagt, aber Macht über diesen durch und durch männlichen Kerl zu haben ließ das Blut verstärkt durch ihre Mitte strömen. Es ging ihr nicht darum, ihm wehzutun, auf keinen Fall, sondern ihm bewusst zu machen, dass sie über seinen Körper herrschte, wie er schon so oft über den ihren bestimmt hatte. Kleine gemeine Gesten, die Lucille zu ihrem eigenen Erstaunen eine beträchtliche Freude bereiteten.

Sie spielte die Gelangweilte, reckte sich und drehte sich dabei mit dem Rücken zu ihm, wohlwissend, dass sie dabei mit ihrem Steiß über seinen Schaft rieb. „Verwöhne mich, Lustsklave!“

„Lustsklave?“

Hinter ihr murrte Craig, und dieses dunkle missbilligende Brummen sprang auf ihren Unterleib über und ließ ihn wohlig prickeln. „Wäre dir tatsächlich Toyboy lieber?“, fragte sie spöttisch.

„Aus meinem Mund hatte es ganz in Ordnung geklungen, aber deinen würde ich in diesem Moment am liebsten mit Seife auswaschen.“

Pikiert schaute sie ihn über ihre Schulter an. „Dass du Mut hast, haben wir ja schon festgestellt. Aber ist es nicht geradezu leichtsinnig, frech gegenüber deiner Herrin zu werden?"

„Du lernst schnell." Er lachte sinnlich. Während er ihren Nacken küsste, streichelte er ihren Bauch. „Wie Ihr wünscht, Lady Cantaloupe, ich werde Euch Lust bereiten, nichts lieber als das."

Er legte seine Hände wie Schalen unter ihren Busen und rieb mit den Daumen über ihre Brustspitzen. Seufzend lehnte sich Lucille gegen ihn. Sie streckte ihre Arme nach oben, genießerisch wie eine Katze, die unter dem Bauch gekrault wird, nur dass Craig inzwischen ihre Nippel zwirbelte. Zuerst ging er sachte dabei vor, als hätte er Angst, ihr wehzutun. Dass das nicht der Fall war, zeigte sich alsbald, denn er rollte ihre Brustwarzen immer fester zwischen Daumen und Zeigefinger, bis Lucille sich stöhnend wand, nicht vor Schmerz, sondern vor bittersüßem Genuss.

Geschickt spreizte er mit seinen Knien ihre Beine. Seine rechte Hand schlängelte sich über ihre Seite tiefer, umkreiste einmal ihren Hüftknochen und tauchte zwischen ihren Schenkeln ab, um sich besitzergreifend, wie es einem Sklaven nicht zustand, auf ihre Mitte zu legen.

Ein maliziöses Lächeln erhellte Lucilles Gesicht.

So sehr sie es auch genoss, wenn Craig die Rolle des Dominus einnahm, heute Nacht würde er über seinen Schatten springen müssen und nicht nur sinnbildlich ihr zu Füßen knien, um ihr seine Liebe und sein Vertrauen zu beweisen. Sie würde ihren Loverboy schon noch auf seinen Platz verweisen! Aber jetzt sollte er sie erst einmal auf seine männliche Art und Weise erregen. Die fühlte sich einfach zu gut an, um ihn abzuwehren.

„Du tätest gut daran, etwas demutsvoller vorzugehen", konnte sich Lucille dennoch nicht verkneifen zu sagen, „denn ich merke mir alles für später, und du hast bestimmt irgendein Schlaginstrument in deiner Schatztruhe unter dem Bett. Wenn nicht“, zwitscherte sie und schaute ihn über ihre Schulter hinweg an, wobei sie so verständnisvoll wie möglich lächelte, „leihst du mir sicher deinen Gürtel, nicht wahr?“

Abrupt stieß er zwei Finger in sie hinein und entlockte ihr einen Aufschrei. „Wie Ihr wünscht, Mylady Anne Shirley!“

„Du als Mann kennst *Anne auf Green Gabels*?“ Grinsend rieb sie ihren Hintern an seinem harten Schaft.

„Meine Mutter liebte die Romane von Lucy Maud Montgomery“, sagte er, während er sich aus ihr entfernte und sie enttäuscht seufzte.

Plötzlich schob er seine Beine unter ihr zusammen und winkelte sie so weit an, dass Lucilles Unterleib knapp über der Wasseroberfläche auf seinen Knien lag. Er hob ihre Füße jeweils rechts und links auf den Wannenrand und streichelte über die Innenseiten ihrer geöffneten Schenkel.

Craig nahm den beige-braunen runden Hornschwamm, der bislang achtlos im Wasser getrieben hatte, und drückte ihn langsam über Lucilles Geschlecht aus. Warme Tropfen streichelten ihren Schoß, sie sammelten sich in den Tälern zwischen ihren Schamlippen und kitzelten Lucille, als sie abflossen. Immer wieder und wieder tauchte Craig den Naturschwamm unter und reizte Lucilles Spalte mit der künstlichen Dusche.

Ihre Mitte prickelte köstlich.

Gefühlvoll wusch Craig ihre Beine ab. Er führte den Schwamm so sinnlich über ihre Haut, dass Lucille eine wohlige Gänsehaut bekam. Stetig näherte er sich dabei ihrer empfindsamen Stelle. Er wischte über die Innenseiten ihrer Schenkel und drückte den Schwamm auf ihrem Venushügel aus, sodass das Wasser einer Kaskade gleich über ihren

Schoß hinabfloss und dabei Klitoris, Schamlippen und Pospalte gleichsam kitzelte und erregte.

Stöhnend legte Lucille ihren Hinterkopf auf Craigs Schulter ab.

Er tupfte behutsam mit dem Badeschwamm ihre Mitte ab und ließ ihn schließlich über ihrem Lustzentrum kreisen. Lucille schloss ihre Augen. Alles in ihr konzentrierte sich auf das Verlangen, das er mit jeder Bewegung steigerte. Sie wurde immer unruhiger, stützte sich an seinen Beinen ab und hob ihren Unterleib an.

Zu ihrer Enttäuschung zog er jedoch seine Hand weg. Sie murrte leise, hörte allerdings schon im nächsten Moment das Rauschen von Wasser. Als sie ihre Augen öffnete, nahm er gerade die Brause von der Halterung. Craig ließ keine Zeit verstreichen, sondern duschte damit ihren Busen ab. Zahlreiche dünne Wasserfäden prasselten sanft auf ihre Haut und erzeugten ein herrliches Kribbeln. Am Anfang zirkulierten sie um Lucilles Brustwarzen, nur dann und wann streifte ein Strahl die jeweilige Spitze und erweckte in Lucille den Wunsch nach intensiveren Erfahrungen.

Aber Craig hatte alle Zeit der Welt, so schien es zumindest, er wirkte konzentriert, aber beherrscht, als würde ihn Lucilles zur Schau gestellte Nacktheit und ihre immer offensichtlicher werdende Lust kaltlassen – doch als ihre Hand zufällig an sein Glied stieß, war es hart.

Seine Küsse schmeichelten ihrem Nacken, während er den Duschkopf über ihren Bauch hielt. Kurz zuckte seine Hand in Richtung ihres erwartungsvoll prickelnden Schoßes, die Brause traf eine Sekunde lang das heiße Fleisch zwischen ihren Schenkeln, was Lucille ein Keuchen entlockte.

Da! Schon wieder. Kaum dass Lucille die filigranen Strahlen spürte, waren sie auch schon wieder verschwunden. Lucille atmete schwer. Sie lauschte dem Pochen, das ihre Mitte aussandte – dem Rhythmus der Wollust –, weil sie sich nach mehr sehnte als Berührungen in homöopathischen Dosen.

Craig neckte sie ein drittes Mal, und Lucille ballte die Hände zu Fäusten, um nicht sein Handgelenk zu packen und den Duschkopf über ihre Spalte zu halten. Denn eigentlich sollte sie diejenige sein, die das Spiel diktierte, doch im Grunde wollte sie es nicht anders. Craig wusste haargenau, womit er sie auf Touren brachte.

Als er – endlich! – die Brause direkt auf ihre Scham richtete, spannte sich Lucille unmittelbar an, weil ihre Erregung emporschoss. Hatte sie beim Einatmen geglaubt, er würde ihr einen ersten Orgasmus schenken, so stellte sie bereits beim Ausatmen fest, dass er keineswegs so gnädig sein würde, denn er führte die Strahlen an Lucilles Schoß vorbei, sodass nur einige wenige Wasserstrahlen ihre rechte äußere Schamlippe streichelten. Dasselbe tat er auf der linken Seite.

Das wird er büßen, dachte Lucille just in dem Augenblick, als er sich doch dazu herabließ, ihr Geschlecht abzubrausen. Allerdings fing er bei ihrer feuchten Öffnung an, glitt höher und stoppte, bevor er ihre empfindsamste Stelle erreichte, um wieder zurück zu seinem Ausgangspunkt zu schweben.

Elender Schuft! Na warte! Er stand auf quälendes Hinauszögern? Das konnte er haben. Heute Nacht würde er seine eigene Medizin zu kosten bekommen.

Forsch stieß Lucille Craigs Hand fort und stellte die Handbrause aus. Bevor er sie daran hindern konnte, stand sie auf. Unbeeindruckt von seinem enttäuschten Aufseufzen stieg sie aus der Badewanne und trocknete sich ab. Da er keine Anstalten machte, ihr zu folgen, sondern mit glänzenden Augen beobachtete, wie sie mit dem Badetuch über ihre kleinen festen Brüste rieb, hielt sie ihm ein Frotteetuch hin. „Folge mir, Sklave!“

„Ich habe mich vertan." Er nahm das Handtuch und erhob sich. Wasser tropfte von seinem Schaft, der erigiert von seinen Lenden abstand. „Du bist nicht Anne Shirley, sondern Red Sonja."

Lucille legte ihre Hand um seinen Penis und übte leichten Druck aus. Gleichermaßen bedrohlich und lüstern zischte sie: „Am Ende durchschaust du mich also doch. Aber hast du jetzt, wo du weißt, dass ich gefährlich bin, immer noch den Mut, dich von mir fesseln zu lassen?"

„Fesseln?" Zweifel spiegelten sich auf seinem Gesicht, aber sein Phallus zuckte.

Hatte sie ihr Spiel zu weit getrieben? Nachdem Lucille sein Glied freigegeben hatte, stellte sie einen Fuß auf den Wannenrand, sodass ihre Spalte weit geöffnet war. Ihren Blick auf Craig geheftet, trocknete sie sich zwischen den Beinen ab und erregte sich damit ebenso sehr wie ihn.

„Du versuchst mich zu verunsichern, aber das lasse ich nicht zu." Er verließ die Badewanne und rubbelte seinen Körper ab. „Und weißt du auch, warum? Weil ich an dich glauben *will*."

Ihr Herz stand in diesem Moment genauso in Flammen wie ihr Schoß. Lucille wäre Craig beinahe um den Hals gefallen, doch das hätte ihre Rolle als Domina für diese Nacht zerstört, und sie wollte ihre Macht über Craig auskosten.

Konnte sich wirklich alles zum Guten gewendet haben?

Craig hatte ihr sein hundertprozentiges Vertrauen ausgesprochen, und Richard Dawson und Jack Caruso saßen in Haft. Laut Alex Fisher ging das FBI davon aus, dass der Mordanschlag, den Alvaro Castillo in Downtown auf Lucille verübt hatte, von Caruso in Auftrag gegeben worden war.

Die Waffenhändler Dawson und Caruso würden beide viele Jahre hinter Gitter verbringen, und die *La picadura del escorpión* würde sich von ihnen distanzieren, weil sie die Kooperation als beendet betrachteten. Von Loyalität hielt das Drogenkartell nichts. Sie konnten keine Lieferungen mehr von den beiden *Händlern des Todes* erwarten, also ließen sie die beiden Männer fallen wie heiße Kartoffeln.

Aller Wahrscheinlichkeit nach, so hatte sich Alex am Nachmittag ausgedrückt, befand sich Lucille nicht mehr in Gefahr, das Zeugenschutzprogramm würde allerdings bis zum Prozessbeginn aufrechterhalten werden – viel Zeit für Lucille und Craig, um herauszufinden, ob sie auch danach zusammenbleiben wollten.

Die Zeichen stehen gut, dachte Lucille voller Liebe, ließ das Badetuch zu Boden gleiten und drückte Craigs Oberkörper neben dem Waschbecken auf die Ablagefläche aus beigefarbenem Marmor. Ihre linke Hand legte sie in seinen Nacken, verwundert darüber, dass er sich wehrlos fügte, und liebkoste mit der anderen seine Gesäßhälften.

Nachdem Lucille sie eine Weile geknetet hatte, drang sie mit ihrer Rechten zwischen seine Schenkel und streichelte seine Hoden von hinten. Craigs Stöhnen war die schönste Musik in ihren Ohren. Er spreizte seine Beine etwas weiter, Lucille griff nach seinem Schwanz und massierte ihn sanft. Unruhig verlagerte Craig sein Gewicht von einem Fuß auf den anderen.

Sie packte seinen Schaft an der Wurzel und strich an ihm herab, wobei sie leicht zudrückte. Diese Bewegung wiederholte sie einige Male, kitzelte zwischendurch seine Hodensäcke mit ihren Fingerspitzen und zog sich erst zurück, als sein Phallus steinhart war und Craig bereits vor Erregung zitterte.

Mit vor Lust getrübtem Blick schaute er sie über seine Schulter hinweg an und runzelte seine Stirn.

„Du willst doch nicht vor deiner Herrin kommen, nicht wahr? Das wäre ein Vergehen, das ich umgehend bestrafen müsste." Er knurrte leise, was Lucille so sehr amüsierte, dass sie auflachte und ihm einen Klaps auf den Po gab. „Ab ins Bett, Toyboy. Genau dort will ich dich in dreißig Sekunden sehen, auf dem Rücken liegend mit gespreizten Armen und Beinen."

„Sonst noch was?" Drohend baute sich Craig zu seiner ganzen Größe auf, aber seine Augen funkelten verlangend.

Mit einer diebischen Freude stellte sie sich auf die Zehenspitzen und flüsterte nicht minder bedrohlich: „Finde es heraus, wenn du den Mumm dazu hast."

Sie stemmte ihre Hände in die Hüften und wartete. In Wahrheit hatte sie keinen blassen Schimmer, wie eine Strafe ausfallen könnte. Für sie lag kein Reiz darin, ihn zu züchtigen. Es erregte sie lediglich, diesen starken Mann zu unterwerfen und über ihn zu herrschen, obwohl er die Kraft besaß, sie mit seinem kleinen Finger niederzuringen.

Glücklicherweise brauchte sie sich keine weiteren Gedanken darüber zu machen, denn Craig schritt an ihr vorbei in den Nachbarraum. Noch bevor sie sich umgedreht hatte, hörte sie das Bett leise quietschen. Keine Sekunde lang gab sie sich der Illusion hin, er könnte Angst vor ihr oder einer schmerzhaften Buße haben. Vielmehr glaubte sie, dass er sich nicht selbst um den Spaß bringen wollte. Vielleicht rechnete er ihr hoch an, dass sie sich bei ihrem Liebesspiel im Gewächshaus auf dem Pflanztisch hatte festbinden lassen, obwohl sie wusste, dass Lustschmerz sie erwartete.

Sie schritt zu Craig, der artig ihrer Anweisung gefolgt war. Ihr Blick fiel auf die Bänder, die die Vorhänge an den Fenstern zusammenrafften. *Perfekt!*

Rasch löste Lucille sie und ergötzte sich an Craigs Miene, die von erstaunt über entgeistert hin zu erregt wechselte, als sie seine Handgelenke damit an das Gitter oberhalb des Bettes fesselte.

Zärtlich strich sie über seinen Bauch und legte ihre Hand um seinen erigierten Penis.

„Alles meins."

„Sowieso." Er keuchte. „Auch ohne Fesselung."

„Aber wenn du frei bist, muss ich mir deinen Schwanz mit dir teilen." Dank der teilweisen Beschneidung konnte Lucille seine Vorhaut problemlos hoch- und runterschieben und genoss es, Craig unter ihrer Stimulation dahinschmelzen zu sehen.

„So wie es jetzt ist, kannst du dich weder selbst berühren noch mich davon abhalten, mit dir zu machen, was immer ich möchte. Dein bestes Stück gehört mir alleine."

„Und ich dachte, mein Herz wäre mein bestes Stück. Auch das gehört dir."

Sie presste ihre Finger auf seine Peniswurzel, sodass Craig nach Luft rang. „Hör auf, Süßholz zu raspeln! Das wird mich nicht dazu verführen, nachgiebig mit dir zu sein."

„Ich lerne gerade eine ganz neue Seite an dir kennen", brachte er mühsam hervor. Seine Wangen röteten sich, und seine Beinmuskulatur spannte sich an.

Sie zwinkerte. „Ich an mir auch."

Ihr fiel die Schatztruhe mit dem Sexspielzeug ein, die unter dem Bett stand. Sollte sie einen Blick hineinwerfen? Unter Umständen fand sie etwas, mit dem sie Craig bis aufs Blut reizen konnte. Sie spürte die samtig weiche Haut von Craigs Phallus, als sie fortfuhr, an ihm auf und ab zu reiben, und verwarf die Idee sogleich wieder. Nichts Künstliches sollte zwischen ihnen sein! Sie wollte ihn mit all ihren Sinnen erleben, ihn fühlen, schmecken und riechen.

Lucille spreizte seine Schenkel weiter und kniete sich dazwischen. Ganz langsam beugte sie sich hinunter, verharrte mit ihrem Mund kurz vor seinem Schaft und leckte lasziv über ihre Oberlippe. Aus dem Augenwinkel nahm sie erfreut wahr, dass sein gestählter Brustkorb auf und ab wogte. Nur allzu gern ließ sie Craig noch etwas zappeln. Sie streckte ihre Zunge heraus, doch bevor sie seine Eichel berührte, zog Lucille sie zurück und hörte, wie Craig ungeduldig seufzte.

Sie leckte ihren Zeigefinger und kreiste damit um das Loch auf seiner Penisspitze. Erregt wand er sich in seinen Fesseln. Als sie zu ihm aufschaute, hatte er seine Augen geschlossen, doch nun, da sie von ihm abließ, öffnete er sie, um zu sehen, was Lucille vorhatte.

Sachte zwickte sie seine Hoden und entlockte Craig Laute, die nicht eindeutig Lust oder Schmerz zuzuordnen waren. Sie zog die Säckchen vorsichtig in die Länge, knetete sie, bog unnachgiebig seinen Penis nach unten und packte ihn zusammen mit den Hodensäcken, um beide gleichzeitig zu massieren.

Craig wurde zu Wachs in ihren Händen. Für Lucille machte es den Anschein, dass er nur an seinen Fesseln zog, wenn die Lust anschwoll, aber niemals, um ernsthaft zu versuchen, sich von ihnen zu befreien. Als Belohnung neigte sie sich vor und nahm sein Glied tief in ihren Mund auf. Während sie daran nuckelte, trafen sich ihre Blicke. Er hatte den Kopf angehoben und starrte auf seinen Phallus, der immer wieder zwischen ihren Lippen, die seine Vorhaut zurückschoben, verschwand. Es machte Lucille an, dabei von Craig beobachtet zu werden, wie sie es ihm oral besorgte.

Noch mehr fachte es ihre eigene Begierde an, dass sie seine Lust vollkommen in der Hand hatte. Wenn sie wollte, konnte sie ihn bis zum Morgengrauen immer wieder bis aufs Äußerste reizen, ohne ihm die Gnade eines Höhepunktes zu gewähren. Sie besaß ebenso die Macht, ihm einen Orgasmus nach dem anderen abzuringen, bis er um Erbarmen bettelte, oder durch Druck auf seine Prostata eine Ejakulation hervorzurufen, ohne dass er dabei seinen Spaß hatte.

Oh, jetzt wirst du aber wirklich gemein, sprach sie innerlich zu sich selbst und grinste diabolisch. Das sogenannte Melken hatte Craig nun wirklich nicht verdient.

Sinnlich ließ sie seinen Schwanz aus ihrem Mund gleiten und saugte stattdessen sachte seine Hoden ein. Während sie an ihnen lutschte, freute sie sich wieder einmal darüber, dass sich Craig regelmäßig intim rasierte, ein weiterer Punkt, weshalb er Lust und nicht Leid verdient hatte.

Einige Male stieß sie mit ihrer Zungenspitze gegen seine Eichel und brachte sein Glied zum Wippen. Geschickt kroch sie höher, sodass ihre Haut über den Phallus rieb und dieser schließlich wie ein Hotdog zwischen ihren Bäuchen steckte.

Ausgiebig verwöhnte Lucille Craigs Nippel mit Lippen und Zunge. Sie zupfte an ihnen, biss sanft hinein und leckte daran, wohlwissend, dass sie ihn damit in den Wahnsinn trieb, denn sein Körper erbebte immer wieder unter Lustschauern, und er stöhnte zunehmend brünstiger.

Unter ihr zuckte sein Schaft immer öfter. Er würde doch wohl nicht unerlaubt kommen?

Das missmutige Schnalzen, das Craig von sich gab, als sie aufhörte, interessierte Lucille nicht die Bohne. Sie stand auf, ging zum Bettende und kniete sich rechts und links von seinem Kopf hin. Rügend schaute sie auf ihn herab, doch er hatte nur Augen für ihre geöffnete Mitte, die sich ihm mit einem Mal geradezu schamlos präsentierte. Beinahe hätte Lucille gelacht, aber sie konnte es sich gerade noch verkneifen.

Sie vergrub ihre Finger in seinen Haaren und hob seinen Kopf an. Sie hatte sich die Worte so schön zurechtgelegt, hatte geplant, den Befehl mit einer gewissen Arroganz auszusprechen, um seine Geduld auf die Probe zu stellen, aber Craig begann ihre Spalte zu lecken, ohne dass sie die Anweisung hatte aussprechen müssen.

Unglaublich sanft schob er seine Zungenspitze zwischen ihre Falten und glitt durch die Täler. Er rieb über ihren Damm, kreiste so lange um ihre empfindsamste Stelle, bis Lucille keuchte, da er ihre Erregung förmlich hochschraubte, und drang schlängelnd in ihre feuchte Öffnung ein.

Als er sich in ihr bewegte, kitzelte es so sehr, dass Lucille kichern musste. Sie hielt sich den Mund zu, schloss ihre Augen und stöhnte aus voller Seele, da Craig ihre Klitoris küsste. Kuss um Kuss hauchte er darauf, gerade fest genug, dass sie es spürte, aber zu zart, um dem Gipfel näherzukommen, als sie ohnehin schon war.

Seltsamerweise musste sie lachen, als er ihre inneren Schamlippen einsaugte und sie mithilfe seiner Lippen aneinanderrieb, auch ihre äußeren nahm er in seinen Mund, an ihnen jedoch zog und zupfte er. Mit der Zungenspitze schob er das Häutchen zurück, das ihren Kitzler umschloss, und leckte zärtlich darüber.

Hätte Lucille nicht Craigs Kopf zurückgerissen, hätte der Orgasmus sie auf der Stelle übermannt. Sein Gesicht verzerrte sich vor Schmerz, daher ließ sie seine Haare los und rutschte tiefer. Mit der Hand führte sie seinen Phallus in ihre Mitte ein und setzte sich darauf, sodass er sofort bis zur Wurzel in sie hineinglitt. Das wirkte recht gierig, stellte sie fest, und spürte, wie Hitze in ihre Wangen stieg, aber Craig war zu berauscht von seinen eigenen Gefühlen, um ihre leichte Verschämtheit zu bemerken.

Vor Lust die Augen verdrehend legte er seinen Kopf auf das Kissen und seufzte, während Lucille ihn sanft ritt. Mit jedem Mal, das sie sich auf ihm niederließ, stöhnte er. Lucille wurde zu seiner Duettpartnerin, denn nach kurzer Zeit stimmte sie mit ein, begleitet vom Schmatzen ihres Schoßes, der Craigs harten Schaft jedes Mal aufs Neue feucht willkommen hieß.

Sie hielt sich an seinem Brustkorb fest und vögelte ihn,

als wäre es ihre letzte gemeinsame Nacht. Beinahe verzweifelt senkte sie ihren Unterleib wild auf ihn herab, verschaffte sich Lust, indem sie den gefesselten Mann unter ihr benutzte, und diente gleichzeitig seiner Begierde.

Aus einer Laune heraus kniff sie in seine Nippel. Just in diesem Moment kam er. Sie spürte, wie ein Beben durch ihn hindurchging, sein Glied zuckte in ihr, dann keuchte er, und ein glückseliges Lächeln milderte seine bis dahin gequälte Miene.

„Cantaloupe", wisperte er atemlos und suchte ihren Blick.

Da erfasste auch sie der Orgasmus. Lucille schrie auf, bevor sie über Craig, der plötzlich seine Hände frei hatte und sie in seine Arme schloss, zusammenbrach. Noch während sie vor Ekstase zitterte und nach Atem rang, drückte er sie fest an sich und küsste ihren roten Schopf.

Gefühlvoll strichen seine Hände an ihrem Rücken auf und ab, kneteten ihre Gesäßhälften und vergruben sich in ihren Haaren, als wollten sie Lucille nie wieder loslassen.

„Alles meins", sagte Craig und biss spielerisch in ihren Hals.

40. KAPITEL

Alex Fisher wirkt fehlt am Platz, stellte Lucille fest, die auf dem Treppenabsatz stand und heimlich beobachtete, wie er nervös sein weißes Jackett auszog, es zuerst über dem Arm trug wie eine Kellnerserviette und es dann über seine Schulter hängte.

Er fühlte sich sichtlich unwohl, begaffte das Gemälde mit dem Goldrahmen, das an der Wand gegenüber dem Hauseingang hing, als wäre darauf eine Hexenverbrennung und nicht das Picknick einer englischen Gesellschaft des 19. Jahrhunderts porträtiert. Das Bild stammte von einem Maler aus Gardenrye, dem Geburtsort von Craigs Mutter, weshalb er es behielt, obwohl er es recht langweilig fand, wie er Lucille gestanden hatte.

Alex schaute so verstohlen in alle Richtungen, als würde er jeden Moment ein Überfallkommando erwarten. Seine Lässigkeit machte einen bemühten Eindruck. Unweigerlich musste Lucille an das alte Spiel „The odd one out" denken, bei dem man herausfinden musste, welcher Gegenstand nicht zu den anderen passte. In dem Bild, das sich ihr gerade bot, war das unschwer zu erkennen. Es stach geradezu ins Auge, dass Alex nicht in das britische Ambiente gehörte – ein Sonny Crockett, der plötzlich von Florida nach Großbritannien gebeamt worden war. Das kam Lucille allzu bekannt vor. Genau so hatte sie sich bei ihrer Ankunft gefühlt.

Beschwingt stieg sie die Treppe hinab und begrüßte ihn: „Es ist das erste Mal, dass das FBI mich in der Bellamy-Villa besuchen kommt."

„Nicht das Bureau, nur ich", sagte er, worüber sie sich wunderte, und drückte sie kurz. War das ein Freundschaftsangebot?

Seine Kleidung stank nach Zigarren. Oder schweren,

würzigen Zigarillos? In ihrer Gegenwart hatte er noch nie diesem Laster gefrönt. Als er sie losließ, nahm sie wahr, dass sein Atem nach Fruchtgummi roch. Hatte er es gegessen, um den Zigarrengeruch zu überdecken? Oder rauchte er selbst nicht, sondern war nur mit jemandem zusammen gewesen, der gepafft hatte? Etwas klingelte bei ihr. Sie kannte den Geruch von einem anderen Special Agent, aber McCarthy war es nicht gewesen, denn der hatte so neutral gerochen wie ein Wasserspeier – aalglatt durch und durch.

Sie spürte einen Stich im Herzen, weil sie seine bissigen Sprüche vermisste. Abgesehen von seinen haltlosen Verdächtigungen hatte sie bei ihm immer gewusst, woran sie war.

Noch einmal zog Alex sie in seine Arme. „Ich sehe, dass dich McCarthys Tod mitnimmt. Wer könnte es dir verdenken! Er hat sich schließlich wie ein Schutzschild vor dich geworfen und ist gleich neben dir gestorben."

Das klang ja, als hätte er die Schießerei mit angesehen, dabei kannte er nur ihre Aussage. Sie trat einen Schritt zurück.

Vermutlich wollte er verständnisvoll sein, doch er fand nicht die richtigen Worte und riss die Wunde, die zwar noch lange nicht verheilt war, aber dank Craigs liebevoller Fürsorge immerhin nicht mehr blutete, erneut auf. McCarthys Tod lag keine dreißig Stunden zurück, trotzdem kam Lucille der Schusswechsel irreal vor, wie ein Ausschnitt aus einem Thriller, nicht wie das wirkliche Leben – zumindest nicht so, wie *ihr* Leben sein sollte.

„Er ist nicht nur neben mir, sondern für mich gestorben." Das war es doch, was Alex durch die Blume gesagt hatte. Sie bereute es, vorhin eine Papaya gegessen zu haben, sie lag Lucille mit einem Mal wie ein Stein im Magen.

Alex legte sein Jackett erneut über seinen Arm, nahm ihre Finger und rieb sie zwischen seinen Händen, als wäre ihr kalt. „Es tut mir leid, dass ich nicht da war, als du in Gefahr warst."

„Du brauchst kein schlechtes Gewissen zu haben." Alex war ein attraktiver Mann, aber der Körperkontakt wurde Lucille zu viel, daher führte sie ihn in den Salon, wo sie am Tisch Platz nahm.

„Die Waffe hat mich überrascht. Du hast mich überrascht." Er lachte unsicher, warf sein Jackett achtlos auf einen Stuhl und setzte sich neben sie.

„Oh ja, ich bin die fleischgewordene Lara Croft", sagte sie ironisch und verdrehte ihre Augen, „die vor Angst so stark zitterte, dass sie danebenschoss."

„Die Wasserschutzpolizei hat deine Handfeuerwaffe in Gewahrsam genommen, richtig?" Ohne ihre Antwort abzuwarten, fragte er weiter: „Haben sie die SIG an das FBI ausgehändigt?"

Das wusste er nicht? Sie nickte. „Selbstverständlich."

„Heißt das, du bist jetzt schutzlos?" Er nahm das Feuerzeug, das einem Kugelschreiber nachempfunden war und neben einem mit einer Kerze bestückten Gesteck in der Mitte des ovalen Teakholztischs lag, und machte es an, nur um die Flamme eine Weile zu betrachten; sie flackerte durch seinen Atem. „Oder hast du noch weitere Schusswaffen?"

Sie würde einen Teufel tun und ihm von dem Arsenal im Schutzbunker erzählen. Craig wäre stinksauer, wenn das Federal Bureau of Investigation die Erinnerungen an seinen Vater konfiszieren würde, sollten Exemplare darunter sein, die der bundespolizeilichen Ermittlungsbehörde gehörten und nach Teds Tod hätten zurückgegeben werden müssen. Lucille wusste ja nicht einmal, ob Craig eine legale Erlaubnis zum Führen von Schusswaffen besaß. Hatten Alex' Vorgesetzte ihn geschickt, um sie auszuhorchen?

Recht kühl antwortete sie: „Craig beschützt mich."

„Du solltest ernsthaft überlegen, dir eine neue Pistole zu besorgen, man weiß ja nie." Er nahm seinen Daumen vom Taster und betätigte ihn sogleich erneut. Ein leises Zischen war zu hören.

Erstaunt über seinen Vorschlag hob Lucille ihre Augenbrauen. „Ich habe keinen Waffenschein."

„Das ist dir wichtiger als deine Sicherheit?" Über die Flamme hinweg blinzelte er Lucille an.

Jetzt verstand sie seine Nervosität. Er riskierte ziemlichen Ärger, indem er ihr diesen Rat erteilte, zumal die Ermittlungsbehörde ohnehin sauer auf ihn war, wie Lucille am Rande mitbekommen hatte, weil die Person, die unter seinem Schutz stand, beinahe einem Anschlag zum Opfer gefallen wäre. Es grenzte an ein Wunder, dass man ihn nicht von ihrem Fall abgezogen hatte.

Ihr waren seine Andeutungen bezüglich der SIG schon komisch vorgekommen. Jetzt musste sie sich eingestehen, dass sie überreagierte und nur noch in allem böse Hintergedanken vermutete. Die letzten Monate, aber vor allen Dingen die Wochen in Cape Coral hatten sie negativ geprägt. Aber sie nahm sich vor, ab sofort positiver zu denken.

Bei allem Schlimmen, was vorgefallen war, hatte dieser Lebensabschnitt auch etwas Gutes. Hätte sie in Acapulco nicht Richard Dawson kennengelernt und ihn Hals über Kopf geheiratet, hätte das FBI ihn nicht verhaftet, sie nach langen quälenden Vernehmungen für unschuldig befunden und ins Zeugenschutzprogramm nach Florida geschickt. Somit hätte sie niemals den Mann getroffen, der sich als ihr wahres Schicksal entpuppt hatte. Bei ihm hoffte sie den Frieden zu finden, der ihr bei ihrer Mutter, ihren Pflegeeltern, später allein in Boston und dann bei Richard verwehrt geblieben war.

Lucille fühlte sich zu Hause angekommen. Hier wollte sie

gern bleiben, in dieser skurrilen britischen Enklave inmitten des Sunshine States, bei einem Mann, der auf den ersten Blick wie ein Schmock wirkte und doch in Wahrheit ein experimentierfreudiger Liebhaber und durchtrainierter Sportler war.

„Ich bin wegen des Fotos gekommen." Bevor Alex weitersprechen konnte, kam Patrick in den Salon.

„Es war mir nicht bekannt, dass Sie Besuch haben, Miss Lamar." Der Butler legte seine rechte Hand an seinen Bauch und deutete eine Verbeugung an, die Lucille zum Schmunzeln brachte, weil er mit seiner Beflissenheit ständig übertrieb. „Darf ich Ihnen Tee servieren oder vielleicht einen Sherry? Es ist ja jetzt um kurz vor neunzehn Uhr niemand vom Personal mehr im Haus. Ich könnte auch einen kleinen Imbiss improvisieren."

„Das ist sehr freundlich von Ihnen, aber ich kümmere mich schon selbst um meinen Gast. Genießen Sie Ihren wohlverdienten Feierabend." Lucille und Craig hatten sich dazu entschieden, die Personaldienstpläne zu ändern und die Spätschicht zu streichen, um ihre „Zweisamkeit ausgiebiger genießen" zu können, was eine untertriebene Erklärung für die Angestellten gewesen war.

Sie räusperte sich. „Wie unhöflich. Ich habe dich gar nicht gefragt, ob du etwas trinken möchtest."

Während Alex dem Hausvorsteher hinterhersah, schüttelte er den Kopf. „Das ist er."

„Wie bitte?"

„Die Fingerabdrücke auf der Fotografie, die du mir gegeben hattest, stimmen mit der Vergleichsprobe von ihm überein."

Lucille runzelte ihre Stirn. „Patrick hat den Schnappschuss an Craig geschickt?"

„So ist es."

„Aber das sagt noch nichts darüber aus, dass er mich mit

McCarthy in der vermeintlich prekären Situation abgelichtet hat“, wandte sie ein. „Er könnte lediglich jemandem einen Gefallen getan und das Bild in die Postkiste geschmuggelt haben.“

„Das Labor hat nur die Fingerabdrücke eines einzigen Mannes festgestellt. Folglich müssen Fotograf und Absender ein und dieselbe Person sein.“ Unentwegt drehte Alex das Feuerzeug hin und her. War er nervös, oder versuchte er herauszufinden, ob man mit dem vermeintlichen Stift tatsächlich auch schreiben konnte?

„Patrick“, stieß sie atemlos aus, legte ihre Unterarme auf den Tisch und faltete ihre Hände. Also doch! Sie hatte ihn schon aus dem Kreis der Verdächtigen ausgeschlossen, weil sie glaubte, er hätte seine Einstellung ihr gegenüber geändert. Jetzt erkannte sie, dass sie sich von seiner aufgesetzten Freundlichkeit hatte blenden lassen. Er hatte seine Feindschaft hinter der Maske seiner Profession versteckt und im Verborgenen gegen sie intrigiert. Von der ersten Minute an hatte er sie nicht gemocht. Nun stellte sich heraus, dass sich das entgegen ihrer Annahme nie geändert hatte. Erst versteckte er Mildred Bellamys Schmuck in ihrem Spind, immerhin stand er Craig von allen Angestellten am nächsten und kannte bestimmt den Code für den Tresor. Und als das nicht den gewünschten Effekt hatte, spionierte er ihr hinterher, um irgendetwas Verfängliches, das er gegen sie verwenden konnte, herauszufinden.

Alex lehnte sich zurück. „Schmeiß ihn raus!“

„So einfach geht das nicht. Ich muss zuerst mit Craig reden, und er wird Patrick auf den Zahn fühlen.“

„Wozu die Mühe?“ *Klack! Klack!* Ständig drückte Alex auf die Taste, ohne der Flamme Beachtung zu schenken. „Man muss faule Äpfel entfernen. Er ist nur ein Butler.“

„Nein, er gehört praktisch zur Familie, so lange arbeitet

er schon für die Bellamys. Oh mein Gott! Seine Illoyalität wird Craig treffen." Gedankenversunken hob sie ihre gefalteten Hände an und tippte damit gegen ihren Mund. Wie konnte sie ihm den Verrat am schonendsten beibringen?

„Du hast Mr Bellamy doch um den kleinen Finger gewickelt. Wenn du ihm alles erklärst, wird er den Freak sofort feuern."

Lucille wollte Alex gerade in seine Schranken weisen, als Craig das Zimmer betrat. Ihr Puls beschleunigte sich, nicht nur weil er verdammt gut aussah, sondern weil sie ihm gleich das Herz würde brechen müssen.

Scheinbar hatte er nichts von ihrem Gespräch mitbekommen, denn er lächelte freundlich und schüttelte Alex' Hand. „Ich hatte Stimmen gehört. Was können wir für Sie tun, Special Agent Fisher?"

„Sie haben sich meinen Namen gemerkt", stellte Alex fest, ohne sich zu erheben. Er schenkte Lucille einen Blick, der besagte: Ihn zu impfen ist deine Aufgabe, Süße.

„Du erinnerst dich an den Schnappschuss, auf dem es den Anschein hat, als würde ich mich zu Agent McCarthy neigen, um ihn zu küssen?" Lucille wartete sein Nicken ab. „Alex hat Patricks Fingerabdrücke darauf sichergestellt. Er ist leider derjenige, der versucht, mich aus dem Haus zu vertreiben."

„Leider?" Verständnislos über ihre Wortwahl schüttelte Alex seinen Kopf.

Craig fasste die Rückenlehne des Stuhls, auf dem das Jackett lag, so fest an, dass seine Handgelenke weiß hervortraten. „Niemals!"

Lapidar zuckte der FBI-Agent mit den Achseln. „Beweise sind Beweise."

„Wieso sollte Patrick so etwas tun?", fragte Craig und schaute von Alex zu Lucille. „Das ergibt keinen Sinn."

Alex schnaubte. „Das liegt doch auf der Hand. Er ist verliebt in Lucille und eifersüchtig."

„Das glaube ich nicht." Lucilles Zunge klebte am Gaumen.

Alex lehnte sich über den Teakholztisch zu ihr herüber. „Hast du nicht bemerkt, wie er dich angesehen hat, als er eben in den Salon kam? Dein Männerbesuch passte ihm gar nicht. Ich bin ihm ein Dorn im Auge, ebenso wie Mr Bellamy."

Räuspernd verschränkte sie die Arme vor dem Brustkorb. „Ich denke nicht, dass er etwas gegen Männerbesuch hat. Im Gegenteil!"

„Du bist blind für seine Zuneigung", wetterte Alex etwas zu laut für Lucilles Geschmack, „deshalb erkennst du sie auch nicht, was ihn immer wütender gemacht und ihn dazu bewogen hat, dich heimlich auf Schritt und Tritt zu verfolgen wie ein Stalker … aus Liebe."

„Patrick hat sich garantiert nicht in mich verguckt." Es nutzte nichts. Zu gern hätte sie seine Privatsphäre geschützt, aber diesen Vorwurf konnte sie nicht im Raum stehen lassen, denn er entbehrte jeder Wahrheit. „Er ist schwul."

„Und leidet an einer schweren Form von Agoraphobie", fügte Craig sachlich hinzu. „Die psychische Krankheit macht es ihm unmöglich, das Haus zu verlassen. Er bekommt schon Panikattacken, wenn er einen Fuß in den Garten setzt. Unter keinen Umständen hat er das Anwesen verlassen und dieses Foto geschossen!"

Einige Sekunden, die sich für Lucille wie Minuten anfühlten, blieb es still im Salon.

Nun, da sie von Patricks Erkrankung wusste, wurde ihr klar, weshalb sein Teint so blass war und er als einziger Angestellter in der Villa wohnte, zudem in einem Kellerapartment, in dem es keine Fenster gab. Seine Introvertiertheit lag wohl nicht allein an seiner klassischen Ausbildung zum Butler, sondern auch daran, dass ihm soziale Kontakte fehlten. Selbst seine Aussage, er könne Cory in einer Partnerschaft nichts bieten, machte für Lucille mit einem Mal Sinn. Nicht die Angst vor dem Coming-out oder dass Patrick Corys Vorgesetzter war stand zwischen den beiden Männern, sondern die Agoraphobie. Der Hausvorsteher tat ihr leid. Sehr leid!

Im Brustton der Überzeugung sagte sie: „Er war es nicht!"

Gereizt warf Alex das Feuerzeug über den Tisch. Der falsche Kugelschreiber rollte ein Stück und wäre beinahe zu Boden gefallen, blieb jedoch im letzten Moment am Rand liegen.

„Sie sprachen von Beweisen", begann Craig. „Ich möchte die Untersuchungsergebnisse der Daktyloskopie gerne mit eigenen Augen sehen. Sie haben den Laborbericht doch sicher mitgebracht?"

Lucille bewunderte ihn für die Ruhe, die er ausstrahlte, denn in ihr herrschte Verwirrung. Was ging hier vor sich? Obwohl die Klimaanlage auf Hochtouren lief, wurde die Luft im Raum immer stickiger.

Sie wusste nicht mehr, was sie denken sollte. Eben noch hatte sie geglaubt, dass Alex Patricks falsches Spiel entlarvt hatte, und eine tiefe Enttäuschung verspürt, die sie überraschte. So introvertiert wie der Butler auch war, sie mochte ihn irgendwie. Er gehörte in dieses Haus, zur Familie Bellamy, zu Craig.

Inzwischen sprach zu viel gegen ihn als Täter. Es lag durchaus im Bereich des Möglichen, dass er ihr den Familienschmuck untergeschoben hatte, doch keinesfalls hatte er den Schnappschuss von McCarthy und ihr machen können.

Aber wie konnte Alex dann ausschließlich Patricks Fingerabdrücke auf der Fotografie sichergestellt haben? Hatte jemand sie absichtlich auf das Bild übertragen, um den Verdacht auf den Butler zu lenken?

„Sie können mir glauben“, versicherte Alex verschnupft und schnippte ein imaginäres Staubkorn von seiner Brusttasche. „Ich habe den Vergleich der Fingerabdrücke höchstpersönlich durchgeführt, weil es sich um einen Freundschaftsdienst für Mrs Dawson handelte. So etwas macht das Bureau für gewöhnlich nicht.“

„Dafür bin ich dir auch sehr dankbar“, warf Lucille rasch ein, da Alex schließlich ihretwegen das Risiko einer Abmahnung eingegangen war.

Noch immer starrte sie auf seine Brusttasche und wusste im ersten Moment selbst nicht, was ihre Aufmerksamkeit gefangen nahm. Erst nachdem sie genauer hinsah, erkannte sie einen roten Fleck, der durch sein weißes Sommerhemd schimmerte, gleich neben der Stelle, über die seine Fingerspitzen gestrichen hatten. Hatte er seinen Brustkorb rasiert und sich dabei verletzt? Als Surfer legte er bestimmt viel Wert darauf, am Strand eine gute Figur zu machen.

Craig beugte sich vor und stützte sich mit beiden Händen auf der Teakholzplatte ab.

„Der Bericht, ich will ihn sehen!“

„Sie sind verdammt hartnäckig und auch noch stolz darauf, was?“ Wie eine Krähe legte Alex seinen Kopf schief. „Sie haben mein Wort, ich bin ein Bundesagent, das dürfte Ihnen reichen.“

Selbstsicher richtete sich Craig auf und verschränkte seine Arme vor dem Körper.

„Ich war schon einmal zu leichtgläubig, was die Ermittlungsbehörde betrifft. Diesen Fehler werde ich nicht noch einmal begehen. Bei allem Respekt, Special Agent Fisher, Ihre Behauptungen sind mir suspekt.“

Mit finsterer Miene erhob sich Alex von seinem Platz. Wie zwei Kampfhähne, die sich belauerten, standen sie sich gegenüber. Nur zwei Schritte trennten sie voneinander.

„Die Schusswaffe, die Sie bei sich tragen ...", sagte Craig und fixierte sein Gegenüber. „Warum steckt sie nicht in einem Holster, sondern zwischen Ihrem Hosenbund und Ihrem Rücken? Man könnte ja meinen, Sie wollten sie verstecken."

Verdutzt krauste Lucille ihre Stirn. Sie rutschte bis zum Rand ihres Stuhls vor und neigte sich zur Seite. Tatsächlich sah sie einen Pistolengriff, der aus Alex' Hose ragte. Craig musste ihn beim Betreten des Salons bemerkt haben. Bei ihren Treffen zuvor hatte Alex immer ein Schulterholster getragen. Dass er bewaffnet war, hatte Lucille immer ein Gefühl von Sicherheit vermittelt. In diesem Augenblick jedoch flößte genau das ihr Angst ein.

„Sie wollen Beweise?" Alex' Stimme wurde so rau wie ein Reibeisen, sie jagte Lucille einen Schauer über den Leib. „Ich zeige Sie Ihnen."

Blitzschnell langte er nach hinten, doch anstatt die Laborergebnisse aus seiner Gesäßtasche zu zaubern, zog er seine Handfeuerwaffe und richtete sie auf Craig.

Lucille wagte einige Sekunden lang nicht zu atmen. Die ganze Situation geriet völlig außer Kontrolle! Sie verstand Alex' Missstimmung, weil sie ihm nicht glaubten. Aber seine Reaktion war maßlos übertrieben, er ging zu weit. Wie er da stand, erweckte er den Eindruck eines Tieres, das in die Ecke gedrängt worden war, ein kleiner unerfahrener Welpe, der bei der kleinsten Provokation die Zähne bleckte.

„Die Waffe stammt nicht aus der Rüstkammer des Federal Bureau of Investigation." Craig zuckte nicht einmal mit der Wimper, was Lucille einerseits imponierte, andererseits trieb seine Gelassenheit sie langsam in den Wahnsinn.

Grinsend schwenkte Alex die Pistole.

„Special Agents benutzen entweder die Marke Glock, SIG oder Springfield. Aber dies“, bemerkte Craig, und als er auf die Pistole deutete, zuckte Alex kaum merklich zurück, „ist eine Browning.“

„Gut erkannt, Bellamy. Ich hatte so eine Ahnung, dass es ratsam war, heute eine Wumme mitzunehmen, die nicht zu mir zurückverfolgt werden kann.“ Alex' Grinsen wurde schäbiger.

Obwohl er sich überlegen gab, zeugte seine gerötete Stirn von seinem inneren Aufruhr. Die Flecken erinnerten Lucille an den seltsamen Schatten auf seinem Hemd. Irgendetwas Rotes war unter dem weißen Stoff verborgen. Je angestrengter sie hinsah, desto mehr kristallisierte sich die Form heraus. Das Gebilde fasste seinen Nippel ein. Auf der rechten Seite, die nach oben gebogen war, lief es spitz zusammen, auf der linken dagegen endete es in drei Ausläufern. In einem Kopf und zwei Scheren, vielleicht, grübelte Lucille, wie ein Hummer.

Plötzlich dämmerte es ihr. Zum Glück saß sie, denn ihr wurde schwindelig. „Du hast ein Skorpionstattoo auf der Brust“, brachte sie atemlos hervor.

Eben noch leuchteten einige gerötete Stellen knapp unter seinem Haaransatz, nun wich jegliche Farbe aus seinem Gesicht. Konsterniert schaute er auf sein Hemd und zupfte daran herum, bis die Brusttasche die Tätowierung verdeckte. „Ich hätte mein Jackett nicht ausziehen sollen. Aber jetzt ist sowieso schon alles zu spät.“

Es gab kein Zurück mehr, erkannte auch Lucille mit Schrecken, keine Möglichkeit, einen friedfertigen Weg aus dieser gefährlichen Situation zu finden. Vor nicht allzu langer Zeit hatte sie es in Erwägung gezogen, dass sich McCarthy vom Drogenkartell hatte kaufen lassen, weil er sich nicht gerade als hilfsbereit erwies. Nun erkannte sie, dass sie sich von Alex' aufgesetzter Freundlichkeit hatte täuschen lassen.

Fassungslosigkeit lähmte ihre Glieder. „Du gehörst zur *La picadura del escorpión*."

Flapsig hob Alex seine Schultern und ließ sie abrupt fallen, wie ein trotziges Kind, das etwas angestellt hatte und keine Einsicht zeigte. „Jeder muss gucken, wo er bleibt. Ich will nicht ewig fürs Bureau arbeiten und so verbittert werden und früh sterben wie der alte Tadhg und wie Teddy."

„Was wissen Sie über meinen Vater?", fuhr Craig ihn an. Von einer Sekunde zur anderen brach seine Selbstbeherrschung zusammen.

„Ich habe nie mit ihm zusammengearbeitet. Er war sowieso ein Außenseiter, seit getuschelt wurde, er würde heimlich in den eigenen Reihen ermitteln." Provokativ kratzte sich Alex mit der Mündung an der Nase, nahm jedoch sofort wieder Craig ins Visier, als dieser auch nur mit dem Mundwinkel zuckte.

„Ted Bellamy war auf einen Maulwurf angesetzt?" Für Lucille lag es auf der Hand, dass er sich damit bei seinen Kollegen nicht gerade beliebt gemacht hatte, als diese Information durchgesickert war.

„Neben seinen eigentlichen Ermittlungen." Alex nickte. „Ausgerechnet bei seinem Sohn musste McCarthy dich unterbringen. Ich hätte ihn umbringen können!"

„Hast du?", fragte Lucille, die sich allzu gut erinnerte, dass die Schüsse im Bayshore Coffeeshop aus der Richtung gekommen waren, in die er gegangen war.

„Nachdem Alvaro es nicht geschafft hatte, dich zu erledigen, weder in deinem Apartment in Manatee noch in Downtown, wollte Caruso das selbst übernehmen und versagte genauso erbärmlich." Abfällig schnalzte er. „Jetzt muss ich die Scheiße übernehmen."

Flehentlich faltete sie ihre Hände. „Aber du bist kein Killer."

„Nein, Täubchen, aber ich muss zu einem werden, wenn ich McCarthy nicht folgen will."

„Du musst das nicht tun." Ihre Augen wurden feucht.

„Fang bloß nicht an zu jammern, Lucille. Du warst von Anfang an dem Tode geweiht, aber jetzt trägst du die Schuld, dass auch dein Liebster ins Gras beißen wird. Dieses Anwesen ist besser geschützt als das J. Edgar Hoover Building." Mit der Waffe zeigte er auf Craig. „Ich habe diesem reichen Arschloch das Foto geschickt, das ich von dir und McCarthy geschossen hatte, damit er dich zerfressen vor Eifersucht auf die Straße setzt und das Kartell dich endlich schnappen kann, weil du die Villa so selten verlässt wie eine Sultansgeliebte ihren Harem. Aber er ist scheinbar so verknallt in dich, dass er dir alles verzeiht."

Craigs Brustkorb hob und senkte sich, als er tief durchatmete. „Mein Dad hat das Grundstück und die Villa nach FBI-Standards gesichert."

„Und Sie in seiner Freizeit wie einen Bundesagenten trainiert, ich weiß alles über Sie." Alex machte eine wegwerfende Geste. „Es existiert eine Akte."

Craig riss seine Augen auf und ballte seine Hände zu Fäusten, was Lucille vermuten ließ, dass er nichts davon gewusst hatte. „Sie sind der Maulwurf, habe ich recht?"

Erstaunt öffnete Alex seinen Mund, dann lachte er freudlos. „Daddy kam mir zu nah. Ich stand kurz davor, aufzufliegen, deshalb habe ich meine Freunde gebeten, das Problem für mich zu lösen."

Wütend machte Craig einen Schritt auf ihn zu. Mehr tat er nicht, weil Alex mit der Pistole wild vor seinem Gesicht herumfuchtelte.

Lucilles Herz blieb fast stehen. Alex Fisher hatte Ted

Bellamy auf dem Gewissen. Auch wenn er nicht eigenhändig die Jacht, auf der Craigs Vater seinen Urlaub verbrachte, in die Luft gejagt hatte, so hatte er doch den Auftrag dazu erteilt. Eine Hand wusch die andere. Das Kartell hatte Bellamy für ihn beseitigt, dafür musste Alex nun Lucille aus dem Weg räumen. Für Craig war es lediglich Pech, zum falschen Zeitpunkt am falschen Ort zu sein, ein Kollateralschaden, den Verbrecher wie Dawson, Caruso und die *La picadura del escorpión* großzügig in Kauf nahmen.

Aber Lucille schätzte Alex nicht so skrupellos ein wie diese Kriminellen. Er mochte noch so selbstgefällig grinsen, sein Blick glich dem eines verletzten Tieres, und verletzte Tiere waren am gefährlichsten. Der Agent war jung, gierig und naiv, deshalb hatte er sich mit den falschen Partnern eingelassen und würde nun den Kopf für sie hinhalten müssen.

War er sich bewusst, dass er nach dem Doppelmord nicht in sein altes Leben würde zurückkehren können? Lucille versuchte ihn zu verunsichern. „Selbst wenn du vom Anwesen fliehen kannst, wird die Ermittlungsbehörde anhand der Aufzeichnungen der Überwachungskameras und der Aussagen der Wachmänner leicht rekonstruieren können, dass du uns erschossen hast."

„Ich habe keine andere Wahl. Entweder werdet ihr heute sterben oder ich." Alex richtete seine Browning auf Lucille, im nächsten Moment auf Craig und dann wieder auf Lucille. Wusste er nicht, wen er als Erstes umlegen sollte? Oder rang er innerlich mit sich?

Etwas veränderte sich an seiner Mimik. Ohne dass Lucille genau sagen konnte, was es war, ahnte sie, dass er gerade seine Entscheidung gefällt hatte. Er zielte auf Craigs Herz.

In derselben Sekunde machte Craig einen Ausfallschritt, dabei drehte er sich leicht zur Seite. Sein Arm schnellte vor und traf so hart auf Alex' Handgelenk, dass der abtrünnige

Special Agent vor Schmerz aufschrie. Seine Schusswaffe wurde in hohem Bogen weggeschleudert, sie landete im Eingang, rollte durch die Schubkraft weiter und blieb kurz hinter der Tür im Korridor liegen.

Craig eilte hinterher, doch bevor er auch nur den Salon verlassen konnte, stürzte sich Alex auf ihn. Verzweiflung spiegelte sich im Gesicht des Blondschopfes, einige Haarsträhnen klebten schweißnass an den Schläfen. Die beiden Männer gingen vor dem Ausgang zu Boden.

Lucille sprang von ihrem Stuhl auf und wollte zur Waffe laufen, aber die Kämpfenden versperrten ihr den Weg. Rasch schaute sie sich nach etwas um, das sie Alex über den Schädel ziehen konnte. Ihre Wahl fiel auf eine Portlandvase. Lucille ergriff sie – und stellte sie fluchend wieder ab, da sie befürchtete, Craig zu treffen.

Blitzschnell drehte sich Craig um, sprang auf und trat Alex in die Nieren. Dieser krümmte sich vor Schmerz. Als Craig sich jedoch umwandte, um in den Gang zu rennen, zog Alex ein einseitig geschliffenes Jagdmesser mit Hirschhorngriff aus einem Fußgelenkholster und stach in Craigs Wade. Zumindest schien das sein Plan gewesen zu sein, aber da Craig sich bewegte, traf er den Unterschenkel so ungeschickt, dass die Klinge abrutschte und ihn nur schnitt. Craig keuchte und drehte sich zornig zu seinem Kontrahenten um.

Entsetzt bemerkte Lucille das Blut, das Craigs Hose rot färbte. Wie immer trug er keine Schuhe. Ihr war angst und bange, als sie seine nackten Zehen und das Messer in Alex' Hand sah.

Geschickt trat Craig ihm das Nicker aus der Hand und kickte es auf den Gang hinaus, woraufhin Alex auf den frischen Schnitt an Craigs Bein drosch, seinen Fuß packte und ihn umriss. Craig kam auf seinen Knien auf und fing sich mit den Händen ab. Alex nutzte die Chance, ihn in den Magen zu boxen, doch da der Schlag von unten erfolgte, fehlte es ihm an Kraft, sodass Craig zwar einen Schmerzenslaut von sich gab, aber sich sofort auf Alex warf.

Glücklicherweise rollten die zwei in den Salon hinein und somit von der Tür weg. Mit einem Satz stand Lucille im Gang und bückte sich, um die Browning aufzuheben. Plötzlich traf sie ein Schlag im Genick. Sie fiel der Länge nach hin und war erst nach einigen Augenblicken des Schrecks fähig, sich herumzudrehen. Mit galoppierendem Herzschlag saß sie auf dem Boden, rieb sich ihren Nacken und schaute zu dem Mann auf. Das Messer, das sie eben noch neben der Browning gesehen hatte, lag nun in seiner Hand.

„Alvaro Castillo“, sagte sie laut, um Craig zu warnen.

„Alvaro stimmt, Castillo war nur der Name eines vermissten Mädchens, dessen Foto auf einer Milchpackung zu sehen war. Armes hübsches kleines Ding.“

41. KAPITEL

Bevor sie nach der Pistole langen konnte, trat er die Waffe in Alex' Richtung, aber sie knallte gegen die Zarge und blieb knapp hinter dem Eingang liegen. Grob fasste er in Lucilles Haare und zog sie auf die Füße. Während er die Klinge an ihre Kehle hielt, drängte er sie vorwärts. In der Tür zum Salon blieb er stehen.

Als Craig sah, dass Lucille als Geisel genommen worden war, hörte er sofort auf zu kämpfen. Aber er ließ Alex nicht an sich ran, sondern hielt ihn auf Abstand. „Hatten Sie nicht den Mumm, den Mord an Lucille allein durchzuziehen, dass Sie heimlich Unterstützung ins Haus schmuggeln mussten, Fisher? Oder traut Ihnen das Kartell nicht zu, dass Sie diese leidige Sache selbst zu Ende bringen?"

Instinktiv legte Lucille beide Hände an Alvaros Arm, doch sie wagte nicht, ihn von ihrem Hals wegzuziehen, denn er übte zur Drohung mehr Druck aus. Sie spürte die Klinge bereits an ihrer Haut. Innerhalb von einer Sekunde konnte sie tot sein. Ihre Beine zitterten, aber sie bemühte sich, Haltung zu wahren. „Es ist erst zu Ende, nachdem du deinen letzten Atemzug getan hast", pflegte Richard zu sagen. Er und seine Weisheiten, dachte Lucille und schaute Hilfe suchend zu Craig. Aber er war nicht in der Lage, sie zu retten. Wenn er auch nur einen Schritt auf sie zumachte, würde der Südamerikaner ihr ohne zu zögern die Kehle durchschneiden. Unglücklicherweise hatte er etwas gutzumachen. Schon zweimal hätte er Lucille umbringen sollen, doch beide Chancen hatte er verpatzt.

Ein drittes Mal würde ihm dieser Fehler garantiert nicht unterlaufen.

Irgendwo in der Nähe musste die Pistole liegen. Unauffällig streckte Lucille ihren Fuß danach aus, um die Waffe zu

Craig zu kicken. Aber sie spürte sie nirgends. Dafür roch sie Alvaros Atem umso intensiver, er musste vor Kurzem eine Zigarre geraucht haben – im Beisein von Alex, was erklärte, weshalb die Kleidung des Bundesagenten nach Rauch stank.

„Ist es nicht traurig, Mr Bellamy.“ Alvaros Stimme troff vor Ironie. „Erst verlieren Sie Mommy auf tragische Weise, dann Daddy und nun auch Ihre große Liebe.“

Craigs Gesicht verzog sich zu einer Fratze aus Wut und Verachtung.

Als Lucille spürte, wie die Klinge ihre Haut am Hals einritzte, war sie so entsetzt, dass sie stocksteif stehen blieb und ihre Augen aufriss. Craig machte einen Satz nach vorn, doch Alex boxte ihn in den Bauch, sodass er sich krümmte.

„Ich würde das nicht tun“, bellte Alvaro und schnitt Lucille an einer anderen Stelle.

Schockiert hielt sie die Luft an und horchte in sich hinein. Zu ihrem eigenen Erstaunen empfand sie Erleichterung. Die Situation war fürchterlich, aber sie begriff, dass der Latino ihr nur Angst einjagen und sich an Craigs Verzweiflung weiden wollte. Noch hatte er nicht vor, sie zu töten, sondern er genoss es, mit ihr zu spielen.

Leise stieß sie ihren Atem aus, verwirrt über die Tatsache, dass sie nicht vor Angst ohnmächtig wurde.

Die Wunden taten weh, aber nicht mehr als ein Rasiermesser, das ihre Oberschenkel zeichnete. Ihre Mutter hatte sie schon in jungen Jahren an Schmerz gewöhnt, auch ihre Pflegeeltern hatten sie oft mit einem Pantoffel verprügelt – Lucille war mit körperlicher Gewalt aufgewachsen, und sie fragte sich, ob das der Grund war, weshalb sie nicht zusammenbrach.

Als ihre Mom sie mit dem Messer die ersten Male malträtierte, hatte sich Lucille die Seele aus dem Leib geweint. Doch je öfter es geschah, desto apathischer nahm sie es hin, bis es nach einer Weile zu einer Art Ritual wurde, das sie gleichgültig über sich ergehen ließ. Eine Klinge erschreckte sie nicht sonderlich. Hätte Alvaro davon Kenntnis gehabt, hätte ihm das den Spaß ziemlich verdorben.

Überrascht stellte sie fest, dass sie klar denken konnte. Am liebsten hätte sie Craig zugerufen, dass es ihr unter den gegebenen Umständen einigermaßen gut ging, aber sie brachte kein einziges Wort heraus, weil ihre Lippen stark bebten.

Craigs Körper war so angespannt, dass die Sehnen an seinem Hals und seinen Unterarmen hervortraten. Im Ausfallschritt stand er da, offensichtlich auf einen kurzen Moment der Unachtsamkeit bei seinen Gegnern lauernd. Lucille wusste, dass er vergeblich hoffte.

Sie hatten nur eine Überlebenschance, wenn etwas oder jemand Alex und Alvaro ablenkte. Aber bis auf Patrick befand sich niemand im Haus, und der Butler kam für gewöhnlich abends nicht mehr aus seinem Kellerapartment, da er Lucille und Craig ihre Zweisamkeit gönnte und sowieso zeitig schlafen ging, um früh aufzustehen und der Sechsuhrschicht ihre Aufgaben mitzuteilen. Die Wachmänner hatten schon zu Abend gegessen und würden erst am Morgen wieder die Villa betreten.

Wir wollten ja unbedingt unsere Privatsphäre haben, dachte Lucille zerknirscht und kämpfte gegen die aufkeimende Panik an, die langsam ihre Wirbelsäule emporkroch.

Niemand würde kommen und Alex und Alvaro stören.

Plötzlich keimte eine Idee in Lucille auf. Wenn von außen keine Ablenkung zu erwarten war, musste sie eben selbst dafür sorgen. Das war Irrsinn, verrückt, lebensmüde! Aber sterben würde sie ohnehin, ob nun eine Minute früher oder später, machte da auch keinen Unterschied.

Was war Richard nicht müde geworden zu betonen, wenn

er ihr einige Kampfgriffe gezeigt hatte? „*Immer durchziehen. Niemals zögern oder halbherzig zuschlagen. Bietet sich dir ein Überraschungsmoment, dann nutze es eiskalt aus!*“ Damals hätte er sich bestimmt nicht träumen lassen, dass sie diesen Rat eines Tages gegen seine eigenen Leute einsetzen würde.

Sie sprach sich Mut zu. Viel lieber hätte sie sich in sich selbst zurückgezogen und wäre erst wieder hervorgekrochen, wenn alles vorbei war. Aber „vorbei“ bedeutete in diesem Fall „tot“. Außerdem war sie schon immer eine Kämpferin gewesen. Sie würde nicht untergehen, ohne wenigstens versucht zu haben, sich zu wehren.

Kaum hatte sie Craig zugeblinzelt, riss sie Alvaros Hand von ihrer Kehle weg und rammte sie so fest wie möglich gegen die Zarge. Der Südamerikaner schrie auf, ließ das Nicker fallen und schüttelte sein Handgelenk, während er in einer Sprache fluchte, die Lucille nicht zuordnen konnte.

Wie ein Stier stürzte sich Craig auf Alex. Lucille dagegen wandte sich um. Sie hob ihren Arm, denn sie wollte Alvaro gegen den Kehlkopf schlagen oder ihm ihre Finger in die Augen stechen, doch eben diese Unschlüssigkeit wurde ihr zum Verhängnis, denn der Latino rammte ihren Kopf brutal gegen den Türrahmen.

Benommen fiel Lucille in den Raum hinein. Irgendetwas stach in ihre Hüfte, doch sie schenkte dem keine Beachtung, weil ihr Kopf zu explodieren drohte. Stöhnend rappelte sie sich auf, als sie hörte, wie jemand in die Vitrine gegenüber des Tisches knallte. War es etwa Craig?

Das Glas ging zu Bruch. Alex riss einige Einlegeböden samt der Kristallgläser mit sich, als er zu Boden ging. Wütend stapfte Craig auf ihn zu, zerrte ihn auf die Füße und wollte ihm gerade einen Schlag verpassen, als Alex sich rechtzeitig wegduckte und ihn auf sich zuzog. Craig krachte in die Vitrine. Glücklicherweise hatte er schützend seine Arme vor sein Gesicht gehoben, doch seine Unterarme waren zerkratzt, und Blut lief hinab, als er zurücktaumelte.

Lucille wurde übel vor Kopfweh. Das schmerzhafte Pochen trübte sogar für einen Augenblick ihre Sehkraft. Träge rappelte sie sich auf. Sie stützte sich ab, dabei bohrte sich etwas in ihre Handfläche. Als ihr klar wurde, was da unter ihr lag, beschleunigte sich ihr Puls.

Sie griff die Browning, wandte sich um und richtete sie auf Alvaro, der Alex gerade zurief: „Mach ihn endlich fertig und lass uns verschwinden."

Im nächsten Moment bemerkte er die Pistole. Zorn blitzte in seinen Augen auf.

Alex, der einen Stuhl nahm, um Craig auf Distanz zu halten, lachte abschätzig. „Die trifft nicht einmal, wenn sie dir die Mündung auf die Stirn drückt. Sie zittert immer noch genauso stark wie gestern."

Lucille wurde klar, dass er die Schießerei im Coffeeshop beobachtet haben musste. Tatsächlich konnte sie die Schusswaffe nicht ruhig halten, egal wie sehr sie sich bemühte, noch nicht einmal, als sie ihre rechte Hand mit der linken stützte. Immerhin stand Alvaro näher als Caruso am gestrigen Tag. Das bedeutete aber auch, dass er schneller bei ihr sein konnte, um sie zu überwältigen.

„Du bist eine Null, Täubchen, hast ja nicht einmal gewusst, wen du geheiratet hast." Er wankte, als hätte er auf sie zukommen wollen, es sich im letzten Moment jedoch anders überlegt, da Lucille die Browning auf seinen Hosenschlitz richtete.

„Das hatten wir doch schon mal", knurrte er, und sein Lächeln wirkte bemüht. „Es ist aus, ihr seid erledigt. Wenn du brav bist und mir die Knarre gibst, werde ich dich zuerst töten und dann erst Bellamy, damit du nicht mit anschauen musst, wie wir ihm zuerst alle Knochen im Leib brechen und dann hinrichten."

Dann machte Alvaro drei Fehler gleichzeitig. Er bewegte sich auf sie zu und unterschätzte sowohl die Distanz als auch sie selbst. Lucilles Körper bebte zwar immer noch, aber nicht mehr ganz so heftig, weil eine Stinkwut ihr Kraft schenkte. Ihr Schuss traf! Es war fast unmöglich gewesen, ihn nicht zu treffen. Wahrscheinlich war er davon ausgegangen, dass die Todesangst sie lähmen würde, aber das Gegenteil war der Fall gewesen – sie hatte Lucille über sich hinauswachsen lassen.

Während er seinen linken Oberschenkel hielt, verzerrte sich seine Miene. Er presste seine Lippen aufeinander und schloss kurz seine Augen. Doch er brach keineswegs zusammen, sondern humpelte umso wütender weiter auf sie zu. Schweiß perlte von seinen Schläfen.

Panisch schoss Lucille ein zweites Mal und streckte Alvaro nieder. Nun klaffte auch in seinem rechten Schenkel ein Loch. Seine Hosenbeine waren binnen kurzer Zeit blutverschmiert. Winselnd lag er vor ihr. Sie hätte ihre Hände nach ihm ausstrecken und ihn berühren können, so nah lag er bei ihr.

Das Zittern wurde wieder stärker. Sie drückte ihren Rücken an die Wand, zog die Knie an und hielt die Mündung noch immer auf Alvaro gerichtet, nur für den Fall, dass er immer noch nicht genug hatte.

Plötzlich schrie Alex auf. Als Lucille zu ihm schaute, lag er bewusstlos neben den Scherben der Vitrine. Craig musste ihn ausgeknockt haben.

„Du hast meinem Image ganz schön tiefe Kratzer zugefügt." Craig zog sein T-Shirt aus und wischte damit das Blut von seinen Armen, dabei schenkte er ihr ein liebevolles Lächeln. „Ich bin derjenige mit der FBI-Ausbildung, aber dein

Gegner lag eher am Boden als meiner. Nicht ich, sondern du solltest dich beim Bureau bewerben."

„Ich bevorzuge es, gegen Schädlinge und Unkraut zu kämpfen", sagte sie in Anlehnung an ihr Studium für Gartenbau und Landschaftspflege.

Er kam zu ihr, hockte sich neben sie und nahm ihr Gesicht in seine Hände. Sein Kuss war der süßeste – und lebendigste! –, den Lucille jemals erhalten hatte.

EPILOG

„Hast du deinen Badeanzug dabei?“, fragte Lucille ihre Freundin Ava, die neben ihr im Umkleidezimmer des Personals stand, beiläufig und beobachtete gespielt gelangweilt, wie Madison zornesrot ihre Sachen zusammenpackte.

Mad warf ihr Parfüm so aufbrausend in ihren Louis-Vuitton-Shopper – ein Imitat, wie Lucille auf den ersten Blick erkannte, denn der Hersteller hatte nicht nur an hochwertigen Materialien gespart, sondern auch bei dem aufgedruckten Logo am unteren Bügel des Ls, sodass es aus einem gekreuzten V und I bestand –, dass der Flakon zerbrach und ein aufdringlicher Lilien-Vanille-Duft die Luft schwängerte.

Ava lehnte sich mit dem Rücken gegen einen Spind. „Hatte ich doch versprochen. Ich freue mich schon, das erste Mal in den Bellamy'schen Swimmingpool zu springen.“

Aufbrausend knallte Taylor ihre Spindtür zu, schwieg jedoch. Normalerweise sah ihre Frisur wie gemeißelt aus, doch seit Craig die Kündigung ausgesprochen hatte, schienen ihre Haare an Kraft und Glanz verloren zu haben und klebten unschön an ihrem Kopf. Die Farbige nahm die Plastiktüte, in die sie all ihr Chichi gepackt hatte, von der Sitzbank in der Mitte des Raumes und drehte das obere Ende so fest, als wollte sie die Tüte würgen.

Oder mich, unkte Lucille in Gedanken, hauchte ihre Fingernägel an und polierte sie an ihrem Trägershirt, um Nate mit ihrer indirekten Verächtlichkeit zu provozieren. Er bleckte seine gebleichten Zähne, ob bewusst oder unbewusst, konnte sie nicht sagen.

Mit einem anerkennenden Lächeln musterte sie Ava von den Haaren bis zu den Zehenspitzen. „Du hast abgenommen.“

„Zwei Kilos sind runter.“ Ava strich über ihren Bauch wie eine Schwangere.

Er wölbte sich immer noch leicht, aber Lucille fand, dass ihre Freundin im Gesicht schlanker aussah. Was Ava jedoch viel attraktiver machte, war das Strahlen, das sie neuerdings trug. Sie versteckte ihre Verliebtheit nicht länger, sondern flirtete ungeniert mit Cory und der Gärtner mit ihr. Dringend musste Lucille erfahren, was es Neues gab.

Seit Alex Fisher und Alvaro Nunoz, so lautete sein richtiger Name, vom Federal Bureau of Investigation verhaftet worden waren, waren fünf Tage vergangen. Erneut hatten Special Agents Lucilles Aussage aufgenommen, doch diesmal hatten sie sich ständig entschuldigt. Zu Recht! Das Zeugenschutzprogramm hatte Lucille zu keiner Zeit wirklich Schutz geboten.

Als kleine Wiedergutmachung hatte das FBI-Labor den Schmuck von Mildred Bellamy untersucht und auf ihrer Brosche, einem großen Saphir in einer kunstvoll geschmiedeten Goldfassung, Madisons Fingerabdrücke sichergestellt. Als Craig seine Hausangestellte in die Mangel genommen hatte, war sie eingeknickt und hatte Taylor und Nate ans Messer geliefert, um ihren eigenen Kopf zu retten. Vergeblich.

Vermutlich hat Madison jetzt nicht nur keinen Job, sondern auch keine Freunde mehr, dachte Lucille und seufzte theatralisch.

Die drei ehemaligen Angestellten deuteten ihren Seufzer wohl als Ungeduld, denn sie schimpften vor sich hin, allerdings so leise und gemurmelt, dass Lucille die Worte nicht verstand. Wahrscheinlich befürchteten sie, doch noch angezeigt zu werden, sollten sie Lucille in letzter Sekunde gegen sich aufbringen.

Lucille verspürte ein Quäntchen Macht, doch es behagte ihr nicht. Sie wünschte niemandem etwas Schlechtes, sondern wollte nur endlich ihren Frieden finden, und Madison,

Taylor und Nate störten nun mal die Idylle. Sie war erleichtert, als die drei endlich fertig gepackt hatten und hocherhobenen Hauptes und ohne ein Wort des Abschieds das Zimmer, die Villa und Lucilles Leben verließen.

Ava trat in den Korridor hinaus und schaute ihren Exkollegen, die in Richtung Personalausgang eilten, hinterher. „Ein wenig tun sie mir ja schon leid."

„Bist du verrückt?" Wie konnte sie so etwas sagen, wo Mad, Taylor und Nate sie fast täglich schikaniert hatten? Lucille stellte sich neben Ava, beobachtete, wie die drei schweigend an Patrick vorbeistolzierten, der daraufhin missbilligend die Augenbrauen hob, und kam sich vor wie eine Gafferin bei einem Autounfall.

„Unter den gegebenen Umständen werden sie nie wieder als Hausangestellte Arbeit finden."

„An den gegebenen Umständen tragen sie selbst Schuld." Lucille schüttelte verständnislos ihren Kopf. Mad hatte gestanden, Craig einmal heimlich beobachtet zu haben, als er den Code in den Tresor eingab. Aber sie hatte nicht den Schneid gehabt, den Diebstahl selbst zu begehen, sondern sie teilte Nate diese Aufgabe zu. Taylor stand Schmiere. Allerdings ließ Madison es sich nicht nehmen, den Schmuck selbst in Lucilles Spind zu deponieren. „Sie können froh sein, dass Craig sie nur gefeuert hat und von einer Anzeige absieht."

Nickend stimmte Ava ihr zu. „Damit hat er ihnen wenigstens nicht ihre ganze Zukunft verbaut."

Patrick kam auf sie zu. Als er an ihnen vorüberging, lächelte er. „Ein wunderschöner Morgen, nicht wahr?"

„Ja, so friedlich." Lucille zwinkerte ihm zu, und ihr fiel auf, dass Ava doch tatsächlich errötete. Nachdem der Butler zu Carson in die Küche gegangen war, fragte sie leise: „Was ist denn jetzt mit dir, Cory und Patrick?"

„Ich habe deinen Rat befolgt und eine Aussprache mit beiden gesucht."

Gespannt wartete Lucille darauf, dass Ava weitersprach. Sie hatte ihrer Freundin vor drei Tagen gestanden, dass sie über die Liebe der Männer Bescheid wusste.

„Alles bleibt, wie es ist", begann Ava zögerlich und fügte umso rascher hinzu: „Und trotzdem ist es jetzt besser. Wir haben uns ausgesprochen, besonders Patrick und ich. Cory liebt nun mal uns beide, und wir akzeptieren den jeweils anderen."

Murrend verschränkte Lucille ihre Arme vor der Brust. Ganz bestimmt würde sie Craig mit niemandem teilen. Unweigerlich stellte sie sich vor, er würde sich mit Michelle Deidre Dearing treffen und Körperflüssigkeiten austauschen. Lucille merkte erst, dass sie ihre Fingernägel in ihre Oberarme krallte, als es wehtat. „Ich könnte das nicht."

„Es funktioniert erst, seitdem wir wissen, dass keiner von uns beiden Cory für sich alleine beansprucht. Patrick ist ohnehin an die Villa gebunden und weiß, dass seine Beziehung zu Cory nicht von Dauer sein würde, wenn Cory nicht auch mal ausgeht – tanzen, essen oder ins Kino. Und ich bin mir bewusst, dass ich ihn nicht ohne Patrick haben kann, denn sie lieben sich schon länger, und ihre Zuneigung geht tief. Aber ich sehe jetzt keine Gefahr mehr in Patrick, genauso wenig wie er in mir." Da Lucille die Nase rümpfte, drückte Ava sie kurz an sich. „Es ist eine ungewöhnliche Ménage à trois, aber genau so, wie wir leben wollen, zumindest im Moment."

„Das wäre nichts für mich, aber ein wenig kann ich euch inzwischen verstehen", gab Lucille zu. Seitdem sie nicht nur Ava mit Cory, sondern auch Patrick mit ihm zusammen erlebt hatte, wusste sie von der starken Anziehungskraft, die in beiden Paarungen herrschte. „Aber du und Patrick, seid ihr auch intim?"

„Gott bewahre, nein!“ Entrüstet stemmte Ava ihre Hände in die Hüften. „Wir planen allerdings am kommenden Samstag zu dritt zusammen zu kochen, damit Patrick und ich uns privat näher kennenlernen.“

„Wer hätte noch vor Kurzem gedacht, dass du mal mit Patrick befreundet sein würdest?“

Craig, der die Treppe herabgestiegen kam, winkte ihnen aus dem Foyer zu und tauchte in die Bibliothek ein.

„Bist du sicher, dass Mr Bellamy nichts dagegen hat, wenn ich meine Kochuniform gegen einen Badeanzug eintausche?“ Für einen Moment stellte sich Ava auf ihre Zehenspitzen, als wollte sie Craig hinterherspähen.

„Ich habe das schon mit ihm und Carson besprochen. Auch dir steht eine Pause zu, und du hast von mir die offizielle Erlaubnis, sie mit mir gemeinsam am und im Pool zu verbringen.“ Lucille legte ihre Hand auf den Arm ihrer Freundin. „Ich kann nicht schwimmen. Ohne dich saufe ich doch ab.“

„Du bist ein Schatz.“ Ava gab ihr einen Schmatzer auf die Wange und verschwand in der Küche.

Fröhlich schritt Lucille den Korridor entlang und bog in die Bibliothek ab. Sie hoffte so sehr, dass die Berichte, die ein Informant dem FBI zugespielt hatte, stimmten. Angeblich hatte die *La picadura del escorpión* einen neuen Waffenlieferanten gefunden, der an der Westküste vermutet wurde, und das Interesse an Dawson und Caruso verloren. Fisher und Nunoz hatten das Drogenkartell enttäuscht, weil sie bei ihrer Aufgabe, Lucille zu töten, kläglich versagt hatten, deshalb ging die Ermittlungsbehörde davon aus, dass die beiden als Bestrafung fallen gelassen wurden. Falls das stimmte, hatte Lucille nichts mehr zu befürchten.

„Ich habe noch mal darüber nachgedacht was du gesagt hast, dass irgendjemand die bösen Jungs doch jagen muss und ich der beste Kandidat für diese Aufgabe sei." Craig, der mit dem Rücken zu ihr stand und nachdenklich aus dem Fenster geschaut hatte, sah sie nun in der Scheibe an. „Kannst du damit leben, wenn ich nur dein persönlicher Held bleibe und nicht gleich die ganze Welt rette?"

Schmunzelnd trat Lucille dicht an ihn heran und schob ihre Finger unter sein Shirt. Er fühlte sich so gut an!

„Ich möchte nicht so werden wie mein Dad. Wäre ich ein Bundesagent, würde ich kaum noch zu Hause sein." Er wandte sich zu ihr um, legte seine Handflächen an ihre Wangen und streichelte sie mir seinen Daumen. „Aber nun, da ich dich gefunden habe, will ich so viel Zeit mit dir verbringen wie eben möglich. Außerdem möchte ich meine Reederei nicht aufgeben. Ich habe hart gearbeitet, um Bellamy Ocean Carrier nach vorn zu bringen."

Selbstverständlich konnte sie seine Gründe nachvollziehen. Wenn jemand das Zeug dazu hätte, für die Ermittlungsbehörde zu arbeiten, dann er. Aber sie hatte keine Lust, ständig Angst um sein Leben zu haben, daher kam ihr seine Entscheidung mehr als gelegen. Vielmehr sollte endlich Ruhe einkehren. Sie sehnte sich nach nichts Geringerem als Alltag.

„Wir können uns ja wie Superhelden kostümieren und nachts durch dic Straßcn von Cape Coral streifen, um Kriminellen das Handwerk zu legen." Sie gluckste.

„Ein Problem ist, dass sechshundert Kilomenter davon Wasserwege sind."

„Dann nennen wir uns eben Shark-Man und Harpoon-Woman." Sie tat, als würde sie grübeln und tippte mit dem Zeigefinger gegen ihre Unterlippe. „Ich befürchte nur, dass die Maskierungen reichlich lächerlich ausfallen werden."

Sanft knuffte er sie in die Seite. Dann zeigte er auf den kleinen runden Beistelltisch neben dem Chesterfield-Ohrensessel. „Dort drüben liegt Post für dich."

Neugierig schlenderte sie hinüber und warf einen Blick auf das Stück Papier. Es handelte sich um einen Scheck, unterschrieben von Craig. Als sie die Summe sah, die dort eingetragen stand, fielen ihr beinahe die Augen aus dem Kopf.

„Für deine Firmengründung", erklärte er. „Willst du lieber eine Gärtnerei eröffnen oder Landschaftspflege anbieten?"

Völlig perplex ließ sie sich in den Sessel fallen. „Das ist viel zu großzügig. Ich käme mit hundert Dollar aus, denn ich brauche nur mich und ein bisschen Werkzeug."

„Zieh das ruhig richtig auf. Wir Bellamys machen keine halben Sachen." Eindringlich sah er sie an, während er zu ihr trat. „Auch nicht, was Beziehungen betrifft."

Er kniete sich vor sie hin, zog ihren Hintern bis an den Rand der Sitzfläche vor und schlang seine Arme um ihre Taille.

„Ich zahle dir die volle Summe so bald wie möglich zurück, ist das klar?" Auf keinen Fall wollte Lucille Almosen. Schon einmal hatte ihr das Geld eines Mannes Unglück gebracht. Während der Ehe mit Richard hatte sie es für oberflächliche, unnötige Dinge ausgegeben, diesmal würde sie es sinnvoll anlegen und ihren Lebenswunsch, sich selbstständig zu machen, nicht noch einmal aus den Augen verlieren.

„Ich akzeptiere auch die Tilgung der Schulden in Naturalien", sagte er mit vor Lust getrübtem Blick.

Laszlv knöpfte sie ihre Bluse auf und präsentierte ihm ihre nackten Brüste. „Die erste Rate könnte ich sofort entrichten."

– ENDE –

Sandra Henke
Die Maske des Meisters
Band-Nr. 35027
8,95 € (D)
ISBN: 978-3-89941-665-7
eBook: 978-3-86278-022-8
384 Seiten
Auch als eBook erhältlich!

Sandra Henke
Opfer der Lust
Band-Nr. 35021
8,95 € (D)
ISBN: 978-3-89941-504-9
eBook: 978-3-86278-012-9
464 Seiten
Auch als eBook erhältlich!

Sharon Page
Blutroter Kuss
Band-Nr. 35038
9,50 € (D)
ISBN: 978-3-89941-880-4
448 Seiten

Sharon Page
Feuer der Lust
Band-Nr. 35033
9,50 € (D)
ISBN: 978-3-89941-780-7
eBook: 978-3-86278-028-0
400 Seiten
Auch als eBook erhältlich!

Cherry Adair
Hautnah und näher
Band-Nr. 35037
9,50 € (D)
ISBN: 978-3-89941-865-1
320 Seiten

Cherry Adair
Nimm mich!
Band-Nr. 35026
8,95 € (D)
ISBN: 978-3-89941-645-9
eBook: 978-3-86278-020-4
304 Seiten
Auch als eBook erhältlich!

Megan Hart
Tiefer – Im Sog der Lust
Band-Nr. 35035
9,50 € (D)
ISBN: 978-3-89941-815-6
eBook: 978-3-86278-030-3
432 Seiten
Auch als eBook erhältlich!

Megan Hart u. a.
Perlen der Leidenschaft
Band-Nr. 35034
9,50 € (D)
ISBN: 978-3-89941-798-2
544 Seiten

Alison Kent
Sex oder Lüge
Band-Nr. 35036
9,50 € (D)
ISBN: 978-3-89941-843-9
eBook: 978-3-86278-038-9
256 Seiten
Auch als eBook erhältlich!

Victoria Janssen
Die Herzogin, ihre Zofe, der Stallbursche und ihr Liebhaber
Band-Nr. 35032
9,50 € (D)
ISBN: 978-3-89941-745-6
416 Seiten

Julie Gordon
Die Rose von Byzanz
Band-Nr. 35031
9,50 € (D)
ISBN: 978-3-89941-728-9
eBook: 978-3-86278-026-6
304 Seiten
Auch als eBook erhältlich!

Kayla Perrin
Betrüg mich!
Band-Nr. 35029
8,95 € (D)
ISBN: 978-3-89941-693-0
384 Seiten